沙汀

1983 年，沙汀与助手秦友甦在北京圆明园合影。

1961 年 3 月，沙汀、冰心在日本友人芹择广治良夫妇住宅前合影。

沙汀与任白戈

第九卷

日记　下册

沙汀文集

四川文艺出版社

图书在版编目（CIP）数据

沙汀文集 / 沙汀著. —2版. —成都：四川文艺出版社，2018.3

ISBN 978-7-5411-4906-1

Ⅰ. ①沙… Ⅱ. ①沙… Ⅲ. ①中国文学—当代文学—作品综合集 Ⅳ. ①I217.2

中国版本图书馆CIP数据核字（2017）第326836号

沙汀文集 第九卷

RIJI：XIACE

日记 下册

沙 汀 著

编辑统筹 卢亚兵 金炀淏
责任编辑 彭 炜 周 轶等
封面设计 叶 茂
内文设计 史小燕
责任校对 蓝 海
责任印制 唐 茵等

出版发行 四川文艺出版社（成都市槐树街2号）
网　　址 www.scwys.com
电　　话 028-86259287（发行部） 028-86259303（编辑部）
传　　真 028-86259306

邮购地址 成都市槐树街2号四川文艺出版社邮购部 610031
排　　版 四川胜翔数码印务设计有限公司
印　　刷 成都东江印务有限公司
成品尺寸 149mm×210mm 1/32
印　　张 168.75　　　　　字　　数 4030千
版　　次 2018年3月第二版　印　　次 2018年3月第一次印刷
书　　号 ISBN 978-7-5411-4906-1
定　　价 2400.00元（共10卷11册）

目 录

1963 年

1月1日

也许是元旦吧，很早就醒来了。但是不想起床，一直躺到九点才爬起来。

在床上躺着，脑子里想了很多。我想到：1962 年几乎白白地过去了！当然，我修改了四十多万字的旧作，包含二十多个短篇和长篇《困兽记》。可是，作为一个作家，这能叫工作吗？

我也想到有关劫老的一些事情。我真愿意为了追念他把他的后事办得更好些啊！整理他的遗作；把菱窠好好照原样保存下来；对他的作品做些研究工作；或者鼓励别的有志者做些研究工作。老头子也有不少缺点，但总的说来，他坦白、爽直、很吸引人……

今年一定得好好工作，时不我与，再不能老是休养了，人难道能为休养而活着么！

今天一般过得不错，这是个好兆头，但愿一切都如我所希望的。老温可怕的热情和主观主义，也是很可爱的。刚吃午饭，他就来电话了，说鲁鱼夫妇已经去了，打算改在中午聚餐，要我赶快去，吃完就搓麻将。我再三推辞，他可越来越加固执，要我同顾立刻去……

勉强吃了点东西，我单独去了。希望应付一下，赶快回来午睡，但一碰上他的热情、固执，我却实在拒绝不了！结果一点半才开饭，菜好而又多，但可怕的是他硬要你吃！……

吃喝当中谈了不少往事。他们对亚群同志谈得非常有趣，这一天真过得不错。

晚饭后上街逛了一转，然后去友欣房里吹了一通，睡前喝了一杯半白兰地。

1月2日

九点半给李眉通了电话，告诉了她有关书画和房子处理的初步意见，要他们多作考虑。

十一点五分，统战部就来电话催我去了。到达后，劼老家属和如稷都到了，由洪部长陪着他们闲谈。十二点，宗林同志来了，由他提出，书画可以先交出来，由政府适当作价；房子他们自己保管；如嫌城外不便，西马棚街的房子还空着在，李师母可两处住。"食客"们也都分别作了安排……

此外，还指定市人委行政处为他们办理一切琐事。这真可谓至矣尽矣了，所以家属除了感谢，也实在没什么可说了。远岑小声告诉我，劼老确有几厚本材料，是辛亥时期许多当事人的记录，昨天已找着了。说，若果我需要看，可以送给我参考。不用说只能是借。

饭后非常疲倦，大家坐了几分钟就走了。回来看了看书店寄来的四帖《祖父的故事》封面。随又了解到礼儿同玉顺为刚宜闹过气；而且礼儿给气哭了。听了很不快活！午睡后分别向李累、老安交代了整理劼人遗作，清理家属准备捐献书画的事，因为都得文联出点力量。

五点去四川日报社吃饭，见到了海陵，他早就下放到德阳当县委书记了。此外的客人是康、李二部长，李主任和张处长。康问了问我洪钟的情况；李说了不少趣话；张照样不住喝酒……

既没有去歌舞团，也没有留下闲谈，下席就走掉了，因为相当疲倦。

1月3日

昨天夜里，老是想到劫老的事，礼儿同家庭的争吵。服了两次药，到四点才睡去。

九点过才醒来，还未张开眼睛，就想起给远岑打电话。想起礼儿今天是否会赌气不回来呢，多少有点焦急。打了两次电话，算打通了，向远岑交代了遗稿、手迹和提供翻阅材料的事。一上午同二李和老安都接触过，主要还是商谈有关劫人遗稿整理的事，还顺便向李累谈了谈如稷。我以为此公虽然神经过敏，容易东猜西疑，因而爱发脾气。但作为一个党外民主人士，有一定资历、学识，在政治上又一贯表现不错，所以也不能要求得太严了。

因为玉顾同刚虹给礼儿通电话都无结果，说他很忙，而且已经在学校搭伙了，没有回来午餐，所以大家都闷闷不乐。我努力不要想它，但不可能；一闲下来就又想起来了，午睡后也是如此。又叫刚虹给秀清打电话，要她晚上一定回来一趟……

犹豫了很久，决定还是去"人艺"一趟好。但刚要动身，上海文艺出版社那位同志来了，要我的长篇。我说明了经过，但总不免有些歉然，因而答应将来给他们一册新创作的小说。

剧团的聚餐，总是很热闹的。军区、卫生、公安部门的负责人都来了，女同志非常活跃……

1月4日

夜里没有睡好，起床时已经九点过了。决定不去听阅读文件，因为早就听过。

日来有点咳嗽，前天老曾偶然碰到卓，卓又要他带信给我，如有需要，可以到医院找他。准备去青羊宫诊治一下；但是，到了前院，觉得太麻烦人家了。而且咳得并不厉害，没有去成。

午睡后想去中山公园，也临时打消了。在家里翻看了一两篇契诃夫的小说，一些材料。

因为曹秀清竟也始终未曾回来，总有点耿耿于怀。最近一定得找礼儿谈谈，弄清楚他最近情绪为什么这样坏？若果主要为了学习，那么不管如何，家里一定得帮助他解决这一问题。

又，今天曾经两三次向玉顺、刚虹追问前天礼儿在家淘气的详细经过。

1月5日

连日霜都很大，屋瓦俱白。九点半，冒着寒气去人民医院找卓老师看病。

卓的房门口别着一张纸条：遵医嘱，严禁会客。我以为他病重了，又担心受到医院责难，踌躇了一会，才悄悄推开门进去。通过二道门的玻璃，看见卓在打盹；我进去了。

他解释说，前两天跑来探望的朋友、学生太多了，经常塞满一屋，所以医院才别上一张条子。实际他好多了，表示让我休息一会，他就帮我诊断。我们谈了一阵，话题不外病痛，也谈到劫人的病。他说："真想不到李劫老会出问题！那样好的体魄……"

诊脉后，他认为我没有外感，但吃点药是会有好处的。处方后他表示当天下午就为我考虑丸药方子。我又谈了谈我四八年以前的便血和当年秋天的十二指肠出血及其治疗经过。也许我从未向他说过，他有点惊诧："难怪你这么虚弱！……"

因为近来每天下午太阳都好，天气暖和，以为梅花开了，顺路去中山公园逛了一转，结果连花苞都没有发现一枚！游人也很少。有三个年轻服务员，二男一女，兴高采烈，边说边从我身边走过，看来都有中等文化水平。一个高高长长的青年人说："不信你看，只要装备一下，打扮一下，就会有姑娘邀请我跳舞！……"

下午五时得卓电话，我立刻到前院去了，叫老曾去接他回家。随即打电话给"人艺"，没有打通；又打一次，通是通了，却无结果。晚饭时刚虹去打，但是，由于接电话的相当粗暴，很不痛快。本来不想去了，但又感觉未免量小，而且孩子们都想去，结果还是去了，花了二块八毛的票价！

戏不错，比市话剧团高明，无论在剧本、导演、演员和布景上，都显得比市话剧团的高明。当然，也有一点值得考虑：搞成上下二部，是否有其必要？难道搞成一部，真的就会很单薄吗？

又，晚饭前龚先生来过，他告诉了我一些劫人病的那天夜里的情况。当天从文联开会回去，已经半下午了。一到家，就叫"赶快煮碗面来吃，——红重！先来一杯大曲……"可能又受了风寒，这一来，半夜咳喘不止，温度骤增。天明请来医生诊后就进住省医院。

1月6日

因为明天就是小雪，天气骤然冷起来。白天没有出街，在家里看《在茫茫的夜色后面》。

这是《成都晚报》送来的一部七万多字的中篇小说。不看，不好；

看，这样下去怎么行呢？我的精力和时间都不多了。好在，作为一个新出现的作者，写得来还不错。而且，因为情节曲折，带点惊险，还相当的吸引人。看来作者有生活，有写作能力和相当文化，是能够写东西的。

晚上同顾、刚虹出去跑了一大圈。街上在广播当天打击本市投机倒把的消息，很痛快！

1月7日

开了一上午党组会，开得不错。了解一些文艺界的政治思想情况，也插了不少话。

午睡醒来，想起一些未尽之意，感觉整理材料时应该注意阐发一下，决定先找李累谈谈。路过友欣门口，又先向他交换了意见，然后去找李累。他在我谈话后提到沧浪一些情况。沧浪打算离开"人艺"，因为通过《红岩》的演出，他情绪很坏，不愿待下去了。

回家后接到李眉和宫石来信。李眉信，是谈她父亲的遗著的，附了一张目录单子；宫石的信来自广东，他是随日本贸易代表团返国的。这个日本青年给我印象不错：诚恳、朴实。

准备约沧浪来谈，但他出街去了。晚上不仅冷，风也大，在家读完了那个中篇和好几份文件。

1月8日

到了好几份《人民日报》和《参考消息》，读完，就快十一点了。与远岑、宗林同志分别打了电话。

我不是直接打电话给李宗林同志的。午饭前，他又叫人来电话，说三点钟来看我。我推谢了，约定准时前去看他。是我同玉顺一道去的；后来想到得顺便约沧浪在公园闲谈。顾先下车到公园去了，结果只有我单独去看宗林同志。刚一坐下，我们就开始大谈川剧团在京演出情况。

《燕燕》的反响不错。王朝闻他们提的一些修改意见，跟我的基本一致。但叫我感觉奇怪的是，包括艾芜在内，不少人对《秀才外传》大为称赞！甚至于说经过加工，可能比《拉郎配》《乔老爷上轿》还好。这真叫作莫名其妙！我立刻向宗林同志说："我还是要坚持我的看法！"

随后，在谈到劫人后事安排问题上时，我表示想先看一看《天魔舞》，因为我曾好几次提到这个作品。在谈到川剧时，我还向他提到过穆文子谈戏的文章。他要我把《文艺世纪》全部借他看看。此公求知欲很强烈，特别对戏剧、文学方面是这样的。一提什么，他总想很快看到。

在公园管理处打了好久电话，都没有打通，因而决定另自找时间约沧浪了。同顾逛了一大圈，在梅林里耽搁稍久；但却只有少数几株，每株着了几朵花。后来又在茶社坐了很久，到五点才离开。但到大门外后，沧浪正同小马闲谈，等候我。原来他也在公园喝茶，出去时给小马叫住了。

于是我们又买了票，退回公园里去。但没有坐茶馆，我们就在草地上坐着，谈了谈《红岩》上集的演出，以及他的其他创作计划。他已经四十三岁了，应该集中精力来搞搞创作了，我觉得必要时他可离开"人艺"……

晚上看了电影《巴格达窃贼》。好多地方都老一套，但一个勇敢、诚实的小偷却给了影片以新的生命。

1月9日

这几天精神都很不错，想写东西；但被一些杂事纠缠住了。

下午，参加了劫人遗著整理小组的第一次会议。组长是如稷，组员有洪钟、罗湘浦二人。我提出几点整理意见，主要希望大家慎重其事，即一字一句地删改，也需经过组员协商，力求在文风上一致。远岑也发了言，有一两点意见不错。他和李眉，是以家属身份来参加的。

对于劫人在艺术上的特点、成就，我也谈了不少意见。后来话题转到川剧团在京内部演出成功，以及《越王回国》的获得好评。这一来，那位文科教授又十分激动了，从《越》扯到杜甫生日，并把田汉和《胆剑篇》批评了一通。而他甚至于做出这样的结论：北京文艺界看不起四川人的作品！

我忍不住说了说我的看法，实际上当然是批评他。大约他也感觉到了自己失言，于是题目一转，谈到他近来的情绪。他的大儿腿子虽已接好，可是不能够走动了！我很想反问他："这难道是吊起嘴随便说的理由？"只好忍耐住了。一个人有了个人主义真不是件好事！有点替他难受。

晚上在张老那里闲谈了很久，他刚从阿坝回来，还不到一点钟。他说，阿坝这一向一面下雪结冰，一面出大太阳，中午还炙人。他约我共同请劫人家属吃饭，因为正月初二他们要去北京。

在谈到劫人逝世时，他说："解放后去世的熟人不少，只有想起他，却不免感到寂寞……"

1 月 10 日

因为思绪纷繁，也相当兴奋，服了两片安眠药，方于午夜三时半入睡。

醒来时已经十点正了。早餐后去找李累，他正在参加一个会议。午睡后又去，座谈《红岩》的会又正开得热闹。同他谈了几件小事后，又托肖然去找了晚报的记者来，要他代约肖青。

回家不久，肖青来了。对《在茫茫的夜色后面》提了一些修改意见，供作者参考。

这一天很委顿，近来很少有过。晚上去街上逛了很久。又，晚饭时得巴公信，读了两遍。他谈到劫人的死，说他一直都很难过。他对我的健康很关心，要我们互相鼓励，多写东西。

虽然是在街上闲逛，但一直都想到巴公的来信。去年一字未写，想起真觉惭愧。

1月11日

上午开始翻阅劫人留下的有关辛亥革命的材料，其中有的已在《四川文史资料》上发表过了，但是还有两三则是可以抄存的。其中主要的是《静观斋日记》和《啸楼丛谈》。当午饭前李累送稿来时，我向他说了，他立刻要找人抄，但我怀疑是否必要，又推谢了。

午饭后，读了李累送来的两篇稿子，《大波》四卷的未完稿。前三章也读完了，第四章因未送来，所以还剩一个尾巴。此公的作品确有特色，越发感觉他死得太可惜了！……

出去逛街，在门口碰见李累。他告诉我，下午戏剧界的国际形势座谈，很少有人发言。

1月12日

昨晚又未睡好。天色昏暗，气温很低，刚才办完两件小事，一个上午就过去了。

午睡后，车辐来，说明日即去北京看女儿，问我是否要带东西？我推谢了。但却同他谈起写作的事，要他将其所见所闻，用散文写出来，不要以为非写小说不可……

参加了作协召开的国际局势座谈。会由老戈主持，李部长也来了。

我本可以不去的，因为感觉不去不好，所以才临时参加了。谈话相当活跃，但多限于转述他人的意见。有一个小故事，一个学针灸的某国友人，回国时与一成都女郎结婚，一道走了。去年这个同乡回成都省亲时，竟有不少人跑去探询问：某国人民对我们的态度如何？……

这是陈志敏谈起的，段又补充了不少。而由此可以看出，希望了解国际情况的人是不少的，而且多半出于政治上的关心。动机呢，好的固然不少，可能也有动机不好的人。但不管如何，对国际形势抱有隐忧的人相当多。大家接着还谈了些我国少先队与国外的通信情况……

散会后如稷告诉我，要找一个人续成《大波》是困难的。我说："当然！这需要很多的条件呵！"我多少有点惊疑，不知他是怎么想的。但我随即匆忙跨进礼堂，向李部长谈沧浪的事情去了。结果很好，我随又向李累交代了几句，要他转告沧浪。

晚饭后上街给小娃买帽子，可是，他头太大了，跑遍春熙路、总府街都未买到。

1月13日

时晴时阴，十分寒冷。整个上午，几乎就同孩子们混过去了，只看了一份揭祥麟的材料。

午睡后，因为天气晴好起来，陪家人去猛追湾。公园大门已移至马路口，整个堤岸都被圈进去了。可是，既少花木，游人也寥寥无几，感觉有点儿荒凉。才在茶馆里坐了半个钟头，就又有点不耐烦了，孩子们也玩得不起劲了。所以还不到五点钟，就忙着回家了，多少有点无聊之感。

晚上读完了沧浪改编的《红岩》。改得不错，采用了不少电影手法，比起市话剧团改编的，无疑深厚得多。但是，在人物性格刻画方面，个性、风格，仍然不够鲜明、突出……

一边看书，一边把药也熬好了。争取在明天搞成膏子，因为卓催我得在立春前服完。

1月14日

卓给我处的丹方，今天算配齐了，因而整个上午，都在为把这一剂药熬成膏子忙碌。

下午，读了《大波》四卷四章，一共只有五节，按照前几章的安排，这一章是没有写完。从故事发展说，也只间接接触到赵尔丰在兵变事件中的险境，所以更可断定没有写完。

刚读完稿，李累来了。说张老又答应写纪念劫人的文章了，要我再去谈谈。到了下午，大约五点钟时，他又来告诉我，李部长向杜书记请示后，已经同意了可以发表纪念文章。听了之后，算安了心，但也有些不快。接着礼儿回来了，同他摆谈了很久国际问题。

夜里，去看张老。回来后，心里有些激动，给白尘写了一信，谈到《死水微澜》。

1月15日

上午，向李累提供了一些修改李伏伽、谢杨清为纪念劫人所写文章的意见。

午睡后，罗湘浦来了。我把《大波》四卷遗稿交给了他，要他赶快在小组内传观。同时要他转请如稷、洪钟分别考虑一下，该怎样写后记。并提出自己的一些看法。主要是根据史实，前三卷，特别四卷已写成的各章，对四卷写的各章作一大体估计。

罗走后给邓老一信，告诉他我将于21日去重庆。信刚写好，艾芜又来信了。他用对自己的鞭策来鼓励我，说他去年写了八个短篇，太写少了！有点浪费时间，云云。我有些激动，立刻回了他一信。信未写完，黄国全来了，但直到写完，我才出去看他。这娃看来在农村里搞得不坏。他在挖瓢和锯木梳胚子，每月约有九十元收入，光景很想结婚。

去街上逛了一转，回来后看了《布登勃洛克一家》的序言。是量衡选写的，还不错。

1 月 16 日

整个上午，为了买"上海音乐学院演奏团"的门票，就把人弄昏了。送了四张给卓医生。

午睡后去医学院血学部检查：白血球又降低了，从 5600 降到 5100！但负责的那位女同志安慰我，说："你身体弱一点，5100 也可说是基本正常。"她劝我吃点胎盘。

顺路去看了壁舟、安旗。谈了一些我对工作的看法，以及对一些作家的作品的看法。其中谈到马识途同志，感觉从《挑女婿》和《视察委员来了》这两篇东西，可以看出，他在创作上已经露出了败着了。而北京以及四川的文艺界，对他的希望却很殷切，他自己也很自信……

晚上六点，因为不见继玳的影子，决定同顾一道去听音乐。我也真有点想去，但刚登上了过街楼，继玳来了，她是饭也没吃就赶来的，于是我留下来，让她拿个馒头跟顾走了。

同礼儿、刚虹上街走了一转，回来读友欣的《月夜》。随又找他谈了谈自己的意见。

1月17日

晚上没有睡好，头昏脑涨，四肢无力。整整一天都在打杂中混过去了。

午睡后，去总务科问胎盘和木炭的事。回来时，在球场上碰见丹南，他们今天还在讨论两三个改编《红岩》的剧本。我简单谈了谈自己的意见。他告诉我，茂章还准备另搞一个剧本，而且决心拿出全力来干。显然他对三个剧本都不满意。

晚上带刚虹出街逛了一转。因为心情欠佳，睡前读了契诃夫的《万卡》。

1月18日

太阳很好，天气暖和起来。午睡时在太阳光下，马扎上面躺了有一点钟，比床上舒适多了。

打了三次电话，终于是打通了。向远岑了解了清理劫人字画、书籍的情况，决定再由文联增派一个干部参加。还谈整理遗稿和资料的问题。真想不到，老头儿连改过的草稿都没有一张，更不用说计划、提纲之类的东西了。据说，定稿之后，他就把草稿等撕毁了！

编辑部送来张老、伏伽和杨清的纪念文章，作了修改了。看完后，立刻去找李累，谈了我的一些意见。随即就在他书桌边坐下，对张老的文章作了些增改，还恢复了一两处。

晚上去参加了上海音乐学院的音乐晚会。碰见罗义蕴。想不到早成人了，在川大教外语。

1 月 19 日

太阳很好，天气不错，正想找点事做，安来了，要我主持 21 日的联欢会。

这是早决定了的，由李部长主持。而且，我也实在不愿意再出头露面了，应该利用有限的精力，做点较为具体的工作，因此我婉谢了。希望尽力争取李部长从温江回来一趟。

午饭前，张老忽然来了。他是来文联参加一个座谈会的，散会后顺路来谈联名为劫人夫人和子女祖饯的事。他有点奇怪，我为什么没有主持座谈会。我告诉他，有些事情，现在应该由壁舟他们来出面了，不能老是沙汀！在谈到座谈内容时，他认为马识途谈得不错……

午睡后同洪钟、湘浦去如稷处，讨论《大波》四卷残稿处理问题。最后决定在第四章某节增加一句，并着重讨论了后记的内容、写法。临走时，如稷告诉我，翔鹤定 4 月回来走走。

晚上同顾带继玞去招待所洗了澡。回来后，喝了点酒，向孩子谈了不少艾芜、白戈的为人。

1 月 20 日

两夜没有服安眠药了，还睡得不错，只是今晨醒得较早，而且，醒后就再也睡不着了。

还未起床，宗林同志就来了电话。电话是顾接的，主要谈我同张老请客的事。顾告诉他，已经由省人委办公厅交涉好了。时间、地点，则一字未提，因为她不知道。起床后，我去打电话，但是，再也打不通了！没有人接，因为是星期天。回来构思一个短篇，这已经想过两三次了……

午睡后，刚虹、继玳已经把几间房子的地板洗刷好了。四处门户洞开，感觉有一点冷，这里那里都感觉坐不下去。随后，壁舟、安旗来了。他们向我简单介绍了马院长在昨天座谈会上的发言。我说，从理论上说明目前阶级斗争的存在情况，是容易的。对写长篇小说，问题也不会大，但是，求之于短篇，却不那么容易，若果来一个简单化，是会出问题的。我又举了些实例。

实例之一，就是我正在构思的那篇小说。他们也认为题材不错，同时却也感觉有点不好处理。这点不好处理的地方，戈干脆说可以避而不谈。然而，存在的问题，却是如何谈的问题，否则故事的发生和发展就会失掉根据，而这也正是我几日来苦恼的所在，否则早动手了！

走的时候，我一直送他们到梓潼桥街口，一路谈了不少情绪和精神状态对创作的影响。我写《假日》是由两则农村消息引起的。从构思到写成，至多不过两个星期而已。当时巴金正在成都，是为萧珊催稿写的。

晚上去张老处坐了一阵，谈了些对整理劫人遗稿的意见。他也认为《天魔舞》较费工夫。

1月21日

寒潮好像并没有来，气候照样暖和，太阳也还不错，只是偶尔刮一点风。

整个上午，都在忙乱中过去了。看了两篇纪念劫人的文章的校样，作了进一步的修饰，主要是张老的一篇。随又这里那里打电话搞车票，最后，孙静轩自告奋勇到铁路局去了。

午睡后去前院参加联欢会，同马院长、如稷和郑宾虞谈了一阵。郑六十四岁了，显得有些衰老。冯还求也在座，我问他写东西没有？他说："写不出来！"我真不知道怎么接上话头的好。恰在这时，李部长从温江赶回来了，我们也就从阶沿上移入大厅。

这时已经两点半钟，因为要等材料，李部长同我闲谈了一阵川剧团在京的情况。材料送到时，杜书记也来了。李部长先讲，后来杜书记着重讲了形势问题，很扼要、明确。这时已五点一刻了，而李部长又开始讲话了，因为张老曾来电话催过，结果只好溜了。

张老原说要我先去，我们到时，他已经在陪李师母闲谈了。下去打电话催宗林同志。随后从远岑口中得知，清理结果，书籍有万余册，字画有千余件，只差书报未清理了。我请他们注意：走之前，应该把这些东西，特别字画交割清楚，以明责任，也便于保管。主要因为，损失掉太可惜了。

宗林同志毕竟带了小林来了。菜还不错，最后的冰糖煨蹄髈使人大吃一惊，没有人敢下筷子。下席后谈了谈接交字画的问题。李眉等走后，我们又同李部长谈了很久，主要是许多人住疗养院的情形。

家里在放电影，我单独溜回来了。心情平静下来，同小娃一直玩到顾等看完电影。

1月22日

奇怪，昨晚吃了两次药都没睡好！整个上午头昏脑涨，只交代了一些具体工作。

这些具体工作是：劫人遗稿处理问题；克非争取创作假问题；伟谟儿子工作问题。十一点，李累来告诉我，张老已同意纪念文的修改了，就是较原稿明确，李部长也认为可以发。他又说，他曾几次请示，觉得请我写一篇不好。而最后李部长才来告诉我："不能写的两个原因：因为1957年我同劫人联名那篇发言，主席曾说：'这怎么联得上吗！'……"

我把话岔开了，没有问他另一个原因，更没有向他指明，那一段话的教训在于：跟有些人应该在政治思想上划清界线，不能随便联在一起，特别在严重的政治思想斗争中应该如此。但却并不等于说，我同李劼人挨都不能挨了，问题在于是非分明！

午睡后，太阳很好，带孩子们去草堂寺。这已经许过多少次了。特别是继玟还一次都未去过。红梅盛开，朱砂梅也正放，只有绿萼才开始着花，而腊梅则已零落，不怎么惹眼了。

喝了碗茶，又去青羊宫看灯会，可惜尚未开幕。晚间，收拾好行李后，喝白兰地一大杯。

1月23日

六点半就起床了，收拾好后已经七点。李婆婆转告了老曾的电话，但她却把话传错了。

因为老曾刚把车开向新街，我们在街口叫起来，但竟无反应。发了顿脾气，耐着性子等了很久，他才绕了一个圈子，把车开来。到车站时七点一刻了，孙静轩帮我们搬行李，顺利地到车厢里坐下了。

服务员眼很尖，过去是跑京渝路的，两年来去京参加人代大会，她都招呼过我们，所以一眼她就认出来了。她的招呼是周到的，伙食也不错。其实一般伙食都好，半下午，还买了一次小吃，白酒和广柑酒。而就从火车上也可看出：供应情况比去年更好了！同房间的是一个团级干部。

到站时九点半了，这里又起了不快。因为出了检票口，等了好久，还看不到人来，真有些气人，着急；忽然发现王觉走来，算丢心了。原来路局有了新的规定，不出售月台票了。

到范庄后，在二楼客厅里同王觉等谈了很久。中途牧之看戏回来，第一次见到了他爱人。原是一位昆剧演员，还很年轻。

1 月 24 日

睡得很好，七点钟就醒了，躺在床上重新考虑了一遍昨天在火车上构思的一个短篇。

八点钟起床，拉开窗帷，太阳已经相当高了，红红的一团，看了十分高兴。早餐后下楼去准备写两封信，邓老带起刚齐来了。齐儿看来不错，我同邓老上下古今谈了不少，我的健康情况，如稷的脾味，都谈到了。接着，罗、杨、刘也来了，于是又从《红岩》的改编扯谈起来。

直到一点才吃午饭，可是午休睡得不错。谈了大半天，太疲乏了。醒来后带孩子们去鹅岭公园。原想游览后去看白戈，谁知我们几乎一同到达。他也带着加因兄妹，还有别的两三个孩子，先一步到鹅岭来了。不过，有点奇怪，加因兄妹对我和刚齐、刚虹都不那么亲热，这在刚虹反映得较强烈。回来后，她甚至嘀咕说："还是爸爸搞文学的朋友对我们亲切些！"

晚上，白戈请我们同袁一家人吃饭，华逸也来了。席面很好，最有特色的是清蒸鲢鱼。我从来还没有吃过这样肥的鲢鱼。饭后，孩子们随白戈到市委看电影去了。我到街上溜达。又信步到邓老家里坐了很久，一道闲谈的还有王觉。直到十点钟才由老苏送我回招待所。

袁牧之的大女儿颇有意思，五岁多点，瘦削、苍白，一对大眼睛，能够随意哼着昆曲表演。

1 月 25 日

八点半就起床了，九点随同白戈、牧之全家人乘车过江，到南山公园游览。

由白戈领路，我们走了不少地方，然后于十二点半去汪山疗养院午餐。随后，又在原宋美龄住的房子里睡了午觉。白戈、牧之他们，则一直未睡，在露台上谈闲天。

三点去南山，一到，我们就在游泳池边上休息下来，开始了以改编《红岩》为中心的谈论。因为鲁书记在那里晒太阳，摆了许多藤椅。这个话题也是他提起的，他颇赞同我的意见。说来奇怪，他认为我比前几年好多了，那时候我还要瘦些，颜色也坏……

鲁书记四点钟就回城了。晚上我同牧之都在上面新建的楼房里住宿。真想不到，上面还有那样宽的坝子，傍着山，长长的一大片。眼界开阔，宜于瞭望，只是房子多了一点……

我同刚齐一直谈到十二点才睡，她对学习始终有点信心不足，颇叫人忧虑。

1 月 26 日

日记真该当天就记，我又弄混了，把 26 日的事记在 25 日的名下！

这里就来补记 25 日的吧：太阳很好，早上的浓雾还不到九点钟就散尽了。我留在家里，刚齐、刚虹去街上买手套。后来我又单独去看白戈，在楼上同华逸、加因谈了一阵。

因为孩子们想去北碚，两点半钟，约了林彦乘车同去。所经市街，随处都是一片欢乐景象。到北泉时已经四点半了，本想去数帆楼休息，房间给关闭了，甚至连附近一座小厕所也关闭了。在一张石桌边坐下，同林谈了些孩子们升学的问题。她们自顾游览去了。

六点半返家，孩子们去听音乐，我呢，同牧之去看川剧《乐春院》。这是新改编的，虽然剧情也还紧凑、利落，但是太一般化了，看不出什么特点，而且显露、浮浅、冗长、过火、毫无余味。

在剧场会见了李唐彬同志，廖大姐和杨松青同志。白戈、华逸也一道在看戏。

1月27日

早上，正为一口烟呛得大咳，白戈、华逸来了。他们有点吃惊，劝我进城去诊治一下。

十点一道去南泉，牧之他们是一直坐车去招待所的，我们同白戈全家则都一到南泉就下来，经小道步行而去。因为我们都认为这条沿溪的小路很有意思，步行而去，是一种享受。前年住在南泉，几乎每天都要走一次。

游人非常拥挤，除开看了看仙女洞而外，几乎全部时间都是在休息室消磨掉的。这是一间大厅，非常敞亮、舒适。我同白戈谈到好些过去的经历和几个熟人二十多年来的变化，真有些不胜感慨。我们是坐船回的温泉，其时已经是十一点半钟了。牧之也是坐船。

午饭后，约定休息半小时于三点出发回城。我准时起来了，但是，到得游泳池边，只有白戈一人坐在那里，我也走去晒太阳去了。袁还没有起来，孩子们在阶沿上打"力争上游"。默坐了一阵，就同白戈闲谈起来。给我印象较深的，是他在去年一年中的一些体会，几乎每天都在市民的粮食供应上着急、发愁……

袁午睡后已经四点钟了，我们是五点半到家的。晚饭还没用完，刚虹就给燕兮拖去听音乐去了，我同刚齐留在家里，后来又带她到街上转了一转，因为当夜九点她得回学校了。转来又等了很久，刚虹才赶回来，在联络科候车时听到了《人民日报》27日社论的广播。我向两位青年同志说："竟连流氓手段都用出来了，这说明他们非常虚弱！"……

坐车送刚齐回学校。她进校后，我又在校门外等了很久。刚齐终于抱了棉絮，偕同那个白族姑娘走了出来。这个姑娘给我印象很好，朴素、聪明，云南口音很重。我握住她的手，请她多多帮助刚齐。

1月28日

游览也需要精力，才玩了两天，就感觉疲乏透了。上午只是晒了半天太阳。

午睡后，约了益言、德斌来谈了很久，从旅行计划扯到创作上一些问题。我谈到自己对马院长的作品的一些看法。这一来，益言提到《清江壮歌》的引言、《且说红岩》和《长江日报》上一篇叫作《伟大的母亲》的文章引起的一些反响。真的太叫人惋惜了，因为有些出人意外。

晚上，刚虹随袁、朱去看电影。我一个人在室外散步，最后，回房内喝了酒，是益言送来的茅台。

1月29日

上午准备写在火车上构思的那个短篇。但是刚好起了个头，就吃饭了。而且看来并不合用。

下午花了两点多钟时间，写了两百多字，这篇东西的基调算是定了。有点兴奋，似乎可以一气呵成。晚上刚虹去邓老处托买东西，我陪她走到体育场，约定在文化宫门口等她。因为我怕去了耽误时间，后因刚虹久不见来，我走到重庆村的巷口去等。不久，发现一位一道工作过很久的同志伴随他爱人出来了。想起他们之间最近发生的纠纷，我就赶紧溜了。随即刚虹坐了车出来找我，据说这是一位文联负责同志的主意。

回来已经九点过了。工作到十一点，算把头起好了，共四百字左右。

1月30日

为了请宦局长看病，整整一个上午就白费了，这是服务员老王的热心的结果。他主动为我约好了九点去卫生局，我准时去了，可是不得其门而入，既不让进去，也不愿意传达。

"那么怎么办呢？"我问。回答得很有趣："卫生局人事科有人刚出去了，十点过就回来，回来他就带你进去。""如果十点过不回来呢？""那就多等一阵。""你能不能帮我跑一趟？""怎么行呢！我得照顾全面呀！"原来有七八个单位，可是只有一个传达！而且没有电话。结果我生气走了。

回家后，正气得不可开交——因为我向传达说了不少好话而一无结果——宦又来电话了。我冷静地告诉了他事情的经过，他表示立刻来我这里。固辞太不像话，只好去大门口等宦。因为他人较胖，不能让他爬那样多梯坎。送走宦后，已经十二点了，这还有什么事好做呢？只有坐下来等午饭了！

午睡后，加英、小文、漾兮来了。一直谈到六点，虽然花了时间，心情却很愉快。晚饭在弹子房碰到鲁书记。当他临走的时候，我们又一道在室外谈到小春、雨水和黄昏田。

夜里清清静静工作了一阵，但成绩很差，只写了一百多字。也不错，算没有交白卷！

1月31日

今天写了两页多，头总算起好了，情绪相当不错。看来五六日工夫就可以写成。

晚上，准备熬一点夜，可是服务员送账单来了。房舍是四十四元，使人大吃一惊。汽车费还没有开来呢！最后打电话给王觉，王觉不在；又找向晓，向晓出街去了，叫人有点闷气。

虽然直到十一点过才睡，可并没有写一个字。只读了两份新到的《参考消息》。

2月1日

上午同向晓打了电话，他要我莫忙给房金，等文联交涉后再说。

太阳很好，心情不快。虽然接连抽烟，可没有写多少东西。刚齐来后，就索性搁笔了。晚饭后带她去文联，碰见惊秋及其爱人，又去德斌家里坐了一阵，有广斌一道。

去邓老处找到刚齐、刚虹，一道步行回家。夜里没有另自要房间。

2月2日

早上，王觉来电话了，说已经同刘处长交涉过了，可以不算房金。

整天写了三页多，人物看来站起来了，只是情节也开始发生了变化，跟预计有一些不同了。此外烟也抽了不少，比往日多三四支。这样下去不行，非得尽力控制不可！

2月3日

刚齐、刚虹一早就到牛角沱等施惠群去了，等我起床时，她们已一同回来。

这个云南姑娘的确比刚齐高些，但也瘦些，她并不是白族人。因为家在大理，一些同学开她的玩笑，叫她白族姑娘。她向我们谈了不少大理的情况、风景、习惯。

下午带她们玩了文化宫，晚上又一道去文联找车子，这一天只写了百把字。

2月4日

白天写了约一千字，晚上以为可以多写一点，白戈来了。同袁一道陪他去楼下闲谈。谈到戏剧，后来又扯到疾病，我说了些1948年吐血的经过和体会。

白戈说，他的母亲就是吐血死的，那时才三十多岁。一天，她纺线子，线团落在地上，她弯腰去捡，跌倒了，吐了几大口血，就去世了。他还有个兄弟，患咯血症，他叫他来渝就医，他所工作的单位，一些同事在动身前为他送行，喝醉了，随即咯血而死……

他叹口气笑笑说："你看，一场好事，结果变成了坏事！要不约他来就医呢？……"

白戈走的时候，已经十一点了，但谈得很不错。希望能好好睡一觉。

2月5日

得向晓电话，艾芜当天要来重庆，问我去不去车站，推辞了。

我推辞，因为料定他来后会有一些耽搁，甚至会使写作中断。原想抓紧时间多写一点，但却仍然不大安定，直到夜里，写的不到一千字！

服务员来了，说艾芜已在楼下会客室休息，等我下去，白戈也来了。他笑着说，他们几乎是同时进门的。他还告诉我说：他后天又要去北京了，而且从成都坐飞机去。这个人真精力充沛，也很有毅力，平常六点半就起来打太极拳……

白戈、王觉等走后，我又在艾芜房里坐了很久，十点半才就寝。

2月6日

整天都想做事，可是整天都在朝艾芜房间里窜。有好多话想向他谈呵！

决定休息一天，晚上再去看一次《带阁楼的屋子》。是买的八点半的票。六点半钟，罗他们来了，谈了谈旅行计划。老艾表示，他只去华蓥山各县，不准备去川东了。

八点半同罗等一道去看了电影，对于这部片子，看它两遍是值得的。

2月7日

今天算下定决心来写东西了，但是只写了一千多字，收获不大。

晚上同袁、艾一道去看川戏。还是最后两折，生、旦戏不错。看川戏一般都可以得到享受和休息。回来时，落雨了，可惜不大。最好落他个三两天，因为已经有旱象了。

睡前，同老艾谈了不少艺术感染力的问题。写日记时，已经十二点钟。

2月8日

明天一早，刚虹就要回成都了。我要她给刚齐写了封信，主要告诉我要下星期才能走。

因为晚上没有睡好，相当疲乏，很容易生气。午睡后一连责备了刚虹两次，她老是跑去同孩子们玩。这孩子心太浮了，但我却叫小曾领她去参观了大会堂和曾家岩 54 号，她早就想去。

晚上预定去看白戈，同时送刚虹去住宿一夜，明日随她一起去成都。燕西早就来这里等我们了。等陈虹来电话催问时，我烦乱了，因为艾芜去车站接屠光群，还未回来，而我又怕延误时间。这中间，我又因事责备了刚虹一次，以致一道去市委时，她显得很不快活。

我们是从大门步行去曾家岩市委的。在白戈那里谈了半点多钟，主要是他谈，谈的问题很多，也很重要：知识分子和资产阶级的问题；经济战线上斗争的反复性和复杂性；把革命进行到底和必要的经验、知识。他特别提到习惯势力，而从他的口气听来，无论谁往往因为习惯势力大开方便之门。

他听说我在动手写文章了，劝我道："你这个人呀，好久不写东西，总是感觉到有压力；其实又何必呢，沉着点哟！"后来我们又谈到即将实施的旅行计划，他对此表示完全支持。

回家后，想起分手时刚虹的神情，有点难过。觉得今天不该到要走了还责备她。

2月9日

一醒来就想起刚虹，估计她可能已经到了铜罐驿了，多少有些歉然。

正想做一点事，屠和肖来了，告诉了他们我赶写小说的情况。因为很快就要动身，看来短期内写不成了。但却提供给了他们一些组稿的线索，后来又问到一些老朋友的近况。

屠说，天翼已经着手写长篇了。曾经要他们向我致意，如果身体太差，不必勉强去华蓥山。这其间，市委办公室刘主任来电话说，听说我要了解华蓥山的情况，他在那里参加过武装斗争，知道情况不少，可以向我谈谈。这是个叫人兴奋的消息，立刻告诉了艾芜，劝他不要忽视四川，而且，要搞材料，比外省好多了。同时又同屠等一起谈了一些创作上的情况和问题。

午睡后，剑啸来了，于是约了老艾一起下去会面。谭向我们提供了不少革命斗争经验，都相当重要，而且不少是老艾不知道的。所以谭走后，他一再说："今天得到不少的知识！"

晚上同艾一道喝了酒，其实他点滴未沾，我倒喝了三杯，谈了不少谢大姐的事。

2 月 10 日

起床后就等待成都和刚齐的电话，都落空了。我想打电话，结果也没有打。

午饭时，艾芜从文联带回玉顺七日的信，我放心了，也决定不再打电话了。她不来电话，显然因为信上说得明白，患百日咳的不是杨希而是杨凡，而且已经治疗好了。

正用饭时，罗、杨、刘三人来了。后来我们同艾芜一起计议旅行的事。出了一点麻烦：因为坐不下七个人，屠、肖去华蓥山不可能了。老艾在这件事情上绵了很久，总觉不好丢下他们。但是事情明摆着的，一个车既装不下，又不可能要两辆车，除了另为他们做出安排。有什么办法呢？真有点烦人！……

我实在无法支持了，但艾说他可以不睡觉，于是把罗等领到他屋里去了。午睡醒来后，艾来找我，对屠、肖的问题看来已想通了。晚上一道去看了屠、肖，并一道穿过文化宫去看了邓老。在邓老那里，我向屠、肖谈了我对《达吉》讨论的意见。后来有些失悔——这才叫"驷不及舌"！

回来后又在艾屋里坐了很久，一看表，已快十二点，这才赶紧带住。

2月11日

晚上没有睡好，起床时已经十一点了。这是近来起得最迟的。

午睡几乎没有睡着，因为睡的时候已经两点半了。罗等准时于三点来了，立刻下去，见到了杨银洲同志。高大，披了件短大衣。谈话开始以后，这个人给我的印象越来越深刻、鲜明了。勇敢、聪明、多才多艺，谈吐干脆又颇有幽默感。当大家要他谈几句《春官》的歌词时，他就哼唱起来。开朗爽快，非常可爱，可惜正到精彩处就六点了。

据罗告诉我，在市委，他平常很少说话。而今天，到了讲最末一次他被捕的故事时，他的语言多流利生动呀！同时也反映了他在敌人面前的机智、沉着。谈到最紧张的地方，他甚至站了起来，打起手势来了。他走后艾芜一再称赞他，说他的谈话是一个农民同革命结合的范例。

我也很久不能安静。可是刚齐来电话了，问刚虹走了没有？我多时离开重庆？她下星期准备进城。她已经考过化学了，听口气考得不错。上楼吃过晚饭，罗他们来了。我们在水池边闲谈了一阵。我告诉他们：不只要收集革命斗争资料，对于粮政兵役，人民的经济生活和当时的社会风尚，都得进行研究，这些都是土壤。而《红岩》的缺点之一，就是对这些方面注意和表现不够……

晚上由剑啸谈。谈得比较粗，可以说只有一些梗概，只是后来一段被捕的经历谈得相当具体生动。毕竟是知识分子出身，他的风格又与老刘不同。可是，因为来自劳动人民，又参加过长时期群众运动，社会经验丰富，语言也就相当生动。他自有另一种可爱处，而且三教九流都懂。

我没有作记录，太疲倦了，不住大打呵欠。谈话是十点半结束的，上床时已经十二点了。没有吃安眠药，想从此少吃安眠药。入睡前默记了一遍两次谈话的内容。

上午曾寄巴金一信，告诉他我的近况。有意没有提到劫人，担心引起他的悼念。

2月12日

睡得不错，天气又好转了，心情一般是愉快的。可是，想继续写短篇，却总摸不上手。

同艾芜闲谈时，他对自己在体验、研究生活方面，是满意的。把在鞍钢的积累认为是宝藏，同时对我搞组织工作过久、过多，有些惋惜。我有点激动，拦住他表示：干工作我毫无悔意，只是一些不必要的纠纷，把精力消耗得太多了。他说得对，一晃一个十年，人一生又几个十年呢？……

我带点情绪中止了谈话，而且转身走了。绕室盘环，想起一些不愉快的事，其中一条正是他的。两三天前，他告诉我：王西彦为《故乡》曾提了一些意见，他准备将来据以修改。因为想起他表示过《还乡记》后半部较弱，我就说："将来你也帮我看看，提些修改意见吧！"他却惊诧诧地答道："呵哟，要再读一遍呀？……"

下午、夜里都是谈陈联诗，是林向柏的妹妹谈的。虽然大部分是梗概，只在最后谈了一个生动的场面，可是，主人公的性格却比较明确了。这是一个收获，因为过去对陈总模模糊糊。想一想吧，祖父是个翰林，母亲、父亲都早死了，寄养在舅父家里。做"女学生"时，在街上听见谁说怪话，可以把对方叫住："你说的啥呀？"对方不敢张声，于是劈脸两个耳光。1935年丈夫之死是她性格发展的关键……

按照林的刻画，这个人就是到中年也是很漂亮的。但是，为了接近群众，她可以不漱口刷牙，这比同敌人做斗争更加需要毅力。说话干脆，富于群众语言，又快，像打机关枪样，而且总是比手画足。抗战时期，她在万县那一场斗争是令人神往的。也可能只有在杨森手下才能发生那种巧合……

林讲述她去华蓥山，在路上应付检查的场面，同她讲述陈为营救一个同志而经历的冒险经过，同样的吸引人，因为语言非常生动。林本人的丈夫是在潭洞牺牲了的，丈夫被捕后她才去华蓥山。当时她还未入党，已经有了两个孩子，一个领回家乡去了，一个在肚子里，她当时才二十岁。此人身材不高，看来相当能干……

我们都劝她把有关陈的材料写出来，因为她讲得好。这话是我同艾芜提起的。

2月13日

上午，记写了对陈联诗的看法。午饭前，向艾谈到这个人的材料，看来他有点烦躁。

事情是这样的：他两次提出想看西师同学为陈作的记录。我向他说：陈的女婿视同至宝，早拿走了，正在加工。昨天他又提出同样要求，我有点为难，未置可否。今天特地向他说明因为这个记录已经发生过的不快，还可能引起更大纠纷，最好多找林梅侠谈，不必看那本记录了。这中间，他老打断我："快吃饭了呢！"……

午睡后刘银洲来了。谈到起义失败，他逃回家，向家作别去重庆时，突然哭了，而他原本谈得非常轻松。他强自抑制了很久，随后出去了一趟。转来时他告诉我们，那次被逮捕过，被敲诈过的农会会员的家庭，对他、对他父亲母亲抱怨得很厉害。所以他临走时家庭就向他尽情发泄了一通他们的怨气。

这个突如其来的场面，给我启发很大，我愈发感到这个人太可爱了。同时愈加觉得：这的确是个农民出身的好同志，为了理解这个人，并向他学习，真值得同他交个朋友。晚上他还准备谈的，罗他们另外约了两个武胜籍的知识分子干部来谈。内容单薄，这个安排真叫人有些失望！……

两位客人走后，杨取出一张地图。这个地图标识着我们要去的地方，最远的是云阳。罗说了一遍云阳的重要性：盐场工人的斗争过去非常剧烈。说来说去，云、万之行被取消了，开县、达县和垫江的计划也被打消。但是，罗们走后，老艾又同我谈了一大篇，连岳、武、广都不要去了，想坐船到合川！

我几次大笑起来，并作了些补充。因为他的几点意见，都是我早就考虑到而未说的，因为我担心说不通！可是上床以后，我又觉得太走远了，无论如何，得同罗等跑一小圈，否则彼此都会不大愉快。

这次老艾给了我一个非常鲜明的印象：他对创作真抓得紧！而我太随便了。

2 月 14 日

上午，艾芜去文联不久，王觉、林彦来了。我向他谈了我同艾芜对旅行的意见。中间，艾回来了，表示坚决不要搞汽车送，我同意了，有什么办法呢。送王走时，我要求文联支付艾的房金。

下午廖耀光和林梅侠来谈，晚上也主要是廖谈。出乎意外，廖谈了不少东西，而且谈得很好！有一两个故事，看来比林前天说的准确。他不止谈他母亲，还谈了些起义和第一次战斗的情况。对于秦耀，他也谈了自己的印象，很有意思。林向我谈了她的身世和林项尧的为人，都有趣。

夜里临走的时候，廖表示，他还要搜索记忆，准备再谈一次，并同我们跑一趟岳池。

2月15日

一起床就下楼了，碰到昨天约好的况吉文，就到走廊里谈起来。

况扼要地提了三个问题：反特的小说是否可写？我是怎样写对话的？要求创作上多多反映化学工业方面的人物。对于第二个问题，我回答他：就是专重惊险情节的反特小说，也是需要的，要有人写的。但我不希望他走这条路，要着重写人物。对他的中篇也补充了几点意见。

下午，太阳出来了，可惜只能在房内听刘银洲继续谈他的故事。他是按照准备好的提纲谈的，没有上两次精彩。但是，在谈的当中，这个人的性格更明朗了，农民的坦率和幽默感，主要是谈他转移到重庆的活动。从他的叙述，才知道吴昌文过去是干了些工作的。

夜里是那位姓徐的同志谈。矮矮的，但身坯很大，才五十一岁，但看来有六十了。他是七工委负责人之一，现在房管处工作，穿着有点破烂。起义失败后关过一年，他只谈了些梗概。使人吃惊的是他对陈联诗的看法，从他的谈话看来，陈联诗几乎被否定了。

谈话中间，曾接刚齐电话。我问她物理考得如何？她回答说还不错。随又加上一句："星期天再说吧！"这孩子最近太紧张了，现在显然已经松缓下来。

睡前，屠和肖来了。他们明天四点钟就得上船去宜昌，临走时我送了一段路。

2月16日

等了一个上午，罗们都没有电话来。我同谭剑啸联系了两次，想去看他，电话也一直不通。

午睡后约老艾去文联。刚到巧姑娘站，少言、牛文、汤旭和吕亮来了，于是又一道折回招待所。谈话很多，都是讲的文联、各协会的工作问题。组织工作搞久了，要摆脱它们对我的影响，多么不容易呵！而若果不全部摆脱它们，对创作是很有妨碍的。事后想起相当苦恼。

闲谈刚好告一段落，罗们来了。少言等走后，我们就开始商量旅行的事；但却没有接触到旅行范围，以及是否自备交通工具问题。随又安排了一番出发前找人谈话的程序。当提出刘隆华同一个从前在川东打过游击的县长时，老艾头脑又发热了，说是可以推迟出发日程。此公的兴致之高真叫人吃惊！怕又弄出麻烦，我赶紧提醒他：恐怕至多只能延期一两天吧。

晚饭后还是一同到文联去了。在邓老处看到《人民文学》二月号翔老纪念劫人的文章。其中一段谈到劫老因为一些人对《淘金记》的攻击非常生气。此事李、陈二公从未向我谈过，所以看了特别感动。于是谈起我同劫人的交往，我对他的印象和对他的作品的看法来了。一气扯了很多，写下来可能是篇不错的纪念文章。其中有好几件有趣的故事，但是这得经过一些时间⋯⋯

读翔鹤文章前，曾找王觉、向晓说了说艾的房租问题。看来解决还有问题，于是我说："莫多心哇！你们给了再说，将来批不准，我还你们好了！"向晓立刻切断我："那咋对呵！最好想法报销。"我叮咛王觉，车子的事不要说得太死；罗们可以尽量尊重艾的意见，不必管我⋯⋯

回家时在途中碰到刚齐。物理考得还好，我放心了。但当谈到刚虹仍旧希望我同意她考一类的时候，心里显得有些烦躁。她从未向家里说过呵！

同刚齐就虹儿的问题扯了很久。最后因为时间晚了，就让她留宿在招待所。

2月17日

上午同艾芜在楼下走廊上扯了很久，我们都有点惋惜白尘这次未来四川，太可惜了。

午睡后坐董的车子去美协，因为艾芜是头次去，我们一去就各处逛了一转。房子已经在拆败了，花园已经成了菜圃。但看了展览室是叫人兴奋的，成绩不错，队伍也壮大了。在一位同志家里，看了康生的兰草和题字。这是我第一次看到的，还看了他们设计的贺年片……

少言的爱人为招待我们忙得不亦乐乎，后来少言本人也溜去切干盘子去了。吃了他们的大腊肉和豆花，我一吃完，就送刚齐回学校了，而为了争取赶上自习时间，只好叫老董送她。我们是坐美协的车，同牛文一道去文化茶馆，有两个上学的孩子搭车。

在休息室坐了一阵，水华、于蓝来了。水送了封荒煤的信给我，他催我马上看，我可塞进衣包去了。接着一同去听逮遂初说评书，讲的屠中洪去重庆一段。前次我听到屠坐船到唐家沱就完了，这次却讲到了同王三槐的会面。真讲得好，我好几次忍不住大笑起来。

回来后才十点半，因为听说有热水，洗了个澡，后来又继续给玉颀写信。

2月18日

上午精神不错，又有点想写东西了。拿出前一向开了头的草稿来看，删去了两页多。

午睡时，刘隆华同志来了，被叫醒。实际等于没有睡！水华他们也来了，还带了录音机来。刘已经是中年人了，很能谈。以她自己的经历为线索，谈了一下午。其中，以《新华日报》撤退和起义失败后，单身转移两个段落较为精彩。有不少动人的东西，她同那位八姐的关系，也有意思。

晚上休息，我们一道到文联去。邓老在同人下象棋，我们立刻走了。艾去楼上找王觉。我呢，去会议室；但没有掀开门，疲倦得很，就在门前瓷器独凳上坐下来等。直至王下来了，才打开门，我们进去闲谈了很久。对陈联诗的经历同吴昌文的情况谈了很多，三反时王就认识陈了。

临走的时候，精神好多了，走起路来毫不感觉疲劳。十一点就睡了。

2 月 19 日

水华同志上午来谈了他对影片的一些想法，以及罗们补充的一些材料，还不错。我随时插断他，因为临时想起意见，不说会忘记掉。后来，艾也回来了，水谈毕时，我们都分别作了建议。

下午工会刘正黎来谈了一个下午。人很年轻，很像知识分子，实际已经三十五了。这个人的经历、家庭，很有意思。通过这些，使人联想起很多解放前的社会情况。但，给人印象最深的，是他同许建业的一些接触。使人对许的了解、认识深了一层，不那么简单了。而许建业正是《红岩》中许云峰的原型。

晚上去政协俱乐部参加文联同志的会餐。全体同志都到齐了，看来有些值得注意的情况，所以我特地向另外一桌的同志敬了杯酒，但我始终感觉有点别扭，但愿是我神经过敏……

想去看华清，问了俱乐部的同志后，只好作罢。因为听说他睡得早。

2 月 20 日

因为已两天未作日记，就又弄颠倒了，把 20 日的事记到 19 日了。

这几天太把人累够了，下午、晚间都有活动，每每要十二点才能上床休息。可是老艾还兴犹未足呢。他什么都感觉新鲜、有趣，人家一谈起来他就不停地记录，而且总是全神贯注。

要是我能有他一半的精力该多好呵！因为疲劳，就多抽烟，又有点咳嗽了。

2 月 21 日

上午林谈了些老太婆的故事，显然是听来的，相当空洞，但是谈得十分热情。

午睡后水华、于蓝来，出的题目是：影片如何开头？老艾和我认为，首先得明确许同江的性格，于是他们提供了好些我们从不知道的素材。这样，谈话就活跃了。

夜里休息，去文联看了邓老、罗和雁翼，还听了雁翼一个多幕话剧的计划。正同他的散文相似，题材、构思有一些独特性，但是很"险"。所以我告诉他，像他这样"险"的题材，要做到教人信服，必须在人物性格和事件发展的条件性方面多下功夫……

回家后同老艾闲谈，直到十一点过了，这才大吃一惊，赶紧各自睡觉。

2月22日

一整天都在同水华、于蓝讨论《红岩》，罗们也参加了，主要是讨论许同江姐的被捕问题。同样的，罗们首先提供了一些同志们被捕的各种情况，然后进行讨论。

我提出一个必须注意的条件：敌人费尽心力抓他们，但是都落空了。他们也充分表现了勇敢坚定。眼看要逃脱了，可是一个偶然事件暴露了他们，终于被捕！这对敌人，对他们自己，对观众，都是一个意外。他们暴露，是由一个好心肠的孩子寻找一位老年人做成功的，要表现得令人信服，颇不容易！……

对社会上的形形色色，在互相启发，引导下，大家也提供了不少素材。最精彩的是：一个黄包车夫正拖着一名绅士模样的人下坡，而绅士的礼帽被一个偷儿公开摘了！……

晚上由罗们邀约到冠生园小吃。回来，老王拿账单来了，数目之大，叫人吃惊！

2月23日

夜里简直没有睡好，但因为要出发了，老艾来叫我，却也只好起床。跟即忙着洗脸，捡东西，吃早饭。

还未收拾停妥，水华、于蓝来了。正走下楼，钦岳来了电话，说华清要他约我们晚上吃饭。我说明情况，婉谢了。等杨来后，一道要车去文联。临行前，我三次上楼清检忘掉的东西。

没有找着邓老辞行，等到罗、刘放好东西，我们就出发了，同水华们握别而去。十点半到北碚区委会。因为约的人得午后才来，大家提议去温泉洗澡。因为太疲乏，我本不想去，结果还是去了。独自一人在数帆楼喝茶、记日记，结果精神反而好了。

午饭后仍去区委会，约的人刚来不久。区委书记来了：是个北方同志，瘦长，好像喝过酒一样，面色红润、开朗。谈了些解放初期，他在川北同地下党接触的情况：队伍很杂，不少人是临近解放乱招收的，有的虽然入党较早，但在土改时出了毛病……

看来，我们都希望书记同志早点结束他的谈话；而若果没有一个会议等着要他主持，他是还会谈下去的。约来同我们谈的人姓陈，五十岁，但很衰老；胖胖的，皮肉却很松弛；眼睛灰蒙蒙的，说话有点上气不接下气，嗓门也低。他在这里隐蔽了二十多年，为党做了工作。而为了隐蔽，他抽大烟、赌钱、操袍哥都来过。他有高血压病……

陈同陈联诗三十年代左右就认识了。他谈了陈联诗好多生活细节，两三个小故事，都很有意思。补充了一些别人所没有谈过的东西。对于自己，他谈得较少。当杨问到他的烟瘾的时候，他显出一种难为情的表情。他显然思想上有包袱，不大痛快。

晚饭很不错，吃的抄手，几与龙抄手的一样。饭后逛了很久的街。没有车马，行人也并不多；虽然今天是星期六。这是个现代化的小城市，在四川是少有的。

回家时碰见区委组织部长夫妇来访。据说北碚叫朝阳镇，人口约四万。

2月24日

才六点，就被钉了铁钉的皮鞋声惊醒了。有雾罩，看来是个大好的晴天。

早上吃的汤圆、包子，很不错。到区委不久，杨就来了，是个大个子女同志，已经四十带了。解放前在渠县搞得很红，从她讲述的起义经过说，也可看出她是很泼辣的。可惜忘记问她的身世了。更可惜的，是李家庆同志进城去了。

午饭后从北碚出发，正五点到达南充。地委书记到武胜去了，我们由汤秘书长领到一所新建的招待所住下。随后，我们把要访问的蔡部长请来了。

晚上看了川戏，很不错。回来后，因为老艾又发脾气，弄得很不痛快。他对文娱活动显然没有多大兴趣……

2月25日

同老艾、广斌观光了市容。在江边歇气时谈了些创作问题。

午睡后蒋仁风同志来谈。他参加过南昌起义，斗争经历相当丰富，也很能谈。瘦削、红润、精神勃勃，不时愉快地大笑。他从自己接触新思潮谈起，虽然简略，却颇有意思：一个农村知识分子如何走向革命。从广州回家后，他开始读中学，随又参加了革命。他从李其相手下逃脱那一段特别精彩。可是，照例又是到了结束的时候了。半个月来，每次谈话都有这类情况。

晚上又去看了川戏。灯戏《床下知县》把肚子都笑痛了，汪洋真演得好。回家的途中，文化局一个干部告诉我，汪才二十六岁，不但能演戏，而且还当导演。他是名丑陈全波收的学生，读过中学。

2月26日

正睡午觉，"川报"的孔和邓都来了。他们认为烈面情况很好，劝我赶快就去。

同艾、罗们在南充分手，看来已确定了。我老跟他们下去，有什么意思呢？而且车子太小，对大家都有点难受！可是得找机会向他们解释一下才行。

孔、邓走后，我又去睡。但刚躺下不久，蒋就来了。不仅经历，这位同志的性格给人印象也深。他说已经早将假枪毙那段回忆交洪钟转给我了，但我至今未见。我们昨晚老鼓励他写回忆录。

还未开始谈话，地委农村工作部张副部长来了。他有篇稿投给《四川文学》，我看了，曾与他通过信，提了些修改意见。这篇稿子后来发了，因此他特来看我，给我送了一些广柑，一再声明不是多吃多占，也不是开后门买来的。大个子、黧黑、朴素，完全是个农村干部。

蒋同我们一道用了晚餐，稍事休息，就又继续讲了。当罗谈到一个名叫陵昌的干部时，他很激动。因为这人南昌起义时是他的排长，随即奉命打入特务组织，后来戴了右派帽子，弄去劳动。当时已五十多岁，扛树子跌死了，可是去年又在死后揭了帽子……

谈到八点半，蒋就结束了。接着我们就一道喝凉粉酒。他对所谓"家庭支部"的情况谈得不多；但陈联诗给他的影响显然是不小的。十点钟送他走后，我们又就多次的谈话进行了分析。

今天睡得较早，上床时才十一点，但我照例吃了点安眠药。

2月27日

早饭后，我把不到岳池、广安，而直接去烈面的意思，向老艾、杨和刘谈了。

没有在记者站找到孔，他们到浴室洗澡去了。太阳很好，我缓缓步行回家。碰到罗同刘，我们就在楼下阶沿边坐下，由我向他们就不去广安、岳池的计划作了详尽解释，又谈了一些创作上的问题。等艾理了发回来，谈话更起劲了。我们都希望罗等对有所了解、相当熟悉的同志写一些文艺性的传记，求其能有独立存在价值。

我带点情绪提到《闯关》的遭遇，以及早先准备编入《祖父的故事》的打算、顾虑。老艾认为这只需通知一声出版社就行了，用不上多作考虑，因为一般出版合同都有这样的规定。因此，谈话刚一结束，我就分别给两家出版社写了信。

下午，蒋的谈话不如以往精彩，但他详细解释了秘密工作的原则、规律，颇有意思。结束时我向他问到了他父亲、兄长和一般家庭情况，这对了解他是有些帮助的。

晚上约的人没有来，但却意外地收听了《分歧从何而来》。后来，一面喝酒，一面大发议论。

2 月 28 日

因为蔡部长改在下午谈话，去地委找到孔，商量去烈面的日期。

午睡了一刻钟，蔡来了。艾芜没有参加，被南师拉去做报告去了。蔡是健谈的，内容也不错。谈他自己在新场被捕那一段最精彩。听着，我突然有了一个想法：把他的、谭的、刘银洲的，还有蒋仁风的被捕作一对比研究，一定很有意思，各自的特色将更突出。

他谈的有关陈联诗的一些材料，也很有意思。决定回成都后找李兆鸿谈一谈。这不是为了探求一个女同志的隐私，是想进一步了解一个女同志的性格。

晚上看了川剧《避难钗》，很不错。回家后同广斌等喝了很多酒，还收听了广播。

3 月 1 日

天气晴朗。九点半随繁祚及另一《四川日报》记者由南充去烈面，十点四十分到达。

毛书记去沿口开会去了，区委会很清静。记得 1960 年住在这里，整天都人来人往，随时都有人在打电话。看见农业技术员小莫，我把她招呼住了，主要谈了一些杜书记的情况。他离了婚又结婚了，我真为他庆幸！他现在白庙八大队做支书，离烈面八里。

到一点半才吃午饭，真把人饿够了！午觉几乎未曾睡着，就同孔他们一道去参观新开的渠堰。这是利用1956年修建的一口山湾塘蓄水开的，效果很好。在原来的劳武大学，现在的农具站休息了一阵，我们又去参观了王家坝的水渠。

特别因为找不到茶水，回来后感到筋疲力尽。躺了一阵，可睡不着，晚饭也吃得少。夜里正同孔闲谈，县委苏书记来了，他是来烈面检查工作的。

想起今晨出发前艾芜一些对创作的意见：力求题材多样，多写中篇，觉得不错。

3月2日

和孔一道，去看二麻哥。刚走到陈家大院子不远的地方，一个中年的妇女正在用锄头堵塞保水田的黄鳝洞。我们同她闲扯了一阵。这是一个心情愉快的大队妇女主任，不仅生产情况，对于她的家庭变化，她也毫不迟疑地向我们说了。

在院子门口右首，正在修建的面房门边，我们碰见了二麻哥。我们请他在阶沿边坐下，同他谈了好些天灾严重的1961年的情况。这次谈话虽然零碎，有许多事情的真相我们一直没有弄得清楚，但却叫我们更加了解了这位老英雄的高贵品质。而他在对付偷盗问题上说明：他相当灵活，胸襟是开阔的。

随后，我们又去大院走了一转，就一同上街赶场去了。从狮子桥起，就有摆地摊的了，愈近场愈加拥挤。卖鸡的很多，而最突出的是，一路上我们碰见有人提着一只烫了的鸡，一共有七八起。我想起二麻哥的话来了，最近鸡瘟流行，他们队上就死了不少……

午睡后去农具站坐了很久。四个农业技术人员都在，但是，结果我为他们谈了很多杜书记的故事，他们却谈得很少。当然，也不是无所收获，杜的性格更突出了。

去找陈秀碧，没有找着；在参加党委会。晚上同肖、杨、孔等喝了酒。

3月3日

直到十点半钟，陈秀碧来了。较之1960年初夏，显得更开朗、红润一些。

她现在已经调回原来的大队了，做副书记。她照旧朴素、单纯，穿着也很整洁。在两天半来接触的同志当中，她最表现得好，可以看出没有丝毫顾虑，几乎有问必答。她向我们谈到了很多过去两年的情况：旱灾，单干风，地主的嚣张，少数干部的思想动摇……

对于杜书记她也谈了不少，而且谈得很有意思。一直到一点钟，她才回去午饭，并且约定以后还可再谈。午睡后，把她的谈话记录了一部分，就因一大队的一个会议而终止了。这会是区委召开的，要求各队采取措施，力争每年每人能有二十斤猪肉、二十斤鱼、一些必要的水果……

晚饭后，同小莫、小赵在大门石槛边谈了那几个华侨的情况，主要是他们的婚姻问题。然后到公路上闲逛，因为无所事事，有些发慌，最后，把田可发同志找来闲谈。

田的谈话虽较一般，但他态度诚恳、纯朴，叫人感觉可爱，这是个很好的年轻同志。

3月4日

十点钟，西关的四个队长来了，他们都曾经做过支部支书，去年才下放到生产队。

只有吃午饭停顿了一下，我们一直座谈到下午三点，收获颇为丰富。谈得最好的是黄和段，同时他两位也谈得最多。段瘦长，留了点胡子，很沉着，说话慢条斯理的，就是旁人插话，他也自信很深地一直说了下去。他从丙午、丁子谈起，主要是讲他个人的经历。

四个人中，黄穿着最差，洗了的红色绒绒衣，外罩旧棉背心，头上棉帽，脚下草鞋，说话时多少有点激动；但谈得很有趣。对他的整个印象是：脑筋灵活，办法很多，也喜欢顽皮捣蛋。他在1962年小春分配，种子贷粮的处理上，说明他是顶得住歪风的，坚强而有韧性。他向我们解释："我绝不能动手，也不能挨顿黑打，只有让他们说呀！"

他的调皮，充分表现在发动落后社员抗旱，争取手足不干净的人栽种菜蔬，以及对付一个泼妇的不断辱骂上。这个队是远近驰名的落后队，曾经去过不少区县干部突击，毫无改变。而经过他半年多的努力，终于变了样了，社员对他的辱骂变成了尊敬。

在大家称赞这个队的改变的时候，他曾经一而再地，充满欣喜地，低声向我说了这样的话："毛书记去突击过呢！""区上几个书记都去突击过。"我有一个印象，这位中年，雇农出身的同志可能受过批判。夜里向毛问起，我的直觉是证实了我没有猜错。

毛书记是下午回来的，他看来比1960年健康多了。晚上，因为碾米厂停工，没有电灯，我们一道在最下一层石栏杆边闲谈了很久。等他要作传达去了，我们还不想回屋，继续闲谈。

当到上楼以后，会开完了，毛熙东同志叫人拿了酒菜，几个人一边喝酒，一边闲谈，直到深夜。

3月5日

上午九时，坐了航标局的划子去西关。江水碧绿，有雾，两岸的风景很漂亮。

是毛熙东陪我们去的，他是区委书记。为了安全，他还叫那两个青年人准备了三副气袋，以防意外。在航行中，他向我们概述了三年来烈面区的变化。给我印象较深的是，在1962年春县委扩大会中，一些人对烈面的攻击：烈面带头错了，害得大家都跟着转……

扩大会后，基层干部松懈下来，以致或不愿意领导生产；而且不接受区委的安排。但他坚持了党的领导，特别在季节上，准备耕作上从不含糊。当时他还没有根据中央、省委指示的精神，总结三年来烈面的工作。有一次在白庙做报告，还没讲到一半，一个老农站起来质问了："这些都听过了，讲讲这两年是怎么减产的吧！"这才开始联系本地实际进行总结。

从所有的概述看来，他是坚定的，政策水平不低。但他坦白地告诉我，他当时的情绪是有些抵触的。当中我也插了不少的话，阐述他的一些观点，或者用一些事实补充他的观点。这一半也由于想给他以鼓舞。船到西关时是九点五十分。

西关是新开乡，只有四五栋新建的楼房，而且相当分散。作为办公室的砖砌楼房，是1959年用二十四天的时间修建成的。在办公室喝了开水，毛同团委书记领我们去参观生产，主要是楼房沟一带生产。开始是沿江走，接着就进沟了。小春的确不错，几沟冬水田里的水，都是满满的，老看生产有点闷气，由我建议，我们到一个姓陈的老农家里去了。

老头儿已经六十六了，但很健旺，他同我们谈了他的家庭情况：大儿不久才出门去了，是个铁工；二儿前年划船到烈面，同船一个青年人落水了，他去救，结果丢了性命；现在只有一个女儿，而她的爱人因为前年两臂瘫痪，一直哼哼叽叽。他谈到这些时，口气十分自然、平静……

回到办公室的途中，碰见一起接新姑娘的。刚才休息下来，张书记做完报告，见我们来了。瘦长、精干，完全农民本色，他今年四十岁，可是头发已斑白了。他告诉了我们不少有关黄勤明的事迹，一再赞扬他是个好党员。而他的谈话，绝大部分都是具体生动的事例。他就是本地人。

午睡了半小时，就由张领我们去三队。路上他还告诉我们一些反右倾时一个党员被斗的经过。他自己看来也挨过斗，但他轻轻带过去了，未曾详谈。我也没有追问。走过一所初级小学，就是三队。他引我们到一匹长梁子的岩头上坐下，这里可以看见整个三队的庄稼。靠嘉陵江一边的正沟较宽，可是中间变成两个岔沟，就像一条裤子一样。一共九个山头……

张把黄从右边坎上一座茅屋里叫出来了。我们谈了一阵庄稼，最后又由张谈起这个队过去进行斗争的情况来了。这中间，黄只偶尔插两句话，但神情很开朗，因为刚剃过头，他比前天看起来年轻得多。他向我简单谈了谈他过去的经历。当毛来到，我们就又谈起生产来了。

回去后吃了本地产的柑子，很不错。晚饭是蒸红苕，也很好吃。今天的收获真出意外，这些基层干部太可爱了！里里外外，他们得经受多少的考验呵，这是坚强者的工作岗位。

坐上船后，开始感觉到了疲乏。等到船到烈面，走回区委，人就动都不想动了。

3月6日

夜里被耗子，被赶耗子的行动惊醒了三次，没有睡好。整天都疲乏不堪！

工作效率很低。前天的谈话还没记完，就吃午饭了。午睡也受到不断的打扰。那个山西同志的爱人照例领起孩子上楼来玩了很久，她嗓子又粗又尖，——真要命！……

今天是场期，但只在大门外望了两次。下午也没有做多少事。晚饭后，索性约了孔们去逛田坝，后来，又到了农技站。两个二流子在同郑扯皮。最后，二麻哥来了，谈了以往抓壮丁的事。

夜里，毛书记来。他力劝我们不要客气，对我们的生活作了具体安排。

3 月 7 日

毛书记到沿口开会去了。临行时候，我向他表示，是否到沿口去，他 13 号回来决定。

上午十点，西关张书记来了。他扼要地向我们介绍了西关三年来的变化。虽然比较概括，却使我们得到了一个比较明确的线索，这对理解个别事件，是有帮助的。

午饭后，我们又继续谈下去。主要是谈他的身世、经历，相当动人，我似乎更加了解这个人了。但也只有说到过去的苦况的时候，他才比较多地谈到自己，而一转到工作上来，却又明显看出他为人的谦逊。当然也有例外，他对自己在文化上的进步，是相当满意的。他三十岁了，才调到南充学习文化，现在他做报告，他自己能够写提纲了。他取了一份给我们看，很不错。单拿写的字说，就比一般大学生写得端正、清楚，这是个有毅力的人，一个好同志。

我们以为他会在这里留宿的，明天从这里去沿口开会。因为他要回去开干部会，布置他离开后几天内的工作，三点钟他就走了。他希望我们在他从沿口回来后去西关住两天，这个对他并无妨碍。同时，他也同意了我们的要求，明天请三大队、三小队两个同志来谈一次。

张走后我补睡午觉，但一直没有睡好。起来后单独去米厂、砖窑附近散步了很久。

3月8日

晚上没有睡好，头昏脑涨地补记了一些材料，并回了玉颀一信。情绪很坏。

刚好吃过午饭，西关的张书记、黄书记来了。为他们安排了吃饭问题后，我争取时间去睡午觉；但一直睡不着。躺了半点钟就赶紧起来了，去下面等候张、黄从招待所转来。

张高长长的、穿着整齐、脚下是新胶鞋，已经三十八岁了，看起来还相当年轻。他是公社的会计，去年下放到八大队的。他有两个哥哥在外边工作。黄已经见过三次，穿着较差，今天还草鞋都没有穿，一双赤脚。他只对过去两次谈话作了不少补充。张呢，主要是从干部角度介绍了一般情况。

经过这次谈话，我们对黄更感觉亲切了。在碰到歪风邪气的时候，他爱说："你们闹吧，我这个人就是这样懒垮垮的，不来气！"在谈到工作的艰巨、困难，而又必须坚持政策的时候，他曾一连两三次说过这样的话："有什么办法呢，就是磨眼也要钻呀！"显出一副调皮的，满不在乎的神态。我觉得，他具有不少民族传统的坚韧性，也有不少农民的幽默感。

五点钟谈话就结束了。本来想请他们看戏，因为怕过多耽误他们，没有提。还有，在今天的谈话中，在接触到1960、1961年的高征购时，我有意从正面对他作了扼要解释；在谈到过去黄挨斗的时候，我又以公社张书记为例，提供了一些必要的看法。

从黄的谈话中，我也更了解、敬爱党委张书记了。比如，他只向我们说过，黄受到一个下放的商业干部的斗争，党委召开过两次座谈会，却没有说过自己曾经经受那么多的个别谈话和检讨。……

晚上看了武胜剧团的《绣襦记》。演唱得不错，只是场子里太乱了。

3月9日

前天就落了一天小雨，今天拂晓又飞起雨来了，一直未停。烈面小春丰收，更可以肯定了。

下午，听见屋檐水滴答声，雨下大了。走向窗口一看，尽管仍然是毛毛雨，但就这样下他一天两天，对大小春都绝对有利！气候也冷起来。想起这几天了解的情况，作了一些记录，并同孔交换了意见。

没有出门一步，有点闷。傍晚，当天的《南充报》到了，读了评苏共声明摘要，非常痛快！

3月10日

细雨犹未停歇，这真太好了！一心只想今天能得八号的《人民日报》，问了办公室几次。

下午五时，烈面二大队的任书记来了。只有三十带点，健壮，谈话时爱扯问题，讲道理；但人却可爱。他是朴实的，充满了自信。眉头又粗又黑，眼睛却小，笑起来眯成一条缝儿。

解放初，才十九岁，他就结婚了。已有四个孩子，大的已经有十三岁。当我表示吃惊的时候，他的眼睛照例笑成了一条缝。在谈到参军问题时也是这样，他在沿口，他弟弟在烈面都分别报了名，可是组织却把他留下来了。这是1952年的事，那时他在沿口开青代会。

他对二大队八小队的情况谈得较为具体生动。这个队过去是落后队，现在已经赶上来了。前年水田才一犁一耙，今年已耕了三次了，我们同他约定，天一晴就去八小队。

晚上得广斌从万县来的电话，我们商量定了，18日回重庆，20号去成都。

3月11日

整天细雨绵绵，我们听农技站估计，一般可能下了15毫米雨了，而且下得及时。

午睡后，同孔查对了杜的谈话记录，主要补充了一些点点滴滴的东西；它们对理解杜的为人、作风，是有帮助的。从一些事实看来，他重视培养人的工作，也培养了不少年轻干部出来。他曾经做乡长、乡总支书记，因而在觉悟上同目前一般支书相比，毕竟要强一些。

晚上去看了三个折子戏。《思凡》演得不错，那个年轻演员才十九岁，很有前途。昨天下午，我曾对那个青年团长叮咛，特别是女同志，千万不要忙着结婚，但他似乎不大在意，很快溜了。

今晚，当演出《杀狗》时，有人告诉我，他同"焦氏"是两口儿，这下我才明白昨天他为什么会溜开！

3月12日

雨一直没有停，一直飞着。这种对庄稼最有实效。看来早已经下透了，气温很低。

上午同孔查对材料，午睡后又继续查对。可是，四点半时，区里一个同志把一个青年演员领上楼来了。这是孔出的主意，他总认为，我有义务鼓励她一番。既然来了，我就只有尽我的"义务"了。我希望她要有雄心大志。我特别请她注意，观众赞赏她，是从她的条件出发的，达到成熟还得花很多很多的努力……

晚上感觉闷气，又同孔喝了酒。当中对张宣和的稿子提了一些修

改意见，请他记下，将来由他代我向张提出。后来又向他谈到我那篇
残稿的构思和中断后感觉到的为难之处。

就寝前翻出那篇文章看了一通，最后决定：如果继续下雨，就动
手完成它。

3月13日

上午，刚开头续写那篇残稿，曹惠芳来了。我立刻搁下笔，到了
孔的房里。

她看来比1960年夏季见面时更高大了。白多黑少的眼睛也更加灵
活些，穿得棉滚滚的，脸色也比1960年正常些，更加健康。一见面，
我就记起1960年她向我谈过的话来了："不晓得我咋这么黑呀！"她现
在白庙公社一个大队任副支书，照旧很活泼。

她的谈话，照旧也很活泼。虽然有些零碎，但却生动、具体、富
有吸引力。从十点起，我们谈了三个多钟头。中间我午睡了半点钟。
给我印象最深的，是曾经领导过她的，同她共同工作过的，以及正在
共同工作的三个支书：杜、蒋和王。她刻画了他们的不同风貌，并用
一些事例来说明他们的品格。

下午的谈话，是在我屋里进行的。到了三点五十，因为我连连呵
欠，她也就告辞了。临走时，她认为我们的这次会面是喜事，并约我
们去她队上。

晚上，虽然有了电灯，照旧什么事不能做。同孔一面喝酒，一面
讨论时事。

3月14日

上午记录了曹昨天的谈话。开始，似乎什么也想不起，结果一气写了三页！

午睡约半小时，就动身到白庙八大队找她。刚到周家垭口，便觉神清气爽，真有点像飞出笼子来的鸟儿一样！从周家垭口向南望去，一片波浪似的绿黄相间的庄稼在阳光下闪耀着。在街头养猪场对面，我们随着一群放学回家的红领巾进入一条横沟，就是八大队地界。

翻了两三匹小垭口，有两个小学生，同杜一个院子，他们几乎一直把我们领到了杜家。这里一连有好几座小茅屋，正同一般场头场尾一样，杜住家的院子很大，但已经破烂了。两厢的房子已所存无几，前面的垣墙、大门，已经看不出了。但从正屋的高台阶，大柱头，可以看出这座院子从前的排场不小。

杜住的是一间偏房，阶沿很高，下面是臭水沟。我们叫了两声，一个瘦削，挺着大肚皮，敞开棉制服上装，面貌苍老的妇女，袖管挽得高高的，在门边出现了。她告诉我们，杜书记到礼安买糟子去了。她请我们进去，再三申言他很快就会回来。两个十岁上下的孩子，一男一女，各自捧着一个饭碗，好奇地瞪住我们。我心里忽然感觉到一阵难受，推口走了。但在回家的途中，在同一对青年农民闲谈了一阵之后，我们又转去了，在杜的家里耽延了约半点钟才告辞。

杜的这个爱人，看来是勤劳的，她一边同我们闲谈，一边不停地给猪娃上料，洗锅；也很灵醒。这次我们离开，她一直送了我们很远，还不断挽留我们。到了公路上，我们又索性前去白庙，坐在供销社堆存的木料上抽起烟来。本来是准备去公社的，因为听说干部都到队上去了，没有去成。

晚上什么事也没做，老是想着杜和杜的家庭，心里也老是有些难受。

3 月 15 日

乘航标站的船去西关。这次是三个青年人了，他们要去岳池执行任务。三个人都很健壮。

到达公社不久，我就被安置在楼上了。是头一个房间，三面有窗，眼界非常好。张书记在家里写报告提纲，我们同他打了个招呼，就独自溜到会场上去了。今天八大队将举行普选。我们在会场外看了一群人下"三三棋"，同在供销社的几个妇女扯了一阵闲天。后来又回到社办公室，看那个年轻文书在为好几对青年人写结婚证书。看的人非常多，巷道里堆了十多个猪草背篼。

午觉睡得很酣畅，这是近来很少有的。起床后，我们就到黄勤明的三小队去了。爬坡上坎，走了不少的路。先后同几个妇女社员、一个六十三岁的老头，还有黄本人谈了话。谈话是在黄住房的阶沿上进行的，直到梁子上有人叫黄，我们这才一道离开。在碰到杨曼丽叫我后又才分手。

晚上同张也谈了不少，还有王素兰，我们在黄昏前已同她谈过了。晚饭是同张一道吃的，后来还一道喝了酒。想不到我今天会有这么好的心情，这么充沛的精力，真高兴。

楼上会议室里，有二十多位青年鼓动员，一直在唱歌、拉胡琴，直到我睡了才各自散去。

3 月 16 日

早饭后，同张在公社门口石块上坐着谈了很久。凡是路过赶场的人，他都要扯几句。

一个老头儿给我们印象很深。高大、健旺，甩足甩手地杵了根手杖。他告诉我们，他七十六了，家里有三桌人吃饭。他声音响亮，胡须只有一小部分白了。我们请他坐下，同他谈起庄稼活来。他告诉我们，今年小春比去年好。又转向张说："全像前几年那样硬干不行呵！"

我们后来又随张跑了八大队的五小队和七小队，看了农民们忙着平秧田，选择谷种。今天比昨天路跑得少，而且没爬大坡，但很疲累。午睡也未睡好，动都不想动了，真糟糕！

晚上，正在参加小赵的婚礼，广斌来电话了，约定明天来烈面接我回重庆去。

3月17日

早上，小赵请我们在招待所吃饭，人们勉强敬了她一两杯酒，她就被灌醉了。看了很不舒服。

十点半，艾、黄、广斌等来了，其时，我正在向毛汇报自来烈面后的一些观感。毛对艾们的来到非常热情，一定要留用午饭。结果各吃荷包蛋一碗，这才离开烈面回重庆去。

一点半到北泉。游人很多，主要是红领巾，叫喊声和笑声不绝于耳。在数帆楼休息到两点半才去食堂午餐。食堂里挤满了人，也多半是红领巾。我们是在储藏东西的屋子里用的饭，这是十多天来最好的一顿饭。厨师告诉我们："今天开了一百多席！……"

饭后，碰见过去文联的驾驶员高唐宝，人瘦了，也苍老了。他告诉我，除开邓老、王觉，文联的人全都来北泉了。一点钟后，艾芜、广斌领了向晓同志来。我们问了问买飞机票和火车票的问题，请他代为我们交涉两个房间。他说，翔鹤已来重庆，昨天到了西师，住第一招待所。

向晓走后，益言从区委回来，说市委已经传达过中央最近一次会议的精神了：农村普遍组织贫雇小组；厉行节约，反对浪费；反对修正主义。听了非常兴奋……

夜里，一面喝酒，一面同广斌、德斌畅谈创作上一些问题。谈到十一点方就寝。

3月18日

午睡后草草打了个盹，就回重庆去了。三点半到达文协。

夜里走？白天走？软坐吗还是软卧？正为这些简单极了的事又在邓老处扯了很久。因为老艾坚持白天坐软座！我同意了他，白天走，因为我不可能坐一整天……

我们的住处，照旧是二所，房间也没有变。休息了一点钟，仍旧同艾一道，去邓老家吃晚饭。坐了很久翔鹤才来。他的精神比我的好多了，心情当然也比我的为好。我们谈了很多，主要是反修正主义问题。饭后我们又同去二所，最后又陪他回一所去。

从一所回来后，挤时间校改了一篇稿子。上床时已经十一点半了。

3月19日

上午在家里校稿。午饭前，听说王维舟王老住在一所，我在弹子房同他谈了一阵。

匆匆吃了午饭，就同老艾一道去看白戈夫妇。这是我上午约好了的，他在楼上书房里接待了我们。我们向他谈了些旅行中的经历、观感，坐了半点钟就走了。

午睡了一刻钟，钦岳、裴昌会来了，其时我正在看校样。要是昨晚上走了，一切多简便呀！周是约我们去他家便饭的。我们随即又去一所接陈翔鹤。因为钦岳的住宅就在文联附近，小巧精致，听说抗战时期宋庆龄先生住过。周高谈阔论，说了不少反修正主义的话。

虽是家常便饭，但颇考究。今年第一次尝到豌胡豆了，豆花多而又好，大家都吃了个饱。酒酣耳热，钦岳的谈吐更利落了，旁人简直难以插嘴。他已六十四岁，但是，不管面貌、脾味，照例还同青年人不差上下。他谈了不少自己的见闻，特别对周善培的一些印象，谈得来很生动。我极力怂恿他写回忆录，这个人的经历太丰富了！

到了九点才回二所，休息后继续看了两三页校样。直到十二点才就寝。

3月20日

原来打算在车上看校样的，结果一筹莫展！能够做的，只有摆龙门阵了。

从车上的饭食看来，生产的进一步好转，也是很显然的，肉类、蔬菜，不仅丰富，而且相当便宜。午饭后，实在支持不住了，躺下来休息。艾们在餐厅里打"力争上游"。

正点到达成都。把艾们安排好后，就独自回来了，看了白羽十日来信。

3月21日

正看校样，艾们来了，不久，亚群同志、李累、高缨也来了，脑子里只有一片话语声。

客人走后，疲惫不堪，什么事也不能做了。其实已十一点半钟，也做不了多少事了。等到午睡后再说吧！于是溜到高缨房里，谈了我对他那篇文章的看法。年轻人不可能事事都妥当的，用不着惊怪；但我们却有责任提醒他们，不能听之任之。

下午，正看校样，宗林同志来了。他告诉我，他的肺又出毛病了，没有参加省委召开的会议，在养病。我们一直谈到晚饭时候，主要内容是：川剧院在北京的演出情况；实验川剧院的出省演出计划；以及劫人所献书画的处理问题。他对翔鹤的回忆文章多少有点意见。

晚上出去逛街，给广斌们送了点下酒菜。我没有上楼，把东西交给他就走了，但也没有在街上逛多久，春熙路都未去就回家了。续看校样，一直到十二点才上床。

3 月 22 日

看了一上午《祖父的故事》的校样，没有客人来，成绩相当不坏。只是将近十二点时，戈、安两夫妇走来谈了一阵，其时我已经在休息了。我把他们送了很远，边走边谈。

午睡后，亚群同志来了。天气相当热，他又满脸的疲乏相，我叫刚虹给他切了二枚广柑请他。他一气就吃光了。他是来同我商量去京参加文化工作会议的人选问题的。我自己表示不能够去，提出丹南，但丹南的工作尚未最后确定。他认为由友欣去，我同意了。这中间，李累拿来两首诗稿的校样，一是亚群自己的；一是傅仇的。

晚上出去逛了一转，回来看《祖父》的校样，照旧看到近十二点。

3 月 23 日

八点半，翔鹤坐车来接我同玉顾，一道逛花会，因为宗林约到艾们在二仙庵谈材料。

宗林同志谈得很精彩，主要是谈他的身世，幼年，青年时代，所以社会背景相当鲜明。但正谈到白痰家里的乌烟瘴气，赵书记打电话叫他来了，大家全都感觉得有些失望！

一直等到一点钟他才转来，这时大家已经忍不住吃了一道点心了。

算是宗林同志和我合股请他们，主要是吃成都小吃，菜不多，但都是名小吃。饭后，我们又一道扯了很久，宗林同志并同意了艾的提议：过几天，大家一同去五福村坐下来扯……

回到家里，我已经疲倦得无法支持了，倒下去就睡。下午也不能做任何事情，晚上出去逛街，顺便约了罗、杨，同艾一道去看秀熟。他拿出很多资料由罗选择……

这些资料多是省志局的。我心情有些不快：亚群下午要我准备去北京开会！……

像我这样搞创作，太不成了！如果转去十年，身强体壮，那我倒不在乎……

3月24日

上午，艾们坐车来接我去统战部，在李部长家坐了一会，就看子健同志去了。

子健同志刚从云南回来，于是艾同他大谈西双版纳。后来我把谈话牵到拜访他的目的上来：请他提供过去的革命斗争史实，而且越多越好。他慨然同意了，而且随意扯到一些线索、情况，谈得相当生动。这真是个愉快、健谈的人！

下午继续看《祖父》的校样。晚上，玉顺、刚虹出去不久，郑光琪几兄妹来了，还有光琪的爱人。他们告诉我，杨通德得了神经病了，动不动就打人骂人，听不进任何人的劝告，但却非常信任老赵。为此，老赵回到安县，把他送进绵阳精神病院住下来了。

我们还谈了些病痛和医疗上的问题，直到九点半了，他们才走。

3 月 25 日

集中了一天精力，算把全部校样都看完了。最后谈妥洪钟代我重校一遍。

下午，得洪钟电话，他告诉我，《逃难》一篇，是有些显著的特点的，他建议我加以考虑。主要是：在写到难民的时候，以及胖会计的时候，得注意界限、分寸、提法。他这意见不错，于是找出旧稿，又增改了三处，着重指明一般贫民的安静和满不在乎。

七点半钟，华清、艾芜和广斌他们来了。华清认为将"保路事件"写成小说，由于精力缺乏，他不敢接受我这个建议，但是愿意写回忆录。而且讲了一遍他去解放区的经历，很生动。

广斌他们中途走了，我们继续谈到十点钟。罗走后，我又同艾芜去逛街。他向我谈到崇素，谈到崇素说森工局一对红军夫妇的经历，很兴奋，决心进行采访。

送艾回招待所，顺便在翔鹤处谈了很久。知道杜心源同志当夜到过招待所看望他。

3 月 26 日

早上，张老派车来接我同玉顺，邀了翔鹤一道，在草堂玩了很久。

午睡后，李累来告诉我，广斌打电话给他：上午他们同艾芜已经见到杜书记了，谈了很久，后来还去看了亚群同志。李走后不久，洪钟将校样送来了，他又提出一个建议，认为《恐怖》于他印象很深，应该收入。他的这个建议，我又同意了。

忙着找了《恐怖》改稿来看，并又顺便作了进一步修改，而且立刻找魏德芳抄写一遍，因为修改得太乱了。回来后又给济生写了封信。

晚上，因广斌来约，一道去成都剧场看川戏。但才演了一半，我同顾就走了。

因在寒潮期中，风也大，坐了公共汽车到三槐树，然后步行回家。

3月27日

决心在去京前写完那篇残稿。正摊开纸，艾芜来了。他是来听高缨的传达的，可是，他坐下不久，两个《红领巾》社的编辑来了，希望我做一次报告。

这两个青年，也是来文联听传达的。他们显然并没有准确地认出艾芜，因而也没有邀请他。他可改变了主意，不要去听传达了，留下来同我闲谈。我们谈了很多创作上，以及组织创作上存在的问题，意见都很一致。

送他走后，虽然已经十一点了，但我写作欲望相当的强，将残稿看了一遍，并写了三行以后，鹤老同广斌他们来了，他们是来找艾芜的。

午睡后，去统战部听子健同志讲解放前四川的革命斗争，主要是"五卅"到"三三一"这一段。

3月28日

上午八时半，去锦江大楼听省委工作会议的总结报告。车上同安旗闲扯了一些关于病痛、精力、写作，以及如何安排作者参加会议、学习和写作的问题。

首先，杜、贾、阎三位分别就五反、贫农会、增产节约三个决议做了说明，随即由大章同志作总结发言。他一共讲了三部分，第一部分刚好讲完，就十一点了，休息铃子也响了。碰见洪宝书同志，他看我精神很差，说我可以提前回；我不愿意。

一直到两点四十才讲完，等李政委作了补充后，就三点钟了。感觉已经筋疲力尽！上车后，才发觉安旗提前走了。我几乎躺在车子上到了家。到了家里，又立刻在床上瘫下来，东西也不想吃！一直躺到五点钟，精神稍有恢复。但照旧什么事不能做，也不能想！

夜里八点，宗林同志来了，他很喜欢小娃，小娃也非常喜欢他，不住摸他的胡子，奇怪自己为什么没有。我同他对艾的活动作了安排，并顺便谈了谈小娃父亲杨礼读书的事。

3 月 29 日

八点带小娃去招待所接艾芜他们，一同到大邑安仁镇参观地主庄园展览会。

只有上长路这才弄明确我们的车子是老爷车子，颠簸得很厉害，一路敲锣打鼓似的响个不停。一到新津地界，小娃就不断问：咋还不到呢？而在快要到达安仁镇时，他就大吐特吐，把我的衣服全弄脏了！停了车，老曾打了水来为我洗刷衣服……

展览会布置得不错，从那对红石花缸，"金屋藏娇"的金字黑匾，充分暴露了一股暴发户的臭味。有十多间屋子里都有塑像。这些塑像，都是鞭挞大地主刘文彩的罪恶活动的。小娃看了两三处，就吓着了，吵着不要看了。午饭后睡了一觉，然后与老艾题了字。

因为听说走大邑、温江道路要平稳些，在参观了安仁镇以后，决定不要走新津了。在大邑城外看了看子龙墓。庭院相当不错，可惜已荒废了。本来以为六点半会到家的，可以赶上去张老家里吃饭；但到温江，车子坏了。幸而向地委借到车子，于七点到达成都。

回家后疲乏不堪。据刚虹说，张老来过几次电话催我和艾芜去吃饭。正在休息，罗们带了酒菜来了，于是一同喝酒、用饭。直到十点半才终席，我可已经醉了。

3 月 30 日

上午，艾、罗他们来了，约我出城游览。我没有精神玩，谈到十点钟他们就又走了。

午饭时候，来了三起人找我谈问题和解决问题，都是鸡毛蒜皮的事。而且，有的是根据传闻来要求解决问题的。因此叫人非常厌烦，最后态度变得来很不好。

午睡后，正在清理东西，得一位亲戚来信，说有重要事情需要同我面谈。我立刻想到了他们夫妻间近年来不断发生的不和，相当着急、难受。我看完信就打电话给他，要他马上来，因为明天一早，我就要去北京。但我忘记告诉他来吃晚饭，以至晚饭延迟了很久。

那位聪明、能干的青年终于来了，我把他单独邀进书房里去。而果不出我所料，他是来谈他家庭间的纠纷的。开始谈的时候，他有些吃力，眼眶里充满了泪水。我立刻安慰他，这不是什么了不得的事，还不指名地提出一位同志的遭遇和我对这位同志的劝告，及其良好的后果。他逐渐安静了。在他叙述了事情的经过后，一再固执地问我：这个变化究竟怎么来的？因为对方已经快四十了，他们一向和好，而且有了四个子女，他显然为这个感觉非常苦恼。

我扼要地告诉了他我自己的看法，而且批评他有时未免太粗暴了，应该更耐心些，等待对方觉悟。因为根据他所讲的情况，是并不怎么样严重的，而他的处境也不容许他们分离。这会给大人和孩子都带来不幸。他同意了我的意见，感觉得释然了。

送走来客，我同顾去看艾芜，谈了些家常。看来他在生活费用上计划性相当强……

3月31日

五点半就醒了，临行时候，才发觉我的项巾和小娃的毛背心，前天一起掉了。

到航空公司后我把交际处的车子打发走了，同高缨、广斌坐了公司的车子去飞机场，碰见了不少参加省委工作会议的同志。他们也是乘飞机分别返回重庆、达县和南充的。

去北京的飞机最先起飞，但我们却是最后上飞机的。好在那位民航处的保密同志已经把头一排的位置给我和广斌留下了。到西安时，刚下飞机就见到了王汶石，后来又在候机室会见了其他几位陕西同志。他们也是去北京开会的。柳青、胡采早乘火车走了。

从西安起飞后，动荡很大，而且越来越加厉害。我有两次浑身冷汗，手脚麻木，几乎失掉知觉。有七八次要呕吐。而飞机在太原下降时，终于忍不住呕吐了。我躺了一阵，休息后才下飞机。尘土蔽天，北风怒号，幸而高缨借了项巾给我，否则会吃不消的。一到候机室就动也不想动了。

只喝了半缸水，没有吃一点东西。从太原到北京一段路虽也颠簸，但却轻松多了。在候机室碰见大会的工作人员，后来同陕西的同志一道坐车进城。路上，我向汶石问到杜鹏程的健康情况，他告诉我，杜的眼疾、肝病、胆病，都大体好了，目前正在陕南旅行，准备写点散文。最后，我们进入市区，在新侨住下了。为了照顾我的身体，我一个人单独住。刚住定就会见了刘部长和李部长。

休息后，给文井通了电话。晚饭后他同张僖同志来看我，但坐了几分钟，他们就陪杜宣、方纪看戏去了。司机帮我带走了艾芜的皮包，我送天翼、白尘、文井三位的新鲜豌豆。可惜大衣给装掉了。

4月1日

早上得文井电话，天翼、白尘同他将在十点来新侨，约我去逛北海公园。

九时，听说欧阳山在罗荪房里，我赶去了，意外地碰见了李纳。她告诉我，菡子到重庆结婚去了，她的爱人是航校一位同志。罗荪交了一封白羽的信给我，我很快回来了。

白羽的病情使人感到愁闷，决定争取到上海看他一次。快到十点了，下楼不久，天翼他们就来了。没有风，太阳很好，我们在北海游逛了很久，后来又去喝茶。彼此谈了些各自的情况，又就天翼提出的"护老"问题扯了很多，这的确是个值得注意的问题。

我们在湖北餐厅吃的午饭，很不错，菜又便宜又有特色。主要的谈话都是关于李劼人的。我忘记了，在北海，对艾芜近年来的情况我们也谈了不少各自的观感。随又谈到L，这个鬼女子，太调皮了。到一点他们才又送我回来。因为喝了点酒，又很疲乏，午觉睡得不错。

午睡后回了白羽的信。晚上同林采、壁舟、广斌去逛了市场，又在小酒店喝了酒。

4月2日

起床后拉开窗帘，看见柳青、马加在空地上散步，很想下去。早餐时终于碰见了柳青。

柳青蓄了胡子，架着眼镜，很像一位学者。我忍不住想笑，他却先开口了："我知道你为什么这样注意我了，是奇怪我留了胡子！"应该说，他留了胡子漂亮得多！后来我们谈到哮喘，谈到治疗哮喘的验方。我告诉他，我早已为他打听过了，蒸汽疗法治不了哮喘！

上楼不久，马加来了。不知怎的，他看来也有些衰老。他向我谈到草明的近况，说是已经好多了，只是还不能工作。他本人呢，早已长住大连，只于召开重要会议时才回沈阳。在谈到我过去的作品时，我告诉他，去年又修改了四十多万字的东西，并让他看了《困兽记》的改本。

晚上同刘、李、罗一道去帅府园全聚德，因为北影约我们去吃饭。喝了很多，也吃了很多，还谈了不少笑话。饭后同荒煤单独谈了很久，主要是我们各自在创作上的愿望和打算。

因为多喝了酒，一回来就睡了；但很快就被楼上那位日本人吵醒了，失眠了大半夜。

4月3日

彻夜无眠，疲惫不堪，因为楼上响动得很厉害。据服务员说，上面住的是日本人。

下午去中宣部听陆部长做报告。很精彩，使人对许多问题进一步明确了，而且感觉心胸开阔，精神振奋。休息时碰见好些熟人：立波、吕骥、冯至和杨晦等。同灵扬谈了好几分钟。她头发已花白了，人也相当苍老；但精神却不错。她告诉我，密密已经养了孩子了，要我去他们家里看看。这个孙子一定会给他们带来不少愉快。正说话间，周扬同志也走过来了，彼此谈了一两句话。

回家后非常疲乏；但是整个夜晚，定一同志的讲话，始终都在脑子里反复。

4月4日

参加了一上午小组会。散会后，几乎连饭也不想下楼吃了。会开得有些沉闷。

午睡不错，但却起不了床了，疲乏之至！广斌来叫我开会，我只好托他代为请假。但已不可能再入睡了。躺着，一边慢慢消化着陆部长的报告。四点半起床后，给雁翼一信，请他代为送一件礼物给菡子。这是我来京后发出的第三封信，其他两封信，一封给白羽，一封是给家里。

晚饭后在楼梯口碰见胡采，立刻想起昨天报告中提到的杜，心里有一点不好受。于是向胡探听究竟，并问他是否还可挽救？觉得培养这样一个作者不容易呵！而我们的队伍又还和我们的任务极不相称。这也就是我不好受的全部原因，因为我同杜还谈不上有交情。

从胡的房里回来后，先给葛琴打电话；知道荃麟很累。于是又打电话给其芳，他有客人。最后，同文井通了话，就坐三轮到东总布去了。他们正在吃晚饭，菜肴相当简单；但却为我准备了啤酒、豆腐干和卤菜。我们一边喝酒，一边上天下地地扯了不少。也谈到杜的错误和他以往的表现。

我是十点半由老曹送回来的，但我并未立刻去睡，散步了很久，又去罗荪处坐了坐。

4月5日

尽管是服了药，照旧没有睡好，但我仍然在小组会上发了言。主要是谈自己的一些体会。

午饭时看见了万家宝同志。后来，小杨告诉我，要准备一个发言，可以由组长谈，也可以由他本人谈。上楼后我向亚群同志讲了，请他同刘部长考虑，因为大会发言下星期就开始。

午睡没有睡好，才两点就起床了。因为那位日本旅客，照样在楼上搞得个乒乒乓乓。碰见罗荪和张颖，他们到我屋里坐了很久。我们谈到延安和重庆的生活，我劝张把它们写下来。她告诉我，童小鹏同志已经在进行这一工作了，要她搞点组织工作。这真是件好事。

晚上，由广斌陪我去东裱褙胡同。在胡同口，我找其芳去了，他继续去东单游逛。其芳上午开小组会前，已经来找我闲谈过一次了，主要是谈儿女的教育问题。他照旧精力充沛，心情愉快。就是谈起疾病和什么不快的事情，好像也跟谈到健康、幸福无大差别。

我们谈到一些熟人的情况，给我印象最深的，是戈宝权和陈敬容的关系问题，使人感到非常意外！力扬希望去四川搞创作，他要我打听，安排一下，我同意了。我们谈得最多的是创作问题，包含对一些作品的看法和我们自己的创作计划。他还是决心要写长篇，说："到了五十五岁，大约总可以同意我写小说了吧！"

谈到十点半我才走，雨停了，但很冷，又在刮风。街上行人很少，我步行回家，上楼后有点喘气。我打开广斌的门，屋子里烟雾弥漫。他同刘文权正在闲谈，抽烟。他们烟抽得太厉害了！我感觉受不了，喘气更凶，很快退了出来。

广斌送走刘后，他又叫了酒菜，我们两个人对饮起来。我只喝了一瓶多啤酒，后来可弄得哮喘不止。服了两片安荼碱，起而复卧者三次，然后哮喘才止。

4月6日

上午在小组会上读了《托尔斯泰的作品仍然活着》的打印稿，也发了言。

其芳的文章的确写得不错，有见解，有他自己的文风，可以看出花了不少工夫。这样的理论批评文章，是可以当作好的散文读的。昨天夜里我们也谈到过这个问题，他交这篇打印稿给我看，可能就是这么来的吧。当然，他知道我是托尔斯泰的读者。

午睡后照例在家里休息。三点半，君宜来了。我们扯了好几个问题：劫人的遗著；陈联诗的革命回忆录；最后是我自己的长篇计划。她不大赞成我暂时搁下《困兽记》的续编，而提前写四川解放初期的斗争，认为情况复杂，不好处理……

君宜走后给邓老和王觉写了信，请他们考虑力扬的要求，同时也提到揭祥麟的问题，希望他们大力帮助他认识错误，改正错误。交了信，之琳来了。他约我同方老一道，去文艺俱乐部吃点心。我没有同意，因为我感觉得太累了，不想动。

但我们却谈了很久，从他的家庭情况扯到布莱希特和依修伍德。我喜欢《紫罗兰姑娘》，希望他修改后重印出来。因为这本书问题也多，最好能写篇序。

晚上同林、罗去美术服务社，百货大楼逛了一转，花掉两个多钟头。

4月7日

上午，亚群同志告诉我，西南局准备让"峨眉"保留下来，丹南不可能去文联了！

这个变化是我没料到的。我向亚群同志建议，不管如何，在召开文代会前，应该在总结经验的基础上，提出一套繁荣创作，加强理论批评，培养新生力量的具体可行的办法、方案，报请省委审议，使工作得到彻底改正，实在不能再这样下去了！

午睡后去天翼家，张章也见到了。身体比去年结实，也更调皮一些。承宽看来也健康多了。因为谈话相当痛快，天翼又打电话请来文井。文井来后，坚决要请我们去外面吃饭，他又打电话约光年、立波，可是都出去了，只请来了白尘。于是大家一面喝酒，一面闲谈。我们大家都不满意一些喜欢收罗古董、古画和古书的同志，对于那些不懂装懂，喜欢引用古文，借以装点门面的人，也有意见，认为这是一种值得注意的现象。白尘还谈了不少他访问日本的经历。

一直到六点钟，我们才一道去湖北餐厅吃晚饭。因为已经在天翼家里喝过几杯，又吃了一些零食，除开甲鱼、鳝鱼，好多菜都剩下来了。汤包、豆卷也都剩了一半。在送白尘去首都剧场后，我临时改变了计划，不去文井处了，直接回到新侨。

八点去二楼看欧阳山，谈了不少创作上的问题。直到十点钟才回来。

4月8日

上午参加了小组讨论，下午三时，到中宣部听周扬同志讲话。

周扬同志的讲话，每次总有新的内容，新的见解。这一次也不例外，甚至感到较以往精彩。特别在分析某人1934年那三篇讲话时，尖锐、精辟听来使人神旺。因为大家希望他讲得充分一些；还不到六点，讲话就结束了，好在明天继续再讲。

休息时碰见默涵同志，问到我的身体情况，我简单提了一下，并表示准备会后去北京医院检查。他很赞同，并主动提出，中宣部可以向卫生部谈一谈较为方便。

晚上哪里也没有去，只是同广斌扯了扯周扬同志讲话的要点。

4月9日

午睡后又一次去中宣部听周扬同志讲话。他本想一气就讲完的，但大家都不同意，一则不愿意他草草结束，二则感到难以消化；结果他只好同意了。

晚上同壁舟去之琳家小饮，十点才回来。感觉之琳老诚、朴素，青林可相当机灵。

4 月 10 日

今天上午，周扬同志的讲话算结束了。三次讲了七个钟头，内容非常丰富。

昨天下午散会的时候，碰见灵扬，她要我去她们家里坐坐。因为天气太热，未穿大衣，担心夜里回来受凉，我推到以后同立波一道去。日子过得太快，变化也太大，见见面多么不容易呵！

晚上去白尘家里吃饭。同座的有天翼、文井和光年。光年同我谈了谈有关《达吉》的讨论。谈之前，他先就说："你不要紧张哇！"其实，经过这几年来的磨炼，我已经不那么容易紧张了。他说得相当委婉，但是，他的有些根据、推断，显然都不怎么可靠，因为我记得很准确。比如，我就亲耳听到有谁说过"为了 7000 万人的利益"这类的昏话！

晚饭好而丰富，娘姨的手艺真的要些人比。起码有三年没有吃过她做的鳝糊和狮子头了！酒醉饭饱后同文井、光年和白尘搓了四圈麻将。这是十三年来少有的事。

4 月 11 日

上午，约了杨晦、广斌一道复习了一遍周扬同志的讲话，整整花了三个钟头。

我们是根据广斌的记录复习的。遇到精彩的地方，我们就分别谈谈自己的体会。因为缺乏必要知识，有的地方罗记录得不准确，我们就加以校正。天很热，把窗户通通打开了。

午睡后参加了小组讨论，先由刘部长全面谈，可是讨论并未因此活跃起来。

4 月 12 日

朝闻的爱人送来黄宾虹山水一幅，很不错。但却叫人感觉很难为情。

不久，翔鹤又送来张问陶册页一件。我曾经托他代买一点张问陶的字，他说没有卖的，所以就将自己收藏的送我了。这叫我更难为情，因为翔鹤经济上并不宽裕，我怎能接收呢！给价，不能说；退给他呢，他无论如何不肯，结果只好收下⋯⋯

昨天午睡，忘记了关窗户，着凉了。头昏，嗓音嘶哑，请了假去同仁医院看病。医生姓石，诊脉后，他告诉我，就我的年龄而言，脉相是不错的，待病好后，仍旧继续治疗。

下午参加了小组会。五点钟，远岑来了，同他谈了四十分钟。他告诉我，他母亲已习惯于北方生活了，李眉因高血压进了医院，所以未来。远岑走后不久，就散会了。晚饭后同林采、广斌去王府井大街跑了一转，广斌买回大包腊菜，后来又要了一瓶白兰地。

正准备去广斌房里喝酒，曹禺同志来了，于是约了他一道去，因为他同曹也认识。参加的人，除林采同志外，后来亚公也来了。开始大谈其《王昭君》，旁人和他自己咏王昭君的旧诗。曹走时，他又抄了一联自己的诗给曹。这一联，的确也写得不错。

送走曹后，亚公继续为罗同林朗诵他的旧作，可已不是歌唱历史人物，而是爱情诗了。我在门口站了一阵，就回转自己房里。等他们酒喝完了，罗来谈了一些对曹的印象。

4 月 13 日

十一时去看翔鹤。邓老、苏民、璧舟早已来了，闲谈到十二点，又一道去东四吃午饭。

途中，翔鹤告诉我，他对玉颀、刚虹之称赞《广陵散》非常感动，他谈得相当兴奋。我开始有点吃惊，继而，一下子，我好像非常了解他的心情了，而且很同情他。

在青海餐厅吃午饭后，他们去隆福寺，我回新侨。很好地睡了一个午觉。四点半，曹禺来了，随又来了罗荪同志。因为曹提到罗的女儿，罗又取了张照片来：打扮得很漂亮！但我弄不清这是剧照呢，还是日常装束；但不管如何，我看了是有些难受的。

五点一刻，我们一道去车站。我们是去接巴金的，同他一道来的有于伶、绿汀、白杨。同大家握手后，我们就同巴金一道走了。罗去碎花楼，我们去康乐吃晚饭。随后又去曹的家里，听了《王昭君》第一场录音。虽然罗的搅扰使人不快，终于算听完了。

曹的确有才华，有修养，根基很深。听录音时，得到了极大的艺术享受。

4月14日

两天不记，就把事情给弄混了，我把14日的活动，记到13日去了！

13日早上，我看了病就去参加小组讨论，但我听不进去。到了争论遗产问题，旧剧表现新内容的时候，我却不甘沉默，哇啦哇啦讲了很多。提到好些辛亥革命、土地革命、建国以来各个时期中所谓时装川戏，借以证明旧剧革新完全可行！……

午睡后在小组会上偷着阅读林采同志整理的周扬同志的报告。一共有二万多字，我才看完大半，就散会了。晚上，约了其芳来谈，这是我们早约定的。闲谈当中，他告诉说：亚公曾对他说，我的时间问题，他是没办法解决的。因而其芳向我建议：是否找周扬同志谈谈？我拒绝了……

我们随又约了亚公来闲谈，是谈力扬去四川搞创作的问题。直到十点其芳才走。我伴他走了很远，途中，想起他对塑造人物的苦恼，我从侧面谈了两个人所共知的人物的风貌来说明所谓性格。在酝酿过程中，首先想到的应该是人物的行动，我说的这两个都是否定人物……

老朋友见面是这样少！真想一直送他到家，但因风，在他的劝告下，我半途就回来了。

4 月 15 日

看病后赶着去听大会发言，但大半时间是看报纸，因为头脑昏昏然，听不下去。

散会时碰见灵扬，我告诉她，六点半到七点我同立波要去看她和周扬同志。她同意了，还说，昨天他们去看过我，我不在。若是上午，我可能到翔鹤家里去了。

满以为晚饭后可以去看灵扬，但康濯带信给我，周扬同志夜里有事，他们改天将来看我。

这是立波要康濯告诉我的，因为我下午请了假。非常怅然！什么都不想做，只好跑去理发。上楼后就下雨了，亚公来谈了很久。随后又叫了瓶啤酒来，一个人自斟自饮。

4 月 16 日

上午参加了大会发言，但多数时间，是同荒煤和蔡若虹交谈。

午睡后疲乏之至，什么事也没做。夜里，都去参加晚会去了，广斌约了我去逛街。在盛锡福买便帽一顶，价钱六元二角；选定后才问价钱，结果只好硬起头皮买了。

513

随后去森隆共饮啤酒一升。风很大，于是坐了电车回家。正打算休息，吴强同志来了。我们就现有几部长篇的得失，谈了谈各自对创作问题的一些看法。大家有一个共同点：对主席指示研究社会这一点，好多人忽略了。此外还涉及人物性格和故事情节等等问题。

吴走时，已经十一点了，然而，心事如潮，在房里漫步了很久才睡。

4 月 17 日

一醒来就想起搬家的问题，搬走是肯定的，但搬往何处？作协？民族饭店？

早餐后收拾行李，因为想起翰老的叮嘱，想起他允许我不参加小组会，只有搬往民族饭店住下来再说了。可是，十点翔鹤来了，他却认为作协较为安静，搬往民族饭店是无法休养的。我又动摇起来。他是去医院后顺道来看我的，带了一小包碧螺春给我。

翔鹤玩到十一点才走，因为曹禺同志来了，而翔鹤知道他是约我去北海的。我们一道去民族饭店约巴公，同行的还有沈从文和李健吾两位，他们都在巴公房里等我们。可能是早约好的，我们且行且谈，逛了一转之后，然后去仿膳吃午饭。葛琴同志也在那里。

今天才从健吾同志口中知道，成都市川剧团在京公演，《燕燕》和《秀才外传》并不怎么样受欢迎。最后拿出的《红岩》和《夫妻桥》虽受欢迎，但演的场次又太少了。吃饭的地方非常清静，我们扯了不少闲谈，可是回到新侨时已经三点过了。一到家就睡午觉。

刚好睡着，给广斌叫醒了，要我去听刘部长的传达。但我因为疲乏，请了假；可是再也睡不着了！躺到 5 点起来，看见有大夫忙来忙去，后来才知道孙峻青同志进医院了。

哪里也没有去，什么事也没有做。最后，只好慢慢收拾行李，准备明天搬家。

4 月 18 日

午睡后，仰晨来了，因为头昏脑涨，跟他谈不上路，心里有点歉然。

这里得补一笔：昨天晚饭后周扬同志曾来看四川代表，我们一同在林采同志家里坐了一阵。谈到创作问题，培养新生力量问题时，我作一两项建议，看来他还赞同。我也谈了谈自己的身体。当然，这些谈话都很简单，实际无法畅所欲言。他到二楼去的时候曾给我打气！"不要着急嘛，你已经写了不少东西，又帮助别人写出了东西……"

四点钟，一连接到两次电话，文联派车接我们来了。李部长、广斌和我一齐搬往民族饭店。接着又同柯老、老西同车去四川饭店，参加作协主席团召开的会。参加的有主席团的茅盾、周扬、巴金、老舍、仲平和荃麟，此外是文井，欧阳山和我。主要是由邵、严作汇报。

这次的聚会不错，既谈了不少严重问题，但气氛却很轻松愉快。聚餐时，周扬同志还对巴金和我提到一些琐碎问题：过去家产有多么大？沙汀这个笔名是怎么来的？……

4 月 19 日

上午同巴金，佐临一道出去。我去同仁看病后，又转往市场去接他们。

下午三点在怀仁堂听总理做报告，一直到七点半才结束。总理照旧神采奕奕，精神很好。为照顾他，工作人员为他垫了坐褥，但他拾起来，叫人拿走了，而且他宁愿站着讲。约一点钟，定一同志请他坐下，他不肯；后来又请他坐下，他这才安静地坐了下去……

回家后虽然精疲力竭，心情却很愉快。八点半去谢冰心谢老处闲

515

谈，她请我喝了瓶啤酒。离开时十点半了，但是仍无睡意，于是去巴公处，从司丹达尔一直扯到芥川龙之介……

上床时十一点半了，老睡不着，一点钟后又起来，吃了三片眠尔通。

4 月 20 日

上午回了玉顺、菡子和济生的信，共三封。下午又拍了一通简单的电报，也是给济生的。

我在给济生的电报和信上，讲的都是一个内容：同意他们的意见，不必用《恐怖》换《土饼》了。实则我有自己的看法：为什么不能用"不革命的人"作主人公呢？既名《恐怖》，而且是暴露敌人的残暴的，就无所谓过火！而且其中提到的传单，被杀者的振臂高呼，分量尽管不多，却自有其积极意义，不能一概谓之为调子太低。角度不同，取义不同，这是应该得到承认的吧？然而，既然编者如此顾虑，且确为作者着想，也就只好由它去了。我觉得这反映了当前创作上一种简单化倾向。

拍发电报后碰见翰老。他告诉我，从他看来，我至少得有一年的休息。他已经向亚群同志谈了，要亚群向杜书记提出建议。他显然看出了我的苦衷，自己不愿提出请求。因为他正在审改文件，旁边又有人等他，简单谈了几句，我就匆匆忙忙走了。

下午六时，同方老、罗苏一道去曲园。主人曹禺、而复已先到了，还有巴公、定一同志等五六位。我没有想到会有这样多人，但上席以后，又来了方纪、杨朔。这一来，把一张圆桌塞得满满的了。我感到拘束、闷气，很少发言，也很少吃菜，只是不断地喝啤酒……

饭后，陆续走了几位，人少了，同杨朔、方纪简单谈了谈创作上的问题，随后万家宝就派车送我和方老回来了。路上，我真有点为家宝难受，这些应酬太耗费精力了！……

因为时间尚早，心绪又不宁静，真想去参加作协的晚会；但只是去街头逛了一转。

4月21日

上午，去冰心处闲谈。偶尔从小妹口中知道了外语学院不在四川招生的消息，颇为怅惘。

午睡后乘公共汽车去北大看组缃。因为是从新开的大门进的，沿途问询，好容易找到了镜春园。组缃身穿睡衣，头戴法兰西便帽，比往年苍老了。屋子里也比较杂乱，他不断地抽烟，不是烟斗便是烟卷。他告诉我，自从受批判后，老朋友很少去看他了。

他显然有些委屈，但在谈到这些委屈的时候，我总尽力排解，或者把话题牵开，因为我不明白实际情况。当然，他也谈到不少事实，借以表明近年来党对他的爱护。可是对于处分，多少还耿耿于怀。由于我的提示，他也谈到自己的缺点：迂阔，缺乏锻炼……

通过《红楼梦》几种版本的对照，从塑造人物的角度，他谈到选择细节的重要性。随又谈到猪八戒和林冲。我觉得他谈得很不错，也是他这次谈话最精彩、最有生气的部分。他正在修改《山洪》，他提出一些必须修改的地方，看来他对自己的要求是严格的。

我是九点钟离开的。怕我不好搭车，他爱人为我叫了部出租汽车。同车的有他小儿子吴堡刚、媳妇周萼。他们在南开做助教，当晚要回天津。由北大去车站，共去车费六元。

又，上午王蕾嘉把艾芜的衣服送来了。孔又让我看了白羽来信，说已为我交涉好了住处。

4 月 22 日

上午去政协礼堂听周扬同志的报告。报告前，郭老致开幕词。谈到了主席的诗词。

午饭时与朱光潜同席。因为谈到劫人之死，他告诉我，据张真如说，劫人的病，北京有的医生认为是可以治好的。我没有直接否定他的意见，但只对病状作了具体补充。

刚好睡着，就听见了敲门声。因为只有轻轻几响，我就又把眼睛闭了；但接着又敲起来！我问了问，才知道是谢大姐，于是告诉她不必等我，接着又睡。但随又响起了敲门声，我就只好忙着起来，一道去政协听周扬同志继续报告。好在六点就结束了。

晚上去四楼，会见了赵朴初。我单独去西单逛了一转，回来在亚公房里闲谈。他对翰老的建议，照旧没有把握，这真叫人吃惊！因为他那舅子来了，我才离开。回房不久，壁舟来了，也谈到我休养的事，随即匆匆走了。最后又陆续来了广斌、亚公、冰心、巴公，一道喝了两瓶啤酒。

因为这中间罗荪来过电话，等大家分散后，又去阎传凤同志房里。除罗荪外，还有傅抱石，以及一位不认识的同志，巴公也在那里。我们一直谈到十一点才分手。我并力劝傅抱石把酒戒掉。

情绪不好，去广斌房里坐了几分钟才回来睡觉。上床后咳嗽不止，服了眠尔通。

4 月 23 日

上午翻检出那篇残稿，准备续成。但才看了一遍，便觉疲乏不堪，只好作罢。

午睡时，两点半就醒了。听见很大的风声。去看天翼的念头有一些动摇了，最后还是起来，拉开窗帷：远处的树木摇晃不已，尘土飞扬，我更是迟疑了。可是，找出项巾，结果还是去了。

天翼精神委顿，看了有点难过。承宽忙着出街备办酒菜去了，再三叮咛我不能走，显然她希望有人来谈谈。我们一直谈到七点过，主要是我在谈，从创作一直扯到批评，对批评界说了些不敬的话。他告诉我，他有不少有关批评的意见，准备有机会整理出来。

在问到他的长篇的时候，他说已经开了个头。但是还得重写。他要我谈谈自己酝酿人物的经验。我谈了，他似乎很赞同，我还向他谈到我去看组缃的经过，当然省略了不少东西。关于组缃取消候补党员的问题，经过他的补充，我算有了较为全面的了解。

他同承宽都力劝我在北京多住一些时候，还可陪我去颐和园住个时期。这样也可能比较彻底地摆脱四川文联事务上的纠缠，也可得到较好的休息。若果不是天翼精神欠缺，我倒很愿意待下去，而他们也不会轻易放我走的，所以走的时候心里充满了惆怅之情。

去文井处，文井约立波游泳去了，只淑华和孩子们在家。同淑华闲谈下去，决心等文井回来，因为来一趟太不容易。淑华在工作上也有一些苦恼。我用自己对待苦恼的态度劝慰她，但她认为我太善良，应该减少顾虑，努力争取时间来从事创作，这才是顶顶重要的事！……

据淑华说，文井照例要九点半才回来，但是，由于文井没有找到立波，却提前半小时回来了。他很为立波惋惜，说立波四点出门给孩子捡药，直到七点还没回家。又说，立波有白内障，等些时候还得动一次手术。就从这里，我们又扯到一些同志的健康情况，我还提出一些建议，请他向中宣部反映反映，随又向他汇报了组缃的情况。

在我们闲谈当中，文井一连接到两次电话；但他还没吃晚饭呢。我是十点半离开的。走之前，看了他的人像速写，其中，荃麟、立波、康濯、周小燕和孟超五位的画得最好，无怪乎人们那样称赞。其他白尘和天翼的也画得不错，只是特点没有那么显著。这个人真聪明，也真有才气！

回家后，久久不想休息，因而又分别去巴金、组缃房里坐了一阵，随又去看广斌们喝酒。

4月24日

上午取出那篇残稿，看后想起一些细节，但却未能续写。

晚饭后白尘来坐了很久，谈到五反揭露出的一些情况。随后，冰心来了，我们立即改变了话题。冰心讲了一个故事：梁某同一个学生结婚的经过，以及教授们的反感。

夜里会见了其文、翔鹤、林辰诸位，他们都在邓老房里，我偶然碰上了。他们刚从四川饭店回来，翔鹤面带酒意。他告诉我，是其文请客，本想约我，知道我容易疲劳，所以结果他们自行去了。其文发已斑白，颇显老态。这两年的日子在他真是一个锻炼！

记起上午接到的百花出版社那位编者寄来的咳嗽药方，让其文抄了一份。

4月25日

上午想续写那篇残稿，但是枯坐半日，终于没有写成一字。

下午去民族文化宫听大会发言，发言的共四位，但才听了三位，茅盾、树理、一位南京军区同志的发言，便觉疲惫不堪，退席了。我是同冰心、树理、方老和张僖同志等一席的，后者只告诉我，经过默涵同志关照，已经在北医替我交涉好了。

六点半去荃麟家吃晚饭，同座的有文井。谈话的内容相当丰富，直到十点才离开。文井正在看《资治通鉴》，因而谈了一些盛唐的史实。我们还谈了些国际局势。

回家后我去邓老房里，我们谈到刚齐的病，心里很不快活。

4 月 26 日

今天特别疲乏，没有去听大会发言，也没有做任何事；但对长篇却有一些新的想法。

因为大家称赞冰心的发言，我找到《青年报》一位记者，近视眼，瘦瘦的，我们在成都见过面。所以我就不嫌唐突地请他原原本本为我讲了一遍：的确谈得不错！

晚饭前下了。这是一场好雨，大家一提到就喜笑颜开。饭后冒雨去看天翼，同行的有组缃和冰心，因为这两天老向他们嘀咕天翼的病和他的疲惫，都很为他担心。但是，天翼的神色，比我上一次见到时好多了。大家愉快地同他聊了一个钟头。

有谢大姐一道，谈话总会很愉快的。但我自己却有两次闹了笑话：一次，他们说老头十分会讲故事，而我忽然问道："是男的？女的？"又一次，临走的时候，承宽问我："会开完怎么样？""30 号就动身到北京。"这把大家又惹笑了。我也没有想到自己会有这样昏……

回家后在冰心房里喝了瓶啤酒。她告诉我，她不只要写日本那段经历，还准备写自传：以自己的思想变化为线索，写出她大半生来接触到的形形色色。还向我谈了不少京派文化人当中的很多逸闻，主要是：凌淑华、林徽因、徐志摩的故事。她一向就讨厌徐！

回房后，去看广斌，李、常等正在他那里喝啤酒。喝了半杯，我就赶紧走了。但在走道里碰见罗荪，说已打过四五次电话了，于是一道去巴公房里，又碰见曹禺和宝华在喝酒……

送走曹禺，已经十一点半钟了，雨比黄昏时下大了，这真是场好雨。

4月27日

上午在组缃房里大谈《红楼梦》《水浒传》《儒林外史》，黄大师来了，态度、情绪都有些消沉。

下午听了两个发言，田汉老人和一个保定剧团的，然后由周扬同志作总结。谈了三个问题：会议的主题、意义；十二项具体措施；表现时代精神的问题。讲得精彩，也很热情，博得了热烈的掌声。十分显然，这个讲话，把好多人的顾虑都解除了，动员了所有的力量。

会议六点半才结束，我又是走上楼的，所以一上来就喘息不已，在床上躺下了。夜里九时，巴公约我去冰心处，谈了一些凌淑华和西莹的情况。但我始终眼睛半闭，打不起精神来听。

他们看见我很疲倦，十一点不到，巴公就约我下三楼休息了。

4月28日

上午组缃来谈了很久，《红楼梦》《水浒传》和《儒林外史》，后来又扯到托翁和契诃夫的小说。

我自己也谈了不少，但主要在提醒他，中外的传统有其共同之点，并非完全一样。而且着重谈了谈这个前提：技巧是从生活来的。看来，他也很想创作，表示自己可写的东西不少。

我是同组缃去湖南馆吃的午饭。饭后我们就分手了，他去买电灯泡，我回家午睡。但是没有睡好，两点半就起床了，读《七月流火》。四点得文井电话，约定明日下午三点去天翼家吃甲鱼。四点半文井又来电话，准备同杜宣来看我；但因知道我已有约会，遂作罢论。

六点半同广斌去四川饭店，是水华同志请客。同座的有荒煤、于蓝和赵丹。他们再三要求我写《家庭支部》，我未置可否。后来又说可以写成小说，由他们改编，我仍未加肯定。

回家后，李部长他们已早走了。于是，先到罗荪处，后来又到方老房里闲谈了很久。

4月29日

上午，巴公同仰晨来谈。仰晨认为洪钟写的《大波》后记不得体，而且太长，要求我重写，我同意了。同时我提到一般作家对劫人的生平知道得太少了，他们以为应作介绍。

于是我取出追悼会上用过的那篇生平事略，交给了王，请书店看看。后又着重说明，即或出版社认为可用，也必须让我请示宗林、亚群两位才能作最后决定，现在仅供参考。随后我们一道下楼，到餐厅用饭。我匆匆吃完就走掉了。

午睡后去看立波、林兰，他们都还在睡，但一听见我叫，就应声了。我进了客室，正在看桌子上的四五瓶蜂王精，立波也进来了。他很兴奋，显然不知道该怎么表现自己的感情。他一定要我把蜂王精带走；我不同意，他又减为两瓶，要我带给玉顾，我照样谢绝了，说是四川也买得到。但是，还未坐稳，他又取来纸笔，要我告诉他我出了哪些书，他准备研究研究，写一篇全面性的批评文章。这时林兰也进来了，于是话题也立刻改变了……

立波简直口若悬河地谈下去。他开始惋惜我的处境，随又告诉我他是怎样领导湖南文联的工作的：一点没有被事务和会议所纠缠，凡事都由康濯承担；而康濯也不错。根本不住机关，甚至不去湖南开会！我开他的玩笑道："你名气大，可以'遥控'嘛！"林兰说："沙汀又在讽刺你了！"而且林兰不住地插断他："怎么老是你一个人说呀！也听听人家讲呢。"

因为是挤时间去的，我几次要走，都被他们留下来了。我一直坐了一个钟头，也一直没住过嘴。不是他说，就是我说，或者是林兰说，而若果没有林兰，恐怕我是很难于插嘴的。话题也很广泛，就只谁也没有提到他们的孩子。临别时我带走一些苹果，后来又忘记在车上了。

四点到了天翼家里，文井已经来了。我向他们转述了立波刚才的激动，大家都高兴得笑起来。当文井出去理发的时候，一连有三次电话找他。天翼也刚才理了发，神色看来更加好了。他说，昨天他同荃麟谈起我，觉得我有些迂，随又义正词严地要我转告白羽：千万安心养病！而且认为：对于滨滨的病，应该有个正确态度，不能听任感情支配……

文井转来了，承宽要他打电话请淑华来。但是，虽然后来我同承宽自己又一再劝驾，淑华仍然推口照顾孩子，得吃过饭才肯来。而出乎意外的是：已经复原起来的草明来了，丰满、红润，不像传说那样病得厉害。这真叫人高兴，所以我忍不住接二连三地打趣她……

这顿饭吃得非常之好，菜不用说了，主要的是心情都很舒畅。等到文井、淑华走了，我最后去到草明房里，好让天翼休息休息。但当我们正同胡采谈到汶石的小说的时候，天翼穿上大衣，也摸来了。当我八点钟离开 22 号，除开胡采，又一直送我到大门口……

没有想到最后又会同文井去光年处坐了很久。光年请了罗荪、默涵吃饭，也请了文井；但文井却到天翼家里去了。默涵劝我写写川剧演员，大家似乎都很赞同。这是因为说到胡淑芳扯起来的……

同罗荪回去时，已经十一点了。天安门前有文艺队伍在进行游行演习。

4月30日

五点半就醒了，但是，直到六点巴公来敲门，这才勉强起床。他们早已把东西搬下去了。

在车站碰到好几位熟人前来送行，其中有白尘、张僖、适夷、仰晨等等。他们都直到开车才走，和我同房的有罗荪、肖芜和张鸿同志。我把下铺让给张鸿，这既方便了别人，对自己也方便。因为我可以不受打扰地好好休息一顿。同时准备到达上海前认认真真读完《七月流火》。

可是，直到晚上，这才读了两幕。因为虽然睡的上铺，大半时间总有人来闲谈。

5月1日

今天是五一节，心情总是有些兴奋，何况十一点二十分，就要看到别后二十五年的上海了！

但我还是想方设法读完了《七月流火》。其时，火车已经到昆山了。沿途麦子还是青的，想不到这里的天气较四川要迟一两个季节。而最可怪的，天气比北京还要冷，我把两件毛衣都穿上了。

来车站的人很多，白羽也来了。见到了以群、吴强、济生和萧珊同志。我同肖芜坐白羽的车子到东湖招待所，方老等到锦江去了。先在白羽家里坐了很久，他相当激动，因为他同肖芜和我，都很久未见面了。他谈了不少，我们几乎很难插嘴。午睡后又继续谈，我向他讲了两件新闻。

晚上九时，我们去逛了南京路和外滩。外滩改变最大，游人非常之多……

5月2日

九点，巴公如约来了。我们在锦江方老房里看见了陈同生同志。记得1957年我们曾经一道在省委统战部吃过饭。但面貌已经记不清了：

苍白，金丝眼镜，很像一位学者。

他那次给我的印象只有一点：很健谈，很热情。因为听到我要检查身体，他立刻就抓起听筒，同中山医学院联系。随又写了封信，以及收信者的地址，要向四川医学院要病历。他认为医学院较华东医院好，这正跟草明在北京告诉我的一致。

十点，方老因另有约会，我们到巴公家里去了。见到了九姑、小林。九姑还是第一次见面，小林较1960年长高多了，也较那时沉静。我们先在客室里闲谈，主要谈话的是陈同生，后又在花园散步，陈偶尔提到辛垦书店，于是一发而不可收，他把辛垦的分化经过都谈到了。因为他当时在"文总"，又是四川同志，知道得较为详细，我感觉相当兴奋。特别有两点使我感觉兴奋：1.叶青到辛垦，是四川省委同意了的；2.我同白戈脱离辛垦最早。还有一点，直到上海战争爆发，伯恺对叶还有幻想，虽经组织劝说，还未立刻割断关系……

这天的午餐不错，吃了九姑做的两三样四川菜，萧珊从锦江买来带鱼，还喝了大半杯白兰地。进餐前罗荪来了，后来他要我去他家里看看。因为有点醉意，又很疲乏，我坐同生的车直接回了东湖。这天有一件事对我印象很深：离开锦江时，巴金把我送他的五筒灯影牛肉拿出两筒用我的名义送了同生。这个人真厚道，也真聪明，他使我摆脱了一次窘境……

还有一件事，我也忘了，离开锦江，去巴公家前，我们还到大众剧场看了看川剧团的演员。在剧目安排上，我们都提了一些意见，主要希望他们不能来一个片面化：只看新剧目和新演员，还得考虑一些以往最受欢迎的中年演员和旧剧目。他们生活上的困难，陈则表示尽力解决……

晚上去华侨大厦参加巴公、以群、罗荪和吴强联名邀请的聚餐。会见了金仲华，他提议我该看看闵行。福建菜很不错，酒也喝了不少。到了最后，张鸿差点给灌醉了，但萧珊醉得最凶。

离开华侨后，肖芜和我又去罗荪家闲谈了很久，直到十点过才回来。

5月3日

上午九时，分会派姚奔同志陪同我去参拜鲁迅墓。姚是靳以的学生，抗战时住过复旦。

虹口公园已大为改观了，有了树木、假山、河流，还扩大了很多。我们先参观纪念馆，外表很像南方旧式建筑，内部却是西式。面积相当的大，陈设的先生的遗著，复制的用具，照片也颇丰富。墓离纪念馆不远，建造朴素庄严，墓碑是主席题的。我们流连了一刻钟。

最后去大陆新村参观先生的故居，是座三层楼的弄堂房子，这里离四达里是很近的。当年我也知道先生住在大陆新村，但却从未来过。这固然由于我同先生的交往并不密切，却也由于环境不允许我这样做。但我记得，先生确曾到我家里开过常委会……

我没有去四达里，就连曾经想去看看的东横滨路荣桂路德恩里的故居，也没去看，就回家了。只是到大众剧院走了一趟，告诉川剧团的同志，米的问题解决了，我明天去杭州。

午睡很好，下午同罗荪、闻捷谈了很久。因为下午大雨，准备去看以群、吴强的计划吹了。

5月4日

上午，同肖芜同志在淮海路走了很久，买提包一只，牙刷一把。提包价七元八角。

十一点回到家里，罗荪同志来了。闲谈了几句，然后取出一通总会来的加急电报给我。说，得唐山铁路医院来电，我的儿子病重，现住该院，云云。这真叫人莫名其妙，也叫人着急。

这天我算认识了罗荪同志的作风：沉着、周到、热情。他立刻代我打电话找总会张僖同志，要他向唐山铁路医院问明真相。一点，电话来了：是吕一鸣！他参加了铁道工程队，在唐山患胃出血，于是冒称我的儿子。因为他知道他家不会，也不可能给他帮助……

这场虚惊真是又气人又笑人。但是转而一想，他不找我又找谁呢？结果我放不下心。于是我又去电张僖，请求照顾。随后还了洪钟一信，要他恳求亚群同志，打电报给铁道部的胡峻祥同志。

午睡根本没有睡好，老是罩念着吕一鸣。四点钟，李济生兄和出版社另外三位同志来了。一道坐到四点，让另外三位走了，又约济生到我房里闲谈。随后，巴公夫妇来了，济生才走。说是已经约好去川剧团。五点在白羽房里吃了点面食，然后一道前去车站，到杭州去。

坐了三个钟头火车，也一气闲谈了三个钟头。可以说举行了一次愉快的座谈会。到车站来接我们的，有方老、俞仲武等同志。我们被安置在杭州饭店，面对西湖，原是凤林寺旧址。

从车站到杭州饭店的途中，虽然二十七八年没有来了，一路所见，恍如当年，其实变化已很大了。

5月5日

七点，同肖芜、萧珊去苏堤散步，一直到压堤桥。转去时，巴公、白羽才缓缓步行而来。

九时，方老领我们去龙井喝茶，十一点离开。得到了最好的休息。归途中在九溪十八涧停了一阵。白羽、巴公同几位中央负责同志喝茶，我呢，拖肖芜去小溪边休息，洗了一方手巾。上车后，巴公告诉我，他向井泉同志谈到我，说我有病，需要休养。井泉同志说："叫他在外面多住住嘛。"

路过六和塔，我同巴公、肖芜三人登上四层楼就下来了，其他诸位没有上去。看来我的身体不算太坏，颇为欣慰。到家时已经十二点过了，留老方一道吃了午餐，很愉快。

午睡后，我们又一道从岳坟上船，游览了三潭印月。这里的改变也相当大。

5月6日

上午，大家一道坐船去旗下，看了几家旧书店、古玩店和美术工艺社，买《论语》、李复老斗方各一册。

归途中在平湖秋月喝了一点多钟的茶。茶叶次于龙井，但较之三潭印月却好多了。午饭比昨前两天丰盛，心中颇为不安。而且深恐引起舆论，因为很多人都是吃的客饭。

三点半老方未来，随后却派车来了，要我们去灵隐寺。在庙外冷泉边喝茶时，我同肖芜、萧珊去庙内参观。大殿抗战时被焚毁了，是解放后修建的。正中为如来佛，据说是香樟的，有四五丈高，造型甚美。看来和尚不少，有两位胡须已雪白了。

五点半去方老家，这里是灵隐生产队。社员的房屋都很不错，还有两座三层大楼。方老的院落很幽静，有一株法国梧桐，柯枝参天，很少见过。喝了咖啡后应方老之约，去大华吃晚饭。同席的有俞仲武和另一位文联同志。菜肴中以三杯鸡为最好。

饭后在湖边散步了很久，于九点回到旅馆。但是，直到九点半了，我们送方老下楼，小川才由南屏赶来，我们就又一道散步去风雨楼闲谈。他向我们谈到王震同志、川剧的演出和《红岩》。

十点过回到旅馆，但因小川的车子走了，老不见来，我们一直陪他谈到十一点钟。

5月7日

晨七时，同巴公一道，沿骊山路散步。在放鹤亭下略事休息，然后回旅馆早餐。

因为白羽不能爬山，九时半，同巴公、萧珊、肖芜去西泠游览。参观了吴昌硕纪念馆，喝了很久的茶，然后沿山至放鹤亭，由骊山路返家。原早本不想去，这时精神反而很饱满了。

下午，同方老一道，乘车去虎跑游览，照例又是喝茶。不如此仿佛不像游览西湖，但是，有两起外宾，都是喝一道茶就离开了，不像咱们自己人坐下来慢慢地品。邻座有四位青年人，二男二女，其中那位瘦小、灵动的小女孩，由于她不断地讲话、豪笑，几乎使我们所有的人都变得很年轻了！……

五点离开虎跑，我们又去花港观鱼。这里较前扩大了几倍，把刘庄也给扩进来了。最后，还去连寺植物园逛了一转。植物园虽只略具规模，但范围之大，是相当可观的。

夜里，照例去湖边散步，并到风雨亭闲谈。风雨亭是解放后纪念秋瑾女侠修建的。

5月8日

上午，俞仲武陪学昭来了，我和白羽同她谈了很久。头发大部分都白了，但还健康。

当俞走后，学昭刚一开口："你看我犯了大错误。"立刻就眼泪汪汪了。好在我很快几句话就使她安静了。意思也很简单：我要她向前看，而且着重说明，我们每个人都可能犯错误……

服务员把白羽请来了。重新开始谈话的时候，她像又要哭了，但照样被我几句话阻止住了。我们谈了有一点多钟。从如何对待错误到她的具体工作。我们鼓励了她对待陈企霞的态度。直到快十点了，我才送她下楼。随即碰见巴公、萧珊。我们一直送她到苏小小墓才分手。

白羽、巴公到旧书店去了，我向方老汇报了同学昭见面的经过，要他转告仲武同志。白羽、巴公从书店回来了。午睡后，中午的阵雨已停歇了，我们去岳坟搭船，准备再游览一次西湖；但是船工们都下班了。离开码头后碰见小川、牧之从岳庙出来，大家在马路边闲谈起来……

随后，等小川们走了，我们又去湖边坐了很久。没有一艘船，大有望洋兴叹之感。但是，看来船工们是正确的，懂得天时，因为等到吃晚饭时，雨又来了，奇怪的是非常闷热。

送走方老后约半点钟，雨又停了。而且月色很好，单独同巴公在苏堤和风雨亭谈到十点一刻。

5月9日

九点，方老同我们一道前去车站，俞和唐也来了。他们都一直到车开了才离开。

天气闷热，房间里连我们一共有七位客人。既不凉爽，又因为有生人，谈话也不方便。而且四天多来，虽然玩得非常愉快，可也有点儿疲倦了。只想早点到达上海，早点关起门休息一顿。

一点二十分到北站。据罗荪说，上海也落过两天雨，今早上还下过，中午才放晴的。到了东湖，有点凉，不如在车上那样热了，可是墙壁几乎都像刚泡过、洗过的那样，仿佛还在不断冒水、淌水。因为吃过一些点心，我们一到家就睡觉，可是就连被盖也是湿的，潮气相当的重。

起床后，四肢无力，头脑昏昏然，真想立刻回家，不要检查病了。

5月10日

萧珊来，陪我去淮海路，给玉顺和孩子们买东西。我自己缝了一套的确良衣衫。

下午，同白羽、肖芜去巴公家，在走廊上闲谈了很久。中间，柯灵同志来了。我们一直坐到五点半才走。在杭州的用费，也分别偿还了巴金。连车费每人约六十余元。

晚上得同生同志电话，明天不去中山医院了，改在下星期一去。

5月11日

看了一遍从杭州回来时接到的家信三封，有玉顺、杨礼的，都分别写了回信。

十二点，去枕流公寓以群家吃午饭，房子不错，据说是英国人修建的。想起早年在上海住亭子间的情形，心里感到一阵轻松。但同时也觉得咱们目前生活得太好了，若不严格要求自己，那是很危险的。同席的有杜宣同志，他很快将去日本访问。

今天才知道以群小于罗荪一岁，才五十二，但已经有少许白发了。他爱人朴实、温存，给人印象很好。据说，枕流住的都是作家和艺术家。恐怕也只有上海有此条件。

晚上，因为一个人留在家里，于是去车站送肖芜，午睡后还陪他跑了趟淮海路。

5 月 12 日

因为滨滨病情转剧，白羽夫妇一早就探望去了，我留在家里给刚虹写信。

在几个孩子中，刚虹要算最开朗，最活泼了。但因去年未曾考上大学，年来颇有改变，有时终日默不一语，还容易动感情。最近，几个孩子都有来信，独独没有她的，想起来有些担心。写信时感情也有点儿难受，本想写他两页，但才写完一张，就无话可说了！

下午四时，巴公夫妇来了。他们交给我菡子一信。菡子最近去过成都，信是 8 日写的，说 15 日即可乘船回上海了；但却未给我带衣服。因为担心我不会久留。看来只有另外想办法了，或者早点离开。巴公夫妇、罗荪同志都表示他们有工业券，我可以制备夏衣，但这又得花多少钱呵！

罗荪夫妇是最后来的，但却走得较早。我感觉颇难为情，因为他们显然已经察觉，今天是我们请巴公夫妇吃饭。由白羽作东道主，菜则是我点的，黄桥烧饼一项最有特色。

晚上去看了川戏，有八九成座。杨局长、蔡绍序也会见了，他们都是川剧的支持者。

5 月 13 日

上午八时半，由同生同志陪我住到中山医院来了，此公对同志真是热情！

我们一道在 12 病室的办公室会见了两位医师。一位女的，姓黄，是主任医师；一位姓刘，比较年轻。这位刘医生，后来才知道是四川人，但长时期住上海，因为家里人都照常讲四川话，所以也很能讲四川话。同生走后不久，他就对我作了一般检查，很仔细。

和我同房的，是一位山西老乡，很朴实，是在煤矿做党委工作的。他因左脚尖麻痹，来上海治病的。我一住下来他就向我介绍情况：楼上是开刀间；隔壁一个肝癌患者，前晚上去世了；如此等等。我笑说道："不要谈这些吧！"

因为刘告诉我，无论如何，得有两个星期才能检查完毕和做出结论。午睡后，只好给玉颀一电，要她航寄夏衣。整个下午都想同白羽通电话；但最后他却打电话来了！

5月14日

上午去眼耳鼻喉医院，黄院长给我检查了鼻子。此公颇健谈，很有意思。

午睡后，白羽忽然来了，这颇使人感觉不安。他问了我的情况，接着就谈了不少他自己对工作的一些想法。最后是有关他自己的计划。他准备请求恢复工作，但我立刻表示反对他这么做，并又再一次表示，我不同意他回北京，主张再去关外休养。

他坐到四点过才走。当我送他出去，走到巷道中时，他告诉我，五反是大运动，汪琦同志并未生病，是应该参加的。他准备让她先回北京。我问他："滨滨呢？""我自己招呼。"我没有再讲什么；但当我回房时，我却忽然间锐敏地感觉到：这会拖坏他的！耳烧面热起来……

正在考虑打电话给白羽，阻止他让汪琦先走，吴强、罗荪来了。我告诉了他们白羽刚才谈话的大要，以及我自己的一些看法，请他们千万阻止汪琦回去，我就不另打电话了。

吴、孔也坐了将近一点钟，谈了不少创作和一般工作的问题。晚饭后照例走了一千步。

5月15日

上午，一个青年理发师给李理发来了。只有二十岁，人很俊秀，谈吐活泼。我同他扯了很久，从他的身世、经历，一直到反对修正主义。他叫段贵根，苏北人，父亲也以理发为业。

从这孩子的谈话中，我算第一次深刻感受到上海的变化了。解放前，他们住在钟桥一座弄堂房子的三楼亭子间，外搭一个晒台，每月房租为十六元。现在，在前法国公园附近住家，住一座二楼，房金三元二角。以前，他爹还挨过房东高根宝一顿痛打，这是个流氓头子……

他谈得生动有趣，不时还加上一些手势，那流氓被镇压时的情况和请人理发时一些可笑的习惯。前者是他亲眼看见的，后者则是他父亲告诉他的，他讲得很有趣。他读过二年初中，学理发三个年头了。他的工资，每月五十一元，父亲是八十一元；奖励在外。他有四个弟妹，都在读书。

下午四点，巴公夫妇来了。同他们闲谈了约一点钟，离开医院时他们不让我送。

5月16日

因为咳嗽加剧，胸部又隐隐作痛，经医生诊查后，准备为我注射青霉素。但因反应过敏，随即作罢，只是将中药停服，改服西药。十点钟，去做了心电图，并进行了理疗。

楼上开刀室响动太大了，午睡一直没有睡好，但仍旧按时起床。精神相当委顿，大有无法支持之势。四点半钟，济生来了，此公也很健谈，话题是川剧来上海后的经过，以及沙梅的一些情况。临走时，我把表交给他，请他修理去了。是今晨起床后做运动摔坏的。我这人就是大意，这是第三次了，真讨厌！

傍晚时绕着窗外草地来往走了十次，颇有寂寞之感，照例九点半就睡了。

5月17日

上午，做了心电图，并进行了理疗。这两项曾于前年在四川做过，但显然不如这里认真。器械、做法也很简单，做心电图的是几个女同志，一直说个不停。

下午，刚吃过饭，菡子来了，神情委顿，不像刚结过婚的人。她告诉我，因为前夜在船上等看日出，一夜未眠；到上海后又忙着听报告，没有睡好，因而相当困倦。但我总觉不尽如此，因为未给我带衣服，她解释了很多。她对雁翼颇为不满。

她坐了不久，李兰也来了。仍如过去那样沉静、温和，恰同菡子的性格相反。当菡子留下六个苹果，走后，她从提包里取出一小束朱色蔷薇，又用空出的蜂王精瓶，插好。同我闲谈起来她受处分的经过和家庭现状，等等。

李兰到八点才离开，我可已经疲倦不堪了，很有些想家。

5月18日

上午，照例做了理疗，后来又去心电图室做了试验。

服了几天西药，感冒基本已好了。咳嗽也大为减少。今天，又取出那一篇残稿来，看了一遍，准备展把劲在医院完成它。而且很有把握似的，环境太清静了。

因为《看护这一行》这篇文章，护士们都很气恼。我找来看了，也感觉不好，态度轻薄，太不尊重医护人员。

5月19日

天气骤然热起来，整个上午都无事可做；想要续写那篇稿子的努力，也告吹了。

下午三时，白羽坐车接我去东湖，先将他给文井的信交给我看了。然后同我谈到他近年来在工作上的一些想法、做法。口气是诚恳的，谦逊的，有时还带点自我检查的意味。他谈到的问题有：丁玲揭帽子的问题；爱护作家的问题和"文艺八条"等等一系列的问题。

他想向我说明：某些问题他有责任；某些问题他曾经非常担心。他写《平昭小札》就由于有着这些担心。但现在，经过学习十中全会，许多重大问题都明确了，他的担心也大为减低。起码可以说释然了。

最后，他也谈到自己的病；谈到他对滨滨的病的看法；谈到有的朋友的误解：他过分担心滨滨的病了。此外他还谈到创作同工作的矛盾，这是个比较普遍的问题。而我们在这个问题的看法上是一致的：服从党和革命的需要。而对那些因为工作而无法写作就痛哭流涕、如丧考妣的人颇为不满。认为这种人显然把创作当成个人事业……

谈了约一点钟，他到医院去了。因为汪琦患偏头风，不能去。他走不久，来了罗荪同志。最后，以群也带起一罐做好的甲鱼，一罐肉饼来了，这时白羽也已回家。我同以群谈起他们的短篇小说选目。随又扯到我为《文艺青年》赶写《一个秋天晚上》的经过……

目前正是鲥鱼上市的时候，白羽今天特意做了一份。可惜汪琦因病没有出来，我始终未见到她。饭后我们又夹七夹八谈了些问题；雷加和翔鹤在创作上的成就等等。然后我同以群、罗荪就走掉了。以群回家，罗荪陪我去巴公家里。

本来决定玩一点钟，八点钟回医院的，结果走的时候已经快九点了。巴公下月初将去越南访问。他惋惜地说："要是跟沙汀一同去倒不错!"玉颀要的钱包,他已经买好了八个,有人像的、鱼形的,很好玩。萧珊为我算了算账:我还可拿一千元版税……

是坐三轮回医院的。大门已经关了,守门的不开,结果只好由侧门而入。

5月20日

上午,由张镇南医生透视肠胃、肺和心脏,主要是肠胃,一连透视两次。

午睡后还去拍了照片,肠胃的和肺部的。肠胃的片子,仍然是由张拍的,因为他是这方面的专家。人很高大、结实、精力充沛,而透视、照片的工作,却也相当消耗体力。他给我的印象很好。其余几个助手,都是精强力壮的青年。给肺部拍片的是个中年的女医生。

碰见唐敬仪医生,她是我的主治医生。她问我累不累。但我今天精神却蛮好呢!午觉也睡得很不错。这是个中年人,和善、静穆,对病员很亲切。她说过两天就可以检查神经了。因听刘医生,一个年轻的四川同乡说我已经安下心来,她静静地笑了。

晚上大雷雨。当雷电交加时,病员都聚集在巷道里。气候突然凉爽下来,很舒坦。

5月21日

上午做了理疗,便无事可做了,心情有些烦乱,很想早点离开上海,回四川去。

气候虽然暴热,午睡仍旧不错,看来理疗已经见了效了。又,早上过了次磅,小方认为我一周来已经增长了三斤,其实她上次把小数目记错了。我笑道:"只长了一双鞋重!"因为这次过磅没有穿鞋,进院

538

时过磅，却穿了双皮鞋。我的话把老李和小方都惹笑了。我也自觉有趣。

午睡后得白羽电话：因为天时变化无常，滨滨将提前随汪琦同志回北京。他呢，要等文井来信后才能走。又说，九姑已有回信给我们，她又闹病了。随后，碰见刘医生，他告诉我，陈部长曾来电话问起我检查的情况。而在五点半时，陈却亲自看我来了。

此公真够热心，他一再问我，还有哪些部门需要检查？他将转请医院安排。看见老周端饭来了，他看了看，感觉不会合我的胃口，问我是否需要海椒、醋和豆豉？说他从四川收到十包豆豉，可以煎一点来。他提到这些，因为这顿饭吃的面条。

最后，他担心妨碍我用饭，又匆匆离开了。用饭过后，又来了菡子，精神、面色都较前次好。她带来两杯冰淇淋，因为老李不吃，给我一气哒了。我们谈了很多，主要是关于她1960、1961年在农村的情况。她患过肿病，但她毫无怨言，只是谈她思想上的收获。我们还谈到陈学昭，在讲到何穆要陈的女儿去北京的经过时，我的感情相当波动。

菡子走时，我一直送她到侧门边，看她坐上三轮车才回来。这时，天气凉下来了，有风，很爽利。我在坝子里绕着草地走了几圈，老是不能忘怀学昭和她女儿的事情。

5月22日

天气照样闷热，看来夏天真的来了。有些想家，去做理疗时心绪颇不安静。

午睡没有睡好，午睡后分别同唐医生、刘医生谈了谈。他们告诉我，星期五有两位神经科医生给我会诊，这一来，检查就可以结束了。而且力言我其他部分都较正常。

这天还会见了院党委胡书记，并得同生同志送来的豆豉一缸，镇江醋一小瓶。

5月23日

下午四点，竟想不到曾克、柯岗看我来了，他们是从罗荪那里听到我在上海就医。

他们曾经到大别山、南京等处跑了将近两月，为他们的作品补充资料。他们的收获看来相当丰富。他们还谈了一些辽宁作协五反的情况；蔡天心擅改级别，为自己修缮住宅用了两万多元；马加同志还在检查官僚主义，一直没有下到楼……

他们已经听了文艺工作座谈会、文联扩大会的传达。问我还有些什么？他们显然没有听到陆部长报告的传达，而这个报告，一般又是不传达的，所以我说："也就是这些了。"但却鼓励他们严格要求自己。他们显然还想知道杜的错误情况……

他们一直谈到吃晚饭才走。又，柯还较为慎重地告诉我：已经把《逐鹿中原》修改了，书店也准备重新印。意思有点失悔从前没有听我的话。我告诉他："改文章比写文章更需要耐心、精力，但又非一改再改不可。就是《红楼梦》也是经过很多次修改的！……"

夜里给白羽电话，知道汪琦明天就要带滨滨回北京了。随后，心中久久不安，遂又给菡子打电话，问她是否能去帮一点忙？她诉起苦来，但却决定当夜去跑一趟。

5月24日

上午，两位神经科医生来进行会诊。问得相当详细，检查时也较认真。

540

会诊是十点钟进行的。到十二点钟，他们就研究好了，请我去办公室听诊断。出乎意外，他们推翻了过去的论断，从严格的意义上说，我不是得了神经功能症！但我必须使工作单纯化一些，减轻一些工作任务，而且争取一个休息时间，注意体力活动。

　　医师是张元昌、夏尊一。是由张检查的，人有五十多岁，红润、结实，看来人很开朗。夏年龄要小些，长长的，沉默寡言。他们的分析是有说服力的，当然也不无安慰、鼓励病人的成分。经他们诊断后，我自觉情绪忽然间轻松了，这就是有了实效。

　　午睡后洗了淋浴，就又拿上《扬州八家史料》翻阅。八家中，我认为全冬心最有才气，也很懂得幽默。在他谈到汪近人失明后的情况时，很有趣。

　　晚饭后在窗外绕行了很久。李的同乡来看他，一直谈到九点，颇为不快。

5月25日

　　因为上午有学生实习，理疗被推迟到午后了。读了马识途的《他们回来了》。

　　这篇文章使人想起很多事情，为什么要把这种东西拿出来发表呢？我真有点想不通！政治上并没什么，但是过于粗糙简单。难道他的生活斗争经历还不丰富吗？……

　　下午，刚吃好晚饭，白羽来了电话，问我是否出院去玩？我答复他，我已经向医生请过假了，可以出去住到星期天晚上转来。于是他催我马上去，巴金在他那里，可以一道用饭。我到东湖不久，萧珊也来了。晚饭前后，我向他们谈了不少川剧艺人的故事。

　　巴公、萧珊九时走后，白羽洗澡去了，我留在客室里看《参考消息》。就寝前，我们又上天下地地谈了很久。我就在他隔壁空房里睡。

也许是新床铺，服了两次眠尔通。

5月26日

上午十时，同白羽步行去瑞金路菡子家，顺便在淮海路附近地摊上买了旧书三册。

菡子的房子不错，是所谓花园式的房子。她住了整个二楼，大小四间，惜乎面临大街，太吵闹了。先到的有哈华夫妇。哈是郫县人，鲁艺同学；他爱人宁波籍，清瘦，架着眼镜。

我们一到，菡子就忙着出街买汽水、冰激凌去了。哈华在海军中体验生活，他也长期神经衰弱，发已斑白。我们闲谈了一阵，来了巴公；只穿一件短袖汗衫，很像个运动员。等菡子回来时，萧珊也赶来了。我四处看了看，发现一张菡子爱人的照片，很好。

因为尽是熟人，又多是党员同志，吃喝谈笑颇不拘束。菜也很好，扬州馄饨最有特色：肉少、菜多、皮薄，看起来、吃起来都比四川的馄饨好。我喝了不少啤酒，几乎有一点醉意了。巴公、萧珊、白羽、我，都是分别坐三轮回去的。一到家就各自分头睡了。

但我无论如何不能入睡，服了一粒眠尔通，也没有睡好；于是起来看《冰心游记》。这是地摊上买的三本旧书之一，准备给冰心的。但是，翻看之后，觉得不好寄了，因为文中谈到德王等等。在当日的条件下，这是很自然的，但恐引起冰心猜疑，很不好。

四点，吴强同志来了。大家一起谈了一些创作和下去生活的问题。他告诉我们，少数同志对《苦斗》有意见：把古典小说的糟粕当作精华给吸收了，写了黄色东西。他还谈到在农村当中，一般群众对《李双双》的反映：见人都要吵嘴！六点半，我们一道去罗荪家吃晚饭。

因为上、下午说话多了，又没睡好午觉，尽管菜丰富而又可口，我却吃得不多，话也说得很少，只是当大家饭前饭后谈到方纪大力宣传的李济世时，我也忍不住讲了一些笑话。

我们一直谈到九点钟才离开，天又快要落雨了，菡子为我雇了车赶回医院。

5月27日

上午八时，提前做了理疗，于是坐在房里等林绍其院长前来会诊。直等到十点钟，这才来了。

林是国内有数的肠胃专家，可能有六十几了，身材不高，步态轻而敏捷，面容有点老迈，但很老练、沉着。他主动同我握了握手，就在床边坐下，听我讲说病情。其实，他早已听过同来的钟、刘两位的汇报了。接着开始诊查，随后他告诉我："胃溃疡十年不发，不会有问题了！"

前后一刻钟不到，他又握了握我的手，随随便便接上我话道："对你的底，我们更加清楚！"后来刘告诉我当他们向他汇报我各方面的情况的时候，他曾说过："这种情况我也体会得很深呵！"原来他也长期存在行政工作和业务的矛盾，弄得来很苦恼……

午眠的时间虽短，但是睡得很好。晚饭前后在窗外散步了很久。这中间，曾碰到刘医生，我又提起从前胃溃疡的结疤，他笑了，说："绝对不存在癌的问题，你放心好了！"

回房后，那个山西青年医生还没有走，他同李都为我的检查结果表示庆幸。

5月28日

上午，做了理疗后，李医生听说我将于明日出院，开了一个单方给我。

午睡后，我向刘提到明天出院的事，他又一次追问我："你还有什么要求呢？"检查得很周到，我实在提不出什么要求来了，我告诉了他实情，他也同意了我出院的要求。

四时，济生和另一个文艺出版社的编辑同志来看我。大家谈到文章的修改的严重意义和克非的长篇。我向他们建议，千万对克非要求得严格些！并且表示：将来我一定争取时间看一遍他的长篇，逐章提出具体修改意见。那位编辑透露：主要人物似未站立起来。

济生等走后，就吃晚饭了。晚饭后，照例出房散步，接着同李上天下地大谈特谈。

5 月 29 日

因为下午就要走了。不仅是我，连李也很激动！他一再说："下午就只剩我一个人了！"

午睡没睡着，李也没有睡着。我起床时，李叹息说："你走了，还不知道来什么人呵！"我劝他，千万不要稍微好一点就大意，随便下床走动，一定得多躺几天……

这里得特别提一笔的是：上午，刘医生、唐教授分别向我谈了我的病情。唐是内科主任，专门研究血的，四十多了，人很温和，谈吐娓娓动听，很有说服力量。还有，当我正同李谈话时，张院长也来了，这使我很难为情，因为我知道他行政工作很忙。最后，还来了护士小方向我道别。

三点一刻，东湖的车子来了，还来了一个工作同志，我同熟识的病员作了别，同小熊和小何作了别，并愉快地叮咛她："见到一切小字号的同志，都替我致谢吧！"于是结束了十七天的病员生活。老实讲，我多少是有些留恋的，我跟好多人已经有点不愿意离开了！

一到东湖，就立刻同白羽商量是否前去北京，因为中午文井来信，说荃麟要我去北京详细谈谈我的创作安排问题。我们都觉得荃麟身体那样不行，还这样关心同志，不去不好。结果决定同巴公一道，于三日出发，去北京住三天。文井虽然也希望白羽能回京小住，然后再去东北继续疗养。白羽则再次提出，要我也去东北疗养，我向他坦率地谈了谈我的想法。我一年多没有写东西了，尽管医生要我休养，也该坐下来试试呵！而且我也想能下去看看……

7 月 16 日

已经一个半月多没有记日记了，也不知道是怎么拖下来的。我只记得，回到东湖后就相当忙，会人，买东西，去虹桥游览，还看过一次李世济的表演。

6 月 5 日到北京后活动也相当多。当然，最紧张的，算是向党组汇报创作计划那一天了。次日晚上还应荃麟之约，去北海玩了一趟。但使我最感觉痛快的，莫过于 12 日晨同艾芜那一场谈话了。这是我好多年来未曾有过的一次最直率的谈话。他好像也有些感觉，所以 14 日晨，他意外地送我到飞机场去……

回家以后，活动虽然不多，但是工作却很紧张。首先便得记一笔的，6 月 15 日上午向李部长汇报后，他不赞成我给省委和杜书记写信谈我的创作问题。理由呢，他正准备向省委提出一份创作人员名单，其中有我。我提出了不同意见，最后，他也就同意了：可以给杜书记写封信。这件事颇叫人不愉快，幸而很快就得到心源同志的批示。不仅完全同意了我的计划，而且劝我认真休养半年。接着我就给荃麟写了信。

这一来，心情相当舒畅。因此，花了四天工夫，把那篇残稿续成了，寄给了《人民文学》。接着又花了六天时间，把《困兽记》的清样看出来了。随即又为《成都晚报》看了一部分稿子，写了二千字祝贺

《工农兵文艺副刊》发刊五周年纪念的短文。可是，这时候，早就开始了的咳嗽，也逐渐严重了。到了10号，因为夜深时气候大变，跑起来关窗子，一不当心，着了点凉，情况更恶化了！

一连三天，晚上总是咳个通夜！12日下午，跑去找公安厅医务所那位专治咳嗽的劳改医生。是第一门诊部一位医生陪我去的。处方后，他告诉我，要试着点吃；我自己也不大放心，当天只服了一次。由于夜里照旧咳得不能躺下，13号我就更审慎了，整天只少量的吃了两次。同时去门诊部找王医生弄了些西药回来，可是夜里仍然咳得厉害，无法睡眠。

14日，李彬来，力劝我进医院；我同意了。15日老曾来说，医学院已经空出了房间，但是在楼上，因为楼下早住满了。我想起1960年我住楼上的经历，决定不去。下午并将此意告诉了李彬。我还表示，若楼下无房间，就去省人民医院吧！其时，李部长正在同我闲谈，他也赞成去青羊宫。因房间多，环境也较好。

今天下午，玉顺陪我住到省人民医院来了，先在门诊部做了初步检查，办好手续，直到五点，才搬到184号来。等到住院医生、主治医生做好检查，已经六点钟了。玉顺也直到这时才走，因为相当疲乏，没有送她。

7月17日

夜里醒来两次，又照样坐着咳喘了两次，真气死人！

早饭后，验了血，做了透视，医生又重做了一次检查。也许夜里太睡少了，午睡睡得相当不错。量过温度，服过药，出去跑了一转。地方的确不错！

晚饭后，又出去跑了很久。最后，碰见郑光荣，抱了他的收音机，准备安在我的房里。因为有人在台阶上打牌，我在河边坐下，让他单独去了。他安好转来，又陪我在河边坐了很久。其间，碰到杨万选同志，对我的病容非常惊异！

七点才转回病室。但懋辛但老在楼顶阳台上休息，一眼发现了我，于是我只好上去陪他坐了很久。他已经七十九了，但精神比我的好，谈锋也健。

以疾病为线索，他谈了一些他自己和周千传的故事，他很重视静坐、气功。

7月18日

晚上照例醒了两次，每次都要坐着咳半个多钟头。

下午四时，玉顺带了刚虹、小娃来了。从刚虹谈到考试俄语时的口气、神气，成绩显然不很理想。心里很不安静，但又不便发作，后来总算把她们送走了！俄语是主科，而且专门找人补习了半年，如果考得太不像样，又咋办呢？

整个下午和晚上都在考虑刚虹的升学问题。幸而她相当坚强，年龄又小，考不上就又补习吧！

7月19日

犹豫了很久，下午终于同顾打了电话，她也同意了我对刚虹问题的设想。

五点半，小马把我要的东西送来了，还带来一张《参考消息》。我在上次顾的来信背面，简单写了几句话：请他们最近一个时期不要来看我，也劝劝别的人不必来！

的确，我情绪太坏了！什么人都不想见。望见熟识病人，我也尽力回避。

7月20日

六点钟就醒了，想起去听广播；可是无论如何也起不来，感觉非常疲乏。

八点，终于收听到今天的第二次广播了。据预告，今天要广播十次，中央的声明是坚决的，非常尖锐，对修正主义者的造谣扯诳充满了无比的蔑视！《人民日报》的编者按，虽然只举了两三个例子来揭露修正主义者的可耻行径，但却非常有说服力。至于苏共中央的告党员书，不仅内容，就连广播员的腔调，听起来也叫人感到恼恨、讨厌……

刚听了一大半，理疗室的医生来了。面貌、身材都很像玉顺一位同学。在了解情况后，她领我去做按摩，说："等阵继续听吧，今天要广播十次！"一路上，她向我提到《叶尔绍夫兄弟》，谈到修正主义的社会基础。可以看得出来，她是很关心政治的，也爱文艺。

按摩后午睡很好，三番四次托护士找报纸，可都没找来。听广播太不过瘾了！到张贴报纸的地方张望了六七次，可都照例站满了人，简直无法近身！……

7月21日

出人意外，宗林同志来了。他今天打电话找我，才知道我在医院。

他力劝我到五福村去。我告诉他，明天我要打一种针，医治失眠的，静脉注射，十天一个疗程。等到这个疗程满了，我可以去住个时期，这里气氛太不好了。我们照例谈到中苏会谈，谈到川剧，想起某人的无耻、恶劣，我颇为小平同志他们担心……

但是，就在晚上，从广播得知，我们的代表团，已平安回国了。

7月22日

上午，注射了肤酸腊，是静脉注射，反应强烈，心里有些作恶，想呕吐。

这两天，这里那里都有人在找20号的报纸。因为昨天夜里打了电话，上午刚做过按摩，老曾送来20号的《人民日报》，还有好几份《参考消息》，真叫人高兴！

一直到上床为上，除开偶尔休息一下，几乎整天都在翻阅报纸和《参考消息》。

7月23日

今天注射肤酸腊时，反应同样强烈，注射后去床上躺了一个钟头。

四点，段主任来看达县一位副专员，顺便来看了看我。照旧是那一副神不守舍的神气。段走后不久，顺带刚虹来了。尽管我尽力规避，终于还是谈到了高考问题。曹晓考试政治课误了时间；好多人都叫唤俄文题深沉了；刚虹似乎比前一次沉着得多，相信自己考得不错。

我们还谈了些小娃的事。这家伙刚才在幼儿园住了三天，就拖着她妈回包家巷去了。正说着，胡医生来查房，我请她为刚虹查了查肝脏——结果根本就不存在肿大问题！

晚间上床时，忽然大发恶心，四肢无力，经过一个钟头才慢慢缓过来。

7月24日

上午，蒋、胡同来查房。经我说明情况，他们同意不打肤酸腊了，并同意日内出院。

午睡后，刚做好按摩，夏老来了，接着又来了友欣、李冰。并为我带了一大盅团鱼来，是顾托他们带来的。等夏老上楼后，谈话也就自由起来，有机关里的情况，也有机关外的。真想不到，林某也发生了男女问题，而且写了不少反动诗歌！

我们还谈了不少中苏关系问题。友欣说，他看过一份材料，是那五位在国外不受修正主义欢迎，而回来后却大受欢迎的同志写的，其中有不少点滴的动人材料……

团鱼太多了，我只吃了一点就送人了。晚上非常闹热，在外面乘了很久的凉。

7月25日

上午做按摩时，我特别叮咛那年轻人，可能睡失枕了，要他注意一下。

十点半，去看但老，恰恰有个民革的干部在他房里，我们谈了好一阵。老头子明年满八十了，可是精神还那样好。当然，思想并不怎么高明，同时还自信很深。我向他请教气功应该注意之点，他谈得还不错。接着可就玄之又玄，很近乎迷信了。

下午，因熏蚊子，一直在外面耽搁到十点半才落屋，但刚准备睡觉，眼睛又出了点问题。结果，由胡领我去大楼找眼科医生，查出来是渣滓钻进去了！……

又，在阳台上发现了钱寿昌同志：瘦得可怕，简直变了样了。原来赵是他爱人！

7月26日

十一点离开医院。回到家里，忽然感觉到自由自在多了。食量也有增加。

午睡没有睡好，隔壁邻居家里孩子们吵闹到两点才住嘴。其中杂着母亲和父亲的咤吼声和叫骂声。一直躺到三点才起床，就同小娃胡缠，又为他剥了两个胡桃。

晚上，礼儿夫妇把小娃领回去了，我同玉顾去锦江看戏。因为前几天睡失枕了，午睡后越发不能动弹，我希望能在剧场里碰到黄老太婆，请她为我按摩；但是没有碰见。刚才看完一场，颈子更加痛了，又很热，我提前回家来了。

洗了澡，做了热敷，病情一点不见好转。情绪呢，则越来越坏，于是十点半由小马陪同去门诊部。经外科医生诊查后，进行了封闭治疗，又给了内服药。

回家时已经十一点了，休息了一阵，让心静了，服了10CC水化氯醛合剂。

7月27日

上午去龙王庙街找薛鉴明医师扎针。我们边治病，边闲谈，待了半点多钟。

他的房子原是公社食堂，去年才装修过的，是座大院子的正房，很敞亮。他在这里住了三十多年了，"大跃进"时搬往医院宿舍，去年才搬转来。身材魁梧，刚五十岁，但已有孙儿了。大儿从朝鲜回来后，在哈尔滨读工程学院。因为节育，他只有二男一女。女儿最小，但也十六岁了。他是农专的学生，毕业后却开始学医。开业已二十五年左右。

下午，叶石来了。他向我表演了两次《天字庄》。据说，这是道家的功夫，周千传在峨眉学来的，去年又传给了他。比太极拳简易，一般十分钟即可做完。临走时，他把他写的话剧《马陵道》交给我，要我看后提出修改意见。

晚上去看宗林同志，才知道牧之同志来了。李部长虽为他交涉过五福村；但是宗林颇感为难。临走时我向他表示：我也决定暂不去五福村了。

这几天食欲甚旺。十一点了，感觉很饿，顾为我煮了鸡蛋二枚。

7月28日

上午去中医学院扎针。回来后，给高缨回信；但才写了大半，就吃饭了。

午睡后，正准备去《四川日报》社诊所打针，一位文科教授来了。我远远望见他同夫人、两个孩子走进大门，不由得叹了口气。有点不知如何是好。最后，我叫玉顾出来招待他们，忙着到报社去了，希望情绪能够冷静一下。

可是，回来以后，仍然打不起精神来同他应酬。而且随处发现他有些故弄玄虚。临走时候，他同夫人大开玩笑，尤其使人不快！这个人怎么会变成这样呢？真想不到！……

他一再要我去他家里吃饭，最后我婉谢了。现在我也的确不愿同什么人应酬。

7月29日

上午去四道街扎针。薛过了很久才来，因为一个中了风的急诊病人死了，是个中学教师。

回家时，将一位老同志的女儿认成了刚齐。她也好久未来了。她告诉我，她姐姐因为神经分裂症，月初服毒自杀，吃了八十片眠尔通。幸而发觉得早，已抢救转来了。但是一想起心里就不好过，这孩子太可怜了！

晚饭后同玉顺，那位女青年和刚虹去街上散步。她二号就要回北京过暑假了。

7月30日

昨夜四时腹泻，一连起来两趟，可能从医院回来后，太馋了。泻后有点坠胀。

由于腹泻，又没有睡好，精神很坏。去四道街，薛医生又会诊去了，等了好久才等到扎针。回家时已经十二点过了，食量突然大减，午觉也没有睡好。

下午想写完那封给高缨的信，可是打不起精神来。

7月31日

昨晚半夜三点钟就醒了。不仅腹泻，而且咳嗽，气紧，一躺下就哮喘。

早上起床，虚弱不堪，而且稍一活动，便要喘气，真叫人苦恼透了。赶着去四道街，先请黄德彰处了方，然后去找薛主任；可是薛到省人委会听报告去了。

一天都感觉疲乏、气紧，心情也很恶劣。得菡子和刚齐信，稍觉宽慰。

8月1日

因为昨晚服了大量安眠药，睡得不错。水药也显然生了效，腹泻、气紧，都停止了。

上午去四道街扎了针。午睡后，因为继玳明晨去北京度假，将送天翼等的《祖父的故事》包好，准备让她捎走；可是，刚才做了这一点事，便已经疲乏不堪！

晚饭后，刚虹约了友欣的女儿一道，到车站接刚齐去了。玉顾带了继玳去街上散步，我一个人留在家里。曾经去巷口看了一次，因为已经九点钟了，却还不见刚齐回来。玉顾带回一枚西瓜。等她收拾好很久了，刚虹也回来了；可是，刚齐因为替同学搬行李，隔了半点钟才回来。身体不错，带回不少吃食东西……

气氛很好，正像过节一样。到了十一点，我先睡了。没有立刻入睡，可是情绪非常安静。可以听见玉顾她们一直在外边轻声闲谈，有时出出进进。

8月2日

等我起来，继玳已经走了。可是，我们为她准备的吃食，却一点未带。

据刚齐告诉，夜里继玳曾对她说："我回去，他们恐怕会赶我出门呢！"这自然是说笑的，但也透露了一些继玳的心情，特别老汤家里那种相当异常的气氛。

上午去四道街找黄看病，他告诉我，人只要会保养，至少可以活到一百二十岁的。晚饭去薛家里扎针，他也说，转弱为强，争取高寿是可能的。他还提到具体做法：气功。他父亲是外专毕业的，两个肺都坏了；可是练气功后来使他变得非常强健⋯⋯

因为齐儿刚由重庆回来，礼儿带起两个娃儿来了。晚上，玉顺买了鸭子招待他们。我才尝了一点，就赶紧走开了，担心嘴巴放肆起来，又会吃出毛病。

8月3日

十点到《四川日报》医务处；十一点去中医学院；下午七点去龙王庙扎针，这已成了我的日课了！

因为精神较好，闲着又实在无聊，写了一篇中楷。又随手翻看了《东城老父记》《红拂传》。从龙王庙街回来，因家里的人都到尔钰那里去了，我单独上街散步；但到春熙路就转来了。

回来洗了澡，这时顾他们也回来了，他们担心我在家感觉寂寞。

8月4日

昨夜咳嗽、气紧又发作了，是一点钟发作的。服了两次药，但是一直没有睡好。

因为一躺下就气紧，心里非常烦躁，七点就起来了。疲乏、虚弱，一动弹就喘气！这样下去怎么行呵！情绪有些阴郁。好在昨天已经同薛医生说好，九点钟就赶到龙王庙街去了。他断定我有外感，但温度却不高，回家时顺便到报社打了胎盘组织液。

整天都蹲在书房里，连小娃他们，我都不愿意接近了。因为情绪很坏，担心动一动就喘气。直到饭后，全家都到猛追湾去了，我独自才在厅堂里坐了很久。

8 月 5 日

主要因为多服了安眠药，半夜三点，我忽然大嚷大叫，坐起来了，是发梦癫！

玉颀赶到床边问我怎么回事？我清楚明白地回答她，刚才医生告诉我，只需吃一味药，我的咳嗽、气紧，就可断根。而且说时，我深信不疑，这不是做梦，刚才的确有过这么回事，连医生的姓名、药名，都记得很准确。她问了两次，我都做了同样回答。

她最后要我喝了点开水，然后我又倒下去睡着了，而且又快又熟，一直睡到早上七点半才醒。梦癫的事，几乎记不起了，可是精神很好，照例把两份报的标题看了一遍，然后又择要看主要的报道和《参考消息》。这个习惯，是最近一向才养成的。

因为到了两份《人民日报》，两份《参考消息》，看完报就九点过了。没有来得及去打针，便直接到四道街去了。但因挂号的太多，回家时已经十二点过了。午饭食欲很旺，情绪也好。

晚饭后，到龙王庙扎了针。回家时碰见友欣，谈了谈创作情况。

8 月 6 日

得巴金、萧珊来信，已经好几天了；今天决心回信，可是照旧没有写成！

晚饭时得亚群同志电话，说八点要来看我。因此，晚饭后不久，我提前赶到龙王庙街去了。回来时，见到了刚齐的班长，德阳人，六年前参军的，去年暑假才到"人大"肄业。瘦长长的，清秀、沉静，给我的印象不错。哥哥在航校工作，家乡只有母亲了。

亚群同志来闲谈了一个多钟头，他告诉了我一些"人艺"五反中出现的情况，使人大吃一惊。而单凭这一夕谈话，国内阶级斗争的尖锐、复杂，不也很清楚么？

谈话的内容当然不止于"人艺"，我们创作队伍中，有的人的行径也叫人难受！

8月7日

起床后，刚好打开报纸，天翼的大姐和瑟子来了，这有点出人意外！

大姐穆旦一见我就说："你怎么这样了？在北京还又白又胖呀！"她们到各处看了看，随后在书房里坐下来。瑟子身体很好，就在桂王桥西街住家。她向我谈了些过去的情况，她目前的处境显然不错，大女儿已经十四岁了，丈夫在省图书馆工作。为了减轻哮喘，她要我认真保护喉头。

送走她们，然后洗脸、刷牙，赶往四道街看病。回来又去报社扎针，到家就坐下吃午饭了。午睡后照例看了两章《天魔舞》。

从这两天的印象说来，这本书风土志的成分较重。当然也只有几章是这样……

8月8日

上午，展了把劲，把给高缨的信写完了，还给巴金回了一信，心里算安静多了。

这一向有些想念熟识的老友。我常常幻想，我是在上海巴公寓所的宽走廊上的，正同大家喝着冰镇啤酒，一面闲谈。要不然，便是幻想在北京的中山公园，或者北海……

在薛处扎针后，去中山公园。同刚虹等了很久，玉顺、刚齐才来。碰见傅茂青同志。

8月9日

刚从床上起来，刚宜就在外面嚷起来了："毛主席发表文章了呵！……"

我赶忙向他要来当天的报纸，一气把主席签署的，支持美国黑人反对种族歧视的声明读了，接着又读了那篇主席接见在京的几位驻非洲代表的报道。

午睡后，正在看《天魔舞》，一位文科教授来了。不知怎的，我顿感什么精神也没有了，情绪也有点乱，感觉能够不与人往来那会多么痛快！特别因为，他是来同我交换有关介绍《一场风波》的意见的。而当我表示拒绝时，他还解释："你一年多没发表东西啦！"

他也显然感觉话不投机，走呢，又太匆忙了，幸而一眼瞧见友欣，立刻把友欣招呼来了，于是对谈起来；但是内容未免乏味，听不进去。只是一边读《天魔舞》。

友欣大约看出我情绪很坏，先走了；又坐了一阵，那位教授很快也就走了。其时已五点钟，心里感觉有些歉然。

8月10日

这几天，刚虹显然有些异样，整天都在嘀咕高考，有时默然不语，有时又很烦躁。

今天我就劝说了她两遍：一次是她打电话探听放榜的日期之后，一次是肖兰来告诉她，放榜期又推迟了。我对她劝说时总是一切都不在乎；其实我也何尝不着急呢！

为了让自己安静，我就拼命看《天魔舞》，刚虹也成天看小说，只有顾真不在乎！

8月11日

喝过牛奶后，去桂王桥西街看瑟子和穆旦。瑟子上班去了，大姐也一早去了公园。

十点，宗林同志来了。此公身体比我的还差，可是最近一直都在开会！真不简单。闲谈中自然接触到了刚虹的问题。他说，部队上可能还会招考一批技术人员，如果这次刚虹高考又考掉了，可以到部队去；但他过去还不知道部队上也招收女青年。总算又多了一线希望了。宗林临走时，借了一批翻译的古典剧本去，共四册。

午睡后，还在读《天魔舞》，廖亚宾兄妹和廖灵均的爱人来了。他们知道我生病，是来看望我的。廖亚宾来省是参加公安工作会议。我同他们闲谈了很久，但却竭力避免谈那部《回忆录》的整理工作。他们似乎察觉出来了。

这两天精神较好，能够做一点工作了；可是夜里却又咳嗽了很久。

8月12日

下午，礼儿回来了，他已经一星期没有回家，在脱产学习哲学。

他说，主讲的是北京来的干部，讲得不错，只是上午讲。他很高兴自己能把其余的时间全部用来读书。他准备买几本书，又没有钱啰！我拿了十元给他。后来我们又谈到刚虹的事，他劝我不必担心，考上的可能性是有的。但这是空话呵！

礼儿显然也有不少苦恼，其中包括对我的健康同刚虹的考试的担心。临走时候，小娃喊他，他没理；小娃笑嚷道："哎，安逸，他不领我回孟家巷呵！"

这把大家都逗笑了。只有玉顾例外，因为她对礼儿板起面孔非常不满！

8 月 13 日

还未起床，郑志平就来了。他向我们谈了不少秦碧光和志超的情况。

正同志平谈得起劲，友欣来，说如稷在他那里；我立刻去了。为的避免他又生气。他带了文谅来的，友欣台子上还放着文谅三篇稿子，显然是带了自己的儿子来投稿的。这还不说，他表示，已经向友欣谈过了，让文谅也去德阳农村看看……

林走后不久，少言同吴凡来了。这次我倒说了不少的话，而且相当兴奋，因为他告诉了我一些重庆文艺界的思想情况。本想留他们吃饭的，但我太疲乏了。

晚上去看了天翼的大姐、瑟子；瑟子的爱人也见到了，长长的，光景还不到五十岁。

8 月 14 日

上午去四道街，黄院长病了。经过联系，到医院对面他家里看了病。

午睡后，把《天魔舞》看完了。正想找罗湘浦来谈，李部长又来了。我向他详细谈了有关文艺工作者参加当前农村工作的意见，而且提出必须进一步明确青壮年应以参加工作、积累生活为主，不要忙于写作。我们还谈到文艺界其他一些情况。

晚饭后，去龙王庙街打针，薛告诉了我一些营门口公社的阶级斗争情况，说是比《夺印》复杂多了。是八大队，亦即花果队，我很想跑趟区委，或者直接到公社去。

扎针后，回到家里，礼儿夫妇领小娃来了，很有点舍不得。又，下午陆秀来坐了很久。

8 月 15 日

这两天睡眠不错，食量也有增加，但是非常疲乏！但愿这是恢复中的常态。

上午，找了罗湘浦来谈了进一步整理《天魔舞》的意见。午睡总是不能入睡，担心大姐可能没有接到昨夜寄发的信；于是起来，到桂王桥西街去亲自叮咛。但回来后仍未睡好！"刻事"到了如此地步，这真是我一个致命的弱点！看来非努力改正不可！

下午四点半同家人去芙蓉餐厅，招待大姐和芝瑟等吃饭。虽然只是便饭，但是心里总有一些不安：这是否是浪费呢？可是，当一想起天翼同我的交情，又觉非请不可……

开始精神很好，情绪也还不错，但一到散席时，又浑身一点气力也没有了。

8 月 16 日

这里先得补记一笔：昨天中央发表的对苏联"八月三日声明"的声明，叫人兴奋了一整天！

早晨起来，我就从广播中听到了，十一点又从《四川日报》上读了一遍，随即去门诊部注射"组织液"。而在回来的路上，街上几乎都在抢购当天的报纸，或者边走边读。午饭时，宜儿又打开收音机，让大家听了一遍。晚饭前又是听广播，我自己还重读了一遍。而且，不管是听是读，感情始终非常振奋，而且几次忍不住对孩子进行鼓励，要他争一点气！

午间得王仰晨来信，对我的健康表示了真切的挂虑。因为他最近得林向北信，说我犹在病中，但是很不详尽。我当即回了一信，亲自拿到前院去交了。

晚饭后去龙王庙街扎针，薛告诉我，卢子鹤逝世了，是得的急性肠炎。

8月17日

上午，去前院找人捡药，李彬告诉我：肖兰已经接到通知，考上川大外文系了！

我听了，向她摆手，请她不必多讲，因为我怕刚虹知道了会紧张、难过。回来后，我悄悄将这消息告诉了玉顺，同时警告她不要走漏消息，但我们都为肖兰庆幸！

尽管从前天一场大雨以后，一直天阴，气候凉爽，但午觉一直没有入睡。起来了三四次，绕室彷徨。今天烟也多抽了两三支，碰到情绪不佳就忍不住要抽烟。等玉顺她们去南郊公园后，我就一个人起来静坐——可是静不下去，真要命！……

本不想去南郊公园的，因为想给刚虹做点思想工作，而且不要使全家大小扫兴，三点半我也去了。在大厅碰见邹月华、李婆婆，他们告诉我：周的妹妹考上北大了！……

除了刚宜，全家人都在南郊，还算玩得不错。大家也都向刚虹做了工作。

离开公园之前，我们发现一批不三不四的人，尽是青壮年和少年，只有一个抱着娃娃的青年妇女，在杂木林的秘静处开会。还有个娃儿在放哨——装着扯猪草，可能是个偷盗集团。

这批人似乎发觉了我们在窥探他们，很快就分几批走掉了。我很想去盯他们的梢。

8月18日

这两天，为了等候刚虹的通知。真是度日如年，她自己的烦躁不安，更加不必说了。

所有参加高考的青年，他们的家属，恐怕没有多少人是安静的。刚虹昨天接过三四次电话，今天两次，一次是她自己接的，一次是我，因她出街去了，两次都是谈通知的事。

下午四点，礼儿夫妇来了。一来又是高考，又是高考的通知！据他们从学校得到的消息，前天只发了第一表第一志愿的，以下的，要等 22 日才发。这样做的动机、想法，自然可以理解；但是青年人等候这个通知却够苦了。难道这一点不该考虑到么？

午饭后，去龙王庙扎针，是坐三轮去的，随又赶往祠堂街美术社照相。因为玉顺和孩子们约好在那里等我。都说这里摄影不错。可惜因为修造房屋，不可能照全身像，未免有些失望。摄影后，我带了小娃走了段路，随即由他妈带走了。很有些舍不得。

到了商业场口，她们去吃"三友凉粉"，我单独回家了。明知其不可能，但总希望能够接到刚虹的通知；这当然是幻想。我没有接到信，可是却替刚宜接待了一位他的同学。

8月19日

上午，刚齐一个同学来找她。这个孩子 1960 年毕业的，直到今年才考上川大的物理系。

看了病，捡了药回来，已经快吃中饭了。碰见安，他告诉我，王元方本想看一看我，因为听说我在养病，就不准备来打扰我了，要他代为致意。王曾一道同我前去冀中。

下午同孩子们，还有肖兰和刚齐那位同学，一道去文殊院参观，六点钟才离开。我之愿意同去，完全为了刚虹，这个孩子这几天够苦恼的，大家总想让她忘掉考试的事。寺院内方丈招待客人的小院很不错，可惜被隔开了，变成了佛教会的会址。

晚上，都看电影去了。据张告诉我，半黎也为自己的孩子的通知相当苦恼。

8月20日

决定看《祖父的故事》的样本。但因心慌意乱，整天只校改了三篇。

下午碰见香浦，他告诉我，他已经根据我的意见，将《天魔舞》做了进一步的加工。整理小组也在上午开过会了。我请他们注意，我的意见对他们只有参考价值。

得高缨来信。他作了相当多的解释，说明他一直是参加基层工作的。他显然误会了我前次的信，多少有点紧张。所以我立刻回信，着重指明我向他提到过的一些有关深入生活的意见，只是谈天而已，并非为他而发，至于他的电影脚本，我可以看。

从龙庙街回家，途经督院街，碰见戈、安夫妇，我们闲谈了几句就分手了。

8月21日

去傅先慧那里读文件。才读了一个半钟头，就头昏眼花，读不走了。

十一点半回家，碰见少言来了，在工作室等我。他已为我买好了喷雾器，价十四元，是他打了好多麻烦才买到的。因为重庆医药器械公司，只剩有两套了，不肯卖。

留少言吃了午饭，把剩下的一杯白兰地请他喝了。饭后，因为看见我精神委顿，抽了半支烟他就告辞，我也没有留他。但是送他到前厅时，友欣来了，同他谈到美术工作问题，我也表示了一点意见。可是后来，他们老是谈，我就自动走了。

晚上，散步回来，肖兰把省人代会发的文件替崇素送来了，并告诉我，明天开预备会，听形势报告。我奇怪自己为什么没有接到通知，玉顾才说，已经代我收了，在书房里。

睡得较早，准备明天早点去门诊部打针，以便赶往锦江去听报告。

8月22日

原定今天去听大章同志的报告，因为通夜不眠，又下大雨，又只好不去了。

十点，冒雨乘三轮去门诊部。王医生到大会医务处去了，我请那个年轻女医生帮我看，她不肯。我向她解释：这是长期的慢性病，参照王的处方给点药就行了……

虽未曾去开会，但把几个文件在傅先慧处大部分读完了。晚上向友欣问了问报告内容。

8月23日

因为同样原因，今天仍未能去听报告。去门诊部扎针后，到傅处阅读文件。

午睡后天放晴了，于是打起精神，同顾和两个孩子去人民公园。我们在原"浓荫"楼上喝了很久的茶，然后又去荷花池边坐了一阵。大家的情绪都很安静；但临走时却碰到一点不愉快的事：一个女教师问刚虹："接到通知了吗?"刚虹立刻把头勾了……

晚上,在向友欣问探了当天大章同志报告第二部分的内容后,我谈到自己对刚虹的担心。令人吃惊的是这点:近一星期,他也感觉到了,虹儿一碰见他就回避开了……

考得上也好,考不上也好,我但求早点得到通知,这样下去真不好过。

8月24日

明天刚齐就要到重庆入学了,加上刚虹迄今未得到通知,空气相当沉闷。

十点左右,肖兰来了,可是大家照旧谈得很不起劲。刚虹甚至悄悄走进卧室去了。这时,肖兰妈来了,偷偷递了封信给玉顺。在场的人都相当紧张,却又不敢出声;殊不知刚虹瞧见了。马上跑了出来,抓走了信:她被四川外语学院给录取了!……

半个多月来,今天家里第一次有了强烈的欢乐气氛,而且没有丝毫勉强。尽管我照样没有睡好午觉,可是原因却不同了。四点,我们一道去街上买东西,晚上又一道散了步。

要是第一批通知就有刚虹,该多好呀!下午曾乘兴给了巴公一信。

8月25日

同刚齐、刚虹一道上街。后来我们就分手了,在文物商店买了六册有正书局影印的扇面集。每册一元。第一、二两册精品较多,其余也还不错,可以说是价廉物美。

午饭后,玉顺同刚虹带起刚齐的行李,先到车站去了。刚齐本人留在家里等她那位同学,他们准备搭公共汽车去。我呢,带希娃睡午觉；但这家伙老不肯睡，吵着要去重庆。而我只好诳他，说是要晚上才动身。可他仍不肯睡，躺在床上瞎闹……

刚齐有点闷闷不乐，也有些着急，不住走出走进。当希娃搂住她亲热时，她开朗地笑了；但随又眼圈子都红了，相当难过。为了克制，她抱怨起她那位同学来，说是时间迟了。最后，决定去梓潼桥找他；我陪刚齐一直走到新巷子幼儿园才转来……

当我回转卧室的时候，希娃已经穿好一只鞋子，准备要起来了。这家伙真调皮！我很快又把他安顿睡了。但是，直到玉顺、刚虹三点钟从车站回来，我都没有睡着。

8月26日

刚齐走了。今天又开始忙于为刚虹去重庆作准备。整理行装算是最麻烦了。

晚饭后，同顾和虹儿，还有希娃，一道去人民公园。后来在茶馆里碰见杨礼夫妇带了凡儿在那里喝茶，我们过去坐了一阵，就留下希娃走了。照例总是这样，一碰见他妈，他就舍不得离开了。说是要去孟家巷玩两天才到文联去了。

我们顺路去锦江看了华逸，还见到刘隆华同志，她同华逸住一个房间。这里需要提一笔的是我们在门口被留难了好一阵，如非碰见张泗洲，可能很难进门。

8月27日

上午参加人代会开幕式，碰见绵阳地委段书记。他告诉我，刚俊现在地委工作。我很想多知道一点刚俊的情况，因为虽然都在主席台上，相距较远，不便多谈。

休息时同曹钟梁谈了谈我在上海中山医院检查的经过，以及最近两个月来的病况。他给我出的主意还是过去早提过的：多休息，少用特效药，但他同意我有控制地用一用睾丸素，并要我转告门诊部医生同他通一次电话。

因为疲乏不堪，十一点我就回家来了。晚饭后同顾带刚虹、刚宜去人民公园玩了很久。刚宜一直独来独往，很少一道玩的；因为刚虹就要走了，这才破了个例。

8月28日

上午，帮刚虹收拾行李，打铺盖卷，最后，又叫刘万春领她一道去车站托运。

晚饭后，我叫刚虹削梨子吃，因为她明天就要走了。也正因为这样，我同时给她提了一些意见，以及少数人对她的反映。她越听越难受，后来哭了。其实，她的缺点主要是从年纪轻和没经验来的。而总的说来是：开朗、活泼有余，但是不够切实、冷静，还有点自满！

后来，吃完梨子，我们又一道去街上散步。一直走了好久，刚虹的情绪才好起来。

8月29日

去门诊部注射胎盘组织液。路上碰到小曹来找刚虹，因为刚虹下午就要走了。

午饭后就开始忙起来；等映川和孙送刚虹去车站。小曹也要去，帮刚虹搬行李。孙匆匆地跑来通知我们，准定一点钟来，一道前去车站。但是，刚才十二点四十二分，玉顾就忙着先走了。因为到了一点孙还未来，刚虹同曹小林也出发了，深恐赶不上时间。

刚虹走的情况跟刚齐完全两样；不仅毫不感觉难受，连一点留的颜色也没有的。甚至对我连招呼也没有打一个，就轻松愉快地赶往车站去了。

晚上同顾谈起刚虹今天的情况，都觉得又好气，又好笑。

8月30日

幼儿园两位老师来谈希娃入学的事，直到阵雨过了，我才送她们走。

虹儿的事刚好得到安排，又来了孙子的事，又不能安静了。因为总不能由他在家里放敞马，且这娃仅止一个暑假，已经变得相当野了。

晚饭后出街散步，到了提督街口，就由玉顾单独去孟家巷。我呢，去文化宫逛了一转，然后回家。可是什么也摸不上手，总挂念着希娃，也有点罩念玉顾。自从虹儿走后，希娃又去了孟家巷，家里好像忽然很清静了。

玉顾十点钟才回来，据说，六幼儿园已同意希娃入学。总算是丢心了。

8月31日

天又晴了，午睡到三点半。起床后，发现了人代会的通知，三点开会。

去不去呢？汽车也开走了，不在家。正犹豫间，亚群同志来了，于是决定不要去了，因为转眼已经四点。我们闲谈了一个多钟头，涉及文联一些情况。显然，宣传部照样对文联很关心，可也照样苦于抽不出人来加强领导。

晚上，去总府街招待所会王达安同志；但他参加晚会去了。好在段书记没有走，在他客室里坐了一个多钟头。因为我气喘吁吁，他说："你真的像垮了！"

他向我谈了些北川县的"五反"情况，真有点惊心动魄。临走时在坝子上碰见杨淑英。她正同一个长长的，推自行车的同志一道，也在朝大门外走。我们闲谈了几句，我就抢先走了。因为我很怀疑那位男同志是她的对象，不便打扰他们。我希望她能成功！

段书记住的新楼。这座新楼我才来第一次，显然比锦江的质量要高得多。

9月1日

因为昨晚向段书记打过招呼，上午十时，王达安同志来了。1958年夏天去尊胜坝后，我们五年没有见过面了。他还是那样朴素、沉着，看来好像没有多大变化。他今年四十七岁。

开始我们谈家常，知道他的大女儿已经结婚，在当小学教师了。最小的也有十岁，能做些手头活路。为连年增产，他那座1959年撤掉的房子已经复原，而且盖上了瓦。在重灾的两年，因为露宿太多，吃食不足，他也得过肿病。目前呢，神经官能症相当严重。

这几年来，他的生活也充满了斗争和胜利的喜悦。1960年、1961年他都给戴过右倾的帽子，第一次整训时甚至被工作组列为斗争对象。那时他已被调到里程去了。但在斗争会的前夕，他沉着地用事实战胜了所有的谎言：工作组的材料是地富反提供的！而且就具体的人他都估计对了，同时他还为王达发等三人进行了辩护，因此工作组撤销了对他们的斗争。

在李林枝同志支持下他才得回转尊胜，而尊胜的产量，已经恢复到1957年的水平了。但，这也不是一帆风顺的，因为稀大窝问题，小春还未种完，那个对他颇有成见的区委书记，就给了他一闷棒！支持他的是县委杨书记。他对这一事件的经过讲得非常生动、详尽。

在他的谈话中，给我印象最深的是那个已故的县农工部副部长，三十几，大学毕业，工作切实，作风艰苦，很受群众爱戴。他一向是工作稳，非常尊重老农的意见，但在到湖北、河南参观后，变了。滋长了瞎指挥倾向，他经常同群众一道夜战、露营，肺病发了，也不听劝！……

到了十二点，阵雨来了。好在我已为达安同志准备好饭，但他非走不可。边说边穿雨衣，到了阶沿上时，他决心更大了，几下脱去鞋子，就往雨坝里走。我只好赶去送他……

午后四点，他又如约来了。但正谈得起劲，就碰到有人打岔，所以不到五点，他就又走了。

9月2日

整一天，在宣传部听了总理，两位李副总理向人大常委所做的报告的传达。

袁牧之也在。休息时候，走过去同他闲谈了一阵。晚上去锦江看戏，又碰见了他，还有朱心和她的大女儿。看来，袁比在重庆时更衰弱了，他说他肺病又发了。

回家后，老不想睡。当回忆到总理讲的党的方针和升学问题时，有些难过。

9月3日

上午参加大会，碰见宗林同志。他告诉我，杨淑英已经在准备结婚了。

下午向大会请了假。四点，去川剧团会赵慧理。笑非也在那里，赵这个人在旧的艺术界中，不管性格、生活方式，都是有一定的代表性的。开始，她关心地、不着边际地对我的健康情况作了很多建议，但总带点应酬的味道。我冷静地听她讲，只有时插两句。

后来，我主动把话题扯到昨晚上的剧目上去了。谈话立刻活跃起来，以刘承基的《辨钗》为例，她同我都不赞同随便加工，弄巧反拙。我们还谈到中年艺人的深造问题。

我一直耽搁到五点半才走。晚上，又约顾一道去看大姐，闲谈了半点钟。

9月4日

参加省人代会。休息时，同张泗洲同志谈了很久，也可以说是对他提意见和建议。

下午得王觉复信，告诉了我一些外语学院的情形，心里算落实了。但是刚虹还无信来，却又不免叫人挂念。因为下午是执行主席。我一早就到锦江去了，信是回家后得到的。

晚上同顾上街散步，在锦江剧场附近碰见刘部长，顺便向他汇报了我的近况。

9月5日

昨天一整天会下来，疲乏不堪！几乎动都不想动了。只好整日请假。

下午得虹儿来信。我好久没有看她的作文了，从她的信看来，比往几年确有不少进步，文字清顺，颇有层次，只是字太潦草。同时还得到巴公一信，刚齐一信。

刚虹对学校的情形谈得具体、详细，显然她喜欢这个学校。他们的教师是位中国籍德国女同志，严格、热情，很得孩子们的欢心。这是个很好的征兆，而且刚虹信末的名字是用德文拼的。当然也有抱怨：蚊子呀，热呀，顿顿都吃老南瓜呀……

刚齐的信，主要也是谈虹儿，因为她还未得到过她的信，相当着急。巴公呢，显然已经接到我的信了，对刚虹谈了很多，为她考上外语学院感到高兴。上海奇热，他又生痱子了。

晚上，给虹儿写信，但是两次都未写成。人一疲乏，脑子也变木了。

9月6日

今日仍在家休息，午睡后，分别回了王觉和刚虹的信，这一天就完了。

可是整天都很兴奋，而且脑子没有空过，因为九点钟就听了《苏联领导同我们的分歧的由来和发展》的全文广播，六点钟又听了一次，此外还看了报上的本文。而且还不止一次。宜儿也很兴奋，一回来就找报纸，开收音机。今天的报纸十一点才送来。

晚上去锦江饭店，但少言出去了，唐老也出去了，华逸他们也不在家，都看电影去了。同温老闲谈了一阵他的养生之道，后来，我又单独到一处静坐，等候唐老。

八点四十分，唐老终于从省医院回来了。他为我诊了脉，开了两张单子。

9月7日

昨晚暴雨，以为今天会放晴吧，天刚亮可又下起来了，虽然气势已经减弱。

想赶去参加人代会，因为今天要选举，要照相，是会议的最后一天，可是起不了床。风也刮得很凶。当七点半老曾来叫我时。只好要他叫小马代我请假，下午再去。

因为担心把时间拖迟了，一直没有睡好午觉。刚才两点一刻，就到锦江礼堂去了。选举时，为清查人数耽搁了不少时间，因为有两位代表入场时未交入场票，有一位又多撕了一张。比较可记的是：因为有人提议，说是唱名时未听清楚每个人，即省长、副省长及委员所得票数，秘书长一共报了两次。副省长中，以邓锡侯、童少生得票最少。

选举六点就结束了，可是，大章同志又做了一个多钟头的讲话。他对近年来某些人思想上的"大有反复"一点，阐述得很精彩，对于那些思想不通的人可能很有帮助。但是其余部分，我几乎未听进去，因为人是那样疲倦，脑子已经不大起作用了。

散会时，碰见少言、伍陵。伍陵约我一起吃晚饭，我说："我现在只想睡……"

9 月 8 日

大雨尽管停了，可是天空阴沉沉的，照旧有点儿冷。而且，礼儿全家一早就回来了。

小娃进来得较迟，因为他们在街上碰见友欣他们，他就跟大胖一道买菜去了。曹秀清讲了很多两个娃儿进幼儿园的趣事。看来都已经习惯了，叫人相当安心。而且，希娃两弟兄同在一个幼儿园也比较合理。据说，六幼不错，伙食也相当好。

午睡后，继玳来了。我要她告诉蕾嘉，上海和南京的精神病院都相当好，真妮应该去试一试。她没有接到她父亲的信，但她妈来信说，老汤经常午觉都不能休息。因为"四清"工作太繁重了。我真担心他给拖垮！

晚饭后，等礼儿他们走了。我们同继玭一同上街，送她搭车回学校去。回来后，给蹇先艾回了封约稿的信。这封信，是受刊物催逼写的，已经拖了一个月了。

9月9日

上午，回了刚虹的信。李济生上月的来信，也回了，谈了谈我的近况。

午睡后，友欣还来前天借去的《文学评论》。我们于是又谈起《归家》。据他告诉我，克非对这本书很欣赏，实在令人生气而又吃惊。好在友欣已把最近批评界对这本书的意见，作为提示告诉他了。友欣还附带告诉了我上两期《延河》的版面情况。

上期《延河》突出地发表了一篇柳青的文章，提纲似的，要求大家参加讨论前年《文学评论》上评介《创业史》的文章，这篇评论作为附录也发表了。这种做法使人感觉惋惜！记得前年在广州时，柳青让我看过一篇有关批评《创业史》的反批评文章。当时看了，曾经劝他不要发表，因为我素不同意作家缠到与自己作品有关的争论中去，而且他的论点也有些含混、空洞，不见得全都正确。当然，现在发表的未见得就是那篇文章，但他做得太小气了。

友欣走后，整个下午，以至于晚上，都想到柳青同志和刘树德同志的问题，也想到克非。克非正在改他的长篇，我是有一些担心的，虽然下午已经叮咛过友欣了。

9月10日

上午，去春熙路逛旧书店。乘兴买了四五本旧书。其中，《东坡尺牍》较为满意。

下午，同顾去人民公园参观社会主义教育展览。最突出的是地主、反革命的破坏活动。展出的东西属于四个县的六个公社。其中，以郫县红光社和三台尊胜社的较好，其他太简略了。

在展览会上碰见了杜梓生。体质照旧不错，很棒、头发可已白了不少。

9 月 11 日

上午，把刚虹一年来的作文清检好寄走了，同时附了一封两张纸的长信。

今天的午觉没有睡好。这一向几乎都是这样，老睡不着。这可能同气候有关，而今天特别闷热，不快之甚。可是，精神却比前一向好多了。虽然容易疲倦，看书稍久，就感昏晕。

本来预订了《鸳鸯谱》的戏票，晚饭后大雨，没有去成。同礼儿谈了谈读马列主义和"毛选"的问题。他准备用两年时间读完《高干选读书目》。我在方法上向他提了一些意见，还建议他每星期来这里住两夜，这样一周就有七八个钟头可以安安静静读点书了。我们还谈了谈中苏问题。

又，晚饭前，邹绛、周进来坐谈了很久。邹谈了他的工作问题后，曾经提到：有人准备翻译我的作品，想见见我；我婉谢了。周是来谈川剧《红岩》一本的修改的，我简单提了点意见。

9 月 12 日

十点半，正在校改《祖父的故事》，叶石来了，同他谈到十一点过。

他是来取他的剧本《马陵道》。我向他解释了几句，为什么至今还没有看。他准备改一改，然后打印出，再送给我。此外，我们还顺便谈了一些剧本创作方面的问题；文学剧本和演出本之间的区别。并以曹禺的剧作，于伶的《水横坡》《红色宣传员》为例，阐发了一些我自己的看法。主要意思是，剧作者应该力求剧本本身是文学创作。

午睡后，得刚虹来信，知道刚齐已去学校看过她了。她要礼儿设法将她去年交给班主任的入团申请书赶快给她寄去，还要求家里以后每月少寄五元钱给她。

9 月 13 日

上午又得刚齐来信，告诉家里她去看刚虹的经过和刚虹的情况。看了又高兴，又丢心。

十点，向晓同志从重庆来，带来一筐仔姜，是邓老送的。他为雁翼的问题特来成都，给我看了一封河北话剧团谢某给重庆文联党组的一封信，其中涉及老汤。听他读了，很不舒服、很生气。当即叮咛：这封信决不能让它传播出去，因为很易引起误会。

向走后，正在重读《关于斯大林问题》，傅先慧来，说她接到通知，要我接送朝鲜访华代表团。因为直觉到这是不可推诿的，我立刻同意了。但午饭时想到，到飞机场那样远，我精神又这么不振，去接外宾，不大适宜，所以又立刻通知傅，要她请求另外考虑一个人代替。

午睡没有睡好，老是想到接待外宾问题，特别担心傅不可能确切反映我的意见，而且我感到自己也说得不圆满。因此，刚才两点半钟，我就起去找傅，可是她已经打过电话了。

四点半，同安、向晓一道研究了雁翼的问题。党培养一个干部不容易啊，使人感到难受之至！

9 月 14 日

昨天接到的刚齐的信，我想再看一次，可是找不到了。埋头校正了两篇《祖父的故事》。

午睡后，安告诉我，杜书记仍然要我参加接待外宾的工作，说，身体不好，不必参加陪同参观好了。接着我就拿皮鞋去擦，准备穿着，因为平常我就连穿皮鞋的机会也少得很。这也是我不大喜欢接待外宾的原因之一，太拘束人了。可是每每总又不好意思推托。

在大门口碰见戈同安旗，戈看见我穿的草绿色部队上的汗衫，笑话我道："怎么穿这个呢，有点像国民党的军官!"这真想得有点古怪，我一笑就车身走掉了。

回来后，又分别同友欣、向晓谈了谈雁翼的事，此外对重庆的工作提了些建议。

9 月 15 日

十点半，希娃两弟兄吹着塑料哨子，一路嚷闹着进来了。是杨礼领他们回来的。

家里立刻就热闹起来。刚宜在原早刚虹的屋子里做作业；他们到处找他，我诳他们，叔叔出街去了，免得去打扰他。午饭后，两个家伙都吵着要同叔叔一道去睡午觉，不要别的人领。但认真睡了的，只有凡儿，希娃却一直都在捣乱；突然吹声口哨，突然又把核桃丢了……

我也一直没有睡好，等着对外文委打电话来：何时去机场迎接朝鲜友好访华团？两点半，电话来了：因为气候不佳，今天不能来了!可是我再也睡不着了，脑子昏晕，疲乏不堪，清清醒醒一直在床上躺到四点，没有得到片刻真正休息。这味道真不好受！

晚饭时，秀清回来了。饭后她向孩子们讲了两个故事。随即赶回学校上班。但当她走后不久，希娃立刻追出去了，要求他妈领他上街，并对赶去领他转来的杨礼破口大骂……

这个孩子脾气会这么大，叫人有点吃惊，而且还学会了骂怪话。

9 月 16 日

什么事都摸不上手，就牵挂着对外文委的电话，这种克事的严重情况真是个致命伤！

十一点，交际处的汽车来了。同陈书舫一道于十一点四十分到达机场。承钊、菊人、淑安等已经来了。因为飞机要十二点半才到，于是大家随意闲谈。承钊对于行政事务的纠缠谈了很多。

明部长来后不久，飞机也从西安来了。代表团是代议员韩秀荣率领的，电影《红色宣传员》主角宋英爱胖胖的，穿着朴素，很受欢迎群众注意。献花后，我们就分别乘车，到锦江饭店去了。原以为一刻钟就可以回家的，结果两点钟才离开。因为客人休息去了，魏传统同志又介绍了一些情况。

吃过午饭就三点了。午觉几乎没睡，因为太疲乏了，照例总睡不着。而且四点半就起了床，准备去锦江参加便宴。可是，尽管一连来了两次电话，直到五点半车子才来，到锦江时已经差五分六点了！……

饭后去锦江剧场陪外宾看川剧。肖部长要我介绍剧情，但还未到休息时间，便已困倦不堪。

9 月 17 日

一连下了几次阵雨，什么事都没有做。午睡后算把翔鹤寄来的小说读了。

晚上去四川剧场参加庆祝建国十四周年的集会。散会后，同两位妇联主任谈了些早婚问题和节制生育问题，接着又随大家看了电影《红色宣传员》。很不错，只是摄影较差。

临走时，才发觉大雨如注，而且已经下了很久了。回家后，睡了好久，犹未停歇。

9 月 18 日

上午，校读了《逃难》《为两升口粮的缘故》。错字相当多，而且都出于自己的疏忽。

午睡后读了《人民文学》九月号的《进村》，还看了一半高缨的《黄莺展翅》。其所以只读了一半，因为亚群同志来了，要我去参加党组会。只开了两个多钟头，可是最后却已疲乏不堪！因为在讨论雁翼的问题，以及闲谈到《达吉》的余波时，我都说了不少。真是个坏习惯！怎么不学学有些人"守口如瓶"呢！

而且，在晚饭后和散步后心情都不宁静。最后，为了撇开这些，把高的小说读完了。这时已经十点过。因为今天活动得太多了，本想早点睡，可是刚宜直拖到十点四十分才回来，被耽误了。

刚宜在南郊参加劳动，回来时我感觉他有一种严肃的神情，同他妈顶了几次嘴。

9 月 19 日

上午去四道街扎针、看病，随后到壁舟家坐了约一个钟头。我好久没去看他们了。

午睡后，得交际处电话，说明早六点派车接我去欢送朝鲜友好代表团。加上昨天看东西较多，相当疲乏，这一来更不敢做事了。只偶尔向友欣谈了谈对高缨、李准小说的印象。

晚上本想早点休息，可睡不着，于是陪同顾等候刚宜从南郊回来；一直到十点半。但是还不想睡，帮助刚宜收拾行李，这孩子今晚比以往更不寻常，玉顾劝他吃什么，不仅拒绝得干脆，而且有些生气。但一同我谈起今天斗争地主的情况，却又生气勃勃，很高兴了。

一直到十一点过了，这才上床；可是脑子一直想到刚宜几天来的变化。

9 月 20 日

还不到六点，交际处的司机就在大门叫喊了。李婆婆也跟着赶进来叫喊。

刚宜也早就起来了。我叮咛了他几句，就赶往门外，去锦江约陈书舫；可是司机老是叫不开门。等门开了，看门人又不愿进去叫喊。结果我下了车，帮着司机进行交涉。这时街上行人很少，一两家饮食店也正在提铺板。幸而我们到达车站时客人还没有来。

等客人到达后，魏传统同志请摄影记者照了张相，其中有我，廖家岷和肖菊人两同志。我同魏是这次认识的，达县人，离开家乡已经三十年了。承他同意，返京后寄点稿子来。

由于晚上没有睡好，今天又起得过早，整天都头昏脑涨；但仍争取给鹤老回了信。

9月21日

一个上午，跑医院就跑光了。在四道街扎了针，又到门诊部注射了长效睾丸素。

今天精神不错，有点想写作了。午睡时，刚躺上床，不久又爬起来，在记事本上写了几行对于《骗婚》艺术构思上的想法。主要是关于那个挨过斗的富农父亲的……

午睡后去人民公园喝茶，后来又到竹林小餐吃晚饭。晚上，直到广播的文艺节目完了，这才休息。

9月22日

一早就盼望小娃回来。十点钟礼儿来电话了，说十二点才能回来；小娃也在电话上嚷叫："奶奶！你叫爷爷来听嘛，我要吃肉脑脑！"这娃真是调皮，也太可爱了，不像个四岁的孩子。

十一点，继玳来。她已一个星期没来了。问起刚虹的情形，我把前几天的来信递给她看了。她也好久未得家里的信，也没有给家里写信，所以在我们问到老汤和真妮的情况的时候，她一点也回答不上。因为小娃十二点过了犹未回来，我们就同继玳一道吃起来了。

直到我们吃完小娃才回来。一进门他就望着我嚷叫道："爷爷，我上学没有哭！"他两父子还没吃完，我就睡午觉去了。不久，听见刚宜说话的声音，想起去看看，但是人很困倦。等我三点半醒来时，四处静悄悄的。最后，听见小娃在同刘大娘瞎扯；大人显然都出街了。

整个下午是同小娃一道过的。本想让他同大胖他们去玩，看一点书，因为昨晚发现有了感冒，只好休息，领小孩子。我很担心支气管炎发作，一共服了三次银翘解毒丸。

顾和继玳都称赞电影《盲音乐家》不错。晚上等小娃、继玳走了，取出小说来看。

9 月 23 日

上午，继续读《盲音乐家》。这本书过去是读过的，但是这次印象可深多了。午刻得白羽信。

午睡后，同顾一道去文化宫看影片《盲音乐家》，很不错。目前苏联的电影，恐怕也只有这一类以古典作品为内容的片子可以看了，观众也颇不少，我们身后的一对少女一直响着赞赏的词句。我也偶尔向顾谈了点自己的感想。晚饭后碰见二胖，我对他说：“你们可以去看看呢！”

夜里，一气把小说读完了。这部中篇写了十二年！我向顾谈了不少我对人物、结构的心得。

9 月 24 日

《盲音乐家》及其作者引起我很多想法，什么事也无法做，同时也为白羽的情况有些担心。

午睡后，正在书房里看石涛的山水册页，宗林同志来了。闲谈间，他希望我到五福村去。但是家里目前这样清静，既宜养息，又宜看书、做事，实在无离开的需要。我把我的想法告诉了他，但他仍觉我去城外较好。随后我们又谈到巴公，谈到文艺界一些情况，也谈了些国际形势……

晚上去看袁牧之，服务员说他全家都到成都餐厅去了。回来后，照旧做了那套简易的运动。然后细读欧阳询的《萝莫贴》和文天祥的《木鸡集序》，并又看了一遍石涛的册页。

临睡时在外面天井里碰见友欣，谈了谈我对他那天在党组会上发言的意见，结果，彼此都有点激动。

9月25日

晚上没有睡好，老想着同友欣的谈话。是否我太爱管闲事了呢？但不说不对头啊！因为我所谈的是原则性的问题。而且，像友欣这样的同志，我该尽力量帮助他。

上午，李彬同志来，说了不少工作上的困难和自己所受的委屈。文联这个机关真不简单！而李也太脆弱了。我告诉她，有些事是说不出口的，只能肚皮大点，把它装了，不能过分介意。而她无论如何不能消极。正因有的人太无原则，更不能采取消极态度！

看来，自从前两三天，亚群同志要我参加临时党组会后，我又开始被一些具体问题，而且多半是些消极性的东西纠缠住了！这样下去是不行的，我得尽量摆脱这些影响！

十点半去中医学院，找陈达三医师诊了脉。后又到政协请蒋扎针，晚上去锦江看《赵盼儿》。

9月26日

感冒虽不严重，但一直都不舒服，而且担心发展。今天已经是第五天了，只希望早点好！

上午十时，肖才秀送来《故宫周刊》合订本四大册，总算有了混日子的东西了。几乎看了一整天，几乎连午觉都不想睡了，因为上面名家书画的确不少，很吸引人！

午睡了半点钟，就三点了。早上想写的几封信，也一封未写，全用来欣赏字画来了。

9 月 27 日

昨天午睡醒来，阳光灿烂。本想去城外的，因为那批古董，没有去成。

今天，一起床，就发觉天气比昨下午更好。可是仍然翻阅《故宫周刊》。后来突然感觉有些厌烦起来。而前几天想到的一些农村生活中的情节，又开始在脑子里活动了，于是向顾提出，下午去望江楼看看。又照例没有睡好，才两点半就醒了。三点去望江楼。

可能因为身体正在恢复，加上阴雨天过去了，近来不时出现的创作冲动，今天尤为强烈。这也可能是对那些古董的一个情绪上的反驳。我带了两个小本子在身上，一本是记录农村生活印象的，一本记录了一些零零碎碎的艺术构思。我希望今天能够有些收获。

大半年不去望江，看来比过去好多了。竹林更多，范围也扩大了一些。转了一圈后，我们回到原雷神庙前面的茶馆里。和我们对处一席，可能是些工人。因为喝醉了，他们大谈川戏，大唱川戏，吵嚷不堪。但我仍然把春天在烈面所做的记录，通通都重读完了，很有意思……

六点回到家里。晚饭后，又赶往春熙路，看了《鸳鸯谱》。这个戏加工得更好了。

9 月 28 日

上午十时，去市政协找蒋扎针。因听说宗林同志又病了，气紧，随又去省委统战部。

因为宗林同志在小组会上做指示，等了很久，他才回来。看他的神情，病较轻微，于是闲谈起来。从《天魔舞》谈到《大波》残稿。他对所谓"打起发"的理解，同我是一致的。而且，谈了不少当时的童年印象。最后，我向他说，吃几剂药，准备下乡看看。他劝我别走远了。

下午去戈处闲谈。他告诉了一些机关评级的情形。认为对于级别低的创作干部，太忽视了。比如高缨，级别较低，可是，就无人提及。安旗出去了，临行时，戈送了我一部《醴泉录》。字迹清楚，较一般拓本为佳，可能是明拓。但我真有点怕古董，担心浪费时间。

回家后，立刻把《醴泉录》原封不动坑起；但是整个晚上，却仍被其他碑帖占去了。

9月29日

很想写点东西，但是思想钻不进去。所以上午和下午仍然在翻阅碑帖中过去了。

晚上，很久都睡不着，创作冲动忽然更加强烈起来。而且武胜西关公社三大队黄书记的许多事迹都一齐涌上来了。最后，得到一个短篇的全部情节。是以他收拾一个自私自利，对他恶骂不已的贫农老太婆的事件作基础的。这个材料，繁祚曾经怂恿过我写。

很想把想好的写出来，但是太疲乏了，试了几次都没有起到床，只好着力想了又想。

9月30日

本想去找蒋的，因为要回几封信，耽误了，结果没有去成，只是用前天的单子捡了服药。

一封信，是回徐州师范学院一个学生的。这封信对《一场风波》提了不少意见，反映了一些人对创作的并不恰当的要求。但我之所以回信，因为写信人的态度是诚恳的，而且问题涉及目前一般读者对短篇创作的艺术见解。也同目前有些短篇不大像短篇有关。

另一封信，是给翔鹤的；因为他昨天回信来了，同意我的意见，要我将稿子寄回，让他进行修改。但我才写了几行，却写不下去了，因为我准备补充一些最近想到的意见，可是却一时记不准了，显然还得认真回忆一下。这时，邹绛来辞行，他明天就要去重庆去了。

接着，肖兰又来看我，谈了一些他们班上的情形。她已经收到刚虹的回信，说刚虹希望能常常接到信，有些想家。她坐到我们摆午饭才走，我叮咛她多多帮助刚虹。

礼儿一家人都来了，正好赶上午饭。于是下午晚上的时间，都被杨希霸占去了。

10 月 1 日

上午，去参加国庆典礼之前，看了刚送到的《参考消息》：苏联黄瓜价钱涨到五角五分美金一磅了！

开会前，看见了井泉同志，他问我最近下去没有？我告诉他，最近生过病，准备吃几服药，就要到农村去了。后来一面观礼，一面同人闲谈。其中有子健、郑英、志标、映青诸位，还请李斯炽看了病。

今天的天气跟人们的情绪一样晴好。这样大规模的游行，这样欢欣鼓舞的场面，已经一两年没有接触过了！我今天的精神也特别比往常好。回家后，吃过午饭，还是相当兴奋，连午觉都无法睡。两点半就起来了，一气给翔鹤写了回信，认真补充了一些意见，然后找蒋扎针。

七点半带刚宜、继玳、小娃等去看焰火，随又参观了锦江礼堂。回家后把高缨的《端午》读了。这篇东西，昨晚收到刊物就开始看，可是读了一页，就读不下去了。今天继续读，觉得中间和后段颇有意思。

我觉得这篇东西不错，高缨无疑是有才能的；但是读后也有一些意见，而且想给他写信。

10 月 2 日

上午，碰到友欣，对他谈了对《端午》的看法。而谈得最多的，是有关接受传统的问题。

以为午睡后天气可能好转，正像昨天一样，有一天好太阳，可是仍然阴沉沉的。后来得张老来信，说是天气不好，不准备去桂湖了。这是昨下午去看他，他同我约过的。这样也好，否则希娃很难收拾，会闹起一道去，而我们全家人都不高兴他坐汽车。

晚饭后，礼儿夫妇同他们两个孩子，还有继玳，都要回去。于是我们同大家一道上街去了。后来又单独把继玳送到青年路才分手。我们是绕盐市口回来的，转了一个大圈。

10 月 3 日

上午，去门诊部注射组织液后，又赶往统战部找蒋扎针。他说我可以吃胎盘了。

午睡后，傅送文件来。我请她替我打电话交涉胎盘的事，希望明天能有一个。接着去友谊买牙膏。后来又顺便把美琳改的衣服取了。改得很不错。

回来后，因为时间还早。赶着给高缨写了信。从今天的情况来看，身体已恢复了。

10 月 4 日

天气照旧很坏，情绪却颇不错。一上午都在阅读文件中过去了。

十点半，老曾把胎盘拿回来了。刘大娘也洗得很认真。决定一气吃他几个，然后到乡下去。看来再过一段时候下乡奔波，我是吃得消的。就这样养病下去也实在不行！哪怕是跑它两三星期，也是好的，总比这样成天心慌意乱要好得多。

午睡醒来，继续读文件，随又写了封信向李映青同志要永丰、营门两个公社搞社会主义阶级教育的材料。晚上去看了川剧《李双双》。改得不怎么好，颇为失望。

目前，除川剧外，省人艺和省歌舞团都在演《李双双》，京剧等可能会跟上来。

10月5日

照样天阴，我找出前一向做的丸药，准备开始服用，可是已起霉了，得蒸过才能用。

《参考消息》上法国《快报》周刊一篇，我看了两遍，感觉相当痛快。前两期有一两篇东西也有意思。一篇说，美国只能把希望寄在中国的第二代上。英国呢，希望能同我国扩大贸易，提高我国人民的生活需要。看来，他们只能把希望寄托在所谓和平演变上，这当然更值得我们警惕！

上午，情绪很不安静。特别在看了报纸和《参考消息》后不安静，想写东西，想下去看看！午睡后，映青派专人送材料来了，一气看了四件，直到头有一些昏晕了，这才休息。其时已五点半了。

晚饭前，《文艺报》来了。读了专论，后又读了《垮掉的一代，何只美国有》，十分痛快。

10月6日

天气照样不好。希娃他们都没有回来要星期，忽然感觉家里清静多了。

躲在书房里看了一阵《故宫周刊》，然后给刚虹写信，还给王仰晨写了一信，附在刚虹信里，要她在无法买到《德华字典》时，就贴上邮票，交出去，请王在京代买。

午睡后，继玳来了。她告诉我，真妮给她信说，老艾已经从郊区回家了。但是，是否还得转去继续搞"四清"呢？或者已经告结束了，真妮却没有告诉她。也没有告诉她老艾的健康怎样。我真担心他的肺病！晚饭后，我们陪她一道上街搭车回学校。

回来后，取出映青同志送来的材料，读了四份，就搁下了，感觉很累。

10 月 7 日

上午，一气读了七个文件，都是李映青送来的，很有意思，得到不少知识。

午睡后，有些疲倦，决定不要读文件了，出去散步。这是休息，但也想认真消化一下郊区保和、营门两个公社进行社会主义阶级教育暴露出来的一些事实。

晚饭后，去西御街看了京剧的《白蛇传》。不如川剧《白蛇传》好，很不过瘾。

10 月 8 日

上午，有重点地又重看了一遍映青送来的材料。印象最深是永丰周英富的检讨。

下午去省委听廖书记传达中央工作会议的精神。一共听他讲了三个钟头，但却毫不感觉疲倦。主要是讲对于国际共产主义运动和中苏分歧的现状、前途。自己感到有了比较清楚的认识了。

但是，回家吃过晚饭，忽然发觉非常困乏。一直躺了很久，快八点了，才上街去散步。

10月9日

上午，正在阅览《故宫周刊》，帅雪樵看我来了。这是他病后两年来第一次来看我。

照样拿着手杖，可是，显然基本上已复原了。开始谈病，谈医疗，谈相识的病人，颇叫人不愉快！幸而很快他就谈到我的《风波》，谈到机关里有人不愿意下农村参加"四清"。这一来，想起一些极不愉快的往事，我激动了。虽然尽力克制，但仍旧发了几句牢骚……

每一接触到机关内部的情况，照例要不痛快好久，这说明我还缺乏修养。既不负责任，又无能为力，为什么还要如此苦恼？午睡也没有睡好，下午心情有些沉闷。要想进行构思一篇小说，精神也集中不起来了，只好找了友欣来，谈了些对《会后》的意见。

晚上例外没有上街，因为黄昏时候就飞雨了，一直未停。成都的天气真叫人不喜欢。

10月10日

早上，傅来通知我，问我是否可以参加党组会？九点亚群要来，讨论文代会问题。

我感觉有些为难，最后还是答应了参加。随即去门诊部注射胎盘组织液，但把去四道街扎针的计划给取消了。回来参加党组会时已经十点。因为昨夜为构思一篇小说，彻夜失眠。起床已经八点半了。直挨到九点过才动身去门诊部，怎么也振作不起来……

既然到场，总难免不发言。但是随后想起，我说得太多了，而且岔了好几次话，真有点不应该。还有，就是在谈到干部中前两年的思想情况时，多少有些激动！……

下午疲乏不堪。把上午接到巴公夫妇的信，各看一遍，想回信，但是却打不起精神来。

晚饭后又落雨了，不可能上街，只好绕着院子散步。随后给吴儒芬写了封信，请她把地委打印的有关《社会主义教育》的材料寄给我一套，为去绵阳做些准备。

10 月 11 日

上午准备回巴公、萧珊信。但想了很久，又搁下了。决定把短篇想好了再写，否则不好措辞。

午饭时，刚虹来信了。看来颇有进步，因为她想写入团申请书，但不能确切知道我何时入党的，担任过什么职务，要家里很快就告诉她。所以立刻给她写了回信。但很简单，因为我有一些事情也不甚记得确切，又懒得翻材料，同时又觉得不必写那么详细。

还未写完，就吃饭了。一直到下午才写完。晚饭后，顾同肖兰看戏去了，我单独出去散步。在春熙路碰见戈同安旗领了他们的小儿子在闲逛，随便扯谈了几句。

晚上没有睡好，因为想把那个短篇中的人物、结构确定下来，以便下乡前写成它。

10 月 12 日

因为"全国人大"决定在 11 月中旬开会。对那个短篇的构思更紧张了。决定把自己关起来，不见人，不看字画。但是，正在工作，小娃一路上嚷着回来了，而且一进屋就扑过来……

整整一天，都给两个小鬼占据去了！一切什么人物呀，结构呀，都被挤得无踪无影！

10 月 13 日

上午，想活动一下脑子，去街上逛了一圈，买回三希堂法帖刻本一册，是苏东坡写的《怀素自述》。

午睡后在院子里碰见友欣，向他谈了谈对那天党组会的一些意见。觉得太突然，太草率了。他告诉我，昨天同戈等一道开小组会，大家谈起，都有同感，而且为大会报告担心。因为单由亚群同志提个大概，周可风单独弄出来是否可作讨论基础，颇成问题。

随后又去街上。途中听广播，正在驳斥修正主义和各国反动派，于是灵机一动，认为是《四评》发表了。很兴奋，随即往家里走，可是，等打开收音机，广播已经完了。

接着又上街买晚报，没有买到。丢了两分钱在传达室，要他们代买，也未买到！

10 月 14 日

上午，把近来一向翻阅的碑帖，一并收起来了，集中精力考虑小说；但是未有所得。

午睡后，约顾一道去牛市口买猫，因为听说牛市口今天赶场。可是，等我们走到时，场早散了。据居民告诉我们，农民卖猫的很多，但是得上午来，这里的场是四、七、十。

猫，自然很想有一个，老鼠太多了，而且家里人都非常喜欢猫。但我去牛市口还有一个目的，想到一个半农村的小镇子看看。这几天，为构思小说，想了不少，但总觉缺乏一点东西，而这种东西显然存在于实际生活斗争当中，我希望在同基本群众接触中得到……

因为发现公共汽车可以直接到人民公园，我们临时改变计划，暂时不回家了。在公园里玩到五点半钟，然后又在东城根街坐环行路的车子，在四圣祠下车，回转家里。

今天这一趟跑得不错。夜里，一气把《骗婚》想好了，而且写出了它的具体情节。

10 月 15 日

因为眠尔通光了，昨晚只好用导眠能代替。效果不错，但是早上感觉头昏脑涨。

今天又一点太阳也没有了，照旧阴凄凄的。对着原稿坐了很久，以为可以按照昨天的想法，开始动笔，把《骗婚》写出来。但是前一天那些活灵活现的印象，忽然变得很生疏了。创作、创作，这真带不得一点勉强的。于是丢开它，给巴金、萧珊写信。

萧珊的信是下午回的。写好后，想起菡子同志和她爱人调离工作的事，就又在空白上附了一笔。刚写完，傅送来一份材料，其中有一条说，中岛因受反动分子排斥，生活很苦……

看了中岛的消息，不免想起自己 30 年代在上海的经历，于是情不自禁，又在给巴的信附了一笔。

10 月 16 日

今天头脑仍然有些昏晕。上午，正在绕廊沉思，《四川日报》社一位同志来找我来了。

人相当熟，1960 年在医学院检查时见面较多，但一时记不起姓名来了。他最近被指定编副刊，希望我能提供一些意见。我说了很多，都是老生常谈。主要我希望他们能够记住：文艺工作是一条战线，责任是不轻的。对本省文艺报刊，要经常联系，分工合作，互通声气……

报社同志走后，整个上午也就完了。午睡后，乘三轮去省人委讨论人大代表视察的事。但我并未参加讨论，只在一旁同谷志标闲谈，而且提前走了。因为我自有下去的计划，不想参加视察。

回家不久，吴儒芬寄的材料来了。接着我就开始阅读。晚上散步回来，又读了很久。

10 月 17 日

绵阳地委寄来的材料不错，看来最好去那里了。起来看了看报，就去注射胎盘组织液。

因为昨天听说宗林同志病了，离开门诊部就坐三轮去东胜街。他还未进早点，满脸灰白色胡茬子，面带病容；但精神还不错。我们对川剧的推陈出新问题谈了很多。高缨的《端午》他也看了，我建议可以根据这篇作品改编川剧。他好像也感觉可以试试。

午睡后，正在翻阅绵阳寄来的材料，宗林同志的秘书来取《大波》三卷。我顺便送了他一册《蜀籁》。来人走后，我随手翻阅新到的《人民文学》，读了沈先生的《短篇创作三题》。说到自己的短篇创作时，他很谦虚，但对我过去写的东西，却很赞扬，说是货真价实的短篇。

这是他第三次公开赞扬我的短篇。当然，这是鼓励、壮胆，我该认真写点东西才好。而目前有的短篇，的确是像压缩了的中篇。其根据，不仅在于不明白短篇的性质、特点、任务；更重要的，还在于对党的政策、号召、体会不深，消化不良，理解得太机械了。比如，现在号召大家反映阶级斗争，这很重要；但即或要用短篇小说正面、直接地来写阶级斗争，处理方法也和长篇不同……

由于这篇文章，我想起很多有关写作短篇小说的意见。可惜没有精力写将出来。而写出来也不宜发表，有点近于自炫！我还顺便想到一些写人物的问题，目前不少青年作者太不注意其人物的感情了。即或写吧，也很一般，没有通过精选的细节写出人物较为深刻细致的感情……

继续读了两个材料，就吃晚饭了。饭后去看了竞艳、罗玉中的《柳荫记》。两个人都颇有进步，唱得不错。领腔的很吸引人，为整个戏增色不少。今晚上的川戏看得相当过瘾。

10 月 18 日

上午继续翻阅材料，下午看了三篇契诃夫的小说：《凡卡》《胭》和《男孩们》。

这三篇东西，已经读了不下十次，但是一点也不感觉乏味。随后又找出《彼得大帝》第二卷来，翻看了两三章。这几章，也读过好几次了。是描写彼得的，真写得好，有机会还想重读。

夜里去街上逛了很久，回来又翻了翻《凡卡》，直到玉颀催起来了，才去睡觉。

10 月 19 日

上午去政协开会，商讨处理李劼人家属捐赠的字画、书籍问题。据博物馆的审定意见，在 1000 多件字画中，可以由国家保存的东西一件没有，都是三类和三类以下的，假货也不少。

会议结束后，同张老和雷部长简单商量一下价格问题。我建议：以李买进的价格为基础，外加鼓励、照顾。雷同意我的意见，张老提的具体价格，似乎少了一点；但都是拟议。至于归哪一单位统一保管，则由省市文化局协商解决。但在全国人大开会前必须确定下来。会后，张老用他的车子送我回家，顺便闲谈到十二点才走。张师母开门后情况良好，她情绪很不错。

下午，叫小马设法买去绵阳的车票，但没有找到人。随后戈夫妇先后来看我。他们都希望我能在创作方面对高缨、榴红进行帮助，认为这两个人基础不错，作风也较正派。我是有同感的，决定今后多注意他们的作品。工人作者中的火笛，我也早想单独同他谈谈他的两三篇作品。

南充地委宣传部蔡衣渠同志介绍论文一篇，是他一位朋友写的，要我提修改意见，因为明天要下乡，我趁便送交编辑部去了。最后又伴同戈等去前院，而且找到了小马，要他买火车票。

晚上去看竞艳的《踏伞》，筱舫的《刁窗》。因为还得清理东西，休息时就走了。

10 月 20 日

上午，什么事没有做，就被小娃纠缠着不放。午睡后又带他去百花潭游玩。

同行的有玉顾、继玌。先由四圣祠乘公共汽车到东城根街，随即分别乘三轮去百花潭。玩到五点半才回来。一来一往用去车费将近两元。而今年才到百花潭玩了这一次！……

因为中央歌剧舞剧团的音乐晚会送来了票，晚饭后赶往参加。十点半，是搭报社的车子回来的。

10 月 21 日

早上，连根烟都没抽，就赶往宣传部去了。李部长还未去，向张处长作了交代，就往回走。

十一点，吃挂面一碗，就同孙静轩的兄弟，铁路医院的党支部书记，到车站去了。由孙通过站长，在公事车上找了一个座位，很安静。三点一刻到达绵阳，由刘汤接往地委。

因为刘还在为《四川文学》赶一篇小说，他把内容向我谈了，要我提供意见。我给他提了三点意见，要他考虑，他认为都不错。于是我申言自己还得休息，并请找一找刚俊，就把他送走了。想不到睡得来很不错，直到五点半了，才由看房子的同志叫醒，去吃了饭。

约六点半，刚俊带起两个孩子来了。小宋瘦了一点，黑黑的，面孔显得较长，颇像个山西人。刚锐的女儿倒长好了，很像她妈，这孩子很逗人爱。我们谈了些家常，最后，宋也来了，这是我们第一次见面。小宋倒颇像他。偏关人，现在机关党委工作。黑而瘦，长长的，看来还精干。

随后吴部长来了，谈了不少社教中出现的情况，也谈了谈我的打算。八点半送走吴后，等到九点，我又同刚俊、孩子们——宋因开会早走掉了，上街走了一阵，给他们买了些水果。

刚俊气色不好，带些病容。这孩子今年三十五了，时间过得真快，我一再要她注意身体。

10 月 22 日

上午，同刘汤谈了谈他在九里岗搞试点的情况，随即去公园参观社教展览。

下午三点，由地委的车子送往三台，刘汤送了我一段路，就去挖花生去了。四点一刻到达胡家嘴。撑渡船的人已经换了，不认识。过渡后，发现桑树已成林了，大遍河坝已经变成沙地，社员们正在挖花生，种小麦。沿途碰见不少熟人，到达王社长家时，已疲乏不堪了。

躺在马扎上，一边同达安的大女儿闲谈。她已经不教书了，回来帮她妈搞生产。因为她家连年都做不够工分。但她前几天小产了，她上半年结的婚，丈夫是上海人，在县里汽车队工作。她躺在卧室里床上，我躺在堂屋里马扎上，一直谈到王社长回来。这时，已经快八点钟了。

因为我来是等于走人户，所以决定就在他们堂屋里住。这可给他们招来不少麻烦。大约花了一个钟头时间才把床铺搞好。消夜后，我又同王一道去参加了本队的社员大会。

这是个公布账目和安排生产的会。王达安看来比过去更精明能干了。

10 月 28 日

晚上睡得不错，七点就起床了，散步、运动、吃早饭后，去乡上听乡领导讨论工作安排问题。乡长和妇女主任都不认识，是别处调来的。看来大家是团结的，都非常尊重自己的意见。

王否决了两个干部会的拟议，强调目前该全力把小春按下去。他说："雁，已经过了，牛嘴里冒烟烟了，赤脚踩在泥上已经感到有点冷，不能再推迟了！"我顺便看了他的笔记，字迹清楚，端正，行文也不错。我觉得比有的大学生写得好。坐到十一点半，我就走回来了。

今早上有雾罩，午睡后，太阳更炽热了。去掉了一件衣服，又去乡公所，王正在向大队的干部传达上午公社党委的决定。我取了当天的报纸，就走了；可是没有 22 日的，很失望！

夜里，相当疲乏，可能同今天三餐都是搅搅有关。同王谈到十点钟就睡了。

10 月 24 日

邮递员伙同一个年轻人偷走了三笔汇款，王社长要去八角庙解决，我同他一道去了。

同行的有四五人，刘营代办所的人，那个小邮递员也在一道。从王口里，得知全乡每年可从外面收到四五千元汇款。时间大半集中在两个时期：秋收后搞分配了；春节前后。其中，地富收到的款子较多。王叹息说，1958 年后，贫下中农的子弟出外工作的较多，可是很快又压回来了。

我们在一位大队主任兼村长的同志家里停留下来，接着各方开始陈诉。事情的基本情况是这样的：一个十六岁的青年，姓王，父亲是个道人，他用钱收买了邮递员，接着自刻某一个收款人的私章，一连取了三笔款子。他们还骗过了乡村政府，盖上公章。村长一贯将公章搁方桌的抽屉内，是那青年人自己偷着盖的。乡政府的公章，则是这样骗取到的，正碰到保管公章的妇女主任在收拾孩子，邮递员去了，她就顺便扔给他一串钥匙："在抽屉里，你自己去找吧！……"

我中途退席了，到灵兴赶场。但只挤了大半条街，我就往回走了。弄得摆渡的都很奇怪："这么快就赶完场了？"同道的有一个七十岁的老者，一手提着口袋，一手提一捆四五斤重的萝卜。等我赶到家时，早已大汗淋漓，疲惫不堪了。这里到灵兴是七八里路，今天太阳又大……

午睡后，王回来编篼笼，一面同我闲谈，使我了解到不少情况。晚上，我又去王达发家里坐了很久。他新盖的瓦房，花了五百多元。他们有四五个人一道，一面喝大碗酒，一面总结养猪经验。

不等他们把饭吃完，我就走了。到河岸上做了运动，又走了两圈，于十时上床休息。

10月25日

上午去乡政府，同王谈了谈富农"夺印"的经过。事情就出在王达发队，颇有特点。

据王说，尊胜虽非试点，但是，不少"四清"中、社教中应该做的一些工作，他们都提前做了。他还谈到山上一个队搞包产到户及其纠正过程。但给我印象最深的是里程社目前的混乱情况。由于社领导不团结，上下之间的不团结，挂帅的书记又只会夸夸其谈，这个社的小春生产相当落后……

因为街上同时要开两个会议，王要主持，而人又快到齐了，十一点，我离开了乡政府。太阳很大，回到家里，感到疲乏不堪。午饭时，喝了点供销社送来的酒。但午觉照旧没有睡好，牛叫，猪不住撞圈，放学回来的学生又老是扯皮。但我还是躺到三点钟才起床，去乡政府取《四川日报》。

我是同王一道回来的，他去搞自留地，我留在家里看《四评苏共中央的公开信》。看完后，去房后看王。他一面撒干粪，一面听我转述《四评》的大意。直到县里一个干部来了，我才走开。

晚饭后，搞蚕桑的几个青年人来看我。他们走后，我就去保管室看开队会。

10月26日

早饭后，又找何吉云，没有找着；但碰见老乡了，还见到了他的新姑娘。

同老乡分手，去乡政府的途中，看见井副乡长，我们在堤坎上谈起来。他告诉我，霍家营情况复杂，仅有两个党员，其中一个就是何，彼此间意见很大，何的爱人希望党委注意。

本来准备向他了解知识青年参加劳动问题，因为他要去山里一个队开会，我们就分手了。但是回到家里不久，王也回来了，向我详细谈了谈我想要了解的情况。两个高中生和一个大学生的情况给我印象最深，这也表明了党委对于这项工作是相当重视的。

同王一道吃午饭，还喝了点酒；可是午睡照旧没有睡好。下午一直在逛田坝，一面想着王所谈到的一些问题。老何的情况，王也谈了不少，还附带谈到过赖体臣。

夜里去参加了王华主持的饲养员会议。开得不错，很有意思。

10 月 27 日

因为九点了，何吉云还未来，王动手划竹片，我到霍家营去了。

何正在保管室收拾晒席，我向他打了招呼，让他知道我想看他，就走了。到家不久，何也来了。于是由他向王汇报他在霍家营的处境，特别是他同另一个党员同志间的无原则纠纷。看来，坏人和落后分子相当嚣张。而他几乎是孤立的，那个姓霍的党员，无疑已经在宗派关系影响下忘掉自己是个党员了。

何说得相当多，也相当乱，可能他太激动了。王最后谈了谈自己的看法，他说得不错，有一定水平。这是叫人吃惊的，一个普通农民十三四年就能达到这种成熟程度，并不简单！因为何的四个孩子都来了，他没有留下吃饭。每每爱人出门接生，他就留下来招呼孩子。

午饭时，同王喝了点酒，谈了不少。很希望能好好睡个午觉，但刚睡着，担粪的就来了。整个下午都昏昏然，什么事都不能想，只好在田坝里乱窜……

夜里同几个年轻人在晒坝上坐了很久，他们在那里搓绳子。月亮也很好。

10 月 28 日

上午，记了一些材料、印象，然后沿堰沟走到扎花机边，洗了手巾。

午饭时，得玉顾来信。知道刚虹阶段考试不错，德语、党史都得了五分，还受到政治教师的表扬。看了信很高兴，但望她能就这样下去。

午睡后去乡政府看了25号的《四川日报》。有个回来度假的军人，手里拿了张写好的提纲，十分认真地在向王反映他们队上的情况，以及他父亲受到的不公平的待遇。借口糟蹋了庄稼，趁家里没有人，两只羊子被队上赶走了。

在回来吃晚饭的途中，又想起烈面西关的副书记和老黄来了，创作冲动相当强烈，觉得不反映、歌颂一下他们的为人和斗争是不行的……

夜里又沿堰沟走了一转，回来时，同老何的爱人一直谈到十一点钟。

10 月 29 日

整个上午，都在家里记录材料，翻阅材料——春天在武胜的记录。

关于《煎饼》的构思，最后也把它确定了。这篇东西曾经在家里，在来尊胜后做过两三种设计；但总觉前后还不大通气。今天算把关键找出来了，整篇也就活了。原来我把支书准备挨骂的事提出得太早了。而且作为预谋来写，现在算把这一个重要心理因素排斥掉了。而这篇东西在艺术构思上，这点临时的，意外的心理变化，却是一个关键……

到了十一点钟，因为感觉疲乏，出去逛了一转，清洗了手巾。午睡后仍然疲倦不堪，可能上午工作久了。出去走了很久，精神稍稍好了一点，于是给玉顾回了信。

夜里，田坝里晒场上只有孩子们的嬉笑，成年人都早睡了。散步了六七里路。

10 月 30 日

半夜下起的雨，早上住了。穿上套鞋，仍然在泥泞的田径上走了很远。

在家里记录和翻阅材料，只是当拖拉机开回县城去时，到晒坝边看了看。这台机子夜以继日在这里工作了十天，一共翻耕了六百多亩土地，解决了大问题。使小春的播种赶上了季节。是捷克机子，小巧，只有三匹铧，由三个年轻人轮流开。

午睡刚醒，县委一个同志来了。是来为县劳模会预备材料的。我问他最近《参考消息》上有什么重要消息，他回答得很含糊。问他报上有什么重要东西？回答也不满意。但晚上看报，却有一条重要报道：新共反对匆忙召开国际会议……

晚饭王也在家，饭后，我们三个一道谈了很久人口问题；移民问题，王举的一些事例颇有意思。谈话是从今年三台向安县、绵竹移民三万人的任务谈起来的。

睡前，仍然散步了很久。田野静悄悄的，特别因为拖拉机走了，更加显得冷冷清清。

10 月 31 日

天晴了，可是没有太阳，是阴天。夜里吃了两种安眠药，效果很好。

中午，王志立从供销社顺便带回猪肉一斤。来这里不过十天，这是第二次吃肉了，深感不安。我向王说："这样不大好呵！"王说："这是组织上批准了的，没关系！"其实，每天能有鸡蛋吃，已经很不错了。准备有机会向供销社打个招呼。

夜里去外面散步后，王在月亮坝里编篾篼，同他闲谈了很久。主要是关于县委杨书记，这个同志越来越吸引人，将来离开时，很想进一次城，特别找他谈谈。王已经两三次谈到他了。后来，那个从安徽回来的大学生也来了。这个青年人给我的印象有点意外，也有点令人失望。他说他喜欢诗歌，问我流沙河现在怎样？等等。

忽然感觉脚腿僵冷，胃子也不舒服。我从院坝里移到阶沿上面来了，又取出毛毡，围着腿子；可是仍然很冷。那青年人说："碰见这样好的月亮，我总通夜不睡！"我可退进堂屋，掩好门，睡觉去了。可是老睡不着，想着同王的谈话。

很显然，1959—1961年这两三年间，王的心情是苦闷的。他在大小会上都默默不语；他不愿说做不到的话，但也不便反驳别人。当时不少人都说他落后了……

这个同西关张书记有颇多相似之处，但我们创作里一般只有火爆爆性格的干部。

11月1日

上午，详细记录了王的谈话。记录当中，杨书记越来越吸引我了。

午睡后又补记了一个县委干部对杨的谈话。尽管简单，又不具体，但是杨的性格似乎更丰满了。很想离开这里去三台找杨谈谈，但又担心可能破坏我的想象。

去乡政府取回近两天的报纸，路上碰见烈属何天云，坐在堤坎上谈了很久。

11月2日

上午在家里记录了三个钟头材料,主要是1960年整社的。看来还值得深入发掘。

午睡后不久,张乡长来了。向他反映了烈属何天云的困难情形和他的要求。随又顺便提到何吉云同霍联广的印象。

月亮出得较迟,但比前两天更明更亮。附近几个晒坝上都有孩子们的嬉闹声传来。

11月3日

昨夜服了两次药都没睡好。九点了才起床,四肢无力,打不起精神去逛田坝。

人好像垮了!既不想走动,也不想做事和想问题。十一点,太阳出来了,勉强去逛了一转。扎花机已经撤去,王达金他们在安水磨。坐下,看他们做,一面拉了些闲话。

回家时,一个小孩子送了猪肝和猪肉来,说是配给我的。心绪突然烦躁起来,到此不过十一二天,这是第三次吃肉了!这怎么成呢?问是谁叫送的,那孩子又说不清楚。后来大家猜想,今天生产队杀猪,可能是队上配给的,只好不张声了。但是,刚才吃过午饭,生产队却又亲自送了肉来。这真叫人难处,恨不得赶快离开这里!……

因为县委熊同志已经取回二日的《四川日报》,上面又转载了一篇《人民日报》反修的文章,所以午睡都来不及睡,就一气读完了。可是再也睡不着了,因为时间已经三点。恰好又来了一位从灵兴赶场回来的中年妇女,同王志群一直哇啦哇啦谈个不休……

今天算是最倒霉了,精神不振,情绪恶劣之极。最后,读了契诃夫的《幸福》《学生》，心情算平静了。从这两篇作品，我想起皮涅克的某些小说，以及抒情笔调问题……

夜里，因为情绪较好，去参加了队委会；但是十点过就退席了。风大，天气冷。

11 月 4 日

昨晚吃了大量的药，十分酣畅地睡了一觉，今天精神基本上复原了。

可是风很大，只有一点花花太阳。非常担心着凉，因此很少出去，大半时间都是在家里混过去的。翻材料和阅读契诃夫的小说。中午时候，忍不住了，去看了很久社员们安置水磨。

夜里，风更加大起来，但仍然大着胆在田野间走了四五里路，回来后读了契诃夫的《村妇》。

11 月 5 日

照旧是花花太阳，照旧不住地吹风。只是太阳比昨天大点，风可吹得更加猛了。

只好留在家里，很想构思一篇小说。西关的支书黄良睛的形象，以及那句很有意思的话："人有时磨眼也得钻呵！"一直在我脑子里翻腾了几天，可是老是想不定主意，究竟拿他哪一段事迹来作故事的骨干好。最后给顾写了信，告诉她决定延期离开尊胜，但将直接回成都去，不在绵阳耽搁了，同时也取消了去德阳的打算。

午睡后，穿上了毛裤和丝棉背心，去乡政府交信，顺便去取报纸。风吹起有点冷了，堤上风更加大，幸而加了衣服。张乡长在读文件，马在打电话。倒霉，报纸还没有来，大约今天又不会来了。张告诉我，区委的会明天即将结束，王也将回来了。

转来时，因为走出了汗，非常暖和，顺脚到磨房去。磨子已经安好，在试磨了。社员们意外高兴。夜里，又去王达发家闲谈，队委都在，谈了不少 1959 年、1960 年的点滴情况。

我是坐在门口马扎上的，后来感到两腿冰凉，就告辞了。回家看表，正十点钟。

11 月 6 日

上午，考虑一下走的问题，决定 11 号去绵阳，12 号返回成都。绵阳是一定得停留的，因为得向地委宣传部商量，要他们劝克非不必急于出版长篇，并再给他修改时间。

考虑到这些问题时有点激动。因为据友欣来信，克非的长篇基础不错，但还有些粗糙，可是出版社又来人催生了。克非改了两遍，也有差不多了的意思。其实，就出版社说，这不是催生，而是打胎。他们似乎只知道考虑出版计划，对作家和作品的要求并不严格。一部三五十万字的作品不是件简单事，而且，现在是 1963 年了！仔细想来，出版问题不少！

十一点，王回来了，并带回三份日报。五号的报纸上已经公布：人代会 14 日前报到。看来 12 号走太迟了，得提前到 9 号离开这里，10 号回到成都。这当然多少有些匆忙。因为很快要走，向王提出这几天想到的一些问题，请他解答、补充；下午又同他谈了很久。

晚饭后，同王一道去那个年轻的拖拉机修配员家里坐了有半点钟，随后又去王达仁家闲谈。谈话内容是增种问题；蚕桑和油料作物问题；还谈到征购问题。

在统购问题上，我谈了很多。主要是解释、鼓动，一直谈到十点钟才回来。

11月7日

照例，五点钟就给王的爱人吵醒了。最后，我听说乡政府炊事员来过，说半夜接到地委电话，成都催我赶快回去；但我仍旧躺着，因为太疲倦了。

从此昏昏懂懂，一直没有睡着，直到天色大亮。因为王两夫妇还在讨论地委的电话，我开腔了，请王不必等我，可以干他自己的事去了。至于我走的问题，待我起来后亲自去乡政府打电话，但我直挨到十点了，才撑起来。

去乡政府请马主任打了电话：决定今下午去绵阳。回来后就开始收拾东西。区委配给的副食品，还有不少，我全留下了。午饭前又赶往乡政府。马告诉我：地委的车子出差去了，县委已为我向三台去绵阳的长途车交涉好了座位，要我三点前去胡家庙等。可是直到一点半了，才把王找回来！

根据县委建议，王得陪我一道去胡家庙。他的小儿子也跟着去了。过渡后，我们在公路边等下来。风很大，一直到三点五十分才等到县委交涉的那部车子。但走过刘营，轮子坏了。六点四十分到绵阳，又坐三轮前去地委。

疲乏得很。晚饭后，吴部长、刚俊同她爱人都来了。十点送走他们，准备睡觉。

11月8日

从黎明起，雨一直下个不停。早饭后，刘俊民来，谈了谈他的写作近况。

雨越下越大，午饭时，刚俊劝我不要走了，但这怎行呢！午睡后，由地委招待所服务员伴随，乘车前去车站。没有让刚俊去，因为工交部要开会。经交涉后，一个人占据了乘务室，相当清静。把带的材料全都看了，感想很多。六点五十分到达成都站。

没有找着老曾，颇为失望。乘务员却自愿帮我打电话叫车，我拒绝了，但请他们将行李送至大门，雇得一架三轮。又冷又饿，又很疲乏，路呢，也像比往常远多了。

八点到家，顾很诧异老曾竟没有接到我！友欣来了，他也非常怪异。

11月9日

早上，同中医学院联系后，冒雨同顾去省政协，因李斯炽李老在那里开会。

一个政协的工作同志很快把李老从会场里找出来了，并领我们去副主席办公室，等李老开始为顾诊病，他又帮我找曹院长去了，而且转眼就找来了。我谈了谈顾的病况，拜托他在医学院门诊部作了安排，前去检查。

李、曹都先后回会场了。临走时，我们才知道这天的会，是批判一个文史馆的工作人员，因为这家伙写了不少反动诗歌，激起了公愤。我们去看宗林同志，带给他《困兽记》一册。他正患脱肛，气色很坏。我们到家时，雨还下个不停。

下午，原想去看李部长的，因为午觉没有睡好，头脑昏涨，结果作罢。

11月10日

因为玉顾生病，又摆着许多复杂事有待解决，计划被打乱了。

但我仍旧希望将小说开个头，所以整个上午都自禁在书室里面。而结果呢，因为心情越来越乱，一个字都没写，只是多抽了好几支纸烟！

午睡后，情绪更乱，为了冷静下来，回萧珊信。她来信要白菜豆腐乳。

11月11日

昨天虽未做什么事，但同希娃他们混了很久，得到一些休息。

今天决定不要写东西了，同友欣谈了谈克非的长篇，并决定约出版社的两位编辑一起交换意见。随又给广斌一信，告诉他我的动身日期。

午睡刚醒，广斌来了。他向我说了他们在云南和北京的经过。《红岩》电影脚本的二稿是他们根据水华的初稿写的。补充了一些材料，现正由夏公加工。他还谈到他的心脏出问题了，还有肺气肿的征候。刘德斌呢，十二指肠出了毛病。

出版社两位同志来了。广斌走时，我送了一册《困兽记》给他。找了友欣来，一道对克非的长篇交换了意见。最后，友欣表示，他愿意去绵阳走一趟。

客人走后，便已筋疲力尽了。晚上，同顾去春熙路散步。

11月12日

上午，将蔡衣渠寄来的稿子看了，写了回信，去门诊部后，到宣传部，没有找到李部长。

午睡后，正忙着收拾行李，戈夫妇来了。戈谈了一些在重庆的见闻。当我送他们离开时，因为一路闲谈，直到梓潼桥才分手。谈话内容是两位发生了爱情纠纷的作家的一些有关"日记"。这份"日记"及其附件，九日上午老安就送给我看了，我还叮咛过他保密。因而戈他们一谈起，我就相当激动，又是气恼，又觉可笑……

到五点钟，行李总算收拾好了，人呢，可也已经筋疲力尽。正想歇一口气，卢德艮领起新民社的一位同志来了。送来烟叶两斤。但我不无生气地接待了人家……

晚上，已经上床睡了，想起下午同戈的谈话非常难过。向顾自怨自艾了很久。

11 月 13 日

五点半就醒了，六点半才起床。刚宜起来了，我招呼玉顾不必起来，叮咛她按时去医学院诊察。七点出发，到了郊外，这才感觉雾罩很大，车灯一直开着……

同谷志标和赵方同志谈到解放初期的情况，他们都答应支持我。直到八点半了，大章同志才来；但是因为雾太大了，九点五分才得起飞。这是我第一次随同负责同志乘坐飞机，座位不多，招待周到。大章同志曾向我问起文艺界的思想情况，但是，因为一年没有摸工作了，反不如他了解得多。在对段的看法上，我还说了句糊涂话……

因为沿途没有停留，两点零三分就达到北京，三点住进前门饭店。仍然是前两年那个房间，可是，因为巴公去了日本，和我同房的是何海源同志。好在他还未来……

疲乏之至，决定直到大会开幕，不同任何人联系，认真静养几天。

11 月 14 日

早饭都没有吃，就去找一位老中医看了病，并把他给顾开的处方取回来了。

附上顾的药单，将我昨夜给她写的信付了邮。回来后，又给刚齐、刚虹写了信。午睡后，还给萧珊写了封信，要她托一位熟人，将腐乳等带回上海。

看《上海的早晨》的第二部，相当吃力，而且才看了三章，便已筋疲力尽。

11 月 15 日

书既看不进去，又不愿出门，只好躺下来休息。真没有想到，天气会比成都暖和！

午睡后，想起有些事情需得托人办理，给仰晨打了电话；但没有打通。接着就去参加预备会议去了。这之前，在推举组长的小会上，碰见了天翼、艾芜，闲谈了很久。

又，上午开党员大会时，曾见到荃麟。知道他近来很忙，但人却照样很弱、很瘦。

夜里，仰晨来了。拜托他几件零碎事情，并对他的稿子提了意见。这笔账终于还清楚了。相当愉快。送走仰晨后，在罗世发处找到张老，于是一道去餐厅里喝了点酒。

11 月 16 日

上午，继续读《上海的早晨》。可是，照样只读了三段，就读不下去了，搁下来休息。

午睡没有睡好，因为仰晨一连来了两次电话，随后又叫人送书来，并取走了给组缃买的烟叶。索性不要睡了！起来给天翼打电话，然后雇了出租汽车，前去东总布胡同。

同天翼闲谈起来，从刘真的相当口敞，对阶级斗争的理解，我们彼此最近在农村中的见闻，直到他在湖南参观主席故乡的所得的感受。

我突然感觉到非到湖南去不可了！而且觉得最好是会议闭幕后去跑一趟。但是他说，我得准备参加一两次座谈会……

去看了淑华、金铃后，同陈鲤庭坐车去民族饭店找草明，没有找着，参加晚会去了。回来后，静悄悄的，于是去七楼看宗林同志，向他谈了李远岑同我联系的经过。

正事谈完后，照例又扯到川剧。最后，发觉已经 12 点了，才回来睡觉。

11 月 17 日

上午，夏林同她爱人来取东西，我向她谈了她父亲的情况。送走客人，动手阅读文件。

下午参加了大会，碰见荒煤和黄洛峰。同荒煤谈了谈《红岩》改编问题。他问我，罗们是否有不满情绪？因为他们写的二稿，由夏公修改去了。而罗走时曾说："我们都榨干了！……"

主席今天出席了大会，当他一出现时，全场起立，掌声雷动。李副总理的报告很激动人。

11 月 18 日

上午阅读文件，下午参加大会。入场就座时，苏新又想把我轰走，我们争论了几句。

财政预决算的报告，一点半钟就结束了。散会时碰见树理，向我提起《一场风波》。我问他："有没有问题啊？"他说："比《夺印》自然，题材好，还没有人写过这样的题材呢。"

显然他想向我扯一扯农村问题，我也有这个意思，但很快就彼此被其他代表给解散了。

夜里，分别向其芳、翔老通了电话，翔老散步去了，其芳也不在；但同牟闲谈了几句。八点，去宗林同志房里坐了坐，然后去听《五评苏共中央的公开信》。非常痛快，内容是和平与战争问题。

11月19日

在上午的小组会上，好多熟人，荃麟、艾芜和天翼都会见了，还有其他留京代表。

阅读文件中，向荃麟汇报了雁翼的情况。他提到《一场风波》，认为写得流畅，但感觉结束得匆忙了点。可是他又说："一个短篇本来也容纳不了多少东西。"他又满意地向我谈到艾芜参加"四清"的重大意义。会后，并约我一道在大会堂用饭；遇见霖之同志。

回家时已经一点钟了，但仍旧一气读完了《五评苏共中央的公开信》。上床睡觉时，已经快两点了。等于是没有睡！所以下午脑袋总昏昏然。总司令莅会稍稍振奋了一点。

晚饭后，同翔鹤通了电话。同罗世发谈了很久，然后在张老房里喝了茅台。

11月20日

去参加小组会，行车中间，同田景奇同志谈到他们的杨厂长，使人想起很多问题。

杨同我是川西土改时认识的，很有特色。他在量具刃具厂以勤俭办企业受到普遍尊敬。我们在成都也见过几次，照样和土改时一样；但却没有想到他会在方针政策问题上犯错误！

今天大章同志的发言很好，初梨同志提供了不少我从未知道的材料。

11 月 21 日

上下午都是小组会。何懔的发言最好，他用很多事例说明了"大跃进"的成就。

开会中间，初梨同志把我拖在一边，谈了一些创作上的问题。谈得最多的是《王昭君》的翻案问题。我向他谈了我对家宝已经写好的第一幕的印象，他也非常称赞。认为家宝在剧作上最有才能，态度严肃。我们还对当前的创作情况谈了不少。看来他对创作相当注意。

下午休息时候，艾芜告诉了我一些二组两位自然科学家的发言内容，很兴奋。

11 月 22 日

上午，因为疲乏不堪，请了假。下午去怀仁堂参加大会。开会前碰见荃麟。

荃麟的消瘦、困惫，今天更打眼了。我向他提起这个，他解释说，因为宴请古巴作家，一直到两点钟才散席，一散席就来怀仁堂了。我劝他回家休息，但他上主席台去了。

休息时碰见家宝。来京后，这是我们第一次见面。从外表看来，他身体比我好。

11 月 23 日

上午在人民大会堂举行大会发言。缺席的人不少；但是公安部的发言却很精彩。

下午的大会发言，是与政协合并开的。因为发言的是陈总，到的人很踊跃，我也两点钟就出发了。首先碰见荒煤，同他谈了谈对高缨的《渔灯》的意见。后来，其芳来了，又一道谈到有关《创业史》的争论。休息时碰到树理，他向我推荐《延河》的《阎忤忤外传》，认为写得不错。

上午会场上就私下传播着：肯尼迪遇刺身死。下午，陈总证实了这个消息。他谈得很幽默：由此可见，就是反动派内部，要和平共处也不那么容易！他立刻把全场人都说笑了。

晚上，对陈书舫的发言稿提了几个修改意见，随后又同李部长一道喝了三瓶啤酒。

11 月 24 日。

起床后，发觉嗓子哑了；鼻塞头晕，走路轻飘飘的，但仍同宗林同志一道，到西郊去。

远岑已经等在人大校门口了，邀他上车同去林园看她母亲。他母亲看来较在成都时要胖一些，但神态却不及从前健旺了。李眉也在，据说她每个星期六都要回来住一晚上。远岑爱人抱了奶娃出来，比虎儿乖多了，可惜劫老没有看见，心情颇觉有些黯然。

他们是住的楼下，是三间公寓式的房子。闲谈了一阵，接着宗林提出书籍、字画处理意见。随又扯到房子问题，听远岑母亲的意见，她愿在城内有一座独院，但又担心菱窠不能好好保存，因为这是"劫人半生的心血经营成的"。宗林同志提的办法看来可以满足她的愿望。

我们是十点到的，坐了一个钟头，我们就告辞了。宗林去魏传统同志家里吃饭，我呢，回前门饭店。原想去天翼家的，但怕耽搁午觉，只好按原计划下午再去。但是，午睡醒来，嗓子更加哑了，人也更加疲惫，踌躇了很久，最后决定留在家里养息，不要去了。躺在床上假寐了很久，忽然天翼来电话了，催我去，但他听不清我的话。后来总算向承宽说清了……

没有去成天翼那里，搁下电话后，心里难过了很久，但又觉得不去是适宜的。因为去了纵然酒不会喝，话总是得谈，绝不至于相对无言。但是，一直到上床睡觉，还失悔没有去。

11 月 25 日

早上老是起不了床，嗓子更哑了，但为争取李老诊断，最后还是挣扎起来，去看了病。

因为是自由结合，在饭店座谈陈总的国际形势报告，我就没有参加，也没有请假，一直留在房间里休息。可是，奇怪得很，那个想了很久的题材，忽然叫人非常冲动，大有非写不可之势。而在午睡以后，亲自取出稿纸，一张胡乱写些印象的纸条，决心要试一试了。可是，还没坐上有十分钟，就头昏脑涨，四肢无力，于是只好作罢。

想要少抽烟卷，少想问题，得到比较充分的休息，晚饭后去工人俱乐部看京戏。一方面也很想听一听李世济的程派唱腔。赵燕侠的戏从未看过，也很想看一看。

赵燕侠吐字清楚，又较会做戏，得到外省观众不少掌声；但是总觉缺乏韵味。

11 月 26 日

今天真的病了，嗓子更加哑了，早晨老是起不了床。只好留在家里。

养病可也并不容易，等人们都走了，四周静寂下来，总不住考虑问题，或做点事情，再不然就抽烟。最后，只好在楼上散步，或者走下楼去，又慢慢爬上来。这样消磨时间，的确轻松得多。

晚上，正在看今天的发言稿，仰晨来了，闲扯了很久。并托他代买几样用品，蜜枣和茯苓片。

11 月 27 日

上午照旧在家养病，午睡后打起精神，去参加了大会。因为感觉缺席的次数多了。

在会上看了刚虹的来信。可以看出，她的进步是显著的，信也写得比前一段时期好多了。她要我代她问候巴金伯伯！她不知巴公去了日本，使得我今年的会外生活大为减色。看完信后，继续听大会发言，可是，到了休息时候，人却疲倦极了。向医疗室要了点清凉油。

晚上，去五楼看会儒同志。她向我谈了她对《困兽记》的观感，还谈到几个熟人。

11 月 28 日

上午在家休息。给均吾、王觉写信，拜托他们设法将寄刚虹的棉衣交方敬同志处。

晚上，参加大会回来，吃过饭，又给刚虹回信，要她赶快把咳嗽医治好，在棉衣未寄到前，可去北碚买一点简单的御寒衣物添上，并要她在某些方面向刚齐学习。

因为得等何源海同志参加晚会回来，才好睡觉，去小会议室听了阵广播。

11 月 29 日

上午，将给刚虹写的信附了邮，购了两组邮票。下午，前去参加大会，并同老艾闲谈了很久。

晚上，去其芳家里。通电话后，他自己打算来；后来又准备派车接我，我都推辞了。到他家时，先在他寝室里大谈特谈，主要是创作上的看法，写纪念曹雪芹文章的经过，以及对《创业史》的论争。随后，他的孩子些看完电视，我们又搬到书房里去。谈到他们大孩子去新疆的问题，以及戈宝权的婚后生活。

临走时，他执意要送我回来。在车上我们也没有停过嘴，一直谈到六楼。主要谈他的创作计划。

11 月 30 日

上午在家休息。十点，君宜同志来了，一直谈到十一点半，我才送她下楼。

我们主要是谈创作上一些问题，我举了两个例子来说明创作上一些简单化的倾向，以及产生这种倾向的原因：对党的号召不结合生活实际认真钻研。在谈到《播火记》时，她告诉我，她们曾建议作者考虑修改一个结尾，但是被拒绝了，很为惋惜！因为在我看来，这个建议是值得考虑的，而且应该考虑，否则至少对人物会有损害。

《天魔舞》他们准备付排，问我意见怎样？其实，我已告诉过王仰晨了，这本书应该出。在提到我的长篇时，我向他谈了谈我的创作习惯，一般准备酝酿的时间总是长的，所以明年绝不可能动笔。关于邵子南同志的遗著问题，我一再向她作了叮咛。

下午参加了大会。休息时君武向我谈下不少老蔡的情况；他的女儿，真把他和夏雷苦恼够了！这两个人都很善良，没有能够对他们发挥作用的朋友的帮助，要想对付这种难堪的处境，是难于想象的。因此，我再三叮咛君武，他该大力帮助他们。有些时候，就是独断一点，也可以的。

晚上，老是想着老蔡、夏雷，还有他们的女儿。在艾芜家里吃饭时，也想到这些事。这是临时决定的，客人只有张老，真妮在屋子里写字，几次我想进去看看她，总拿不出这份勇气。

12 月 1 日

上午，仰晨送了五百元来。他说版税已经汇到成都去了，扣了一千五百元借支。

他还说，这五百元，可以以后再扣。但我决定回家后就归还，仍由他转。我送了四包香烟给他，并留他用饭；但他结果还是走了。因为夜里没有睡好，很疲倦，我也没有强留。

午饭后，得承宽电话，问起我的病况。还说，天翼也基本好了，但还在咳嗽。午睡后，乘电车去王府井大街，车上拥挤不堪。王府井大街上的拥挤情形，几乎同电车上不相上下。本想去百货公司看看，只好作罢。立刻雇三轮去东总布胡同。有风，冷得人不可开交。

见到承宽时，她很诧异，因为通电话时我没有告诉她今天去看他们。我怕他们过分地张罗我，怎么能够说呢。随后去楼上看天翼，就让他躺在床上，我们胡乱闲谈起来。晚饭吃得很晚，因为他们叫大娘临时上街买了好几样菜。我一人自斟自饮，喝了两杯葡萄酒，两杯白兰地。

离开 22 号，我去看了汪琦同志。随后，肖芜同她通话，知道我在，很快又赶来了。肖芜谈了不少他在苏联的观感，很有意思。可惜我太疲乏了，最后，只好先走掉了。

在淑华处一连喝了两碗浓茶，精神稍好一点。九点，由老曹送我回转饭店。

12 月 2 日

上午，一位熟人来看我。他要我去《人民文学》编辑部讲一讲创作问题，一个钟头也行。我拒绝了。

但是，虽然决定不去编辑部谈话。对于当前四川创作问题，却也扯了不少。他告诉我对于《一场风波》，有些青年人感觉得写得不够，不满足；《文艺报》编辑部，也跟他有不同意见。他未详谈，我也不愿多问。自己没有草率从事，说好说坏各人都有自由，而且，作品本身也并非毫无缺点……

下午参加了大会。毛主席、刘主席都出席了。贺总发言后，才由总理讲话。总理照旧神采奕奕，但好像瘦了一些。休息后的讲话，还使人感觉他讲得太吃力了。想起有人说过，他在生病，最近又将出国……

晚上打了两次电话给家宝，想问问萧珊的行止，但都看戏去了。为总理的出国感到担忧。

12 月 3 日

上午，罗荪、萧珊来，先后在令儒和我房子里坐了很久，并且还一道去看了宗林同志。

送走罗、肖后，去大会堂参加小组会，讨论三个决议草案。我同艾芜坐在一起，在闲谈中向他谈了我对总理的印象和忧虑。我们中央一些领导同志，真是太辛苦了。后来还想到林总和陈云同志。

下午参加大会，听了两个发言后就休息了，时间是一个钟头。复会后，彭真同志宣布，议程略有变动，临时增加了两项，由小平同志提供了一个重要动态：光头的实用主义又以另一新的形式在蠢动了。而小平同志简短、明确、锋利的评语博得了热烈的掌声，整个会场立刻就沸腾了。

会议闭幕时虽然已经快七点了，可是代表们并不退场，就一直站立着，不停地对着主席台鼓掌，直到望不见主席的身影了，大家这才怀着豪迈的心情，开始退出会场。

很想去家宝那里，但是九姑的计划变了；我也没有去成。同家宝通了两次电话。

12月4日

上午，同罗、萧乘家宝车去东城，先看了荃麟，然后又一道去看艾芜。

荃麟正在同金镜、朝闻等人开会讨论美学问题，我们没有久留；但我仍然向金镜同志扼要谈了谈我对反映阶级斗争的问题的一些零碎观感。也同朝闻聊了几句，他悄声而又严重地告诉我："记住《马房放奎》啊！"因为前两天我答应过他，可以帮他买几张贾培之的唱片。

在艾芜家里，主要是谈给《收获》写稿的问题。我呢，却找机会和真妮闲谈了几句，她正在厨房里做菜。这孩子这几年也苦够了；胖胖的，可是已经显得有些衰老。要不知道她的过去，人不会相信她患着严重疾病。在回家宝家的途中，我向罗、萧谈了谈真妮的病状。

同家宝、方瑞一道去烤肉宛吃午饭。是家宝请客，周而复也来了，此公的从容不迫有点使人吃惊，就是吃东西也不例外。九姑来得最后，她一吃完，我们两个就先走了。而且，一回房间；倒上床就睡熟了。一直睡到文联打电话来，催去中宣部座谈，这才起床。这时，金镜来了，我们只好一边走一边一同下楼。要说质朴，在熟识同志中他倒要算一个。

中宣部的座谈会一直开到七点。先是周扬同志讲话，接着，几位戏曲表演家发了言，最后又由默涵同志谈了具体工作的安排。我是乘翰笙同志的车子去四川饭店的，但是没有去参加文联的聚餐，直接到宗林订的房间去了。

参加宗林同志的便餐的，只有劫老的亲属、萧珊同志和我。饭罢，把萧珊让罗荪送回，我也同宗林先回去了。当中还碰到过红线女，健康看来比过去好一些了。回前门后，倒在床上躺了很久，然后开始收拾行李。何早已回太原了。

12月5日

向作协要了部车，陪同萧珊去看了老舍，然后又同树理去作协闲谈。

同老赵主要是谈农村问题，以及如何认识和反映农村现实生活斗争的问题。大家都说了一些具体情节。当我谈到一两件结婚问题上反映出来阶级斗争的故事时，他鼓励我写出来，他谈了一个故事，我很欣赏，他也要我写……

十二点，同老赵、萧珊去文联小卖部吃便饭。老赵原想请我们吃东来顺的，因为萧珊不吃羊肉作罢。会见了葛洛、雷加。饭后萧珊又陪我去买大衣料子，买后非常失悔，太贵了！但不是我怕花钱，实在于心难安。一直感觉犯了错误似的。

回去后疲乏不堪，倒在床上就睡，直到大部分四川代表前去车站，首途回返四川，我才起来。但却打不起精神去送他们。把东西交托罗世发后，就又躺下休息。

晚上，金铃来电话后，淑华的电话又打来了，她淘了好多神，为我搞了只花猫……

1964 年①

5 月 20 日

服药后，仍不能眠。一点，起来找出白尘来信，重读了一遍，心中十分难受。接着，又服了眠尔通二片，今晚上，刚宜也有点异样，老是在隔壁翻腾。

六点钟就醒了，看来倒是睡了一觉。七点起床，到院子里走了一圈，并向刚宜叮咛了些我走后注意的事项。因为看见友欣已经起来，又将《煎饼》校样取回，把夜里想到的两处，做了修改，然后又交给他，并做了解说。

礼儿起来后，向我打过招呼，就走掉了。我读报后就开始收捡行李，可是总有点心神不定。中间，叫了秀清来，向她说了我对礼儿的观感：太冷淡，太生硬了，一回家就关起门看书。他究竟有什么心事呢？秀清说，教育局最近要他转行政工作，他不愿意，心情有些不好。我向她交代了给顾烧瓶开水，就又继续清捡东西去了。可是，直到九点，才在壁舟帮助下收拾停妥。

---

① 缺 1963 年 12 月 6 日—1964 年 5 月 19 日。因这几个月沙汀爱人玉顾生病、住院、去世……故作者没有写日记。

离开市区以后，心情算比较开畅了，而经过一阵信口开河的闲谈，也就逐渐忘记了一切不快。车子行入乐至境后，沿途都是桑树，几乎远远近近的田坎上都有。壁舟说，乐至是新蚕区，1958 年才开始种桑的，中间经过不少艰苦工作。这里有全川出名的养蚕能手"三秀"。后来在乐至人民饭店吃午饭，才知道还有宣传"三秀"事迹的川剧，叫《蚕区初秀》。这是那个服务员告诉我的，她姓蔡，高小毕业，很活泼。她把那个掌锅的老师傅叫作"胖子"。走路跳蹦蹦的，她在 1960 年就做服务员了。

重新上路时已经两点。在东禅，我们休息了半点钟，同供销社门口几位老乡谈了谈庄稼，他们都讲小春比去年增产了。大春呢，水很好，栽插也比去年早了一个季节，一般都薅了头道秧了，只是因为田亩增加，肥料没有去年充足。

（以上一段，是 5 月 20 日夜，在遂宁记的。因为疲乏不堪，未曾记完。）

10 月 1 日

5 月 20 日去遂宁，决心将中断了半年的日记续写下去，也可以不天天写，三天或五天写一次都行。但，一天都未写完，又搁下了。

今天是建国十五周年大庆，感想很多。决心振奋起来。而目前就能做的具体事件之一，是把日记续写下去。而且像五月间想的样，不一定每天写，但必须把比较有意义的思想、经历、观感随时记录下来。

老实说，今天太兴奋了。尽管观礼回来，已经两点半了；吃过午饭，就三点了，人却一点也不感觉疲倦，躺在床上，不自觉地想了很多。主要是最近一年多来，自己思想上的变化和进步。无疑，玉顾的逝世，在私生活上，是一个从未有过的重大挫折。但是，危机总算是过去了。因为正如我在她病中所反复想过的样：不管如何，我总还要生活、工作、战斗！

　　当然，仔细想来，度过这个危机是并不容易的。同时也可看出，我自己思想感情上还有不少消极东西。昨天白尘来信，谈到白羽说："人在斗争中，病也会退避三舍。"这对我很有启发。因为每一谈到、想到国内外形势，摆在当前的斗争，总很兴奋。几个月来，特别最近，也想参加一些工作，但是，文联这个摊子太叫人头痛了，有时叫人十分恼怒……

　　刚宜在学校做保卫工作，三点过才回来，可能我还迷糊过一阵，当我四点半起床时，他已在藤椅上睡着了，看来非常疲乏。今天有寒潮，雨凄凄的，相当冷，我为他盖上一床毯子。礼儿夫妇和小娃是五点回来的。晚饭时我只喝了点酒，宜儿却什么东西都没有吃，老说不饿。七点，同安旗和她的儿女，还有宜儿、小娃一道去看焰火。

　　有两处放焰火，一在人民广场，一在锦江桥北岸。我们在观礼台上，两处都可望见。看完焰火，送回安旗，我们到家时已快九点了。因为有点饿，吃了点面，又喝了两杯白兰地，上床时已十一点了。

10月2日

　　白尘的剧本《第二个回合》，是前天寄到的，当晚看了两场，昨天算挤时间读完了。夜深上床后老睡不着，考虑剧本的内容。应当说写得不错，很吸引人。可以看出他在用力突出正面人物。但我始终有种感觉，正面人物一般处于守势；坏人挽下一个个结子，好人一个个解开它，最后是胜利了。

　　他是正面写运动的，安排得煞费苦心，这点说来颇不容易。但我总觉得受了限制，因而矛盾发掘得不够深。想来想去，我以为有点意见可以提供他参考，改起来也不难：把那个富农分子的妻女加以改造，那是个贫农的妻子，被他奸污了，后来丈夫病死，他们就结了婚，那时女儿才一岁多……

已经三点过了，再不睡不行了，于是又服了一道药。这样算睡着了，醒来时是七点半，疲乏，爬不起来，只好躺着胡思乱想。这全是不由自主的，真没办法！几次闭目养神，都失败了。当要起床的时候，我已经有了一个想法，决定搁两天后把《第二个回合》剧重读一遍，力求意见准确。这时候，小娃来了。我瞟见了床头玉顾的照片，心里突然感到难受。

继玳来了。他父亲最近给她信说，她哥哥毕业后，已经分配了工作了，在北京。她又问我对昨天游行的观感，奇怪她们女生的队伍走过时竟没有人鼓掌。但是她们听得非常清楚，主席台上有人夸奖她们比男生走得整齐。她们在学校里就可观赏焰火，而好多同学乐得不住高呼："毛主席万岁！""共产党万岁！"有的甚至激动得乱蹦乱跳……

刚宜一早，又去学校做保卫工作去了。吃过午饭，我已经上床了，他才回来。而等我三点半起床，他同他哥哥、继玳看电影去了。给白尘简单回了一信，说争取一星期内对剧本提出意见。将信托人寄出不久，小娃的母亲带起凡儿来了。这孩子跟小娃性格两样，有些直憨，喜欢扯皮，没有那么天真。而且从不想在这里住宿，一到夜里，就吵着回孟家巷。他爱小娃。

继玳看过电影，就回学校去了。吃过晚饭，我同刚宜一道出街。他去学校参加晚会，我呢，带了剧本，准备去找安旗，请她看看，因为受人之托，我总希望提的意见较为准确、有用。可是街上那么热闹，我就一直逛起马路来了。又信步去张老家坐了坐，然后又去逛盐市口：真是五光十色！

走到文化宫时，我的提袋已经给苹果塞满。因为不少水果店都有上色苹果，不买不行。我一共买了三次，有五六斤，可是已经提不动了。

我八点半到家时，礼儿全家已早走了。刚宜参加晚会还没回来。

10月5日

3日得巴公来信，这是他从山西回上海后来的第一封信。我也很多天没有给他信了，相当兴奋。前几天见报载上海已选他为全国人代，有些怅然。他在信里也未提到这件事。我立刻回了一信，但是未能畅所欲言。

下午去统战部开会，商量全国人大名单。全部二百四十名，但美术界竟无一人！散会后，我向宗林同志陈说了自己的意见，认为近几年版画、雕塑成绩突出。就在全国反应也很强烈，一定得有一名代表。从他的话听来，原来前几次商量人选问题，文联跑来参加会的，竟未提出这些情况！

午睡后，读了一部分安从重庆带回来的文件，就吃饭了。饭后去找安旗，给了她白尘的剧本。我把我的主要看法都告诉她了，请她挤时间看看，因为我总想把意见弄得较为准确一些。这几天来，几乎都在考虑这个剧本。并请她一定快一点看，她答应5号上午来找我谈。可是4日早晨，当我将《四川版画选》，今年第三期《美术》连同一封给宗林同志的信发出不久，省委的通知来了。要明日晨十时去统战部开会，讨论代表名单问题。因为怕安旗明天扑空，就立刻写信给她，将时间改为下午，由我去。

统战部的会，是今天上午十时开的，由省委召集，正式通过全国人代名单。我去得较早，一看重新印出的名单，少言已经被提名了。由杜书记代表省委出席，他到不久，会议就开始了。内容同上次会议一样，只是更为慎重。最后，我也代表文联表示了同意。另外一张名单，是三位副省长的，通过时大家也毫无异议。本想挤时间找安旗的，散会时一看表，十一点半了，只好同段一道回家，决定午睡后去新南门，还可顺路看看如稷。

三点半，正在喝牛奶，安旗已经自己来了。于是各自泡清茶一杯，大家就白尘的剧本交换意见。她看得比较细心，不仅写了记录，从她的意见的具体，也可以看出来。我不时插断她，因为她的意见有很大提示性，使我想起许多细节来了，从而加深了、充实了，我前天向她提出的三点总的看法，她有两三点意见不错，譬如扎根问题、瑞兰的形象问题。

谈话结束时已经五点半了。我送她到前院去，在操场上碰到方赫的新娘子，安旗作了介绍。回转家里，刚宜已回来了，神情颇为痛苦，问起呢，也不张声。晚饭后，一眼瞧见王广元同志，于是托了他为顺洗印照片的事。

忽然感觉非常寂寞，赶紧离开家里，上街散步。本来想去盐市口的，忽然在青石桥倒了拐，去张老家谈天。我向他热情地介绍了罗洪元的事迹。

10月8日

昨天费了整整一天时间，把白尘的信回了，满满写了五张信纸，有两千多字。今晨虽然疲乏异常，连报告都不可能去听，但仍补写了两张信纸，将信挂号寄出；然后去门诊部。

顺便查了查血，白血球为6500，比前两月增长了600，相当高兴。取了药回家时，已经吃午饭了；可是刚宜还未回来，只好喝着酒等他。中间，壁舟来了，拉他一道喝酒，一边闲谈。他去东河跟罗洪元走了一两次船。对罗的印象更加深了。由于多子，家里还相当困苦。社教当中，这个人也没有问题，真应该介绍他。月初我动手写的那篇散文，得赶快完成才好，还可以用真名字。

下午，又把三级会议的几个文件重看了一遍。它们包括：郫县刘作台的；巴县周平的；长寿李国泰的。对这些人的精神面貌，心理状态，做了一些研究、推测，仿佛如闻其声，如见其人似的。虽然只有周平我见过几次面，其他的人，仅从文件上知道一点。

刚虹也来信了，说将于 10 日下乡劳动。回刚齐一信。

10 月 10 日

因为得到通知，得去锦江参加省人代会的小组学习，一早就醒来了。精神也还不错。九时去十七街，同安旗讨论了她准备在省政协大会上发言的内容。题目是大会党组出的："文艺工作者要革命化"。

昨天夜里，我只想到几个要点，但是，一谈开头，却有不少意见都出来了，简直未预料到，安旗看来也还同意，对于有的意见，似乎感觉颇为精彩。事后想来，这些都是我最近一个时期反复考虑过的，并非偶然。而且，照例总是这样，一到谈开头了，联想所及，还谈了些另外的话。

将近十点，她两夫妇同我一道前去锦江。一到八楼，小组正好休会，而且一头碰见少言，我立刻就到他房里去了，谈起来。我提议他在大会作一次发言，题目跟安旗的一样，只是主要从正面说，因为版画、雕塑这两方面的例子是不少的。随后我们又扯到重庆文联的一些情况，对雁翼、罗广斌都谈到了。这下我才算弄清楚，罗们只交了两万元党费。而且，其中 3/4 以上的钱，是他开团代会时，因为听到舆论，几个月前从北京汇寄的。严格讲来，这种事我也多少有点责任，因为我对他们客客气气，一般只谈创作问题。

离开锦江时已经十一时半了。在大礼堂附近找到壁舟；但他要去宣传部请假，而安旗又到文联去了，只好单独回家。午睡后，得到几份有关党外人士思想动态的文件。一气就看完了，感觉很有意思，增长了不少见识。随即乘车去十七街，约安旗夫妇一道参加党员大会。老戈已先走了，在礼堂门口碰见好些熟人。袁志先、田景琦向我谈到新民社的一些情况，都很谨慎。

这次的党员大会开得最久，先由宗林同志介绍了一些思想情况，和我知道的基本一样。其次是赵书记宣布大会的方针、任务、纪律。最后是大章同志讲话。大章同志看来更健康了，胖胖的，照旧从容不迫。

10 月 12 日

昨天星期，预备好菜，满以为希娃他们会回来的，可是，结果一点响动没有！照样只有我同刚宜吃饭，饭前喝了一杯大曲。

我七八个月没有喝过大曲酒了。前两个星期，因为咳嗽早已好了，心情有些烦躁，开始偶尔喝一杯白兰地，可是不大敢喝白酒。正因为如此，饭后有一点醺醺然。午睡一上床就睡熟了，醒来时是两点半。我是哭醒转来的，因为梦见了玉顺，这是几个月来少有的事。

下午情绪很坏，刚宜看电影去了，幸而肖兰跑来同我闲谈了很久，直到五点才走。五点半徐孝琨来谈了谈四川，主要是重庆的话剧创作情况。可是我总打不起精神来，只是在他提到王益奋那个剧本时，较为强烈地引起了我的注意，因为他认为在文联同志创作的几个剧本中，这个剧本较有基础。徐走后，友欣从简阳回来了，他已看完白尘的剧本，谈了谈他的看法。

这一星期来，总不断要想到白尘的剧本，觉得他把问题简单化了。像"社教"这样史无前例的伟大革命斗争，仅仅参加了一次工作，解放以来又很少到农村，这怎么行呢！而且目前也还不是写的时候，因为运动还刚开始，同时我们还不能不从鼓舞人心和敌情观念来充分估计它的影响。前次我向艾芜就提出过：我不赞成马上就写"社教"，最好是写"社教"后出现的新气象……

晚饭后，飞起小雨来了，可我仍然去街上跑了一圈。回家后看了一阵文件，然后服了安眠药就寝。这是一种新药，叫"安他乐"，医生说效果很好，可是翻来覆去了好久，睡不着，老是想着创作界的一些问题。也不知道是何时入睡的，醒来时已快八点了。头脑昏然，周身无力，但仍旧起了床。因为今天省人代会开幕，非去不可。刘大娘买菜去了，自己打水、煨药，忙着到前院去。

由于没有睡好，又连水都没有喝一口就匆匆离家，而到大门口时，汽车又刚好叫李累坐走了。这简直是有意折腾人啊！在布后街跳上一部三轮，但是，车夫却不拉我，说已经有客人了。一直到梓潼桥才碰上汽车正开转来。别人要用车子，为什么先不打一个招呼呢？这种不痛快已经是第二次，甚至第三次了，而且我再三叮咛过……

大会十二点过就散会了。疲乏之至，几乎有点难于支持。狼吞虎咽地吃了一根油条，喝了一碗牛奶，才感觉好一点。午睡又没有睡好，但一直拖到四点钟才起床。没有参加小组会，但也无法做任何事情。王广元送来玉颀的遗像，翻看很久，随后又去收拾了一下盆景。

十点钟，快要睡了，友欣显得神秘地走来，而且同样神秘地向我谈了谈黄化石从北京带回来的一些文学界的消息。是李累转告他的。其实，这些消息我早已有所闻了，所以我请他放心，不会因此失眠。

对于阶级斗争说来，文艺界并不是禁区呵，倒是最敏感的地带。

10 月 14 日

到达十七街时，壁舟已经走了，安旗在家里等我，我将发言稿还了她，并提了修改意见；把重点放在批判"二月"上也行，但是正面总得说得突出一点较好。随后我又简单向她转述黄化石从北京带回来的一些消息。

这些消息，经李累同志昨天夜里做了补充，比较更清楚了。我们这次谈话，也值得补一笔，因为彼此谈得都还诚恳。当他告诉我说，西南局有指示，明年戏剧会演，所有剧本，凡是五类分子和有重大政治历史问题的人编写的，通不能参加会演时，我说："我 1960 年劝你不要同历史问题严重的人合写剧本，该不是害你吧？我这个人爱说这说那，但从来还没有害过人啊！"同时心里不免有些难受。

李累还告诉我，榴红他们那个剧本，明部长指示，决定再搞下去。人事上也做了整顿，由榴红执笔，文辛不挂帅了。创作方法也有改变。可是，看来他有点怕得罪人，再给文辛他们一个月，各写一个独幕话剧。由他去吧，只要不由一个有托嫌，而又未作结论的人带领起两个党员来搞集体创作，也就算不错了。不过我还不懂，这事党组已做过决定，为什么还要写报告！……

小组发言相当踊跃。谈得最生动的是许倩云，主题是谈演现代戏。休息时候，我告诉她，京剧已经走到前面去了，川戏在演现代剧上尽管成绩很大；但对剧团说来，应该用高标准要求自己。我又问她胡漱芳编写《江姐》的情况如何？她说这个剧本不成，因为江姐爱人的牺牲是现场处理的。我想原因必不止此，对于明真的态度相当不满。他早否认了胡的提纲，自己编的又上演了，剧团自然会把胡的搁下来了！

午睡后相当疲倦，没有去参加小组会议，因为记起徐孝昆向我推荐的《瘦马记》，说是目前话剧的尖端。特别去剧团借了剧本来，读了一场，就用饭。晚上，散步回来，又读了一场。觉得语言生动，生活气息很浓，虽已大体看出故事的发展，但仍然吸引人，想看下去。

从昨天起，开始去报社注射罗佛卡因，浓度 2%，4 毫升，每周3 次。

10 月 16 日

昨天上午，参加小组会，下午又是主席团开会，几乎整整坐了一天，非常疲倦；昨夜觉也没有睡好，所以上午只好请假。

早餐后，正好读完《瘦马记》，礼儿从学校回来了。他已经两个星期没有回来了，说是忙着在搞阶级教育。闲谈中，他告诉我，学校早上听到广播，赫光头下台了，连党的主席团委员也辞掉了。接替他的党政职务的，是他两个忠实"斗伴"：勃列日涅夫和柯西金。这虽然表明党政大权仍然在他的集团手中，但这个集团垮台的日子，看来不会远了。

午饭时特别多喝了两杯酒，因为感觉太痛快了。午睡后继续读《瘦马记》。晚饭时算读完了。写的人民内部矛盾，事件也平平常常，在新的农村中是并不鲜见的。但是，由于作者政治修养较高，生活基础较厚，却写得很不错。我之所以仅仅认为很不错，因为感觉气魄还不能说和时代精神相称，这可能跟题材有关。

晚上出去逛街，一直到盐市口，可见我的体力已经恢复。回来看了当天寄来的《思想动态》和大会简报，能够看到这些东西，参加会议的劲头也更大了。

10 月 17 日

早晨起来，刚想去做运动，被报纸上一行红色标题吸引住了："我国第一颗原子弹爆炸成功！"这个成功，本来一直就深信不疑，但它来得这么样快，而且紧接在赫光头下台之后，这毕竟太叫人兴奋了！简直叫人忘记了运动，忘记了洗脸……

找不到人说话，我就对刘大娘说："你看该高兴吧，我们第一颗原子弹爆炸了！"她说："胜利了呢，正该高兴！""原子弹爆炸了！""这还不是胜利么！"去到街上，好多店铺都还未开门，但有不少行人都拿着报纸。我又向老曾说："今天看报纸的人好多呵，你看！"于是他告诉我，昨夜十二点半，机关就得到消息了，各街各巷都在敲锣打鼓，欢腾到天亮。真糟，昨夜我偏偏睡得很早！

今天第一天大会发言。休息时候，四处都在谈着同一消息：我国第一颗原子弹爆炸了！从张老口里，我才知道，他在昨晚夜半就看见号外了，他正想上床，忽然听到锣鼓声、欢腾声和叫喊号外声。他想，赫修集团的崩溃一定有了惊人发展。就上了街，亲自去买号外。因为几乎全院子都睡了，他先到走马街，后又到卧龙桥，这才搞到一份免费号外。而一进院子，他又嚷起来了："原子弹爆炸了！"

另外一个代表还告诉我，昨天半夜过后，《四川日报》的同志还给大会送了喜报。邀约了一批人举行了座谈。一句话，这个重大消息使大家投身在革命的激情中了。回到家里。从饭前到饭后，同刚宜谈的也是原子弹爆炸问题。我向他谈了很多，主要是：这个成功，是毛泽东思想的产物，而最犀利、最伟大的武器是毛泽东思想。

午饭后我们谈了有一刻钟，于是他拿上报上学去了，我走去睡午觉，醉醺醺的。

10 月 18 日

今天星期，可是开了一整天会，因为我是执行主席之一，不去更不像话。

前几天叫老曾给幺娃们送苹果去，他们婆婆说，秀清这个星期天要他们回来，所以昨夜里就吩咐刘大娘，要准备点菜。可是，上午散会回来，却还无踪影。晚饭，也是我同刚宜两个人吃的。也许这孩子察觉到我有些烦躁不安，而且猜想到原因。他生气地、突头突脑地说："不知道在搞啥，两个星期天都不兴回来！"

晚饭不久，继玳来了。不，她来时，我已经散步回来了，但仍然一道吹了很久。主要是谈她们昨夜因原子弹爆炸消息引起的狂欢。她们几乎直到天明才回寝室。

10 月 20 日

这两天几乎不能够支持了，但又不便请假。特别今天，上午要进行选举，下午要听大章同志讲话，是都不能请假的，而且早晨八点不到就起床了。

李政委、黄司令员今天都来参加了会议，人似乎比往常多些，会议是杨超同志主持的。他宣布开会后，就开始进行选举的准备工作，紧张严肃的空气一直持续到正式投票。投好票，堂子里的代表都自动拥出去了，到会场外休息。

主席团直到杨超同志宣布了投票数与到会人数一致以后，然后各自散开休息。平常散步的空地方，都摆开桌子，在清查票数，几乎无处可走，只好找到张老闲谈。彼此都似乎都有点松快的感觉，选举的事算基本结束了。重新开会时，又有两三位代表发言，等到宣布被选举人的名字和票数时，就快十二点了。

可是，大家的精神，仍然是振奋的。所以当宣布总司令、李政委、聂总和郭老的名字时，全场掌声都很热烈。但我对其中一位中央负责同志会少一票这件事始终感到不快。后来忍不住悄悄向今天特来参加选举的辛书记说了；散会以后，坐上车子了，我又向老戈说了。但他回答说："恐怕他没有圈自己呵。"他的说法和态度叫我感到恼怒，没头没脑，相当粗暴地批评了他两句。因为担心司机听到，而也只能如此。此公真是脱离政治，把这事看成了个人问题。

想说话，可是没有对手！因为这类事是不能向刚宜谈的。午睡没有睡好，人可疲乏透了。下午听省长报告时，只能听个大概；可也记了一些主要论点。我觉得，他用普及与提高的关系来概括两种教育制度与科研的关系一点，是精彩的。一定能够打破某些人的顾虑，但是，对于顽固分子，却也照旧没有办法。

七点钟才散会。晚上，刚宜在跟同学闲谈，我却不知怎么办好，于是照旧上街散步；可是，才到梓潼桥，步子就有点拉不动了。于是叫了三轮，去张老家闲谈。他醉醺醺的，满面红光，显然有点醉了。我扯到快九点才离开。

喝了两杯白兰地，又服了安眠药，可是到两点还是不能入睡，只好又服药一次。显然，由于连日疲劳过度，我又陷于极度神经衰弱了！真讨厌。

10月21日

昨晚至多睡了三个多钟头，而且早上醒来就像没有睡过的一样。

能够醒着躺一阵也是好的，但是脑子却偏不肯休息！我所考虑的是这些问题：这个冬季究竟怎样办？到三台李培根同志那里，本来不错，但他那里有批教授，将和我一样，前去参观，这太不像样了，不能去；坐下来写点东西，但家里坐不住，有时情绪又坏；看来收集有关解放初期的材料较好，于是就又筹划应该怎么着手。然而，另一个担心忽然来了：我要访问的人是否都在家？……

越想人越清醒、兴奋，同时却又有些头昏脑涨，最后只好起来。绕新巷子走了一转，又回来做了十多分钟运动，脑子算比较清静。早餐后泡了壶茶，把马扎移到天井里石桌边，躺下来看前两天傅先慧送来的文件。但这中间，也搁下来好几次，因为感觉脑筋很木，有些看不进去，又很疲倦。

十一点，给礼儿打电话，他不在，回孟家巷去了。可能接电话的知道是我，告诉我说，他是否参加"社教"，尚未最后确定。这倒反而使我不安起来。所以当老曾送烟来时，我写了封信，叫他送孟家巷：要礼儿争取这次下乡，参加"社教"。

今天《四川日报》到得较迟，但是有关选举的报道却使人感觉满意。晚上在张老处谈起，他也有同样感觉。而且跟我一样，曾经设想过怎样报道。

这次去看老张，是偶然的，因为碰到卖拐枣的，就顺便买了点送去。

这也并非偶然，我们彼此都谈了不少各自悼亡后的寂寞之感和生活上的不便。

10 月 22 日

昨晚上只吃了一次药，但是量大，因而睡得不错，精神、情绪也好多了。

上午想写完那篇散文，可是写不下去。这篇文章，两个月前就写开头了，因为不是精神不济，就是工作上或生活上出了麻烦，始终只有开头的一两千字。这是从来少有的事，有时真想不要写了，但又不愿服输。

写不下去，因为神使鬼差，我又想起翔鹤的《广陵散》来了。我曾经称赞过它，认为是一篇什么"正规"历史小说，只是调子有些低沉。现在看来，什么"正规"历史小说，这是资产阶级的文学观点。而客观事实是，凡有历史小说，无不是"以古喻今"的，何况既就历史而论，这篇小说的观点。也有问题。

思想感情的改造，真不那么容易啊！去年六月，他告诉我，他准备以唐庄宗的事迹为内容另写一个中篇历史小说，却被我劝住了。因为这篇的主题，很容易使读者联想到现在。他曾经坚持说，他是把它当成历史小说写，不想联系现在。我反驳道："你不联系，读者要联系啊！"正在相持不下，天翼来了，总算一道说服了他……

下细想来，历史小说真没有不针对现在的，鲁迅的作品不必说了，抗战期间，在白色恐怖笼罩着重庆文坛那些年代，在南方局领导下，郭老就曾经有意识，有明确目的地写了一大批历史作品来揭露国民党反动派……

下午，李彬来，我向她谈了我的几种打算，她的意见是，即或要下去看看，最好走近一些，比如郊区。但最好不动，继续休养，一面搞 1950 年的材料。

晚上去春熙路散步，顺便买了两窝作盆景的竹子，才两角钱。

10 月 23 日

那篇散文残稿，今天上午，总算又写开头了。虽然只写了两百多字。

午睡没有睡好，老是考虑如何把那篇残稿续写下去。而且，设想到，这篇东西能在三五天内完成，精力、情绪又较好，就展把劲，续写两个短篇小说。干脆不要考虑下去参观"社教"，或者搜集其他材料了……

由于午觉没有睡好，精神很差，只好丢下那篇散文，准备回两三封信，白尘来信一个礼拜了。他说，对于我对《第三个回合》提的意见，几乎百分之百赞成，而且要我相信，当中没有一个客气。这使我感到高兴，因为只要意见有些用处，总算没有白费时间，此外，刚齐、刚虹，也是七八天前，就分别来过信了，她们很挂念我和刚宜，这也得分别回信，让她们安心。

可是，整整一个下午，结果只给刚齐回了信。而且写得勉强，涂改了好几处。白尘的信，则决定不要回了，因为想来想去，他收到我提意见的信，又表示他对这些意见的看法，事情就算完了，没有回信的必要。至于回刚虹的信，实在没有心情写了，也缺乏这分精力。一个午觉竟至影响人到这个地步！

写信中间，肖才秀送来《文史资料》49 辑和三、四册影印字画，其中一册，是南宋三位末代皇帝写的。晚上看了这些字画，并同刚宜扯了阵《花石纲》的故事。

10 月 28 日

星期日礼儿、秀清带孩子们回来了。据礼儿说，他去不成农村搞"社教"了！因为校长随时都可能病倒。他去教育局找过党委，可是照旧没有批准。

由于礼儿下乡不成，有些不大愉快。因为解放以来，他只是 1960 年到青白江整过社，跟李局长一道住过半年。这样老蹲在城市里怎么行呢。因此，尽管最近那么想念小娃，也不大喜欢他跟我在身边了。所以下午张老来约我出城时，也没有带他去。本市工业区几乎全走遍了。这对我可以说是创举，印象相当深刻……

前天、昨天都在继续写那篇散文，相当顺利。看来这个月可以完成初稿。可是，今天上午得到通知，下午去宣传部学习"毛选"，思绪又一下给打断了。因为时间是两点半，这就得在两点钟起来；而午睡结果是完蛋了；因为我一直没有睡着。我这种遇事容易紧张的毛病，真是致命伤啊！实在不知怎么办好。幸而这两夜睡眠不错，尚能支持。而且，等我去了很久，其他的人才到齐。

学习的内容和方法已经有了改变，不要继续读三、四卷了，用半年时间认真学习好主席的这四篇文章：《矛盾论》《实践论》《正确处理人民内部矛盾》和《正确思想从哪里来》。自学，但须做笔记，参加讨论。我想，若能认真这样搞他半年，倒是一件好事。这是由张部长布置的。接着，他又向一部分人传达了许书记对五反的指示。

我估计不到五点会议就可结束，可以顺便到吉祥街去看看李眉的母亲；但是接着却又回到会议室去，听读文件，一直到七点钟才读完三个文件中最长的一个：范若愚同志就杨××问题做的报告。去吉祥街的事当然吹了。

这个报告很好。其中引用了主席和几位负责同志的话，给人启发很大。

10 月 29 日

今天上午，又去宣传部读文件。一个是艾思奇的，一个是林枫的。

两个文件都比范的为短，才五点过就读完了。可是照旧没有到吉祥街去，因为李部长约去谈话，李累已先到了。我刚坐定，李部长就告诉我，文联要"五反"。杜书记指示，我得参加领导，具体工作由李累做。

我真有点不知怎么办好，因为既然要做，就得认真，这是我吃不消的。我还有种担心，将来如果由此脱不到手，我的长篇计划，就有可能要拖后了，甚至于无法写了。这不是悲观，实在身体太差。而且，李累是不大好共事的。我这个人又敏感，无谓的烦恼和不快一定不少……

我没有正面推诿，只简单谈了谈我对身体的顾虑。李部长重又谈到：具体工作由李累做，于是就只好默认了，听李累向他汇报情况。这之间，经常有人来谈话，汇报又较琐碎，以致耽延了不少时间。

正待结束，张部长、杜书记又先后来了。他们都为我们做了一些具体指示，杜书记的特别重要，一共四个问题，要我们根据它们来检查党组工作。

等到离开的时候，我几乎饿得不想动了。这是我今年以来常有的现象。

10 月 31 日

昨天夜里睡眠最坏，直到五点钟又服了一次药，这才勉强睡去。

我已经一连两夜没睡好了，因为总在考虑"五反"问题：马马虎虎，我是搞不来的，认真干一下吧，却又担心精力不济。昨晚上纠缠人的具体问题是：是否坚持调榴红他们回来？事情原本也很单纯，可叫李累弄复杂了。因为照他说，明部长有过指示，不要在机关里搞创作，得下去搞。这一来杜书记的指示就不能通用了！这种似是而非的道理真叫人头痛……

因为二次服药生了点效，我七点过就醒了。可是周身酸软，起不了床，于是只好闭目养神。到起床时已经十点半了。喝过牛奶，就已经十一点钟。这几天，那篇散文一直写得相当顺利！可是，今天却一个字也写不出了。这主要是失眠害了我，药吃多了。

两点去川大听杜书记做"五反"动员报告。是坐在坝子里听的，风相当大。

11 月 1 日

早餐后，去看新从大连回来的曾克，他们刚起床。打过招呼，我就扎针去了。

《文艺报》有关中间人物的两篇文章，《四川日报》已转载了。文章点了荃麟的名，而且叙述了他在这一方面的不少言论和组织活动。我算进一步弄清楚了这一问题，而且联想同他接触中得来的一些印象。他在二次文代会前夕，特别对丁、陈翻案的态度，是不好的。他的问题始终没有使我感觉惊怪，这也是原因之一。当然，他也有不少优点。

以为孩子们会回来的，结果，许多饭菜都白弄了。但是也好，我清清静静写了好几百字。看来，只要再一两个半天，这篇残稿是可以写完的。午睡后，准备续写，精神有点不济，而且心乱。随后，曾克夫妇来了。据她说，张僖告诉他，天翼将去山东参加"社教"。荃麟病了，又说，立波胃穿孔，很严重，经过抢救，已经平安无事，出院了。

下午，有点想念小娃，总以为他们会意外的回来一趟。结果还是我同刚宜两个人吃。虽然安旗来过，谈了点她在灌县的情况。情绪总有一点别扭。看来，我得习惯于单独生活，也非如此不可。因为明年刚宜就高中毕业了。

晚上开党组会，李部长也到了。讨论了雪峰同志给刘主席的信和明天我在机关动员"五反"的发言。在第一个问题讨论中，我同李累都讲得比较直率，但讲得并不多。

会上还附带解决了榴红他们的问题。是李累主动提出来的，看来凡事得有耐心。

11 月 6 日

从 2 日下午做"五反"动员报告算起，到今天五天了，一直都很紧张。

开始，总以为局面是不容易打开的，结果适得其反。3 日下午，党员会上强烈反映了群众要求革命，要求整顿文联工作的迫切愿望。使人感到难受的是，不少人在未动员前都希望来工作组。我当时说："可见我们信用不佳！"这是实情。

单是党内，一共分了两个摊子开会，党组一个，一般党员同志一个。在第一次党组会上，我首先对亚群同志在上次党员会上，群众批评到一位剧协的负责同志时，一再把责任往自己头上拉的问题进行了批评，也做了自我批评，接着是就党组问题发了言。这中间，张部长来了，他找李部长单独谈了一阵，然后宣布同意那位同志的意见，他不参加领导，不抓运动的日常工作了，同时又在会上传达了杜书记两点指示。这使我放了心。因为这两三天，我一直在发愁，我具体搞，我单独掌握政策，我真没有把握啊！

斗争非常尖锐，有明的，有暗的，互相交织。今早，我刚起床，到外面散步，宣传部的陈仲昆、吴野提出，根据昨夜摊出来的情况，问题是严重的，需要同我交换一下意见；我立刻把他们引进我的家里。陈告诉我，那位剧协的负责人对运动做过一些破坏活动，但问题严重的则是一个刊物的负责同志。当时我非常激动，说："不管是谁，有问题就揭！"又说，"能够是非大白，我死也瞑目了！不然真对不起党……"我感觉自己眼睛润湿，快要哭出来了。

晚上去宣传部同张老一起听汇报。当我为李彬做补充时，流露出了我的个人情绪，事后想起很不好过。因为我一直避免谈有关我个人的事，几天的会上都未提及，这次，由于旁人提到，我就忙匆匆做了补充。这说明我得尽量克制，加强锻炼。因为我是运动领导成员之一，任何一点个人的东西都会给运动带来损害。

回家吃晚饭后，去街上散步；但脑子里无论如何都撇不开昨今两天已经暴露出来的问题，于是又坐三轮去张老处；但是没有到一刻钟，实在坐不下去，谈不起来，又匆匆走掉了。支委正在开会，我向大家说了一些对目前工作的意见。

疲乏之至，但是无法休息。我连续找支委和李彬谈了三次，作了一些具体工作的部署。对于他们的缺乏敌情观念，放弃了两个重要机会进行了批评。

11 月 8 日

今天星期，秀清带起两个孩子回来了，继玳也来了，她们都算得是稀客。

可是，刚好吃过午饭，她们就都开始准备离开，因为秀清明天要带学生下乡参加劳动；礼儿早已带学生下乡了。继玳呢，得回学校参加什么活动。刚宜一再要我午觉，但我起来三次；同继玳闲谈，为希娃弟兄包一些糖食、水果，叫他们带回去……

我认真上床休息，已经一点过了。可是老睡不着，我很想念刚齐。她在给秀清的信上谈到，在实习中她检查过一个患肝癌的病人；起初感觉害怕，后来也顶住了。随又谈到她外祖母骨灰存放问题。十分显然，这孩子一定有一些极不愉快，甚至痛苦的联想。忽然，在刚宜的制止声中，希娃照旧一边嚷叫一边闯进来："爷爷再见!"

我是服了安眠药才睡去的，这是从来少有的事。午睡我从不服安眠药，这个例真不能再开了，因为整个下午都头脑昏晕，什么事都不能做。

曾经打电话约张老出城游玩，他开会去了，晚上照例到街上逛了一转。

11月11日

今天又开了一整天会，晚饭时，刚宜回来了，说星期天下乡参加劳动。

吃完饭后，正准备帮他绑扎行李，周月华来，说，张部长要我准七点同安旗一道去宣传部。一看表，快七点了，于是乘车去十七街，约安旗同行，到宣传部七点过了。

张部长当夜要去重庆参加省委召开的会，等把李部长找来了，他向我们传达了杜书记的指示：继续发动群众全面揭露文联领导工作上存在的问题。后来又谈到，要我们考虑党组改组的问题。因为文联的党组早瘫痪了。

才去的时候我多少有些激动，匆忙地反映了一些情况，随后又扼要汇报了党组下午学习中央批示雪峰同志给少奇同志的报告的经过和初步结论。张部长一再问我对杜书记的指示有什么意见？但是空气有点沉闷，几乎好久无人答话。最后，我吁口气说："尽力干嘛。"接着招呼安旗一道离开。

我在车子里简单地向安旗谈了谈一周多来我的思想变化，起初顾虑很大，现在，我已经感觉没有什么可以担心的了。随又大讲笑话，说我当初接受任务时有点害怕得夹食伤寒。我到东大街下车，步行回家，老曾送她回十七街。

我到家时，刚宜已经走了。书桌上留一字条，要我放心，要我少喝酒。

11 月 15 日

晚上服了两次药，可是照旧没有睡好。而且五点过就醒了，再也无法入睡。

一直躺到九点半才起床。脸都未洗，就到前院去了。那位刊物负责人在水龙头边洗衣服，我随口招呼了一句，他没有应声。也许没有听见，但却显然有点恼怒，或者忸怩不安。同少言通过电话后，我就拜托先慧叫老曾去锦江，并答复了她某某人看文件的事。

十点半，竹君来了。她已好久未来了，一见面我们就热烈地谈起来。首先是谈刚齐三姊弟的情况，随又把话题扯到川大的"五反"运动上。她愤恼地告诉我，隐蔽的反革命分子的破坏活动：把学生铲草的字稍加改变，就成了攻击党的反动口号。她显然还有话要讲的，但我要她注意，这些事是不能外传的。当她帮我收拾堂屋的时候，出乎意外，友欣来了。很消瘦，主要是精神上已经垮了，我们作了简短谈话。

十一点一刻，少言来了，随又来了他爱人和贺泽。我们于是准备吃饭，因为早已应允了张老之约，下午去龙泉驿看水库，得争取睡个午觉。三位女同志一点钟就吃完了，我和少言却一面喝酒，一面闲谈到两点钟。他刚从北京回来。主要谈北京文艺界的一些情况。心情呢，真是又愤激，又沉重。谈话中还涉及友欣，因为他爱人也在"川报"。

竹君早走掉了。少言几乎是被我赶走的，因为实在疲乏得不能支持。送走少言，回到家里我就睡了。三点半，老曾来告诉我，张老已从学道街动身，到文联来了。一刻钟后，我们一道乘车绕城西北角走了半圈。并在西北桥河边散步了很久。

晚饭前，特地去李彬处，向她谈了今天同那位刊物负责人谈话的内容，主要是他看文件的问题；他承认自己过去并不是"左"，而是右；希望回来参加运动，以及少言所述情况。

11 月 18 日

因为老想到昨晚艾芜 16 日的来信，没有睡好，起床时已经九点钟了。

洗脸前，先将艾芜来信交王一奋，要他在党组会议上读一遍，请大家议议。等我早餐后前去参加会议，与会者一致表示，当然该去信请他搬回四川住家。亚公的态度也很鲜明，这可能因为我曾对他提过意见：1960 年老艾曾打算回来，他太冷谈了。当然，更重要的是，老艾这次回川，是作协总会按照中央精神做的决定。

从老艾这封信还引起其他一些谈话。这些谈话的主要内容是：中央对文艺界的严格要求；总会贯彻方针政策的坚决；对艾芜创作上的期望和对他大女儿的同情。真的，若果是我处在他的境地，我自己早就进了疯人院了。但我猜不透真妮为什么对他会有恨意。

下午休会。曾去打电话找宗林同志，没有打通。呵！不！几天不记日记，把事情弄混了。上面记的是 17 日的事，而今天上午不是开党组会，是支部会，由李部长又在党内动员一次，解除几种顾虑。我也附带讲了几句，并以自己对《白蛇传》中韦驮的观感作喻，希望大家揭露我们的缺点错误，还我们一个本来面目，不能感觉可惜。

午睡后找宗林同志，因为想同他谈谈艾芜的事。他是曾经希望过艾芜回四川的。电话没有打通，信也未回，一个下午就过去了。昨夜的失眠算是得到补救。可是，到了晚上，已经十点过了，李彬忽然走来，谈了谈党内开会的情况，弄得人重又陷入兴奋，感觉很不安静。想到有的人在中层干部中的影响有这么深，实在可虑。

我对高、帅和陈三人的表现作了分析，并叮咛李彬，一定得分别对待，不能混为一谈，而且必须将高大大拉一把，帮助他及早提高认识，免得将来转不过弯……

11月21日

午睡后，边开会边写了一些信，主要给刚俊的，算挤时间写完了。

写了六页，是用圆珠笔写的。因为有人反映，她母亲从娘家说来是地主成分。她决然把她送回安县去了。她当然做得对，但思想感情上似乎有点儿难过。她自己也承认思想没有完全解决问题，因为她的母亲，不管是在娘家，或者我家，经济上一直处于从属地位，而且是旧社会的牺牲品，这些话流露的情绪是不好的。

我的信之所以写得长，因为除开正面回答她着重提出的我家的经济变化而外，还得向她谈谈"社教"的深刻意义，帮助她彻底摆脱她对于她妈的怀念。我自己也不知道怎么会写了那样多，但我显然有点担心，怕她被母女之情蒙蔽住了，纠缠住了，久而久之，可能会使自己忘记了党和革命的利益。

写好信，已经六点钟了，亲自送到门口，要小马代为投邮。并再三叮咛他，这是封重要信，掉不得。刚俊解放前就参加革命了，而我对她很少亲自进行教育，我这次更加感觉我是喜欢她的，这主要因为她是我儿女中第一个参加党的……

我不但希望我的信对刚俊有帮助，更希望我的担心是多余的。

11 月 22 日

还未起床，张老的电话来了，约我践前日之约，去龙泉驿看白公堰水库。

忙着起床，吃了点东西，已经九点半了。但是在门口等了很久，张老都不见来。后来才知道他表停了，所以迟到了二十分钟！同车的有他女儿和孙子。

天气晴和，一到龙泉驿场口，我们就下了车，步行去白公堰水库。老乡说只有四华里，但加上长约三华里的市街，实际上却有八里！张老逐渐落后，我单独赶往前面去了，相继同一位青年农民和一位中年农民谈天，一直谈到渔场。

显然，回去照旧走路是不行的，所以赶着请渔场的干部，打电话给区委，请区委派人通知驾驶员，将车开来水库。安排好这一切，张老他们也走到了。同我只隔一条山沟，于是我们分头向堤坝走。据一位工友说，水库有一千余亩，可以看见几条港岔，堤坝对面是螺丝山，像个小岛，上有一列砖房，四周山上树木很少。

来了两个赶场回渔场的青年，都是中学毕业的，下放两年多了。他们用船载我们绕着小岛航行一周，然后去山脚食堂里休息。我们停留了约半点钟，其间，我走上山顶，同几位女青年扯谈了一阵；随后又在炊事员卧室里同几位男同志闲谈。

炊事员有四十多岁，左眼瞎了。原是木工，"大跃进"时上山炼钢，后来又做炊事员，调了好几处地方，他谈到归队问题，谈到目前的待遇，显然有不满情绪。

我回到家里时，两点四十分了。忙着吃了东西就睡，一直到五点才起床。

11月23日

昨天夜里，回刚虹一信，要她在学校"五反"中加强锻炼。起床后就付邮了。

早饭后，碰见吴野，告诉了他对李部长前天有关他的检讨的"线索"后大家的观感。简单说，还没有"上调"。而且表示：党组的会有点开不下去了，几乎只有安旗同我两个人在发言，有点像"二人转"。这真也有点难为情，好像自己在当官似的。

今天党组整天没有开会，很轻松。关起门来，翻出那篇残稿，续写了四百字。

11月25日

上午，得艾芜信，他回来的决心还不算大。蕾嘉、真妮真把他压坏了！

晚间去街上散步。正在东张西望；老罗骑起自行车在我面前停下来了，说宣传部有电话找我。刚走到商业场。老曾又从身后赶来。我几乎是跑回机关的。一进大门，就带上材料，坐上车走了，去十七街约安旗一道去宣传部。

先由安旗向大口汇报了运动以来揭露的问题，问题的性质。在听到那位剧协的负责同志的专题材料时，张部长吃惊了，老实说，连我也吃惊的，因为有些情况，我也并不知道。这中间，杜书记来了，杜书记也有点吃惊，并说明1957年没有把他划为右派的原因。这个经过，我也是第一次听到的，虽然我也曾有所怀疑、猜想……

坐上车后，我更感觉今夜的汇报重要，因为时间充分，重要材料基本上都讲了。因而看来也就较为接近一致。其实，问题提得最尖锐的是小陈，因为他掌握的资料多，而又没有我那样多的顾虑：深恐掺杂个人感情，把问题搞左了。

我在车子里忍不住断断续续，没头没脑地向安旗说了些彼此心照的话。

11月29日

上午讨论了党组给大口和省委的报告。自己谈了不少意见。

因为党组要求提前开会，我两点就应当起来的，可是，醒是醒了，就是四肢无力，起不来。照例三点才去参加会议。刚一坐下，安旗来告诉我，宣传部要我们去。

同去宣传部的，除安旗外还有曾克。时间是三点半，参加会议的，大多是宣传部的干部，此外是止戈同志，报社等单位的编辑人员。文艺处发了一个材料，想不到李伏伽竟在1962年一气发表了五篇文章，而且都有毒。尤以《夏三虫》为甚。

《夏三虫》这篇文章，我在准备为散文选集写序时看过，还以为这个人"能写文章"。显然，资产阶级的文艺观点，又一次把自己蒙蔽住了。当然主要是政治上麻痹！这一两年我看文章出了两回岔子，一篇是《广陵散》，一篇就是这《夏三虫》了。回想起来，历史小品，寓言诗之类的文章，作为毒草在文坛出现，已经不是第一次了！自己真笨……

当然，这不是笨的问题，也不只是没有接受经验教训的问题。根本在于自己的世界观远远还没有改造好，因而往往离开当前的阶级斗争来论人评文，而一离开阶级斗争，也就往往受骗。我同李只在1937年见过两面，一直以为他能写，太主观了！

会议当中，心情有些沉重；但是很快就过去了，暴露出来是会有好处的。而且准备必要时检查一下。但是李的小说，我却一篇未读，连《师道》在内。

晚上看了陕西歌舞团的演出。亚公说，艾芜回川事，中宣部已有电话来了。

12月2日

出乎意外，今天居然一气写了一页稿纸。看来那篇散文初句可以写出。

午睡后，去参加了17级以上干部的讨论。其时已经三点钟了。帅在发言，又是长篇大论；一边听，一边给刚俊写信。不久，宣传部电话来了，要我去。

张部长同工作组的同志，还有高处长，似乎正在等我。我一坐下，很快就扯到"甘苦座谈会"和"《清江壮歌》座谈会"的内容、思想倾向，以及参与者各人的错误论点。接着是报告改写问题。张部长随又对我进行了批评，认为我在党组的发言，是谈的原则性问题，但太激动了，有个人情绪……

四点半离开宣传部，到家后没有再去参加会议。心情是沉重的，一个人在房间里想了很久。最后，把给刚俊的信算是续写完了，去大门口投邮。等我回转后院，会已散了。叫住安旗，要她不必回家，夜里张部长要来。

张部长本约定七点来的，经过催问，到时已经八点了。主要是谈"甘苦会"的内容和重新另写报告问题。这个会是老戈主持的，吴野还另外提了戈一个错误论点，安旗态度不错。而若果换成我，一定会变得激动、紧张。

说话当中，张部长对我又进行了一次批评，当然跟下午样，也有鼓励。但叫我难受的，是我送他走时他谈到许建国那些话，好像指责我对文联存在的问题只有快意……

回转房里已经十一点过了，想了很多，也想到张部长几次说我满面春风的话。

12月3日

昨晚一夜无眠，想了很多，结论是：要冷静，要虚心，要尽力克服个人的东西。

上午，头昏脑涨，什么事也不能做。午睡后参加了17级以上党员的讨论会。几次都想发言，但都尽力克制住了。只有当两三位同志，接连不断用一种讲笑话的口气，谈论李亚群同志如何吹嘘自己怎样恋爱，怎样吟诗，和怎样浪漫时，我把话打断了。

在所有发言中，刘栋谈得最好，立场观点鲜明，分析非常深刻，真不是一般知识分子党员能办到的，当然包括自己在内。他认为，困难时期那位剧协的负责人对于家属在机关搭伙的种种限制，貌似左而实右；在困难面前把同志之间的友情抛丢开了！他又谈到他在老区如何对付困难，一把米都大家分到吃。他还谈到他气愤之下把老婆掀出机关，自己却下去劳动的用意……

会议结束前，张部长、高处长来了。在宣布会议结束后，同安旗等一道研究了"甘苦会"的意义，主要是重新起草报告的问题。临走时，张部长说夜里要我去宣传部，我请了假，汉昆同志表示了支持。不知怎么搞的，才失眠一夜，人好像就垮了。但我相信，只要休息两天，就会复原。

晚餐后出去跑了一转。睡前很想做一点事，没有成功，重读了刚虹来信。

12 月 5 日

上午得刚俊来信，一连读了两遍。这孩子不错，她叫我丢心了。

我等这封回信，已经好几天了，她对我提出的问题回答得很直率："你安心工作吧，她不会到成都找你！"她，是指她妈妈。因为个多星期以前，她妈来信，认为我们并未离婚，现在年岁都大了，准备到成都看我，弄得我很尴尬！

刚俊还拒绝了我的好意，认为1950年她之主张我同她妈离婚，不是为了"帮助"我摆脱困境，而是为她妈抱不平！看来，她最近还将从安县把两个孩子领回绵阳，因为尽管她妈去了，机关里还继续有反映：她不该让她妈把孩子带去养！其实，她妈只能算个地主子女，还不是地主分子，但在运动中间，为了给群众以好的影响，有利于运动，也只能这样办了。她表示要坚决走革命化的道路！

她还拒绝我准备对她妈提供的经济上的帮助，说用不上！她会按月为她妈寄生活费回去。一句话，这孩子的确不错，我希望我所有的孩子都能像她这样坚强，这样坚持原则。所以尽管受了她的批评，却很高兴。

下午，安旗走的时候，穿过新巷子，我一直送她到布后街。但这不只为了送她，感情上好像是撇不住，因为我一路原原本本向她谈了我同刚俊的两次通信。

我真的很高兴，我说着，有时又忍不住大笑一通。

12 月 17 日

因为明天将去北京，下午三人小组又要开会，十点半去宣传部看张部长。

去的目的，一是汇报这两天自己对运动的一些看法、想法；二是请示在人代会如何发言问题；三是商议组织力量批判《灯》等几篇文章的问题。二一个问题，张部长要我到北京后同宗林同志商量解决。在谈到第一个问题时，却变成对我和安旗的批评了；但我感觉得很愉快，因为他谈得中肯，而一般说又充满劝告的性质。

他对《灯》说了不少精彩意见。后来李部长来了，也发表了不少意见。正谈得高兴，一看表十二点了，只好告退；但在路上，从楼上去大门口的路上，我又对《曲折的道路》向吴野同志表示自己的一些看法，可惜未能畅所欲言，就匆匆走掉了。

下午，三人领导小组的会开得不错，大家就安旗写的报告进行了讨论，我发言较多，但在话剧会问题上，有的看法相当片面。幸而有小陈的提示、补充，最后意见也很快一致了。问题在于他掌握的材料比我所知充分、全面，因而论断也较正确。

晚上，全机关开会，我向大家谈了三个问题：继续深入、全面地揭露领导核心存在的问题；改变机关精神面貌，即革命化问题；动员大家研究，批判李伏伽的作品。一共只谈了二十多分钟。于是，乘车去看安旗，向她传达了张部长的指示和我对《夏三虫》的意见。

回家后，检阅了需要带走的材料，并到"五反"办公室查对了几项材料。十点半，李彬来，又向她作了一些必要的叮咛，就寝时已经十一点过了。服了倍于平时的安眠药。

12月18日

晚上睡得不错，六点半就起床了，没有让刚宜起来，七点前去机场。

由于气候好，毛局长又同机去北京，沿途照料得不错。整个飞行是平稳的，饭也是飞机上吃的，还喝了酒。可是，住入北京饭店后，照样疲倦透了。洗了个澡，精神这才稍好一点。同房的是少言，但仍非常想念巴金。

本来准备好好休息一晚上的，最后忍不住了，就打电话找淑华。从她那里知道文井已由山东进京，遂又同文井谈起来，约定七点一道去看歌剧《东方红》。在楼下等候文件当中，见到了世发、泗洲、景琦等同志，并同世发闲谈了很多。

文井来时已七点一刻了。天翼又没有来，因为会后有些疲乏，于是改变了计划。听说今夜是招待北京的代表和政协全国委员，但担心入不了场，也怕被察觉了不太像话。殊不知一纸代表证便可通行无阻，而且位子还很不错，文井一再叮咛，若果感觉疲倦，随时都可退席；但我精神振奋地一直看到终场！

这才真正是伟大的史诗！革命化、群众化、民族化通统做到了，而且非常好。它唤起人许许多多革命的动人的回忆，因而愈看愈觉感奋。包括才旦卓玛在内的三位兄弟民族歌手的独唱非常出色。全部三千多人，组织协调工作真不简单！……

观剧当中，我和文井一边闲谈，内容是：荃麟的问题，他在曲阜的情况和四川文联的"五反"。他一再担心地提到我的健康情况，说："太瘦了！""比去年憔悴！"要我当心……

回来后，几次想起文井的叮咛、担心，而每一次都忍不住要照照镜子。

12 月 19 日

九点半，草明来，闲谈了三十分钟。在提到老西时，她又不免流露不满。这也难怪，她太受屈了。

草明将走，其芳来了，于是送走草明后，又同其芳大谈特谈起来。热情爽直，口若悬河，同他谈话照例是愉快的。这次说话的主要内容是他评价夏公的文艺思想。有些东西，我过去并不觉得怎样，现在经他评价起来感觉的确存在问题。我们还谈到翔鹤的历史小说，而这些作品，我是一直赞扬过的，怎么也成为当前批评的对象！我们一直谈到将近十二点钟。

晚上，租了一辆丙级车子，颠颠簸簸去东总布。先在天翼家里耽延了一点半钟，一面喝葡萄酒一面闲谈。内容很多，一时是中间人物问题，一时又滑到艾芜身上去了。我也顺便讲了点我们检查工作暴露出来的一些问题；但很克制，担心把不该讲的讲了。临走时，他们一直送我到大门口。老实讲，若果还有青年时期的体力、豪气，真可以谈个通宵！我们已经一年不见面了。

因为有约在先，文井、淑华准备了很多水果招待我，谈话当然也不外文艺界整风整出来的一些问题，主要是理论上的。我偶然提起《文学评论》准备在自我检讨中涉及老艾评介刘真小说的事，于是谈话就又落到老艾身上去了。这是其芳告诉我的，他是《文学评论》的主编。

正谈得热闹，白羽来了。他才散步回来，身体看来比去年好得多。从他的谈话中，我才知道，文化部检查工作，他是三人小组的一员，而且负责审察电影。这是我没想到的。

离开文井家的时候，已经十一点过了。但是精神却还很好。

12 月 25 日

毛主席登上主席台，总理报告带来激动、鼓舞、力量，四天过去了，照样没有减弱。

今天开第三天小组会了，我已决定不要发言。因为我们这个小组。已经有陈书舫和竞华发了言，明天上午，荃麟、其芳还将在大组上发言，我再夸夸其谈一通，就会变成专业性的小组会。这两天的小组会，一般说，工农代表谈得好，其他差些，有的且叫人不快。比如商业方面的罗某和王某。今天下午，林克勤谈得最好，这个人在工作中充分体现了主席的全心全意为人民服务的精神。

23日下午，总司令的发言最好，亲切、朴素，问题提得明确尖锐。本想记录下来，因为患了感冒，没有记成，回忆起来，约有下面几点：在生活享受上，不能向资本主义看齐；无产者，劳动人民，变好的多，变坏了的只有少数，而资产阶级及其他剥削阶级的人，变好的，从当前看则是少数；共产党员也有假的，而假的终究要暴露出来；你真正相信共产主义、社会主义，就过关了，问题简单得很；我们不是好斗，你有坏思想，怎么能不斗呢！我们自己也跟自己斗呵！不斗不会进步……

23日下午，大章同志发了言，主要是做一些解释、说明。因为有的人对一些问题的认识有些模糊。他说，有这样三种人：1. 原来革命，现在高官厚禄，不革命了，这就是和平演变；2. 被迫革命，顺大流，一有风吹草动，又后退了，这叫反复；3. 原封未动，只多了一层外衣，一层皮……

散会回家，得萧珊信及《洪唯元》抄稿。想打开看看，但因疲乏透了，只好在同文井通话后写了一信，塞进去，准备明天托老艾转给光年，请他审阅。随又同巴公通了话。

今年未同巴公住一处，甚至分开住两个旅馆，有时颇感不惯，前夜我曾约其芳去前门看过他。

12 月 27 日

下午，从大会堂回到家里，其芳已经在房里了。他是来看子健，顺便来约我晚上到他家里。

我发现房间内桌子上有一筐苹果，一个信封，但无信笺。信封上说，特来看我，我不在，留下水果一筐，要我好好保重，留款是金铃。

我上午曾去电话问她，说我这两天感冒了。

晚饭后，打电话约文井一道去其芳家闲谈。过了约十分钟，文井来了，我们一同坐车去裱褙胡同。由于我偶尔提到立波曾打电话给我，提到我该"重建生活"的话，文井立刻活跃起来，给立波打电话去了。他分别同立波和林兰谈了很久——他真会开玩笑！

但不管如何，老同志的久别重逢，总是一件愉快的事，并且上面讲的，也不是开玩笑，而是真正的关心，不过我们谈得最多的，还是有关对夏公30年代文艺思想的批判问题。主要是其芳谈，因为中宣部要他组织一批批判文章，同时他自己也得写一篇。他向我们谈了他所掌握的一些材料，以及对这些材料的看法，然后又谈到他初步想到的与谋篇布局的计划。照样口若悬河滔滔不绝……

我们一直谈到十一点过才走，是到北京后又一个最痛快的夜晚。

1965 年

1 月 1 日

起床不久，作协的车就来了。随即去国际饭店，同田间、乌兰巴干一道到四川饭店去。人几乎都到齐了。只有两个生人，同车去的乌兰巴干和丛深，都只有三十五岁。

白羽感冒了，戴着口罩，坐了阵先走了。算是第一次，这次来京的第一次看见周扬同志，神色很好，看不出有病。默涵同志跟过去一样。巴公前夜左手脱臼，用绷带吊着。除开文井、光年，其他都是外地来开会的同志。欧阳山满不在乎，柯灵呢，斯斯文文……

尽管菜很不错，但很少吃，因为谈话始终未断。所不同者，吃饭时谈得比较随便而已。正式座谈，是白羽走后就开始的，吃过饭接着又谈。而且一直谈到五点半钟，我几乎不能够支持了。几乎所有的人都发过言，但主要谈话的却是周扬、默涵同志，内容相当丰富。中心呢，可以说是文化革命。光年谈了谈总会的有关问题。

一离开四川饭店，我就立刻赶到八面槽了。因为艾芜约了在萃华楼吃晚饭，全都是四川同志，又是我代约的，不能不去。我还担心会有人不能来，进去一看，全都到了。继泽、继湘都成了大汉，蕾嘉还是那么沉着、冷静、胖胖的……

这顿饭虽然不及午餐精致，但是吃得痛快，因为都是真正的闲谈，可以不用心思。张老的兴致特别好，慢条斯理的，喝了不少的酒，而且挽着伍陵、少言、广斌对喝。

1月3日

上午，趁大会休息时间，约于蓝同志谈对《红岩》的修改意见。

样片实在叫人失望！我是昨晚去"北影"看的。那名演员演得最叫人不大满意。完全是高级知识分子的派头，大出洋相反而甚为自得，太令人失望。而且随处抢戏，使人感觉他同江姐仿佛夫妇一样。同于蓝谈到十一点一刻，于是提前步行回去。

午睡时得到通知，飞机票已订好了，5日晨直航成都。因此，下午散会后，吃过晚饭，在会客室的窗口，看了看天安门辉煌的灯火，各路敲锣打鼓，前去天安门广场庆祝国家领导人当选的队伍，就到东总布去了。同文井一道去白羽家里，他散步去了，于是又回到文井处，上天下地地闲谈起来。

大约半点钟后，白羽来电话了，我们就又往后院走。我们一直扯到十点过钟，内容相当丰富，从作协今年的工作安排，到"北影"的制片计划。具体说，就是白羽准备就"大庆"、"大寨"和铜山县那个半农半读的中学，组织三部影片。还打算出去跑跑。我很赞成他这个计划，因为无论如何，总得有一批好作品出来！此外，我们还谈到一些其他方面的情况，譬如有关荃麟在大组上的检讨、反应等等。

在我们闲谈当中，前后来了两次电话。一次是大会秘书处来的，另一次则是孟波来的。因安波患了急性肝炎，孟波是从上海刚调来的，代替安波在北影搞"四清"。他来电话是请示的，因为在文化部领导小组中，白羽是抓"电影"。

离开白羽家，已经十点半了。但我并未立刻回转北京饭店，又去文井处坐了半个多钟头，大家都为白羽的健康担心，而光年的身体也不好呵！

1月4日

因为下午要照相，举行闭幕式，几乎没有午睡，刚才一点半就有人出发了。

是在"大会堂"宴会厅照相。安排得很好，一共有五六层位置。等了一刻多钟，毛主席，刘主席和其他国家领导人来了。这以前，有好几次，因为试灯，人们就曾经激动过；而现在，大家真正算盼到了，雷鸣般的掌声响了好几分钟，直到主席就座，这才停止。

照相前，主席只绕场走了半周，照相以后，又绕场走了另外的半周。而且照例，不时又停下来，和站在最前一排的什么人拉拉手，扯几句。神态慈祥，步子从容，看来非常健康！我是站在最后一排的，但看得最清楚。在所有领导人中，没有看见林总，也没有看见陈云同志。他们身体都一直不好，这我知道的，但总感觉他们也该一道来呵！

闭幕式费时不多，散会时六点钟还不到。因为事先有约，很快就会到巴公，于是一道乘陈同生同志的车子，去北京医院看冰心同志。先去门诊部，后又到住院部。说了不少好话。做了不少解释，传达才一再打电话去病房查问。因为他在翻看了名册后，一直认为没有谢冰心这个人！当然，结果还是没查出来！我们到和平餐厅时已经七点钟了。

坐定后我打电话去约家宝，他立刻同意来同我们一道吃晚饭，但是等了半个多钟头，他才带了两包核桃糖来，送我们各人一包。还有一包，他原想送佐临，但他随又把主意改变了，决定带回去自己吃，他显然担心这样做可能引起责难。他的"敏感"比我强烈多了。

饭后，家宝送我们去前门，他参加批判田、杨的小组会去了。在前门，分别同巴公、同生同志谈了很久，我们又一道谈了不少。从个人生活到文艺界出现的一些问题。在和平用饭时也谈了不少，但主要是我个人的事：玉颀的病、死亡，一年来的心情……

也许因为我明天就要离开北京，回四川了；再加上我这晚上比较激动，而同生和巴公又都很热情。临走时，他们一直送我下楼，而且陪我在一辆客车里面坐了很久，直到等来等去，开车的时间过了一刻钟了，车不能不开了，他们才走，我坐了另外一辆车回北京饭店……

回到北京饭店，十点半了，接到一封四川文联来的电报，要我了解两位老同志在东北的情况。分别打电话给文井和光年，希望总会党组协助，并同少言同志联系。

收拾好行李，已经十一点半了，吃了大量的安眠药。

1月5日

是坐的大飞机，平稳、迅速、招呼周到。十二点不到就到双流机场了。

到家时是一点过，刚宜还在等我一道用饭。家里的空气使人感觉冷清清的。随后，汉坤同志和安旗都先后来过，而气氛也像突然变了。对于运动情况，他们只做了简单介绍。

因为多喝了两杯，午睡了两个多钟头，到四点半才起床。本想去找汉坤同志了解运动的情况，因为忙着要把《洪唯元》的校样寄出，于是留下来看校样。好在已经在飞机上校阅了五六千字，所以只花了一点多钟时间，就全部校完了，付了邮。

晚上同汉坤同志碰了碰头，说明等向张部长汇报后我们再谈。

1月8日

还未起床，李彬就领起艾芜来了。他刚坐火车从北京来的。为他安排好住处，就一道去组织部转关系，随又去宣传部。而从干部处出来后，又分别看了看张、李两位部长。

午饭时，礼儿也回来了。我吃了饭就去午睡，留下他陪艾芜闲谈。艾芜对北京文艺界的情况好像什么都不知道，而四川什么在他眼里都很新鲜。由此可见，总会把专业作家"压"到地方上来，是非常必要的。午睡后，我又同他谈了很久。晚上，张、李部长看他来了。

张、李部长主要是礼貌性质的闲谈，当然也有工作问题：老艾究竟愿意到哪里去？最后决定大家都考虑一下，休息几天后再做决定。

临走时，又一道去看了看艾芜的房间，张部长作了些叮咛。

1月15日

前夜在杜书记处谈话，艾芜今天就去郫县参加"四清"去了。我起来得较早，准备送他。但我起来，才发觉他已经走了。

除开他去新繁他兄弟处耽搁了一天，这段时间，我们每天都要闲谈一两次的。有时还一道在夜间逛逛街。谈到对解放前的作品的评价时，他多少有点留恋情绪；最后却也断然表示，在创作上他要重新做起。

这个人不止有雄心壮志，而且能够为此付出经常的、艰苦的劳动。他现在素食，连鸡蛋也不吃了，当然也是为了保证自己能够有饱满的精力，而且长寿，以便为党工作。此公可说是创作迷！除了创作以及同创作有直接关系的东西，比如素材，以及创作方法而外，他对什么好像都不感兴趣！我曾经谈到我的一些思想情况，但他总赶快用话岔开。这是想不到的。我们是一同在省师学习，一同在上海滩生活多年的朋友呵！……

今天照旧大会，对创作辅导部一位负责同志进行批判，这种批判已经进行了好几次了。几位年轻同志的进步是叫人吃惊的，发言既有根据，交代、批判尖锐而富有说服力。这是运动的显著收获之一，值得叫人高兴。

晚饭后去逛街，信步到了盐市口，在百货商店买了些零食。

1 月 19 日

得艾芜 18 日由安德乡来信，他对党为他做的安排十分满意。

他先在县委住了两天一夜，看了二十一份"四清"简报，听了中央工作会议的传达，而无疑这些叫他感到高兴。对"四清"的认识来说，他说，比之于他在北京郊区参加"四清"来看，太叫他吃惊了。也就是说他进一步认识到了"四清"的实质。

但，不管如何，他去郫县前向我谈到的打算，我是有一些担心的：参加两次运动后就准备写个反映"四清"的长篇，把事情看得太简单了，因为它牵涉到很多问题，还得继续了解情况，认真进行一些考虑。

当然，经我提出一些疑问，他有过动摇；但不等于他已经放弃了他的计划。

1 月 27 日

从 20 日起，每天去锦江参加省委工作会议。有时又在家里留下半天，参加机关"社教"。相当忙，但是总算还能勉强支持。

只有一个精神负担：楼没有下好！群众有不少意见叫人感到离奇、难受，特别是关于顾的。将近三个月来，我的情绪基本上本来已经好转，有些人为什么还要使我为她一些无关大体的缺点难受呢！当然，这也由于好多年没受过群众的批评了，同时又感觉尽管有错误，可是一直勤勤恳恳……

我在"锦江"小组会上的发言倒还不错。主要是结合文联"社教"中揭出来的问题，着重谈了自己学"23条"中第二条的一些体会。我作了简略的检讨，也谈到自己对1962年前后文艺工作一系列错误应负的责任，此外却没有提到党组中任何人的名字，但是没有感到一点委屈，不过，无论如何，这几天一直都不愉快，有时心情相当沉重。以致刚虹都到家了，我才记起三天前得到过她的信，而且曾经准备去车站接她。她到家时，我正起床，心里忍不住感到一阵难受。

问了她一些刚齐的情况，路上的情况，我就到锦江开会去了。但走到大门，我又转来，叫她不要到文联去。她似乎不解，瞪着我，于是我告诉她，文联正搞运动。实则我怕她惹出麻烦，增添苦恼。

午饭、晚饭时候，我们夜里一道逛街当中，我几次想向她发点牢骚：这次群众把我们一家人都骂了！但总算控制住了自己。

就寝之前，我又特别把两本两万多字的意见簿藏了，怕她看见。

2月1日

老艾昨天从郫县转来，我们闲谈了很久。晚上又一道去逛街，买了点香肠、豆鸡和红糖送他，因为今天他要回家同他弟兄一道过年。

昨晚上就叮咛了老曾，送他去车站。我起床时，他早走了。但我刚洗好脸，出乎意外，刚齐从重庆回来！是否回来，她前两天来信还不很肯定，因为她们只有三天假期。十分显然，今年与过去不同，她该回来看看。

我这向情绪坏，当然也盼她回来，可是没想到反而引起些难受！

2月3日

这个春节过得很不愉快！除了晚间同刚齐三姊妹去逛逛街，几乎哪里也没有去！好在刚虹回来后希娃一直住在这里，倒还可以活跃一下空气。可是，今晚上刚齐就要回学校，而再过几天，刚虹也要走了！

我早上一起床就想到刚齐要走的事。总想带她们一道出去玩玩，她们也希望到郊外走走。可是到哪里呢？南郊、草堂，都太远了，猛追湾实在没有多大意思！大家商量了几次，决定吃了午饭，让我睡过午觉再说。可是，等到两点半起来，因为考虑到天气、交通等等，特别刚齐要收拾东西……

我只好一个人关起门读文件，可是读不进去。晚饭是不大快活的，虽然刚齐她们，特别刚虹，老是故意要我谈些不相干的事，我又始终不感兴趣。有一次，甚至还发火了！因为我十分理解她们的用意：我是不快活的，她们非常担心。胃口很坏，吃了半碗饭我就回房里来了。

出发去车站前，我把刚齐叫到卧室里来，叮咛她一些必要注意的事项；但我不敢看她，因为心里相当难受。其间，我瞟了她一眼，她赶快把头偏过去了——免得我看见她的眼泪。我给了她点零钱，她再三不要。这孩子进步真快！

虽然大家一再阻止，我同全家人，还有竹君，一道送刚齐去车站。只有希娃留在家里。当我们坐电车到达车站时，等了很久，骑车单独前来的刚宜却还老不见来；后来竹君打电话回家，才知道他在电车站没有找到我们，就回去了，这才叫大家放了心。因为时间还早，我同刚齐散步了半点钟。

我们八点半才同刚齐分手。仍旧坐电车回家，到提督街前，曹详细告诉我她在车站上从刚齐同学口中知道的一些情况：刚齐学习"毛选"，由于能活学活用，精神面貌近半年大变了，业务也进步迅速！……

我单独同刚虹回家途中，一路想到刚齐：回来住了三天两夜，她没有一个字提到她在这一学期的进步情况，更未提到过曾经得到表扬……

到家时候，希娃已经上床睡了，刘大娘在陪他摆龙门阵。

2月6日

昨晚艾芜从新繁回省来了。想陪他玩一天，又失了眠，没有去郊外劳动。

九点半钟，我们决定去看张老。但他出城了，可能也是去参加植树。十一点，也许我对自己的苦恼谈得太多，不合老艾口味，他显得有点烦躁，而且决定提前回郫县去。他原来可是答允午饭后动身的。

无可奈何，这个人下定决心后是不会改变的。一切他都习惯于独立自主，于是我为他搞汽车。老曾开大车走了，小马也植树去了，《四川日报》呢，没有打通电话，我劝他照旧午饭后走，他不同意，收拾行李去了。接着我陪他搭公共汽车去老西门，换了两次车，到车站快十二点了。

此公身体真棒，可以说是健步如飞。因为一下公共汽车，他提起网袋就跑掉了，我在买票处密密麻麻的行列中没找到他，感觉有点奇怪。于是又往停车处跑：原来他已经挤上那即将开动的车子上了！

人声嘈杂，但他终于发现了我了，我也只能看见他嘴在动，一句话也听不清！不到五分钟车就开了。我有意缓缓而行，到八宝街才搭上车。

午睡起来，刚虹也植罢树回来了，据说文联这次干劲最足。

2月10日

今晚刚虹又要走了。下午决心同她去人民公园，仍然没有去成！

杨礼、秀清原说要来，也因为忙于开学，没有来成。心里颇不愉快，而且有些烦躁。较为高兴的是，刚宜为她装的一架小半导体，装置好了。我们是一道去火车站的，我同刚虹坐三轮，刚宜骑自行车。

也许因为刚虹比较泼辣，在家又留得久些，不像刚齐来去匆忙，尽管杨礼他们没有来，我情绪倒相当稳定。我们去早了一个钟头，找了一个地方坐下守候。只有一个中年人，像是工人，去重庆探亲的。随后又来了几个年轻人，去重庆陶瓷厂进修的，带了不少零食，一坐下就打起扑克来。

等了约一刻钟，我们才发觉守候的地方给弄错。坐特别快车三等车入口处在另一处地方。刚虹打听去，她未走前，一个陕西人，一个外县老乡，曾一再问她的半导体买成多少钱？他们因证件问题准备在车站过夜。他们彼此都不能完全听懂对方的话，主要是靠手势。

刚虹转来了，我们的确弄错了地方！于是赶紧搬家，刚虹几个同学，老早就等在那里了。她把行李交托给他们，就强着送我们去搭电车，不要我们等了。一列电车正好开出，我们就分手了。

我仍旧在提督街下的车，可是，这次只我一人独行回家。刚宜骑自行车赶先走了。心情没有上次送别刚齐后那样难受。

2月14日

老想找张老谈谈《文史资料》问题，今天算下了决心，到他家去了。

我是《省志》的编委，同张老又有师生之谊，同时，这同文联的工作也有关系。所以这一向来，我总觉得该向他提出：过去诸如"猪鬃大王"那一类发家史，把他们写成受难者和抗争者，是错了。应该反过来写他们解放前的阶级剥削和阶级压迫！

我把我的意见向他说了，并建议《文史资料》出一个专号，以揭露民族资产阶级的罪恶。他很同意，并向我指出，省志局已经注意到这个问题了，结合稿件学习了毛主席几篇文章。

闲谈当中，我们又结合自己过去的见闻，谈了一些作为阶级敌人的工商业家在解放前的所作所为，觉得有不少东西可写。

2 月 24 日

玉顾逝世，快满一周年了。不想她是不行的，不回忆去年远些时候一些感情上的波澜，显然也不可能，日子过得多么快呵！……

这也许是软弱的表现：每晚上出去散步，我们总要到几家寄卖行逛一转，这在前天我逐渐形成一种想法，或者愿望，买一只较好的花瓶，摆在她的骨灰坛前面。可是，已经两三天了，总找不到合适的，所以午睡起来，特别到会府去了，逛了半个钟头。

晚上，又糊里糊涂跑了几家，后来竟不知不觉撞到盐市口人民商场去了。看了两家瓷器铺和旧货商店……

是坐三轮从盐市口回来的，因为忽然感觉相当疲乏。

2 月 27 日

这两天都心神不定，今天是玉顾逝世周年了，心情倒反而安静。认真说来，不安静又怎样呢！昨天就盼礼儿回来，今天算回来了。

我想不到他会回来得这么早。我十点半起来，他就早已到了，只是没有带杨希回来，带来的是凡儿。据说，秀清带希娃到学校劳动去了，要下午才能来。多少有点扫兴，还担心他俩母子今天未必能来。

洗了脸，给凡儿取了点水果、糖食，我就出去逛街。目的呢，似乎还是六七天来那个目的：为玉顾买个花瓶，搁在她的骨灰坛前，跟目前那一只换着用。这是聊表记念，但也出于无可奈何！可是，文物商店虽然堆了不少瓶瓶罐罐，可就没一个稍中意的！

在街上没有耽搁多久，就回来了，因为兴致很坏。快吃午饭了，刚宜还未回来。礼儿告诉我说，全市中学生物理竞赛，刚宜得了第二名后，班主任问他有何感想？他说："这首先应该感谢党嘛，要不解放，我哪有机会读高中呵！"班主任听了后非常吃惊……

我听了，忍不住大笑一通。一则因为刚宜回答得不错；二则感觉教师们总以为刚宜不很懂事，还是个孩子。而最难理解的，同时也较高兴的是，自从去年今日那件可怕的事情发生之后，娇气较大的刚齐、刚宜，都一下变得来懂事了，孩子气大为减少。

午睡起来，秀清带了希娃来了。五点，我又去街上逛了一转，还为希娃买了巧克力回来。因为，他主动提出要同我住一夜走。我当然也很高兴，可是，到了晚上，他变卦了。说他忘记了明天还要上学！

这个小家伙看来非常坚决，我也没有留他。只是给了些水果、蜜枣，要他带走。后来又送他们一道出去，准备直送到商业场。

但是，刚走过幼儿园，他就到秀清身边去了，于是我单独一直走去，既没有等他们、喊他们，也没有去商业场，在巷口倒了左手。

我由前院回家来了，感觉自己有些想法非常可笑！

2月28日

早上，来不及做运动，就忙着去宣传部，因为杜书记找我们讲话。

在下毛毛雨，这样的阴雨天，已经连续了三天了。去年干冬，这向正需要雨，可惜还小了点。去宣传部会议室等了约一刻钟，然后同文联一部分同志，直接去杜书记家里。连文化局的负责人在内，约有20人。

主要是杜书记讲，为了说明情况，听的人只偶尔插几句嘴。这也只是我同曾克两三个人因为大家需要杜书记讲的问题，昨天就由书面提出来了。大部分有关创作和深入生活问题，他做了不少指示。既肯定了深入生活的必要，也指出可以分别对待，不必一律。

文联以往工作上的错误，今后如何贯彻执行党的方针政策，杜书记也谈了不少。主要精神还是鼓励，严词批判的地方很少。这可能是，问题既然已经进行了揭发、批判，应该以振奋士气为主了。

直到一点钟才散会，看来大家情绪都很振奋。等我回家吃过午饭，就两点了。午睡起来时是四点。还在飞雨，气温跟早上一样，相当冷。

晚上，出去逛街，信步到张老家坐了阵，谈到他在省人委的发言。

3月1日

大家全到城外参加劳动去了。起床后，就打电话同军区联系。

自从上一星期，看了"战斗文工团"的反映中印边界问题的话剧后，思想老像欠了笔债，不找他们谈谈，实在过不去了。而且李模同志前几天又来电话催过，所以洗过脸，吃了点东西，我就去北较场。因为已经十点钟了。

同我一道谈的，一共四五个人。但除李外，我只认得那个导演。我没有取出那个做了简批的剧本，单凭一张记上几点意见的稿纸，一坐定顺口谈起来。因为我已经想了很久，很多，对于这戏算较为熟悉了。看这个戏的当时，以及此后一两天中，它的确抓住了我。可是细细读了剧本之后，它的不是之处，越来越突出了。因为单从故事情节上来写它，实在不足以表现党中央、毛主席在处理中印边境武装冲突中的伟大政略思想和战略思想，以及它的世界意义。

我谈了很多，可能有半个钟头。所有的意见包含两个修改方案，也可说是建议、设想。基本不动，加强辛梅、阿里的戏；第六场改写过；加上两场戏来写印方，最好把尼赫鲁拖上场，从这些反动头子身上来反映党的敢为人先，特别是"主动后撤"这一伟大创举的打击力量。因为事实是，印度反动派从此"灰"下去了。

谈完后，我又看了一遍李政委和罗总长对于这个戏所做指示的书面记录。一边看，一边又忍不住做了些补充，因为他们的指示启发性很强。最后，由那位领我进来的同志谈了谈他们在听了各种意见后的初步修改意见。而令人高兴的是，基本上同我想的一致。我走的时候已快十二点了。

临走的时候，我告诉李模同志，将来他们讨论提纲，我愿意参加，而且一呼即至。因为这个剧本真正改好将是文艺界的一件大事。应该敲敲边鼓。我在四川日报社大门首下了车，到医务室打针；然后由后门回文联。

下午开党组会，根据杜书记的指示，讨论了工作计划的修改问题。后来我留下安旗，吃过晚饭，然后同她去请唐伯渊医师诊病。

昨天、今天，安旗看来快要垮了，真有点为她担心！

3月3日

昨天挤了半天时间，回了巴金、刚齐、刚虹的信。心里算轻松了。

上午，正准备出去参加批判一位干部的集会，吴野同志来了。他向我传达了中宣部负责同志就批评问题的一些指示。这是《光明日报》记者从北京带回来的。看来已经经过三道手了。不过，基本精神显然比较准确。

下午去宣传部开会，对"丢包袱"的情况做了汇报，又听取了大口的指示。散会后，张部长留住我和二陈，鼓励我按照计划放开手干。

晚上逛街，总算把春熙路旧货店那个青花瓶买了下来了，花了五元。因为寻觅好几天，只有这一只比较满意。带回来，宜儿看了，也认为不错。我洗净，灌上水，插上一枝海棠，看起来更漂亮了。

我把青花瓶搁在寝室里小圆桌子上，就动手读文件，这时刚宜已经睡了。上床之前，我又拿起花瓶，悄悄出去，搁在玉颀骨灰坛前面。

我希望她知道我的心情，知道我怀念她。

3月6日

昨天上午在宣传部听了《光明日报》一位记者关于评论问题的传达。

散会时，张部长指示，今天下午，根据中宣部新的精神讨论一下已经初步定稿的批判《师道》的文章，力求做到无懈可击，要我主持讨论。

但是，所有稿件，已经排出来的，昨夜才送起来。而且把批判杨慎与黄娥的两篇，也送来了。所以上午没有参加批判×××的会。一起来就读这些文章，边读边批，以便下午主持会议，直到十一点半，才去报社扎针。

从医务室出来，顺便去看杨春同志，才知道下午准备讨论的文章，他们没有送给我，而昨夜送给我的，其中并无出版社那一篇！于是要了三份。一到文联，就分给曾克一份，然后就回家赶看。因为快要十二点了，必须在午饭前看完。这篇东西我看过的，修改过后，怎么反不如原来好了。

午睡起来，正想洗个脸去开会，曾克来了，说人们都在等我。于是边扣衣纽边往前院走去，不洗脸了，只带了个茶杯。讨论得相当好，意见都很具体。我也插了不少的话，着重指出这批文章的主要缺点。

晚上逛街转来，同刚宜议论了很久莫斯科前天出的丑事：抗议美帝侵略越南的亚非拉的留苏学生，遭到了苏联军警的镇压，等等。

大约看见我情绪好，刚宜告诉我，他已经报了名考空军预备生。

3月7日

好久没参加晚会了，今夜去看了藏族业余文艺工作者的歌舞。

这个演出队是去北京汇报演出后，路过成都的招待演出。可以说，好久、好久以来，我都没有这样愉快过，兴奋过了！藏族兄弟翻身后那种崭新的精神面貌，他们的歌声、舞姿，无不深深感动了我，感动了全体观众！

歌舞小剧《织氆氇》，以及两个说唱体的节目表明，在党的领导下，翻身后的农奴的觉悟提高得多么快！我最喜欢一个小女孩的独唱和她的其他表演。几乎每一场都有她。当然，雍西也唱得不坏，但缺乏前者的天真、自然……

演出前，同肖锡全、张达雄谈到现代革命剧。我有意刺激达雄：京戏比川戏搞得好！还对他说："我对移植的兴趣不大，我要创作的新川剧！"

离开剧场后，在车上大谈今夜的演出，回家后又向刚宜吹了很久。

3月10日

前夜散步回来，有些冒酸水、头痛；看了阵文件，情况更坏，赶紧睡了。

上床时十一点。到了午夜，头痛加剧，不得已，叫醒刚宜，要他请刘大娘烧了两块老姜。等用姜把太阳穴擦过了，我告诉刚宜，好多了，随即就灭了灯。但不到一个钟头，因为忽然发呕，冒酸，腹内很不好受，就又醒过来了。

结果大吐一次，把晚饭时吃的东西全都吐了。口里很不好，但是，既怕着凉，不便起去，又怕惊醒刚宜，让他担心，只好忍受下去。幸而不久就睡去了。九点勉强起来，打算到医院去，但四肢无力，随又上床躺起，一直睡到十一点半，午饭后又睡，晚上七点半去找唐伯渊医师。他处了方，当夜回来就喝了一大碗药。

我以为至少会躺三两天的，奇怪，今早醒来，不但病状爽然若失，精神也几乎恢复了。正准备洗脸，小陈同志、安旗来了。我们闲谈起来。等小陈去叫汉坤同志，我又引安去看玉顺骨灰坛前那只我新买的花瓶……

等到领导小组的人来齐，就开会，有吴野参加，但他同安走得较早，因为报刊检查还要开会。我们的会十点半才开完，随又去曾处找帅和任布置工作。

十一点半还去参加安他们的会。一句话，这一向我今天精神最好，思想也较敏捷。正吃午饭，安旗还拿了一个密件来，我们共同研究之后，我又一边闲谈，一边送她，一直到新巷子走完了，到布后街了，才回来。

午睡虽然没有睡好，但下午还是处理了一两件事情。晚饭前，礼儿回来了。吃过晚饭，同他谈了一些休养、锻炼的经验，然后上街散步。

今天特别感觉到的是：一个人的思想、身体都很健康，真是莫大的愉快！

3月11日

精神很好，打算写东西了。十一点去大光明理发。

午睡起来，太阳比上午更大了。真正感到春天已经来临。想约张老出城郊游，顺便继续考虑一个短篇的构思。因为想起他可能还在统战部学习，只好作罢。最后随手取来其芳的《散文选集》，读起来。一气读了三篇：《街》《老人》和《我怎样到延安来的》。

这些文章勾引起我很多回忆，抗战前小城市的生活和抗战时期革命圣地延安的情景。但更重要的是其芳的风度、言谈竟是那样跃然纸上，真有如对故人之感，有时忍不住笑起来。到了五点半钟，有点倦了，才搁下书，到室外去散步。

我在堂屋上拿起刚齐来信，就退回来了。信是给刚宜的，我拆开，坐在马扎上读起来。这孩子真懂事，她说得多么好呵！但我的心忽然沉下来了，她谈到她妈，她显然还很难过……

不错，玉颀逝世已满一周年了！我的眼睛陡然充满了泪水。刚齐前两天也一定哭过。还有刚虹，她也会记起那一天的。我昏昏然在马扎上躺了一阵，然后到室外去走动，可是始终无精打采……

晚饭当中我一句话没有说。晚饭后，我走出去，用一个空花钵栽了窝"死不了"。最后，并不开灯，就听刚宜向我讲说学校里的情形：不少教师在贯彻阶级路线上有问题！他是很不满的，有些激动。

打开灯，已经七点半了！于是鼓起勇气告诉他说，刚齐有信来了，把信交给他。看过信，他怯怯生生地说："爸爸！不要想这些事情吧！……"

我上街散步去了，回来后读了约依卡·莫尔的《一个什克勒女人》。

3 月 14 日

今天是旧历花朝，玉颀的生日了。天气晴好，心情却与此相反！

醒得很早，但直到九点半才起床。前几天，我已经将这一天的意义告诉了礼儿，又当星期天，可是直到十点半了，他们还没回来，我就单独去逛街。

市面上拥挤得很，几乎所有的商店都在卖鸡和广柑。不少年轻人都换上了夹衣了，甚至还有穿单衣的。带着件毛线衣，到了春熙路，我才明确地想到，我该去看看花店。虽然四五天来，我已跑遍不少花店了！

照旧是那三四种毫不引人喜爱的东西，全身已经出汗，还未走到春熙路南段，我就往回走了，有点头昏脑涨，感觉自己从来没有这样不快活过！有点失魂落魄的味儿。回到家里，已经十二点了。刚宜出街去了，还没回来。我就开始慢慢喝着酒等他。而对于玉顾特别喜欢的荠菜却不敢尝。

午觉没有睡好，不到三点就起来了。想约张老出城，但刚宜愿意留在家里，只好作罢。后来我又上街了，买了一束洋兰草。只有这种花差强人意，前天已经买过三束。真有点喜出望外，回家时，发现秀清带了孩子来了，刚到不久。

秀清显然知道今天是个什么日子，带了些花来，正在换。可是没有让她换神龛上的：她带来的是些弄虚作假的茶花，看到很不舒服。

我们快吃过晚饭了，礼儿才来。因为两个人都有会，七点就都走了。

3 月 17 日

上午十时，黄其云同志来了，没有弄错，1957 年她曾在总会工作。

我很快就把曾克、汉坤和李彬都邀请来了，一道同她谈到近十一点。但很少谈到文联的情况，只有一般的闲谈。她告诉我，刘彬已经死了。

关于文联的情况，我告诉她，二陈最了解。同时，她似乎也知道以向汉坤同志了解情况较宜。张部长可能还作过叮咛。最后，她说要到汉坤同志住处看看，我就送他们一道出去，到了汉坤同志门首这才告别。可是午饭时候，因为有点事去找曾克，其云同志却正在曾克家里洗手，准备留下来吃饭了。

晚上，同曾克、汉坤一道去看"新声"的《红灯记》。近几月来，尽管一向爱收听现代革命戏的京剧，但是去剧场看现代革命戏的京剧，这却还是文化革命开展以来的第一次，原因很多，但绝不是对它本身兴趣不足……

演出的精彩真是出人意外！太感动人了。自小来看戏曲就没有这样感动过我！几个主要角色都演得好，演李铁梅的黄素云特别演得真切动人。我掉了好几次眼泪，也得到不少启发，思想方面和艺术方面都有。

非常兴奋，躺在床上想了很久，想了很多，服了两次安眠药。

3 月 26 日

得刚虹信，她欢喜若狂地告诉我们：刚齐已被批准入团了。

她附了刚齐给她的信，而这封信的说法、态度，却周道而慎重。要求她妹妹保密！因为还只是支部批准了，应该说通过了，团委能否批准，则尚未定。而且正确地谈了她对批准和不被批准应取的态度。

刚齐这个变化真太大了！虹儿这个话说得对。因为一年以前，比之她的妹妹，她的政治觉悟是不高的，家里的人，连我在内，都对她缺乏足够的估计。

在私人生活中，这是半年来的最快意的一件事情。

4 月 2 日

下午，同其云同志去郫县安德乡看艾芜，撞到好久才找到他。

他的住处虽不算好，但很整洁。堂屋里有两张床，一张他睡，一张是工作组组长的，人很年轻，在川大做团的工作。我们去时，这个青年人正在蒙头而睡，但很快就起来了。大家坐在门前摆谈前三四年农村的情况。

艾芜的脚出了毛病了，膝盖痛，行走无力。在我们劝说下，他最后总算答允了我们，一道回省医治。原来打算逛街的，也临时取消了，提前回家。

上车之前，艾芜指着路边一座房子，向我们谈了那个生产队长的故事。

晚间，让艾芜看了上月 24 日文井的来信，因为上面谈到总会和北京一些熟人的情形。随后，我又例外倒了半杯大曲，一边喝，一边同他闲谈。

临睡时，又把默涵同志一次讲话的打印稿送给他，要他看看。

4 月 4 日

昨晚因为带希娃睡觉，又睡得迟，结果几乎整夜无眠。

前天刚宜就告诉过我，他有两三个同学要在今天来家里看我，了解有关他的情况。但直到客人已经来了，我才记起。当时我连口都还未漱呢。那个戴眼镜的是团支委，两个男孩子是他入团的介绍人。我们一开始谈话，刚宜就避开了。

整个谈话严肃而又活泼，我有意不断打破他们的拘谨，果然很快就做到了。他们是来谈刚宜入团的问题的，因为支部早想解决他的问题了，可是他们一直觉得，他在大是大非上虽然认识清楚，也很留意国内外政治形势，可是，对于加入组织，好像并不迫切。我们就在这个题目下互相交换了自己的看法。

那个小个子男孩儿很有趣，父亲是被服厂工人，原籍浙江。他不大讲话，但在旁人讲话时却听得很认真，而且一开口往往总是反驳别人。有一次，我对大是大非可能谈过火了，他冷不防插嘴道："小是小

681

非可也该注意呵!"

等到午饭时候,我们几乎已经混得很熟了。现在的青年一代,并不是不可理解的。午睡起来,他们还在圆桌周围坐起,谈得相当热烈。

四点钟礼儿来了,刚宜同他的客人就一道走了,没有留下来吃晚饭。

4月5日

开了一整天党组会,午饭在民委招待所吃的,欢送西藏业余歌舞演出团。

我是看过西藏业余歌舞团的演出的,得到很多感奋、启发,以及一年来少有过的愉快,所以明知道下午还有会议,还是去了。宴会始终充满热情,而最叫人感动的是,一位女歌唱家,因为生病一直未有机会演出,敬酒时因为感到自己对不住党和人民似的,说着说着,忽然痛哭着跑开了,她是最后向我们敬酒的。

从三洞桥回家,已经两点钟了,躺了一会就去接待室开党组会,继续讨论一两个未曾讨论完的议题。整个会议的议题如下:工农兵业余作者的问题;刊物复刊准备工作的情况和编辑计划;创作会议问题;此外还通过了两个文件。

会议近六点才结束,但我并不感觉疲惫,因为会议的进行和结束都较满意。看来,运动结尾问题也能顺利解决,这一星期内可以去重庆了。

我原定今天夜里去重庆的,宣传部没有同意,两个女子都盼望着我去呢。

4月8日

议论一整天有关一位党组成员的处理问题，张处长、高处长都来了。

上午在我家里，张部长对安旗的谈吐颇为不满，因为感觉她的措辞太锋利了。我也有点难受，因为我对张部长的处理意见也是有情绪的。所不同者，年事较大，尚能克制而已。但我相信，都不会坚持自己的意见，特别因这运动开始以来，都警惕掺杂个人情绪。而且，所谓反党、反社会主义，原是工作组提出的，并不是我们。问题在于，拐倒得太大了，多少需要一点时间，弯才转得过来。

我本来建议下午不开会的，让党组同志分别酝酿一下，再来开会，张部长不同意。而下午的会又比上午更欠圆满。后来，张部长火了，并提出要党组让陈汉坤同志回宣传部。最后，我只好提出，党组同志根据张部长的指示对草案进行修改，再作计较。可是，效果也并不好，会一散安旗就冲走了。

张部长显然很不满意。下午的会，李部长也参加了，他倒照样悠然自得，党内矛盾真不好解决呵！它需要丰富的斗争经验，却更需要深厚的马列主义、毛泽东思想的修养。任何一点个人主义的东西，都会为党造成损失。

整夜都不快活，担忧这，担忧那，仿佛天快要塌下来了。

4月10日

晚上，本来约定曾克、其云一道去看戏的，临时又被叫到宣传部去了。

昨天，文化局召集的编导会已经揭幕，我揣测是听汇报；其实不然！是听李部长传达七人小组一次会议的主要内容。这个小组，是根据上海市委书记柯老的建议才成立的，专门指导今后的革命现代戏的工作，由杜书记做组长。

主要传达刚一结束，我就忙着坐上丹南的吉普，赶往四川剧场去了。一共四个小剧《缓婚记》《选棉种》《管得宽》和《巴河渡工》。演出单位是达县专区川剧团，由四个县的艺人组成。我赶到时，第二个戏已经演出一大半了。《管得宽》谢幕后休息了十分钟。这三一出戏很好，那位忠厚、乐观、爱社如家的贫农演得非常出色！

最后演出的《巴河渡工》也很不错，是革命历史剧。那个演渡工的姑娘，尽管在表演方面尚有不恰当处，譬如，锋芒太露，但感情丰富，真正进入角色了，比竞华演的江姐动人。长期生活在都市的艺人，倘若不下去参加实际斗争，看来会完蛋了！

坐上汽车，发了很多感慨。同时却也感觉基层的工作大有可为。就工农兵业余文艺活动说，刚才摸了摸底，下面搞得比预料的更活跃呵！

回家时看了刚锐来电。刚才睡着，傅先慧叫醒我：柯老逝世了。

4月11日

四点半就醒了。其实，傅先慧叫醒我后，一直未睡，想了很多。

到军区灵堂时，是五点二十分，但是直到七点半了，才轮到我们守灵。柯老我只是"八大"一次会议时，"人代会"时，远远看见过两三次。但我印象最深的，却不是他那魁梧的身材，凝重干练的神色，而首先是他反右运动中在上海的一次讲话。

当绕灵一周时，我的心情是沉重的。守灵当中，我不断望着他那厚重、坚定的鼻头、阔嘴，仿佛直接接触到这个伟大革命战士的对于共产主义事业的必胜信念。我们这一班七点四十分才结束，回到家里已经八点过了。吃了点东西，于是蒙头便睡。十点半醒来，就又到省委去，坐大车到军区送灵。

回家时，已经一点了。总司令、董老、贺总和李政委，还有聂总，都去灵前行过礼的，看来心情都很沉重。入殓时我忽然发现董老的一首挽诗，忍不住离开列子，走去读了："无雨过清明，春云黯锦城⋯⋯"

去省委的途中，找唐伯渊医生看了看病。因为嗓子哑了，还未好。这天上午，除竹君来帮我们搞了清洁卫生，礼儿夫妇也带孩子回家来了。

4 月 13 日

正和其云同志向罗湘浦进一步讲述《江姐》提纲，曾克来了，神色严肃，说汉坤同志要我们去参加少言昨天的报告讨论，好像非去不可。

我正谈得兴高采烈，因而仿佛遭到挫折似的，有些不快，就催其云先走一步，隔半个钟头我再去；但不到一刻钟我就去了。可是，因为脑子里照旧想着江姐的情节，过了一段时间，这才开始认真听大家发言。

陈进发言不错，他把美协之所以成为先进榜样，归因于人的革命化。接着，我又从领导核心，中层骨干问题这一角度谈了谈自己的体会。

午觉没有睡好，脑子总迷迷糊糊的。回巴金一信。晚上，刚锐夫妇带起孩子来了。他爱人看来身体好，也很开朗，并不像神经有毛病的样子，总算是放了心。详细问起，只不过经常头痛，失眠而已。他们是调往灌县工作的。

八点半了，我领他们出去散了会步，然后送他们回旅馆。

4月15日

经过三个半天的字斟句酌，那位党组成员的结论总算按照宣传部的意图修改好了。而且，今天上午，在全体党组同志的会上，轻而易举地得到一致的通过。

只是一件事实上引起了一场热烈的争论。黄、曾、安和我四人与汉坤同志之间的争论。本来，大家对于取消这一条都是无所谓的，同意了的，但是对于看法的分歧却是不肯让步，尽管大家都很愉快。发生误会，却也是可能的，所以我就赶紧把话头岔开了。看来陈进，他是主管那个党组成员的材料的，多少也同意我们的看法。

晚上，本来约了香浦谈《江姐》的，但他很想去看《龙马精神》，只好作罢。正感无事可做，其云来了，同我谈起她正在写一个京剧脚本，这是一个揭露和平演变的故事，也正是前几天杜书记要文联搞的大明染织厂的那个题材。

我只着重提了一点意见：必须让那个坏女人的和平演变企图体现在一个对她具有实际利益的具体行动上，这才能说服人。我还谈了一些这方面的事实。

她告诉我，她没有写提纲，但已写完一场，我真佩服她这份勇气。

4月16日

上午。总算抓紧时间，对《江姐》的提纲做了必要补充。

十一点高缨来了。这是我特地约他来的，因为曾克、安旗都说，我对他的批评太粗暴了。那位导演好像也有情绪。我向他做了检查，并向他问到那个电影脚本的修改计划。根据他的打算，我照旧又举了些实例，供他参考。也跟其他一些人样，他把所谓矛盾、对立面概念化了，因而感觉有的问题不好处理。

这中间，曾克来坐了一会，插了几句，然后，把柯岗那个歌剧要起走了，说是宣传部要看。同高缨谈完后，我留他吃饭，他说苏克玲在图书室等他，也就只好由他去了。吃过午饭，我才知道，原来曾克夫妇约他们进馆子去了。

下午，在"四清"办公室听了汉坤同志的传达后，去看安旗。就她最近表现出来的一些自满、骄气，进行了批评，但却未曾提到张部长对她的意见。

晚上，忙乱了很久，直到八点四十分了，才由杨礼陪我到车站前去重庆。

4 月 17 日

服了两次药，都没睡好。醒来后有点气喘，若是旧病复发，那就糟了。

约九点半，搭少言的车到了文联，为住处问题闹了很久。原先说就在文联住下，后来，雁翼又在大楼把房间交涉好了。这中间同邓老他们谈了很多，从现代革命戏剧到昨晚车上西南局两三位同志谈到的西南铁道工程的情况。这些情况表明了所谓大好形势是怎么一回事，他们都希望文艺界能有人去。

午饭后，以为可以睡上一觉，可是照样没有睡好。想吃点药，却又发觉药瓶忘记在车上了！四点，勉强起床，给文联打电话，请他们代找药瓶，否则就买一点，同时约了张继楼、何世泰等八点来谈谈情况。主要是业余作者的情况。

上午，雁翼和刚齐通话后告诉我，她得星期一晚上才能进城，但已告诉刚虹，要她今天就请假来。因此，到了五点左右，我一气在栏杆边站了几次，却连影子也瞧不见！于是又给雁翼通话，问他究竟是怎么的？他告诉我，已经从文联来大楼了。于是我又到室外去。而最后，来的不是刚虹，却是刚齐！这真把人弄糊涂了。

到刚齐上楼后，我这才闹清楚，她并未肯定刚虹要来，因为刚虹已经扑过一次空了。接着我们就给刚虹打长途电话；但是等了很久，才知道她到煤矿表演去了。而一直到八点钟，她一个同系的才答应等她回来告诉她，我叫她明天进城。

打完电话，王觉同何世泰们来了。在听情况汇报时，我有点心不在焉，因为刚齐还得回学校去，在隔壁房里等我。好在九点过一些汇报也就完了。

送走王觉们后，我送齐儿经过文化宫，到两路口搭车回学校去。

4 月 19 日

晚上不曾睡好，但是八点就起床了，因为九点得去看《江姐》的预演。

庆生同志八点半来，我请他代打电话约王觉、罗、刘、杨一同去，因为多几个人总要好些。刚虹同车到解放碑就下车了，要去买书，她是昨天来的。

在大楼和车上我同庆生了解到一些重庆现代革命剧的情况。到了解放军剧场，我们又一道谈了很多。我曾经带点惊怪问他："为什么不去成都参加编导会议？"他说："省文化局同意我们下一轮去呀！还是冯润庭接的电话。"这一来，我只好把话题扯开，不再问下去了。

这里我又记起了另一件事：昨天下午，我很婉转地批评过邓老，为什么要去听刘知渐讲《文心雕龙》？这是替坏人捧场呀！王觉立刻证实：他倒去过，邓老却并未去，而且同刘素无私人来往，可是有位同志上次的调查却多么肯定呵！当然我又立刻把话支吾开了，但却感到很难为情……

戏是准九点开幕的，十一点半结束。跟着是提意见，而实际上是边看边说，我已经哇啦哇啦了很不少，而且已经有人记录下来。但在休息室里，我又把一些较为重要，非改不可，改起来也不繁难的地方重复了一遍。因为这个戏晚上得在潘家坪演出呵！据庆生说，白戈只要求：1. 像川戏；2. 无政治性错误。而由此可见，川戏在现代革命剧方面，肯定已经落后于京戏了！可叹。

下午，王觉、冯旭、雁翼同林彦来，我又重对席这次搞的《江姐》提了一些较为尖锐的意见，而且对目前戏剧创作上存在的问题作了分析。六点，他们走时，我送他们，又一路谈了不少，并对《红灯记》《沙家浜》作了分析：思想内容丰富，故事情节单纯，而像《江姐》一类东西，则适与之相反！……

晚饭后，同刚虹去文化宫游览了很久。这里坐坐，那里坐坐，谈了不少家常。主要是谈刚宜和杨希、杨凡。刚虹一再抱怨我没有带杨希来。

4 月 20 日

上午，正准备同刚齐、刚虹上街，市委何部长来了，谈了一个钟头才走。

这时已经九点半了，我们从上清寺乘电车到两路口，然后又转车去鹅岭公园。这里卖茶，比成都公园里进步，可以随意把茶盅端到自己喜欢的地方去，不受限制。当然，也有一条，自动去茶炉添开水，但是这一条并不麻烦。

我们端着茶盅，在去水池附近的人行道边的石条上坐下来，可以远远望见嘉陵江和江北的浅山。游人很少，十分清静，四处都是阳光，我们谈起地道的家常来了。而对刚宜和希娃谈得最多，引起不少欢笑。她们都很赞同杨礼的想法：杨希、杨凡以后能有中学文化程度就可以了，不必投考大学。

从鹅岭回来时，已经十二点过了，正碰上吃午饭，在饭厅里遇见洪沛然同志。因为两个女儿在场，他问我："你爱人还好吗?""还不错。"我随口回答。刚齐带点吃惊神情望我一眼，好像有点莫名其妙；我赶紧把视线回避开了。

午饭后，闲谈到三点半，送刚虹去牛角沱。转来时四点半了，刚齐向我谈起她们班上的情况，她们非常强调政治，强调艰苦奋斗，有的同学故意穿得破破烂烂……

晚饭后送刚齐到两路口，直到车走远了，才缓缓步行而归。

4 月 25 日

怕有人来，早饭后，就同齐儿乘公共汽车去解放碑。这是第一次进城游逛。

对我说来，只有一个具体目标：买几两上等绿茶。我一路走去，一路闲看，直逛到大梁子都没有找到邓老说的那家茶店，就只有又往回走。而在太阳沟却无意发现了一家，而且买到手的，比"灵星碧绿"还好，又是新茶。可惜只剩有五两了。

以解放碑为中心，我们一直在附近几条街游逛到十一点一刻，仍旧搭北区干路的车到学田湾。午饭后，尽管照旧躺了两个钟头，实际并未睡着，因为四点钟刚齐就得回医院了。我三点起来，同她闲谈，四点又一道去文化宫，然后到两路口。一到车站就搭上无轨电车。不过我们未到大坪，到肖家湾就下车了。

就是个小镇子。场口上有座节孝牌坊，修建在岩石上。实际上整个场口就是一片岩石。我们穿过短短的街道，然后沿着一条田间小道，到了大坪医院。我在大门外的沿墙边停下来了，同她握手道别，然后又转身朝车站走去。

这中间，我回过两次头，都看见她还站在门口！于是彼此又挥挥手。这一次正好赶上电车，但是坐上车后，我却多么想步行而归呵！而且从今天早上起，我都有一个强烈的想法，如果能买舟东下，到处隐姓埋名玩他几天该多好！这个运动真把人折腾够了！实在需要喘一口气……

晚上，庆生约了少言、牛文，同那两个《嘉陵怒涛》的执笔者来了，大家对这个剧本进行了讨论。我发言较多，也较直爽，得到少言、牛文的支持，说跟他们想的一样。

而最后，在少言的倡仪下，我决定多留一天，帮他们搞个新的提纲。

4 月 30 日

28 日晚，我就回来了。两三天来，了解到我走后文联的一些情况。

这是叫人感到不愉快的，也有些担忧：运动中出来的积极分子对党组，求全责备，缺乏信心。一般干部的情绪也不大正常。昨晨曾克去医院看病，就遭到庞昭容一顿批评："你们领导就是不参加劳动！"因为机关要大扫除，迎接五一。此外，一些干部对黄其云的意见也不少……

这都是"后遗症"，但却并不是不可以防止的。处理党内斗争的确不容易呵！这需要更多的党性和斗争经历。上午，找王益奋谈了话。快结束时，黄来了，她也谈了不少。最后，去报社扎针，向宛庄谈到房子问题，因为党组的专职书记就要来了，需要将友欣的家小搬往报社，才能有房子住。

晚上本来准备看京戏《沙家浜》的，票早就买好了，下午得到通知，实验剧团要演《激浪丹心》。犹豫了很久，结果只好请黄去看。随后文化局又来电话，戏是专为"七人小组"演的，显然非去不可，只好牺牲了《沙家浜》。

休息时，散场以后，杜、廖、任都对这个戏作了估价、指示。还有，宗林也谈了一些好的意见。看来，同京剧比起来，两者互有长短，大有互相补充之处。

主角唱得不错，但配音多了。从过多的舞蹈看来，显然存在形式主义倾向。

5月8日

起床后，正准备在天井里运动，黄来了，问我对《激浪》的意见。

我只好从天井里退上阶沿，在马扎上坐下，同她谈起来。但不知怎么的，顿然感到精力非常欠缺！所以只谈了个大概，我就提出，等安旗来了一道谈吧。但却不同意派车接她，担心惹出不必要的议论。

正在喝牛奶，安旗来了。脸色很坏，说是最近睡眠不好，希望我给她点药。我告诉她，我的预感证实了：黄那天的发言引来很多反应！接着就去黄的家里，一道对《激浪》提意见；但却没有一个字涉及黄那个很不得体的发言。安有两点意见不错，是我没想到的。中间，王益奋来传达宣传部一个指示：因为资料不足，目的不明，创作会议开否，尚难批准。

在黄家里谈到十点过才回来。随即阅读罗湘浦执笔写的川剧《江姐》。因为参加提纲讨论，材料又较熟悉，所以一边看，一边涌出不少意见，简直用不上多想。到十一点半，虽然尚未看完，却忍不住把罗叫起来。可是，正对第一场提意见，汉坤同志来了，显然有紧要事情。但他仍然让我把第二场谈完了，让罗走了，我们才开始谈起来。这时已快十二点了。而在提到三项较好的建议以后，果然提出了黄的那个发言，以及办公室同志的强烈反应。

他也直率地对我进行了客气的批评：我该坚持原则，及时对那个发言表示态度。我作了必要解释：我表示过态度，不过较为含蓄而已，因为她才来个多月，又是在全机关的干部会上，我当时担心，若果凭气性讲，她怎么下台呢！而散会后我又向她表示过一次："你怎么那样为我们辩护呵！"而且在了解到那些反应后，我曾向支部建议，下星期五在过组织生活时扯一扯。

应当说，领导同一部分干部之间的关系，是不正常的。我把我的看法向汉坤讲了，但很简单。因为他自己就讲了一些这样的事实，他们有意见只向他讲，而不向我们任何个人提出。其实远不止此，不过谈了有什么好处呢！横竖下星期一王书记来了，看来只有他来主持党组，一切"运动"的后遗症才能得到认真治疗。因为咱们这些人在几个积极分子眼中，早已不成话了，又确有不少弱点。

这次谈话不错，又坦率又有分寸，他走时已经十二点一刻了。午睡没有睡好，一直躺在床上，可也爬不起来，因为感觉疲乏之至，于是就只好想心思。起床时已经快四点了。继续阅读《江姐》，并随手记下意见。这中间，黄来过一次，商谈如何把批评《林家铺子》和《不夜城》包下来的问题。

晚上，看了段丽君的《沙家浜》，很痛快。但一想到川剧的情况，却又照例不免感到焦急。张老看这戏已是第四次了，他一面看，一面赞赏不已。

5月12日

艾芜9日从郫县来成都，今天下午又忙着回去了。搜罗了我很多旧杂志，还有部分旧书，准备交队上办一个文化室。我顿时充满了惜别之情。

因为我本来决心送他走的，而且昨天向他说过。可是下午领导小组还得开会；而整个上午，从我起来算起，还没有同他好好谈过。因为刚才起床，就听说我们的专职书记王聚贤同志，从重庆来了，接着就去看他。随后是领导小组开会，研究那位党组成员的材料。这是最后一次审查他的材料，会还开得顺利。

刚吃过午饭，艾芜从街上回来了。他开始清理废报、书刊。我进房睡午睡。等我起床，他早收拾好了，老曾也等在那里了，但不同汉坤同志谈谈，就这样走掉是不好的。而且我已记不准下午的会议内容，于是忙着到前院去。没有找着汉坤，就又去找曾克；她正端了茶盅，要到我那里。有什么办法呢，只好请她等等再去，因为老艾还在新巷子汽车边等我呢！

安旗没有来，但是，上午久找不到的陈进，一早就等在自己家里了，汉坤同志也在他家里。主要是讨论一位刊物负责人的材料，进度比讨论那位党组成员的顺利，很快就结束了。临到同汉坤分手时，因为我较为客气地说了句："我好久没管运动，这样查对材料，就是太麻烦你们了。"他听了，显出一副惊怪神气。

晚饭后散步到盐市口，顺路到张老家歇了歇脚，然后回布后街。因为想起最近一些不很愉快的人事纠纷，特地到曾克处，要她准备向党组汇报一下学习美协问题。而且必须从积极方面谈，竭力不谈非原则性的分歧。

回来后，看了三个材料，然后搬出话匣子来，听了赵燕侠的《沙家浜》。

5 月 26 日

这一星期来实在紧张，也实在疲乏。有时感觉筋骨松散了，不想动弹。

原因有好几个，主要是得把《江姐》交给实验剧团。我已经叫罗湘浦改了三四遍了。但是还有几处不符合我的想法，唱词上问题更多！星期六晚上，我陆续起来三次进行修改。因为睡不着觉，也担心早上起来忘了，得赶紧把想到的写上去，改过。

好在已经交出去了，但又立刻想到《许云峰》的修改问题。这是市委给我的任务，已经同编写人座谈了两次，而两次都有争吵，后一次很厉害。若果不是为了尊重市委，我几乎快要乱骂起来，下逐客令了。我真没有见过这样傲慢，低级趣味那么浓厚的人！更加气人的是，除开宣传部吴处长对他批评几句，那个曾经自称"党棍子"的局长，却以老好人自居，生怕把那位大作家得罪了。

我不但没有像平日那样发火，到他们临走时，我还自我批评几句。因为任务总得完成，不能随意任性。奇怪的是，他们认为我身体差，当天下午不必去锦江参加讨论。过了两天因为无人同我联系，我就主动向市委宣传部、文化局联系，可是电话一直不通，托李彬去联系，也失败了！

我现在决定这样：不找我算了，若果找我，一定积极提供意见。这一向，原本有一个念头活动得很厉害：认真拿半年、一年时间为川剧的现代化革命的奠基工作尽一点力。这两天却动摇得很厉害，因为阻力太多，事情颇不好办……

几经周折，对一位党组成员的处理意见，算初步确定了。可能这个报告还得做些文字上的修改，但不管如何，在领导小组中当不至于再发生分歧了。

半月前得巴公来信，昨天算回复了。很想旅行一次换换空气。

5月28日

约戈夫妇去三洞桥喝茶，吃甲鱼。已经一年多没有来这里了。

因为宣传部有会，安旗得去参加，她来得较迟。一个中瓶白兰地，我们全喝光了，一直到一点半才结束。只叫了两三样菜，但话却谈了不少。老戈详细谈了他在达县工作中的一些经历、体会，也谈到他的愿望：做战地记者！他显然对当作家已经腻了。闲谈中，他提过一个创作计划，反映"社教"，我给他推翻了。

我也向他们谈了谈备战以来我的几种想法：好好休养一段时间，把身体搞好，必要时争取到战地去；拿出全部力量，参加川剧现代革命戏的奠基工作；动手收集长篇资料，万一美帝胆敢把战争强加在我们头上，大打起来，自己又不能上前线，就坐下来写长篇。因为无论如何不应该把必要的撤退看作逃难，应该更好地工作。戈赞成最后一个计划，认为解放初期的尖锐、复杂斗争，我应该写。安也赞同我这个计划，大概都感觉我老了吧。

走出饭馆，我们又去石桥桥头照了几张照片。戈一来就准备照照片，可是引起一场无谓纠纷，就作罢了。事情是这样的，饭店前几年修建的那一列砖房，因为备战，食品中把一些白糖疏散出来，堆在里面，派了专人看守，而那个青年看守不同意戈在园子里拍，谈话神秘而又紧张，于是同戈争吵起来，双方互不相让。

到家时两点了，但仍旧好好睡了一觉，可能因为酒喝多了，因为上午跑得比较痛快，感觉得到了真正的休息。晚间到张老那里，大家约好过两天去桂湖游览。并且由我约老戈夫妇一道去。因为上午都谈到过，只是感觉交通上有问题。

6月3日

从宣传部参加讨论《凯歌万代》转来，黄说，王书记找过我，于是又匆匆到前院去。

王在厨房里。到了他的办公室后，他告诉了我他想同我谈谈的几件事。其中之一是：黄向他提出要注意同剧协的关系。我的老毛病照例又发作了，于是举出事例，证明我是注意了同剧协的关系的。譬如：我断然主张她在会演之前不从文化局搬回来。

回到后院，又碰见黄，因为她已经吃过午饭，我就把她请到家里来了。于是我一面吃饭、喝酒，一面请她谈谈有关剧协问题，她谈了很多，很直爽，当然也相当尖锐。这里且不提她所提到的情况，有的出自意测，有的在判断上主观片面，总的说她的意见对我是敲警钟；我有时说话分量太重，就是说太不尊重人了！

在讨论《许云峰》时，确有这种情形；虽然当场我曾做过自我批评。回想起来，在重庆对《江姐》提意见，也有些过分尖锐。我向高缨的电影剧本提意见时，说什么"买空卖空"，自然更伤感情。不过，在对《激浪》提意见时，我倒是客气的……

还有一点，也值得记一笔：尽管她谈了一刻多钟，而且我可以进行一些必要的解释、反驳。照我的老毛病，还可能发点脾气，但我一直都轻而易举地控制着自己，没有造成不快……

这同我当时的情绪有关。不用说，最根本的原因是："社教"让我受到了教育。

6月8日

上星期写信告诉刚齐，刚宜已批准入团了，今天得到她的回信。

艾芜也从郫县来了。今天虽然疲乏不堪，但我们几乎无止无休地谈了两个多钟头。从农村的情况谈到创作，谈到我们共同喜欢的作品和共同熟悉的中国作家，后来又谈到各人的家庭变故。真妮要长期住神经病院了，听了很难受。

将近中午，我陪他去看王书记。一路走去，一面我又忍不住说："长期住院，这就等于说这个人算完了！"他声调低沉地回答："是呀！"停停，我又说："也只好送走，其他的人还要活下去呀！"我忍不住鼻子一酸，但赶紧强制住自己的感情。我是一直喜欢这个女孩子的，玉顾也喜欢她，1956年还建议过让她到四川来疗养……

我从来没有像今天这样疲乏过，情绪也相当低落。晚饭前，刚宜一回到家，我就自然而然地告诉他真妮的近况。他感觉很诧异，老问我为什么弄到这样严重！……

晚上出去散步，情绪也坏，我是走小街小巷回家来的。

6月10日

这两天同艾芜也谈了不少问题，最主要的问题是：如何正确认识我们解放前的创作活动？因为近两年来文艺界的思想斗争使我们感觉这样做很有必要。

我深有感慨地向他说："解放初我说话，写文章总爱说，重新做起！现在看来有点官样文章的味道，因为当时没有对整个'左翼'文化运动，对自己的创作活动进行过认真的检查。"我们还对一两位老前辈就我们所知道的一些情况和一些30年代的作品进行分析，认为由于解放后已是暮年，社会职务和活动又多，以致无法深入生活，在创作上几乎都搁笔了！幸而都写了不少指导性的文章……

我们还谈到翔鹤，而且同样对两篇作品进行了分析，最后把问题集中在一个党员如何正确对待所谓委屈，对待犯过错误和受过所谓委屈的所谓老朋友的问题上。也牵涉到过去错误地认为《广陵散》写得不错，鼓励过他，而我之鼓励他，又多半出于对他近几年来他的消沉的同情，产生了温情主义。

综合我们两三天来的谈话，作为教训，有两点我觉得很重要：力求在工作中和其他方面对党对革命问心无愧，不要有任何个人要求，哪怕是几句赞扬的话都不要希望；不要为专业所蔽，对任何问题，包括文艺问题，都应该首先从革命，从阶级斗争来观察。

我们都是六十以上的人了，千万不能"越老越稀里糊涂"，特别需要头脑清醒。

6 月 13 日

昨下午同艾芜和张老一道游了桂湖。这是张老约的，人也的确太疲倦了。

从新都回来，得巴金信，附了一帖他两夫妇、同生和金仲华合摄照片。我好久没有得到他的信了，原来忙于招待日本话剧团。我喜欢这张照片，晚上给艾芜看了。今天，礼儿夫妇来了，我又让他们看了。希娃脸孔虽不肿了，但却显出一塔伤痕。

因为是星期天，继玳又在校补习功课，不能来，整一天艾芜都在家里吃饭。晚饭后，礼儿夫妇看电影去了，小娃也在沙发上睡去了，刚宜照旧不出街的，我就约艾芜去散步，一直走到人民公园。这是我们四十年前在盐道街读书时经常来的地方，在艾眼里变化有多大呵！我们回忆着，一路指指点点，大部分地方都走到了。

我们是坐三轮回来的，因为我感觉很疲乏。三轮才走到商业场门口，我们就下来步行了。在锦江剧场的巷道里碰见礼儿他们，小娃坐在自行车上，蔫蔫眨眨的，一副睡相。回到家里，洗了个脸，就又同艾芜谈起来，直到十一点钟。

这一次我们谈的国内一些知名的散文作家。他显然有些喜欢孙犁，认为他的《铁木前传》写得不错，文章相当精练，我们也谈到外国作家，谈到《猎人日记》。

自从艾芜来后，这一向睡眠要好多了。老朋友扯谈起来比较亲切、痛快。

6 月 18 日

前天答应了陪艾芜回郫县，我一早就醒了；可是爬不起来。

已经八点过了，时间并不算早。但我昨晚翻腾了一夜，两天前张部长来过一次，指示党组总结一下机关"社教"的经验，向群众做一交代。这以后思绪起伏，就没有睡好过。而我担心的是，深恐在总结经验中，因一时的意见分歧而发生乱子。

可是我毕竟起床来了，而且立刻叫了任小丁来，对他搞的"编后记"提出了修改意见，同时提出修改后得送宣传部审查，因为当中涉及对过去刊物所犯错误的估计。并请他同安旗联系一下，她一来了，就告诉我。因为我觉得送审前她最好看一看。我很快就要去送艾芜回郫县，而且这两天精神很坏。

刚才打到洗脸水，小丁来告诉我，安旗来了。于是立刻去接待室，告诉了她有关编后记的问题。由于我的神色、口气都显得焦躁不安，在知道了编后记并非今天就得改好，我又还未洗脸的时候，她显得很诧异。仿佛我得了神经病似的，带点不满，用一种冷淡极了的口气说道："又不急于要用，你这样急做啥嘛！"

我差点同她争吵起来；但我连解释的话都没有说一句，就唉声叹气走了。吃了点东西就去郫县，没有参加上午讨论总结的会议。而若果参加，保不定会同什么人扯起来的，但我去郫县却也不是躲避可能发生的争吵。几天来老艾总不住这样说："我们一路到郫县看看嘛！"今天一早，就又收拾好行李，坐在房间里等我了，但我也不是怕不去难为情，我是舍不得离开他，很想同他一道。

当然，我也有个明确目的：请陈震寰同志将来协助我收集解放初期郫县匪特暴乱的材料。并且争取住一两天，较为详细地谈谈我的计划，老艾还计划在县委吃了午饭再走。但是，出乎意外，同陈才扯谈了一刻钟，我们就到安德铺去了。看来主人也巴不得我们早走，因为人家正在开会，很忙。

老艾已经搬到公社住了。他住房隔壁就是礼堂，正在开干部会，而且，刚一走进房间，"人艺"两个同志就过来了，问这问那。我感觉非常疲乏，全身几乎没有个放处。我提出要走，老艾却留我吃了饭再动身。当我即将上车的时候，他还在说："饭馆有青椒肉丝卖呢！"

这十天的生活，是我们好多年没有过的，那次同去贵州、云南，时间虽久，可是没有像这次这样融洽，互相了解。我深深感觉，当年在上海住亭子间的生活，又回来了。

到家时刚好午饭，酒喝得比往天多一点，午睡到四点钟才起床。

6 月 23 日

也许这两天得到了休息，忽然想到要写点什么了，翻阅了些笔记。

这倒也是常有的事，人一清闲，总会不知不觉翻阅起一向喜欢的作品，或者给熟人写信，心思也就自然而然活泼起来，写作的念头也冒出来。而前两天除了回复巴公、刚虹的信，一有空就几乎总是翻阅契诃夫选集，读前几天同老艾谈过的那几篇东西。当然，不管内容、情调都有问题，但也还有使人得到一些益处的地方。

上午，我真有点兴致勃勃，似乎只需准备一天两天，而且没有打扰，便可一挥而就，写成一个短篇。但是，午睡醒来，却又照例疲乏不堪！尽管脑子里仍然盘旋着那个题材，一个支部书记拒绝贷粮的故事，形象的东西，比之上午可少多了！

晚饭时，井丹同志叫人打电话来，约我缓两天去五福村休息。顺便可以谈谈参加汇演的那两个剧本。我没有肯定何时能去，因为《江姐》尚未脱稿，还有刚宜参加高考的事……

我顺便向王书记谈了谈，他也劝我休息。真的，这一向实在疲乏极了！

6月24日

得刚齐信，谈到刚宜考学校的事，同时收到一个青年寄来的稿子。

稿子是两册，一册诗，一册散文。是从青神寄来的，作者在煤建公司工作。字很别致、美术体，相当规整、一律，就像印的那样。我翻看了几首诗，随又看完一篇小说《换梁》。尽管存在毛病，但作者显然是用过苦功的，决定交到编辑部去。

午睡后，忽然想起该去集体学习"毛选"，而且，已经三点过了，于是忙着带了书去接待室，奇怪，一个人都没有！就又去找柯岗。这才知道，因为安旗的孩子病了，我又未准时到场，王书记就主张改为各自在家学习。回来后，我就重读《正确处理人民内部矛盾的问题》。一直读完第七个问题，已经六点钟了，这才放下休息。

晚上冒雨上街散步，回来时雨也停了，躺在马扎上休息，一面不自觉地想起昨天考虑过的那个题材，而且想法越来越多。最后，形成了这样一个方案：在《在困难面前》这个总题目下，写一组短篇，四个或者五个，其中包括："贷粮"、"40包玉米"、"抗旱"等。

我忘记了：上午曾同谭学楷谈过话，对他准备画的组画《嘉陵怒涛》和罗洪元的事迹提过一些意见。我竭力怂恿他到苍溪跑一趟，坐一坐"调美船"。

临睡时，忽然想起戏剧汇演的准备工作，又着急又不痛快。

6 月 27 日

这两天都一再传书带简找冯良植,今天算把他找来了。让他谈了谈讨论修改《凯歌万代》的情况。他告诉我,提纲基本定了,只有第七场还有分歧。

听他说来,似乎比过去好。但,写些什么,如何安排它们,使之脉络相通,互相呼应。一致为主题思想服务诚然重要,但这究竟不是一切,更重要的,还在于把主要人物写活!让他们在所安排的环境和事件中根据他们的性格行动起来,发生它们应有的作用,但听冯谈到讨论主人公性格时的争论,却很失望!

因为怎么能从顽强呀,勇敢呀,机智呀这一类概念出发来考虑人物的性格呢!而首先应该把主人公作为一个具体的人来进行研究。一个年轻的贫农,解放初期的积极分子,在减租退押,抗美援朝的高潮中争先报名参军······

盼了一上午,礼儿他们都没有来。午睡起来,还在落雨,看来下午也不可能来了。刚宜已去同学家里复习功课,家里就只有我一个人。开始收拾东西,随后给礼儿一信。

七点半到五福村,先后在宗林、井丹同志处闲谈。在井丹同志处谈得最久。

6 月 29 日

昨天一整天,几乎都在闲谈中度过的。上午同廖书记谈,下午同宗林同志。

这中间,有时是三个人碰在一起谈。午睡起来,还同王治秋三位谈过一个多钟头。但都不是一般的闲谈,主要是谈几个现代革命戏存在的问题。同井丹同志的谈话内容较为广泛，他有不少精辟见解，可惜不能一一记下。

对我印象较深的是，他认为 30 年代的文艺方针不可能是正确的，因为主席的思想是遵义会议后才逐步在党内确立。而文艺上的正确路线，是延安文艺座谈会以后才确立的。他一再反问道："如果政治路线都错了，文艺路线能够正确？"还有一点，是他劝我，现在有专职党组书记了，可以少管事了，多写一些东西。

今天上午，正同王益奋谈了对"四清"总结报告的意见，井丹又领起他的两个儿子来了。我们又谈了一个多钟头。我有意把话题扯到解放初期征粮剿匪的问题上去。他告诉我，从东北、中南和西南解放初期的情况看来，可以得出这么一条结论：把反动派的正规军消灭了，还有个地主武装问题。谈到利用乡保甲长征粮问题时，他说："利用的时间不宜太长，这带有麻痹敌人的作用。但有的人把自己也麻痹了，以致丧失警惕，遭到敌人的突然袭击。"

井丹对"23 条"中"15 年来的基本理论和基本实践"这句话作了如下补充：这是说明我们是有别于苏联的，没有一个特殊阶层存在，而这个关系到对待干部的问题。他谈这些都有不少具体事例，所以令人信服。他还有一点意见也很不错：红军之所以会在两广、两湖发展起来，因为北伐革命在那些地方搞得好，有群众基础，而不少革命队伍就在那里干起来的……

午觉没有睡好，但仍硬起头皮，把柯岗同志的《聂克波耳一家》读了。吃过晚饭，就出去散步，有意要让自己疲乏。由前门出去，过了木桥，又回头走，一直走到五桂桥才回来，足足走了一个半钟头，今夜该睡得好吧。

呵，差点忘了！以毛主席思想为中心，井丹同志还谈到农民问题，勇敢分子，即流氓无产阶级问题。照主席的思想，勇敢分子只要是受压迫的，要求革命的，你就没有理由不让他革命。

7月2日

费了两天时间，把《许云峰》前四场改好了。事前征求过井丹同志的意见。前天午睡后，我找到王、熊他们，就修改之处做了详细解释。

对三、四两场改得较好，层次清楚些了，主要人物的精神面貌也有一些改变。我说的是许云峰，就原稿看来，在判断郑克昌时，他的立论突然，缺乏根据，而且没有明显的认识过程；第四场精神状态又太低了，一出场就表明他不会走叛变的道路，而这只是每一个革命者起码应该做到的事……

向他们解释后，他们一般都较满意，似乎感觉改得不错。但我要求他们认真考虑一下，有不同意见还可以提出来共同商量。昨天下午，王找我来了，他们又对我修改的两三处作了调整，要我考虑，我当然同意了。但对其中一处，即四场许云峰上场唱的几句，始终感觉不尽妥善，很不放心，所以昨天我又修改了一遍。但是直到今天才算定了，把它交给了徐，因为王进城了。

今天上午，我正在堤坎上散步，益奋来了，我们就一道转来，听他传达杜书记对"四清"总结报告的指示。在简单谈了谈修改意见后，我特别告诉他，有关我自己在对干部总结时应该补充检查的部分，得请他们帮我写上。因为我这几天的心思钻到川剧方面去了，也担心临时谈不好又横生枝节。

益奋走后，我粗粗翻看了一遍他带来的《江姐》三稿，就去看许涤新同志，上天下地地扯了一个多钟头。因为抗战前我们在上海，又见过一两面，有着共同的经验，相识的熟人也多，而且，此公健谈，人又痛快，所以大家吹得相当热闹。

我们对一位老前辈谈了很多。他还告诉了我一些彭水山和静子的事情，今天我才知道他是劳动大学的，和立波同学。他也知道蕾嘉，因为她也在劳大读书。

晚上在廖书记处打了四圈麻将，同桌的是许和廖家岷同志。

7月4日

昨天下午张老去五福村。六点他离开时，我就搭他的车子回来了。

今上午理发后，去找柯岗同志，谈我对他那个歌剧《波尔》的意见。刚把总的看法谈完，知道他将去机场接曾克同志，我就赶紧结束，走了。

曾克同志原定明天回来的，因为今天有爵士号飞昆明，就改期在今天了。午睡后，她拿起给刚虹买的游泳衣来，坐了约一个钟头，闲谈她所知道的艾芜家里的情形。真妮已送了精神病院了，蕾嘉情绪很坏，她不愿到四川。曾征求我的意见，是否告知老艾？我的意见向她说了！这有什么用呢？徒然增加老艾的精神负担，何况情况他早就知道了。

她还向我谈了谈作协这次开会的精神，说有的文艺团体的参加者在一些问题的看法上落后了。在小组讨论会上往往成为团委和工会代表的对立面，因为他们直到现在还是从专业的角度来看问题。这也真有点令人惊奇！

曾还谈到，从这次出席的代表看，面貌也跟以往不一样了。首先工、青和部队代表比重大；其次，文艺界老一点的同志非常之少，连她在内，不过二三人而已。她还谈到一种情况：马加回故乡落户去了，蔡天心等三人转了业，由新人当家了……

最叫人高兴的是这件事：中央将发出指示，以后共青团和工会都要抓业余文艺创作活动，因为这样一来，我们也就用不上为此而着急了。

礼儿夫妇带凡儿回来玩了一天，杨希却没有来。因为明天党组开会，今天不下乡了。

7月7日

昨天开了一整天会。上午，听各单位总结六月份工作；下午，听曾的传达。

听完曾的传达，本想晚饭后回五福村的，因为明天下午三时要向全机关做"四清"运动的总结报告，只好留下来了。可是一夜没有睡好，老是想到明天的报告。

其实，报告早就写好了的，关于我自己应该检查的部分，也写上了；但我总觉得写得简略一些，应该发挥几句，特别是有关我那次下楼的态度问题。我们党是执政党，我是本单位的主要负责同志，检查时竟要态度，真太不应该了。

我以为今天上午可以得到休息，可是党组要开会讨论七月份工作问题。参加会议之前，我挤时间同湘浦谈了《江姐》的修改意见，还给艾芜写了封信，劝他回来休息，因为听说他又感冒了，咳嗽得厉害。交了信我才去开会的，大约十点半钟，张部长来了。于是我留下来，党组会转移到支部办公室去。随张部长同来的，有汉坤、宗林同志。

很显然，张部长担心我思想有包袱，是为帮助我而来的。他怕我总结时谈到自己的上次下楼洗澡又会流汤滴水。他强调说，普遍都以为我缺乏自我批评精神，而这对我是不相称的。因为首先，我不止是个作家。他勉励我要有胆量，要能包容。当然，他也不是专为我的报告、检查来的，他还向我谈到他昨天找二李谈话的概况、要点，以及他对其他三位旧有党组成员的看法，他的话值得深思。

送走张部长，才十一点；可是党组会已经完了。将曾为我带回的药拿回去后，我又趁便找李累谈了谈。他劝我去看看友欣，说这对友欣是有帮助的，因为他包袱很重。所以下午去接待室开会时，因为偶然看见友欣在他家里，我就去了，坐到快开会时才先后离开。今天下午的会，杜书记、张部长、李部长和文艺处的同志几乎全都来了。我有点紧张，幸而是照着稿子念，还勉强沉得住气。但心情沉重，补充检查未能畅所欲言。这同杜书记的插话也有关系；但是最后部分，却完全由于自己心里太难受了。

李部长讲话时，心情看来也很沉重。他面前摆着一本揣皱了的笔记本子，但上面只写了两行字！而且是短短两行。看了有点啼笑皆非。可是，单凭这点，他的风格却已很鲜明了。连杜书记的插话在内，他讲了约一个多钟头。

张部长的讲话干脆、爽快。在他的几点意见中，在他谈到"自以为是"时给人印象很深。他说，周扬同志最近讲过"自以为是"是这样的：以专家自居，形而上学的思想方法。他还引周的话说："人有时发现自己的缺点，比发现真理还难。"他这些话，当然不只对错误较严重的同志讲的，同他上午的讲话联系起来看，含意就更深了。

最后，是杜书记讲话，他讲得全面、系统。但主要的特点是：对自己要求得非常严格，而对我们的批评，却太轻了。一句话，他的讲话充分表现了自我批评的精神。而这正是我一向就缺乏的。同以往相比，他这次还有个特点：讲话时声音较低，调子较慢。可见对于我们在工作中为党招来的损失，他比我们感受较深，比较难过。散会后，他又征求了大家对他的讲话的意见，并指示我们党组的同志应当用自我批评的精神谈谈，这样，对加强团结是有益的。

送走杜书记他们，已经七点半了。晚饭后，因为感觉疲乏不堪，只好下决心，不要参加八点半党组的会了，叫老曾送我回五福村。原想叫安旗一道走，准备到她家坐坐，就张部长上午和下午谈话的精神，提醒她注意她的一些缺点。由于时间已晚，又要开党组会了，只好作罢。路过东大街特别买了瓶酒。

到五福村后，因为碰见紫池同志，于是，尽管还未进屋，就又同他扯起来。因为我早就想同他谈谈京戏《黄继光》的意见。等到休息得差不多了，又去桥头同宗林同志他们闲谈。最后，井丹同志来，谈话也就更活跃了。

分手后，井丹同志又到屋子里坐了阵，喝了一茶盖子白兰地。

7月9日

大雨。找王来谈《许云峰》最后四场，王上街了。李市长又有客人，于是找了成都川剧院的徐文耀来。

这最后四场，是前天下午才看完的。考虑了一个晚上和今天一个早上，越来越感觉问题不少，漏洞百出。照例，徐一坐下，我就直截了当说开头了。这个习惯真坏！我先提了好多疑问，最后又十分肯定地谈了几点修改建议。主要是这两点：五场与四场有重复的感觉，暂时搁在一边；添写一场监牢斗争，而六场必须调整，并与新写的联起来。

徐同意我的意见，说是他也感觉四、五两场有些重复，五场六场之间"过不了桥"；但我心里颇不相信。因为近来我发觉不少人反映我脾气坏，有点独断，不很虚心。那么，像徐这样的人，能不同意我吗？一个人听不到老实话，真是可怕。午睡后，去找廖书记，只看到八场，而且，不管怎样问他，总是一声不响！于是去找市长；市长立刻把责任推开了，说是我的事情，他不过问。好在王已回来，只好直接找他谈了。

同王刚好谈完我的一些主要意见，井丹同志来了。我向他把基本之点重复了一次，未置可否，却直接谈到中国的革命，谈到"左倾"机会主义，还谈到季米特罗夫在"国会纵火案"中的合法斗争：坚决保卫第三国际的政治路线。他也谈到他自己的经历和对《红岩》小说的看法。他有两点意思不错：知识分子在革命中总是起桥梁作用的；随着革命的发展，不少人又逐渐离开了革命，有的人则走向反面。30年代国统区一般知识分子，包括部分党员，开书店呀，办刊物呀，实际只限于文化运动！而知识分子必须与群众相结合。

他就这样谈了约一刻钟，然后才转到正题上来。说他主张大架子不动。又说，小说本身就有许多不合理的地方，写成剧本，就要设法补救，因而同意对第六场做些调整。做不到的，留到以后解决。我接着重复了一遍我自己的两点建议：即，把五、六场改写为监狱斗争，与六场连成一气，而且最好就用龙光华事件，只是不要祭悼场面。真奇怪，今天我才从井丹口中知道：李井泉政委似未批评绝食斗争，只认为大开追悼会，把监狱斗争写得太轻松了。

最后，王走了，上街找导演、编剧讨论去了。井丹解释似的向我说："先讲点大道理，让他有点思想准备，然后再谈具体问题，他容易接受些。"他这话颇有道理，我有很多时候处理问题恰恰与此相反，以为道理显而易见，一来就谈具体问题，因而有时不能解决问题。解决了，也很勉强。这是缺群众观点的表现，也有主观片面成分。不用讲，同时也是自以为是。

这次同王谈话，我还突出感到的一点，我自己不仅有点急躁，要求也过严了，没有从实际出发。同井丹的态度比较，我就更明显了。这里我想到张部长向我提出的要求：肚量应该大些。当然，当好好先生也不行的，但即便是坚持重大原则，也得考虑方式方法。

我想，自由主义当然很坏。但，在思想问题、艺术问题上搞命令主义，强加于人，却也同样不好。我容易犯的毛病，可能正是后者。而结果呢，有好心，无好报。

7月11日

昨天最不愉快，连睡眠也很糟。喝了酒，服了三次药，可直到六点，才勉强迷糊过去。

9日下午，廖井丹书记当场同意了的，王回去约集导演、主要演员一道讨论五、六两场的修改方案，然后来这里做最后决定。廖昨上午还向我提到，王他们今天要来，可能怕我上街给错过了。但是，下午四点过了，张局长来电话了，问我是否上街？他们要汇报！

这真是活见鬼！我告诉他，这两天都不上街，如何修改问题，我也无权决定，是李市长和他这位文化局长的事。而我能做的是，就在改好的剧本上做些建议，动动笔，如此而已。我又告诉他，七、八场已看好，改好了。他说当天派人来取。五点过了，王来了；我正在看报，也由于有一肚皮闷气，我对他是冷淡的，直到报看完了，我才就修改之处逐一向他说明。

不止七、八两场，前四场，我又发现了一些文字不妥之处，我也改了，向他说了。我希望他把我改过的抄下来，将原件还我，因为可能还有遗漏。他同意了，但他很快又回来了，说他另给我一本新的，备我翻阅；我没有答允。最后，他说他孩子病了，要赶回去，来不及抄，但是一定将原件送还。我同意了，我又叮咛他，我改，不管用否，都请他让市长和局长知道……

一下午都不痛快。晚饭后到沙河堡跑了一转，心中始终闷闷不乐。夜里，服务员把全兴大曲搞到了，还准备了点菜。这是今天唯一叫人高兴的事。临睡前，喝了两杯，又服了药，但是，辗转反侧，久久不能入睡。我怎么一下会弄得这么不受人欢迎呢！

我想起许多在戏剧创作活动中最近以来所有不受欢迎的事，真是难受极了。我决定拿出绝大耐心，全始全终，把《许云峰》《江姐》的辅导工作做好，然后不再沾戏剧了。

我还考虑到"文联"也必须摆脱，到乡下住家，不声不响，认真完成自己的创作计划。

7月21日

想不到这样快就病了，更想不到的，哮喘竟然复发！幸而服药后已经制止住了，而且上午十时到达了马井，并在午睡后开始了工作。

仔细想来，昨天确乎过于疲劳。上午意想不到，达雄来了，向我总的谈了《许云峰》的修改计划：群魔宴一场保留，另写两段监狱斗争，与现在的第六场联起来。但添写后改写这两场，却与我建议的具体内容无关。我坦率地告诉他，我无权反对他们的设计，但我不相信那是恰当办法，我们一直谈到中午。

午饭后，忙着看了一篇马井农村作者的小说，于是上床午觉。这时已两点了，可是没有睡着。最后起来给刚虹写信。信倒是写好了，可已经三点了。想起四点总会联络部的同志约好要来看我，晚饭后又得到什邡去，不免着急起来，于是我越发不能睡了。总会的同志是准四点来的，有曾陪他们一道。一共三位，有一位是团中央的，我们就业余创作问题一直谈到六点，这才分手。

由成都到什邡，车子跑了一点半钟，到县委正好是八点半。不到九点，王部长，还有团委和文化馆同志各一人，就分别向我们介绍情况，看来他们也不摸底，正在作进一步的了解。马井而外，他们只知道附近的场镇还有一个创作小组，只有四人。谈完就十点过了。因为头脑有点昏晕，就同葛鹏同志一道去街上走了一转。

被安排进卧室时，已近十一点了。可是，由于潮湿、气闷——窗户是关闭得紧紧的，一点也不透风。显然长久未住人了，才收拾出来的，所以实在睡不下去，只好敞开房门透气。直到一点，才勉强睡去。三点醒来，哮喘大作，这时暴雨也来了……

整整坐了五六个钟头，人已疲惫不堪了。经医生检查：着了凉，右肺出了毛病。因为医生认为问题不大，所以早饭后照旧来到马井，王、张和文化馆的同志也来了。

葛鹏对我非常周到。但也稍感恼火，因为他总是劝我休息。

7月23日

下午四时离开马井，四点半向县委会作了简略汇报，结束了什邡之行。

通过几次座谈，我对农村业余创作组的性质、做法，乃至名称，都有了一些新的想法，并对过去一些看法、说法作了补充或者纠正。可惜留的时间太短，活动也不够多。可是，回到家里，我几乎只剩一口气了。

一下车我嘱咐葛鹏、老曾，我必须休息！希望什么人都不要来找我。大约在暗夜中静坐了半点多钟，这才逐渐恢复过来。刚宜学校有事，不在家，又没有开灯，真是宜于静养。九点，很想去车站接刚齐，打不起精神来。大约九点半的光景，刚齐和一位同学一道回家来了，那同学是彭县人，小个子。

因为生活中有了新的东西，精神慢慢来了。不久，刚宜也回来了。我忙着为刚齐她们准备吃的，一面同那位同学闲谈。刚宜仿佛也较有生气了。当她们用饭时，我倒了杯白兰地，坐上桌子边喝边看她们吃饭，情绪很好。

我等她去前院洗澡后才睡，我希望这个暑假会过得不错。

7月24日

下午，正躺在马扎上休息，阴国民同志来了，同我谈了很久。

她说，那位剧协负责同志走的前一天，去宣传部取介绍信，向她谈了他对文联"社教"运动的一些看法以及对文联今后工作的一些设想。简言之，有下面三点：1. 在党组成员之间的问题上，他有包袱；2. 他不愿意在文艺界工作了，人事纠纷太多；3. 他担心以后文联的工作，会落在王书记一个人头上。

我曾经征求这位同志对运动的意见，他只提了一点：两位刚从外地回来参加整风的同志，都说他是反革命，他很不痛快。此外没有提到其他的事。但奇怪的还在这里：他把最后一点意见，即他担心王书记可能孤军奋斗，却向王书记本人谈了。

我也说了不少，觉得他这次并没有接受多少经验教训，深为慨叹。阴走后，我又想了很久，认为应该从积极方面同那两位同志谈谈这些的意见，引起他们警惕。

夜里，王觉、马戎来谈了一个多钟头。我通过自我批评对他提了不少忠告。

7 月 28 日

八点就起床了，八点半到达川医门诊部；可是仍然是没有赶上时间。

所有等在那里的病家都不认识，显然都是新从外边或北京来的高级干部。这种比较特殊的待遇，已取消很久了，不知怎么最近又恢复了。

看来非到十点无法就诊，我决定去看安旗。因为昨天我已取得王书记同意，由我找那位女同志，还有安旗谈一谈那位剧协负责同志对"运动"，对文联今后工作的那些意见、看法。互相鼓励、共勉，就偏不搞人事纠纷，认真维护党组在原则基础上的团结。可是，司机老曾说，安旗昨夜在机关值班守夜，早上才回家去休息……

既然不能到十二街去，只好躺在沙发上休息，等待。还算不错，十点钟医生就为我诊查了。是临时找来的一个青年医生，检查相当周到。可是，当经过验血，发现的白血球只有 3700 时，他却好像一点也不在意。说："你过去也有过三千几呀。"又说："把安眠药换成'水化碌泉'，调整一下。"我真有些不痛快，也相当紧张，但又不便发作，于是只好大讲笑话。而他同护士还觉得有趣呢！

我是同曾克一道去的医院，她去蜡疗，因为她的手臂还没有好。回家时我在车子里谈诊查的结果，随又告诉她说，看来我非休息不可了，我也向她提到阴国民说的那些意见。她告诉我，她已听安旗说过了，但很简略。

尽管对于白血球的突然降低颇为不安，但实际上倒也坦然，不过因为看书稍久，头就昏晕，更无法写文章，想来多少有些难受。

晚饭后同刚齐去逛街。自从她回来后，生活好像热闹些了。

7 月 30 日

老艾 29 日从郫县回来，住了两天，昨夜带起继玳回北京去了。

在这两三天中，我们没有像往次一样成天闲谈，除开昨晚去车站前那一次，好多次见面都是事务性的。这一方面因为，刚齐回来了，他这次住的前院客房。一方面呢，他心情沉重，我不知道说什么好，所以只好少谈。

但是，昨晚去车站之前，他单独到后院来了，我们却谈了不少。尽管没有直接提到真妮的病况，更少提到家庭生活，他这一时期的情绪，以及一些想法，我却了解得似乎更深些了。我们也顺便谈起一些熟人和他们的近况，很有点像追怀往事。比如，张君培就是话题之一。这可能是衰老的征候，但却谈得很好，而且是有益的。又比如，我们都企图竭力保持革命的朝气，而我们谈到熟人，就是这么来的。

快八点了，老曾已经来催我们走了，我们才一同去车站。我带了希娃一道，因为他老叫没有看过火车，又想到北京去。说："汤爷爷已经同意了!"我原想请老艾带点"司胖子花生"给文井的,因为怕误认为这是旧的恶习,只得作罢。在路上给老艾买竹扇时,又想多买几把送人,结果也把这念头打消了。

我们本来还有好多话要说的,因为忙于交涉座位,要列车员将他的上铺改为下铺耽误了不少时间,所以我只是又一次叮咛他,有什么困难和麻烦解决不了,一定找党组或文井谈,不要闷声不响。我们直到车已经开行了,这才挥手而别。

回到家里已经九点,没有出去逛街。对儿女们谈了谈老艾目前的情况,借以教育她们。

7 月 31 日

午睡后赶往接待室,安旗已经陪徐迟在电扇下面谈了相当久了。

我是在抗战中认识徐的,当时他在重庆。我似乎还见过他的爱人、孩子,所以彼此都很随便,也很高兴。他在武汉以搞工会工作为主。他们的公司是专干钢铁方面的厂子的基本建设,他已在重庆住了月余,很快又将到攀枝花去。

他比过去苍老,头秃得更多了;但情绪很饱满。只是当扯到写作时,他忽然深有感慨地说:"现在要写一篇五六千字的文章,也都不容易了。"因为在他看来,要认真反映时代精神是很难的。这几年的革命事业发展得太快了。他显然创作上有点气馁,而且把"时代精神"神秘化了。我向他谈了一些不同意见。

因为他很称赞《李双双》,所以我又进一步告诉他,在发表《李双双》之前,好些作家,比如吉学沛,都写过各种性格的人物,只不过没有李双双那样突出,那样有代表性。而若果没有大家的摸索,是难于设想李双双的出现的。因此不如说《李双双》是党所领导的文艺运动的产物。即或不是李准,在一定时期内,别人也会写个《李双双》出来。高峰不是凭空存在的，一座山，高峰下面还有山的中部，基层。一个作家，一个作品，更不是凭空来的。

我又说，希望自己的文章充满时代精神，努力达到这个目标，是好的。但不可能每篇文章都能如愿以偿，如果非这样就不写东西了，这不行！只要方向对了，我们就大胆地写。一般说，我们的事业是一种崭新的事业，大家都在摸索，这个摸索过程是必要的。有了这个过程，将来才会有更多更好的作品出现……

可能由于我态度真诚，情绪也有些激动。徐认为我说得对，解决问题。后来我们又从华北的戏剧会演扯到西南正在准备的戏剧会演。因为晚上要彩排《许云峰》，安旗问他喜不喜欢看看？他谢绝了。我们一直谈到六点半才分手。

晚上看《许云峰》，我是带了刚齐、小娃去的。一场照旧没有改好，二、三、四三场不错。休息后演《舌战群魔》看了刚到一半，就头昏脑涨，支持不下去了。

临走前，我向张局长谈了对一场的意见。虽然明知无救，但不说又过不去。

8月6日

上午九时，去市委宣传部。参加白紫池同志召集的讨论《许云峰》的会议。

昨天接到通知，原想不去的，但转而一想，也许两个钟头就可解决问题，就答应了。除我而外，七八位都是市委宣传部和文化局的负责同志。只是没有那位编写人参加，大约担心引起纠纷，不快。这个人自以为是倒也的确可怕！

这次会议的举行，同前两天大章同志召集两个市、西南和省委宣传部的一部分同志座谈过对《许》的意见。最后指示得进行修改，而总的精神是：力求精练，不要求全。一般看过的人，大都认为戏太长了，要演三点四十分钟。去市委之前，我曾再三警告自己，发言宜少，千万慎重，可是，结果还是夸夸其谈，说了不少。

我的具体修改意见是：刷去五场，加强四场中许云峰的戏；一、二场还可压缩，比如，徐鹏飞的戏就太多了，也不能容他过分讲究排场；八场也得刷去一些，同时加一点过场戏，让华子良领起解放军先遣队走个圆场。同时我还提出，剧本得精练，表演也得精练，而七场的动作，就太细太多了……

在今天的讨论中，文艺处的吴野有这样一点意见：应该以许云峰为主来考虑问题。这个话对我启发很大。因为回想起王的一些意见，我觉得这个剧本之所以弄得如此冗长，主要就在于他固执地想反映这些空洞概念：复杂性、尖锐性等等。当然，根据张局长透露，这也同他一些糊涂想法有关：传统戏没有前途！

没有想到这次座谈竟会拖到十二点半！当我离开的时候，已经筋疲力尽，站都站不稳了。但我却是蹦蹦跳跳离开会议室的，因为老白和其他两位部长一定要我留下来吃午饭。李映青同志也调到宣传部了，将负责管文艺。

回到家里，家里人早在等候我吃午饭了。秀清也在，是来告诉我们高考消息的：学校得北京航空学院的感谢信，刚宜已经被录取了。

午睡醒后，在床上躺了很久。老是想念玉顾，非常难受。

8月7日

九点半钟，如稷同他儿子来了，这是昨天他约过的，看来身体比前次好。

他以为我哮喘发了，要介绍我找梵音寺那个专治哮喘的中医。这个中医，张前几天也提起过；可是我并不是患哮喘。于是他又很热心地要我找一找张大包，说他们自小就认识的，医道不错。他吃了几剂药，每晚已经能睡三五个钟头了。而抱歉的是，我不相信这个医生，所以同样地谢绝了。

后来我们又谈到艾芜。他说，他有一个学生，写了一篇介绍《南行记》的研究文章，曾经准备请艾芜提意见，艾芜却很快回新繁去了。我告诉他，艾芜既不是去郫县，也不是去新繁，回北京去了。接着我就说了好大一篇：请他以后注意，不要叫研究生写有关我们的文章了，应该把力量搁在解放后出现的青年作家身上。特别他又同我们是熟人，由他出面来找我们提意见，这就更不好了。

话虽然不好听，我的口气是和缓的，态度也很诚恳。当然主要由于我说得有道理，所以他连连表示赞同，说以后绝不这样干了。因为好像他也忽然有了深刻体会似的，接着就告诉我，张本生同志已经做过布置，以后不要研究 30 年代的作家了。其实他说的跟我说的是两起事。

本想解释几句，但是实在精神不济，也就只好由他去了。他走的时候，我一直送他到大门口，彼此都很客气。而我心里却不免感到一点歉然。

还有，他告诉我，我的病可能是所谓全部疲乏，得好好休息。

8 月 19 日

得艾芜信，他们已决定搬了。谈了一些情况，提了一些问题。

他本来准备住城外的，现在决定住城内了。他还谈到他的身体情况，最近又生了病。叫人高兴的是，真妮的病，已经好得多了，只是尚未出院。

他对一些熟人的情形谈得非常简单。立波看来变化较大，已经全家回湖南了，在长沙住。好容易在去年底找到那样一座房子，庭院里是一片松树。大门正对着什刹海。我12月去时，刚装好暖气，林兰一定没有想到搬动的。很想立刻写封信给他们，甚至这样遐想：秋天去长沙跑一趟！

老艾对刚宜考上北航非常满意。他在信中说，他已经计算了，24日下午三时，他们大约包括继泽、继湘，去车站接刚宜。因为我已告诉他，刚宜决定22日晚乘特快车去北京就学。他还叮咛：务必要去他们家里玩！

我把需要机关准备的有关事项，向黄其云同志谈了。主要是在机关找个独院，找好了告诉我街道门牌，然后由我转请市委、市人委设法。

事后，为了周全，我又找到闵适，私人拜托在东城区找找房子。

8月23日

今早上，把刚齐也送走了，只有我同竹君去车站。我们直到车开了才离开。

刚宜是昨晚上走的，这两次送他们，没有去年送刚齐、刚虹那样难受。日子一久，什么都习惯了。但是，这以前两三天，我们却都经常为点小事弄得彼此生气、激动。就在昨天，为了安排刚宜的书桌，意见不一，我说了两句，这孩子就气哭了。

今天我同刚齐去搭到文武路的汽车，也还为一点小事闹得彼此都难过了很久。我不知道孩子们懂不懂得这是怎么回事，而我自己却认定我很了解这种容易激动、容易争执的情况是怎么发生的：我不放心他们，舍不得他们，是他们也不放心我，舍不得我。并且他们知道，我将一个人过日子了。

我本来已经决定，不让希娃同我一道住的，我怕这里的生活娇坏了他。但是，刚齐、刚宜，特别刚齐，终于说服了我，我同意了。但今天下午我却尝到了苦头。刚一吃过晚饭，这孩子就不见了。我到安家，不在，于是到前院去。我前前后后跑了三遍，都没有找着。而愈找不着，也就愈加着急！最后却发现他在黄家！也许我的神气、颜色太难看了，这孩子忽然变得那么沉默……

我一面告诉他，以后要去哪里，一定得说一声，一面带他往外面走，准备带他出去散步。但我忽然变了主意，问他是否愿意就在家里，果然他不愿意出街。接着他就到假山边去，坐在草地上，不声不响，神气有些可怜，完全不像昨天、昨天以前那样调皮了。也许他在想他的兄弟杨凡吧，这时我难受极了。

我独自上了街，但很快又回来了，连商业场都没走到。当然，那一顿着急，那一顿瞎跑，把人弄疲累了，但也由于心里很不快活。我在梓潼桥街买了几斤西瓜，洗过澡，就叫希娃同吃。接着，叫他画画，我呢，喝酒……

刚想叫希娃洗澡，准备睡觉，曹秀清来了，说怕娃儿不惯，来带他睡一夜。我好久才睡着，入睡以前，我决定了，希娃万一真不习惯，该送他回去。

8 月 27 日

25 日夜看了《许云峰》的演出。26 日上午去剧场参加座谈。

座谈会由白部长主持，参加的人，除李局长而外，全是剧院的。有编剧、导演和主要演员。大家情绪不错，因为都觉得剧情基本上不错了。我原是准备人家讲的，结果旧习难移，竟也大谈起来。可能谈得太随便了，事后有点失悔。

可是，总的说，我的情绪也很不错。座谈中间，我叫郭楚基把张老改的三五处抄下来了，因为改得很好。回来后，我想午睡后去找《四川日报》的记者，然后去找张老，听听他们的意见，可是没有去成。

因为我觉得不如根据上午一些比较一致，又经白部长肯定的意见，自己作些设想，以便同王们商谈。

这是近月来少有的事：昨夜我为考虑"许"的修改，一连起来三次！可是照旧睡不着。尽管最后一次上床，已经一点过了。而且虽然头有些昏昏然，精神却还不错；把昨晚动过手，做过记号的地方，进行着认真的考虑。因为昨天约好了的，下午王们要来对剧本做出最后决定。可是，考虑当中，我忽然得到一个新的主意：把华子良进入地洞的时间改过。这样，六场和后半部，调子就会同前面协调了。

当然，我还有其他一些零星想法，而我越来越感觉非立刻找到熊和王交换一下意见不可了。我找来老曾，很快坐车到成都剧场去。我首先碰到熊和王，谈了我对六场的想法；而他们几乎不置可否，仅止说明他们准备边排边改。很快，王不见了，来了李局长。李听了我的想法后告诉我，戏要演出后，广泛征求了意见，然后才改它了。因为前天晚上，西南宣传部的陈部长们认为《许》很不错，将是这次会演中的尖子。原来他们对我的敷衍、躲闪的原因是在这里！

事情会变得这样快，这是想不到的。因为上个星期，王来我这里时，还说："白部长、李局长早讲过了，剧本怎么改，由你做决定呵！"就在前天，李也同意我的意见：在两三天内由我同王等把剧本定下来。可是，今天我忽然变成这么不需要了。一句话，这次参加《许》剧修改工作的经历真是个教训：在我家里闹一次，到五福村后又闹一次；这一次没有闹，可多不痛快呵！

回到家里，才知道继玳来了。从她口里，知道刚宜已到北京。老艾去车站接过他；但因为学校备有专车接待，他直接到学校去了。我还从继玳口里知道，翔鹤、白尘，都到过他们家里，而更多的事，她就不知道了。对她哥哥和她哥哥那个女朋友却说了不少：已经二十一岁了，刚在高中毕业，继泽以照相迷身份认识了她……

意外地喝了三杯大曲，这也是近来少有过的。午睡后，把过民主生活的发言记录改了，几乎等于重写！总共不过五六百字。改好后，头痛欲裂，于是出去逛街。穿过春熙路一直走到盐市口，到了文化宫，疲乏极了，坐了三轮回家。

夜里，同小娃、继玥闲谈了很久。小娃的确懂事，但也相当调皮。

9月1日

因为两点半要去参加"西南会演"开幕，十一点半就吃午饭，十二点半就睡午觉。照旧没有睡好。正迷糊间，小马来喊，我立刻起来了，忙匆匆洗过脸往前院去。汽车边只有曾克，她告诉我，王书记不去了。因为已快两点半了，大会又规定是二点二十分进入会场。这时可能人已到齐了，我们赶去入座，在众目睽睽下太不好看。

我把表掏出来：两点！原来早停了。部队上的同志就严肃认真，但我也并不是有意要拖迟呵！所以我说："跟我们挨边，有时就是不大好看。"因为我觉得王把事情看得过分严重，有一股气，所以他的话那么尖锐。

我们进入礼堂时，确乎已经两点半了，人也几乎已到齐了。但是，迟到的也还不止我们。而且大家正在轮番唱歌。过了好几分钟，主席团才缓缓出场。

休息时，同胡漱芳、许倩云闲谈了几句，后来又听了余辅之对《许》剧的意见。

9月4日

晚上去军区看彩排《边哨风云》，杜书记、张部长、李部长都去了。演出前，张部长同我谈到李雁的《孔雀飞来》的处理问题。我们的前排是杜书记。

这个中篇小说不错，方向对头，作者的才能也较突出。几天前，我曾邀他来我家里，谈了些我的看法。因为知道并未与《人民文学》有约，东西有六万字上下，《四川文学》要登三期，这对刊物、作品的影响都不利。所以劝他交给《收获》，他同意了。等他走时，我又向曾克说明我的意见，她也赞成，于是把稿子交给前来参观会演的以群。

因为《收获》缺稿，以群很快就把稿子看了。前天来电话，要我约作者谈谈修改意见。我给阴国民打电话，请她转告李雁，又叮咛说："是否交《收获》，叫李不要肯定回答，等征求他们领导意见后再说。"而接着阴告诉我，高处长已经说过了："我们自己一个青年作者的作品，为什么要给《收获》？《四川文学》一期发不完，可以分期登！"我高兴自己把事情料定了。但在坐上汽车，准备去参加纪念抗日战争胜利二十周年的庆祝大会之前，我又叫了任小丁来，赶快给阴电话，叫李雁不要去找叶了。

在庆祝会的主席台上，我也想着这件事。一眼发现了高处长，我又立刻离开席位，去后台找他解释；但他正在同记者们商量发布新闻的事。会后本来想走，后来还是顺大流，到堂厢看了文艺演出。奇怪，《兄妹开荒》特别叫人兴奋！心情也很愉快。但一回到家里，李雁的稿子的事，又在脑子里活动了，既未肯定给叶，以群又是老熟人了，问题并不麻烦；但高的话太刺激人了……

我同张部长谈起这件事，他同意我的处理意见。这个，阴国民昨天就告诉过我了，但我还想亲自谈谈。张部长当然还是那个意见：可以交《收获》。但我们正谈着，杜书记掉转头来，插话了："《四川文学》不可以发表吗？"我简略地做了解释："长了。""可以分两期、三期发嘛。"看来事情又发生变化了。

彩排直到十一点半才结束，加上杜书记、郭政委的指示，已经十二点过了。整个戏给人的印象是：乱。改编后，主要矛盾是敌我斗争。可是，在表现我军时，仍然保留了不少认识上的问题。郭政委有不少意见很好，而且尖锐，一针见血。

郭两次要我发表意见，我都推到明天。他说我太慎重了，这有对的部分，的确需要认真想想。但是，还有一个原因，杜书记面色苍白，不能再扯谈下去了。

回家后疲乏之至，周身像要垮了，上床的时间是一点过五分。

9月5日

上午，泡了杯茶，就到黄其云同志家里去了，同她和白山杉谈《边哨风云》。

开始，我毫无信心，因为脑子里没有什么印象，更不要说意见了。可是，经过她们一些提示，印象来了，意见也来了，有的我还觉得相当精彩，仿佛神来之笔。比如连队的作用，这是山杉两句话提醒我的，我又发挥了一大通！

谈完时才十点半，虽然说了不少，精神却很不错。休息了一会，田兵同志来了。我们前几天在锦江见过一面，他觉得我身体太不行了，黄、瘦，引起了他的担心。他深为叹息说，我不像三四年前在贵州旅行时活跃了。后来又严肃地劝告我：一定把酒戒了！并且打起精神来工作。当知道我家庭发生的变故时，他又劝我找个老伴。他是山东人，忠厚老诚，对于他的关心我很感动。

以为刚锐夫妇会来吃午饭，没有来，我只好单独吃了。但我刚准备睡午觉，他们又来了。把戏票交给他们，又为他们安排了午饭，我就睡觉去了。因为下午要去军区提供意见，这是昨晚约定了的，看来下午非去不可。

三点起床，三点半去军区文化部。是坐的报社的车，我们的车，曾克坐起走了。同我一起谈的，除李模同志外，有余副政委。三位作者，有两位参加了。我一坐下，就摸出山杉为我准备的记录；可是实际没有用上。我一气就把自己的意见说了。

有虚有实，我自觉谈得比较系统，也还具体。后来，李模同志告诉我，讨论了一个上午，他们已拟好修改提纲了，于是对每一场作了扼要介绍。

临走时，我告诉他们，若果他们需要我参加讨论，电话来了，我准到。

9月7日

今天七点过我就起床了。上午八时，赶往东风路参加修路义务劳动。

我干的铲土。大约工作半个多小时，就得休息一次，休息时就四面观望。中小学生、机关干部最多，其次是战士和居民。大慈寺附近有指挥所，临时医疗处，还有些青年人在做鼓动工作。最忙碌的，要算工程技术人员了。

最引起我兴趣的，是文联这个队伍，就中又以创委会突出。好几个人的作风，通过工作，一眼就看出来了。正是他，而绝非别人。某公衣冠楚楚，蹲在地上扯爬地草，扯掉一窝，抖去泥土，装在箢箕里；等装满了，然后，像散步样，一只手端着，倒在街心花园的土堆上。最后，转来了，抽燃烟，息气……

刚刚十点过我就向李彬请假，回来了。下午是四点钟去的，走的时候大约五点一刻。想买点水果，但两三家水果店都只有桂圆、老姜、雨伞……

回到家里，又把缮写过的检查稿做了一次修改，批了几句。

9月9日

晚饭后出了一件不愉快的事情:原来希娃今天逃学,没有去幼儿园。

起初,我只感觉得他神色不大自然,衣服也出奇地脏。没有想到,他一早就同小马的女儿到东风路工地玩耍去了。这一切,都是晚饭时第三幼儿园两个教师来访,才逐渐弄清楚的。她们的负责态度不错,她们还以为他病了呢。

恰恰礼儿也回来了,在一道吃饭。在事情弄清楚后,尽管他劝我不要着急、生气,他自己对这问题的重视,却很显著。我特别不满意刘大娘,早晨,希娃说他自己去幼儿园,她就由他去了,否则,这件事是可以避免的。当礼儿同两个老师继续研究情况时,我就退回寝室里来了。

天色已暗下来,我心情沮丧,沉思地陷没在沙发里。只有一个念头占据了我:只好让希娃回孟家巷了,我还是照原来的计划单独生活。而且我忽然想到,从工作出发考虑,我一个人单独生活,是会好得多的……

这后一个想法支持起我,所以当我同礼儿一道上街的时候,尽管对刘大娘照旧不满,但我坚决地告诉他:让杨希回孟家巷吧,免得都为他担心。

当然,这件事不是一下就风平浪静的,还会发生波澜。

9月10日

得刚宜信,看了颇为纳闷,这是我没料到的:他不满自己的专业!

立刻同杨礼通电话,才知道他也接到同样内容的信。而据他分析,这一半也由于初次出门，有些想家。而不满自己的专业，则是一般现象，专业就是具体、局部，而青年人总感觉没有什么学的。我说："他想学一个人制造一架飞机！或者一个人设计一架飞机。主要的原因却在于：不愿意全心全意当一颗螺丝钉！"

打电话后，就给艾芜写信。我好久没有接到他的信了，担心真妮病情有变，或者他自己病了，这两天我一直想写信问问。但我今天写信，主要是希望他能找刚宜谈谈，了解一下他的思想情况，然后加以教导。

午睡后，又得刚虹来信。她的情况不错，最近受到了分团和工作队的表扬。这孩子是个搞政治的，一到那里，很快就适应了。她还附来两封刚宜的信，一封是给她的，一封是给刚齐的。而奇怪的是，他表示对自己的专业满意嘛！……

给刚宜也写了封信，我只叫他一定去看他汤伯伯，有什么问题可向他汤伯伯谈。大部分是谈的家常话。也把刚虹的情况扼要转述了一遍。

晚上，在红旗剧场外徘徊了好久，最后，我走进大门；但不久又退出来了。

9月11日

因为小娃逃学，曹晚上回来了。今天一早又带回孟家巷，说过两天转来。

我是十点起床的，起来才知道他们已经走了。十点半去省医院看牙齿。我牙齿痛了三四天了，今天疼痛虽好多了，但怕再发，而且几枚牙齿都很松动，应该检查一下。碰见张光茹，她再三为我张罗，前后还没有半点钟，黄老就为我诊治了。

黄一面检查、擦药，一面说："这颗也得拔呵，不能留了。"我上面牙齿还好，下面除开四颗白齿，其他六颗中，他认为有四颗都得拔去，重新装配。他说："你咋不瘦嘛，这么多牙齿没作用了。"并告诉他的助手，下个星期一开拔，给我安排一下。我忽然说道："我白血球只有4200呵！上个月还要低；3800！……"

我话还没有说完，黄就连连叫道："那就不能拔呵！"随即吩咐他的助手："跟内科联系下吧！"就忙匆匆走掉了。我向那助手说："你刚才讲至少要6000才能拔，可是，这几年，我最高也只有5000几！"他认为5000以上也行。

刚好吃完晚饭，继玭来了。我告诉了小娃的事和我医牙齿的情形。等她吃完了饭，我们一道出街，去影片公司看《苦菜花》。九点半才结束。

若果继玭不来，今晚情绪会很坏的；可是她执意搭车回学校去了。

9 月 15 日

去川医，主要是想看看检查饿血的结果。上月底就该去看的了。

前两天，我还去查了次血，是检查白血球和血色素的。梁医生在看了两份检验单后，告诉我，白血球是4250，血色素在好转，看来药生效了。胆固醇高一点点239，肝功能基本正常。我忽然发现检验单上有一项是"＋"号，我立刻紧张了。梁要我不要单注意这一项，全部配合起看，问题就不大了。

但是，非常明显：肝功能是有问题的了，她要我继续服用铁剂，解决贫血的问题。另方面，注射肝精针，一个月后再去看。我一回家就碰见黄，她告诉我："下午学习呵！"听了心里有些烦乱，感觉太不体谅我的健康情况了。自从五福村搬回文联以后，尽管我再三声明，我还得休养，但总有这样那样的事来麻烦你。前两天，关于李少言借车的事，马铁铮也跑来问我来了……

下午参加了学习。因为正在学习《讲话》，而为了结合实际，发言内容都是会演。这本可以，也应该谈得好一些，但几乎同上个星期样，我感到照样空泛，并没有真正结合实际。因为我觉得，如果在学习中，既不敢暴露思想，又不对所结合的实际做些钻研，是谈不上结合实际的。只有安旗的发言，我认为是做过准备的。

最近两个月来，文联在政治学习，特别学习"毛选"方面，无疑加紧了。但是我有一点感觉，似乎还不够深入、切实，存在流于形式化的危险。

9 月 17 日

九点半才起床。用早点后，去总府街看华君武、王朝闻和李少言。

半个月前，我就知道华和王来成都了，想去看他们，但总打不起精神。昨天晚上，散步回来，看见他们的条子，才知道他们来过，我出街去了。据阴国民今早上告诉我，安旗碰见他们，告诉了我的近况，于是他们昨晚才一道前来看望我。

他们会以为我的情况很严重吧，这也叫我前去回访他们，让他们早早放心。一进屋子，才知道井丹同志和他爱人也在那里。他们同华很熟，主要是去看他。华和王，头发都白了很多，后者照样很神经质，正在向廖大谈他对《许云峰》的意见。等到华把话头接过，他又单独同我谈起川剧来了。

这是一两月来没有过的畅谈，但是，真正的闲谈却在晚上。晚上，井丹同志请华他们在玉龙餐厅吃饭，又几乎尽是熟人，至少基本上都互相了解，所以谈话比较没有拘束。我也谈了不少，特别谈到解放以来，在历次文艺界的思想斗争中自己的态度、变化。感受最深的，是去年的文化革命。而最为突出的例子，是对我向来尊重的一位老同志的批判……

此外，我还谈到一些有关问题。大约我谈得太严肃了，井丹同志笑道："不要太紧张了，小是小非不会公开批评！"他还谈到一篇文章，要经过广大群众批准，才能站得住脚，这也不容易呵！所以对作家也要一分为二，他说得很好。

吃完晚饭，八点钟了，我仍旧赶往大礼堂去，看了乌兰牧骑。

9 月 18 日

九时，没精打采地同曾克一道去参加外事办公室召开的会。

会议是张力行同志主持的。分派任务后，我们赶着回来了。因为十一点半就得到达机场，而我不但胡子未剃、皮鞋未擦，时间又已十点过了。一回来就进行准备，因为黄、李都说，布衣服不行，西服不穿又未免可惜，于是第一次在成都穿西服。

从后院到前院，一路引起人们的惊异、赞赏，弄得人怪不舒服。到了机场，熟人们不只惊异，而且开了玩笑。我自己也不自在，连行动都减少了，就只同半黎同志等坐在一起闲谈。快十二点半了，听见飞机的声响了，这才走向阳台，到机场。一切都由办公厅的同志摆布，礼节太烦琐了。

这一批柬埔寨外宾，有好几位公主、王子。主要是黛维公主，个子比曾克的女儿大不了多少，她丈夫是个混血儿。那个在北京读书的纳拉波迪波王子看来相当聪明。全部来宾十之七八是青年人，几乎手上都有一只白塑料提包。

晚上参加了副省长的招待宴会。同席的客人有王子、主要演员，还有一位医生。发言最多的是那位医生，我同余都说得较少，只是拼命给客人分菜。

宴会结束后我就赶紧溜了，因为已经感到疲乏不堪。

9 月 19 日

杨礼、秀清都回来了，可是不见希娃。十点半同黄去机场接文井同志。

文井这次来颇感意外。今春北京一别，八九个月了，真有不少话想说，可又不能不让他住定下来，好好休息。于是约定下午再去，就回来了。午饭后，同礼儿谈起刚宜，专业问题他想通了，我感到高兴。可是礼儿却告诉我事情的经过真相：这孩子曾经想休学一年，回来养病；我马上火了，很生气……

我同礼儿几乎争执起来，好在我们彼此都注意克制；我很快转身走了。心里非常难受，躺到四点钟才起来。同礼儿见面时，我们谁都不谈刚宜的事。我约文井游草堂去了。在草堂，我们一边走一边闲谈，几乎重要地方都走遍了。而且意外地看了草堂的兰草，有几十盆夏蕙还在放花。离开草堂，我们还游了青羊宫；不过相当草率。去三洞桥，结果败兴而归，因为凡有鱼类，都早已卖完了。

送文井回旅舍，即招待所，我也回家来了。晚饭后，我在房里独坐，礼儿走来，轻言细语，十分慎重地向我汇报了刚宜闹情绪和他处理这件事的经过。他解释为什么他要等问题解决了才告诉我。我听了不住说："你做得对！""也该你帮我办办这些事了，你做得不错。"真的，这个孩子会这么懂事、干练，我很喜欢。

晚上，我们一道陪文井去看了川剧《黄继光》。前两三场，比较不错，以后，就有点难乎为继了，与前面不相当，而以写敌人两场戏最弱。文井的看法同我的基本一致。

当然，我们也一致承认，县剧团能搞到这样，也是不容易的。

9 月 30 日

早上，八点半就起床了。我是四点不到就醒来的，因为老想着今晨要听报告。

喝过牛奶，王也刚好吃完早饭。我们一道到了前院，站在汽车旁边等曾和柯。因为老不见来，老曾又说他们还得过一阵才能动身，我们就提前走了。人到得还不多，我在靠窗的地方找了个座位，然后去泡了杯茶。昨晚服了两次药，又没睡好，脑子昏涨，四肢无力。我希望用茶和清凉油解决一部分问题。最后那次药真不该吃！

地点是省党校，报告者是杜书记。报告内容呢，省宣传工作会议的总结。尽管聚精会神，因为脑子正同海绵一样，反应能力太低，所以杜讲的话都未能形成一个明确概念，很苦恼。休息时候，安旗告诉我："有印出来的提纲，你设法找一份来看吧！"所以休息以后，我就找伍处长借了一份，索性不要听了，专心一意来看提纲。这很解决问题，精神也逐渐好转了，因为有好几个问题都讲得很精彩。

报告将近一点钟才结束。回到家里，已经筋疲力尽，动都不想动了。虽然怕影响肝病，可仍然喝了好几杯酒。因为不好好睡一觉，下午实在难于支持。一直睡到四点半才起床。晚上，听说文井从自贡回来了，在街上走了一圈，然后去招待所。我向他提出文联座谈的事，他告诉我，白羽来电话催来了，要他 3 日一定返京。

随后，他又同北京通了长途电话，才知道要他回去参加 4 日的党组会。而这个会又相当重要。可是，3 日没有飞机，可能只有 2 日走了。这晚上我精神特别坏，说话也一直有气无力。本来想多待一阵的，九点过我就走了。去看了方殷。

在方殷那里，待得不久；但说话较有精神。因为在谈到李雁那个中篇时，他说："我想要他添两三万字，这样就可以出版了。"这立刻使我激动起来。

我直接告诉方，他的出发点错了！是否增添，应该从作品本身出发来提。

10 月 1 日

八点半醒来，知道文井已经来了，在王那里。他来到我这里，已经九点过了。

我们谈了约半点钟。这次谈话很好，他劝我一定得打起精神来工作。否则身体、精神，都会越来越坏。方法呢，在于打破目前的环境，经常下乡、下厂做些有关群众文化活动的调查研究工作。而经他这一提示，我也逐渐感觉天地很宽广了。

九点半，我们同王一道去市人委会，参加国庆节。去到主席台上，我把他领到井丹同志面前，就溜掉了。庆祝大会开始后，我才又同他一道站着观礼。随即把他介绍给守愚同志。不久，廖又把他拖去闲谈去了，我呢，也同张部长退到后面，去喝茶。郑瑛同志也在那里，于是他们一唱一和地谈到我的生活问题……

随后，我又同以群和亚群同志一道扯了很久。话题是这次会演中大家对几个戏的看法问题。因为都是熟人，我发表了不少意见。有一次，刘部长来坐下；但很快又走掉了。不知是因为忽然感觉人不熟呢，或者想起了什么紧要的事。后来，邻座有人嚷道："看文艺队伍呵！"这也是说，大会要结束了，于是我们就又分头走去观礼。我和李部长在一道，他顺便告诉我，我们应该向杜书记汇报工作了。

散会时刚好是十二点。我约文井来家里吃了饭，然后叫老曾送他回去。我不到三点就起床了，因为约好了同文井一道去市委看井丹同志。廖正在同冯书记下围棋。我们一去，冯和另外一位同志就走掉了。

于是我们开始了地道的闲谈。后来，王约同志也参加进来，上天下地地谈了不少。因为廖有约会，五点半我们就走了。

回到家里，刘大娘还没回来，杨礼一家人正在弄晚饭吃。这两个意外碰在一起，我们的晚饭算是有着落了。饭后，两个孩子老缠着我不走，要看焰火。我们本来约定看"白剧"的，只好改变计划，先看焰火，然后去看"白剧"，让孩子们乐一乐。

焰火完后，我同文井步行去红照壁看《红色三弦》。明部长、张部长也在看。我们去时正赶上开锣。原想看一半就走的，后来，居然一气就看完了。

文井明晨就要飞北京了，在招待所同他道别时，颇感惆怅。

10 月 2 日

以为孩子们会回来的，结果大失所望。幸而刚吃午饭，继玳来了。

我害怕她走掉，去睡午觉前，我再三叮咛她，即或晚上要回学校，也同吃了晚饭再走。因为没准备菜，午睡后，各人吃了一枚苹果，我又带她去街上买东西，一边逛街。在香风味买了些卤肉、香肠。回家的路上，碰到宗林同志，闲谈了几句。

晚饭后，把继玳送走了，顺便转了一转，然后回来收听广播……

10 月 3 日

请以群来吃晚饭。因为 1963 年在上海，他做过东道主，而又是早就相识的同志。

以群是五点来的。他特别约到这个时候，因为我还有些别的事务，而且怕他太来早了，没有精神应付。吃完饭，七点了，他得去看戏，我也没有留他。只是交了四篓白菜腐乳、一篓豆瓣，托他带往上海送人。当然也有他的一份。

八点，《四川日报》南充记者站的彭德芳同志来了。我上午去报社扎针，偶然碰上了他，于是约他来闲谈。他谈了不少火花公社的小故事。这些故事都反映了"社教"后社员们的新的精神面貌。后来我又向他问起苍溪、武胜的情况，因为这两个地方我比较熟。可惜他知道不多，这两年没有去过。

送走彭，已经八点半了。我照旧去春熙路跑了一圈。又，下午杨礼夫妇来过，还把孩子们也带来了。可是，因为晚上有客，四点过，他们就走掉了。

10 月 6 日

上午，正在飞毛毛雨，李雁来了。是我约他来谈他那个短篇的。

我告诉他，他的作品有一个很好的优点：目的性非常明确，但从这个短篇看来，应该尽力防止概念化。接着对作品做了一些必要的分析。十分明显，他太迷信于编故事了。而若果写不出人物，又看不见人物生活于其中的环境，故事编得再巧，主题再怎么正确，作用都不会大。我又谈了两个相反的例子来进一步说明我的论点。

这两个例子都是 19 世纪的俄国作品，讲了过后我才有点后悔，担心引起误会，幸而他都没有读过。我也没有劝他找来参考，随即就把话题转到别的方面去了。主要是《孔雀飞来》的修改问题。这篇作品《四川文学》就快要发表了。

从《孔雀飞来》随又扯到方殷向他约稿时的谈话，我听了很生气。因为我曾经劝过方殷，不能这么样提问题：再补充三四万字就可以出版了，这样太薄……

我真不知道出版社究竟有无政治工作。

10月9日

一天都在开党组会。下午，会快完了，重庆市话剧团的同志来了。

其时，我正在发言，而且相当兴奋。但是，我忙着做了结束，领客人到我家里。一共有四位：张英、徐九虎、刘曦，还有一位是第一次见面，据说是《劳动万岁》的执笔者。一坐下，我就大谈特谈起来，讲了我对重庆三个戏的意见。当然大加赞赏。

另外，我看过的几个小戏，还有白剧《红色三弦》，我也议论，赞扬了一番。可是，同时我又提醒他们，咱们有几个小戏自然不错。中南会演中的《补锅》《三打铜锣》和《借牛》，也很好呵，千万不要自我陶醉。而且，有的小戏，比如，两个写女民兵的，都不好，南川的那个还有错误。这是我第一次痛痛快快发表剧评。

最后，张英提到他们正在演出的《劳动万岁》，而且指着刘曦说："他演的老工人！"我仔细一看，刘曦的化装还未完全洗掉，是演过戏就来我这里的，于是我立刻理会了他们的意思，答应明天下午去看他们最后一场演出。

想起来，我同剧团的关系，要算和他们最密切了。这同他们创作《40年的愿望》时，市委张霖之同志曾指定参与其事有关，也因为我在重庆真正管过一个时期工作。

我对他们的来访真正感到高兴，特别因为可以敞开对他们提意见。

10月11日

上午，柯岗领了云南文联谭碧同志来看我。解放初在重庆见过面。

谈话范围很宽，从《红色三弦》扯到刘封德同志的《归来》。我表示了我对《红》剧的欣赏，但也谈了我所感到的不足之处，由于作者和演员对那个姓董的老头儿没有一个明确的概念，因而矛盾的解决方式就变得可疑了。

谭同意我的看法；矛盾的性质有些模糊。但他又补充说："第四场展开的斗争，原早还要过火得多呵！"随即把话题转到刘封德的疾病，以及我对《归来》的意见。因为谭说他一直还不完全承认错误，总坚持自己的主观愿望是不错的，良好的。我说："当然，若果有意为之，那就更严重了。"

我还特别提出，把问题看严重些，比把问题看轻些更有利于改正错误。而《归来》发生的错误，应该联系到咱们这些人世界观的改造问题和对三年自然灾害，国内外阶级斗争形势的态度来看。当然，说过后又感觉自己讲得太放肆了。

送走谭后，就赶紧去邮局为刚宜寄正骨丸。是信寄的，一共三包。昨天也寄了一封，每次都附有一信，可以说接连写了两封信了，可是仍然未尽所言。

10 月 12 日

十点半，冯旭同志来了。因为刚好从青羊宫买了些鱼，就留下他吃午饭。

他知道我昨天看了《劳动万岁》，就从这谈起来，说张英同志已把我休息时和演完后两次提的意见都通通告诉他了。接着我就开始补充。主要是正面申说如何进一步发掘人物性格，而且明确指出，主人公，即那个技术人员应该振振有词地为自己的行为辩护，而不是自觉理亏，忸忸怩怩……

我说了一大篇，自己觉得颇有道理。随后，我又对《嘉陵怒涛》提了意见。说我并不反对把斗争对象写成官僚、资本家，但是，第一场和最后一场不大必要，斗争场面自然热闹，推敲起来就会出现漏洞。

而且去掉拦尸一场，太可惜了。第五场添得好……

当然不止第五场，即周、林在江边见面一场也添得好，写得不错，整个林玉英的塑造，京戏大有进步。我对《龙泉洞》的意见，也一并向他说了。

因为有人一道吃饭，很感高兴。前两天安旗也来同我吃了一顿晚饭。

10 月 14 日

刘开渠同志从北京来蓉，昨晚未见着，同少言约定今天陪他到大邑去。

车在新津机场附近的小镇上停了很久，从北京来的客人都争着买地瓜，吃地瓜，津津有味。到地主庄园已经十二点了。吃完午饭，我就把开渠同志领去参观。因为我想争取赶回成都开党组会。睡过午觉再看，那就完全来不及了。

我们主要想看收租院的雕塑，所以其他部分都看得很草率。收租院共有 114 尊塑像，是青年雕塑家们用传统技法塑的。共四部分，互相连接，生动地表现了地主阶级剥削的惨重和农民群众的抗争。一位姓龙的雕塑家陪我们看，一面为我们解说。使我最受感动的是群众的反应：崇庆羊马公社六个老太婆参观塑像的故事。

我动身回来时已经两点半了。刘们留了下来，因为他们一早就准备住几天，为将在北京举行的这些塑像的展览进行准备。我们在大门口作了别。

大约司机也想赶回成都，车行甚速。回到文联，会议已经开了将近两点钟了。

10 月 15 日

下午，和统战部通了电话，知道宗林同志出城去了，于是去五福村。

到五福村时，听说他午睡未醒，我就独自去园中游览。随后再去一号，他已经起床了。我们一同在楼下闲谈了很久，主要是这次会演中的一些情况。有些情况，我是一直不知道的。我仅就讨论中的某一问题谈了谈自己的看法。

因为好久不见面了，很快又得去农村做调查研究工作。我前天就想来看他的。大约由于好几天没有刮脸，看起来更瘦了。他告诉我，夜里气紧，常常睡不着觉。

顺便摘了几朵月季回来。自从买过两次夏蕙，就没有为顾找到过这样好的花了。

10 月 20 日

这几天都在为去江津做准备。此外还得赶篇短文。今天一早就醒在床上了。

很疲乏，想睡个大觉，可总睡不着。直到八点钟了，只好起床。因为王书记要在党组传达杜书记的指示。本来他昨晚上就已扼要传达过了，但不去是不好的。听了传达后又做了相应的讨论，对于杜批准了的一两个决定，更明确了。

会散得比较早，我又忙着再次修改为《四川日报》写的那篇短文。一直到午饭当中，还改了一两处。午饭后重又仔仔细细看了一遍，决定赶快送去，免得心上心下；可是没有找到老罗，马栋臣也不在。幸而尽管没有送走，尚未影响我的午睡。我一觉睡到三点过才醒，实在太疲累了。来不及做别的，我就忙着同报社联系。

送走稿子，就开始收拾行李。现在一切都得依靠自己，没有人为我照料这些琐碎然而必要的事务了。铺盖卷是老曾、小马扎的，接着我就收拾日用物品。单是药品这就有八种！这中间，王益奋来闲谈了很久，而我也正需要有人谈谈，歇口气。

送走王后，发现方桌上有一封白羽给我的信。我们已很久没有通过信了。他谈到巴公在越南表现出来的革命热情，谈到西南的建设对他的吸引力。仿佛知道我要下去，特别写信来鼓励我……

下雨了，留在家里继续收拾东西，例外地喝了点酒。睡前回了白羽的信。

10月21日

早上，七点过就起床了，因为八点以前得去车站，赶着收拾东西。

正准备吃稀饭，王书记来了。我也正想饭后去看他，告诉他，我们该向省委宣传部建议，争取安排创作人员到三线的建设工程上去。我们没有人，就从其他艺术团体内调。这是看白羽信后想起来的，他说很想看西南的建设工程。

他一坐下，我就顺便向他说了。还对他说，我觉得，有些工作尽管我们本身无能为力，但是我们可以建议，争取宣传部采纳，动员另外一些文艺单位去干。而这也是我们工作的一个方面。王看我老是谈，不吃饭，他赶紧走了。对于我的建议表示了同意。可是稀饭是昨天的，有点酸，掏了几口我搁下不吃了。

在去前院的途中，我把五十元钱和钥匙交给了王映川，要她转给杨礼。快上车了，又叫来洪钟，请他同报社联系，对短文做了一处修改，这才动身到车站去。目前硬卧，只要是下铺，并不坏。开车以后，我就取出报来。连《参考消息》一共四种，两个钟头不到就读完了。主要是 20 号《人民日报》上有关印尼局势的资料。随后我又带去找蓝万能他们。真像长途旅行，穿过七八节列车又碰见罗湘浦。

下午，将近四点，就到达江津了。文化局唐局长来接我们，来了两部汽车。颇难为情，但又不好拒绝。住的招待所也很好。晚上，正想去参加晚会，崔书记来了。我们从彭真同志最近在文化局长会议上的报告，一直扯到当地当前的文艺工作。在去看戏的路中，我告诉了他我准备写解放初期的斗争。他很赞同。

晚会演出了两个川剧，两个话剧，话剧是业余演出。《理发员》的确不错，只是动作多了一点，不如在成都演出时朴素了。《三个鸡蛋》单薄、干枯。两个川剧都是移植的。《审椅子》剧本不错，演得也好。《小老虎》就是最后一点处理得好。

回来的路上，对几个戏的意见，都向崔说了。回来，又向罗、冯谈了一阵。

10 月 22 日

一直都在飞雨，风也跟昨晚一样大，相当冷，四面的山头都有雾罩。

十点四十分了，唐局长才领了江津文化馆的同志来。开始谈就十一点了，我请蓝特别关照厨房，推迟到一点钟吃午饭。我一面听，一面也有意地插几句，提示或者追问。就所谈的来说，相当精彩，值得跑这一趟。想一想吧！从土改就搞起的；"大跃进"没成立文工队；困难时期讲《山乡巨变》来打击单干风……

吃完午饭已经一点半了，没有睡好；但仍振作精神于下午三点半去箕山参观农科院的试验茶场。先看茶园，然后回转来看化验室和制茶的茶厂。但我最感兴趣的还是茶园，因为它显示了解放后改造大自然的奇迹。

从茶场回来已经六点过了。很疲乏，但并不失悔跑这一趟，反之倒觉得幸好去了，长了见识。饭后，刘书记来谈了很久。他在永川做过县委书记，认识李累。

刘谈到进军西南时说：入川之前，在路上就把每个县的领导班子配成套了。

刘还告诉我：解放初永川的警卫营长，叫韩战胜，现任合川武装部长。

10 月 23 日

同唐一道去看崔书记。向他请示，并汇报了我所了解到的剧作者杜某的情况。

因为有唐在座，我同崔书记谈话之间，进一步了解到一些地方对业余作者不合理的态度。比如，一听说有问题，也不管性质如何，严重程度怎样，就都不大敢于挨了。他们对杜就是这样，所以同时也算解决了一点问题。

回家后，听唐介绍她们的工作计划，而由于她的要求，我也顺便提了不少意见。但我再三声明，我是就那三个文件，特别周扬同志的报告的体会讲的，如有出入，以文件为准，以地委的指示为准，我谈的只有一点点参考作用。我还建议，他们可以将一些创作人员的稿子选一部分，交我们帮着看。

十一点吃午饭。半点钟后，出发到车站去。乘客不多，座位很容易找，而且还可以躺下来休息。所以虽然一站一停，倒也还不觉得时间难挨。三点半到小南海。因为要等由重庆到贵阳的慢车，得停两个半钟头，我不觉有一点闷气了。

但是，独自走了一圈之后，却又不免失声笑了起来。因为小南海下一站就是大渡口了，而我们又只需坐三站路就到达目的地，于是给王觉写了一信。

我们的目的地是川黔路七龙星站，七点半到达。宿广柑收购站。

10 月 24 日

上午，由刘书记介绍全社情况，包含各方面的，这个社尚未搞过"社教"。

下午三点，到大队管委会。他们准备把我安排在这里住。但在看了白家嘴、大屋基，他们为蓝他们安排的住处后，我断然改变了主意。愿意放弃他对我的照顾，决心跟蓝他们一道住了。因为容易展开活动和彼此联系。

回到七龙星已经六点半了，吃完晚饭就已七点。去广柑站休息吧，时间太早一点，但又似乎无事可做。因为我们打的地铺；虽然一张铺只睡一人，又只有一层楼睡人，但整个屋子就住了八个，窗外又间或有火车经过，实在也休息不下来。我独自去听站上的政治学习，随又叫敖他们去教唱。

敖因痔疮发作，明天就要回成都了。这个大块头真令人不快，好容易请了他去，他却让眼镜教，自己只是偶尔纠正一下调子，或者示范地唱几句。而且说的尽是高、低、强、弱等等。最后，在蓝的建议下，我当场对他们作了纠正。

这个广柑站平常只有十多个工作人员，而且以知识青年为多，那些女娃娃特别活跃。我们住的房间，是供收购期间临时工住的。再一月就是收购期了。

睡前，我们研究了一下，准备将收购站作为歌咏辅导的重点。

10 月 25 日

上午十点从广柑站搬到大屋基来了。这里地势较为开旷，可以望见铁道。

大屋基是个大四合院，只是前面已没有大门和围墙了。相当敞亮，对面山坡上有一丛丛棕树、竹子，还有些广柑树。院子一共九家人住，人口三十几，儿童在二十个以上。

我们房主人就是俱乐部副主任，五队生产队长，又是支部组织委员。姓林，被国民党抓过壮丁，1953 年才转业回来的。瘦削、精干，能言会语，说话举止都很利落。昨天我们就见过面了，是故事员。他的爱人瘦长长的，还很年轻，拖起两条辫子，但已经有四个小孩了，大的十岁，小的还只有三个月；她弟弟同她们一个锅吃饭。

我们住的这间屋子，是他大炼钢铁时期，被遣散回来时用一百二十元买的。他觉得买对了，现在就是材料卖都要值两百元。我从他的谈话似乎嗅出什么味道来了，但也可能是我神经过敏，一切都得住久了才弄得清楚。妇女主任马大辉给我的印象也深，真所谓生龙活虎的。健壮，才二十五岁，可已有两个孩子了。丈夫在江津柑橘站做会计。晚上，她非常直率地告诉了我们一个通奸的故事。

到这里后，把床铺铺好了，就同陈科长举行座谈会，听他介绍江津县全县的情况。主要是文教方面的情况。真没想到，这个地域辽阔，有一百零几万人口的大县才七个放映队，一个一百二十余人的川剧团。像桐山大队，剧团就从未来过，就是电影，也少来，一向是沾火车站的光。大山区就更加不用提了。

两点才吃饭。也许饿了，吃了一大碗干饭，大半碗红苕粥。午觉可没有睡好，起床后到田坝里跑了几趟，因为一坐下来就有麦麦蚊咬。天气意外的晴朗。

晚上大队在这里开干部会，内容丰富，快十一点了，才结束。显然是陈建议搞的。

10 月 26 日

晚上没有睡好，可是，刚七点一刻，就被叫起来吃早饭了。不起来不行……

糊糊涂涂吃了大半碗干饭。一边吃一边打噎；可是接着却又吃了半碗红苕稀饭，因为的确有一点饿。而且午饭要两点才能吃，不加一点不行。但跟以往相反，饭后更感疲乏。于是让罗们去参加劳动，我呢，脱去衣服，睡觉去了。

今天一天就睡了好几次，因为一直都昏昏懂懂的，显然还不适应目前的生活，晚上，同几个年轻社员闲谈了很久，随后又参加了队上结算工分，听了邱伦讲的故事。

邱的确会讲，而且受群众欢迎，但他有历史问题，值得慎重对待。

10 月 27 日

上午，医生来了，为我打了针。诊所就在沟口，中西医一共三人。我顺便了解了一下他们的营业情况。据说，他们一个月要看一千多人次病号，中西药的营业额约五百至六百元。农民多喜欢服中药，因为两三角钱就解决了。

下午参加了挖苕，我揪苕鼻子，一气工作了两点四十分钟。中间，由保管员陈老头领头，大家唱了好几个山歌。引得对面山上也大唱特唱起来。有人提议唱革命歌子，没唱起来。看来，山歌最适宜劳动中唱，帮腔的气势很壮。

有一个想法这两天一直在我脑子里转：得培养两三个政治好的积

极分子出来，邱伦在群众中威信太高了，这不大好。挖苕回来，蓝们来了，我叫他到一边，谈了我的想法。

在永川，侯、黄都说，邱伦有历史问题，没有算作依靠对象，其实并不如此！

10 月 28 日

参加了半天劳动，睡眠就好多了，一直睡了七个小时，当然还是服了药的。

上午，出去爬山，到了山湾塘旁边。看了阵山势水源，更加觉得这里大有可为。具体说，我对前两天向林队长提的建议，先搞坡土改梯土，接着再将一部分梯土改为水田；还有，就是养柞蚕，因为青冈林子多，尚未利用起来。这些做法，今天觉得对当地最合宜了。

我在山上盘桓了很久，还考虑到几个短篇的构思问题，并对原计划作了些补充。也很想就在这里动起手来；但能否如愿，就难说了，因为工作尚未真正开始。

下午，劳动当中，我感觉同大家熟识多了，很高兴。彼此都有说有笑。

今晚大队办公室要开会，由巫教积极分子学认简谱。这是柯书记想出来的。我想去，但罗不同意，怕我上坎爬坡。我只好托他带了几点意见给蓝。

看了一夜《人民日报》，直到九点半钟。随后又去厨房看林他们结账。

10 月 29 日

一连几天都天气暖和，中午甚至有一点热。去看了邱立虎为柑橘树治虫。

因为公社党委号召四天挖完红苕，吃过午饭，才休息了一会儿，或者说刚才打了个盹，就出工了。今天的红苕择起来叫人丧气，因为几乎全是水胀红苕，又小又周身湿泥。太阳也大，尽管戴了草帽，一点钟不到，就热得人很不耐烦了。

为了鼓舞士气，罗叫带了半导体去。而社员们就不断问："咋不放呢？"四点钟开始放了，可是，因为野外空旷，音量不大。最后搬到人多的地方去。倒霉，放的又是弹词……

照例六点我就收工，动身回家来了。因为听说要放三个钟头的幻灯片，颇不痛快，我们恰好约了三个人来座谈呵，最后证明，消息并不可靠，约的人也准时来了，而且不止三个。除开两个队长，两个俱乐部成员，还有保管员一家人，穿戴一新的保管员的爱人，两个女儿，她们在山上住，因而带着火把。她们可能是来看表演的……

几乎只有邱伦一个人在谈。但是，若果没有林队长的几次指示，他会按照文化馆的总结谈下去的，谈不出多少新的生动具体的东西。我开始提出至多不超过两点钟的，一看表，都十点半了，我就提出结束座谈，因为明天一早还得出工。

可是，大家都异口同声："我们能熬夜的！"我就又提出马达辉她们先走。仍旧没人动身，倒是那个老太婆叫醒自己的小女儿，点燃火把，先走掉了。

蓝万伦也参加了今夜的座谈。等大家散去后，我们简单交换了一下意见。

10 月 30 日

因为昨天睡得较迟，也就没有睡好；痔疮又发作了，整天都没精神。

上午九点，蓝领来几位从江津来的客人：川剧团团长，编剧申永泉；那个在永川向我介绍情况的文化馆馆员；另一个住在蓝一起的馆员，也来了。申带来四个剧本，要我看看，我同意了。并对县剧团如何直接面向农村问题，提出一些看法。

他们是昨夜来的。准备乘十点的火车去小南海，然后回县里去。所以谈到九点半钟，我就催他们去车站了，并送他们到铁路边。回来读了《水到渠成》。

下午，把内裤在沟里洗了，又读了两场《终身大事》。这是高腔，一共四场。

今夜和平在演杂技，男社员几乎全都去了，院子里很清静。

10 月 31 日

上午，把《终身大事》后两场看了，还看了最初的本子，这是个独幕剧。

下午集中学习"毛选"，是我昨下午去白家嘴约定了的。蓝他们原说两点半来；可是直到三点才来，我已经把《农村调查研究·序言》读了一遍，又开始读第二遍了。

那个文化馆姓柳的同志也来参加了学习。除《序言》外，我们还学习了《反对本本主义》，而且首先由蓝读了一遍，然后结合我们目前的工作进行讨论。着重在用阶级观点分析我们已经掌握到的情况，从而提出进一步进行工作的方案、计划。

叫人高兴的是，通过讨论，我们对文化局的看法基本上清楚了："23 条"下达前，他们曾经想甩掉这个点。当然，以前却也长期把它看成"宝贝"，被那个姓侯的吹得很凶。

我们的解决办法也跟他们基本一致：培养一批积极分子，削弱邱伦的影响。

11月1日

这两天忽然特别感到虚弱，仿佛不能再支持了；但又必须支持下去。

上午十一点，因为看稿子看不进去，就跑去睡觉；居然很快就入睡了，到一点钟罗们回来时才醒。然而疲乏之至，想起床，可起不来。随后，吃午饭了，这才撑起来，一道去吃饭。

从今天起，罗们只劳动半天了，其余时间抓抓工作。饭后，他们准备上街理发，并且提出要为我办点吃的回来；我婉言谢绝了。只同意他们买点花生、皮蛋回来。散步时碰到他们上街，我又叮咛了他们一遍：千万注意影响，我是能支持的，不必为我担心。

我散步到两点，才回来睡午觉。起床时是三点半。想一气看完川剧团送来的另外两个剧本，但是，因为有点昏晕，看不下去，于是出去散步。五点半，在回家的途中，碰到个小学生。交了一卷报纸给我。我多想得到孩子们的信呵，立刻就回来了。有我的两封信，可没有孩子们的。一封是高缨离京去柬埔寨写的；一封是聚贤同志去重庆开会前夕写的。他谈到党组对业余创作会议的意见，也关心到我的身体……

刚看完三份报的大标题，蓝们来了，隔了不多久，罗们也回来了。大家开始讨论如何开展工作。蓝他们还补充了一些当天了解到的情况，相当重要。讨论中，我提了三点意见：要抓方针性的问题；调查，同时也做工作，就是社员，也要尽量让他们知道文艺工作的目的和意义，提高他们的监督所用；得抓紧搞一批骨干出来，方才不虚此行，等等。

因为铁路文工团在车站演戏，几乎整个院子的人吃完晚饭就走掉了，罗们也去看热闹去了。我一个留在家里细细读报，也看了家里寄来的那份准备给省委宣传部的报告草案。读报中，那篇解放军歌舞团在苏联演出的报道非常叫人激动。

苏修太恶劣了！但是苏联人民却又多么可爱，他们将会起而打倒那批叛徒。

11月2日

上午，将党组草拟的送宣传部的报告重看了一遍，认真考虑了一些想到的问题。

报告中对有的问题的提法，显然是力求明确，实则反而容易引起误会。如"以工农兵为主的业余作者"。但，这还是次要的，较大的问题是，会议规定开五至七日，可是报告、讲话，连同总结就有七次，加上阅读文件、大会发言，还能有多少时间用来讨论？还有，要我作的那个报告性质的发言，该讲些什么呢？党组要我考虑，可是很不好讲。

我首先想到的是：以机关"四清"和检查刊物为基础，作为经验教训，谈谈困难时期文艺界两条道路的斗争，让大家鉴往知来，警惕可能产生的反复。当然，这个发言，应该是带检讨性的，同时可也不能提任何一个犯过错误的党组同志。但是，对业余作者，是否有讲这些的必要？是否会引起误会？至于它会起到积极作用，这倒是可能的。因为出发点是鼓舞大家沿着正确道路前进，而且必然会谈到当前的形势。

因为昨夜服了两次药都没睡好，上午又一直在考虑问题，人也有些虚弱，午饭后好好睡了一觉，四点钟才起床。罗们在看县剧团的剧本，我就到山后爬坡去了。因为那全是石板路，纵然还是湿的，也比泥路好走。我散步到五点钟才回来。奇怪，尽管走了不少的路，衣服也加了不少，回来坐下不久，仍然感觉有点儿冷。

蓝昨天说，晚上有六个骨干分子要来，我将同他们谈谈业余文艺活动的意义，并鼓动他组织一批人做故事员。可是，等了很久，才来了四位：团的副书记、民小教师、马达辉和白起和。这后者同那个女教师给我印象很好，这批人是能有所作为的。

因为精神较差，我只简单谈了谈自己的看法。接着就扯闲谈，而且忽然扯到这一带最近的一个谣言：七仙姑下凡了，好多人到附近山头去求"神水"治病……

罗在谈到那个理发员宣讲《万花楼》一类旧书时，林队长非常天真地笑道：

"哪个去理发他都讲呵！铺子里还摆了些旧唱本，让客人看。"

我抓住这些材料又谈起来，而且比前面那些慎而重之的话谈得较为流利。因为上面的事实，恰恰说明文化思想战线上斗争的尖锐性，而我们工作得多不够！据说，支部已经叫邱伦写了唱词，并准备在车站放幻灯，这很好。

在床上收听到一则激动人心的消息：越南人民在岘港等地炸毁炸伤的美国飞机，不止前两天报道的四十七架，而是一百一十多架！事情发生在 27 日深夜和 28 日凌晨。

其中包括直升机八十架，喷气式战斗机三十多架。此外，还炸毁了两座军火库。

11 月 3 日

破晓前落了场雨，比前天大，遍地泥，整个上午没有出门一步。

中午，林队长点了豆花招待我们，让大家吃了个够。可能吃多了一点，饭后睡得人不大舒服；但仍然躺在床上睡了半个多钟头。三点，蓝们来了，又就整个工作的进行做了讨论。我让蓝主持会，自己不准备发言的，可是，后来却又忍不住说起来了。

因为讨论比较集中，又已经过多次交换意见，四点过就散会了。蓝到车站同区委联系，明天我们将去区委了解情况。我同他们一直走到铁道边才转来。但我并不回家，从田径跨上去仁沱的大路，上山去，玩到五点半才转来。杨禾同罗们正在屋里听管水员邱国安讲他怎样工作，后来我们又问到他的经历。四十五岁，只有三个儿子，爱人早去世了。老头，胡苒子很深，眼睛亮亮的，善良、朴素，非常本色。在谈到小儿子的牺牲、五间瓦房被队上拆烂时，他说："有的叫扯皮，我想一阵，还是算了！"

杨禾找他来座谈，是想帮助团支书改好那篇唱词。因为这篇唱词是歌咏邱的先进事迹。我上午也看过这篇稿子和一些记录材料，并提出了一个具体的修改建议，要杨禾进行辅导。并且争取能在《四川文学》上发表，为那个团支书树立一点威信。因为那个历史、作风都有问题的邱伦，简直成了这里独一无二的权威人士了。

晚上，本来想找邱伦来谈谈的，他上铁路教课去了。我们改变计划，讨论江津川剧团送来的五个独幕剧和一个多幕剧。多幕剧问题较大，我的意见也较尖锐。因为是原则性问题，不能含糊。在五个独幕中，有两个基础不错，大家根据不足之处提了建议。

蓝走时快十点了。我向他提出，我决定试一试，明天也去仁沱跑上一趟。

11月4日

红苕稀饭相当好吃。只有一个坏处：爱起夜！昨天晚上也许大家都多吃了点，我问罗，他同冯轮流各自起来三次。而这么一来，也就说不上睡觉了。

因为几乎一夜无眠，又得爬三架大山，我没有去成仁沱。上午也没有做什么事。午睡后同罗们一道去串门子，也去邱伦家里，然后是白茅屋、新房子，最后在砖房子坐了很久。同一个中年妇女谈到困难时期的情况。

黄昏时候，蓝们和邱伦先后来了。邱从乡上带来我两封信，一封是杨礼的。他告诉我，刚齐已到宜宾，刚虹还在江北，要本月中旬才能返校，年底才能回成都了。刚宜也有信回：要钱！而且叮咛以后每月十五以前就得汇钱；杨礼已寄钱给他了。这使我有点莫名其妙，我离开成都前，好像已经汇过钱了。

邱还带来两份《人民日报》，一份《四川日报》。我为大邑地主庄园展览馆塑像群赶的那篇文章，《四川日报》已经发表，邱所以带了它来。这个人真灵醒。我着重看了少奇同志在纪念孙中山先生筹备会上讲话报道，其他看了标题。

晚饭后，同邱伦座谈，林队长、贫农代表也参加了。空论不少，但也谈出一些生动具体的东西。林有一点提示不错：当时召集会不容易，一演戏人都来了。

客人走后，我又看了一点钟报纸，差五分十一点了，才上床睡觉。

11月5日

上午，蓝同一个瘦长的青年人来了。这是区委书记，就在后山龙门大队住家。

我向他汇报了我对这里群众文艺活动的看法，以及我们准备做些什么。我们很快认识就一致了，接着就由他介绍本区、本社、本队的情况。

对于桐山群众文化活动的情况，他也做了一些补充。最后，他提了几点意见，要我们回省后，向上级反映设法解决。这些意见是：放映队太少了。本区约十万人，放映队只能在区上、乡上活动，而且一年也不过三五次而已。前两天区上放电影打伤、挤伤两三个人，连维持秩序的也打伤了，因为观众非常拥挤。区、乡普遍感觉书不好买，为什么不利用供销系统搞代售呢？……

午睡疲乏之至，简直差点起不了床。这种浑身无力的感觉，前几天就有了。看完邱伦的《一家人》后，出去散步，绕着对面的山坡跑了一转。在铁路上碰见蓝同杨禾。走下铁路，就同罗和冯会合了，他们一道去过一队，刚才在铁路上分了手。回家后，我们谈到生活情况，觉得蓝他们吃得差点，该设法补救。

吃过晚饭，大家都到车站看电影去了，几乎整个院子只有我一个人。看了罗的《王杰的日记》，阿报的反修文章。给刚虹写了封信，她还在搞"社教"。

11 月 6 日

整天都非常疲乏。曾经有两次，想明天就走，最后，当然被否决了。无论如何，得等开了支委会才走，不管这个会对工作有无帮助，都不能变。

上午睡了一觉，午饭后又睡，而两次都很快就入睡了。午睡是三点钟起床的，因为蓝他们要来学习。随后，罗、冯去找他们去了，我留在家里等，一面看书。因为久不见他们来，我就到白家嘴去，可是，蓝他们都走了。

我照旧回来看书。六点，罗们回来了，才知道他们同蓝一道去了六队，同两个积极分子挂上了勾。过后，因为忽又谈到生活问题，我想蓝前两天讲到他们房东的老太婆那一席话，就顺便指明：农民身上存在的落后的东西，是地主阶级长期的剥削压迫造成的，长期贫困生活造成的。我们只能认真帮助他们，决不可嫌恶！

当然，我也赞扬了蓝他们一个新的打算：等两天活路松了，他们要帮他搞搞水塘，以做吃水之用。因为现在的饮料又少又差，他们经常为此感到不快。不过，另外一个打算我却照样不满：为什么要去仁沱会餐，而不割点肉同房东一道吃呢?！

晚上，罗们提了灯到新湾访问去了，我就只好去散步。我在听半导体。呵，记起来了，我还对罗们说过：得用主席的观点对待群众文化活动，否则会只觉得它粗糙、幼稚，而看不出它的伟大、深刻的含意。他们强烈要求做文化的主人，他们真正觉醒了。

同时，它也是产生真正的伟大的艺术的基础和出发点。

11 月 7 日

今天仍然没有爬山，只在田径上走过很多次。陆陆续续把行李收拾好了。

晚上听三位支部委员介绍桐山群众文艺活动的情况，主要是于书记讲。从土改起直到现在，工作组多数同志一直存在的两个疑问，今夜算得到解答了：大跃进时期，这里也搞过人人写诗等；《讲话》某一段的学习，是邱提出，支部批准，由余主持的。而且，事情的起因是：余发现一副内容错误的对联，要文化室的成员进行讨论……

座谈一直持续到十点半钟，因为有人显然对学习《讲话》问题的解答感觉失望，于是我单独向工作组提出了自己的看法。希望大家不要用知识分子那一套来对待这一问题，而且，在 1963 年，咱们这些专业文艺工作者搞了些什么？又有多少人想到过按照《讲话》精神行事！

晚上，很久未能入睡，因为明天要走了，得把工作交代得更清楚些。

11 月 8 日

昨晚我就招呼过了，不吃早饭，所以一直到八点才起床。

是罗陪我去车站的。在路上同饲养员邱大爷谈了很久，老头子很有趣，是上街割肉的，我们到了车站这才分手。从他那里，我们也了解到一些情况。

需要等一个半钟头车才从贵阳来，我乘空告诉了罗几件事情，要他转告：得赶快向支部汇报我们对此地工作的看法；我们准备怎么样做，请支部领导支持；将来去县委汇报时，只谈我们的一些看法，不能涉及县文化馆那个总结材料的不当之处；方针、计划既然已经商量好了，不要指望通过电话、函件靠我或家里解决可能发生的问题，该自己想办法。

等到十点，蓝他们几个人都到车站来了。是去柑橘收购站打电话的，路过这里，顺便来送我。尽管我已经将我的意见叫罗写在纸上，为了准确周到一些，我又直接向蓝说了。随后同收购站几个青年人说说笑笑了一阵。最后，十点四十分，车到了，就匆匆地离开了七龙星站，于十二点四十五分到达重庆。

因为又累又饿，只得打电话给文联要汽车。接着买了封合川桃片充饥。桃片还未吃完，车就来了。王觉同志也来了。说已在大楼订了房间，可是走到一问，又是套间，单间却没有了。我犟着立刻来到文联；可害得他们临时又腾房子……

已经三点钟了，房子还没有收拾出来！于是同沈承宽见面后，就约王一道去会仙桥洗澡。随又在街上瞎逛了很久，然后去粤香村吃饭。今天真把人饿够了。

这顿饭是我请客，主要是请承宽。菜很不错，一共有七个人。

11月9日

上午向聚贤同志汇报了工作组的情况。我对党组给宣传部那个报告，提了不少意见，而且几乎都是对主要部分提的。他说，报告已经送了，但意见仍可寄回。

午睡醒来，承宽来了，这是我们昨天约好了的。她带的那个青年同志也在一道。我同她谈了省市委对总结《红岩》创作经验的意见，因为她找我就是为这件事，也是她来川主要任务之一。随后，王觉来了，我就请雁翼陪我去医院打针。

打针回来，四点钟，就领承宽他们去参观新市区、大坪和杨家坪。在西溪公园玩得最久，也谈得最愉快。我说话最多，就连王觉也变成沉默寡言的人了。游罢西溪，我们驱车去歌台子一带逛了一转，最后是参观大楼。可是游兴并未就此满足，晚上，四个人又一道去逛劳动文化宫。照样发了不少议论。

呵，昨夜在粤香村吃过饭，我们还去过鹅岭公园，在那座新建的高楼上盘桓了很久。在上面可以瞭望整个山城，包括江北和南岸在内。一片灯亮的海，真是壮丽极了。重庆的确是好地方，应该为它写一篇名城赋……

从文化宫回来后，同王觉闲谈了很久。休息时快十一点了。

11月10日

一起床就去山城公寓，因为承宽要去成都，想再去看看她。

"山城"并不坏，只是设备稍差，人也多得一点，不那么清静。我同老董在她房间里坐了约一刻钟，八点一刻了，于是又陪她到缆车站；我没有去车站就回来了。

回家就关起门读《怒涛》。午睡起来，又读，五点过就读完了。很不错，当即向王谈了我的印象，指出两点不足之处：主题歌存在的缺点，也存在于整个作品，只一般谈到工人阶级自身解放、翻身，是不行的，因为不符合历史事实，得结合中国革命的实际来写。在解放战争中，国统区的罢工只是一个配合，这是一。其次，只写了那个资本家的伪善，单写他由一般手法上的两面性是不够的，还该写他的政治上的两面性。

王同意我的意见，立刻把杨世元叫来了，转述了我的意见，要他准备修改。随即我们一道坐车进城，他们去歌舞团，我呢，去建设公寓理发室理发。晚上，又去看了彩排川剧《江姐》。冗杂，存在原则性错误，想不到会搞成这样！

看见好几位领导同志。大章同志隔我较近，只隔一排座位。他刚从农村视察转来，发现我后，他回头十分亲切地告诉我：刚虹入党了；要月底才能返校；还谈到修理手表的话。

回来后同王喝了点酒，闲谈到十一点半。收听了反驳苏修的文章。

11月11日

上午去三医院看病。查了血：白血球4700；血色素也低。

午睡后，同惊秋、南力谈了谈创作问题。李正在写一部长篇小说，以解放战争为题材，企图体现毛主席的伟大人民战争思想，已写好两卷了。

晚上，去重庆宾馆看王聚贤同志，因为听说雁翼要去看他，我向他简单介绍了雁翼的思想情况。大约坐了半个钟头，吃了一点水果，我就走了。在楼下碰见朱丹南，交谈了几句，就仍然坐电车回两路口。

下车不久，碰见王、张和温。去百货公司逛了一转，回来后又闲谈了很久。

11月12日

上午，荒煤同志来了，我们闲谈了一个多钟头，交流了近年来对文艺思想的一些想法。

这些想法，都是从文化革命，文艺界的整风运动的经过及后果来的。他对自己的错误是有认识的，也谈到他去重庆前周扬同志对他的鼓励。他对重庆，对目前的工作是满意的。我对他的整个印象是：他说不上有多重的思想负担。

我们谈得较多的是夏衍同志。他最近有信给荒煤，信中有四句话，约十六个字。这十六个字记不全了，但印象还很鲜明：努力跟上时代，争取晚年为党好好工作。这是他目前的思想概况，已经开始负责做有关亚非拉的文化研究工作，其机构属对外文委。他在信中还提到我，要荒煤向我转告他的近况，主要显然是要我知道他对待错误的态度。而确也值得借鉴。

解放前不说了，解放后也一直处在文化界重要领导岗位，而对群众的批评如此通情达理，真不容易！而我却总还残留那么一些消极情绪。当然，30年代，乃至40年代，尽管我都在他领导下工作过，还在"上艺"听过他的《戏剧概论》，他的作品我却读得不多。但我曾经欣赏过《上海屋檐下》。1953年吧，我还凭着过去阅读时的印象，向他表示过惊异，为什么没有收入他的选集。

这是属于对30年代文艺创作的估价问题，而在这个问题上，我们显然存在共通的东西，认为当时的左翼作家已经解决文艺上一些根本问题，比如世界观和创作方法。解放以后，乃至40年代也学习过《在延安文艺座谈会上的讲话》，也一直以为自己应该重新学起，到新的群众中去，但在对过去作品的估价上，却较模糊，没有大胆否定。我对荒煤说："自己就老是忘不掉自己的几本烂书，总想让它们保留下来。而别的战线上的同志就不是这样，为党工作了就算了，因而能够不断前进……"

这是一次对彼此都能发生促进作用的谈话，相当痛快。也许正因为这样，当他晚上偕同他爱人张昕来看我的时候，我们又愉快地谈了很久。有王觉同志参加，不过是一般的闲谈，内容呢，主要是创作问题。张昕，我从前没有见过，给人的印象很好，开朗，看来心情不错。临他们离开时，我们一直送他们到上清寺。

我觉得今天特别愉快，是近年来很少的，因为我们相识三十年了，一向都谈得来。解放后虽也见过好多次面，但还没有这样畅畅快快谈过。

11月13日

得刚虹信：她已接到通知，被批准入党了。我写了封信祝贺她，鼓励她。

下午，文联开党组会，王觉约了我参加。会议是少言主持的，王觉汇报了很多情况，对我颇有帮助。因为有些事的确不甚了解，只是零碎听到一些。

主要讨论的是两个问题：《重庆文艺》的编辑计划和罗、李的长篇创作问题。这两个问题，我已经同王谈过好几次了，因为少言有听见，所以我又不能不将几个要点连起来重说一遍。最后，少言介绍了一些大树公社的情况。

晚上荒煤请我在"颐之时"吃饭，作陪的有王、罗和杨，还有王炎同志。

11月14日

因为在荒煤家里喝了两碗浓茶，没有睡好；但仍八点就起床了。因为荒煤约定八点二十分派车接我，一道去南温泉。刚好吃完早饭，车就来了。

我们是坐一辆改装的旅行车去的，大小一共十三人，以青少年占多数。单是王炎同志就有三个，那位女秘书也有两个。连同荒煤两个，这数目也就很可观了。我们原以为小泉会有西南或省的负责同志去的，结果相当清静，所以就留在小泉了。

因为那么多孩子，大家兴致又好，这一天玩得相当愉快。午饭后休息了一刻钟，然后去南泉。四点由南泉出发进城，刚好五点过几分就到家了。

晚上，上床时候，才忽然记起，昨天是我的生日。真巧极了。

11 月 15 日

上午读罗、刘、杨编写的电影脚本《红岩》。没读完就吃饭了，有不少感想。

午睡后，想把电影脚本《红岩》读完，读不下去。一直思绪翻腾，静不下来。究竟可不可以向他们提意见呢？他们开口、闭口"中央某某人"（即"江青"）如何说，这是封别人的嘴呀。

晚上，去文化局看了影片《军垦战歌》和《革命赞歌》，很激动，也很想去新疆看看。

11 月 16 日

翻看了一上午笔记本。午睡后，想起刚虹前几日的信，我们 18 日就可见面了，很高兴。

人们都去看《许云峰》去了，一个人去转街。最后到商店买东西，碰见罗、刘，于是同他们一道回家。途中，忍不住谈了我对《红岩》电影脚本的意见。一共提了三个问题，请他们考虑：关于那个美国人；江姐的；众所周知的大的历史事实，该如何对待？还有一个问题：过分的、自然主义地写流血牺牲，是错误的，不适合地缩小，又怎样呢？

因为愈谈愈加兴奋，到了体育场，我又一直向前走去，在一处阶沿边坐下来，尽情谈了自己的印象、感想。我不仅提出问题，要他们考虑，也还谈到自己的一些看法。随后，他们送我回到房里，我可已经很疲倦了。不久，公安局一位同志来了。

公安局这位同志姓李，杨曾同他们联系过，是为我送材料来的。

11 月 17 日

照刚虹的来信说，明天她就来重庆了；但我担心又会改期。

早上想起这些，有点不快；为她而等下去太不行了。虽然我也确实想看看她。起床后，找到办公室的同志，要他们打个电话，叫刚虹返校经渝时来文联取手表。也可顺便问问，运动究竟什么时候结束？如找不到刚虹，就给队上说。

还不等吃午饭，孙次平告诉我，电话打通了，工作队的秘书接的：运动得 22 日或 23 日才结束。于是我决定下来，不能再在重庆待了，20日得回去。

下午和晚上王们都劝我多留几天，并要我去一趟江北，我都没有同意。

11 月 18 日

上午去美协听吴凡、震威谈"大树"的英雄业绩，很动人；我也插了不少的话。

我插话，有些事迹很富有启发性，使我对于党的方针政策，特别毛主席的思想有了进一步的认识，于是忍不住谈起来。其中有的是关于如何用造型艺术加以表现的问题。

午饭是在少言家吃的，第一次吃了花生豆腐，很不错。回家时候带了一册较为详细的计划回到文联。因为多喝了两杯，也太疲倦，一上床就睡熟了。醒来后，因为考虑到即或能把带来的东西看完，也记不准的，于是起来，请办公室觅人抄写一份。

最后，我回到房里，读李南力的长篇第一部《千条妙计》的第一章"区长陈正"。这小说，几天前张惊秋就向我提过；随后，李本人又当面向我提出，希望我能看看；我推了，说写成后再看。前天党组开会，我讲了自己对这件事的看法：由他写，不能劝阻。将来且看作品本身如何，他本人的表现如何。这后一条最重要，我也当面向李提过：首先必须从政治上严格要求自己……

我下决心读一点看，主要由于王也这样要求，因为李已将作品交给他了。这一章有好几万字，基本上写得可以，比他过去的东西有进步。这部作品是写解放战争的，企图体现主席的人民战争思想，单就这一章是不好下判断的，但看来有一定基础。

晚上，因为久等王觉不来，我拿起电筒单独找荒煤去了。往返找了两次才找到怡园。闲谈了好一阵，王觉也摸来了，于是谈话更加活跃起来。

我们九点半离开时，荒煤、张昕送我们到上清寺才分手。

11 月 19 日

前几天，我对罗、杨、刘三人提了三点意见。今天，又谈了点，更加尖锐。

我提的三点意见是：名声大了，他们更应该严格要求自己；他们去年，前两年在京听到不少中央负责同志的指示，对这些指示，不讲场合、对象、分寸，随意传说，很不好；参加"社教"是非常必要的，中央还有规定，但他们谈起来，有点讲价钱的味道。

今天的谈话，是单独同刘讲的，事情也相当偶然。早上，王交给我他们三人给党组一封信的草稿，看了有些生气。王对这封信也有意见。我建议党组认真同他们谈谈。前几天，他们本来就要我看看这草稿的，我婉言谢绝了。但是，今天下午，在一次闲谈中，当刘吹嘘他们如何经常开展自我批评，活学活用"毛选"的时候，我忍不住了，就提出了这封信的某些内容。

这封信是汇报他们的创作计划的。开始提到一些"负责同志"对他们的鼓励，然后又具体引用了一段江青的话，似乎写民主革命，只有他们合宜，应该负担起此项重任。接着，他们又慨叹文艺，特别文学落后于形势发展，他们要为党争口气，写出《红岩》的前编。我特别从观点、感情指出这段话的不当之处，说："落后于形势发展，首先是反映社会主义革命、建设太不够了；而你们的口气，很有舍我其谁的味道……"

这些话在晚饭前后讲的。上午，庆生、林彦来谈了很久，随后又约了我、王、冯一道去枇杷山。午饭是在颐之时吃的。午睡后，郝部长来，我向他谈到我对《重庆文艺》创作安排的意见。他对文联工作的安排谈得更是不少，此外还涉及邓均吾同志和罗们的一些事情。有关文代会的计划，也谈到了。

七点过，先是罗、杨、刘，随又来了丹南；最后，冯、林等伴送我去车站。但我们把时间弄错了，不是八点二十分，而是八点五十分开车，于是我们四处游荡。

在候车当中，我向王觉反映了罗、杨、刘的一些要求：凡是应该知道的一些党内的重要政策，希望能早点传达；在组织中经常开展批评和自我批评。

我还谈到我从侧面了解到的有关雁翼的一些意见，王解释了很多，叫人不大痛快。

11月20日

吃了两次药，可是照旧没有睡好。到成都站的时间是七点二十分。下车后，等了很久，不见老曾的影子，真生气极了！幸而行李不多，只好叫了三轮，到布后街。大厅上没有车，因而懊恼地问小马："车到哪里去啦！"也没站下来听取他的回答；随又碰见闵适，她要帮提东西。我说："我提得起！……"

在家里坐了好一会气才逐渐平息。而当聚贤同志走来向我提起，他上次在机场也没等到车时，我多少有点惭愧。因为他一定不会像我这样生气。

因为疲乏得要命，昏昏沉沉过了一天。下午是在艾芜家消磨掉的。

11月21日

昨晚，正在看业余作者的晚会，杨礼夫妇就带起希娃回家来了。今晨起来，特别有种热闹气象。早饭后，他们把孩子留在家里，上街帮我买东西去了。

午睡不错。起床后，王书记一家还没回来，黄一家也走了。本来准备做点事的，因为礼儿要我带他们一道去看艾芜，就一道出街了。我和小娃单独坐三轮先去，他们去买办好给刚宜带的吃食，然后在十七街三号会合。

我们一直玩到五点半才走，谈了不少家常。在闲谈过程中，戈夫妇也先后参加了，所以相当热闹。回到家里，本来已经很疲倦了，因为那批业余作者晚上要去北京，不去看看过意不去；同时却又担心拖到夜深人吃不消，所以气都未歇，就带了希娃坐车到旅馆去。这个旅馆在文殊院附近，客人的拥挤、排场，是我从前未见过的；这批人正在收拾行李，另一批新客人就到来了。

我一来只想向他们表示一点意思就走掉的。但是，看见那么多生气勃勃的颜面，在一间不算宽敞的房间里，人们肩并肩地围坐在一起，我却忍不住说开了。而且，一开了头，总又难于控制。回想起来，好在只有一句半开玩笑的话说得很不恰当："像你讲得这样有声有色，简直可以专业化了。"这是我对自贡一位说书同志讲的。

这句话之所以不恰当，因为它可能叫人不注意它是开玩笑说的，而信以为真，以致引导人走入歧途，向专业化的道路发展。回到家里，我甚至想向王书记谈一谈，检讨两句，但又觉得做得太严重了，只好作罢。但是心里始终不安。我这个多言的脾气何时才改得掉呀。

因为曾克要九点才走，晚饭后，等孩子们走了，我又乘车到唐伯渊家里看病。

11月22日

整个上午开党组会，对于提拔新生力量的问题讨论得最久。到讨论准备12月底召开的业余创作会议的报告时，王书记因事走了，由我主持会议。

这个报告草案问题很多，最主要的缺点是对象不明确。这我也有责任，因为我从乡下寄回的意见，也没有注意到这一点。而且建议：作为经验教训，可考虑谈谈三年困难时期中的自由化问题。当然，草案很快便在讨论中被否决了。

我这个人脑子总是容易发热，因为对草稿不满意，一时又想不到适当的人协助安旗另起炉灶，我自告奋勇，承认亲自参加，而且把戈也拖了进来。

下午，由于一封约稿信的提示，向编辑部建议：大力组织反映大寨式的社队稿件。必须集中、突出，不能零敲碎打地搞。而且批评了几句：北京举行的规模巨大的展览，遍及全国的轰轰烈烈的宣传，已经搞了相当久了，而刊物竟未认真响应！

晚饭前，洪钟来告诉我：《孔雀飞来》是修正主义的作品，叫人大为震动。

11月24日

在听到创委会有关《孔雀飞来》的议论后，我就打电话给壁舟，请他负责审查那篇稿子。若果有原则错误，就停止刊发，同时向宣传部汇报，并请求处分。

这不算，两天以来，我还找了杨树清、肖丁、陈之光谈话，听取他们的意见。同时也请他们认真负责地重读一遍。我一提起就激动，晚上觉也没有睡好。当然，我也非常清楚，机关整风以来，为了保护自己，那几位君子一直是很左的，对许多好的或较好的作品，都认为有问题。他们的意见可靠性不大；但万一我真有疏忽，他们又碰对了呢！……

昨天下午，我的情绪算安定了，因为戈告诉我，他全部读完了，没有发现问题。而且，对于我以前提出的应加修改的地方，也认为没有必要。其他几个人也认为作品不存在方向性的问题。这一来，我算是解除了顾虑，安下心了。

事情竟然这么遇缘，昨早晨，刚虹意料不到地从重庆回来了。这是最近个人生活中叫人感到高兴的事。这是学校临时决定让她回来的，但是26号就得回学校去。

11月26日

这两天家里充满了生气，可是，今晚刚虹要回重庆，小娃明天也要走了。

上午，我们三代人去祠堂街照了张相，接着又乘电车去青羊宫，看了鲸鱼展览，吃了阵茶，然后回家。午睡后想去望江楼的，结果在汤家把时间就磨光了。

小娃一再表示，他也要去重庆。后来又要求不要回孟家巷了。他向我提出，没有得到我的同意。后来又向刚虹提了三次，有两次哭了。刚虹说："你在这里只晓得玩！""我不玩，我帮爷爷端饭。""就做这点事呀？""我还帮刘大娘择豌豆尖……"

我本想去车站，刚虹、礼儿都不同意，因为相当冷，开车时间又晚。结果，带起小娃，我们将刚虹送到总府街汽车站，看到走上公共汽车，挥挥手，就转来了。

小娃临睡前又提出要求："明天走吧，爷爷。"我同意了他的请求。

12 月 6 日

刚虹、小娃走后，人代会的小组讨论也结束了。于是我就整天参加大会，只缺席了一个下午，因为午睡未醒，张部长就来了，同我谈反映大树公社问题，主要在报社谈。

一连几天大会，这才感觉精力的确太差，非常容易疲乏。可是，这次的发言太精彩了。特别是那部分列席政协会议的年轻同志的发言，使人突出地感觉到，在这大学毛著，学习大庆、大寨的两三年来，人们在精神面貌、思想风格方面达到了一个怎样的高度。而对于王杰同志的出现，也就更容易理解了。参加这次会真正等于进了一次学校。

最突出的是成昆路北段几位兵代表和委员的发言，农业方面，大树最引人注意了，新民显然大为逊色。而且，大寨式的社队，还不止这两个，酉阳就有一个社，两个队是大寨式的，仁寿也有。听了王达安的发言，他们那个大队，不也是吗！省长在总结中算把它肯定了。

省长最后的讲话有两点钟，散会时七点过了，我很想抓住王达安闲谈几句。但是，由于有点激动，首先，我一再调换路径，最后又把文件袋掉了，结果又没有抓住王……

散会后，去找安旗谈那个发言稿，还有她请求调工作的事，最后不欢而散。

12 月 10 日

这两天很不安静。"居则若有所失，出则不知所止"，正好可以用来形容我的心情。

在人代会得知的那些处处有生气的人物、情景不断吸引着我，而机关工作，还有我这副身体，却叫人动弹不得。我有时禁不住问自己：难道就这样洗手不搞创作了吗？

当然，我并未因此怠工，我也一样工作。昨天，为了业余创作会议那个发言，我就几乎紧张了一天。我本来也同意安旗的说法，不知道还要改多少次了，等打印出来，听了宣传部的指示再说。但是，昨早晨接到她的稿子，我却忍不住花了一个上午时间字斟句酌。晚上，上街散步之前、之后，都去找周月华作过修改，睡上床还在想……

可是，这个发言稿今午送出不久，黄走来告诉我，李部长指示，把会期往后拖！而他下星期一将去达县，要月底才回来。这一来会议当然延期到明年开了。又说，等王书记回来研究，也可考虑开文代会。平心而论，理由和建议都不错，但为什么不早说呢？很不愉快。

黄要找杜书记说，我拒绝了。我不习惯这种做法，同时又觉得李的意见不无道理，而且，既然他已向杜请示去了，又何必我再去呢？但我建议明天开党组会，议一议。

晚上没有睡好，非常想念玉颀。真没想到，她离开我们已经快两年了。

12 月 11 日

上午开党组会。对于会议问题，以及几项具体工作，大家意见算一致了。

午睡没有睡好，比昨天夜里还坏。鼻塞头晕，喉头发痒，显然是感冒了。叫刘大娘烧了老姜来擦头部。起床后，又用花露水擦在鼻子上，尽力嗅了又嗅，最后情况果然好了。心情开畅起来，而且暗中决定，若果晚上不反复了，决定同宛庄去汉源。

五点钟，礼儿来了。已经两星期没有回家，神情有点萎靡。正想探问，他告诉我，他前几天感冒了，在孟家巷躺了三天，今天才得起床。闲谈中，他劝我不要到汉源去，整个冬天都不必去大山地区。他担心我支气管炎复发。我动摇了，因为事实上，鼻子又有点不对头了，而宛庄同志的行期就在明天，问题实在不大好办。

晚饭时候，礼儿表示饭后就回学校。我劝他休息两天，过了这个星期再去。他说不能再耽搁了。我也没有再说什么，匆匆吃完一碗挂面，就去庆云南街，买了三斤广柑，准备让他带到学校去吃。他担心影响不好，拿了三四个就走了。

我一个人在夜色中默默坐了有十分钟。然后，我叹口气，决然站起来，去找唐伯渊看病。唐开会去了，于是我又立刻转来，去接待室参加小组生活，九点过才散会。

我送走艾芜、老戈夫妇回家，就又去找唐，最后还把药捡回，熬起吃了才睡。

12 月 12 日

看了一上午的病，先看内科，然后去五官科检查。我的感冒看来不轻。

本来约定下午三点半去看李部长，也因为病，因为疲乏不堪，去打电话取消了。五点，黄来传达杜书记的指示。都是当前重要问题：党管党，面向农村，选拔新生力量。谈得很好，很可惜上午因病我没有能去！只有安旗一人参加，戈开完会来时，已经传达完了。

黄走后，安提出一个问题，要我发表意见：在作协明年的计划中如何落实安排专业作家问题？这一来，我们的谈话范围扩张得相当宽了。从上次我提过好多意见的那个计划，一直扯到一些具体专业作家。而我们共通的意见是：专业作家必须参加劳动，只有在具体安排中的分别对待的问题，而没有例外。不容许借口写长篇长期浮在上面！

他们走时快六点了，我送他们到新巷子口。但我刚好回来坐下，他们又转来了，神色有点诡秘。原来他们是谈有关我的私人生活问题，说玉顷去世快两年了，群众很关心，有意见，又不好向我说。我比较客气地、坦率地谈了我的情况、想法，颇多感慨。

晚上，躺在床上，有两次真想起来，给戈打个电话：请他以后不要提这件事了，绝对不要提了！

12 月 15 日

可谓寒潮来了，很冷，有霏霏雨。因为一连两三夜没睡好，直到九点半才起床。

去前院找戈谈了谈工作。他同肖、何在接待室修订编辑部明年的工作计划。会议延迟后，最近几天，我都在催促各部门搞计划，可是，昨天讨论当中，几乎全都被否定了。特别黄负责搞的那个总计划不像样。这个人太自以为是了，真没办法！……

随后我去统战部看宗林同志。他开会去了，院子里很清静，出来后才碰到他的警卫员。这个年轻人惊诧诧地说："你咋这么瘦呵！"等我拉开口罩，他又说："颜色也很不好，黄焦焦的。"后来，他又劝我去五福村住，休养休养。说是宗林同志也准备去，可能省的统战会议结束后就要去了。我漫应着，对于自己的健康感到怀疑。

回家时十一点过了。得高缨一长信，鼓动我组织一批人去大树。另外还提了两项建议。他特别提到我，说："怎么沙汀同志还不来呢？

这里有的人问。"的确，我在去江津之前，就说过要去了。前几天还想搭报社的车子，跟宛庄一道去……

心情激动，也很难受。把信交戈看了，他说得很干脆："你明天就坐小车子去呀！"我一句话都没说。午睡后又分别找肖丁、之光谈了谈我的想法，请他们考虑。

最后，决定加派之光、方赫和树清去大树，协助孝昆他们组织稿件。

12 月 16 日

十点，戈来了，在取得他的同意后，我们立刻叫了之光等来，落实任务。

在提出了要求和注意事项而外，我一再叮咛，应该把辅导当地年轻社员写稿作为重点来搞。所以对于徐们已经作了安排的工作，应该大力协助。而且强调指出，以后下乡、下厂，即或自己下去是写稿，也必须尽力做些辅导工作。

在之光他们未来之前，我向戈谈了一些最近以来自己的想法。他也搞工作了，我认为这些想法对解决工作和创作之间可能产生的矛盾，颇有好处。这些想法也可以说是结合自己的实际，对文化革命的看法的一个发展。简而言之，就是：应该对业余创作力量，它的特点和发展前途有足够认识、估计，同时也要认识、承认我们自己在创作上的局限性，而只有在这些认识的前题下，才会心安理得地工作。

晚上，散步回来，我又找来之光，向他嘱咐了几件事，主要一点，就是必须参加劳动！同需要访问的人一起参加劳动。因为这样有利于改造思想，熟悉对方，同时对写作也有帮助。我还向他谈了我给高缨那封信的内容，要他做些补充。

此外，工作交代完了，他向我谈了一些创委会的情况，使人又气又笑。

12 月 17 日

下午讨论明年工作计划的党组会上，弄得很不痛快……

当然，问题算解决了，那个不痛快的场面，毕竟是次要的。由于彼此间的克制，也没有持续多久。但，我的情绪一直是难受的。为什么要那样对我过不去呢？而且，安一开火，黄也跟上来了，戈呢，冷眼旁观，面带微笑……

这一切都出乎意料之外。但是，仔细想来，也是意料中事。像安那样的脾味，你不让她畅所欲言，她怎么服气呢！所以归根结底是：自作自受。以后对任何人都得特别虚心，认真严格执行"23 条"中的21 条。这是个教训，应该从各方面来考虑……

当然，由于反省于己，问题算想通了；但情绪上仍旧有些难受。晚上出去散步，碰见她两夫妇，彼此客气地打了招呼。随后，又同戈一道开了党小组会。

躺在床上想了很久，一个人无权责备一个同志，但有责任严格要求自己。

12 月 18 日

蓝们从江津回来了。午睡后，同党组同志一起听了他们的汇报。

从调查研究说，基本上同我离开前了解到的情况一致，只是补充了一些具体情节。但当蓝介绍到桐山的文化生活的现状时，我忍不住慨叹说，若果搞我们这一行的忘掉了农村，忘掉了五亿农民，真可以不要搞了。横顺吃冤枉饭！

叫人高兴的是，他们毕竟完成了任务，培养了七八个故事员，而且大眼睛邱昌全还是两个尖子之一。我再三叮咛他们，一定要同这些人经常联系……

临睡时候，我想，若果能去农村，住下来，就干些日常文化活动，该多好呵！

12月19日

孩子们没有回来。我呢，也哪里都没有去，仔细读了两篇社论。

下午四时，估计王书记已休息好了，去看他。他简略地谈了谈北京开会的精神。说是彭真同志在报告中特别强调专业作家应该拿起笔来写作。中宣部会议上，也提出专业作家的安排问题。我很激动，想起了最近一次有关这个问题的谈话。事情是这样的，据说一个专业作者在文章中说："不要学我们，我们是应该消灭的……"

当时听了，真有些生气。我说："归根到底，党还要消灭呢！可是，在进入共产主义社会之前，还要不断加强！"所以当王书记谈起上面的那些话的时候，我又忍不住把这个意思的话重复了一遍，只是更简略了。也许他听了会莫名其妙呢。

我只简单谈了谈我向干部处一位同志反映培养新生力量，提拔新生力量的意见。因为有的人党组并未讨论。安旗要求调动工作的问题，我也谈了。

晚饭前，王映川来看我，告诉我说，肖兰在"社教"工作队入团了。

12月22日

晚饭后，同王书记他们一道去成都旅馆，参加青年们的晚会。

宣传部的负责同志还没有来，我在一架火盆边坐下。不久，母成玉来了。因为1960年我同他谈过两次话，我们就从他那本自传体小说谈起。他曾经到上海住过三个月，修改他那本书，已经在上海儿童书店出版了。他已经转了业，在绵阳近郊一个公社从事劳动生产。后来他说："我在绵阳听到好多你解放前的事情：如何逃脱特务对你的追捕……"我切断他："这些话信不得……"

我忽然感到不快，断然把他的赞扬给岔开了。接着，我发现古吉华来了，招呼住他，开始扯谈起来。这个盐场工人给我印象不错，才二十九岁，但是，生活斗争经历显然丰富。上次他们到北京去，我去送行，就曾在铁路旅馆谈过一次。谈话内容虽然严肃；如何讲好新人新事，但是彼此都谈得很自然。

明部长、培根同志相继来后，晚会就开始了。明部长简单地讲了几句，李书记讲得较长；当他快要结束的时候，我溜了。果不其然，我刚小便转来，达县那个姓陈的同志赶来了，要我讲话；我赶紧往楼下跑，看了阵才上来……

我之所以不愿发言，因为今年以来，我就决心少在大庭广众之中发言，只想埋头做些具体工作。何况，明部长都不愿意多讲，我怎能夸夸其谈呢！又不明了情况……

晚会节目相当精彩，当王书记宣布结束时，大家显然还不满足。

12 月 23 日

几乎没有睡午觉，可是仍然迟了。我正打算洗脸，阴就催我来了。

这是王、曾向党组传达北京会议的精神，主要内容，共分四个部分传达。曾刚传达完第三部分——彭真同志的报告，就已六点过了，只好结束，留待下次再谈。

原定晚上继续开会，因为杜书记回来要他们六点去宣传部汇报，只好推迟下去。但是，尽管如此，脑子也并不清静，整个晚上都思索着两个报告的精神。彭的话又深刻又切实，从党对文艺界的道路斗争阐述上得到很多启发。

晚上散步回来，想看看书，可是看不进去。继续考虑今天听到的东西。

12 月 24 日

醒来，一看表，十一点了！赶忙起床。随后这才发觉，原来表停了，实际九点还差几分！

记得杜书记今天要去成都旅馆讲话。收拾好后，走到院子，静无一人。黄的门未上锁，走去找她询问，才知道王、曾都早走了，认为我们可以不去……

十点，请小丁来，向他谈了谈我听传达后结合编辑工作的一些想法。其中，又提到《中国青年》对《萌芽》那篇批评文章。我说："下去组稿，请作者对选用稿加工，是需要的，否则刊物怎么办？可是，你去组稿，你帮助他加工，却会引起错觉：当作家！这是个矛盾。这个矛盾的解决办只有一条：随时随刻突出政治……"

随后，我去李自强那里找半月前中宣部转发的那个关于召开业余创作会议的文件，碰见监委来的一位同志，正要听听我对文联主要干部平日一贯表现的意见。这使我想起一些旧事，又激动了。而我主要的意见是：他对工作一般是认真的。

下午二时，继续听曾传达中宣部开会的精神、内容。其中有一点稍稍感觉有点吃惊：将陆续批判五六十人，30 年代要重新估价。而事后一想，却又觉得非常自然、必要，因为既然要在文艺战线上将革命进行到底，一切文学现象就得重新用毛主席的思想加以分析、批判，还它一个本来面目。至于毒草，更不用说应该彻底地消灭了。

当然，我也想到了自己；但我很坦然。因为这个问题，半年以前就已经想通了。我上一回在重庆，曾经两次向人谈到：旁人革命，干过也就算了，我们呢，照例总要留下一堆废纸，几本烂书，这就背上了包袱！而现在的问题是：革命要紧呢，还是几本烂书要紧？

吃过晚饭，艾芜来了。我取出花生，他说火重不吃。于是我又切了几个广柑，我们就吃起来。我想吃完后谈谈心的，他提醒我说："七点半开小组会呢。"

小组会开到九点半才结束。艾的小组在编辑部。等他散会出来，就忽然灵机一动，跳上汽车，决定送他和戈回新南门，散一散心。

我拒绝了他们的邀请，他们刚一下车，我又原车回到文联。

12 月 25 日

回李济生一信，主要托他给刚宜买无线电器材。刚宜就快回来了。

济生信已收到五六天了，但老实说，若果不是刚宜要买东西，这封简单、潦草、写得相当匆忙的信，都不会就回的。巴公的信，也是来过一星期了，我才回的。这一则是比较忙，精神也差，但主要是，一接触到私人友情，情绪就不大好……

下午四时，党组在我家里开了一个临时会，安排人去郊区参加农田基建工作。会后，安旗留了下来，向我介绍作协办公室的情况，她的工作方针。我提了几点意见请她注意，同时对她准备搞好《小演唱丛书》的决心表示赞赏。我们商议编辑人选问题时，彼此都感到这中间存在不少难题。

安旗走后，已经快晚饭了，可是还不见小娃回来。他们已经两个星期没回来了，所以午睡醒来，我就请老曾四点钟去领他；可是直到六点钟还未回来。一连到门口看了两次，想不到老毛病又发作了……

晚饭后，领小娃去春熙路溜了一趟，给小娃买气枪一支。

12 月 27 日

今天精神较好，费了一天时间，把白尘寄来的剧本读了。

仍然是以"四清"为背景，时间也未变动：1963 年。他来信说变动很大，几乎等于重写，但主要只去掉两个较大的事实。扎根串连没有了，故事写到工作队进村前夕结束，表现那个反革命分子活动的一些戏，取消了。前四五场好，后面差点。

白尘在信上提出，希望我能提较详细的书面意见，因为他已决定下放江苏，以后见面时间少了。他即去南京报到，春节后即举家南迁。

他也提到翔鹤，发现有心脏病，情绪不好，他还要我将剧本转给艾芜。

12 月 29 日

最近报纸上几篇重要文章，今天一气把它们读完了，所获颇多。

午饭时，黄来了，随后戈也来了。今在开支委思想见面会，黄来显然要说什么，因为戈在一道，或者看见饭摆好了，她又匆匆离去。她走后，戈告诉我，批评她不虚心，抵触大，发言很少，有掼纱帽的意思。我们随即谈起明年的工作计划来了。

午睡起来，正在吃广柑，黄来了，说要找我谈谈。我说："好呀，咱们也该思想见个面了。"我说得很轻松，可是，一谈下去，就越来越不能轻松了。这个人的觉悟会这样低，真是出人意外。她用阴暗眼光来对待同志们对她的批评，而且公然宣称，她不愿再在文联留下去了，好像文联党内没有是非，没有党的原则！

她的话带有挑拨性，把她所不满的同志同我也联起了，仿佛是某某人对我也不怀好意。她的一些错误论点，我都给了必要批评。当然，由于她是来暴露思想，我怕把门封了，不好，就尽力使自己的谈吐不那么尖锐、严重，让她感觉像谈心样。

她离开后我才认真感觉得很不舒服。随即找到阴国民，作为向支部反映情况，将黄谈到的一些错误论点，给她说了。晚饭后又向王书记扭要重复了一遍。

可能黄的谈话多少对我产生了影响，夜里，吃了两次药都没睡好。

12 月 30 日

由于昨天没有睡好，精神萎靡极了，情绪也不很高。

午睡时服了一片非拉因，可是照旧没有睡着。真糟，看来怕得进医院了。照旧挨到三点起床。读了两个日本青年访问西安实验小学的谈话记录，精神为之一振，心胸也顿时开朗了。真了不起，就连小孩也有这样高的精神境界。

随后，想起宗林同志，很担心他的病。打了两次电话，知道他去五福村了。于是决定前去看他。显然相当虚弱，因为他告诉我，连下楼散步都困难了，头晕得很。我们闲谈了很久，最后，从我的创作打算引起他一长篇有关解放初期情况的谈话。因为我对他讲，我准备从无产阶级专政这一点来写社会主义革命。

他谈到一些起义将领、民主人士以及党内个别立场、认识都不很好的同志的一些错误主张。这些主张都牵涉到政权问题，也是一场尖锐的阶级斗争。他们强调县长要用四川人，而且多用有丰富县政经验的人，这实际是同无产阶级争夺政权……

尽管具体的东西不多，但是，去年开始以来的想法，却得到了他的支持、证实，感觉不会怎么错了。而且他愿意以后提供材料。我也谈了些自己知道的情况。

真有点舍不得走了，直到端上碗吃饭了，我才匆匆离去。

12 月 31 日

午睡后，戈来了，同他商量着改了《一两米》的唱词。安也来了。

他们是来看王书记的，王书记不在，就先来我这里坐。我正向戈述说昨下午同宗林同志的谈话，兴高采烈地安就来了。是来取刊物校样，也是来看我的。而且一坐下就劝我：不要再喝酒了。

听安的口气，那天同戈喝了几杯大曲，他们夫妇之间于是有了议论，担忧觉得这样喝下去不行，所以特地来劝我戒酒。她又说："喝点葡萄酒可以，大曲不能喝呵！你的酒缸子呢？送给老戈喝吧！"我很感动于他们两人的深情，答允以后不要喝白酒了。天翼最近也来信劝过我。

我一路送他们走时，忍不住说了句丧气话："你们一走，我又一个人了，所以想跟你们走走。"刚下天桥，就碰到王书记。他去幼儿园接孩子去了。戈夫妇同他谈了起来。我出去交信，是给巴公的，告诉他我已收到罗世发带回的东西。交信后，等了一阵，老不见戈出来，我只好又转回来。刚坐下，王书记来了。他对黄前两天带出来的纠纷做了解释，我多少有点激动。

我激动，因为我毫无精神准备。这是我们之间第一次思想见面，这对党组的团结和进行工作有好处。我也对一些事情直率地表示了我的看法，但对某些同志的看法，我却说得简单、含蓄，虽然这些人是纠纷的起因。

晚饭后散步到盐市口，又通过青年路、春熙路回来，把人拖得相当疲倦。喝了两杯葡萄酒、一杯白兰地。很想喝白酒，终于克制住了。

上床以前，给刚齐写了封信。信上可能流露了感伤情绪。

1966 年

1月1日

久不见礼儿他们回来。想去看艾芜，又来去费时，最后决定去看张老。

正想动身，小娃一路跑进来了，顿时感觉四周有了生气。但等他们一家人坐定后，做了一些安排，仍旧单独去学道街，虽然已经快十一点钟了。

是坐三轮去的。在春熙路的人流中一眼发现戈氏夫妇，不禁喜出望外地叫喊起来，可是他们没有听见，我也只好怅然而去，未曾下车。幸而同张老谈得不错，因为我们好久不见面了。不过并非闲谈，而是解放初期一些情况。

回家时是十二点过了，午饭时同礼儿对饮了几杯。

1月2日

上午，以为艾芜会来，结果叫人失望。去医院打针，也因人多败兴而归。

午睡醒来，知道老艾来过，留下白尘的剧本又走掉了。以为他不会来了，心中颇为不快。可是出乎意外，近四点时，他同张老一道来了，而且是步行来的。我兴冲冲地谈了很多，照例又是解放初的一些印象。看来我是钻进去了。

随后我们又谈到白尘的剧本，主要是我同艾谈。我们的意见基本一致：改得好，又进了一步了。但漏洞很大，那个富农的问题十三四年后才得暴露不近人情。我们都认为那个富裕农民写得最好，在正面人物中，只有贫协主席较好，其他均差。工分问题算抓对了，车子入社问题，我两个意见不很一致。

送走张老，老艾留下来了。他答允就在这里吃饭，然后一道去军区看《边寨风云》。这真是难得的事。饭前，我们谈到学习"毛选"问题，他有不少精彩意见。后来又扯到创作，他语重心长地一再劝我，应该搞创作了，搞创作单纯……

因为曾克不去，我又特别要老曾去约柯岗，我觉得有责任同他搞好团结。到军区剧场时，杜书记已早到了。《边》剧比会演时改动了不少。有的场改好了，有的场有得有失，有的呢显然不如从前了，而且还有画蛇添足的地方。

由此可见，加工也不容易，共演两点四十五分。本想散场就走掉的，明天送意见上门。看见杜书记没有走，我们也就留下来了，杜书记提了不少修改意见。

回家时十一点半了，一边吃广柑一边整理印象。十二点才就寝。

1月3日

午睡起来，正在吃广柑，艾来了。于是开始交换对《边寨风云》的意见。

这个人就比我做事情踏实，为了给剧本提意见，他引用主席、林彪和周扬有关先进人物、英雄人物论述的文章。因为他的意见就集中在这个问题上，认为连长和班长都没有写好，不突出，不感动人，连长的牺牲也不叫人感到难受、痛惜……

他也谈到写戏的困难，认为这是尖端艺术，有它的特殊之处。在两个多钟头内，要叫观众对你的主人公发生极大的关心，强烈的感情，从而受到教育，这多么不容易呵！我同意他的论点。但我觉得该从实际出发，帮别人想点主意。在这方面，他也有些好的意见，主要是在站长的刻画描写上。基本上我们的意见是一致的。

四点到达军区，我们离开时快六点了。开始是艾谈，有时我也补充两句，或作些说明。接着我谈，基本上是从内容出发，指出修改中的得失，并作了相应的建议。归纳起来是这样三点希望：力求政治上站得住；节奏干脆利落；加强班长的戏等。

李模同志全面地谈了他们的设想，我觉得不错。因为是根据杜书记那晚上所提意见，和郭政委的指示来考虑的，随即我们就离开了。

晚上原本约了艾去看川戏，因为疲乏不堪，只好失约。

1月4日

开了整天的党组会。原以为是过民主生活，我昨天忙着写了一个提纲，但实际却是讨论1966年的工作，以及一些急待解决的问题。

当然，下午开会中间，我还是得到了一个机会，把我近年来的思想上的变化，谈出来了。虽然简略，但主要精神是讲得很明白的。并且重申了一次我的希望，能够让我搞两年创作。我已经在文联待了十年了……

这当中我也说了点老实话：两年以后，我也很可能做不了多少工作了，只能做部分工作，或者出点主意，当当参谋。而安旗接着就叫我"高参"。

这个口齿锋利的小鬼显然有点情绪，但我讲的都是真话。

1月5日

上午，给白尘回了信。对他那个写"四清"的剧本，提了修改意见。

这些意见，是我同老艾商量后确定的，主要的一点，我们觉得那个伪装积极的富农的一家人，在故事情节的发展上，都有破绽，很难以说服人。当然，正面人物不够突出也可说是一个弱点，但我措辞比较含蓄。

下午是给荒煤写信。这是解放以来，我们之间第一次通信。

1月16日

终于1月8日到汉源大树公社跑了一趟，同行的有少言和安旗。

在大树住了五天，路上往返四天，今天午后三时回到成都。两三个月以前，或者说在去江津之前，我就打算去大树的。可是，一则江津之行不便改变，二则交通问题不好解决，三则都说我冬天去吃不消！

其实泥巴山并没有什么，汉源的气候比成都还暖和，天天都有太阳。五天中我们只碰到一个阴天，风也的确不小，可是，一般说倒也并不怎么叫人难于忍受。顶多，室外活动较受限制而已。在停留的五天中，真是受到不少教育，长了不少知识。而且深感自己在工作、生活上都不够艰苦。

一路上，像邛崃、雅安这些著名城市，我都从未到过，而且对我产生了很深、很好的印象。的确名不虚传，是富庶、美丽，各有特色的地方。现在已经是汉源县城的富林，也早就听说过，是战争要地，也是具有特点的地方。

我们曾经准备到安顺场看看的，瞻仰瞻仰当年红军强渡大渡河的旧迹和革命遗物，因为时间迫促，没有去成。只有等将来再补这一课了。

在大树所接触到人物中，老社长、刘政给我印象最深。

1 月 18 日

吃过午饭不久，刚虹从重庆回来了。是坐慢车回来的，真亏了她！

午睡后，同刚虹谈了些家常，就给刚齐回信。她看来不可能回家过春节了。我去汉源不久，她来信说，将集中在商州区整训。她谈了不少在乡下的工作和生活情况，医务人员无疑比单搞"四清"的苦，但她心情很好。

我密密麻麻地写了一张水纸，因为我谈了不少自己近来的情况。但是，信刚写好，刚虹送来她新到的一封信：她们将于 14 日返渝，也有可能回家过节……

晚饭后，我同刚虹一道上街，我去散步；她呢，去接小娃。

1 月 19 日

去南郊治疗臂疾。吴医生劝告我，已经有粘连了，得抓紧医治！

对吴的警告产生了担忧。回到家里，看见李彬同礼儿他们一道闲谈，我就把吴的警告、我的担忧，以及自己的种种顾虑，向他们说了，多少有点激动。

午睡后，赶着去听聚贤同志向全机关做报告。内容丰富，讲得不错，但在谈到反映矛盾斗争和政策上发生"左"或右的偏向时，似乎谈得还不够透彻、充分，乃至不够确切之处。也可能由于我理解得不够。

春节聚餐前，有人来告知我，要我准备讲几句话；我谢绝了，建议由聚贤同志谈，我同他一道祝酒。不管对内对外，我决心少露面了。

聚餐时，吵闹、拥挤，使人头痛。但是，散步后仍然参加了晚会。

1月20日

得刚齐由重庆来信，她不回家过春节了。当即复她一信，连同前天写的一同付邮。

刚虹回来以后，已经两次谈到我的生活问题。显然同礼儿夫妇，还有李彬交换过意见。认为我的生活太单调寂寞了，相当固执地向我建议，让两个孙儿都回来住，秀清每天夜里回来带他们；我都立刻就回绝了。

人们为什么要这样看待我呢！我现在需要的是安静，是专心致志，争取在建国二十周年前写出些东西来，向党和国家献礼。而且，从个人说来，我对生活还能有什么多余的要求呢？但我难受的还在这里：我已经基本上忘却了玉顾之死带给我的悲伤，基本安于目前的生活了，实在不该再来触动我了。

当然，由此也可看出，在私人生活上，我的情绪并不巩固。也可以说，我还不够坚强。因此，在这旧年的除夕，我必须进一步下定决心，只等春节过了，就行动起来。着手为长篇搜集资料翻看资料，逐渐让自己沉没在所要表现的生活斗争当中……

而且应做出一个书面计划，使工作大体上按部就班地进行。原准备去三台王达安同志家里做客的打算，也可推迟，或者取消，集中精力赶写长篇。

看来我必须解决两个问题：搁下写短篇的强烈要求；真正不要考虑文联的工作。

2月6日

我是习惯于用农历记年的。半个多月以前，除夕那天，我决定不记日记了。因为精力、时间都越来越感不够，今年又确定了搞创作，会更忙的。

但也不是绝对不记，若果有可记的，又有精力时间，就记一笔。有话则长，无话则短。可以十天半月一次，也可三五天一次，一月两月不记亦无不可。这样，就不会有负担了，不会流于形式了。这当然也会是偷懒的借口。

最近听到机关里群众反映：整风后我脾气变好了。是不是变好，这是颇难说的。但是，近几个月来，我倒的确有很多改变，不大肯同人争论了，也不爱提意见了。而且，对于从前可能吵起来，跳起来的一些事情，我也能够像老巴那样，说一句"没关系！"或者"不要紧！"就拉倒了。有一两次，有的人那样不尊重我，我也不大在乎，乃至对于黄的咤骂也能一声不响。

我只是对安旗接二连三地抓住我句把句话就大放厥词，进行过"针锋相对"的论争、驳斥，相当难受。因为在机关整风当中，我们一直合作得不错，她两夫妇一向对我也好，可是，忽然变来好像处处都不大对劲了。为此我真想去十七街扯清楚，但是，前两天当着李彬说明这些以后，我也就释然了。

不错，这由于我在机关整风，也即是"四清"中受到了深刻的教育。此外，这两年来的文化革命，也使我用自我检查精神思考了不少"四清"时期群众很少提到过的问题。让自己对自己有了一个比较清醒的认识：自己并没有值得自满的地方。还有，玉颀之死，对我个人生活的影响太深沉了！……

我还不能承认思想感情上有多么消沉，但，有的时候，的确有些难受。而且，社会活动少了，个人独处的时间多了，总会想起生活上一些最不愉快的琐事，被它们纠缠住，消耗掉的大量精力。比如，我一起床就以为孩子们会来的，他们已经两个星期没有来了，可是一直不见踪影！

幸而十点钟老艾来了。他算给这屋里带来一点活气，我们比较高兴地谈起来。主要是谈创作，他说，文从笔下起，意思鼓动我很快动起手来。在他看来，显然认为紧张的劳动可以使人忘记掉生活上的不快。无疑是他早已发觉我并不愉快，但他把问题看得太简单了，而且我们各有各的写作习惯……

他坐到十一点过才走，我一直把他送到快要接近前卫街街口了，才往回走。在路上，我们也谈了不少，但却纯是私人问题。对于老戈夫妇的好意，他有同样感觉，认为不大实际。刚虹大年初一同我闹的别扭，我也向他说了。

他很赞同我的想法，但我最后却坦率地告诉他，我有时感情上是很难受，很难受的。当然，我同时也表示，我还能够控制自己。

2 月 15 日

今天是正月二十六，玉颀逝世两周年了，这真正叫人有一些不相信！

昨晚上跑几处花店买花，可都没有好的。人民商场一家，说是今天会有一批水仙花卖，我问了问开门时间，是今天十一点钟，我就赶起去了。

从盐市口回来，已经十二点过了，刘大娘在摆饭了。但我没有忙着吃饭，不慌不忙地，一直到把水仙在花瓶里插好了，又左看右看，近看远看，感觉一切都很恰当，才去吃饭。当然，这也许是可笑的……

午觉没有睡好。其实，这几天晚上也睡得很坏，几乎每夜都要服两次药才能入睡。改变生活方式的计划眼见又失败了。因为既然晚上睡眠不好，当然无法早起。白天，实际是上午，当然也就没有多少时间可以用来搞写作了。而把下午、晚上的时间用来休息的打算，也就全部落空！

原因很多，最主要的是，自从老艾那天说到长篇，并建议它的主人公以本省人写起来较为得手以后，我开始考虑了不少原则性、政策性的问题，更加觉得这部东西应该准备得更慎重些。他的建议当然被否定了，而我自己的一些想法，也有设想得过分简单的地方，那么怎么办呢？

措施当然早已想了不少，做了以后，也能解决问题。主要是访问一批人，找一些活材料和翻阅文件。但，所有的对象几乎都是忙人，我又很不习惯于挽着别人几小时几小时地闲谈，更不愿意给负责同志增加任务，且不要说对方高不高兴和有无时间了。而这些访问又是主要项目……

当然，这几天来，一些主要设想，算是比过去明确多了。这也是一种收获，而且颇感高兴。想去找老艾谈，路太远了，晚上散步，就信步去看张老。他是关心我这部东西的，一坐下，我就迫不及待地谈起来。

这一晚，我把我的全部看法、想法，几乎都谈到了。他有时插几句，看来还有兴致。但，即使他毫无兴致，只要他不把我赶走，我也会谈下去……

我想，没有一个交流思想，听你大放厥词的对象，这日子是不好过的。

2月19日

16日学习时间，把焦裕禄同志有关材料总起来重读了一遍。

多少也有些这样的原因：年龄呀、经历呀，等等，我觉得这个应该作为我们学习榜样的同志，比之雷锋、王杰，我感到更高大，但也更亲近一些。这同我一向注意农村工作和农村干部，当然也有关系。学习时虽未流泪，但是非常感动。

由于学习焦裕禄同志，这几天我联想起不少我所认识的搞农村工作的同志，主要是公社书记以下的党员干部。他们当然远远不及焦裕禄同志，但是他们当中每一个人却都程度不一地体现了一些毛泽东思想，闪烁着共产主义光辉。前天早上，四点过就醒了，我躺在床上就想了很多很多！

最后，我决定暂时把日程改变一下，开始翻阅我所记录的另外一些材料。于是这两天来，越来越感觉得目前回转头去写解放初期是不行了。它会使我不自觉地脱离当前的斗争，而仔细检查起来，从我的个人处境说，现在非常需要一些社会活动，否则那种隐隐作怪、对顺的悼念之情，将对我发生不好作用，乃至使我逐渐"与世隔绝"，消极起来。这个多可怕呵！

当然，那个长篇还是要搞，同时积极准备进一步收集材料，但不能把一切力量集中在它身上。争取双管齐下，先搞好中篇。这也将符合我一向的写作习惯：努力反映当前的革命斗争。天翼曾经劝我不要放弃这个传统，是有道理的。我将不向谁谈起这些，因为没有用处，甚至可能引起误解。

我的第一步是参加省贫协代表大会。今天上午，我给伍陵同志打了电话，他说没有问题。李林枝同志在具体抓这一工作，他将向他提出我的要求。我希望通过这次列席，自己能够得到更大更多的鼓舞。

贫协会后，我将下农村去住个时期，我将开始考虑这个计划。

2月26日

这两天太冷了，比冬天还冷，弄得人缩缩瑟瑟，非常之不舒服、不痛快！恰恰由于前天未睡午觉，又多吃了广柑，昨天腹泻两次，今天几乎动都不想动了。

真未料到，一夜之间竟会变得这样疲乏。万一竟是重病、大病，那又会怎样呢？很想念顾，若果她在，生活上必然方便得多，纵病，也不会像昨天夜里那样狼狈。当然，把细想来，也没啥了不起，我会经得起任何困难的……

下午，去省委宣传部听了报告转来，仔细一想，最近几天所做工作，忍不住高兴起来。因为自从上个星期决定改变创作计划以后，围绕那个中篇残稿，有关原始材料，两次的构思、设计，都叫我找到了，而且读了。1957年冬和1958年春天我在遂宁、三台，特别三台高峰所经历的情形，重新活跃在眼前了。

那中篇原计划写十七章，已经写成六章半了。其中一二两章，玉顾早已抄就，抄稿也找到了，读了过后，我觉得并不坏。基调跟目前农村中的生活斗争是一致的，两个计划也差别不大，但我却想到不少弱点，主要是历史背景不够明确，主要矛盾的性质，也不明确。此外，得考虑增加一些情节。因为那几章初稿改动甚大，看起来头痛，我托洪钟抄写去了。他认识我的字。

前天晚上，重读《谁说鸡毛不能上天》一文按语，而且反复看了两次，不仅明确了这个中篇将如何改写、续成，对于一般创作问题而言，显然也更为清醒了。这里牵涉到的问题相当多，也有普遍意义，看来一时无法在这里说得清楚。

当然，这是高级社时期说的故事，但只要符合十五年来党领导中国革命的"基本理论和基本实践"，只要有利于兴无灭资，这又有多大的关系呢。

3月1日

昨天是多少时候以来最不愉快的一天，真把人气炸了，感到非常难受。

我不愿意重述事件的经过，那会写一长篇。若果从扶植青年干部算起，就会更多。这里我只想说，那两夫妇的态度，太意外了，特别那位女同志，在晚上的党组会上，嘲讽叫嚷，简直像发疯了。当然，我同聚贤同志，特别是我，确有点儿急躁，有点感情用事……

不过，不管如何，他俩那样嚣张，是很不好的。妇前夫后，他们配合得多紧密呵！我真不懂，一个人为什么会这样好强逞能，这样不虚心？活龙活现的小资产阶级的狂热。当然，想想她在陕西发生过的问题，来四川后他们同李累之间发生的问题，那次学习主席指示在党组扩大会上出现的无味蛮缠，却又觉得一切都很自然……

对曾，我意见也大。昨天以前，甚至比对戈夫妇还大得多。但这人有个好处，她一发觉自己没有搞对，错了，就能接受批评。她今天整个精神面貌，正像一个自知犯了错误的孩子那样。我有点同情她。不过，她的态度，照常不明确，不坚定。这所有的情形，到今天还不敢多想。因为越来越觉得这次会议太不够水平了……

为了忘记掉这一切，只好打起精神去参加贫协南充专区的小组会。我上下午都去了，获益颇多，至少比昨天的党组会强。而一想到昨天的会，心绪又烦乱了。因为看来我还不能不跟有些人打交道，这简直是灾难，我已经承受十多年了。

晚饭后，聚贤同志来告诉我，他把昨天党组会的主要情况，又扼要向心源同志汇报了，还传达了指示。他走了不久，又转来了，带来李季和贺敬之同志。

跟李同贺直谈到近九点，很不错，内容有李劼人及其作品，近几年的文化革命。

3月6日

参加了两天贫下中农代表的小组讨论，情绪都好像大变了，兴奋而又愉快。这是最近一个时期很少有的；但我前天忽然病了。

严格说，当然不算是病，可是头昏脑涨，疲乏不堪，周身骨节有时正像散了似的。想起来很不好受，这样下去怎么行呀？但也只有由它去了。不过，未能继续去南充小组开会，未免可惜。能够再找任金花、王兴富谈谈，多好呀！昨天下午勉力前去成都旅馆，可是代表们出去参观去了。

由成都旅馆回来后，什么事也不能做；但是想了一些问题。各方面的都有。而最叫人不痛快的，莫过于前几天党组会上那两夫妇的表现了。究竟应该怎样判断一个同志呢？另一位女同志一时说东，一时说西，一贯叫人头痛。但她有个最大优点：在党的原则和事实面前，比较规矩、听话。但我往往对这点估计得不充分。而那两位呢，一般说，是怎样就怎样，没有多少弯横倒拐，我一向是欣赏的。现在看来，却不一定是优点了，因为容易变成鲁莽、任性……

一句话，通过最近的事件，我发现自己在认识人、评价人的问题上是有毛病的。主要没有肯定从他或她同党的关系上来进行评价，而是从一些空洞的概念，直爽呀、坦率呀、圆滑呀，来论断一个人。当然，诚恳、表里如一，都是美德，但他们不能离开党、离开革命，而独立存在，总是经常联系在一起的。看来，判断人必须严格遵守革命功利主义原则，知识分子的空谈是不行的！

今天，希娃他们又未回来，当王宏模他们闲谈后离开时，杨礼可回来了。可是，吃过午饭，却又匆匆走了，说是要赶回学校开会。

昨天雷加和李学鳌来闲谈了一刻多钟，还不错，真不想在成都住了。因为我现在横竖光棍一条，而若果换个地方，比如北京，谈得来的人就会多些。

3月12日

连续去治疗了三次，手臂的情况又大有进步了。只是更加疲软无力。

中断，是由于忙着参加省贫协代表会的小组讨论。只有两天没有参加讨论，因为病了。除了去绵阳专区的大组听了半天发言，其余时期都参加南充专区的小组，有时是仪陇、苍溪，有时是南充，还有任金花那个组。

任金花的确不错，从她我想起了黄静仙，合作化高潮和"大跃进"中涌现出来的女青年，而任金花的特色也就更显著了。她们是那样纯朴，但从她们对待具体工作的作风和办法之深入细致来说，却又多么老练！这显然是从学习毛主席的著作来的，当然也由于她们没有负担。她有两句话给我印象很深，仿佛她道出了什么秘密："管他的呵，错了吗检讨嘛！"

好些人以为我准备写东西。一天，一位《四川日报》的年轻记者就直截了当地鼓动我写。我说："你们《四川文学》都来了不少人，还是你们写吧！我们应该看你们青年人写了。"这是我的真实想法，同青年人抢着写太没有光景了。不过，该写的的确也不少，任金花不必说了，苍溪、仪陇都有对象……

虽没有写东西，收获可是不少，学习到很多东西。昨天、今天，本来想同他们一道去参观的，可惜因为有点感冒，还有交通问题，没有去成。具体也说不上学到了什么，但同他们一起的时候，自觉心情舒畅，精神也旺盛了。

再说，这一个多星期以来，若果没有这些社会活动，有些时候，心情会很坏的。有点想念儿女，但刚齐她们个多月没来信了，希娃也是三星期没来了……

昨天、今天都在翻阅中篇残稿。边看边想，有些什么想法就记一笔。

3月18日

昨天接待雷加他们，忙了一天。今天在家休息，高缨来了。

虽然疲乏，我却高兴高缨肯来看我，这也是很难得的。因为近来除开李季、贺敬之、雷加跟我闲谈过两三次外，很少，不！简直没有人来过，我也没有去找过什么人。当然，两三次送艾芜回去，一路也谈得不少……

一个比较能够谈得来的人能够有机会交流一下思想总是件好事。我近来觉得，最痛苦的事，恐怕莫过于长期没有一个交谈的对象了。会议上的事务性质的发言那是另一回事。今天同高谈了不少，有的前天也向雷加谈过。三句话不离本行，一般都是围绕创作谈的；但是出发点和落脚点却都从未离开政治。

我告诉了他我对《欧阳海之歌》的印象：主人公是毛泽东思想哺育大的，作者也是毛泽东思想哺育大的，这本书就是伟大毛泽东思想的颂歌。我们都说过用自己的作品宣传毛泽东思想，这本书算真正做到了。而且是第一次做得这样成功，因此它有划时代的意义。因为这本书写的真人真事，我又感慨地告诉他，我们的时代太伟大，太瑰丽了，真人真事能够达到这种高度已经不容易了。而由于种种限制，特别思想水平的限制，比较高度的集中概括远非易事！

当然，我们也不该气馁，应该全力以赴。而首先就得用毛泽东思想来彻底改造我们的世界观。于是我又向他谈到我对任金花的印象，

796

谈到我对当前正在蓬勃开展的活学活用毛著的伟大群众运动，谈到李素文、吕兰这些人。最后我说："我们自己若连这些人都比不上，怎么好写东西呢？"

我告诉高，根据我的理解，没有活学活用毛泽东思想的伟大思想文化革命；没有"社教"运动和两三千万知识青年下乡、上山；不可能出现任金花这样的人。我又拿她同土改时期，农业合作化高潮时期涌现出来的新生力量作了比较，觉得她的精神境界，就比"大跃进"时涌现出来的年轻人高多了……

晚上去接待室过小组生活。散会时已经十点过了，可是我仍然送老艾回去，一直送他到前卫街才转来。近来，几乎每星期都要这样走上一回，既谈了心，又散了步。这一次谈话内容，主要也是《欧阳海之歌》。

3月27日

今天，礼儿一早就回来了，可是不见小娃。他外婆一早把他们领去了。

我感觉有点不快，但没有任何表示，只是把刚虹的信交给了他，就转到寝室里去了，想让自己安静下来。刚虹的信，是谈她最近根据同志们对她的意见进行检查的认识，也谈到寒假中引起的不快。

等我回转前房，礼儿已经看完信了，曹也回来了，当然也没有带回任何一个孩子。可是我们却谈得很不错。主要是谈一个真正革命者的如何严格要求自己和思想作风的锻炼问题。事情是他提起的：学校的"四清"工作组长对一个年轻政治教员讲课中的措辞不当进行了批评，但是有些夸大、粗暴，于是引起了对立。而他自己却表现得很懂事，很慎重，既坚持了原则，也注意到了方法，而且他对问题的看法跟领导一致……

这孩子是肯用脑子的，要求进步的心思也切，特别对待工作、同志，态度相当严肃，所以每次回来，我们总要扯一些比较重要的问题，从个人修养到天下国家大事。这天，我用自身的一些经历，包含正确的和错误的两个方面来肯定他做得对，而且加以引申、充实，得出结论性的论断。这要记下来太多了。但有一点可以一记：要真正做到坚持真理，修正错误，只有一个一切为革命的人才办得到！

下午我们又继续谈了一阵，晚饭后，不等他们动身回家，我就出去散步去了。原想看看老艾他们，因为还得收拾行李，走到东大街，就折往春熙路了。

想买些花生糕，没有买到，日升桃片也没卖的，只好买些当地做的凑合。

3月31日

到北京三天了，28日夜勉强在华侨大厦住了一夜，次日搬来22号。

搬来22号以后，感觉安静，亲切多了。住在饭店里总是不大自在。28日夜晚吃了两次药都没睡好，这几夜却睡得很不错。

所有想要会见的人，也大都会见了：白羽、文井、天翼。因为同天翼住一个院子，几乎每天都要见两三次面，谈两三次，许多想要告诉他的一些想法，也大半都谈了。今天下午三点半，又会见了翔鹤和其芳同志。

翔鹤胖了，眼睛看来都细小了，但我总感觉他胖得不很正常。其芳也胖，可是照常生气勃勃，说起话来滔滔不绝。我们在他家里坐五点多钟，也谈到五点多钟。主要是其芳谈，翔鹤很少插话。内容是：对一位前辈过去文艺思想的探索，以及对肖洛霍夫的批判。其芳还谈到他准备去四川渡口等地参观的计划……

其芳对自己的创作计划也谈了不少。在我的发言中，有一点我自觉提得不错。这就是我对肖洛霍夫的短篇《父亲》的看法，因为经过互相补充，这篇小说几乎可以概括这个修正主义作家的全部作品的最主要的错误思想内容。其芳正在准备一篇全面批评肖洛霍夫作品的文章，看来对肖的批判是今年已经开展的批判运动中的一个重要部分。因为前天同文井、天翼谈起，肖在一部分中年、青年作家中是有影响。而从思想内容说，他的作品则很糟糕，且容易迷惑人：苏联的大作家，革命作家。我感到对他的批判非常必要。

在广东餐厅吃午饭后，应其芳的邀请，我们又转到他家里去，一直谈到将近十点这才离开。主要是谈他的长篇计划。他的设想看来相当庞大，而从他的用语，诸如史诗之类的名词着想，我感觉他还没有从《战争与和平》之类的框框里跳出来。但我只一般谈了点意见，因为显然一时无法说得清楚……

回到22号，已经十点钟了。人也有一些疲乏了，因为天翼正在大楼院子里散步，于是就又同他一边散步，一边闲谈。现实主义，托尔斯泰和肖洛霍夫的比较等等。也对30年代的作品作了估价，仿佛问题越落实了。

而若果我的看法基本正确，这得感谢《欧阳海之歌》对我的启发。的确，自从五四以来，旧现实主义的影响太深远了……

我们一直谈到十一点钟。仔细想来，半年来考虑到的问题，几乎都谈过了。

4月4日

本想就住在22号的，因为李季又来电话，催我搬，就只好答允了。

原定晚上去的，午睡没有睡好，就决定提前去。动身前，挤时间去看了文井，因为想到他后天就去锡兰，明天开会后我们碰头的机会就更难找了。而他回国时我可能已经返川。我去时，他正写完家信，我们可立刻谈起来。

这一次谈话对我帮助很大。他劝我，既然是搞创作，最好下去，即或无须补充素材，也可以下去写作、构思为宜。住在城市里是不成的。而且，即使不在机关里住，有些问题，不管吧，这会犯自由主义，认真管吧，创作任务可能受到影响。而既住在机关，就该积极参加一些活动才是。

但我觉得他的比较重要的劝告还是这点：不要认为参加了本机关的"四清"、文化革命，就没有问题了。实际情况远远不是这样，必须不断严格要求自己，不断地进行自我革命。凡此，我自己也想到过，经他一谈，也就更明确了。一句话，我认为他说的是金石之言，很久没有听到过了。随后，大约五点，我同高缨又一道搭他的车去华侨大厦。高是来看我的。

碰到好几个熟人，但同我住一个房间的《欧阳海之歌》的作者，却直到晚上九点过了才见到。因为他八点回来时，我恰恰到街上去散步，只打了一个照面就分手了。我到东四绕了一圈，将近十点才回。

金给我印象不错，朴素、沉着。他是南京人，抗战时在万县、重庆住过，复员时随哥哥到了湖南，1949年参军的，四川话说得好。

林雨我也认识了，他是来看金的。风格同金稍稍不同。

4月9日

会开了五天，听了白羽的报告；彭真同志、定一同志报告的传达。白羽讲的这次会议的目的、要求、开法。默涵的报告，内容丰富，听了很震动。

默涵的报告是七日上午做的，小组讨论几乎都是以这个报告为中心进行的，到今天已经两天了。因为有些问题自己也考虑过，听来特别亲切。在两天讨论中，插话不算，我一共发了三次言，都是谈自己的体会，都带检讨性质。这个组以我年龄最大，其他同志都只三十岁挨边，相形之下，真不是味道……

第一次小组会，是我带头发的言，接着孙谦、武玉笑也发言了。精彩，比我还要激动，也揭露得比我直截了当。因为他们也有这样那样的错误。这两个人也发了两次言。孙谦今天谈着谈着，快要流眼泪了。这是个好同志，在小组中我最爱他：朴素、诚恳，也容易激动。因为陈山讲了些解放后他在上海同解放前一直在国统区坚持工作的同志所做斗争。而孙则自愧不如，恰恰被资本主义思想俘虏了……

陈山揭露的事实，真可说是惊心动魄！可也叫人犯疑。因为只需冷静地想一想，为了排斥老区的文学工作者去作协参加工作，都得通过一番考试。题目多到四五十个，且都非常简单：《儒林外史》作者何人？……

午饭后，金搬走了。因为徐中玉去了总政，空出一个床铺，翰笙同志就照顾我，让我一个人单独住。但我照原计划回东总布来了，担心明天无法休息。

我到东总布，除开需要休息，避免有人来找，还因为已经同刚宜约定，要他星期一早到22号。要改地点，来不及了。何况他又那样怕见生人……

这里的确远，较华侨清静。也许还可考虑一些问题。

5月2日

26日工作会议结束，27日午刻飞返成都。到家已五天了。

这次去北京开会，真受到不少教育。这几天一想起还很激动。但疲乏终究是主要的，因为这样的会的确需要相当多的精力。除非你是块木头，既不敢斗自己，也不肯斗别人；但这像什么话呢！

27 日一到家就找聚贤同志做了简单汇报，把默涵的两份报告交给他了。等白羽的总结寄来，就向宣传部做较细的汇报。一有空闲，就翻阅高缨和我的笔记，以及他抄写的材料。

28 日李部长约我去谈，因为听说我身体不行，随后又叫不必去了。29 日上午去锦江听省长做报告，到将近一点了才散会，很疲乏。由于当天夜里着了凉，又未加注意。"五一"一起床发觉嗓子哑了，鼻塞头晕。去唐伯渊处诊治；吃了两剂药，能说话了。

真想不到身体会虚弱到这地步！但决定争取在这个星期向宣传部汇报，总结就算寄不来也要做。因而今天动手认真翻阅材料，下午，曾克送来毛主席对文化工作一些指示的打印稿。

曾克一走，就坐下来看；一口气就读完了。随又择要翻了一次。还抄了几小段有关哲学方面的指示。最后转给了黄其云。

5 月 19 日

感冒了一个多星期，近来一直感觉疲乏不堪。什么工作都摸不上手。

大约 14 日下午，亚群同志约我去宣传部谈话。是张本生同志和他一道同我谈的，张特别鼓励我积极参加思想批判斗争，建议我写一篇批判李伏伽的文章。李部长没有多说什么，当然赞成张的建议。

张还批评我，也可以说是提醒我，以后说话不要太随便了。可能是指我赞扬过李伏伽的散文，编辑部的同志又把我的赞扬传到对方耳里，现在就成了李伏伽抗拒检讨的借口原因之一。这个批评很好，"四清"中也作过检查，但是不是就全改了呢，真值得认真注意。

回到家里，我就忙着准备材料和翻看材料，同时也把这件事向聚贤同志谈了。并要王益奋、葛鹏大力协助。碰见安旗，还请她帮我出些点子；但次日上午，她干脆拒绝了。她自然很忙，可我并不怎么愉快。也好，这一来我决心来个自力更生，等到写成初稿，再找人提意见好了。

16日夜李济生由绵阳来，带来巴金夫妇送我的东西。他是为克非的长篇来四川的，在绵阳住了几天，现在又带了两部样稿来，要我同文联提意见。我直接告诉他，我这几天要写点东西，只有等到20号才有时间陪他玩了，因为我决心19日赶好。但我17日动笔，18日夜半就写好了，可是人也快垮了！

18日夜九点钟，才知道省委已经派了工作组来，杜天文同志是组长，文联的"文化大革命"正式开始了。听了动员报告已经十点，但我回来后，仍然工作了两个钟头才睡。不！不是睡，这两夜都可说没有睡，只是在床上躺起而已。在我写文章当中，一般都是这样：满脑子只有文字跳动。这两天更是这样……

今天上午开小组会讨论昨夜的动员，我把稿子交给了葛鹏，要他们讨论后提修改意见。若果没有修改基础，就拉倒算了。写好后，我还没有拉通看一遍，因为已经筋疲力尽，就是看也看不出个所以然的，我也不能留在手上。

小组讨论中我继曾克发了言，肯定了自己有资产阶级文艺思想，肯定自己传播过这种东西。黑线问题，我也要认真考虑。主要靠自己，也希望大家帮助。

因为把文章交走了，午觉也睡得着了，下午叫刘大娘从粤香村买回牛肉，请李济生在家里吃了晚饭。

1998 年版《沙汀日记》后记

◇钟庆成

《沙汀日记（1962—1966）》终于和读者见面了，但沙老离开我们却已经六年多了。这部四十多万字的日记，是沙老在重病缠身的晚年，竭其余力整理出来的一部重要著作，完稿不久就双目失明了。《新文学史料》从 1988 年第 1 期开始，连续两年分 8 期予以连载。日记以其珍贵的史料价值和重要的文化学术价值，在文学界引起了广泛的关注，某出版社亦登门索稿计划出版。谁知书稿到手，在出版社一搁就是七、八年，泥牛入海，杳无声息。虽然沙老生前一再催问，马识途、李致等领导同志多方努力，终无结果。其原因很简单：亏本赚不到钱。即使是德高望重的沙汀，也只能抱憾而去。好在四川省作家协会以促进文学事业发展的高度责任感，进行了长期不懈地努力，最近得到了四川省财政厅的大力支持，终于使这部有重要文献价值的著作出版发行了。

沙老的日记从 20 世纪 30 年代起，时断时续一直延续到他的晚年。虽说日记一般是自我的私人记录，但作为一名积极参与时代变革，干预社会生活的著名作家，时代风云变幻的历史踪迹，必然会在作家的日记中直接反映或间接折射出来。这部 60 年代前期的日记，作为中国特定历史时期的记录与见证，其史料价值和文化学术价值是不可低估的。我们从日记中可以看到，"大跃进"酿成的天灾人祸，到了 1962 年仍在中国大地上徘徊。一些正直的干部、农民为了抵制浮夸风、瞎指挥，还承受着很大的压力和风险。日记有这样一段精彩的对话：一位省里的干部听说农民对插秧"越密越好"很有意见，就问一位公社干部"你通不？"答："我跟农民一样，不通！""那就照你们自己的规格搞吧！""工作组规定的呀！""难道宪法对栽秧子还有规定？如果宪法没有规定，那就按照你们自己的意见办吧！"连播种插秧都要到宪法里找依据，今天听来似乎有点黑色幽默的味道。但在大跃进时代却是实实在在的生活真实。紧接着"以阶级斗争为纲"的"四清"、"社教"，在人与人之间又煽起仇恨的火焰。相互攻讦，揭发批判，搞得人人自危，惊恐不安。昨天沙老在北京还和夏衍、邵荃麟、陈白尘、陈荒煤等文艺界的老领导、老朋友交流创作，讨论作品，转眼之间这些人便成了批判、斗争乃至放逐的对象。1965年1月，曹禺到宾馆看望参加全国人大会议的巴金、沙汀、黄佐临等老朋友。突然他改变主意，不去看望黄佐临了，并把送他的一包糖带回去自己吃。沙老感叹到："显然担心这样做可能引起责难。他的'敏感'比我强多了。"文艺界在紧锣密鼓的大批判中，已成惊弓之鸟，令沙老感到深深的不安。同年4月沙老在重庆见到被逐出文化部的陈荒煤之后，面对滚滚东流的长江，发出了内心深处的哀叹："而且从今天早上起，我都有一个强烈的想法，若果能买舟东下，到处隐姓埋名玩他几天该多好！这个运动（注：四清运动）真把人折腾够了，实在需要喘一口气……"然而，沙老已没有喘息的机会了，紧随而至的疾风暴雨，很快将他卷入"文革"十年浩劫的深重苦难之中了。这些共和国历史进程中的瞬间闪点，在小说家的笔下，是那样的逼真传神，是那样的生动具体，简直到了呼之欲出，触手可及的程度。其认识价值和文献价值，是任何史学专著都无法替代的。

沙老生前多次给我谈到：出版60年代的日记，无非是给大家提供一个可供解剖的标本，让后人从我的得失中去探讨历史上的经验教训，于文学事业的发展有所补益。沙老毫不掩饰地敞开自己的心灵，坦诚面对历史，严于解剖自我的精神，令人肃然起敬。建国以后，沙老作为四川省文艺界的主要领导人，当 60 年代"以阶级斗争为纲"的极左思潮愈演愈烈，主宰着社会生活各个角落的时候，不可否认，也左右着他对现实生活与文学发展状况的基本评价。因此，日记中带有时代烙印的错误观念和看法也就再所难免了。同时我们也应看到，沙老毕竟是在"五四"精神哺育下成长起来的，现实感很强的杰出作家，面对极左思潮给人民生活、社会发展造成的种种恶果，他不能视而不见。日记里他对忍饥挨饿的群众寄予了深切的同情；对肆虐在农村的浮夸风、瞎指挥忧心忡忡；对火药味越来越浓的阶级斗争，倍感身心疲惫无所适从。在这里我们不难看到沙老在改革开放之后，全身心投入中篇小说《木鱼山》创作的最初动因。在文艺思想上，沙老无法把文学与政治完全等同起来。他经常站出来反对文艺创作中的"公式化"、"概念化"倾向。1962 年 7 月 17 日他在日记中写道："这样的新式'冬烘'，目前是不少的。虽不能说这是文学创作的灾难，但是毫无疑义，他们给发展、繁荣创作带来阻碍。在他们看来，既然是那个受人尊敬的领导同志，就该经常严肃认真按照党章和党的理论政策，教条式地行事、言谈。目前创作的缺点之一，正在于连一位党支部书记也没有用自己独特的语言说话！"同时，在文艺为政治服务的强大思想压力之下，沙老又常常为自己"把不住口"而感到担心和懊悔。不得不一次又一次放下自己非常熟悉的，酝酿了十几年的长篇小说创作计划，勉为其难地写一些自己并不熟悉的人和事。

我们看到沙老在 60 年代，一直处在深刻的内心冲突之中，这种无力自拔的矛盾，不仅表现在思想观念和创作实践上，也突出表现在创作与工作的关系上面。沙老非常清楚，作家的生命在于创作。当年他告别延安返回四川，又冒着反动派逑令追杀的风险，回到家乡雎水关蛰居十年。写下了以《淘金记》《困兽记》《还乡记》为代表的大量优秀作品，是他创作生涯中成果最多，成就最辉煌的十年。解放后，由于事业的需要，各种各样的行政事务加在沙老的身上，尽管他多次向组织上要求搞专业创作，但是在那个搞不完的运动，开不完的会议，协调不完的人事关系的年月里，他已无法从烦恼的行政事务中挣脱出来。不胜其烦的重荷，令他心力憔悴。他在日记中写道："我认为这是生命的一种浪费。可是，我已经没有多少生命来浪费了！……即或我能工作到七十岁，我也只有十一年了！我多么希望他能了解我的心情啊！"这种斩不断理还乱的怪圈紧紧地缠绕着他，窒息着他。可以说60年代沙老的思想经常处在剧烈动荡，精神极端压抑的痛苦之中。这种精神上的磨难甚至在他的生理和心理上都留下了深重的创伤。长期失眠，心情烦躁，各种疾病接踵而至，常常为自己乱发脾气而懊悔不已。在这种情况下，我们又怎能奢求沙老再现创作上的历史辉煌呢？1962年5月5日，沙老翻阅解放前写的两本短篇小说集后，在日记中写到："我看下去，逐渐有了一个想法，为什么从前的东西写得那么自然，行文正像流水一样。而许多刻画、语言竟是那样生动、有趣，甚至我不相信自己现在会想得出来！当然根本原因，在于我对过去的农村生活是熟悉的。现在呢，则比较生疏。但是，除此以外，就没别的原因了么？我停止了翻阅，想了很多很多，但一时也说不清。"党的十一届三中全会解放思想，实事求是的思想路线，一扫长期禁锢人们头脑的极左思潮。年过古稀的沙老也焕发出灿烂的艺术青春。《青枫坡》《雎水十年》《木鱼山》……一部部精品佳作喷涌而出。特别是中篇力作《红石滩》的诞生，为沙老60年创作生涯，锁定一个完美的定格。

由此，我想到前几年文艺理论界曾展开过热烈讨论的"何其芳现象"，为什么一批三四十年代在中国文坛上纵横驰骋、硕果累累的著名作家，解放后却罕有佳作问世，在创作上相继沉寂了呢？沙汀这部60年代的日记或许能为我们深入探讨这一现象，提供一些帮助。

通过日记走进沙老的心灵，我们从最平实，最深厚，最富有个性的日常生活中，看到一位杰出作家真实而丰富的内心世界。那里不仅有卓越的才华，充沛的情感，执着的追求，忘我的勤奋，也有一个普通人的痛苦、烦恼和困惑。他那双敏锐而犀利的目光时刻关注着身边发生的一切。无论是田间地头的风雨；流浪街头的儿童；挚爱亲朋的谈笑；各种会议的发言和气氛等等，他都能挖掘出有价值的素材，捕捉到鲜活生动的细节。尘封的历史在沙老这支小说家的笔下，又注入了灵动的生命，活灵活现地展示在我们的面前。比如到周立波家里做客，"立波简直口若悬河地谈下去。他开始惋惜我的处境，随又告诉我他是怎样领导湖南文联的工作的，一点没有被事务和会议所纠缠，……我开他的玩笑说：'你名气大，可以'遥控'嘛！'林兰说：'沙汀又在讽刺你了！'而且林兰不住地插断他：'怎么老是你一个人说呀！也听听人家讲呢。'"生动的对话，简洁的描绘，寥寥数语老朋友亲密无间的友情，开怀畅谈的气息扑面而来。在沙老的日记里，像小说一样既有生动的细节，又有精彩的对话，还有细腻的描写与叙述的精彩片断，可以说比比皆是。这已经不是一般意义上的个人日记了，它更带有小说家素材手册的性质。文革后期，沙老解除监禁之后，就是从残存的抄家发还物品中找到这些日记，根据其中的素材偷偷地开始了小说创作，为十一届三中全会后相继出版的三部中篇小说《青枫坡》《木鱼山》《红石滩》奠定了基础。这里，我们不能不提及沙老写日记的方式，他所使用的笔记本不拘大小、好坏，只要能及时记下所见、所闻、所思的东西就行。端庄秀丽的钢笔小楷写得很小，有的甚至要借助放大镜才能阅读。一本巴掌大不足百页的小笔记本，居然能誉写出 10 多万字的手抄稿来。沙老倒不是单纯从节约纸张考虑，主要是能够及时地、方便地，尽可能多地记录下生活中发生的事情。到了晚年，他的勤奋更令人钦佩。翻开他常阅读的书本里，夹着许多随手可及的旧信封、药品说明书、党费收据，甚至一指宽的工资单，上面也密密麻麻地写满了日记片断。即使晚年双目失明之后，沙老也没有停止过写作，只是把笔换成了录音机。其间，仅见诸报刊的文章就有七八万字之多。1992 年 12 月 11 日，写下一篇深切悼念老朋友艾芜的文章仅两天就去世了，为不朽的创作生命画上了完满句号。

在日记中我们还可以看到，沙老作为一名杰出的文艺组织工作者和领导者，在团结文艺界党内外人士，扶持培养文学新人，组织领导文艺创作，促进文艺事业发展等方面所做出的巨大贡献。他和李劼人的深厚友谊，堪称团结文艺界党外人士的楷模。马识途曾撰文深情地说："是沙汀拉我进文学圈的。"因为从 1960 年他的第一部作品《老三姐》问世，到长篇小说《清江壮歌》的出版，都是在沙汀的鼓励、支持和帮助下完成的。在 60 年代产生过重大社会影响的长篇小说《红岩》，从始至终凝聚着沙老的满腔心血。他不仅多次亲临重庆，从作品的构思立意、人物塑造、布局结构等方面给作者以具体辅导，还到重庆市委给作者请创作假，安排他们到北京、上海、南京等地参观访问。初稿完成之后，又把作者请到家里，冒着盛夏酷暑逐章逐段地讨论、修改，历时半个多月。《红岩》出版之后，轰动全国。然而沙老在日记中却这样写到："他们来（注：中国青年出版社的同志），主要是表示感谢，因为他们认为我在《红岩》的修改加工上出过些主意，提过些意见。但我赶快把话题拉开了，谈党委的领导和作者本人的努力。这绝非谦虚，而是事实。"为了帮助克非修改《春潮急》，沙老多次表示："钱不够，用我的稿费贴。"当周克芹承受着很大的精神压力和痛苦的时候，是沙老一封"公道自在人心"的加急电报，给他以莫大的慰藉和支持。对于那些来自工厂、农村的业余作者，沙老更是关爱有加。1963 年什邡县马井公社出现一个农民创作组，他亲自赶去，拄着棍子走过独木桥，到邓阳金的茅草屋里，与农民作者交流座谈，安排省文联组织力量进行辅导、帮助。几十年来，沙老作为中国文学界德高望重的领导人之一，他对文学人才的关心爱护，对优秀作品的热情支持，对文学事业发展的一腔热血，是众所瞩目、有口皆碑的。沙老一贯认为："我们应该踏踏实实地工作，帮助一些年轻同志。这个是我们可以做到的，也是应该做的……"

这部 60 年代前期，长达 40 多万字的日记，历经文革劫难，曾作为沙汀的"罪证"被查抄，发还后已相当散乱，而且字写得又小又密，整理、誊写工作非常繁重。沙老多次谈到：如果没有秘书秦友甦同志的积极协助和努力工作，以他年迈病弱之躯是很难完成的。沙老回川之前已经双目失明，我只是遵照他的嘱咐做了些出版前的编辑校对工作。按照沙老的意见，日记出版时，除了对某些场合涉及的当事人的名字作了一些技术上的处理外，其他一切依照原貌，不作任何修饰和说明。

1998 年 12 月 20 日

1980 年[①]

12 月 25 日

今天又起来迟了。早餐后已经九点一刻。看了程步奎评价《过渡集》情绪相当动荡。尽管对他的论点未敢全都苟同，所有的分析更不全都恰当。但是，这篇文章却叫我情不自禁地想总结一下建国以来的创作经验，乃至对政治与文艺问题和现实主义的创作方法问题认真进行一番思索。而且创作冲动也开始出现了。由此说来这篇评价远非隔靴搔痒之作，它的确接触到了我去年早已接触到了的问题。今天一整天，除了翻阅《广角镜》和《观察家》，以及两份日报、《参考消息》，几乎什么事也没做。本想找出《过渡集》来，看看程君相当赞赏的《摸鱼》和《下乡第一课》，但是已经全都送给人了。结果只找到一册《过渡》，翻阅了一下《老邬》。这篇东西程君也有分析，但我不喜欢他的结语，因为它竟然是针对毛主席某些言论讲的，讽刺意味十分明显。在分析《下乡第一课》时候，也有这种意味，当然也不能说他纯然是感情用事，是有一定根据的。评介这篇作品时，他议论很多，从儒家一直谈到"十年浩劫"。

---

① 1980 年 12 月—1981 年 8 月是根据现代文学馆资料，整理所得。——编者注

12 月 26 日

因为老是考虑创作上的一些问题，一个上午，结果只是给张老、艾芜各写信一封，而且都只是刚好一张信纸。接着，大明来，送来刊物信件，有一封是成都转来的白羽月初给我的信，为《踏青归来》写的序文。大明增改了两处，他认为写得朴实，完全可用，并建议先交《读书》发表，等我定稿后由他直接处理。回忆老赵、二杨兄妹和叶紫的底稿，也交他帮我代抄去了。我向他谈了些程步奎评介《过渡集》一文的感想，重点是谈他对《开会》和《下乡第一课》的看法，以及我去年在"首医"为《过渡集》补写小引。并顺带谈了些对创作、对毛主席的一些流行看法与同自己感情上的抵触。可以说是一通灵感大发的漫谈。他走时已经快一点了。并托代为复制一份程文，准备保存下来。因为这篇文章看来花过一番功夫，其人也颇有修养，且有独到之处。下午，林非来，给了我一份《鲁迅研究动态》。因为有些材料确得看看，主要是阮铭那篇文章，没想上面还有胡风两篇东西，以及他向雪峰追悼会发的唁电，一篇答复研室记者的谈话，这也尽够我一个下午看了。在约定下星期二下午来我家里开支部会后，我就开始翻阅。胡的材料全都看了，如见其人。阮的尚未读完。午休时似觉有人敲门，起来一听，又无声息了。晚饭后才知道的确有人来过，是莫耶托人捎百合来，因为敲了很久，就去三楼，将东西交给傅代转了。纸盒内有信一页。

12 月 27 日

晚上睡得不错，可是一早就醒来了。创作没想一个接一个浮上脑际：全都或多或少进行过考虑，暂时放下已经写了五万字的长篇《抵制》吧！不如改写另一计划：《钻磨眼的人》。这一点仿佛已经确定下来，接着又想起另一个中篇，从大城市，也就是成都一个知识分子干部一家来反映三年困难，而且就以自己的经历为主，用第一人称来写。接着可又想起小左讲的那个故事，以及"大跃进"、人民公社化在西光耕作区所见的一些妇女们的情景，觉得也未尝不可写个中篇。以办食堂始而以散伙告终，可锅头碗盏已经没着落了！我想，能在三五年内写好这三个中篇就不错了。甚至"十年动乱"也未尝不可以，凭自己的经历见闻写一个中篇。想到这些，再也睡不着了。翻身起来，穿着好，开了灯，一气写下自己这几个设想，仿佛迟一点就会跑掉，消失！其时刚六点一刻。等我粗之将各篇画了个轮廓后，正好七点，刚宜他们上班去了，宁大娘买菜未归，于是我开始运动。早餐，是在刚宜房里吃的，由宁大娘代我收拾房间。精神、情绪一直不错。饭后随手翻阅了《观察家》《广角镜》和《新观察》。接着回白羽和莫耶信。下午，本想集中精力用一两天时间将《敌后》重看一遍寄出，但因阮的文章尚未读完，只好硬着头皮继续读完了它。派头很大，新的论点也不少，但却显然尚未成熟，值得讨论。不料他竟也用了某一真心妄图改变对鲁迅研究的手法，申言要"打破少数人对鲁迅思想研究的垄断和压制"。他不知道我这个兼文学所鲁研室主任的人，在最近一两年中毫无写作有关鲁迅的文章！这可并不等于我不尊崇鲁迅，是否尊重鲁迅——要看实践。怎样做人和为人，作为一个革命者，我所缺乏的是在马克思主义指导下的独立思考。而从一小说作者来说，在选材和题旨上，我是问心无愧。

12月28日

正准备翻阅《抵制》，小漪来告诉我，光年要来看我。我说，劝他不要来吧！但她已将电话挂了，而且说是光年说他已经把车都叫好了，不免有点慌张：大病之后，他要爬上四楼，万一发生差错，怎么办？

813

想打电话阻止，但小漪说，可能已经动身上了。迟疑一会，就围上围巾准备下楼去接他；而宁大娘叮咛我外边在下雪，有风，会冻。刚好取下呢衣，光年夫妇可已来了。黄对他招呼得非常周到，不让他马上脱掉大衣；他想揭去帽子，也被阻止，直到休息了一阵，才一一帮他脱掉大衣和揭帽子。我问他累不。他说，还可以，只是中间息了口气。他今年才六十七。我呢，七十六了，他却以为我才七十三四！话题广泛，有些情况，黄倒比他清楚。我提到《鲁迅研究动态》第二期的一些内容。他说："哪有工夫看这些啊！"有不少问题我们看法基本一致。看来马找过他，他也似有对马作出安排的意思。他出了几个题目要我考虑。我承允了。涟涟毫不诧生地同黄玩耍，黄也还喜欢她。直到那个高大英俊的青年上来，他们才动身告辞。这时，黄又提示光年，要他去卫生间小解。这其间，我告诉她，起应很赞赏她在光年治疗期间看护的得体。她告诉我："他的病，连儿女都不知道啊！"送他们走时，她坚持不要我到楼边去，把门拉上；只好叫小漪代劳。涟儿竟也跟着下楼去了。刚宜去所里加班，晚饭前才回来，说是下月初旬将去广州；春节后还得去。光年的谈话，虽然又把我思绪搅乱了，不得不考虑一些问题，午休后仍按原计划读完《抵制》已完稿的九章，可是读完后已经十一点了，直到深夜才睡。真有点失悔，在成都时不该另外经营《应变》，放手把《抵制》写完不很好吗！

12月29日

起床虽迟，兴致却很不错。散步时更觉心情舒畅，因而尽管直到十点才坐下草拟《抵制》九章以下篇章，如有神助，到吃午饭时基本上就完工了：添写了十项篇目。而且愈到后来思想也愈活跃，篇目也愈细致具体。坐上饭桌后，又退回室内，添写了几条在写作和改稿时应该注意的要点。不是宁大娘又一次催促，也许我还会写下去。午休后，正吃百合、牛奶，黎汀来了。送来《现代文学丛刊》两册，稿费六十一元。因为她提起昆明的当代文学研会上的讨论，提到不少人认为从郁达夫起，以诗和散文写小说的应该算一个流派，其最显著的是艾芜、孙犁；还谈到外国的沈从文热。我也谈了谈对几位现代作家的意见，还谈到柳青和立波。当谈到我自己的作品以哪一篇为最好时，我举了《其香居》，并向她谈了《抖搂》那篇评介《过渡集》文章的内容和我自己的一些看法，认为作者有的论断是中肯的。特别向她谈了谈《开会》的曲折遭遇。临走时，我托她将寄赠李乐山的《祖父的故事》代为交邮，并坚持自付邮资。今天有件事值得一提，早上醒来时非常之想念玉顺。起床后，首先从墙上取下她的照片看了很久。

12 月 30 日

上午起床很迟，早餐是宁大娘买菜回来后在刚宜房里吃的。正想做事，小刘来了，送来封办公室的信，要我下午一点四十分乘车去历史研究所听中央工作会议的传达。我又心不在焉了，决心前去，可是既静不下心做事，也休息不好，接着可就吃午饭了。食欲不错，但散步就快一点。忙着翻看了一下报纸，就睡，但无法入睡，而且很快小陶就敲门来了。我到礼堂后，坐到第一排去，附近坐着黄照同志。同他谈了一阵井丹同志的病情，并请他代为致言。散会时我嘱咐了他一遍。隔他稍远一点，有位同志很像孙冶方，但经再三审视，不敢肯定。记忆、眼力都太差了。主持会的，面孔很生，魁梧、朴素，不带文人气质。回家路上，徐达同志告诉，是位副院长，原为农业部副部长。可惜回家后名字就忘掉了。这天一共读三个文件：陈云同志、小平同志和紫阳同志的讲话。陈是讲财经问题的，共十四个题目，简洁、中肯，讲得太好了。小平同志的讲话深获我心，我一回家就记了要点。也因为乔木同志特别叮咛要各所认真学二、三、四几个部分的讲话精神。宣读紫阳同志的讲话时，我已感到无法支持了，很多没有听进去。在椅背上靠了两次养神。但是，散会后仍然找到平凡同志谈了谈朱的问题。中间，碰见冰夷同志，还曾托他代向冯至同志借一两册德文书给刚虹。到史家胡同下车时，已经快六点了，连自己住所的单元也有点弄不准了。适逢二楼，也许三楼一位同志，可能是那位同事的子弟向我指明，我没有弄错，是三单元！而且见我精疲力竭，他还主动扶着我走了一层楼，随后我辞谢了，说我可以慢慢走。到得室内，倒真的精疲力竭了。小漪已回家，她怪我不该去，叫严平录音好了。宁大娘则忙着为我煨热百合、端水果，吃毕，算稍稍振作了。看来，午休、午休后的加餐，对我来说，已经成了习惯了。因为每顿都吃得不多，哪能从一点到五点过，滴水都不沾呢？

12 月 31 日

可能是昨天感冒了，疲乏，又开始咳嗽。但是，仍然打起精神，将写在一张纸头上的《抵制》最后十个项目抄在笔记本上。而在抄写中还做了些补充。这花去不少时间。上午，因为昨天平凡同志约过，他们去看研究生后，将来看我，商量交接班的问题。因为中央既然提出先进后出的方针，我的辞职看来一时不见得批准了。他们，王、许和徐三位，是十点左右来的。果不出我所料，他们已同荒煤同志商量过了，先进邓、马、平凡，其余暂留原职。中间，我取出白尘一信，让许看了，并说明自己的看法。他也作了一些解释，意在引起争鸣。白尘可以写文章反驳。我肯定了他的出发点，但希望他在主编《文评》工作中，得认真留意文学界的现状。我又由此谈到《鲁迅研究动态》第六期几篇文章。原来他也大都看过。因为我断言白尘不会写文章进行反驳，他说，那就由《文评》组织人写。他还说："陈白尘我也认识，我给他回信吧。"而从这一细节，我似乎接触到觉民的性格。我把白尘的住址让他写下，彼此就分手了。送他们离开时，我在门边大声叮咛了平凡同志一声，请他注意休息，不要又累垮了。他们离开之前，我还告诉过他们，梅益同志给我信说，乔木同志在听了他的汇报后，已不再坚持辞去院长职务了。在谈到此事时，我才知道梅早已是院党委第一副书记了。

1981 年

1 月 1 日

决定用两天时间拉通校阅一次《敌后七十五天》，然后寄给《收获》，以便动笔续写《抵制》。今天是 1981 年第一天，决定在未来的一年中摒弃一切烦恼，全力以赴地完成《抵制》，并争取写另一个中篇。上午，任干同志来，谈得相当痛快，说了不少心里话，因为我由衷喜欢这位同志。话题是从最近中央工作会议的精神谈起的，一直扯到党三十年的历史和前天"江妖婆"在法庭上的撒泼，以及上海一些同志的近况。同我一样，他也很尊重巴公，希望他能有一个安静环境写作、休息，曾建议他去鼓浪屿，并已交涉好了。但他总觉住在家里方便一些。在我们谈话中，一位女同志来，自言是我们所鲁研室的，要我为文，作本年纪念鲁迅百年诞辰时利用，长短不拘。我笑道："不能写！出点问题，就会像夏样，至今还在挨骂！"但最后还是勉强承认试一试看。任走后不久就吃午饭。午休后，不料马部长来了。我相当爽直地表示了我对他的不满：省文代会后就不过问文联的工作了。有不少看法我们一致，但分歧也不小。他总认为没有省委、省委宣传部支持，工作就不好搞。我却认为在于怎么搞法而且首先得为一亿人民着想，不能只看到少数人。而且，虽有困难，比之解放前却好多了。他走时我还强调了这两点。这次谈话，我了解到一些过去不清楚的情况：李说地下党至今靠不住的话，曾点过他的名！其次，宣传部要他担任文联和作协主席时，他就事先说过，他不能参加党组，不能管日常具体工作。但对这一点我总感觉不大理解。

1月2日

这两天忙于校正《敌后……》，能按日写日记，我把许多事弄混了。上面记的，应是二日，即今天的事。一日，也就是新年的那天吧，我几乎整天都在工作，情绪也非常好。下午，付曾送来二十二元，说是代我领的奖金。我笑道："我几乎什么事都没有做，只该扣工资呵！怎么还能领奖？"晚上，马来打电话，他告诉我，四川今年上缴的款子比任何省高。我相当含蓄地向她谈了点在财政上民主和集中的问题。因为这样既可减少赤字，也有利于有计划地发展生产。当然完全是用我自己的口气说的，准备将《广角镜》和《观察家》还给她。但是翻箱倒匣，结果，却不见《观察家》到何处去了！看来，我是多么需要一个助手呵！但又只有徒唤奈何。马走后，仍然继续了一部分《敌后……》，然后才运动、洗脚、上床休息……

1月3日

昨晚，赵树理的儿子来电话，是刚宜接的。我约他本日上午九点以后来。他准时到了。我们谈了些家常，他认为我谈到的两件事，在说明他父亲的性格上很有意思。其一是老赵曾学淑华干扰他同文井下棋，气急败坏一个个砸烂棋子的事。一件是为他姐姐未曾考上高中，他劝其做理发师的事。他还自愿为我提供材料，但我只要求他查对一下上党梆子是否有《三卖武》这一剧目。他对他父亲在四川注意筒车车水的问题很感兴趣。便联想谈了一些他在山西为故乡农业生产机械化所费精力。对周为赵的文集所作序言中"文如其人，人和文都好"这样意思的话，认为评价甚当。他还告诉我，他是力群的女婿，力群有一子在香港《观察家》做编辑，回山西探亲，弄了些照片，遣文去香港，他很担心发生差错，要我介绍他去文研所查阅有关刊物，我同意了。原来，他来看我的主要目的，是要谈点中、小学生应该怎样练习写作的意见，因为他现在山西一个青少年阅读的刊物任编辑，他来北京，就是为了这一题目广泛进行采访。我相当犹豫，他就加以解释，几百字就行了。随取出录音机来，要我随意谈谈，由他抄下来加以整理。我无法推脱了，只好哇啦哇啦一番。他离开前，我接过一次电话，事后证明，简直是个误会！我"湖南"听作"屠岸"了，当时就有点疑心，声调太尖锐了，像女高音。原约定下午三点来的，不料我起床时已经四点过了。来访者是两位妇女，一老一少是湖南妇联的。那位年轻的，瘦长、黧黑、有丈夫气，说话最多。原来是向我了解有关贺英同志的材料。我就其所知详详细细告诉了她们，并作了相应解说。并翻出《随军散记》让她们看。最后，又搜寻《我所见之贺龙将军》，由她们借去参考。同时，我还把柯岚同志介绍给她们，说明柯现在《红旗》做编辑工作。

1月4日

因为过生日，涟涟回来两三天了，家里的气氛也相当活跃。不知怎么搞的，也许由于噪音太高，尽管口齿清白，有时她的话我总不大听得准确。今天，我正在重校《敌后七十五天》，她来了，哇啦哇啦了一气。我要她出去玩。我得在今天定稿啊！但她一出门却就向宁大娘说起来。原来是她饿了，向我要茯苓饼！一问清楚，我就立刻满足了她的要求，并告诉她："爷爷耳朵不好，你要什么，说话慢一点我才听得清楚。"她边吃边点头，悄悄走了，好让我继续做事。晚上，算把稿子定下来了，又特别封好，交小漪于明日挂寄出，是直接寄《收获》编辑部的，以免如不合用不至于叫小林感觉为难。其实，张盛裕也向我要过这部稿子，说是香港《文报》曾经托他在国内组稿，我这篇稿子又颇适于报刊连载。同时他还认为《湘江文艺》也可在互相不冲突的条件下发表。而这完全是可能的，我当然也愿意。但我既已答允小林于前，怎么能对她失信呢！晚上，刚宜的同学王来。晚饭后，我们谈了些高干子弟特殊化问题，刚宜十分激动地要王证实他曾向我讲过，而我并不相信的事实。我解说了几句，要他们注意维护党和负责同志的威信。有问题，可以说，但要分别场合、对象。因为"四人帮"的流毒，乃至残余力量并不小呵！所以更要顾全大局。这一来，刚宜更激动了："我们正是为大局着想呵！要不我们为什么这样辛辛苦苦工作?!"我无话可说了，因为我返京后就常常见他一个人在过道上工作到深夜。

1月5日

二湖前来取信，坐了一会就到所里去了。临走时，我要他代我问候马烽、西戎诸位。给吴强同志写信后，连着冯和露菲通了电话。冯说，如有事，得电话后，他可以来看我。当即立刻加以劝阻。他说，改日即派他的秘书来取材料，并给我带些资料来。露菲也劝我少出街，有什么事，得电话后由她来非常方便。最后，她还要我不时打开门透透空气。午休后，正想做事，荒煤来了，并要我为他准备晚饭。大家谈了很多，从文研的领导班子问题一直扯到作协的工作。从他的谈话，我对王和许了解得更多了。看来，既然中央对接班人的问题有了新的方针：先进后退。荒煤又将去文化部，我对王和许，乃至各室主要负责同志能加强接触，让彼此更能相互了解。他说，他对作协的工作很快就要交班，由光年负责了。我也向他表示，我将仍留文研所，不去作协。在我们谈话中，四川台一位女同志来了。看来相当精干、活跃，看了令人高兴，她是来组稿的，希望我也谈几句对故乡文学青年的祝愿。我谢绝了，而她立刻笑道："高缨同志就断定你不会同意讲话！"她是送酒来的，四瓶，分扎成两份，是高送我和阳翰老的。我们交谈中，荒煤曾到刚宜房内给家里通电话。因为见有客人在家，宁大娘是把她安排在刚宜房内的。她也没有久留，很快就穿上灰色驼绒短大衣，提上挎包就走了。荒煤用饭后也未久留。他走后，翻阅了高的来信，才知道宣传部一位姓单的副部长找他谈过，说是几位部长都希望他到省作协分会。他已经同意了。事情的变化真快！上星期老马还说，他刚得到高的信，决定到市文联，谁料一下却仍然去了四川作协。

1月6日

昨夜意外没有睡好，老想着下午同荒煤的谈话。早上，运动后，给他通了个电话，建议我先退，但却仍留文研所，并要他向周转达，同时提醒他一些值得重视的问题。他认为他不要提先退出领导班子的问题了，过渡一段时期再说。早饭后，办公室来电话，说作协要我下午去政协参加茶会。我请他们代我请假：怕感冒，下午又得开支部会。午饭吃得很早，散步后刚好一点。休息到两点半就起床了。一共来了六位，整个屋挤满了人。由曾圃做了一年来支部工作的总结。讨论时士菁发言，说，不必揭他，就提提我好了。我说，我该圃批评呵！尽口头上说要过组织生活，但是很难兑现，要求支部对我严加管束。其他同志的意见都较一般。因为曾圃同志将调政治研究所，新支委中由谁担任书记问题扯了很久未得解：王伟推说老了；刘说缺乏经验；那位姓董的中年同志则推说刚从财贸学校来文学所不久，情况不熟。此公看来热情、直爽，但有点神经质。他在原单位担任过支书，离开似乎遭了批评，且有点委屈情绪。他在开会时，至少有四次摸出清凉油来涂抹。他有句话我始终不解："我只能从我爱人那里听来一点消息！"可能是针对支部从未传观中央文件而言。我当即加以解释："据我所知，《人民日报》的社论和评论员文章，主要都是根据中央文件写的。"对他不了解本所情况，我说："你可以采取闭关自守政策，发言慎重好了。"结果因为时间晚了，由曾建议暂缓解决。我的多言这个毛病，今天又一再暴露，特别在谈到《鲁迅研究动态》第六期时，相当激动，说了些可以不说的话。散会时只好请曾申说，这是党内的会，有些话不要外传。说话但求调皮，也是我的毛病之一："今年是鸡年，看来准备争鸣、吵架，——希望大家都乐呵！"其实何必这么说呢！不如痛痛快快，简单明了地请大家注意安定团结更恰当么？真是言多必失！

1月7日

起床太迟了，上午几乎没有做多少事。午休后，川剧院寄一卷材料，内有阳友鹤舞台生活六十年专刊。第一版有阳、巴的贺信，任和老艾的旧诗。我的短文也在一版，但有错讹，看了颇感不快，并即加以改正。我同老艾和阳的照片也在一版。大约二版还有六十年代阳同巴公拍的照片，只是有些人不认识；但又仿佛是在武康路巴公家里照的。叶石同志有一长文也见二版，写得不错，我不相信有的英雄好汉能写得这样好，真想立刻写信去鼓励他一番，劝他多写，不必与有的人争一日之短长，让其独霸文联好了。《人民日报》有两则新华社消息，一则是报道周总理的青少年时代的写作过程，当中提文艺界的人有茅盾、艾芜，说艾芜曾为之看稿和出主意，看了令人高兴。另一则是四川美术界领导人的，可说赞扬备至。东西尽管写得不好，但还顺利，人物的活动不断涌现，深恐一时忘记掉了，赶紧在一张旧的"人大"会议签到卡上记下要点。晚饭、散步后，正想续写，马靖云同志来了，谈到她入党的问题。她对他们支部的组织委员有意见。但她革命三十年了，如果再不能得到解决，她准备给一老同志写信。我说，现在有所谓"信仰危机"之说，她能积极要求入党这事本身，就很难得。她说："就是再多的人退党，我也要参加党！"她还谈了她好多经历和工作情况，意在表明她的历史是清楚的。她的工作看来虽不如过去积极，那是因为她受压抑，比如，她早就未参加所内有的会议了。我答应有机会向党委反映，促其早日实现她的要求。她送来三份《文汇报》内部参考消息，其中一份转载了《天津日报》上发表的两封信：丁玲给孙犁的信和孙的复信。不知是谁在去信上画了两处记号。这两封信，特别丁的信，倒值得看看，因为不讲别的，她对创作、理论批评的意见就值得看。

1月8日

一个上午就写了千多字，这颇出乎意外。看来人物已经酝酿得不错了，能够顺着构思自己进行活动，用不上我苦思苦索。这是我一部酝酿了三四年的作品，最初九章，也已写好一年多了。我之搁下来另写别的，也就是解放前夕的，主要只因为思想障碍未能克服：不愿损害，或者说担心损害党和毛主席的形象。现在算想通了，尽管我对三年困难，特别"大跃进"的失误，同《黑旗》作者仍然存在很大差距：对农民怎样看法？而我认为人民是历史的创造者绝非一句空话，因而农民绝非绵羊！这个结论不是从推理得来的，我有不少当日记录的材料为证，还先后向屠岸、孙可中谈过、看过。前年在首医治病时还向周扬谈过。由于上午成绩不坏，午休也很好。下午，本来还可继续写的，但刚吃过百合，之琳来了。我们谈了不少文艺界的情况，特别谈到有关历史唯物主义在创作上、理论上的一些歪曲历史、反历史的现象。他告诉我，抗战初期，他在太行还亲自看见过"八路军"举行过"拥蒋"大会！其实，所谓"八路军"，不就是按照以蒋为委员长的"军委会"的"命令"打出的旗号么？我还举出好多事实来说明历史发展的进程。这席话，是从两个口号问题、鲁迅先生被有些神化一类问题谈起来的。临走时，我托他设法带了半斤装、专门用来出口的泸州老窖给朱孟实。谈话中间，小刘来送给我一份电报局的通知：鼓楼北三街街道办事处并无周道蓉其人，我的唁电因而无法投递。卞走后，我把电报局的通知交给小漪，要她寄给刚虹。午饭后，还收到小林和黄曼君分别来信。小林的信，当夜就回复了。黄来信要我介绍我爱人同他联系，以便陆续了解我的情况，读罢令人苦笑。为了给他搜寻金丁同志的文章，翻箱倒匣到十一点找到！没有个助手真是烦人！

1月9日

昨晚睡得迟，今晨也起得迟，而且情绪不怎么好。到了应该工作的时候，仍然情思不承。在书堆里东翻西翻，最后终于找到那本粘贴玉顾去世以前，主要建国后所摄制的照片簿来了。不仅有她个人的，儿女们少小时的摄影，大体都有。并非昨天黄曼君那封信，我的情绪才有这样激动。一晃十五年就过去了。她生病时候的生活犹历历如在目前：特别她在川医动手术那天的情形，真是记忆犹新。那天大家都劝我不要到医院去，只是杨礼去了。可是，未及中午，黄吟海去城外打靶后走来告诉我说，杨礼要他特地告我，他母亲的手术，已经完结，从手术室回到了病室。我听了，立刻靠在沙发上面，几乎连知觉也失掉了！感到了问题的严重性。可是，黄吟海却把它当成一桩喜讯跑来告诉我的：动手术时没有发生差错！杨礼，显然也是这么想的，没有考虑到这很可能是病情已经严重到不可能动手术割治了。这不是我神经过敏，晚上，黄大夫就把真情悄悄告诉我两父子了。这时杨礼才震惊得哭起来。我还想了很多，还想起巴公为我搞到日本特效药"强力霉素"的整个过程和他的热情周到。当然也想到那位曾为访日时做过秘书的年轻朋友宫石！我正在翻阅照片，陷入遐思，四川省电视台那位王同志来了。于是，为了摆脱情思上的压力，我同这位精干、活泼的青年东北人谈起来，一连为她介绍了五位川籍文艺界的前辈和知名之士，但却谢绝了她向我本人提出的邀请。她说："高缨算料定了。你不会讲！"接着我们扯了阵四川电视台拍制的电视剧《葫芦坝的故事》。临走时，只见她取来一个毛编的项圈，往头上一套，把颈子一下遮得严严实实。我忍不住笑道："我就看出你这个人能干吧！比我围围巾方便多了。"一上午就这样混过去了，午休后却一气写完了第十章。

1月10日

上午，刚准备好，小陶就敲门来了。随即同余、吴和徐三位去院部听传达。因为耳背，我照例到前一排坐下，只是离主席台稍远一点。梅益同志向我招呼后，便跟他简单谈了几句。他告诉我，他同荒煤、许和王一道，已同周扬同志商量过了。周原本主张让我先退，但其他的人都不甚同意。梅又说："你少管行政组织工作好了。"现在看来，是采取逐步退和上的办法，决定了要上的，只有王士菁一人。坐在下首的是刘思慕，想不到他七十七了。只读了一个印好的文件，算是二号文件，主要讲学习小平同志的讲话问题。一定要联系实际，看三中全会以来，在政治、思想、组织路线上是否在执行时有差距，有保留和有抵触。要开展批评和自我批评，对阳奉阴违者不能任其留在领导岗位上。还读了一个万里同志的讲话，着重说明调整，首先是经济上的拨乱反正。同时强调所有单位、地区、部门都要贯彻执行调整的方针。传达人是一位副院长吧，他还就院部所属各所如何进行学习问题做了具体说明。最后是梅讲话，内容比较具体。近三年来，连同即将毕业的研究生，人员较以前增加了一倍，所以增加了不少，但宿舍、办公房舍却只有过去的百分之八十！不止所有增加，这样那样的学会更成立了不少！在介绍情况后，他就合乎逻辑地提出了调整的任务。主要看来必须合并一些所，学会也不宜再成立了。出国考察也应精简。他特别强调政治思想上必须同中央一致的重要性。而这方面也不是毫无问题。最后，他要大家发言是否集中学习一周，每日只学习半天。接着就宣布了分组名单和学习地址。在他的讲话中间，有关物价问题，所成立学会问题，我忍不住向刘悄声做了一句、半句批评。散会时同赵烽同志扯了几句。随又叫住平凡同志，坐下来交换了一下意见，认为学习中有的问题很值得扯一扯，把它们明确起来：如何理解党的领导和党政分开管的问题；这在研究单位同工矿企的异同在哪里？我也正面提出了自己的初步看法。至于谁参加学习的问题，他认为我不必参加，由他和许参加好了。荒煤则将在文联参加学习。他还告诉我乔木同志曾给荒煤一信，认为文学所搞的学会，可能还包括这两年去外地开会多了一些。我感觉这个意见不错，值得注意，看来民族所得照样归于文学所。他还约定于下星期开党委扩大会，我得参加。

1月11日

本初和省委宣传部的陈偕来。他们本月十七就要回四川了。是来看我的，带有辞行的意味。我们谈到最近中央工作会议精神，也扯马部长的见访。我告诉他俩，我们谈了不少，但仍有分歧。他认为工作难搞。我呢，却认为不要为少数人着想，不要只看到少数人，应该想到四川有近一亿人口。文学事业是党的事业、人民事业，不能不做不管。当然，我未详谈具体内容，只是粗线条的谈其大要。正谈到高兴，白尘来了。我为他们做了介绍，就同白尘对谈起来。我谈到上海一些情况，说，竟有人狂妄地劝巴公不要任文联、作协主席了！他欲言又忍，在我说明本初他们的身份后这才说了一则有关巴公的流言。我接着转述了某人去医院看望夏公的一段对话。这对话相当精彩，与其对话者是沈宁。接着我笑问白尘："这段对话，你这剧作家想得出来吗？"
接着我们又扯到胡风，并取出第六期《鲁迅研究动态》，要看翻阅。于
是我又同本初他们谈，赞扬了一番叶石同志为祝贺阳友鹤写的那篇文
章，也不免谈了点过激话："有的人就是要耍些小动作，弄得你不痛快，
你同他纠缠，恰好正中下怀！所以只好一笑置之，埋头多写文章。当
然大是大非，原则性问题，却不能含糊其辞。要坚持！"这时，白尘已
看完我要他看的那篇皇皇大文。本初他们感到再坐下去不合适了，于
是告辞。我送他们走时，本初问我是否有东西捎带？于是我把这事推
给小漪，回转室内招待白尘。从《文评》那篇文章扯到《大风歌》的摄
制问题，他来京工作问题，乃至三十年代他初发表作品时曾遭诬谤的
问题。他说，阳在文代会时向他讲，由他做文联秘书长，否则他就不
管文联的工作，后来口气可又变了。他说话中有时相当激动，我似乎
还看到泪光闪烁。这次来参加剧协的会，也有人劝他来，同时却又说
房子问题颇难解决。看来那个三十年代的诬谤对他最不快意，他也疑
心所有问题都是这么来的。他还大发感慨：他是江苏人，但却感到那
不是他的故乡。倒是对四川有感情。当我向他表明，尽管有人劝我去
作协工作，但我将不会去。他很赞成，还接着说："住两年回四川吧！"
因为有人请他吃饭，又还有车子在外等他，我送他一直走了很远，原
来他车在干面胡同，我半途就在他的劝告下转来了；但却感到心情沉
重，回身走了几步，我又车过身去，一直到他快要走到干面胡同了，
这才又转过身来。

1月12日

躺在床上不想起来，想到好多问题，很想写点随笔。有的，已经
在脑子里储存了很久了，比如"科玄之战"，吴稚晖的《一个新信仰的
宇宙观和人生观》，以及他的《上下古今谈》，都值得提出来让读书界注

意。而且，这也是我青年时期较为重要的回忆。便连当日我同艾芜去青花桥商务书馆阅览室阅读《太平洋杂志》，后来在北京好容易买到《上下古今谈》的经过和情节活灵活现记起来了。连我第一次在商业场普益书报阅览室读鲁迅先生《故乡》的事也都联想了起来，此外，还想起在景云里住的时期多么想望瞻仰他的心情，以及后来在"中华艺大"听他讲话的经过。这是我第一次看到他！因为想得很多，起床时已经八点半了。刚吃完饭，宁大娘说，所里来电话，党委会已改在上午了。于是又忙着给诗云同志打电话，希望他能改于明日下午派人来。他说，为了乘搭便车方便，他的秘书还是上午来较方便。我要带给他的东西，留在家里好了。接着，因为时间已不多了，只好给黄回信，整整写了两页。对他得出的问题，都一一回答了。午休时间也长，下午只是翻阅了一阵国画，没有做什么事。刚宜是中午回来的，这与我下午未能做事有关。因为我要他谈了些他在广州的见闻。他对广州小商小贩之多，特别卖吃食的之多，印象很深。可惜他们竟连越秀公园都未去过。欧阳倒见到了，说他忙于开会，同他儿子谈了很久他才回来。他儿子是他的秘书，因为他眼睛已不大中用了，但仍经常喝酒，而且大喝特喝，梁平因在郊区住家，时间又紧，他没有去。

1 月 13 日

去参加所党委扩大会，一下车，就碰见张白山同志，给他药钱，他推口说等我报了账再讲吧！进门后，收发室又叫住我，一边舞着一封信告诉我："你有笔稿费呵！"其时我踏上楼梯，随便应付了一句就走掉了。我去荒煤办公室闲聊了一阵。脱下呢衣、项巾，并将一张买书的单子交给严平，就去开会。平凡同志主持会议，由徐传达院部前日梅等传达的中央工作会议精神；接着又由觉民传达他同陈、王，好像还有梅益同周扬同志一起解决领导班子问题的经过和最后决定。周有两点意见值得一记：增加中青年干部要有决心，不能拖延；要求所有的人都同意进入领导班子不可能，只要多数同意就行了。还有，他主张同意我的申请，但也不反对再过渡一段时间。徐是从我对面转移到我身边传达的，许传达时，我却移步就教，主动坐到他身旁去了。随之我又坐还原处，作了发言，建议这次学习必认真弄清下列一些问题：党的领导和党政分家的问题；四个坚持和思想解放问题；民主与集中的问题。因为这几个问题——还有安定团结和批评、自我批评问题，很容易片面化，或者简单地把它们各自平列起来。我还顺便谈有人胡说鲁研方面有少数人企图垄断问题。我说，过去"四人帮"倒垄断过，也有人参加过垄断，可正是这些人在大叫反对垄断！我还说，耶稣教就有许多教派。可见一种学说、一个大人物身后都会产生派系。好像托翁讲过，如果耶稣在世，各教派一定会干掉他，因为他一发言，就都没有正统可争了。我还放肆地说到上海的卢稿教、老卢稿教和"天晓得"！这都无非是争正统！那些骂别人垄断的，实质只是自己妄图来个只此一家，并无分号而已。自觉说走柳了，于是结束。还是荒煤干行政工作有经验，他对学习中央工作会议文件的方法就说来像个负责同志的发言，而不是漫谈。他也顺便谈了些文艺界的情况：北京成立的文学研究会和在南京开的什么大型刊编辑会议的情况真有点叫人吃人！北京那个会曾请贺去讲话，但没讲多久，人就走了不少！同时胡言乱语："死了一个诗人，多了一个官僚！"散会后，我单独向荒煤谈了谈我的一些感想和白尘问题。散会时政工组还交了一份高鹏的材料给我。晚上全部看了，颇为不快。

1月14日

　　写作相当顺利，一上午就写了约千余字。下午，放磁带，听了冯的传达，对中央工作会议的精神进一步有所领会，较在院部听到的清新多了。看来这对老年体弱的同志，倒是一个十分可取的办法。昨午大明带来的函件，也一一拆阅了。高缨同志送阳的酒，以及天津百花社要我转交艾芜的《鲁迅研究》六期，都请他代为办理。另有一青年文学爱好者来信，本来准备亲自答复，以及一大卷稿子，也只好托他代办了。但却一再叮咛，对那位文学爱好者，去年印刷的鲁迅《答北斗社记者问》，一定寄一份给那位文学青年。午饭后，得政协信，要我退还去年大会简报，或交本单位处理。但我去年请假，根本没有得到简报，至于前年，大会结束后就退还了。我记得是所里派人退还的。清查结果，只有一次会议的简报未退。因而搜寻出来，有便人即交给所办公室处理。而单为此事，就花了不少时间。晚上，因得托儿所电话，小漪把涟涟领回来了。我摸了摸她的额头，温度不算顶高，人也照样跳跳蹦蹦的，不像是生病。由此可见，北海托儿所的照顾是周到的，生怕病情较重，传染到其他幼儿。其实无非稍稍着了点凉，多半是睡眠时脱衣不慎出的问题。

1 月 15 日

预计本日可争取完成第十一章，不料小漪带起涟儿从医院回来说，医生给孩子打了庆大霉素，因为担心转成肺炎！这不免叫人怀疑，也有些惊恐。因为老人和孩子感冒后最可怕的是转成肺炎。而涟儿的温度并不算高，只偶尔咳一两声，怎么会有转成肺炎的可能呢？我一再问小漪：你不说找中医看的么？她是找的中医，但是中西医共同会诊的，而且，处方是六针庆大霉素：原早还准备注射青霉素的，担心反应，才改成庆大，而若果好转，也不一定连续注射。这倒叫人大为宽心。晚上，读了几则内部简报，回头一想前后听过的两次中央文件传达，更加觉得陈云、小平，同以前耀邦同志等中央负责人讲话的重要了！特别是调整问题和强调全体党员必须在政治上同党一致的重大意义！也理解了强调党的领导，反对两面三刀的不正之风的义之所在，确乎不能忽视可能出现的，因为确有"四人帮"的残余，唯恐天下不乱的坏人在暗中捣鬼。这个警钟敲得及时，但愿真能引起每一个真诚拥护三中全会路线的同志充分注意。我想起来了，荒煤前天曾告诉我，像讨论"歌德与缺德"那样的会议，中宣部今春还准备召开一次。有的太嚣张狂妄了，不能听之任之！

1月16日

写不下去，于是清理旧信。昨天，分明清理出好几封白尘、文井和以群的信，竟然一下无踪无影。明知道浪费时间，可不服气。于是把所有的旧信都翻抄出来。幸而全部都找到了！还意外找到萧珊同志的三封信，于是把前一向她的一封信放在一起，同巴公的部分信收藏在一道。将来有机会将转交小林，让她作为她母亲的遗物保存下去。白尘的信有十封左右，大多是他主持《人民文学》时写给我的，当时我已回四川了。其芳几封信的原件也在，只有一两封四十年代的信有虫蛀了的地方，其他解放后的都完好无损。还有天翼一信，张章幼年在上面补的几行。西彦的信，也尚有三封。艾芜、巴公的信最多。老艾的信，有两封虫蛀了，其中一封，对《上尉的女儿》赞赏不已，也谈到《紫罗兰姑娘》。之琳的信也不少。组缃的有两封，还有克家的两封信。抗战时期叶圣陶的一封信也保存得不错，是致谢我赠送他双沙醒色的，也谈到《兄弟》那篇稿子的问题。似乎还波及他一个孩子去延安的事，不过措辞相当含蓄。读这封信，我又回忆当年路经成都，同他一道在少城公园喝茶的情形来了。为《中学生》写稿，以及他儿子前去延安问题，就是那一次谈起的。我记得，离开"绿天"时，他还约过我进小馆喝酒，但是我推谢了。至于双沙醒色，我记得是托袁琳去成都上学时，连同稿件一起带给他的。我所保存的函件，可惜三年前为图简便把信封通通都去掉了，而信上却都只有某月某日，没有年度，只有细看内容后才能猜测。但它们对我回忆往事也将照样有很大帮助。

1月17日

正吃早餐，石来了。这是没有料到的，原本约定是下午来，而且也未带来磁带。她解释说，我已听过一、二号文件，所以未带。我告诉她，读了参考资料后，再回过头来想想小平同志的讲话，就更加了解了。她说，冯的意思，既然我聋，以后就不必去院部听传达了，由她送磁录来。我将她日前送来各件，一一清点交付，同时送《鲁迅研究》第六期和《回忆鲁迅》二册各一本给冯，并《抖擞》一本。但《抖擞》是借的，阅后可退还我。我还说明我之所以借《抖擞》给冯，因为上面有篇《评〈过渡集〉》的文章，是一留美华人所写，冯又素常关心我的创作，这篇东西的作者既是华侨，又有一些不一定正确但是较为新颖的见解，所以看了多少有点意思。我说，她的姓名我忘记了，只有点印象：这个名字显得坚强、高大。原来她叫作石海峰！她说后，我们忍不住笑了。送她走后，我才又记起挂历上吴昌硕那幅画中诗后一句："自高唯有石先生。"这位女青年显然相当能干，是部队上转业的，要是我能有这样一位秘书，而且专做我的助手，我的工作将顺利得多！我真愿自费雇用一位秘书来协助我工作。上午，仅将十一章末尾作了修改。但是，因为这么一改，十二章也就顺利地开始了。下午一气写了四五百字。得《人民文学》信，要我做八〇年优秀短篇评选委员，并约定二十日上午去新侨开会。黄候兴也有一信，要我挤时间谈谈我的生活经历和创作经验。因为旧稿二十万字虽完全散失于"十年浩劫"之中，除已写成发表一部分外，他决心继续完成他的夙愿。他是得到《祖父的故事》后写的信。我认识他确乎是最早了，二届全国人代大会期间，他就曾到前门饭店同我谈过两次，还一道吃过次饭。他结婚后似还曾写信告诉过我。如果是有小孩，可能已经读中学了。我很愿意帮助他。肖鸣锵寄来《重庆日报》副刊《星期天》一本翻看了一会，感觉较《周末》编得好！

1 月 18 日

宝全偕孔夫妇来访，时已午后四点半了。彼此都了无拘束，谈得相当痛快，为近来所少有。戈到重庆，红岩和曾家岩他都去过，还到过南温泉。据他说，文抗那几间疏散房子，以及欧阳、草明和杨骚等的住处，已经不存在了。他还记得凯丰、张恨水，为草明领孩子的余信等人的事迹。我对于当日的情节也如在目前，几乎一闭目，一瞬眼就可清晰看见。连那位在我们附近开店铺的法租界的法官老爷的收世之辞我都还记得一清二楚。可惜一时将名字忘记了。他原是国民党政治学校的教官，因为出言不逊，揭了二陈的老底，以致被革除"教门"，于是转而做起生意，他还在铺堂里贴了副对联，下联是："也是也风流"。我同杨骚还特别去照顾过他，同他聊过。啊，我记起来了，名叫应时。戈说，张恨水的女儿写了本回忆录，主要就写的他家在南泉那些年的生活。我谈到较多的是有关鲁迅研究的问题。好些话，已讲过一两次了，今天着重反驳了阮朗这样一个论点：似乎毛主席继承了鲁迅某些思想。若然，毛主席反对第三国际的教条主义，提出武装斗争，乡村包围城市的战略；抗日民族统一战线的建立，都是发展中国革命，推倒三座大山的伟大思想基础。难道它们也来自鲁迅的思想?！抗战后又一次不顾斯大林的劝阻，全力反击国民党的内战政策，把革命进行到底，难道这也来自鲁迅的思想？大凡同时代的巨人，在思想上都会互相影响、补充，这原不足怪，为什么为了神化鲁迅，竟然到了压低一切，抹杀一切的地步?！然则，首先提倡反帝反封建，主张科学和民主的是我党的创始人陈独秀和李大钊，鲁迅还曾自认他写的是遵命文学，难道我们可以据此论断鲁迅的思想是继承了陈李的思想么？其实，反封建、反迷信思想的，在我国历史上真可说并不乏人。而五四运动之所以伟大，以至变成广大群众的革命行动，最后撷取得史无前例的胜利，主要还有由于无产阶级登上了中国历史舞台，十月革命又为中国送来了战无不胜的马克思列宁主义！晚上，看了《巴山夜雨》，的确不错，比前几天看的《枫》高明多了。它突出了人民的力量。

1月19日

《人民文学》编辑部一早就来电话，要我明日九点前就去新侨。车子呢，他们只有一辆，担心周转不灵，意在要我向所里叫车。我当然主动地承认了，随即叫小漪给所里挂电话，叫小刘来一趟。于是继续运动。不久，红医站又扎针来了。扎针后又继续运动。今晨的半点钟的运动，被打岔两次，分三段完成的。而正待早餐，小刘来了，给徐达同志草草说了几句，让他将全国政协一次会议简报带走，并叮咛他明天派车送我前去新侨开会，同时转告大明，鲁研室，明天不必来找我了。然而，刚准备写东西，林非同志偕同那位姓董的同志和小李来了。董是找我为鲁研室出版的刊物约稿的，认为我必须写。因为我既是所的负责人，鲁研室又是我的主任，能不写吗？这一来，当然又涉及所谓垄断问题。在我反驳了一通个别人的胡说八道后，董非常气愤地说："在一般大专院校教师中，在研究鲁迅问题上，李某已经成了一面旗帜，而我们则被认为是官方的代言人，那才丑呢！"林非说："他们属文物局管，其实也是官方！"还有更气人的，董在上海组的稿子，那位瘟牛脑壳闻讯后，都抢手快把稿子拿走了。因为一些人分不清两个鲁研室有何区别。我问到是否约过茅公、组缃写稿？据说，士菁给茅公的媳妇写了信，尚无着落；组缃因病却推辞了。我承允稍缓当面请茅公写稿。我自己，也可试试，但得春节后才能动笔。另外，我建议他们去约一约汪金丁。

同时，我还叮咛他们，一要顾全大局，不能因为他耍无赖我们也以眼还眼；二要既不应丝毫贬低鲁迅，但也不能将鲁迅神化。等他们走后，我才想起，还有好些人，比如：戈宝权、荒煤、觉民都该约其撰稿。陈涌想来他们已经约过了。总之，我觉得我们倒应该趁这机会约一些同我们观点并不尽同，甚至相反的人，例如，至今犹然在两个口号问题持有异议的人写稿。只有一条：不登有意破坏团结的文章！

1月20日

因为老是惦念着去新侨开会，夜里没有睡好，不过起床相当早。只是，正吃早饭，车就来了，是院部车队的车，但驾驶员相当客气。尽管迟了五分钟，到会议地点时，只有两个人到了。一位是办事人员，一位是李清泉同志，人相当苍老，架着眼镜，若非他自我介绍，我简直认不出来了。因为时间还来得及，我被那位工作同志陪至楼下理发。尚待修面，工作同志又来过一次，谈院部的司机同志尚未找着。我以为至少得一元多钱，结果才出了七毛钱就把发理好了，还很周到。上楼后才发觉人已经到齐了。一一握手后，挨着草明坐下，左首边是王蒙同志。一看名单，评选委员中除因病、因在外地者外，丁也未来。有点意外。会议由光年主持。他的开场白讲得不错，后来才知道是针对《光明》一篇文章讲的。这篇文章批评了过去两年评选工作的缺失，措辞可太尖锐，由耀邦同志批交周扬同志查询，中央对此显然相当重视。光年讲话后，葛、刘又在总结过去经验基础上，谈了谈评选工作具体办法，比前两次细致多了。接着，王蒙同志夹叙夹议地谈了些人们对去年评选工作的反映。他提出一些建议不错，对得票多未被选上，得票少反而被选中的作品，应当加以说明。我发言时首先赞同了他这两点建议，但在谈到刘真的反映时，他似有所误会。另外我还提出，老作家的不选，专选中青年的、中年的，只要作品能保持过高水平，就是要"连选"！争取每年都有新的作者当选，多选两三篇也不要紧。我在谈到一些反映时照样有些激动，措辞也可能不当：说什么"官方"，代表人民政府、共产党，这样被称作"官方"好嘛！又不是代表国民政府和国民党，有什么可怕的！我提醒说，既然投票者青年人占百分之七十，对他们的看法，可以联系当前一般青年的思想情况来考虑，也就是说，他们的意见不一定对！这时光年插话："应该说不一定中'都'对！"我接着说，他的说法比我的准确，承认自己措辞不当。我发言后，接着草明、罗荪诸位，还有袁鹰同志都相继发言。但我大都未听清楚。同时也就便向王谈了谈我所知道的刘真。她在公社化中受过很大委屈。但以为她得从大局出发，但凭发泄个人感情，只从个人有深刻感受的局部出发，不怎么好。孔发言后，就一同下楼吃饭。都讲这次伙食不错，我特别高兴竟然吃到了黄鱼！袁说，他在成都曾给《星星》编辑部打过气，因为销路不佳，大家情绪不佳。我向他谈了我曾建议流沙河搞专业创作，他颇为赞成。看来他对流的印象也相当好。原本约唐同车，他临时又变了。我照旧一个人回家的。一个下午都疲倦不堪。大明留下一些来稿来信，以及小严代买的书，可是竟连拆开它们都感到无能为力！

1月21日

又起来迟了，运动还没做完，就来了露菲。她告诉我，周扬同志又进北京医院了。这真叫人感到惆怅，但她又极力安慰我，说一两天就会好的。只他说胸口闷胀，她就通知医院，由救护车接走了。她这一说，却反而更叫人担心。因为若是轻微的病，是用不上救护车的。幸而我们的匣子一打开，也就逐渐地把他的病情搞忘记了。我们大谈特谈文艺界，特别是文学界的情况，一般都知道点。扯起来后，问题也就更清楚了。据说，有人不满意光年主编《人民文学》，说："他算什么？主编《人民文学》！"这一来，我就表示非支持他主编下去不可了！我向她谈到荒煤一项建议，认为这项建议，现在看来很不妥当，一定得提出自己相反的看法。有些问题、情况，以及我个人的意见，早已同荒煤谈过了，但他至今似尚未与光年见面，叫人莫明其妙。我向露菲说到周一些有关情况，主要是这样三件事：三九年冬离开延安前，他曾叮咛我，得同胡搞好团结，建国后，五三年我奉调来京工作，他曾经要我多找雪峰、冰之，征求他们对工作的意见，并指明在三十年代彼此间有过分歧，所以只有这样做才能增强团结，在作协一次党组扩大会上，他在谈到扶植青年一代时曾经说过："三十年代，雪峰同志就给我不少帮助嘛！"我还提到，胡在自传中讲，我也曾动员他在那次批判他之前的一次会议上发过这言，这是事实。为了劝说他发言，我们还一道去东安市场的五芳斋吃过顿饭。其中有一样红烧划水！但我却并没有向他谈这发言的内容。而若果为此发言遭了批判，那是他自己的事。因为那些思想并不是我的原意！露菲竭力劝我把一些见闻、经历趁早加以记录。过几年老了，可能记不这么清楚了。她走时，我借了两本书给她，《紫罗兰姑娘》和《谢尔盖神父》。这时已十一点了，于是我又给光年通了个电话，向他谈了荒煤至今未曾转告他的两件事。从他的回答和爽朗的笑声可以测知，他基本上还重视我的一些看法。

1月22日

李致、杨洁，还有曼君的信，都得回，许多杂事都堆在一起了。同时又担心黄候兴同志来，虽然准备向他介绍的材料都已清检好了。决心先做点事，在两三天内把第十一章完成，然后再说其他。看了《人民文学》选载的茅公的长篇按语后，更加感觉自己太稚嫩了。想起其芳提到的"少而精"的说法，更加感觉难受。在他，可能带点讽刺意味。我之醉心于这几个字实质上可能是个遁辞！看来一定得抓紧干几年！当然，至多也无非五六年而已。但是正想动笔，客人来了。年轻、高大、素不相识，一手提了个大纸匣。经他自我介绍，才知道是兰大学生，回北京探亲，受莫耶之托，为我捎百合来。他看来很细心，说是坐了两天火车，得将百合敞开透透空气。闲谈当中，知道莫耶的《火花》，"西影"已推后拍摄了，她目前正在赶写小说。他是兰大历史系学生，他父亲就是成荫，现在"西影"导演《西安事件》。没想到他父亲竟然六十四了。而仔细一想，倒也不足为怪，我不是已经七十六了么！这一来我向他谈了我同他父亲、莫耶去一二〇师的经过。他一连看了两次表，最后才告辞而去。他走后我才发觉他进来递给我的一封莫耶的来信，对她的近况和小陈都分别作了介绍。宁大娘到十点才回来，原来她是去看病，又感冒了。正吃午饭，付来了，说是政工组催问文化部发给的专门人才登记表，全所就只差我这一份了。饭还没有吃完，我就去取，因为我记得前两天就清检好了。可是竟然一无所获！于是我又去壁橱里寻找，叫小漪再翻一次书柜；结果仍然一无所获！付怕耽误我的午眠，而且饭，其实是面食，已经凉了，就告辞而去。她走后，吃完剩下的面，我又在书橱里翻寻，终于找出来了！于是叫小漪送给付；但又带转了，因为她不了解情况，得我自己填写。小漪要我午休后填，但我坐下，一气就写好一份。可已一点半了，于是交付小漪后就开始散步。散步后正两点。因为小漪未睡在打衣服，我又将表格取回审阅，才发现许多情况未交代清楚！于是又大改特改，然后交给小漪。午休时已两点半了，睡得很香，直到四点钟才起床。尽管起来得迟，工作却很顺利。一气写了约千余字！思想相当活跃。

1月23日

早饭后，就迫不及待地给平凡同志写信，主要是请他注意，现在中央强调政治思想工作和纪律教育，这很重要。但总结过去的经验教训：工作更该做得深入细致一些，不能一来就是组织处理；就是应该进行组织处理，也该伴之以细致的政治思想工作。写好信后，一看，我又在空白处添上说，我是根据我在四川工作期间说的，不是指文研所，而我对文研所的政治思想工作，可以说茫然无知。我没有说我也是有感而发，因为证据并不充分，仅止听有的同志提谈过这一点而已。特别因为政工组即将处理高鹏问题，我更不便说话。其实那个男女关系问题并不怎么严重，可以肯定那个女的就不大正派，否则刚见面两三次就会一再发生关系？高的问题，主要是经常旷工，社会交往过多，作风上有问题。但我怀疑他过去并未受到应有的教育。这点假定如果属实，可以看出我们工作上的粗糙，有拿办主义的气味。但是，组织部门、人事部门，却应该成为帮助人提高政治思想觉悟的机构，干部都愿意接近它，对它感觉温暖亲切。这封信，我准备下午小刘来取我为文化部填写的登记表时一并交其带给平凡同志。但在午休时却决定留下来，或者保留，或者撕毁。因为我总担心政工组的同志知道后，将会误认为我是为高说话。看来，还是另外找机会在会议上谈吧。今天算将十一章完成了。还分别给谢扬清、吴组缃两位写信。晚上，小漪在家里吃晚饭；刚宜图工未回；等他回来时我已熄了灯上床了。黄候兴曾来电话。

1月23日 [1]

早餐时，翻看了昨晚刚宜带回的《北京晚报》。随又看了看新到一本散叶国画，同时却也在构思第十二章如何开头的问题，所要表现的内容，则已随手写上几条，大体上算确定了。正构思中，宁大娘来说，黄候兴来电话，他下午有事，不能够来了。因为久久无从写起，下午

---

[1] 收录时，此篇日记日期与前一篇相同，可能为作者对当日之事的补记，故保留其日期。

又无来客，我接连向起应家拨了两次电话，打算探问一下他的病情，但却占线！于是回到室内给莫耶回信。信刚写好，涟涟送来报纸，还有封秀清来信，是小漪带回来的。秀清信上说，杨礼病了，支气管扩张，有"咯血"二字，但被划了，只说已经止住了，现在由张文耀老师诊治。她说，广柑、腊肉，将托人捎京，要刚宜在接获电报后即去西站取回。可能是托一位列车员带的。她还特别注明，有一些用白布包裹的广柑，是"潘孃"送涟涟的。一问小漪才知道这潘孃曾经受到刚齐之托带过涟涟一段相当长的时间。杨礼咯血，颇使人不安，我一俟收到各物，将去信要他戒烟。这我在成都时已经向他说过好多次了。因为去年在川医透视，就发现肺有毛病，但却满不在乎。但望不是什么了不起的毛病就万幸了。秀清信上竟无只字提及刚虹，而腊肉显然是刚齐代做的，东西也可能是刚齐设法找人带的。这个刚虹也太疏懒了！但我主要颇为他们几姊妹的团结友爱担心。下午五时，总算把十二章的头起好了。接着又给安儿胡同打电话，接电话的是个男同志，在问罢我的姓名后，他才告诉我，起应已经从医院回家了，医生要他好好休息几天。我说，将不去看望，但请他们为他挡一挡来访的同志。

1月24日

今天又降温了，整天都不大舒服，咳嗽、多痰。中午，将刚俊给我买的川贝一并装入瓶内，并取出十克左右让宁大娘研细，以便冲服。我已开始吃第三服中药了，是张老师开的单方。写作成绩很差，可能同咳嗽有关，但求不要发展下去就万幸了。无事可做，也相当苦，于是将1980年的《人民文学》合订本找出来，凡是被选上的，不管票数多少，一律分别打了记号，以便稍缓拿两三天时间读完它们。这样，一个上午就过去了。午睡后，米拉同她爱人在刚宜房里。看来他们就快要结婚了。邓是带了理发工具来的，原想为我理发，因为我已经理过了，晚饭后他就为刚宜理。光景相当熟练。看了一阵香港片《审妻》，是写隋炀帝的荒淫生活，实在没有多大意思。回到室内，将谢的信回了，也算了却一桩心事。接着又看了看《北京晚报》。肖鸣锵今天又寄来一份《重庆日报》的副刊《星期天》，算正式发行了。我给她的信谅已收到，我要求每月寄一次，道理，这样较为省事。《读书》将白戈为《徐懋庸杂文选》写的序言，全部登出来了，《人民日报》发表时曾有删节。这本选集，看来王伟提供了一些材料，多数也是我知道的。有老伴确有不少好处，但不知为什么，近来一想起沈，就感觉不愉快。她脑子里不知一天在想些什么？设若老兲是个无名之辈，恐怕在"十年动乱"中，至于如今，都会还在与另一个男子同床共枕！我没有为她提供老兲的材料，她可能不满的。此人的活动量将会更为膨胀。我敢断言。

1月25日

昨晚老是做梦。今天一早就起来了。运动后就收拾房间，但我错开了煤炉的风门，宁大娘回来时火灭了。头脑昏昏然，什么事也摸不上手，最后只好写信，回黄曼君和李致信各一封。因为冷冻特大，心意烦乱。我们前面科学院的三列平房正在开始拆卸，看来又将建新房了，想起不久将筑地基，而若果仍然来一个三班倒，这个日子不知道怎么过得下去！无奈，只好利用废纸练字，心思也逐渐平静了。午休虽然只睡了一个钟头，但却睡得不错，是四点过起床的。翻看了尔钰生前赠送的国画，时间算打发得相当轻松。中间，刚宜来闲聊了几句，谈到邓和米结婚准备工作中因房子问题、请客问题经过一些周折。这真也不大像样，儿子结婚连在家里弄一点简单吃的招待亲友竟也办不到呢？他还讲了些那位成为自己的妹子，以及前夫所养，因患脑炎不懂人事的青年的将就。我听后不大舒服，只是说了两句在这点情况下所常用的成语："隔根纱，有一叉！"还有："有后娘就有后老子！"只是没说。

1月26日

昨晚上看了林、江反革命集团判刑的电视。江、张看来已没有前一向那种毫不在乎的神气了。当为这两名要犯上手铐时，江妖婆大嚷："革命无罪，造反有理。"但立刻就被押出法庭了。因为铺上西狗皮，睡得相当暖和，咳嗽也减少了，只是精力仍差，文思迟滞。得白尘信，说，觉民的信，已经由南转给他了，他不愿为文批驳，也不愿推荐人写文章批驳，而他之向我提及，无非为了维护《文评》声誉。要我转告觉民，他就不必写回信了。今天原想给觉民一个电话，但不知打哪一处好。想将原信转去，也觉不妥。看来明天又再说吧。现在，连荒煤也不容易见到了！等他进入文化部后，恐怕见面更难。今天，看了茅公、夏公等联名为儿童所作呼吁，又想起该去看他。但天寒至零下十四度，实在不敢冒险！找医生，住院都十分困难，我怎么敢随意冒险呢！中午，贾义来过一趟，是找邓的。先还不明究竟，饭后，听宁一说，才清楚了，昨晚刚宜去贾义处，就是拜托他今天代运家具。因此，邓也一早就来了。而当我吃完饭后，他连饭都没吃，就同贾一道走了。今天午饭较早，饭后才十二点过十分，因此午休也早。起床时才两点过。今天涟涟不乖，没有去串门子，就一直静悄悄地蹲在书柜前清理她的画册，后来又站在床面前为她那只塑料鸭子打扮。拿她的棉背心给鸭子穿上。又在鸭颈上结上红、白两根丝带。写作成绩很差，总共才两三百字。因为为《鲁迅研究》写文章的事老是干扰我的思路！

1月27日

正准备做事，涟涟穿上外出的红大衣来了，说："我跟妈妈看米拉当新姑娘去了。"我这才记起原来今天米拉要和邓结婚。她们走后，我才想起，她感冒未完全好，应该叮咛她们不要回来迟了。但只问了问她昨晚碰伤了的鼻梁，是否需要擦一点"风油精"？她说，已经好了，她们也有，就走掉了。生活顿然感觉寂寞起来，涟涟在家，有时同她扯谈两句，可以得到相当大的愉快。但她走了，也有好处，一个上午算写了四五百字，脑子看来又活动了。中午大明来，他还带了个人一道，年龄较大，老成，是他川大的同班同学，也是现代室的成员。我想找出黄的信，但未找着，只好口述了来信的要点，以及我的复信内容。我向大明直言，我翻了翻他的文章，感觉不算怎么精彩，理解狭隘，有就事论事的味道。《抖擞》上那篇，优点是视野广阔，论断则未尽恰当。我曾向黄提及。他要借去看看，但已经有人借起走了。我也谈到樊骏同志。不少人赞扬他有见解。黄说，樊曾认为他的文章有独到见地。我感觉同樊太少接触了，大明认为黄讲课不错，颇受欢迎。但是这次文章却不见怎么精彩。他们走后，我为清理他带来的报刊，除开吃饭、午休，整个晚上都荒废掉了。读了《新观察》上高晓声一个短篇，感觉并不特别好得出奇。也读了一小部分《带飘带的风筝》，感觉腻人，不怎么爽利。这可能同我个人的兴趣有关。浏览了一遍《十月》上评介废名的文章，感觉这种做法是公允的。还有好多作家都该重新评价。早饭前，之琳来，我同他谈起废名，以"十年动乱"开始，因为鲁迅三十一年曾说我一篇习作有废名气，在"川报"上所受的批判：废名是汉奸周作人赞赏的资产阶级作家，这一来，就把我同周作人也给联系起来了。说罢相互大笑。他是来约我去参加明天作协的茶会的，因为我怕感冒，不能去。他又先后打电话给克家、冯至，他们也不想去。于是他也把去参加茶会的念头取消了。今天，从《文艺报》内部参考上还看到一篇《访问路翎》的短文。作者姓陈。

1月28日

涟儿上了学，家里顿然清静多了。工作顺当，或有事做，倒不错，一闲下来，就不觉寂寞、无聊。今天到邻家窗前看了两三次工人们拆房子。奇怪，这一向情绪里有一点反常，老想念顾，想念家小，而且对窗外瞟见的女性特别感到一种吸引力！一个七十六岁的老人会出现这种现象，一时似难理解，稍稍一想，不免失笑。宁大娘很迟才回来，买了两只鸡。说是买菜的多得很，都在准备过年。她还买了些鲜豆角，不像四川的小巧，就跟蛾眉豆样。我要午饭尽量从简，吃点玉米搅搅也就行了。但她还弄了三样菜，那碗炒豆角看了叫人丧气。凉拌萝卜丝我倒觉得不错。看报、散步后，就快两点了。没有料到一上床就呼呼入睡。一觉醒来已五点整了。简直比吃了安眠药还睡得香。小漪已回，在清理百合。打尖后，就开了灯写日记。从日报上看了刊物广告，才知道《天津日报》也出了一种文艺增刊，是巴公的创作回忆录打头炮，其次是康濯的短篇。还有一篇论述他的创作生涯的文章。此人在五一年还在北京工作时颇有接触。给我印象最深的是在讨论《三千里江山》中他对我气势汹汹的质询。当然，反右时他的表演也很精彩，只是直接后来的印象不多。记得主席也都提到过他："听说康濯倒戈啦？"这是头一次批丁玲同志时候的事；可是，次年反右前夕，他又立刻变了，不过，一到反右，反丁、陈、冯，他却又倒戈了！我一想到他，我总感觉不大舒服——一种生理上的不大舒服！今天日报上还刊登了一种山西文学刊物的广告：《名作欣赏》。看来也跟天津《小说月报》一样。而天津还有一种刊物：《作品与争鸣》，昨天我翻了翻，是选刊有争议的作品和各种不同意见的文章。本日《参考消息》上还刊登了《清明》扩大订户的广告，以《天云山》为号召。呵，我有一点记漏了，《天津日报》的文艺增刊目录上第二条目录是胡风的诗，其次是康的小说。

1月29日

不知怎么搞的，这两天精神特别差劲，勉勉强强写了两三百字，就累了。在床上躺了约半小时。起来不久，小漪把报纸带上来了，还有组缃一信、健明一信和刚虹一信。组缃信看后颇觉怅然，不料他也为十二指肠溃疡和胃痉挛而苦恼不堪。特别他的儿子、媳妇又赴美留学去了，他得照样骑了自行车跑街。健明已于二十七日返湘，劝我注意休息。刚虹的信对劼劼说了很多，前两三天已经戴上红领巾了，每天上学前都要对着镜扎红领巾，一直要扎妥帖后才去上学。这反映了他热爱少先队这个光荣称号，看了叫人高兴。去年底，组织上要她做出国准备。中央工作会议后，为了节约开支，可能有变。尔钰逝世后他们三兄妹都去过。而且都是两次，一次是逝世后，一次是从火葬场接回骨灰以后。这一来，我也算安心了。电报的事虽未提及，谅必已告诉周了。晚饭前，马送来近十份各种文化界内部消息。粗粗翻看了一下，没有多少惊人的东西，刚宜带回的 28 日的《北京晚报》有一短篇《名片》颇有意思。可以看一般流氓阿飞的恶作剧之狠毒。饭前，算赶着把组缃的信回了，也算了却一桩心事。近日若非老是咳嗽，咯吐脓痰，真想去看看他。他的修养、为人都令人佩服。但不知道有的人为何对他那样冷淡？文学所没有采纳我的建议为学术委员，始终叫人不解。

1月30日

刚宜昨晚十一点过才从车站取东西回来，我们都睡迟了。我下了好大决心才起床，散步后他们才起来，让我看了刚齐的来信。刚宜说，他们俩带的是脐橙，无核，有四个坏了点，他已作了处理。午饭时有炒红油菜薹，可是远不如在家乡炒的好吃。据宁大娘说，搁久了，已经空心，怎么会好吃呢。但我仍然吃了不少。饭后，吃了两只脐橙，味道鲜美。散步后两点过十分了，一直睡到五点过十分才醒来。精神欠缺，睡眠又这样多，且多浓痰，该不是一种病相吧？但也只好听之。上午把《人民文学》上刊的《周末》读了。此人看来有相当生活，把打桥牌的场面写得相当生动。但是，从故事的发展看，却叫人感觉多属意外，不是生活本身发展的结果。小说是批评县一级干部，那个一把手牌瘾之大，太吓人了。直到百货公司起火，这才收场。而若果我来写，我会把这个收场写得来满载怨气，不会那么顺顺当当就收场的。这样就会进一步揭示此公官僚主义的痼疾。这个黄候兴真有点莫名其妙，来过两次电话联系，就没有响动了。准备去信询问，以免老等。

1月31日

七点过就起床了。刚好吃毕早饭，小漪就说车已开到。于是下楼同徐一道前去日坛路。我一坐下，平凡就递了份乔木同志在学习会上的讲话打印了给我。他讲的内容我注意听到点四号文件的内容。他讲完开会程序后，由觉民同志宣读乔木同志讲话。其时，我又开始择要看第二遍，注意是着重看有党性和人民问题那一段。他认为对人民也不能神化，那种以为党性是人民性的集中表现是奇谈怪论！他说，"人认识真理，党认识真理，科学家认识真理，都是一个艰苦的曲折的过程。"他还认为，"对于自由和民主，若果不做出正确的解释和宣传的话，那确实就要离开社会主义，离开马克思主义。"他反对"把民主和领导对立起来，以至于走到党性发源于人民性"！这些谈话使我想起上半年在成都时同艾芜几次谈话。最后是荒煤讲话，他谈到创作界一些情况倒值得注意，也颇有意思。十年的大动乱，而且不少知识界中青年，遭到那么巨大而又长期的折腾，能不出现些思想问题，那倒是怪事！问题在于如何引导。有的作者一获得好评，就碰都碰不得了，又是谁之过欤？

值得深思。党委开会时,我退席了,太热!告诉严平,要她转告荒煤,《文学年鉴》上有周和我的谈论《许茂和他的女儿们》那一条,可以考虑取消。回家之后得小林信,谈到她小婶婶的病情,使人替济生感到难受。肖鸣锵来信说,陈觉人同志已于十一月二十七日逝世了!

2月1日

今天算立春,天气应该暖和起来了吧。早晨运动后,周身出汗,想起昨天小严的话:我衣服穿厚了。因为铺上了西狗皮,晚睡觉也即比去年盖厚铺盖还暖和,我颇怀疑近日的咳嗽、咯痰,与此有关。但刚宜不同意我换衣服、取掉皮褥,主张等寒潮过后再作清理。十点不到,涟涟就随小漪到米拉家去了。原来他们今明两天都将请客。今天请亲戚父辈们,明天请青年朋友。小漪是去相帮的。刚宜在家收拾家具,午饭后也到米拉家去了。吃饭时他告诉我,涟涟要十一号才去上学,因为教师要休息几天。刚宜他们看来也会放几天假。午睡没有多久就醒了。但有好几封信都得赶快作复。于是一气写了五封信。也无暇重看,晚饭后就立刻封了,交与宁姨于明日付邮。只有给华清女儿一封较短,是吊唁陈觉人同志的。在五四时期,觉人在成都是有些名望的新妇女,益州女子学校学生。今年得高缲信,他仍不愿去文联,将仍留在电台或去市文联。最近,云南一个出版社约老艾和他去旅游一番,为期一月,最近即将首途。叶石又因心脏病入院了,已改做省文联顾问。文联党组仍由少言挂帅,彭、黎做副书记。党组成员有二李和陈之光。春节茶会,白戈参加了,据说身体很好,精神亦佳。同冯终于通过电话聊了一阵。他有起应在党校所做报告磁带,他认为讲得不错,《抖擞》那篇文章,他也听石读过大部分了,认为评价相当公正。我也谈了点自己的一点看法。晚上,忽然找到十三章写不下去的原因了,立刻坐下,换了个人物出场,情节又立刻生动了。

2月2日

一个上午都无所事事，真太不成话了。这种神思不属的情况非改变——彻底一下不可！当然，这与昨夜没有睡好有关，特别胃口像也倒了，中午只吃了一碗儿饭。就只我同涟涟一道吃。菜呢，又是豆腐，早吃厌了。饭后忙着读报、散步二十分钟后，找出毛裤、呢裤就脱去棉裤午休。午休后换了棉被，却又稍稍感觉有点儿冷。没想到正准备做事，黄候兴同志来了。果然，他之改期，主要为了听中央工作会议的传达，还参加了学习。我们从这次会议精神扯到当前文艺界一些创作思想问题。我谈了谈十七年和近三年创作上的一些问题。我提出自己的看法：不注意这两次党和作家都面临的大变化、新情况和新问题，一些问题是无法理解的。也谈到国际友人对我国创作界的一些问题，一定得头脑清醒。这我才知道，沈承宽特别去找过孔，了解巴黎那次会议上谈过天翼创作的情况：十分欣赏《报复》一类作品，连《华威先生》都未曾提到。他还谈到天翼那篇《谈阿Q正传》，是从前在文讲所一篇讲话，由承宽请他整理发表的。这个女人的活动能量真够大了！在谈到我的创作、身世问题时，我取出几份材料给他参考，也谈了我自己的一些看法。他说，我对取材要严、发掘要深，太抓了，因而写得少。我举出其芳一再提到一句话：少而精！其实成了遁词。我连西彦的信都交给他了，认为其中有些中肯的评语，我也举例说了些语言的力量，以及我最喜欢的作家和作品。在中国，古文中我最喜欢柳宗元和归有光。这是我从来不向人讲过的。他希望我能重新写作。我未说明我已经在试着干了。但是我告诉他已将《敌后七十五天》投寄《收获》。送了《涓埃集》给他。

2月3日

吃完早饭不久，石同志就来了。《评〈过渡集〉》她还有一部分未读完，本想读完后送还。她今早八点过到全总去了。可是，刚继续开头，就来了客人，只好作罢。她捎来的东西，都是讲经济问题。冯认为很重要。我收好《抖擞》说，将来，可将复制让其带去补课、我找了四件参考资料给他，并托她捎了一小包普洱茶给冯，包装精致，看来是赠送外宾的。刚虹为我买两盒。不久，冯来电话，说，倘有空白磁带，可叫刚宜送去备用，已经周转不过来了。随又得所里电话，说梅益同志下午将来看我。小漪要午饭后就休息。这时大明同志来了。我乘机向他谈了我对十七年和近三年创作界一些问题的看法。一个是开国后面临的大变动；一个是"十年动乱"留下的累累伤痕。这都是前所未有的新情况、新局面，需要人们思索、探讨，因而也就可能出现这样那样的问题。要研究当代文学，不从这里入手，问题是不容易搞清楚的。在他捎来的报刊、函札中，有一份美国纽约大学来件，原来是程步奎先生寄来的《读沙汀的〈过渡集〉》！另外还附有两篇《抖擞》上的复制稿。但只有一篇是他写的，叫《为革命谈情说爱》！附信诚恳、谦虚，说明他那篇评《过渡集》批评的是一种文化风气，旨在借题发挥，要我原谅其措辞过火之处。他是从哲学所两位研究员了解到我的近况的，同钱锺书同志相当熟识。要我和所里的同志对《抖擞》提意见，因为他是该刊的驻北京编辑。他原是教中国史的，无怪乎视野较为开阔，注意作品对社会问题的深入探索。今天午休，刚才一个半钟头就起来了。可是，一问，才知道梅益、徐达已经来过，因我在睡，就留下一篮水果，几件材料，走了。原来不是来谈问题，只是表示慰问之意而已。于是我叫小漪同所里联系，明上午来个车去看茅公。结果是，派不出车了，将为我租个车。正翻阅材料，林非同鲁研室另一位同志来了，送来《鲁迅研究》创刊号，并要我写稿。同时提明日去看茅公时约士菁一道去，为商量他的大会开幕词可否即由士菁代拟。两项办法，我都给否定了。认为当面去谈，没有回旋余地，不恰当。不久，士菁本人也带上大会筹备计划、荒煤给我的信，来了。这信，也是说要我约士菁一道去见茅公。我把同样的理由说了一遍，士菁也认为我的想法周到，同意了。

2月4日

照例惦念早上得比平日早点醒来，一夜没睡好。面壁而睡，感右胸有些闷痛。翻了个身，并开了灯，没料到才午夜三点过！我自以为当在五点过了。七点半又醒了。但这以前的时间并未真正入睡，相当草率地做了点运动，只花去往常三分之二的时间。刚吃完早饭，小漪得电话，车已出发，约定在巷口等。接着她自己又下楼去，我随即也下楼了，乘上车去茅公家。是招呼他那个女青年来开的门，接着，可能是茅公的儿子也出现了。这次我算认真对他有了印象：壮实，脸上胡茬子相当触目，看来有五十了，身着呢短大衣。他的体态使人想起他的母亲。我被领入最后一进屋子的会客厅后，又自动走进茅公的卧室，但见他正挥毫为文，可能是写信。我又赶紧退出来了。脱去大衣后，他也颤巍巍出房来了。我挽着他在椅子上坐下，开始闲谈。真是很想看他，担心的是怕他受到干扰。我谈到最近他在《人民文学》连载的长篇，对他还有存货表示惊美，感觉自己太疏懒了。又谈到写回忆录和《敌后七十五天》，他颇为我损失掉的材料感到可惜。显然他在"动乱十年"中未曾被抄家。他问了我的年岁后说："我们的年龄相差也并不大呀！"随后谈到请他为《鲁迅研究》撰稿，特别为纪念大会致开幕词的问题。果不出我所料他不愿士菁为他写稿，只是声明，将来得由他人在大会代读。他不同意长篇题词，但愿写稿，时间由他自定。

他答允在三月底写成。担心他过度疲劳，留下大会筹备计划，我就告辞。扶他回卧室，他随即躺下了。看来我走得相当及时。他儿子开了他的电话号码给我，我也留下了自己的。我说，这样，要来看他便可事先联系，方不致使他感到突如其来，就可以按照他的健康情况和兴致来确定可否来打扰他了。离开时已十点半了，司机同志又道路不熟，因而未去安儿胡同，只到夏公家坐了坐。最打眼的，是他卧室里照例躺着两只金丝猫。谈了些文坛近况后，他的"小大姐"来催他上医院就诊。我们就相伴一道出门，各自乘车而去。回来上楼时感觉很累。到林非家稍坐片刻，告诉了他约茅公写稿事，要他转告士菁。回到室内，稍事休息后，听了有关调整问题的讲话录音。五八年后遭受的经济上挫折，一共三次："大跃进"、"十年动乱"、近三年的冒进，其损失之大，真是骇人听闻！"大跃进"的失算在于"以钢为纲"，动员亿万人民搞小高炉；同时拖了农业的后腿！这笔账，讲演者谈得较细。至于"十年动乱"，则是"破坏"，"挫折"，"失误"远不足以当之！午时，没料到，起应、灵扬来了。即感意外，因而不免有些激动。他是从茅公处来的。上午我幸而未去，他们都出街去了。切了两盘广柑，他们都不大想吃，只是起应勉强吃了一牙。我们都谈了些大的问题，但都简要；我同刚宜、涟儿一道送他们上车后才转来。

2月5日

今天是新年，虽然已经决定不去参加文联、文化部召开的茶会，但仍有所准备。如果所里有人有乘车来相邀，就决定去坐一坐，和熟人碰碰头也未尝不可。十点，估计不会有人来相邀了，就决定回黄君的信。密密麻麻写了两页，回答和解释了一些问题。从他提的问题，我说，希望他不要刻舟求剑，对作品搞索隐；不要以为题材来自生活，就误认为生活中有整块的东西。如果这样，作家就成了照相师了。午后，我又先后增加了两页，阐明我对作品评介的看法要注意产生的历史、政治形势和社会动态，还得注意时代思潮和当时的艺术流派。但是要求他将原信退回，以便托人抄写出来。万一还有人问到，免得再重写了，真太花费时间！在谈到《还乡记》时，我还对其芳的看法提出异议，认为他把霸妻问题和打笋子纠纷看成两条平行线是弄错了。我对程步奎先生的文章也谈了谈自己的看法。但我未曾明确指出他没有迂气和教条味道，因为担心黄以为我对他的文章有意见。而从他的来信看来，此公倒的确有点迂气和教条味。可能是教书教久了，因而视野并不怎么开阔。午饭时米拉夫妇、小安在座，我喝了两小盅花雕"香雪"，很不错。还喝了啤酒。《人民文学》寄了大批选稿来。《阿Q正传》改正本也寄来了。看来得准备认真工作了！但必须早日写完十三章。晚上都通看了一遍，思路又开阔了，立即写了百余字。

2月6日

上午，平凡同志来了。谈话内容，一部分是旧事，只是我们之间还是第一次谈及。他提及的一些新情况多少叫人感到吃惊。觉得有的同志尽管相识已久，但却仍然有些使人难于理解，另一部分是新事；为争家具，凯歌把辛卯刺伤了，连肠子都捅出来了。凯歌头部则被辛卯用茶壶击伤。辛卯已被送进首医抢救，头脑也清醒了，但却申言，出院后将杀死凯歌。凯歌因为用刀行凶，原已为派出所拘留，但已被保释就医。辛卯因为即将举行婚礼，他拟搬用其芳两间衣柜。凯歌出面反对。由于相持不下，决鸣出面解决。两个衣柜都不能拿，留下她自己用。可是愿将一件质量较差的衣柜交与辛卯布置新房。不料凯歌仍然反对，以致互相叫嚷不休。接着，凯歌跳到室外骂阵，赌他兄弟出去。这个小青年不肯示弱，当然立刻跟出去了，结果凯歌用短刀向辛卯腹部一连捅了两刀，以致连肠子都漏出来了。辛卯则顺手抓了把茶壶向他哥哥头部掷去。据说，提薪评级问题，凯歌也曾对荒煤等所领导胡言乱语。这小子真太不像话了。我向王谈了些我对他的印象。其芳竟然养下这样一个孩子，真是出人意料。我想起了白羽似曾向我暗示，"十年动乱"中他在新疆参加过打砸抢抄活动。流毒这次又泄露了，但望这是最后一次。午饭后，因为下楼取报，去之琳处误了很久。主要是想向他谈谈凯歌的事，结果又就文学创作问题扯了不少。他两夫妇对凯歌的行为当然也大为吃惊。随后我却逐渐对程步奎先生有了兴致。原来之琳去年在美国曾去他家做客，此人给他印象不错，四十多岁，除治中国史外，对文艺理论问题颇有研究。思想"左倾"，而"十年动乱"后，对于祖国却又不免有幻灭之感。这从他评《过渡集》的文章中也可看出，仿佛官僚主义、封建思想意识在祖国存在严重威胁。而自"大跃进"以后，在一个长时期内一切皆非。我向之琳谈了谈他那篇文章的大要，请其给他信时，代为致意。因评选事我一时尚无暇回他的信。他提到大明曾去访问他，竟然将他与邵洵美相并论，大不为然！这种提法，确也太无知了，临走时带回青林送我的罐头大小三件，莫干山云雾茶半盒，此茶优于龙井。

2月7日

上午，刚看完《周末》，朝闻夫妇来了。从川戏的《红梅赠君家》一直扯到二十年代的《黛玉葬花》和昨晚看过的《红楼二尤》，我一直的看法是，好的作品改编戏曲，一般都不及原作。我对《二尤》只欣赏一点：当尤三姐十分泼辣爽快地将贾珍、贾琏赶出门后，忽然失声痛哭的表演，认为十分精彩，深刻反映了尤三姐屈辱的处境。因为也就突出了人物的性格。朝闻深以为是。在对陆遐的问题上，他也同意我的看法，只录音不够，还得录像。《易胆大》他看了，认为不够好，使人感觉，经过主人公的斗争，旧艺人的委屈处境好像就告终了。不知前途仍然黯淡，直到解放后才得真正翻了身。他告诉我，水华准备拍制《大波》，已同他谈过了，还将向我征求意见。他不赞成全部照小说拍，可以拍摄一部分，一些片断。他认为整体看来，《大波》不能算好，但有很多社会生活场景，作为乡土、风俗画卷，却非常精彩。对于戏剧表演的虚拟表现方式我们都非常赞赏，感觉高于话剧。现在的戏曲，采取部分实景，反而只起了破坏作用，而奇怪的是，布莱希特却反而采取了中国戏曲特点来表演话剧。他搬家到东四，因为另有约会，没有留下午饭。午休起来，才知道周而复同志已经来家好一阵了。他也刚从党校毕业，和老马同班。因为在春节茶会上知道我在家疗养，特别来看我的。我们谈了一些创作上的一般问题，以及《历史问题》草案讨论的概要。说是上次讨论，简报约有几十万字，对于写作《四清》的老艾未曾参加讨论，甚觉可惜。当我们正在谈到巴公时，金丁同志来了。经介绍后，可能因为人生，而周又是个社会活动家，照例很忙，不久就告辞了。我一直送他到楼梯口，一再向他致谢。同汪单独谈话，因年来接触较多，谈话较为自由随便，话题也相当广泛。他正在写一个反映当前现实生活的中篇，看来接触到的问题相当尖锐，因为他说他爱人老劝他不要写。他还准备由他口授，搞一部《中国文学史话》。另外还想写他在海外进行斗争的回忆录。我向他力说写回忆录好，方便，雅俗共赏。正谈得起劲，露菲带起她女儿来了，但却很有礼貌地找刚宜他们去了，她第二次单独来时，她告诉我，有的话她已告诉刚宜了。我向她谈了谈程步奎先生那篇文章的两三个主要论点，认为有参考价值，稍缓将交她看后，待有便时可向周转述一番。同时交了封了解立波一些情况的信给她，请她查明后代我回一封信。她去刚宜房里后我又同汪扯谈到当前的创作问题。他认为《许茂》不错；《风筝飘带》他也有点读不下去，觉得王的作品表明他有点回避现实，追求技巧。刚宜端元宵来了，我乘机去邻室与露菲周旋，才知道那两位把周告了，说他没有坚持四个原则。我就此谈了些自己的看法，要她劝周保持冷静，不要让他们随意干扰。有些人就是喜欢你暴跳如雷，眠食不安，而唯一的办法就是满不在乎。我还引用了老百姓一点成语："见怪不怪，其怪自败！"送走露菲后不久，汪也走了。还有一点我记漏了，上午朝闻临走前，白山同志来了。他说，他去看过默涵，要他致意我，同时告诉了我凯歌刺伤辛卯的事。

2月8日

今天竟然一气看《人民文学》上已初步被评选上的小说。计有王蒙的《春之声》、陈国凯的《车床皇后》、柯云路的《三千万》、刘心武的《密供》、何士光的《乡场上》和叶之葵的《我们建国巷》。另外还看了程步奎的《为革命谈情说爱》的复制稿。这篇评介是近三年的以恋爱为主题的小说的文章。对《爱情的位置》的分析我有同感，说教式的气味太浓重了。作者初期几篇小说都相当概念化，《密供》的艺术性却强多了，准确说，像是小说了，注意人物和情节了。但这篇东西还不能说怎样成功。作为艺术上的探索，《春之声》较昨天看过的《风筝飘带》精练，读起来不那么吃力了，他的表现方法也许就是所谓意识流吧。《三千万》作为一个工人同志的处女作，值得赞扬。特别因为它反映了工业建设中的尖锐复杂斗争。它叫人联想起《乔厂长上任》。而思想内容更无懈可击，最感到叫人高兴的是《乡场上》，比之《陈奂生上城》高明多了！《我们建国巷》也很好，发掘得深，文笔也相当老练。读了这两篇东西，更加觉得对高晓声的作品评价得太高了。这两篇东西一定得坚持入选。

2月9日

又读了一整天初步评选上的小说：左建明的《春诉》，内容是写恋爱的，准确点说，是写恋爱和工作上的矛盾冲突的。时间是七十年代末期。从总的倾向说，也可说是反"四人帮"流毒的，故事紧凑，行文利落。同类的还有浩岭的《新月》，可以说主题思想是反特权。它牵涉到郎舅关系和夫妻关系，写了不少夫妻间的私生活，但却没有什么低级趣味，这是很难得的。故事发生在嘉陵山区，也是写当前农村问题的。作者是一位县委的报道组青年干部。这一期的《人民文学》是小说专号，但第一篇《竹叶子》，我却没有读完。感觉冗长，沉闷；许淇的《她就是波兰!》，是写肖邦流寓巴黎的故事的，作者对欧洲文学艺术显然有一定修养，文笔也老练。但也未读完就搁下了，总觉距离我国当前现实生活太远。李国文的《车到分水岭》，是写知青的，短小，文字虽稍欠精当，而意义相当深远。刘富道的《南湖月》，在几篇小说中，算最好了，写工人生活竟已达到这样的水平，这个发展真叫十分高兴！李准的《芒果》是今天读的最后一篇小说，一面读，一面大笑，因为其中有些情节，我也听到说过，当然也感觉可笑，经过一位老手把它们集中起来，通过生动的人物大肆讽刺，当然更可笑了。然而，也许我思想还不够解放吧，大笑后感觉不那么舒服。因为故事直接牵涉到毛主席，牵涉到整个"文化大革命"，可无一字提到"四害"！今天，也可能是昨天，我还看了卢新华的《表叔》，较之《伤痕》，颇有进步。人物、故事、情节的处理都相当合理，也就是说合乎生活的逻辑，不像《伤痕》那样勉强了。

2月10日

今天，尽一个白天之力，把《阿Q正传》修正本读完了。有一些地方加工不错，有的却不及我在成都看的那个本子精当。主要有这样两点：1. 对赵太爷一家，城里举人老爷一家的活动，写得较冗，还可压缩一些。2. 悲剧气氛淡了，主人公的画外音得多一点。但，是否如此，还得认真琢磨一番，这些只能算是初步意见。可能我读得还不够细致，因为还有那么多《人民文学》送来的初步评选出来的小说堆在案头，需要我加紧读。所以天黑以后，我还打开灯抢时间读了张抗抗的《夏》、张新奇的《呵，老师！……》这两篇写得不错，特别是《夏》，作者的才能相当显著。《呵，老师！……》的成就也令人惊羡。虽然，两相比较，我最喜欢《夏》，她写的爱情故事，又发生在大学生中。它既反映、赞扬了青年人纯洁的爱情，追求文化知识的强烈欲望，同时也揭露了大学生中那些未老先衰的党员同志。这样的"遗少"在青年中恐怕不会少吧。我觉得这样"假道学"对于青年人的正常生活所能发生的阻碍比阿飞气的人物还要厉害。《呵，老师！……》是写中校师生间的关系的，它较为深刻地反映了这种无可估计的内伤。今天我还挤时间读了马烽的《结婚现场会》，才力不减当年。然而，较之一般新出现的优秀短篇，总像缺少一点新锐之气。故事、人物安排总觉似曾相识。今日午间，大明来，我向他谈了点黄曼君同志，感觉此公有点迂，文章有教条味。

2月11日

上午，听了廖盖隆同志的讲话。主题是三十年党史的分期的问题，牵涉很广，有些主要意见，跟邓力群同志在军事学院的讲话——《怎样学叶剑英同志建国三十周年纪念讲话》，基本一致，只是详略不同而已，放完两盘磁带，便已十一点了。稍事休息，接着又看《人民文学》送来的短篇小说。中间因为小林来长途电话，说是《敌后……》是否可以分两期发表？因为他们上期有一篇文章，尚有三万多字，必须接着发表。在初，我还以为她跟她爸已到了北京来了！因为恰好小漪在家，我在同她讲了几句后，就叫小漪代话：同意他们的安排，但对文章仍请多加斟酌，并问候她父亲和她家里的人。同时告诉她，我已去信代《收获》向周克芹约稿了。在接她电话前，听录音之后，我还曾经给济生一信，又是密密麻麻两页。晚上，又给小林写了一页附上。因为这些耽延，所以今天读的短篇不多，只有三篇。其中，以《灵与肉》一篇写得最好！主人公的经历很不平凡。从五七年反右起一直写到"四人帮"垮台以后。其实，远不止此，他四十多年的经历都写到了！从被父亲遗弃直到父子重逢。可是，这个重逢是短暂的，因为父亲是国外的大资本家，儿子则经过风风雨雨。除了外貌相似，思想感情已格格不相入了！张弦的《被爱情遗忘的角落》，也写得不错。写的是个爱情悲剧，一对青年男女在封建思想传统的压力下被毁了。而故事竟然发生在名叫"天堂公社"的偏僻农村！作者让这个公社名为"天堂"，可以说是一极大讽刺！时间呢，又正当震动全国的"大跃进"。作者对题材可以说是做了相当深入的发掘，紧摸住了它的思想社会根源。另外一篇叫《双猫图》，作者邓友梅，看来对于北京的生活知识有相当广泛的了解，写的还是一位满族皇室的贝勒，一个旧式文人。其生活习性，都写得相当生动。但他雕那个印章的印文和题词，却流露了相当浓厚的旧的市侩气习，不由叫我想起早年曾经听到过的话："而今学得乌龟法，得缩头时且缩头。"这个印章刻于"十年动乱"中，用意可以想见。但是，看到这里总叫人感到不快。

2 月 12 日

上午，同光年同志在电话上谈了约十分钟，内容是对《灵与肉》《乡场上》和高晓声的《陈奂生上城》的一些看法。同时也谈到两位同志对周扬同志所提异议的意见，认为他们连起码的发展观点也忘记了！没有过去两年的在创作上的思想解放，就不可能获得现在的成就，经过"四人帮"长达十年的禁锢，奔腾而来的感情激流，是不会纯之又纯的。若果激流中不夹杂一点泥沙，那倒是一件大怪事！可是，只要善于疏导，它就会清澈见底，为人类服务。同光年通话是正午，他刚开会回来。这以前曾去过两次电话，都没人接，显然他爱人也出街去了。晚上，我又同荒煤通过一次电话，要他在周讲话时约我前去，才知道周已经讲了。他劝我不必参加小组讨论，他可以将简报送我看。至于周讲话，已是前两天的事了，他明日来向我传达。下午，所里曾来电话，问我是否要去党校参加所里各负责同志最后一次学习？是小漪接的电话，因为听说我正在病中，就劝我不必去了。今天还同冯通了电话，在谈到评选小说时，他劝我注意休息，同时谈了他对《人到中年》的一点感想："有些消沉。"我向他谈了这两天看过的《灵与肉》和《乡场上》，认为值得一读。今天，因为精神较佳，对《抵制》的第十二章，算勉强完工了。

2月13日

看了《小说选刊》上的两篇小说，都不错。我特别喜欢陈朝璐的《赶场》。作者是四川铜梁文教馆的干部，可以说是一篇地道的短篇小说，只有七八千字，而故事从发生到结尾的过程却长达六年之久，人物情节都相当生动。有恋爱、有新婚夫妇间私生活的描写，但却写得朴实，真可以陶冶性情，娱人耳目，也可以看出作者功力之深。这是不容易的，我就未见写出过这样的短篇。当然，像《乡场上》那样的短篇，我也有不可企及之感。这期《小说选丛》就有作者一篇谈写《乡场上》的经验一文。这人是中学教师，写的那个乡场正是他长期教书的地方。他从这个场镇的变化谈到人的精神状态的改变。而他所塑造的主人公正是这个变化的体现者。在"十年动乱"中能够酒醉饭饱，啥活都干，从不惹是生非。现在，他却敢于挺身而出摸老虎屁股了。可是作者并没有把这个变化看成是轻而易举的事，是经过不少周折和犹豫才决然下了狠心。可以说是一桩冒险行动。这一来，就不仅陪衬出旧势力、旧习惯的严重，同时也反映出主人公潜在的优良品质。这篇小说是通过一个场景写的，更加引起我的赞扬。此公的修养似乎较陈朝璐高，他是通过尖锐矛盾来塑造人物的，而《赶场》只有一连串抒情的，速写的人物呢，几乎全都善良朴实。它的整体正像一首牧歌那样优美动人。两篇都好。

2月14日

上午，收听了武象同志对文艺界的一次农村情况的讲话，花去不少时间，可是没有上次听一位同志有关建国三十年来的分期问题的讲话过瘾。这可能同我近年来一直考虑的问题有关。不过也有不少动人的情节。有个地区，从实际出发，搞了包产到户，而当麦收时，因为阴雨连绵，又不能拖延时日，于是全家动员抢收，连刚能走动的孩子都出动了。而且保存得非常好。为了避免捂坏，就用手搓，使之及时脱粒。而在此以前的两年，庄稼却大都捂坏了，因为大家都缺乏责任心，干劲也就上不来了。正在午休，涟涟推门进来，看见我还在睡，就又立刻溜了。等我起床后，才知道小严已等了我好久了。于是我把她请到我房间里，同她闲谈起来。她是送周扬同志讲话的磁带来的。这原是今天下午的事，我把它记错了，记成十三号了。她说，荒煤要文章，所以他不能来了。闲谈中我向她表示，她结婚时我不在京，只好等他们得了胖小子后补礼了。她大笑道："我才不要小孩子呢。"她同爱人原来就在东四六条住家。她说每天上班都要经过夏公门口。我向她问到小安去西德的问题。她说，因为小安学历不大合格，只能去做一个汉文图书管理员，时间两年，路费自备，同时院部认为他既是出去工作，而不是留学，工作关系就不能给他保留。这一来，他动摇了，他的家庭更是反对。两年后回来能一下就找到职业吗？所以看来去西德的问题已经吹了。晚饭时间刚宜谈起，他信口说，请钱锺书同志介绍刚虹去好吗？我立刻否决了。说明我们决不能这样做。他后来也认为我的话有道理。

2月15日

　　昨晚，一时心血来潮，又给小林一信，认为如果编辑部对我那篇日记有不同意见，千万不要勉强刊发，因为我同她家友情深厚，这点特别值得注意。昨天还有件事我记漏了，为对白尘的《阿Q正传》的意见，我啰啰唆唆写了两页，最后还来了个"又及"：经查阅原文后，结尾处用鲁迅的话来宣称阿Q并没有断子绝孙，值得认真考虑！《阿Q正传》本文并没有这个话，那又何必通过他来说呢？原想查查鲁迅的其他有关文章，但是时间已晚，来不及了。不过，我认为用改编者来说是完全合理的。因为阿英曾经于三十年代宣称阿Q的时代已经死去；雪峰在解放后也曾宣称，阿Q的时代一去不复返了。可见这是个大问题。当然，作为"时代"，也许可以这么说，但是阿Q精神确乎并未绝迹。前年，我在川师就曾说过，讳疾忌医、夜郎自大、缺乏自我批评和容易自我陶醉，都属于阿Q精神！从这个意义上说，阿Q精神可以说仍然存在。傍晚，平凡同志来，谈了些他们在党校学习时初步扯出来的问题。简报印出来后将送我参考。我没想到大家对院领导有那样多意见。这当然不只是文学所，其他所乃至院部少数同志的意见，他是归纳在一起讲的，有的意见不一定对，大多忘记个别负责人讲话时的实际情况。我简单谈了谈我的认识以及全所继续学习的意见，他基本上都同意。临走时，我把小严送来的磁带让他带起走了。

2月16日

　　校勘谢相清女婿帮我抄写的那一册笔记。主要是记录五十年代去安县访问的一些材料。大哥谈到安县肖、杨暴乱的一些情况，以及另外一些熟人同我的接触，都是很有意思。在秀水，可惜李世隆一些谈话，竟然丢掉未抄！此外还丢掉好些段落，我都一一夹上校签，并做了批语，准备他日要小漪全部补抄下来。这本杂记，有些段落相当完整，有人物、情节，乃至前后连贯的故事。有一段写男女关系问题的很有意思，只是可能被人认为有点黄色。其实，比之大城市出现的一些男女关系的纠纷，我却感觉朴素多了。而且，有些情节简直出乎人意料之外，就像戏文上出现的样。另外一段，写的工作后，儿女不管顾老年父母，主要是母亲的问题，还牵涉到前娘后母、婆媳之间的纠纷。主要是两个老太婆谈出来的。不用说语言也十分生动。这中间还包含一个送子参军的故事。有头有尾，十分生动感人，绝非想象出来的，没有丝毫人为痕迹。

2 月 17 日

继续看抄件。下午，给黄曼君回信，给程少奎的回信，也写好了，但却未重看。晚上，草明来电话，提出张弦的《爱情遗忘的角落》，认为这篇东西不能评奖，我们得把好关，办法呢，最好分别先给葛洛同志打个电话。我同意她对这篇作品的看法，那位少女受奸污的情节确带点黄色；尽管它被刻画得相当生动。我向她提出《小说选丛》二期上的两篇东西，认为写得不错。尽管都是写爱情的，但却没有什么色情味道，《赶场》一篇，甚至带有牧歌风味，王蒙那篇《风筝飘带》，她也感到读不下去。《春之声》，则尚未读过。我认为这一篇文笔较为爽利。李准的《芒果》，她没有读过，我给她说，我个人读时大笑不止，但评选时可得慎重考虑。同她通电话后，我算把那本抄件赶着审阅完了。

2月18日

没有料到小陈来了。他是替荒煤送信来的，要我退还纪念鲁迅一百周年诞辰那个批件，因为20号文联党组要进行讨论。我当即写信给茅公，要他如已阅毕，请即交小陈带给荒煤。小陈走后不久，董毕严同志来了，我向他谈了向茅公约稿经过。至于我准备写那篇稿子则决定不写了，因为写出来可能于团结不利。他似乎不同意，但后来也算默认了。可又提出，希望我将来为他写一点字，我推谢了，说我那一手字实在不行。他曾提到我的《在其香居茶馆里》，大加赞扬。他是林非同志那里来的，接着就匆匆告辞了。我始终感觉此公有一点神经质。今天，这个印象更鲜明了。下午，平凡同志来电话，说，明下午四点，他和荒煤等已约定了，来我这里碰碰头，听许传达梅益同志的三点指示。我认为这里要爬四层楼，对大家太不方便了，是否就在所里或荒煤家里较好？为照顾我，他说，已经约定，就不必改变了。

2月19日

上午，没料到肖远强来了。他从重庆办了觉人同志，也就是他母亲的丧事转来，带来他姐一封信和两张《重庆日报》的《星期天》，觉人临终时很平静，看来毫无痛苦之状，也未曾得什么病，恰好满八十岁。他还告诉我，谭琴舫也去世了，比他母亲晚一天；但是临终前生了一个月病，神志不清者累日。谭是李加仲的爱人，也八十了。李大两岁，八十二，七七年曾在成都见过，现在出门得挂手杖了。周钦岳也八十二了，则较健康，可记忆力已大为衰退。他曾问到华清的杂文集《到名流之路》。说是否知道原稿何在？我说，此稿曾寄辛垦书店，我看过，但不知道是怎么处理的。因为很快我就脱离了辛垦。远强已结婚了，现在部编室工作。他在前三门住家，说有什么需要他办的事，他一定代办，叫我不必客气。留下住地后他就走了。下午有三点半我就起来了，刚到四点，王、许、徐就来了。荒煤来得较迟。小安随即送来一提篮菜，一本书两封信，说是我女儿托人带来的。许传达梅益三点指示后，徐又作了补充。接着王谈了些在党校学习期间大家提的意见，徐还交了一份简报材料给荒煤。荒煤看了，说："何其芳好，可惜只一个嘛！"又说，"我们并不想干，沙汀连书面辞职申请都写过了。"但他随即将那份材料随手交给了许。后来，在学习上我暴露了点急躁情绪，主张立即联系实际，我们呢，也准备带头做自我批评。荒煤主张先学习文件，领会文件精神后再结合实际，说得头头是道，我只好不张声了。因为今天元宵，我叫准备的汤圆商谈中间就端来了。是自己做的水粉。这是北京吃不到的，看来大家吃得相当满意，只可惜每人只有四枚！

2月20日

上午，想起昨天谈到二期简报时那些颇费猜疑的三言两语，而昨晚为此想了很多，睡眠也差，并已决定给平凡同志一个电话，希望不必磨去某些发言的轮廓，特别有关领导的。所以早饭后就去打电话，不料小严未在，也不知道是谁接的。但我通报名姓后，要他请平凡接电话，徐也行。结果徐来了。我的措辞显然颇带感情，因为我不断听到徐的笑声。事后想来，有的话真也不必那么样说，什么高帽子、喷气式、游街示众都受到了，几句尖锐的话算得什么?! 而我实际的想法，无非担心如果将直爽的意见删去，有碍于大家敞开思想而已。午饭后下楼取报，恰好碰见之琳。彼此闲谈了几句。因为我没戴眼镜，有两个挂号邮件，还是他代我签的字。临到分手时，他说下午来找我，不料崇素夫妇和洪钟来了。崇素照旧口若悬河，大谈他来京开少数民族文学会议的内容、经过，以及映川在这方面的成就。映川是随洪才来的，参加有关藏族一长史诗的讨论。因为她对此有所研究，还带来一篇论文，准备在会上朗诵。这位同志的经历之曲折、艰苦，真令人惊叹，她能写本自传倒是一件鼓舞人心的事！大家还谈了些文联的情况，都有不同程度的不满。高缨不去文联的原因算基本弄清楚了：他向宣传部明白表示，如果杨平、王舒都不能进创作队伍的行列，他就决定继续留在广播电台！他们临走时，我一直送他们到二楼，真有点不胜怅惘。

2月21日

　　昨天接到的邮件，有一份是莫耶的中篇。我拆开翻看了一半，感到不少对话社论调子太重。而且，分段上也有和《湖边》类似的问题，往往叫人连气都无法松，只能硬着头皮一个劲看下去。当然，问题还在这里，人物的动作、表情，太少了！因为看起来吃力，整个上午才看了三分之一，约两万字光景。午休后，刚看完两个文件，之琳来了。我们谈了些情况，有院部和文学所的，也有文学界的。我告诉了他其芳家最近一些动态：辛卯相当虚弱，他已向凯歌提出两个条件，一是不能和他母亲同住，另自安家；二赔偿他五千元，否则他将向法院起诉。而根据法律条文，如果起诉，凯歌将被判八年有期徒刑！我们都以五千元赔偿费可以不提，凯歌分开居住倒很必要，因为这孩子太霸道了。好些时年决鸣被他搅扰得只好到饭馆里吃饭。临走前，我让之琳看了看我给郑培凯（陈少奎）的回信，也把来信交他看了。他认为回信可以，让所里打印个信封付邮吧。今天还接到小林一信，说是即将为她小婶婶开追悼会，好在喧电已拍发了。

2 月 22 日

以为露菲会来，可以取一方腊肉让她带去，结果毫无踪影。上午，算把几个文件都看完了。耀邦同志在党校那个讲话很精彩，姚依林的讲话读后对近几年的经济形势的发展、变化，更明确了，同时"三年困难"的来龙去脉，及其恢复、调整过程的概念，也有了进一步的理解。我还特别抄录了两三段。午刻，一位戴眼镜青年出现在刚宜室内，同时他门口又堆了些青菜头，显然是那位青年客人刚从四川带来的。我吃的饺子，食后，莲子来了，我问她客人是谁？她说了，但我听不准确。她是用普通话讲的，我已不大能听懂她的话了。她和我都吃得较早，当我在客人吃饺子时，要她去取报纸，她很快就为我取来了，想一道共吃饺子。等我午休时已经两点了。是四点起的床，这一天真过得莫名其妙！晚上想起来很难过：我这一生还有多少时间混呀！晚上，邓在这里吃饭，饭后又看了很久电视才走。想起来，这个电视太耽误时间了！我向刚宜暗示，放电视得掌握时间，那些广告真不值得看。后来问起，才知道上午那位青年，是照明的侄儿。青菜头是涟涟外爷带来的。刚宜明晨将去天津。米拉爱人九点就走了。

2 月 23 日

刚洗过脸，牛科长就来了。说是下午所长会议，问我是否能去？内容是讨论学习问题和一部分研究人员的职称问题。时间是下午三点。我当即表示一定准时参加。同志们对我太客气了，其实，打个电话来不就行啦？因为开会，准备了一下材料，显得有点忙乱。为利用余时，把那个抄件取出来重翻了一些抄漏了的部分，并给刚虹一信，主要是鼓励她抓紧时间学习。将近中午，不料之琳来了，他帮我带来报纸和两份《人民文学》。他主要是想借一份《人民文学》，因为上面有青林一篇小说。有一篇，他指出是那位大诗人的前妻写的，我们于是谈起此公一些罗曼史来，前前后后扯了不少。"气管炎"这个借用的名词的含意是：爱人控制丈夫的意思。他们因此就常开这样的玩笑，下临走时我送了他三个青菜头。两点四十小安就来了。由小漪叫醒后，我就同余一道去所里开会。王的发言，我听不清：戴上耳机，仍然模糊。许的发言，照样听不清多少，倒是那位女同志汇报定称问题时，我是听清楚了。荒煤和我都发了言。我的话也许流露了不少情绪，但也没有办法！简报上一些话太刺人了。尽管批评的并不是我。明天作协创委会的会我算要小严帮我请好假了。临走时，是同荒煤一车。他要我一道，一则为了谈话方便，二则我们最近见面的机会太少。他告诉我冯枚进医院了，光年就做半天工作都有困难，严似乎不愿接手文学讲习所的工作！晚上，听了周的讲话，但因时间关系，只听了极少一部分：要有革命感情，但不能感情用事；"四人帮"尽把过错往主席身上推，有的人又只讲主席一直都在批评"四人帮"，毫无关系，都有片面性；主席是伟大的，这都承认，抹这一点是错误的；但认为他毫无错误，也不对！接着又解释犯错误的原因：对社会主义革命和建设没多少经验，对形势估计错了；主席的确有不可磨灭的功绩，但后来骄傲了。于是喜听奉承的话，林、康、江就投其所好！他晚年所犯错误，其原因多是他过去经常告诫我们的，如骄傲使人落后，等等。

2月24日

越来越感到时间紧迫，真有点寝食难安了。今天决定续写《抵制》，一气把剩下的十章写完再说，即或全都有报废的命运，至少了却一桩心事。稍稍翻阅一下提纲，已写成的最后一章，即第十二章，就搞了一个十三章的内容大要。午休后，又依然感觉动不了笔！于是重又翻阅了几章，人物算在脑子里动起来了，知道该怎样写下去了。特别有了写的兴致。可见写初稿一定得一气呵成。《还乡记》就吃了这个亏，以致前后连接并不十分紧凑，花了好多心思才有所补救。但看来今天已无法动笔了，因为思想刚才活跃起来，就吃晚饭了。上午、下午都放了周在党校讲话的录音。但仍然尚有一半，一气听完太费事了。声调高昂，节奏紧凑，同时也有点为他担心，这对他的冠心病太不利了。本想给露菲电话的，要她转告：这样一来就五六个钟头讲话，又那样激动，以后千万得注意，以免发生不测。我知道有两三位熟人就是这样出的问题，今天得吴强同志信。原来他写一个多幕话剧去了，所以未回我信。同时他有坐骨神经痛的毛病，似乎下肢也有点不怎么管事了。看来上海文学界也困难甚多。他三月将来北京参加中长篇评选会议。

2月25日

本想动笔写十三章，也作了些必要考虑，情绪同整篇前面部分也联不上了，一连得到两个电话，又把情绪给打乱了。一个是洪来的，他两天后就返川，要我约个时间来取托他捎带的东西。我叫接电话的小漪告诉他，他明上午来。准备照旧写作，但写不下去了！想起得把要带走的东西收拾好，以免临时抓乱，就搁下笔去吩咐小漪。接着，《人民文学》编辑部又来电话，征询对评选出来的小说的意见。我择要告诉了他们。但这所谓择要，也不简单！放下电话且又不能不设想一下那些尚未看过的若干篇应该怎样安排时间读了。而且午饭后又得到他们第三次统计出来的材料，又增加了不少篇。单是王蒙、刘心武两位就各有三篇。比原来又各增加了一篇，得票最多的照旧是《西线轶事》，作者徐怀中。是部队上的，五十年代就发表作品了。而我却偏偏对这一篇一直领先的作品还没有看。第一个因为它得票最多；其次翻了翻，约在两万字左右！加之，我前面提出的，是五十年代的作者，所以就以为可看可不看。我对于两万字上下的作品，若非近两三年出来的新人，实在不大想看。有一点值得高兴，《乡场上》所得票仅次于《西线轶事》。一句话，得这三次选目，整个创作情绪吹了，只考虑怎样赶着应该看的部分，自己的东西就暂时推后吧。同时，周在党校讲话的录音也得赶快听完，不能再拖延了。为了听得清楚一些，又将那个大号录音机从刚宜房里取来。直到晚饭以后还草草听了最后两盘磁带。今天风大，下楼取报时冷得令人不耐。

2月26日

因为洪钟约好上午来，我一早就起床了。早饭后很久，说来了，说是去看过李眉和李师母，还看姚雪垠，姚托他向我问好。原来他住在玉渊潭他外甥的家里，离木樨地很近。但也可以看出此人的脾味，因为离开时他还将去看望罗念生。我们免不了谈了些文联的情况。他说，那位老垮曾指责《四川文学》某期的编后记有问题，否定"社会效果"的提法。同时，在谈过谭被免去副主编职务后，垮子有从"川大"找人来填缺的意图。看来，陈进又将出问题了。"三天不害人，一身筋骨疼"，而愈没本事的人也愈忌才！所以就拼命抓"权力"。我提醒洪那天他的一个提法错了，不能随便责怪什么人同康有联系。这是非同小可的事。我又劝他，凡事都要取求诸己。当然我不能直说：他就是太爱闹名誉地位了，结果如何？而看来他至今尚未完全醒悟。他坐了半个多钟头，就到二单元找罗念生去了。短篇评选工作第二次会议即将召开，我率性不考虑写作问题了，继续看评选稿。晚上，同灵扬通了一次电话，要她劝说起应，长篇讲话，又那么激动，这不行！希望她能随时加以注意。也许由于情绪不好吧，听了他在党校讲话录音，我老是想起一些由于年高体弱，心脏、血压有毛病的熟人，在过分疲劳和激动中发生问题的事件，相当忧虑……

2月27日

上午总算写了两三百字，给第十三章开了个头。不料一晃吃午饭了。接着散步、看报、午休，直到三点半才起床。担心明天开"评选委员会"，又赶着看了四篇小说。《篱笆》一篇，题旨不错，可惜故事、情节太牵强了，人物也有点概念化。《月食》一篇沉闷、冗长，因而尽管题材很吸引人，可是读不下去。《西线轶事》也仅止选着看了一部分。这两篇东西都有两万字左右，尽管两位作者不止所选题材不错，也都有修养，可是总觉得太长了，还可以写得简练一些，这显然跟我自己的脾胃、近来的心情有关。我的看法不一定对，倒是《亮哥与芳妹》一篇我把它读完了。作者王润滋可能是山西人，语言生动，对话、叙述都干脆、简练，几句话就把人物的性格、心理突出来了。故事是农村的三角恋爱，而人物却都朴实可爱。特别生产队长亮哥，说得上是社会主义新人！可又并非概念化的人物。这篇小说使我想起了《陈奂生进城》。仿佛这个"漏斗户"的时代倒真的已经过去了！

2月28日

转眼就三月！今天，读了林斤澜《火葬场的哥们》，题材新，文字简练，可以看出此公也在探索一些新的艺术表现形式。也是写"十年浩劫"，矛头可明确指向风派人物。而主人公则是一位调皮捣蛋的知青。对于那位风派人物，作者弄得令人拍手称快。但问题还在于通过这个被错误地分派到火葬场的青年人之口，对当时胡乱给人安排工作，任意作贱人才的弊端揭露得相当深刻。午间，得莫耶和白尘信。午休后，回白尘、吴强信后，又叫小漪从《文学研究动态》第八期上抄了千余字的材料，附于白尘信中。这千多字，是从一篇介绍一位美国学者的专著《鲁迅的现实观》中抄录的，因为作者对《阿Q正传》的看法，特别是阿Q的精神胜利法的见解颇有独到之处。我们的专家们似乎还没有注意到这一点。其实，就所介绍的整个内容看，这本专著都值得介绍过来，供我们的研究家们参考。不久前看了这篇文章后，我曾想起一位美国记者向起应讲过，他很欣赏我国人民一句常用的口语："没关系！"认为这句话反映了中国人的强点和弱点，真值得好好回忆一下。这已经是四十二年前的事了，那时他在做边区教育厅副厅长，我呢，同其芳在鲁艺教书。

3月1日

昨夜夜半，就被顶楼上门扇的响动声惊醒了，久久不能入睡。一个月前，曾经院部修缮队整治过，用铁丝把两扇门绳捆索绑，想不到又叫一些顽皮儿童给扭开了。午饭后下楼取报，我给那两位老同志说，我愿自费修理，或者索性把门扇取掉，请他俩代为雇一位工匠。他们都劝我给院部修缮队打电话，他们会派人来收拾。但含糊其辞，但问他们究竟是哪里来的那儿童？他们认为是街上来的，而且不赞成取掉门扇，认为那样一来，他们更会经常跑来玩了。这些小事真伤脑筋！得济生信，写得很带感情。看来他情绪已逐渐平稳了。说是将寄一册《十日谈》给我，市面上是很难买到的。同时收到本月出版的《新文学史料》，内容相当丰富。我翻了翻沈雁老的一章回忆文，其中记录了陈独秀对他的一次访问。当时他已从日本回来，开始从事专业创作活动了。陈则已被开除出党，在研究音韵学。他能写得那样具体真不容易。此外，丰子恺、曹聚仁的传记可能值得一读。所可惜者，时间太不够了。胡风的自传后面有他去年来京后的照片，胖胖的，肥头大耳；曹在港的照片则显得瘦削多了。今天特别困乏，只是对《抵制》十二、十三章作了重要修改；但也仅止决定了修改要点。

3月2日

今天精神较佳，可以清清醒醒考虑问题了。可是，坐上写字台没多久，修建场上一片连续不断的响动就把情绪给搅乱了，停下笔朝窗外一看，原来是卡车上卸木板！满满一车皮，由两位工友一块一块地抬起来望地上扔。因为刚宜午后将去广州，只好一面散步，一面跟他闲谈。他讲了一段新闻：昨天，他上次去广州定做一批配件由火车运到了。列车一到，就先不先忙着为一位从广州调中央搞负责工作的同志搬家具、行李，主要是好些盆景；这些行李整整占了一个车厢，此外还有供人乘坐的包厢。人，很快就乘汽车走了。那些行李，特别那些盆景、花草，都由列车员、接待人员，一一运往专门开来的汽车。那些盆景、花草，还是坐的保温汽车呢。因为时间耽延过多，其余行李车所运行李，卸起来就不那么细致了！简直就一件件往下扔！他们所的部件受到的待遇当然也不例外。因此，曾经有人叹息："这咋能叫人对前途充满信心吗！"我当即加以解释，不要把这些个别现象估计得太严重了，同时举出几桩相反的事实。他去机场后，我又把这件事想了一阵，觉得这绝非出自负责同志的心愿，全是从下面的人员而来。当然，那位负责同志如有先见之明，是应该事先打招呼的。看来，抬轿子的还不少呵。群众的批评固然重要，有资格坐各式轿子的同志能够慎之于始，事先给那些善于充当轿夫，借以作晋身之阶的部属打个招呼，尤其重要！

3月3日（补记）

3日，午刻，小刘送来一批院部的参考资料，所各科室评定职称材料，以及上次所长会议简报！还有两张汇票，票面钱为二十五元，是天津出版社汇寄给我和老艾的，注明是《鲁迅资料研究》稿费。这一下可把人弄糊涂了。午休后，忽然想起该刊六期有我们两人有关鲁迅书简的注释，于是马上找来翻看，果然不错！但为什么不寄给老艾，或者分开寄呢？简直乱弹琴！晚上付来，带给我有关《红楼梦》研究的从刊两册，而两册又不相连接，中间脱了一期。另一册是《世界文学》。同付闲谈一阵，除深感自己介绍高安不够恰当外，我们还谈到政治思想问题。彼此的共同想法是，正因中央强调政治思想工作，今后的政治思想工作就该做得更好。好的标准是，政工人员要以平等身份待人，要使人乐于接近，并敢于暴露思想。如今让人敬而远之，那只是说明自己工作没有做好，还存在问题。总之，以改造者自居是不行的，"我打你通"的作风不是一个政工人员应有的作风。因为它无益有害。

3月4日

　　正准备做点事，郑光祺来了。他是同川医一批医生来参观"首医"的研究室的工作和设备的。因为他们也将成立同类的研究室。他是初次来京，住地安门卫生部招待所，同行约有十人。参观"首医"后，还将去广州参观"暨大"医学院的研究工作和设备。有一点我未听准确，川医将设立一个研究肝病的机构，将由他做该研究室的副主任。我问到四川成立肿瘤医院问题。他说，最近郊区拨了约百亩地修建民房，肿瘤医院将推迟。他还告诉了我志超兄妹一些情况：杨通莉已做了队长，您无法调川了。她也未找过杨礼，她曾去找过志超。但他们全家人都到渡口他儿子家里过年去了。我们正谈得上劲，大明来，送来大批书刊。光祺只好去刚宜室中，好在不久小漪就回家了。大明走后我们就吃午饭。中间谈到这里和成都蔬菜供应情况和物价，看来成都的物价较低一些。猪肉一般低两角光景，菜蔬更为便宜，只是他为我们带来的新上市的蒜薹，也贵：每斤一元。午饭后他就走了。下午，起床不久，《人民文学》一位女同志又送了一批材料来，说是预定十号开第二次评奖委员会。我谈到我所看过的一些作品，多数未评选上，在她看来光景实在可以不看。在谈到《被爱情遗忘的角落》某些缺点时，她认为关系不大，将来做点修改好了。真叫人感到沮丧，如果如此，那又何必要我们劳神费时看呢！但她走后，我却仍然赶着看了编辑部新选出的几篇：《小累》《买蟹》和《金缕曲》，因为这三篇的作者都很生疏，文长也不太长。而且三篇都不错，《金缕曲》是历史故事，还相当动人。但较之翔鹤的历史小品，似有逊色。这次所选作品，不少都在两万字以上，有的感觉冗长、沉闷，契诃夫的《农民》《峡谷中》也在两万字以上，可是读起来并不感觉它们冗长。《火葬场的哥们》竟未入选，也许涉及知青就业问题，怕社会效果不好吧。

3月5日

昨晚，三点钟就醒了，随后虽然又睡了一觉，但老是做梦！起床时已八点，早餐时正九点。工作摸不上手，因为《人民文学》补送来的几篇稿子，是准备入选的。不看，有一些过不去。读了《杨花似雪》，作者祝兴文，他的一篇《〈杨花似雪〉创作断想》我也找来看了。方南江和李荃合作的《最后一个军礼》也读了。是批评前几年以及复员工作中出现的不正之风的。而看了并不叫人感觉气馁。这篇东西虽系两人合写的处女作，《解放军文艺》发表时还提过修改意见，但是值得一读。看完这三篇东西，便觉疲惫不堪，只好躺在床上休息，而且不断地呵欠。起来后，报纸来了，看完两份报和《参考消息》就吃饭了！这样混下去怎么得了呀？而且还只是看大标题。饭后，戴上帽子，缠上围巾，去阳台上散步。今天气温十四度，日照很好，散步时感觉精力并不欠缺。最近容易倦累，可能是成天身在室内，很少见阳光透空气的关系吧？这种日子真不能长期拖下去了。也许正是这些想法作怪，午休后随手翻阅了《读书》《文艺报》近期的两三篇文章，更觉心里烦乱。目前文艺界的问题真不简单，恰好，五点光景，济生代买的《十日谈》寄到了。浏览了一下导言后，选了两篇来阅读。一篇比较简，《第三天》中《第八个故事》可就复杂多了。要说讽刺、揭露，这篇东西对于神和神的代理人的讽刺、揭露，可以到了家了！痛快至极。

3月6日

写东西吧，毫无进展！文思枯涩极了。这同顾虑太多不无关系。因为一方面力求合乎历史的真实，一方面又不能不考虑社会效果。而另外又似乎多一点，不忍割舍。正踌躇间，小刘来，送来开会通知，两份院部供参阅的资料，此外就是工资。我告诉他，明日一定准时前去参加党委扩大会。这一来更无法写东西了，决定暂时搁下，取出另一部残稿来翻阅。读了一章，倒感到相当吸引人。人物、场景都很生动。午后又继续读了两章，越加感觉这部东西写起来可能顺乎得多，因为题材较为熟悉，又决不至于引起任何纠纷，而且，为什么一定要写党和国家遭受挫折年代的故事，而不能写它兴旺时期的成就呢？因为考虑到明日需得早起，前去参加会议，午睡到四点过才起床，于是又取出《睢水十年》翻阅，记录原本极粗略，但已增改了不少细节。看来还需大力增改。而且，不止记录个人经历，还得尽量补充这十年中一些主要作品的写作过程，兼有创作回忆录的特点。作为一个作家的回忆录，也许这样写更为相宜。就这样做吧！

3月7日

七时就起床了。八点一刻，小漪来告诉我，所里来电话，车已经出发了，要我到史家胡同等候，我一到东罗圈巷口，车就来了。同车的有余、徐和吴。一到，我就去荒煤室内，告诉了他我近来从一些刊物上得到的观感，然后向他提出两项要求：为鲁迅研究室写文章，而且非写不可！我呢，担心出口伤人，则决定不写。其次，谈了谈白尘来信，他的阿Q舞台脚本已写成了，希望能向有关同志提蒋天佐的问题。这事我就算拜托他了。他对这两件事都表示了同意。开会时先由许读了九号文件。我听后想，这个文件下达后又会引起一些错觉：在"收"了！要"打棍子"了！仿佛一切反党反社会主义的议论和作品也有"鸣""放"的权利！而照文件看来，非法文艺刊物和文艺组织的情况相当严重，而确有四害的残余分子，唯恐天下不乱者从中作怪。会议的内容是各室、处学习工作会议文件的情况汇报，分别由徐和许谈起，王和荒煤提出下一阶段的学习计划。这次会上，我又提出辞去所长职务。荒煤说，好，都当顾问吧。我表示了同意；余说，其实何必当顾问呵。我说，那就做名研究员吧。我已经七十六了。吴说，你该是七十七了。我说，是呀，我甚至想退休呢。发言相当活跃。在荒煤提到，有一种反映，社会活动多了，对实际文学活动也管得太多了，有压低其芳之嫌。我忍不住提到五十年代末期一件往事，曾经建议其芳在工作上与作协密切联系。他采纳了，后来还担任过作协书记处的书记。我还谈到前年我曾主张大力开展文学研究工作上与全国高等院校的中文系搞协作，因此，这方面的问题若有错误，我首先负责。我对那两个所谓"风波人物"的问题也表示愿意承担责任。会议一结束，我同余、王、吴就走了。其余的同志还在继续商量问题。下午疲乏之至！只是同涟儿瞎扯了一阵。晚上，把小漪补抄的两万多字有关五五年安县之行的记录校改完了，但已迟至十一点过了。而且小漪曾催过我两次。其中有一段记录非常动人，一个哑妻因为婴儿夭亡同其丈夫一场持久的纠纷。这两夫妇的经历也很富有传奇性。

3月8日

正翻阅旧稿,光祺来了。他奇怪我为什么星期天都不休息?我告诉他,我无所谓星期天!已经七十七了,不免赶着办些事情,因而更无所谓星期天。当然,他一来,我就只好搁下工作,陪他聊了。他在京对首医的参观已告结束,还将去天津参观两天,然后返川。广州之行,将在四月。我向他谈了谈焦在成都拔牙后左边下嘴唇麻痹、肿胀问题。他的看法没有什么新的见解,还是认为无大妨碍,一年后便可恢复常态。我告诉他,已经十个月了,只是肿胀程度、范围,已比过去好一些了。我从他口中才知道口腔外科的主任叫王模堂,是陈院长的爱人。离开成都前,焦曾约其看了看伤口,认为愈合不错。闲谈一阵,他自顾取了《人民文学》翻阅,我同诗云通了电话,谈到九号文件时提出自己的一些看法,也谈了谈自己因为感觉来日无多产生的慌忙情绪,他说啥时来看我,我推谢了,说是稍缓我去看他,因为近来我相当忙。我还特别问了问杨春晖回川办理的事结果如何?原来已圆满解决了。我还进一步追问,女方思想上是否尚有问题,他说也解决了。同冯通话后,已十一点半了,接着下楼取报。得《人民文学》评奖委员会通知,定十一日在新侨开会——开一个整天的会。

3月9日

上午,总算把已经写好的《应变》残稿翻阅完了。有不少片段不错。毕竟是自己较熟悉的生活呵。但要继续写下去,必须抽出一些内容,甚至不妨另外改变一下结构,不必过分强调突出正面力量,甚至改写正面人物,把矛盾集中在胖爷、乡长和一般当正派人物与乎群众之间。一方面,要两面派手法,自以为得计;一方面希望、怀疑、动摇，乃至发生幻灭之感。可是，经过兵变，暗杀评议员吴某，接着号召学习，一罐罐都给装起来了！于是，群众奔走相告，在烧房门口高谈阔论。当然，也要征粮，但不正面写，主要写地主的捣乱，作虚弄假，而主要突出群众的反映和揭发。抢人和缴枪也得作为背景、插曲来写，以渲染出当时的动乱情况。这本书看来难度较小，可以避去许多无谓的叫嚷。看了人们对《黑旗》《杨花似雪》的喝彩，更不能不放一些时候再说。午饭后，《敌后……》校样和谢找人代抄之稿，都寄来了，还有李致和四川出版社的来信：同意出三卷本的选集。午后，忙着看《敌后……》校样。错字很少，看到十一点钟才暂告一结束。

3月10日

一吃过早饭就忙着看剩下的《敌后……》校样，因为决定下午去所里开会时让小刘寄出。不料小刘未来前，一连打了五次电话，都占线！因为生气、着急，直到小刘来，一个钟头一晃就过去了，几乎无休息，更不要说是午休了。才忙着将校样看完，正给小林写信，所里来电话，汽车已出发了，要我去史家胡同东罗圈口内候。这一来就更叫人发忙，也不知写了什么，就赶着找来封套装上。结果连封套上的收件人的名字也弄错了。刚写好一个林字，觉得不当，该直接由编辑部收，就又将林字涂改为编，这样，就连自己也不相信像"编"字了。所以上车以后，又特别请余斟酌，是否不致认错？幸而他肯定了。因而一到所里，先就去找小刘，小刘可无踪无影！只好麻烦牛科长设法，并交邮资一元。是航空挂号的印刷，结果却花九角多办理！可能是当信寄的。会议由荒煤主持，张炯首先发言，相当激动，但我戴上耳机都没有听清楚。不像白山，人瘦长，精干，跟他挨身坐的樊骏，不管外形、气质，都对比鲜明。樊，白净斯文，在张陪表之下，就太书生气了。王春元的发言也很激动，他用数字反驳了那种三四年理论批评落后于创作的论断。邓的发言，仁钦的发言，我几乎没有听清楚多少。他们坐得离我较远了，同时也感觉很困累。许讲了一个情况：《人民文学》收到的稿子大为减少。原因呢，因为谣言不少：好几十位文艺工作者领导集中在党校学习了，似乎还有一种传说，北京有群众示威游行。荒煤说，台湾报纸说，斯大林主义者周扬又当权了！另外海外报纸则认为我国文艺已资产阶级自由化，带头人则是周扬。还有，现在又有了新的四条汉子，其一就是荒煤。王还说到，刘冰雁曾在一次座谈会上代表陈某声明：他说搞政治的人都没有良心是有所指的，并非一概而论。朱则为孙犁同志作了辩解，在有关文艺和政治问题上，他的意见是正确的，而别人只抓住了他的片言只字加以曲解，这天的会议我有个总的印象：我真变成槛外人了，文艺界的纷争可真不少。散会时，我劝荒煤明天一定得去新侨。尽管十分疲累，我倒是准备去的，不去不怎么好。

3月11日

七点就起床了。晚上并未睡好，一直担心睡过了头。收拾停当后，等了一刻钟车才来。同草明、唐弢在车上零零碎碎交换了一些意见，主要是彼此都不同意《被爱情遗忘的角落》能入选。其次，对《陈焕生上城》大家也认为值得考虑。今天，除丁玲、白羽、孙犁，几乎所有评选委员——除远在上海的巴金、广东的欧阳，都到了。魏巍得了脑栓，也未到。尽管戴上助听器，仍不大管用。对光年的开场白竟未听懂多少，只有一点印象较深：他断然否定了《光明日报》上那篇谈评选的文章所作指责。其次，他表示欢迎秦兆阳《二十五篇以外》那样的文章。他精神不错，情绪饱满，不止谈得不少，还离开座位，走来走去谈了一阵才宣告结束。首先发言的是冯牧，他断然反对《西望茅草地》入选，理何在，未听清楚。这篇作品后来竟成了主要争论的焦点。虽然持异议的只有文井和唐，但前者的意见相当尖锐，乃至提出"否决权"的问题，情绪更是激动。我申明我曾同草明交换过意见，就由她谈好了：不同意《被爱情遗忘的角落》入选。她讲得很好，有不少我未想到的地方。我因文井要走，就搭他的车回来了，未留下吃饭。走之前，曾同荒煤、默涵分别谈过，要荒煤做动员报告——在文学所时，得提提安定团结和派性残余问题。我却告诉了默涵一件小事：石果的问题已解决了。因为他曾为此事尽过力。他在发言时曾就《杨花似雪》谈到"大跃进"问题，可惜我没有听清楚。回家途中，文井似乎还有点激动。我们只简单交谈了几句，也不怎么直率。回家后因为下车早了，走了冤路。到家时很困乏，午饭后，照例散散步就睡，一直酣睡到四点半钟才醒。

3 月 12 日

这两天特别困乏、烦躁，啥事都摸不上手。四川《龙门阵》编辑人员来访。因断然拒绝写稿，他借电话同李泯通话后就走了。我原以为他是来谈选集问题，因而在他未来之前，曾做了一些准备，谈了一阵之后，才知道我弄错了。他走后，我又继续考虑如何编第一卷，并准备写一序言。午休后，基本上把三卷的内容大体都确定了，并趁便修改了一篇《毒针》。我并不打算选它，决定尽量选一些较有定评的东西。给李致的回信，也写了，答应一卷于本月底交稿，当然序也在内。诗云派李同志送来录音带八盒，信一封，要我推荐反映农村生活的短篇，以便《农民报》社辑集出版。晚上，大约小潇早已看出我这种枯燥、单调，有类囚犯的生活不能再继续了，她提出海淀有一所独院，四间住房，另有厨房厕所，可与东城一套之间的楼房交换，建议我是否去看看？我拒绝了，并做了一些解释：能去郊外，又是平房，海淀又和北大较近，且便于刚宜上下班，当然好。但是，别的不说，我们住的是院部的房子，怎么能随便调换呢！晚间给杨希回了一信。写好后，又叫小漪看了，指出两处漏了个别文字。我把它们通添上了，接着同她谈了谈家常，不知怎么回事，近来一想起刚虹就大为不快。收到东西后，竟连简单的信都不写一封来！

3月13日

考虑怎样改动《应变》。一共写了两次改动提纲。看来"题目"就弄错了，把重点摆在反面人物身上，这就大欠妥当，结构上也类似于猫抓糍粑。笔墨局于一隅，不能适用自如。同时，却又舍不得放弃一些动人，但又不免生编硬凑之嫌的素材，因而陷于僵局，无法写下去了。我以为这是病根，因而对症下药，重又写上几条。但仍不能据以定案，还得进行考虑。中午，大明来，又是一大堆报刊！他说，最近正在翻阅我的短篇。因而我就托其为编选选集第一卷目次，并告诉了他我的意图。从《人文》的短篇选集和《祖父的故事》中选，而主要选选集中的作品，至多不超过二十四篇。另外两个材料，他已代为抄好付邮了。看了新到的书刊，真叫人头痛！只好匆匆翻阅了一两种书的目录，就交给小漪处理去了。午休后，之琳来闲谈了很久，内容也杂。只有一件事我兴趣较大，怎样安眠药才有效无害。他特别为此开了三种药，主张轮换着服，不宜长服一种。还有一件事：他答允对《青枫坡》提修改加建议。他走后不久，付又送来一批东西，中有爱尔兰大使馆请柬一封，是举行国庆招待会的。我表示不能参加，但却托她帮我设法从院部卫生处交涉一下取安眠药的问题，并顺便谈了谈荒煤的动员报告。午饭前，《人民文学》那位女同志还来过一次，交来评选委员会那天下午，经过反复考虑的三十篇小说目录，征求意见。我全部同意了，包括我有过意见的一篇在内。闲谈当中，她相当惊异，才不过再三年光景，我的精神比初来北京时差远了。而我自己感觉最深。

3 月 14 日

翻阅《应变》，并提了个简单修改方案后，仍感不很满意。随又翻阅《抵制》，倒是感觉续写它意义较大，基础也较好。一个上午，几乎就在这种迟疑不决中过去了。午饭前，之琳代我送来报纸、信件，谈了不少，可惜他的浙江话我多年来都感觉很难听懂。卞向我要了周扬同志的地址、电话号码，准备有机会去看望他。我准备啥时候乘公共汽车去北大看组缃。他力加劝阻，认为一定得向所里要车。他走后，我看了刚虹来信，知道她已翻译了之琳代她借的那本德文小说四章，并说如果去不成西德，三月底可能前去广州、香港，邀请一个什么单位去四川交流科学技术经验。她还给了小漪一信，以为小漪如果尚未分配工作，不如设法在文学所找一个工作，学习文科，同时也可以照料我。下午给她回信就把时间占去了。晚上也是写信！给艾芜写信，并回黄候兴一信。此外就是日记。看来，我的日记写得太详尽了，应该从简。有什么重要事件、感想，可另外写。午休时，所里送来一批报刊和三种安眠药。报刊中有近期出版的《文评》，内有谈《郑板桥文集》一文，对于郑的文学主张十分赞赏。但我感觉有一点似应提及：郑的意见是针对《时文》说的。

3 月 15 日

一混一天，什么事也没做，真太不像话了。当然也做了些事：翻看了一下《现代文学史》第三册。午饭后，因为太阳很大，站在窗前看了看，树枝又未动，可见风沙不大，于是下楼去散步。刚要走到干面胡同，小漪领起涟儿从日坛公园回来了。我不久也照旧回来。在她们午饭时，我向小漪问了问日坛公园内婚姻介绍所的情况。她说，因为清理积累下来的申请，已暂时停止登记，并于公告中指出，凡非大专学校毕业，身材不满一米七，年龄又在四十以上的男性以后可不必登记。而从这些条件可以看出，现在一般女青年的识见和兴之所在。午休后，头脑昏涨，情绪也欠佳，只好清理一下过去的笔记。有的撕毁了，有的圈了些段落要小漪另外抄写一遍。一个下午又过去了！大有赶着办理后事的味道。小刘送来一份下周会议日程，我看了一遍，觉得有两次会议是非参加不可，因为是给所长们提意见，并进行检查。当然，这也是迫不得已，因为近来精神太差。而且就是戴上助听器，也不可能听清离我稍远的同志的发言。为了认真对待这次学习，当尽力设法补救，并尽力做点笔记。

3 月 16 日

上午，困乏不堪，躺了两次。可能前一向看评选短篇，太累了，至今尚未恢复。因为听空间中心研究所来过电话，说刚宜今明两日内返京，小漪未让涟涟去幼儿园。我也力加赞同。我几乎也整天记提着这事，但直到晚饭尚未见归来，不免感到怅然。这也是衰老的表现吧。午饭后，下楼去散步，直到干面胡同又往回走。戈全家在阳台上观望，晒太阳，我从下面招呼他后，闲扯了两句。由此也可想见我的生活有点单调，不免时有寞寂之感！但怎么能随便冒风寒，或乘电车和公共车去会人呢！在能源紧张、力戒特殊化的今天，更不应叫公家来车，去会熟人！天气暖和后也有困难，道路不熟，又时有风沙。能有一个人陪伴，搭车步行，当然容易多了。但是刚宜、小漪又都有工作。本以为明天要去所里开会，经小漪同政工组联系后，说可以不去，这算去掉一个负担。否则今夜更会睡不好的。午饭后，我曾叫涟涟送了个字条给付问及此事，但付没有回家午饭。

3月17日

早上起来活动，才知道刚宜昨十一点由广州飞回北京了！迟到的原因是飞机降落时出了故障。他在广已和刚虹见过。刚虹是从欧阳处打听到他的住址的。可惜他们只见了一次就分手了。刚虹可能只去深圳，三五日后还将前去上海。她译完那德文小说后，经人校正，也许《四川文学》将分期连载。我想，即或译文太差，这总比成天瞎忙的好。刚宜给我带了两种常用药回来，其一是牡蛎丸，只是包装现代化一点而已。他竟然忘记了他前年托人从郑州带回来的还没有吃完，以为是什么新品种。他这次出差看来结果不错。早饭后他就上班去了。小漪也未留在家里，但是涟涟今天却特别安静。大明照旧带来大批报刊。我交了两封信给他处理。他曾要我向《文艺报》介绍一篇白戈为《徐懋庸杂文集》写的序文。我要他直接寄刘锡诚同志，就说是我最近困乏不堪，所以托他代为处理。他同意了。

3月18日

九点，犹豫了一阵，决定上街理发。这是我回京后第一次上街。先到"春风"，但是不做男发，只为妇女烫发。于是去金鱼胡同，路过和平宾馆，去会罗荪！传达室两位青年同志，东支西吾，不与传达，说是不在家。只好直去"四联"，随处都有人候轮，我去售票处问寻，说是得等两个钟头，才能候到机会。于是又往回走，并顺道再一次去会罗荪。传达室换人了，是位中年同志，很和气。他叫我填会客单。我填写了。经他电话联系后说他爱人在家，即刻会出来相会，其间，我们还闲谈了几句，问到我籍贯，颇为赞扬四川物产丰富。看来曾经到过绵阳、温江一带。罗的爱人出来了，我告诉了她有关白戈为徐懋庸选集所作序文的事，请她转告罗荪，我已托人交给刘锡诚同志了，希望能于《文艺报》发表。接着谈到理发一再碰壁，她领我去宾馆理发室，理发员很清闲。但一直到罗的本人找票为我买好后，才懒懒散散地为我做活。晚上同刚宜谈起，刚虹告诉他张老师为相诊断的评语，杨礼本人也大为佩服。认为自己确乎气量狭小，以致一点小事就弄来闷闷不乐。看来刚虹颇有委屈，不过刚宜未曾明言，大约怕我生气、激动和担忧吧。为转换情绪，我告诉了他一些可笑的社会动态。

3月19日

想回李辉英儿子一信，要他代我问候他父亲，而主要是想通过这封信说明党的政策，希望他父亲能就便多做一些团结海外爱国侨胞的工作。可是，找了好久，信竟然不在了，也许交给了大明。虽未找到李从吉林的来信，但却意外地发现一册马丁先生的同事寄来的准备介绍中国小说的目录。从五四到建国前的四九年，并附有一信，于是趁下楼拿报之便，去看了之琳，让他把信看了。他认为回不回信都无所谓。他接到过一份关于中国新诗的目录，竟把他一些并不满意的诗也选入了。他又让看了两本从香港寄来的诗集，是两位并不知名的作者寄给他的，装潢相当漂亮。我又一次托他看《青枫坡》，他却要我为青林的《烟雨昆明湖》提点意见。下午，我赶着看了。虽是"伤痕文学"，艺术上却做了一点探索。只是感觉写得有点铺张，读来还感到压抑。不过文字相当漂亮。

3月20日

准备为选集写点前言，考虑了很久，决定从简，至多写两千字。挨到将近中午，总算是动笔了，但刚写了开头一段，就搁下了，因为思绪不知不觉竟又纷乱起来，感觉有些不能不说。而这一来就会把文章挪长。于是下楼去取报纸。正展阅《人民日报》，大明来了。谈到写作问题，他力加劝我先把《雎水十年》写好，别的事，如评介《弄潮激》之类的文章，可写，也可不写。我取出去年他们为我记录的口授稿，他看了，认为最好像《记贺龙》那样，不拘长短，分段写，并愿将我增改的部分抄写一遍，或另作记录。我都推了，决定自己动手。我们还谈选集问题和《敌后七十五天》。对于后者，我说我是准备发表让英雄们笑话的。选集第三册他赞成选《随军散记》，似不大同意选《记贺龙》，因为下午他们室要会见日本朋友，交代好一些事件后就匆匆走了。下午，继续写选集的前言。因为需要查阅一点材料，耽延了不少时间，结果连一千字都不到，就吃晚饭了。这个材料是其芳逝世前写给我的，只有几句话，而且是写在他发表的一篇回忆朱总的文章题目下的。因为我想引用它。

3月21日

上午，为写选集序文，需要引证一点资料，又把人忙乱了一两个钟头。接着小刘来了，问我是否前去参加学术委员会，解决为一批同志定职称问题。我想了好久，而且毫无保留地向小刘谈了一些我的想法：许多人的材料都未认真看过，最近眠食又差，而且耳朵又不顶事。去了，也只是配相，不起作用！不去吧，又感觉不像话。最后我向他说，将尽力争取把材料认真看看，如果无其他耽误，把材料看了，精神也还好，开会前一天将通知他们。不久，《人民文学》又来电话，要我下礼拜二前去参加评奖大会。我告诉他们通知已收到了，决定去。随即下楼取报。一上午又完了！午休没有睡好，两只腿肚痒得令人难耐，只好起来涂抹上一些油膏。今早上还因切面包把手指划了条口，幸而叫小漪立刻抹上了红药水。可是想起来未免令人丧气！下午续写序文，仅得三百余字。难道真是江郎才尽，应该搁笔了么？正在闷气，涟涟回来了。

3月22日

早晨，运动尚未完结，小仲来了。代世文带来了各种蔬菜和广柑一筐，抄稿一包，还有封信。他告诉我，社院已搬青羊宫附近的新楼了。四层，家具全新，负责同志都是四间、五间一套。将来的研究生都有一个房间，可供两人一间。他是文学所借调来的，附带的任务是要我谈谈我写作三部长篇的意图、背景，及有关材料，由他记录整理。这事吴、廖就将有长函寄我。他们准备认真研究一下抗战时期所谓国统区的文学活动。我提到李劼人。他说，他们也认为所有文学史对李创作上的评介都太低了。他还没有找到住处，将来可能住陶然亭，因为文学所在那租佃得有房子。这个青年同志看来相当稳重、细心，有一定修养。魏德芳曾告诉我，他"十年动乱"中读了不少书，特别鲁迅的著作。去年我回四川，他顺路伴送过我。送走小仲，于早饭后翻阅了六四年日记，读到玉顺逝世后那几天的，读不下去了，可也无法做事！午休也没有睡好，率性起来看报。最后决心写选集序言，照样无大进展。

3月23日

今天，率性搁下序言，着手编选前两卷的内容。第二卷很快就确定了，主要第一卷花了不少时间，而且未曾做出最后决定。主要是，尽选短篇，势必妨碍已经出版的建国前所作短篇的选集，而且还得照顾质量，就是选得更精一些。此外，又必须凑成近二十万字，否则就太薄了。暂时的决定是，选十六个短篇，加中篇《闯关》。午休后，金近同志来电话了。我同他谈到自己的近况。深感竟连日常生活也料理不好了！他连声说："我了解！我了解！"对他呢，我则劝其抓紧时间写作。在北京，混日子太容易了！而且都有正大堂皇名义！听报告、座谈、阅读各种文件，有时还是接待外宾！当然，若果眼界开阔一点，从这些活动中也有不少东西可写。而我却无不困难，年龄大了，精力有限。他说，他正在写访问印尼的游记，发表后将送给我看。同时答允代我转告作协、文联，以后有什么通知直接寄我家里。晚上，马来闲谈了一阵，并托其向解说说我的口腔问题，要朝闻帮我同北京口腔医院联系一下，因为他有熟人。我实在不敢向"首医"口腔科求治了。我问到辛卯的情况。她告诉我作品已经好了。

3 月 24 日

六点半就起床了，因为今上午得去政协礼堂参加短篇小说授奖大会。等了约半个钟头，快八点半了，车还未来。《农民日报》的负责人却来了，是来约我为他们的出版、编选一册反映农村生活的短篇。我们简单交换了一下意见，决定这事由我请文学所当代室选编，任务落实后我就电话通知老冯，双方约个时间进一步交换意见。正谈论间，《人民文学》那位司机同志来了。于是我们一边谈一边下楼。并说明原因，因为我不能让同车的人老等，下楼时我打过招呼就先走了。同车的是唐和靖华同志，没有草明。曹已多年不见，但仍然健旺，他八十四了，我还以为他才八十岁呢。我挨白羽一道坐，简单谈了几句。今天算碰到很多熟人，而舒群却还以为我尚在四川。由葛洛同志宣布开会，讲了讲评选情况后，光年接着讲话，随即分别授奖。作者由何士光致答词，最后是周讲话。听不清楚，他又没有讲稿，所以取助听器来，可照样听不清楚，太快、太激动了，令人感到疲乏不堪。幸而他讲得不算太长，就休会了。他一讲话就那样激动，真叫人不安。因此照相后离开政协时，我走去同他握手，并劝说道："不要那么激动好吧。"他正在同那些获奖者闲谈，对我的话感到有点惊怪，可笑似的。我却也来不及多说，紧紧跟随唐、曹走了。回家的途中，我向唐探询周讲话内容，他说了三点：忠诚，勇气，自满。虽然简单，我总算由此把零碎听到的话基本联起来了。午饭后，大明来，我收回那位国际友人的信嘱托现代室办理。因为信尽管是给我个人的，实则是要文学所负责提出建议。有关《农民报》托办之事，我也要他转告当代室了。当然，这两件事，我都要他先向王、许请求。想下碗面给他吃，宁大娘、小漪上街买煤气去了。大明也不愿意麻烦我，说是有点硬糖就行。午休后，卜送来荒部长一信，他忙得很，答应为《鲁迅研究》写的文章无法动笔，要我写，而且非写不可。情况也确乎如此，我只好同意了，并开始考虑。

3 月 25 日

上午，正在翻阅资料，准备午休后向鲁研室同志口述一篇纪念鲁翁诞生百周年的文章。十点，科研室来电话了，要在下午来向我汇报有关评级问题。我考虑了一下，请他们马上来，然后继续准备下午的谈话。他们来到时快十点半了。同他们谈了一个多钟头，弄得人疲惫不堪！他们显然看出来了，而且知道我下午还有事，就留下材料，劝我早点吃饭，早点休息。其实哪里休息得了！午饭后，散步后虽然照例躺下，可是一直清醒白醒！荒煤这一走，所里工作，看来我得直接抓一抓了。有什么办法呢，没有批准我辞职以前，总不能撒手不管。起来翻看材料，董、林来后，林就借故走了，说是去打电话。后来董又把他找来，因为我昨天已经谈过一些要点。林来后，我一边谈，他一边帮着查材料。因为得知他在赶文章，我遂叫他回去，由我单独向董讲述我准备好的内容：论点和林代查的材料，以及我的体会。经他记录完后，约定星期五九时半整理好交来我改。我送了一册选集请指正。送走董后看了看当天的报纸、杨礼来信，就又躺下休息。因为实在太困乏了。可是照样不曾睡着，老想到礼儿谈到的一些情况。我带回蛤蚧，他已开始服用，光祺回去谈了一些我的情况，他颇为我的健康担心，劝我回川休养一个时期。

3月26日

董把我讲的记录稿经过整理，送来了。我看后感觉没有改的基础，遗漏不少，且无条理，一是我的话他不大听得懂；其次，他对鲁迅先生的著作，显然也不怎么熟悉。我于是又耐心地为他重述了一遍，请他重新来过。早上曾与荒煤接上话了！竟然拨了四次电话才算打通。我提醒他，他要我干的两件事，我都承担下来了。我便希望他不要对文学所的事撒手不管！主要应该把领导班子问题加以解决。他同意了，晚上，又向许通话，是他家里人接的，说是出街了。我只好请她转告许，若果回来后较早，希望他能和我通话。我散步后，许来电话了。我问他：是否已向他和平凡请示汇报了回马厂那个研究中心的来信问题和为《农民报》编一本反映农村生活的小说问题？并又重述了一通目的、要求，他全部同意了。

3月27日

老卞来，对《青枫坡》提了些修改意见。经过商讨，存在的问题、修改的要点，也就更明确了。我随又为青林那个短篇《烟雨昆明湖》提了意见。太松散，主要情节没有交代清楚，特别那个伤痕累累的女青年的转变，根据不足，也有点简单化，且欠明确。他做了些解释，编辑同志删削了不少。青林太喜欢契诃夫，而这位编辑圣手又不大注意故事情节。随后，我们又扯到反映"大跃进"的作品。因为反左，人们对反映鼓劲的作品也都有些冷淡。这是因为他扯到青林过去一篇反映"大跃进"的作品提起来的，当然也涉及《青枫坡》。正谈得起劲，小漪告诉我，茅公逝世了，《文艺研究》约我写稿。这消息真叫人震惊，同时泪眼模糊。送走卞后，要小漪先后向茅公家里、作协摇电话，都无人接！向所里要车，有关负责人不在，也无车可调！最后又打电话给露菲，承她见告茅公逝世经过，并力劝我不要去，因为遗体已运太平间了。夏公要去，大家都挡了驾。这些电话都是小漪代打的，我早六神无主了。大明来，我向他哭诉了一遍悼念文章的内容，要他帮我整理出来。草草午饭后，因为炉子熄了，直到两点才进入卧室。起来小解，因为听说董又来了，在卜处，我横竖睡不着。因为午饭是拖到两点吃的，我去卫生间时已快三点了。所以只把他们从卜家里找来。一共三人，曾甫也在，还带来录音机。但我哪有心情再说呢？于是表示我自己动手，一礼拜交稿，算把他们推送走了。他们看了我的神情，也颇感不安，所以除曾外，都走了。曾留下多次劝我注意身体，稿子呢，却一定得写。他还谈了谈他们对王的一些看法，肩膀太柳了，致使工作很不好做。最后小刘于王走后还送了些材料来。我准备写个便条给许，可连这点事也失败了。真是心乱如麻！

3月28日

尽管服了药，昨晚照旧一夜失眠，乃至比昨日午休厉害。因为老想到茅公，也得考虑那篇口授的悼念文是否整理可做修改和怎样写纪念鲁迅先生那篇文章。最后，内容算确定了，第五段觉得比前两天对董谈的较有分量，而且切合目前的需要。为了达到这个目的，我准备在最后一段结合一下当前思想问题来谈。论点、材料，大体都想好了，真想起床动笔，至少写个提纲。因怕着凉，只好躺在床上把想到的又反复了一两遍，今早，六点半就起来了，未接着就进行例规的运动，立即扶案将想到的写下详细提纲。重看一遍，相当满意。早餐后，正在考虑是自己动手呢，还是找大明来，根据提纲向他口述，然后由他整理出来再说。这时黎汀来电话约悼念茅公的文章。我刚谈了几句，就说不下去了。他可能也感觉到了我心情沉重，就没有再盯紧写稿的事。他打电话不久，翻阅大明悼念茅公的文稿。看来得动手术，而且可能大改一番。我那天太难受，可能口述得不够准确。于是动手修改。首先订正事实，其次是删削一些多余的话。

3 月 29 日

继续改大明送来的纪录稿。整个笔调，在他看来可是感情溢扬，也反映我向他口述时的情绪，但却同我一向的文风出入较大。于是又大加调整，十时许，尚未改完，露菲同志来了。她说是起应要她来看我的，希望我不要过分难受，也不用担心他的健康情况。茅公逝世前的遗愿，捐款作长篇评奖基金的想法，以及中央对追悼他的纪念会的规格，她都谈了，还顺便讲了些学习中央工作会议文件时，文艺界一些情况。我留她吃了午饭，饭后又谈了一阵，直到两点才走。因为好久未见面了，谈得很多很杂。中间，她还告诉我，她读《谢尔盖神父》后，一两天都感到不好受。还曾介绍给起应看过，说是这个中篇，主要可说是写的思想解放，我也谈了谈我的看法，认为起应的看法是对的，而若果结合起托翁对宗教态度，他本身的思想发展，以及他对生活的态度，就更加能理解这部中篇的意义了，为此我说了不少，因为这书是我借给她的。午休后，就将悼念茅公文改好了，并叫小漪缮写。五点光景，严平、邝东（广陈）来。刚宜回家前就走了。

3月30日

今天一早就起来了。等了一阵，才与余、吴一道乘车去文学所参加评定职称的学术委员会。会前，曾约许、王到荒煤办公室交换了意见，然后一同去会议室。钱、王不到，荒煤不到，全都不足为怪。但是，毛、朱和茅，竟也都请假了！科研室给我准备了开会程序单子，我就照章办理。这是我第一次主持这样的会议，但还不感觉胆怯。宣布开会后，先由许讲评定职称的准备，酝酿和分别向委员们征求意见的经过、大要，以及院部有关评定职称的标准。接着我就请各位委员发言。几乎所有的同志都讲了点自己的看法。虽然详略不一，但都踊跃。梅益同志也派了代表来提了几点意见。耳朵更不行了，坐得稍远的同志发言，就是戴上耳机，竟也听不清楚，因而只好请坐在身边的许将要点随手写出。而我想说的话也愈来愈多，陆续写下提要。因此，当平凡同志经过我身边时，我告诉他，我可不会只讲几句，而发言结束时，他就要我先讲。不料虽然并未畅所欲言，也讲得乱一点，却一直讲到十一点过！竟把平凡讲话的时间也占去了，因为接着还要填写选票。我谈话的内容，有下面一些：内伤问题；学风和评选标准；被推荐和自荐的同志对待评选结果应有的态度；政治思想工作要跟上去！最后一点，因为有人对院一位负责同志对待政治工作提的意见颇为不满，近来对这一点也考虑得不少，讲得也就特别突出。的确，中央做出加强政治思想工作的指示以后，各单位的党组织、党的全体干部，特别做政治思想工作的专业人员，必须认真总结一下过去的经验教训，研究一下进行工作的方式方法。看来主要还是进一步肃"左"的思想影响，放弃那种"我打你通"的简单粗糙的做法。晚上得到刚虹送来小菜、信函。她是托白戈兄弟今天从成都带来的。她的信虽然简单，但所附劼劼的信，却叫人感到十分高兴！这孩子上学还不到一年呵。

3月31日

上午，付送来许给的信，顺便同他扯了几句有关政治工作的问题。许退还了我请他审阅的稿件，说，以给《光明》较好，《文艺研究》要五月才能出版，并要我将来再为《文评》写一篇回忆茅公的文章。下午，我又将稿子改了一遍。中午，大明将纪念鲁迅的文稿送来，并带来一批书刊、信件。有三封信很重要：西彦，克芹和官东的都得认真考虑作复。克芹因友欣约他合写一个电影脚本，接着又病了，所以未曾到北京受奖。读后感慨很多！老生力量固应爱护，看来新生力量更应保护。好多人都在成长中被毁了，这个经验值得总结。我在四川文代会上的发言，看来并未引起足够注意。而单靠个别人出面，也不大顶事。很想向有关负责同志反映，看来也不中用：但望他能拿出点能耐来，首先识别真伪，然后要不怕伤情面、得罪人！

4月1日

改纪念鲁迅诞辰稿。昨天就改了不少，估计今天可以改完。悼念茅公一文，大体算定稿了。当即与黎丁同志通了电话，约他亲自来取，以便当面做出初步决定；要修改，也可以就近面商。他九点来了，看后，他认为可用。因为他提到《祖父的故事》，临走时我赠了一本给他，并签了名。还请他代向宾基致意。下午小仲来，我向他谈了我目前相当忙累，谈"三记"背景、写作意图，稍缓再说。这个青年同志相当聪明，临走前我又向他问了问朱对评选中篇的意见，并请其转告我所知道的群众反映。他走后，又一连接了两次电话，幸而小漪在家。一次是承宽的，说天翼要我当心身体，还谈了谈我因拔牙得到的那份遗产；一次是黄候兴君的，我推迟了前约，但请其将前日借去的材料退还。

下午还得到吴强同志的电话，是我亲自接的。他住京西宾馆。我们聊了好几分钟，约定不久在追悼茅公的纪念会上见面。三时许，小严还带我去裁了大衣。为《农民报》选编农村读物事，算落实了。恰好给冯打过电话，那位女同志又送磁带来了。

4月2日

纪念鲁迅诞辰一文，上午算改好了，当即去找卜提意见。此公头脑清晰，有水平，对鲁迅著作也有研究。他正在搞《鲁迅传》，我对此书也颇具希望。本不想干扰他，但又一时无人可托，所以就只好找他了。午后他就将稿送来，提了些很中肯的意见。我全都同意，但请他顺便交小王许看看。他走后，因为马曾向她提到要车的事，我叫小漪打电话找黎丁；但下班了。又找了文艺组编辑室同志，对二十八日要车事作了改正，尽量把情节减轻，同时还订正了一两处。因为他们明日见报，我就没有坚持看清样。而且我得开始校改《闯关》。午间得济生信，谈到出文集的打算。巴公的近况，说他明日将去杭州休息几天，十日来京主持中篇评选工作，参加茅公追悼会。还说健吾曾劝其不必来京，为他写作、健康计。这是对的，然而，他不来怎么行呢！感想不少。

4月3日

卜叫编辑部的同志将稿子送来了，附信说，许也同意他所得意见，并告我荒煤在所里找他们谈话。于是我又请来人将稿子带转，并附一便条，要他顺便再交荒煤看看，然后退还。牛送来所里今年修订过的科研计划。两个有关改进领导工作的意见，对于要车的事作了一些解释。我一再劝阻他不要提了，而且不要批评小陶。并要他注意对于干部切忌训斥，即或是搞错了什么事，也要正面叮嘱，不能让对方感觉你刮胡子。晚饭时荒煤来一电话。他告诉刚宜，稿子看了，他明天来家里开会时带来，并要他转告卜，不必去所里了。

4月4日

荒煤不到九点就来了。我们简单交换了一些所的领导班子问题，他就找卜去了。他对那篇稿子只提了一点修改意见，换了个题目。直到王、许、徐来后，他从卜处转来。王传达了一点中央负责同志最近一次讲话的大要，就讨论昨天送来的那两个草案的要点，为下星期开会做准备。对领导班子问题扯得较多。我的发言相当激动，主要是对徐有些不满。虽然尽量克制，但却仍然流露不少情绪。一个人的脾气真不是那么容易改正！可总算说了几句转换空气的话，对于他的建议当然还可以进行认真考虑。而且又一次表示我非退下来不可！这中间受到两次干扰，一次大明送莫耶稿来，一次是医生来扎针。当我去临时扎针转来，他们已经走了。下午，卜将稿子送来要我过目。我只看了看修改加工后的地方，就又退还他了。并表示不看校样，一切拜托他和那位同他一道来的同志。此人可能是黄候兴的爱人，因为黄借去的材料是她带来的。仔细一想，今天上午之所以那样激动，可能因为荒煤告诉我那篇文章的内容有关。

4月5日

今天是清明了，但还照旧生上炉子。并不感觉怎么样冷，只是因为连夜失眠，头脑昏昏沉沉。昨晚上又是四点过才稍稍迷糊了一下，随又醒了。茅公逝世后，使人感到难受、压抑，但也叫人想了一些写作问题，再不能一天混一天了！陡然对创作勃发了雄心，因为我只要回到写自己熟悉的这条道路上来，可写的并不少。解放后十七年，身外身内的框架太多，一定要写当前的，重大的题材，而且主人公必须是工农兵。耽延了不少时间，而且不止我一个人如此！当然还有社会活动过多，自己又没有摆脱文艺团体的行政组织工作，关系也大。但是，过去的就让它过去吧！有生之年，如果还想奋笔创作，恐怕只有充分利用自己的经历和所见所闻。这比写回忆录可能还要省事，因为无须核对事实，且有各种顾虑。最近校改《闯关》更加觉得这个办法较好。《家》《南行记》之所以获得成功，这可说是原因之一。今天校改了一章《闯关》。午休后同诗云同志通了电话。

4月6日

苏醒和另一位科研室同志来谈朱寨同志要求补投一票的问题。她谈了她们会前的电话联系、书面通知，也谈到院部的意见：不能让任何会议后补投一票，这是常规。许却以为，按照院部意见办，会犯错误。她要我看朱的信，我没有看，但是谈了谈我的看法：按常规，院部的意见是正确的，但从实际情况出发，从大局和安定团结出发，可以充分考虑朱的意见。同时认为科研室的工作是周到的，没有任何责任。我随又扯到文学所的某种混乱情况。我曾不无感慨地说，一个人的时间、精力，就在这些琐碎事务中、纠纷中消磨了，真是可悲。我的情绪显然有些消沉。当我将意见写在通知上后，她们对我的健康情况表示了极大关心。苏的女儿在"首医"工作，因而拿了我的医疗证去，要她女儿在口腔科代挂一个号，然后通知所里派车接我去诊治。以后还将为我在中医神经科挂个号，医治失眠。临走时，她们还劝我打太极拳和做气功。下午，小刘送来本周办公议程，两个会议都表示不能参加。

4月7日

　　今天校了一章多《闯关》。晚上给向劼回了信。这一向老想写，现在算如愿以偿了。中午下楼取报，才问明阳台外那棵大树是椿树，老太婆叫土椿芽树，不知道我听错没有。在四川一般椿树很快就可以吃到椿芽了。下午，诗云来电话，说明日上午要来。想到他行动不便，我推了，说稍缓我去看他。是他的秘书和小漪通的话。小漪又转来说，他一定要来。我又叫她转去推谢，那秘书说，等她回报后再看吧。卜来，说，鲁迅学会因为杨、士菁两位总干事都不能搞具体工作，拟增曾甫为副总干事。荒煤建议，可以再增补一名，由鲁迅纪念馆推荐，以利团结。我立刻同意。我们随又就我面前摊开的《闯关》谈起西彦对我过去所写小说的一些看法。认为纯讽刺性的东西不可能有抒情性的东西。《故乡》《伤逝》之所以抒情浓，因为作品中出现的主要是正面人物，而且作者是用第一人称写的。《肥皂》乃至《离婚》就不大一样了，至于没哲理性的警句，则同素修、动力直接有关，自觉所差更远。卜还告诉我一个消息，阮铭宣称，《鲁迅研究》"拒绝"刊登他那篇稿子，是我坚决反对，只好一笑置之！

4月8日

　　正校改《闯关》，冯来了。叫人感到不安，同时却也感到欣喜。我们很久未见面了。他的秘书取出一些材料，一包点心，就到小漪房里去了。我们上天下地地谈了不少。他有些话很有意思：要能再倒回去再活一次多么好啊。现在，经过"十年动乱"，有的同志连一点党员的气味也没有了。力劝我少发议论，校改、整理过去的文章。为使我能有一个人协助，并照料生活，他劝我让小漪转文学所，为我做秘书。听了我的说明后，他又说，那就等下年或明春调她到农村读物出版社，分配她做我的秘书。我们也就当代组为他负责的出版社编选农村读物事交换了意见。他因还得去办公，待了一个多钟头就走了。我一直扶他下了楼，小漪、涟涟也跟随在后。他走后我又接着工作。今天算又校改了一章，接着翻阅材料。晚上，强烈感到应该回两封信了：一封是川大易明善的，尹某的信口乱说，太叫人生气了。在翻阅材料后，查证易的论断无误，而事情也很简单。很快就把回信写了。但对西彦的回信，却颇费精力。因为不是几句话能说清楚的。写了两页信笺，尚感不足，有些他在那封长信中提过的意见，也恐回答得不会确切，于是搁下去翻检那封信，找了好久才找出来；可是突然感到一阵昏晕，似乎站也站不稳了，只好搁下休息。这个征兆叫人心悸！

4月9日

卞来谈了一阵。他是来打电话的，我们谈了李广田整理《阿诗玛》和公刘的攻击，随后还扯到那本《何其芳评传》中的某些问题。所谓名缰利锁对于作家来说，真也不那么容易摆脱！卞是来打电话的，打过两次都未打通，他就走了。他走不久，大明送来我托他看稿后所提意见。这个意见，是我和他商量着写的。也许最近琐务太多，茅公逝世引起的悲痛一时尚难忘怀，太疲乏了。午休至四点才起床，而一位《红旗飘飘》的女同志，已经守候了快一个钟头了。身坏高大，显然是北方人。她是来约我写回忆茅公的文章的，于是我也就情不自禁地谈起一些我对茅盾的印象，以及一些往事。当然是粗线条的，而为了把握回忆细节，查对事实，我请她把她随手记下的搞一个提纲给我，以便稍缓我自己动笔；谢绝了她带录音机来由我细谈端详。她未走前，小刘来了，说到明日去医院向茅公遗体告别的事。我叮嘱了几句后，就又同那位女同志谈了一阵，这才相继离开。不久，小林来电话，说她父亲来了。接着又同她扯了一会，谈到茅公时，忍不住哽咽起来，快放声痛哭了！也忘记他住在何处，以及电话号码，就把电话筒搁下了。今天仍然校了一章《闯关》。下午，我记起了，还接见了沈太慧。原来他是川大毕业的。同他谈了谈冯同我昨天商谈的结果。而且扯了些短篇小说评选问题，以及周、林对殷白的看重：多同得奖的青年作者接触，熟悉了解他们；他是我们有才能的老评论家。他是《文艺报》邀请来写稿的，真叫人无话可说；沈还告诉我，《彩色的夜》是中篇，有人认为不应参加短篇评选。

4月10日

上午，校正《闯关》。刚好迷糊了一会，小安就来了，接我去北京医院向茅公遗体告别。张俊同志也帮着招呼吊客。签名后，他领我到灵堂门口，我就单独进去瞻仰茅公遗容去了。有点哽咽，强自抑制，才没有哭出来，只是泪水模糊了眼睛。绕遗一周，当然是在行礼致敬之后，于是同家属一一握手，就出来了。上车前碰见丁玲同志，她架着黑色眼镜，是昨天才从鼓浪屿返京的。离开之前，我问了问一位作协的同志，可能是朱子奇，知道巴公住的东皇城根街前国务院办公处。于是要小安送我到皇城根街九号。因为这里有东西南北四条皇城根街，巴公住的地方是南街；我们却到北街去了。深悔事先没有问个清楚。幸而终于算找到了。中式建筑，琉璃瓦顶，有好几座，每座房屋不多。巴公一人在家，小林同方方上街了。我们从生活谈到一些往事故旧，随又扯到创作问题。感觉建国后社会活动多，创作道路却狭窄了。因而作品反不如过去多，且相差甚远。我说，起应曾劝我写过去熟悉的，我没有听。艾芜也吃了这个亏。老赶任务，结果材料比作品多！我们还谈到写回忆录和写小说的难易问题，以及茅公生前对此的看法。我颇赞同我与其写回忆录不如写自传性的小说的设想。因为怕他过分劳累，虽然想说的还不少，毕竟告辞而去。

4 月 11 日

八点一刻，牛科长坐车来了。是向院部租的车。上车后，才发觉拿错了通知。牛科长又代我回家跑了一趟。他领司机来的，担心误了时间。幸而街口尚少阻拦，到时还相当早。我在新疆厅门口一张沙发上坐下，不愿到人多的地方去。挨身坐着一位瘦长老年同志。交谈了几句，直到起应来后，经他介绍，才认出是徐盈同志。后来另一位同志告诉我，徐和子岗错划为右派，近两年才平反。徐在《文史资料》编辑室工作，后来同徐聊了几句，多是提谈往事。因为抗日战争时期我们在重庆见过。解放后在北京也见过面。他说："听说你不大上班，周扬同志要你写谈《许茂》那篇文章，恐怕相当费力吧。"除开周和徐外，追悼会开始前，我只同光年握了握手，问谈了两句。家宝手挥司的克经过我面前时，我轻轻叫了两声，他似乎未听见，一直走过去了。追悼会开始后，曾经有一位似曾相识的同志在行列中向我点头招呼，但我竟然记不起名字来。中央参加追悼会的几位主要负责同志，看来身体都很不错，令人欣喜，从而沉痛的心情得以稍抒。是小平同志主持的，致悼词的是耀邦同志。会开得很紧凑，只是散会时在北门候车，等太久了。因为时间尚早，原想去安儿胡同。我好久没去过了。结果怕回晚了赶不上午饭，而且怕不迟不早，会弄得灵扬他们不好处，只好作罢。下午叫小漪给牛科长打电话，改正了要他派车的时间。晚间又得小林电话。不！小林的电话是下一天早上来的，脑子真太不管用了！虽然耽延了一个上午，仍然改了一章《闯关》。

4 月 12 日

小林来电话，说他父亲的意思：明天我不必一早就去新侨，午餐时去吃饭好了。而且他将开车来接我一道。我颇感不安，说我已定好车，迟一些时候去好了。九时许，农村读物编刊社那位负责同志来了，我告诉了他我向当代室一位同志接谈经过，主要是转达了老冯那天同我商谈的结果，随又谈到拔牙留下的后遗症问题。他自动承允帮我同东四口腔医院联系。最后，我把几盘磁带和一些资料，一一清点给他，让他转交诗云，并在他的来信上随手写了两句。因为最近左边嘴唇愈来愈感不快，我叫小漪给杨礼一信，要他找口腔医院熟人反映一下，是否可以来信托一位在京工作的牙科大夫诊检一下？晚上，看了电视，豫剧《七品芝麻官》。这个敢于摸老虎屁股的小官儿竟是一位小丑，而且演得不错。它使人想起川剧的艺术特点；用喜剧形式表演悲剧，而小丑是突出人物的风趣、直露。

4 月 13 日

早上，要小漪给所里打电话，车，十点半来就行了。赶着校正了将近一章，才去新侨。留京许多熟人都不在，但在签到的纸张上却又有名字！□[1]臣告诉我，白戈的文章已经排了，但要刊载悼念茅公的文章，评介短篇、中篇得奖作品的文章，可能推迟一些时候才能发表。林斤澜也来同我谈了陈创作问题。我劝他得有个多生活根据地，而且不要画地为牢，非写小说不肯动笔。戏剧界发言很踊跃，要求刊物要重视戏曲。吴强同志要我发言，我推谢了。因为我对川剧，以及一般剧曲的特点，

---

① 此处人名无法查实，故保留"□"。

特别剧改问题，一谈起来，就会是长篇大论，可能还要加些动作。吴强同志发言时，巴公才来，最后他接着讲了几分钟。下楼聚餐时才发现不少熟人：周而复、冯牧、子奇等等。荒煤来得较晚，其时我们已经吃起来了。啤酒喝了不少，还喝些葡萄酒。有四桌人，菜的丰盛，为近年所少有。因为大家都在敬酒，而复也拖我一道去向应邀而来的北京作家喝了两杯。临走有一点微醉了。今天算认识了谌容，她自言是四川人。是坐荒煤的车同张一道回东罗圈的，张说，她将去看望冰心，遂托其代为问好。午睡没有睡好，因为担心约定前去"首医"的而复会突然而至。他来后就驱车至院部，然后到急诊室找郁孝祺主任。经介绍后，郁约定代我找一位老专家为我诊口腔存在的问题。四处都躺着病人，又闷热，真叫人不好受。而复送我回家后，这才发觉，我留的电话号错了！又要小漪写信更正。而且，因无人可托，只好由她亲自送交。

4月14日

昨夜，因为准备参加明上午所里学术委员会，翻看了很久材料，以致睡得较晚，而且吃了两次药都未得入睡。早上，一早就起来了，感觉头痛欲裂。叫小漪去电话问：是否一定得去一下？其实我也有些话想说。回答是，我可不必去了。有了结果，他们来向我汇报。因而早餐后只好坐下来校正《闯关》。头痛毫未减轻，推其原因，则是昨天从"首医"回来后，热不可当，脱了一羽绒背心，着凉了。赶紧叫小漪去捡了两副中药。今天午休后，总算把中篇校完了！小漪代我抄了两段不容易识别的。我呢，则为找寻那篇题记，以便修改，忙得不可开交。真糟，不少时间、精力，都为这些细故浪费掉了！最后总算找了出来，于是加上前几天想好的一段，又叫小漪补抄。这个孩子心细，能做我的秘书多好。但，一来是不好办；二来，也怕耽误她的专业。中午，大明曾送来一些书刊。他本该明天的，我也准备让他将莫耶的、我的稿件付邮，没想到他今天就来了。原来这几天经常都去所里，我向他谈了谈健康情况。

4月15日

正在增补题记，小林来了。她说，她爸爸在健吾同志处，她来看我是否在家，以便缓一阵来。我当即加以劝阻，披上呢制服，缠好围巾，决定去健吾家，以免他爬楼；但小林不让我去。我只好留下来了。接着，取出斯胖子花生，又要小漪包一块腊肉于临去时送他。本想送他青菜头的，但又担心一时还不能送，放坏了。不久，他两父女来了。彼此杂乱无章地扯了很多。而其所以杂乱无章，因为想要提的问题，一个一个不断冒上心头。在谈到三十年来的创作时，彼此都有感慨：路子越走越窄，社会活动过多。艾芜时间精力原本最好，但是，"及时反映现实斗争"、"重大题材"等等口号弄得材料搞得很多，写成、写好的长篇巨著却少。因为《百炼成钢》就没有达到他过去水平。我们也谈到茅公，因为当文化部长，他的五部长篇还差四部。这个损失真是难于弥补！巴公还说，有人讲，若果有一个医护人员经常照顾，茅公至少还可活十个月，那么他的回忆录至少是完成了。我们对文学馆事也谈了不少。我就有些残存的老艾三十年代的信件。快给虫蛀成漏筛了。他走时小漪随我一同上的车。啊！这里还得添上一笔，他对四川文艺界的情况似有所闻，我不禁向他谈起翔鹤的遭遇。本想写篇悼念文的，也应该写，但，有些情节不好谈，却又感到非谈不可。因而动不了笔。

4月16日

良春、大明同来，谈了谈他们室负责筹备讨论现代文学与政治思潮和各艺术流派问题，并交一份开会程序、发言题目，及发言人名单给我看。我看了，发表了点意见，认为初学写作，受同代人的影响，是不可免的。艺术上会具有某些共同点，也很有可能，但不能把流派强调过头了。因为尽管一个作者写作初期会受国内国外某些作家、作品的影响，随着成长，终归会形成自己的艺术个性，不会与他人尽同。而且艺术流派，不，艺术风格、个性，同作者所熟悉的生活、选题，与同他对生活的态度是分不开的，千万不能简单化。随又扯到孙犁同志，我也认为无论是他，还是师陀，都写得好，但大吹大擂荷花淀派，却值得考虑。当然，这同他本人无关。他给我的印象朴素、老成。他们才告诉我，最近天津又将召开荷花淀派讨论会。仿佛是庆祝孙的创作生涯二十年，而规模比去年河北文联召开的讨论规模大，可是市委认为三五十人也就行了。我想联系一些具体情况谈谈，但是欲言又忍，怕引起误会。但只说，不要总以脱离依靠为好，不宜过分强调流派，过分了，会出现排他性。我表示，若果精神较好，可以在会议结束时去同大家见一见面。随即将莫耶稿《闯关》改稿托大明付邮。而为找莫耶的稿子，又是一阵翻箱倒匣，真叫人不胜感慨！他们随即找之琳去了。因为要去新街口看一部苏联影片，晚饭五点半就吃了。六点，觉民来，叫了小漪同去。许的爱人则早已在车上，到得很早，但是，直到荒煤来才得进入场内，就连于兰也未能免挡驾之苦。进入场后，同于兰扯到《伤逝》，又扯到苏联别一部片子——契诃夫的《一个艺术家》的故事，还扯到白尘的《阿Q正传》。恰好杜天又和我同坐，因而又扯到我前向"峨影"介绍人和推荐《许茂》的事，因为同放映机太挨近了，声响嘈杂，令人头痛！这部苏联片叫《莫斯科没有眼泪》，反映的皆是吃喝玩乐，荒淫无耻的生活！而这却是列宁主义发源地的现实。散场后碰见小林，她要搭车，我当欢迎；可又被沈宁——夏公的女儿拖走了。回家途中，许谈了点情况，起应的受攻击。并告诉我，陀是将小平、耀邦两位由《太阳与人》引起的反映所作的指示。

4月17日

　　选集的题记、一卷的目录，以及《代理县长》首段的改正文，给李致同志的信，算全部弄好。午饭前，小严来电话，要我不必着急，她准时乘车来陪我去"首医"看口腔科。我刚迷糊了一下，她就上来了。见我从床翻身而起，她看了表，又叫我再睡个十分钟。于是我倒下又睡，起床后，我们相携下楼；她可把提包忘了，又转去取。在她的招呼下，真方便。先找到刚好洗完澡的郜，随即从急诊室领我们去门诊部三楼。郜，身材中等，很健壮、结实，像个运动员样。因为小严赞扬他的体魄，他反问：你看我多大岁数了？我说，挨近六十。我猜得不错，因为他最后说，他小我十七岁，刚五十九。到了门诊部，坐电梯上楼后，他又忙着找医生，病历。号，他早帮我挂了，分手时我深深向他致谢。来诊部，等他穿换衣服之前，我们还扯到一些"首医"过去遗留的陈规。我说，你们现在外宾内宾由同一大门出入，可说大得人心！他很感慨，过去的规矩更多呵。是一位大夫为我检查的，相当仔细。她又叫小严看，齿龈愈好，无红肿现象。主要是拔牙的残根时，因注射麻醉药左边嘴唇神末梢受了点伤害，时间久了，可能复原，但也可能就这样了，但认为并无大碍，力劝我不要放在心上。随又谈起失眠问题。她说，你服安眠药时间久了，中药无用，照旧服硝基、海末啦即可。她说她母亲七十几了，性急、刻事，跟我一样，就经常服这两样药。她还劝她那位八十出头的父亲，万事不管，一倒下就打呼噜。我对她讲，我不管事办不到呵。并说了一点趣事：关在牛棚时，真怪，啥不给你吃，可居然睡得很好！她说，能活出来就是胜利。又教了我一些对付失眠的办法，我临走时，握住她的手说，你今天算把我的思想包袱解下来了。是她帮我去办的买药的手续；可惜回家后想及未能问明她的姓名。中午，听她向别的医生问询，可以断定，她同时也兼有课务。是我单独乘车回家的，小严找小林去了。休息一阵，算把给西彦同志的回信写完篇了。接着又记了三天日记！这一向，为改《闯关》，太忙乱不堪了。

4 月 18 日

昨晚又一夜不眠，一点还起床将给西彦信取回，重看了一遍：重复的字太多了，挪通看了一遍，删了，但却无法封上，只好留到明天上午再说吧。神经敏感，刻事！过分大意和过分上心，都叫人实在够受。早上起不了床，直到九点过才起床，运动。吃好早饭，快十点了。科教制片厂来了三位女同志找小漪，其时已午后四时了。中午，算睡了一个多钟头。上午，十时许，多少做了点事：写了点修改《青枫坡》的设想。下午又加以订正；不去掉那记者，但应加强。这样改起来可能方便得多。人物呢，也不一定减少；只把超支问题和苦干硬拼问题，结合得紧些。晚上，因为无事可做，顺手把《应变》翻阅了一章，自觉不错。之所以未能续写下去，主要是脑子里还有些条条框框！写之前又没有一个较严密的计划。那个"张老师"也安排得不恰当，重点没有，也不明确。看来我能完成这个任务。而且重新把整个计划改定过；否则也不济事。不到十点就睡觉了。服了一瓶蜂乳。但望能好好睡一觉，否则将会弄垮。

4 月 19 日

露菲带她男孩来玩了约两个多钟头。她的男孩才十三岁，身材像父亲，长长的，脸孔白净，胖乎乎像她。我请他吃成都带来的花生，约了母亲到我房里闲聊，同时进早餐。照例上天下地扯了不少。她说，许昨天的发言不错，赵前几天的发言最有说服力。有的人，看来不仅断章取义，根本就不顾事实。我向她谈了谈我那天与巴公和荒煤在《收获》吃饭会上谈的话：中宣部对提问题的三个"以来"，以及老艾的经历。看看快十一点了，她要走。我去邻室，取了一大包附片，要她带给起应，说明张老师曾说此药经日本人研究，有强心作用。张本人全家都经常吃，也劝我常吃，起应、灵扬都有冠心病，可能更应常吃。但又叮咛再三，必先请中医诊断过再用，不能随便吃。并说明吃法。她只肯带一半走，说太多了；虽然我再三声称，我还有不少；她说用完后再来取。午休后，想不到李开生偕任来了。又是上天下地谈了不少。谈形势，谈四害残余分子和流毒的某些表现，还谈到"宝钢"带来的损失，日中关系，对茅公的申请追认他为党员的重大意义。随后，蒋和生同志来了，瘦长、白净，瓜子形脸孔，下巴尖尖的典型的江浙人。这是我们第一次见面，他不加说明我几乎不认识。他坐了不久，李、任就告辞了。我要送他下楼。李一再阻拦，只好在楼口握别。与蒋谈了些历史小说、长篇小说问题，也扯到《李自成》有关反映。不知怎么一来，因谈长篇又扯到其芳对《困兽记》的意见，作了些解说。他要我看看《风萧萧》，精神不好，看两三章，是否像小说。我同意了，并劝他在完成科研任务后，最好把它写完。他赶紧声明，上卷是从"五七干校"回来后，因无事可做写的，问我是否听到什么反映？此公显然也相当神经质，我说他的《风萧萧》已收到了。就去找，未找到；他又帮我代找仍找不到。我说，可能孩子们抓去了。若果没有，当由大明告诉他。我送了他一册《祖父的故事》。他走后，我就躺下休息。今天这三次谈话，痛快，但也把人累够了。这里我还得添一笔，上午谈话时，曾扯到在一个具体事件时的表现：政治上成熟。也扯那个有时滑，有时却又苛刻的名人。

4 月 20 日

由于疲劳过度，明早又得去参加主席团会议，服了两次药，才勉强睡个多钟头，我以为去得早，可以找光年聊聊，不料人几乎到齐了。我同贺坐在一起，被太阳照得热不可当。遂又移到对面，坐在严辰和冯牧两位之间，又将棉背心纽扣解开，感到爽快多了。起应来后，就由光年宣布开会。第一个议题，除巴公本人都举手通过了。不久，艾青来，经光年说明，他也在光年半开玩笑地推动中举了举手。讨论建立"文学资料馆"时，因为中央大力支持，在馆地等问题上，讨论了很久。我发言较早，谈了谈保存一点劫后余灰——一部分老艾、巴公、白羽，特别多才能写的老艾的信件近年感到的苦恼。去年参观文殊院藏经的观感，认为除现存作家的手稿，五四以来的，可以向其亲属好友搜求。建国之初，"北京图书馆"已经收集的部分，如果还在，也可以保存在一起，即一并归资料馆保存。发言踊跃，可惜我助听器电已用完，不中用了，只好跟左邻右舍闲谈。严同我谈到艾芜的住房问题。不知怎么他认为我能让点出来倒好。如果我没听错，这话不知从何说起。我稍作解释，又向他谈了谈他回川时我为他找房子的经过，以及那座小洋楼的规模。因听说光年将同葛洛前去洛阳休息，我又从冯身边探身向葛洛叮咛，千万别让光年参加座谈到处讲话，让他认真得到休息。朱的报告又长，又无法听清楚。等起应走后不久，我也一一握手告辞。并问明巴公是明晨飞返上海。但我担心机场候飞室太大，不便找人。要刚宜打电话给罗荪。一通电话，才知道我弄错了！是八时半起飞，我八点二十分从家里动身，一定扑空。要改时间，所里现已无人；明早又来不及，所以只请他顺带一下，约定明晨七点来接我，来之前先给一个电话，真细心。

4 月 21 日

晨七时下楼候车，恰好罗荪同志来了，同车的还有子奇同志。又顺路去接张僖同志。一到机场，巴公父女已经到了，正在同黎丁同志闲谈。还有一位《文汇报》记者也将同机前去上海。我让之奇同巴公谈话，我则同小林闲谈。他劝我秋天去杭州休养一段时间，他爸爸、夏公那时都将去那里疗养，可以有人谈心。约她父亲去成都之事，既有必不可免的一些家族间的应酬，我也不好再劝说了。她还谈，他爸爸常赞赏我的作品，也许为了安慰我吧。当然，巴公也曾亲口对我做过鼓励。当分手上机时，我与巴公握手，几乎快落泪了。这一向情绪也的确脆弱，回家时，是与之奇、黎丁同车。黎告诉了我一件事：萧珊同志逝世后，他悄悄将消息告诉了茅公、叶老。而他竟未料到，两位前辈都暗中去信慰问巴公，悼念死者。而当时"四人帮"却正在肆虐啊！他似乎还有首茅公旧诗，其中有两句正是悼念萧珊的。听后深为感动，我劝他把经过写出来发表。他说，在机场闲谈时，巴也深为感动，劝他写出来交"文学馆"保存。回家时间尚早。本来还可去参加纪念鲁迅诞辰百周年筹备会，因起来得太早了，只好告假。休息了一阵，即动手修改《青枫坡》，今天还算顺利，一共修改了两章。得吴赠书二册。

4 月 22 日

徐来传达了中央两位负责同志的指示。还有一位主要是谈经济问题，由陈云同志提议读的毛泽东同志的几本书的目录。徐也另写上纸交给我了。两论而外，其三篇虽系军事著作，但对学习马克思主义的辩证唯物主义、历史唯物主义，却很有帮助。我前两月也想到读马翁的哲学重要，但多是三十年代的译文，如《史的一元论》《依里奇的辩证法》和恩格斯《反杜林论》中有关哲学部分。因为毛主席的著作是解放后才谈到的：现在想来却更亲切易懂。特别他的军事著作，真是深入浅出，把马克思主义的哲学思想运用得那样灵活！徐走不久，老卞来了，是代师陀同志送我一本选集的，还有信纸一页，但未即看信，却同他谈起《青枫坡》的修改问题来了。我告诉他我的一个新的想法：不去掉那位记者，但得加强他。并要他在书中再出现一次。尽量使之贯彻始终，发挥作用。卞认为可以这么，而且，其他次要人物也得加强。他说，我才两个月就写成了，又是个长篇的架子。不减少人物，可能得加上一两万字才行。我提到他的《山山水水》。他说，已经写好二十多万字，又毁掉了。可惜忘记详细问他毁掉的原因。我劝他重写。他说不行，记不大清楚了。看来精力不足也是一个问题。他又从师陀一篇《雁荡山》的文章谈到他建国后一次深入生活的问题：刚回北京不久，就到文学所搞研究工作了。送他走后，才拿起师陀同志的信读，信虽然短，读后叫人且感且愧：他对我太夸奖了！而对他自己却又过谦。我曾不止一次同之琳谈到他和孙犁的作品。之琳也认为若论短篇，也以他们两位，艾芜和我写得像那么回事，想起未能将《伐竹记》改为川剧，颇感歉然！

4 月 23 日

改《青枫坡》。晚饭前不久，殷白偕《彩色的夜》作者来了。刚给他们泡上茶，刚宜就叫吃饭。我一再请他们一道用饭，都解释说，他们都吃过了，殷白并具体说明：他们看望丁玲出来，就买了些东西吃，的确不能吃了。只是不久，他就走向食桌，说要火柴。又问了问刚宜是我第几个小孩？还说他还以为刚齐在招呼我呢。我草草吃完饭就回室内同他们闲聊。那位由部队转业的青年作者，个子很大，谈话最多，内容呢，主要是为殷白吹嘘：如何关心青年作者，扶植青年作者；默涵又如何赞扬他是我们党的少数理论批评家之一！同时却又为其叫屈：他在重庆文艺地位太低！而且，被开除党籍二十多年了，至今还未落实政策。这个问题，默涵非常关心；沈一之代部长则很吃惊，他一直不曾了解他的情况。又说，他为《彩色的夜》所作序言，都说好，因而得以在《文艺报》发表。《文艺报》还准备请他写几篇评介文章，《人民》的袁也约他写稿。殷白还领他去见过白羽。白羽认为《彩色的夜》外，其他还有两个短篇也可改为电影脚本；他的那部三十万字的长篇，则将由"人文"出版社印行。他们现住"八一"：就是搞，准确说为改编一个中篇为电影脚本。此人的意思，似乎要我也在为殷落实政策上帮帮忙。我漫应之，实则早已对这位作家的吹嘘感肉麻！红光满面，看起来还比那位捧场者还年轻的殷白，则一直笑容可掬！他直到我奇怪那位青年作家的书未在四川出版，倒被山西弄去出版时，他这才开口：从四川出版社提到用的《许茂》，又扯到周又与友欣合写电影脚本，以及友欣对《四川文学》上一篇叫作《花匠》的作品正在组织力量批判的前前后后。他们坐了约个多钟头才走。使我增长了不少见识，同时也感到令人作呕！文坛的风气如此，诚可慨叹！

4 月 24 日

改稿。午刻，大明来；退我一信，说，看来得我自己回信。原来是王达安同志写的，生活困难，住房狭小，要我帮忙解决。合作化运动中，我所接触到的社主任不少，可是只有他特别叫人感到纯朴。我去三台尊胜的次数也最多，每每就在他堂屋搭铺，伙食也在他家里开。而且，我好些短篇小说，如《堰沟边》《在牛棚里》，就都从这个社吸取的养料。他前三四年患骨折到成都找郑国贤老师治疗，我还同李黑去南郊看过他。来北京前，并向他讨教过栽红薯的规格。后来听说，他做县贫协会长，怎么会一下困难到如此地步？看来这件事非管不可！一俟领到工资，将先汇一百元给他，然后将信转给刚俊，要她就近求绵阳地委解决。我要大明转告蒋和森同志，《风萧萧》我看了两章，感觉此人颇有才气，写得不错。又就行文遣词作了两项建议，要他转告作者考虑。目的是为了能有更多读者接受。我认为结构问题得看完全书才能提出意见。事后想来，单就已读过的两章而言，结构必不会差到那里去，可惜一时没有时间、精力，否则定一气读完。《李自成》我一章也未看来，二、三卷反映又差。

4月25日

八时一刻前去所里开会，因为听说梅益同志将就今年科研计划作些指示，不能不去。一到，先去荒煤办公室，恰好他也来了；但将前去接一位美国学者。其人正在研究丁玲的著作、生平，准备写一本评传，同时了解文学所所藏有关资料。他是按协定来我国的，文学所是主要招待单位。前几天我就看到外事局的通知了。荒煤问我是否参加？我推了，由他代为致意好了。我向他谈起殷白同那位青年作家给我的印象。我刚一提头，他就笑道："这个作风不好！"似乎已经听到一些有关反映了。荒煤走后，我就前去开会。由觉民主持。他开场后，就由各室分别作较详细汇报。我忘记带打印稿了，幸而许挨我坐在一起，他把计划摊开让我边听边看。我本不想发言的，不料吴却谈了不少；于是他发言后，我也就哇啦哇啦起来。尽管是注意克制，可是照旧有点一发言而不可收拾之慨！我对古代室提了两点意见：1. 要使人读后有民族自豪感；2. 行文必须注意各族人民大团结这个主题。可惜未敢多有发挥。对当代室提的意见较多，也较详细。主要是就两个项目说的："中国知识分子的命运"和"伤痕文学的功过"。我认为单看题目就可说指导思想值得考虑！我例举了不少事实，阐发得自觉不错，因为这都是当前的关键性问题，不能不谈。从许的表情看来，他知道我是有所为而发的。梅发言时，我戴上耳机，因为他离我较远，可是仍然由于杂音多没有听清多少。许看来发觉了，随时把他的记录推给我看。他对如何运用学会、借助外力进行科研问题谈得不错。此外有两点也谈得好：把关首先得靠各室领导；计划项目要抓重点。他还提到必须在一些项目上有新的突破，而且自己对优异成果要进行宣传。回家路上同余谈到蒋，我赞扬了几句，他才向我说明，古代室是给了他创作假的。我有点惊异，说，我不能讲给创作假的话，但不反对古代室的做法。因为万一都来请创作假，而我自己又是搞创作的，这拿来怎么办，相与大笑。

4月26日

继续改《青枫坡》。刚宜他们到香山春游去了，是小漪单位上组织的。据说北京不少单位每年都要组织春游，已经成了惯例。这显然由于北国严冬远较南方突出，草木黄落，一片肃杀之气，因而对于春天多么欣喜！下午，把给师陀的信写好了，又去之琳处问通讯处。看到文联、作协邀请部分作家座谈，将由起应主持，而且是代他邀请。之琳表示他正准备去承德参加外文所一个会议的发言，不能去；我力劝他去参加起应邀请的座谈。谈起《敌后七十五天》，才知道他没有《收获》。我答允送他一册。临去时，他交给邮票二枚，要附寄给师陀，说是师陀的儿子喜欢集邮，寄书时曾要他将邮票退还。同时，之琳还要我代为问好，并说未能即复的缘由。晚饭后，没料到会下说要来看我的，原来是严永洁、肖菊人、严自胜诸位，此外还有王余。他们是走干面胡同来的，因而走了不少冤路。严部长他们是带了"成都市歌舞团"来演出的。彼此顺口扯了不少情况：从他们带来的剧目扯到周克芹、殷白、友欣，但对有的情况却讲得相当含蓄。因为情况复杂，他们也不尽知，且其他人在场，似以少说为佳。严部长提到从重庆调人搞剧作问题。我答说十多年不见面了，不了解情况。奇怪，她竟连周克芹又另外与友欣合作，搞了一个电影脚本，竟然一无所知。当然，她主要是管戏剧。临走时，他们问到中宣部文艺局何在？可我也说不准。但是愿主动帮他们打听。他们走时，刚宜随我一道把他们送上车才转来。她是不肯要我送的，但我抢先走到头里，下楼后，他们还阻止我送他们上车。

4月27日

上午，打电话要过车后，继续改《青枫坡》。午饭前，还特别将《收获》一册，要看院子的放在那里，等之琳取去，还在封套上附上两句，说我已要了车，可一道去政协参加文联、作协邀请的座谈会。刚睡了个多钟头午眠，小安就来了。随即乘车前去政协。在楼下没发现之琳，看来他不能参加，但也不便去他家里催促，楼太高了！也恐干扰他的准备工作。但是，赶到政协一看，停车场上，没停有一辆车！怀疑把时间记错了，赶紧取出通知，让小安看：果然错了！是二十八日午后。因为想到横竖得去回访严部长、肖部长他们，不如趁他们带的剧团尚未演出前去较为方便；同时也可节约点能源。于是叫小安送我去东皇城根北街二号人大招待所。大门口已有不少少男少女，显然都是歌舞团的演员。进门后，碰见一位似曾相识的青年，在我问询下，他就领我去一栋房子的二楼去看望严，肖随即来了。于是大谈川剧。在谈到廖静秋时，肖提出，四川有一部《杜十娘》的拷贝，已经破烂不堪，能在北京搞一部带回去教学生倒不错；他们愿出两三千元。因为一提廖静秋，我的话匣子又打开了，讲了一些为她制片，以及她在制片前后的情节。还有李劼老对廖的评价。严老是在叮咛随行的人，我感觉他们可能另有活动，于是告辞，并一同下楼。上车前，我还向严谈到，阎红彦同志对川剧的欣赏，他去云南时还特别从成都组织了一个川剧团去。答允他们去看一次演出。

4月28日

打了一上午电话，找路探问文艺局局地，以找何人为宜，倒还简单；找肖菊人，可就麻烦多了。一连打了四次，才有位不怎么负责的人来接电话。因为严、肖诸位都有外出。午饭后，正在散步；一阵雷阵雨后，葛涛同志来了，要我稍事休息即同唐、吴乘车去接钱，然后一起去参加文联、作协召开的座谈会。上午同露菲通话时，原也说要去的，然而雷雨一来，气温骤然下降，又有点迟疑了。特别葛又要我提前动身，我就有了请假的意图；着了凉怎么办？她又手执一柄湿淋淋的雨伞，我请假的念头更明确了。因为如说路上很湿，得穿皮鞋。这是位高长长的女同志，中年；其谈流利，一气谈了一串，看来相当能干。她似乎还想解释几句，我可已有倦意；最后，总算把她送起走了。确乎也有点寒意。躺了约两个多钟头才起来。这样也好，可以继续修改《青枫坡》了。晚上，觉打电话来，问我明日下午是否去参加现代室的讨论会？起初没有听懂，他暗自悄声笑了。等把助听器整好后，他又重新说一遍，我才弄清楚是怎么回事，而且，是他在和我通话。

4月29日

上午，重看已改好的《青枫坡》。显然还有一些地方需要认真校正，改一遍是不成的。下午，随荒煤、觉民去铁道部宿舍参加现代室组织的有关文学思潮和流派的问题。今天是最后一次会，不能不去。途中，我向荒煤谈了谈那次审察各室今年科研计划的发言。主要是不同意当代室对两个具体项目的提法：论中国知识阶级的命运和论伤痕文学的功过。看来，他同意我的意见，因为在讲话中扯到这两个问题，其基本观点和我一致。主要是他讲话，我只说了两三句话。许讲了几分钟后就摄影，最后上楼会餐。冯健男和我们同席。发已斑白，高大健壮。问起来，已有五十八九了。钱谷融和那位山西大学的教授，可惜已忘其名姓了，就座前也分别扯了几句。由于精神欠佳，没有同他们多谈，又走得匆忙，颇感歉疚。小陈送荒煤回家后，又送徐达回甘家口附近的外交宿舍。比荒煤远多了，每天都要派车接送，叫人不免想起好些问题，也不大痛快，节约能源之声盈耳。看来只有他没听进去。最后，因为顺路，时间又还早，但仍直去民族文化宫。找到王余后，就去和严、肖见面。坐了一阵后，休息室才打开。先后来了好些熟人：朝闻、吴雪、陈播，家宝也来了。我笑道："当了新郎都不请喝杯酒哪？""你来呀，我家里大曲也有！"随又悄声大发感慨："这么大北京城，能够谈的人太少了！"随后要告他我的电话号码。戏演得好，剧本、演员和音乐均佳，先是很热，临走时却感到寒意了。赶快披上脱掉的毛线衣。家宝摄影后还在向演员问东问西，我就溜了，有朝闻一道。

4 月 30 日

上午，正在重看《青枫坡》校改本，古华同志来了。昨下午他就一连来过两次，是来要我看他即将付排的一个中篇和两个短篇的，现代文学出版社。他是从林兰那里问到我的住处的。他在谈过他那个中篇的大体内容后，加上道："有人说我跟你有个共同点，都喜欢写小城镇的生活。"又说，"我是写的爱情故事。"随又谈到他同浩然对王蒙一些作品的看法：不容易看懂。也慨于目前有些作品有欧化倾向，连文句都像从翻小说来的。为了帮助我容易完成任务，他还要信纸，对中篇作了提要。要我看的原来是好几篇，最后只圈了两篇。这个人很灵醒，一写完后，他就告辞走了，而且把交意见的时间拖延到六月初。中午，得杨礼信，谈到治疗齿龈神经末梢受伤问题。刚虹前两天也有信来，还附有三张照片。晚上，喝了半茶盅刚宜买回来的香槟，味道很厚。大约因为明天是五一节吧，菜也丰富，公然买到小笼包和竹笋了。小漪带涟儿上街不久，狂风大作，尘埃蔽天，很为她们担心。幸而不久就回来了。原来小漪于狂风大作前就把孩子领到一家百货商店去玩，又带有纱巾，光景没有吃多少尘土。她们回后，风已停了，我去阳台上一望，满眼灯火，相当辉煌，于是叫了涟涟他们到阳台上来。

5月1日

一天回了四封信：肖鸣锵、杨礼、刚虹和王达安。在刚虹信上，终于也谈到了房子问题：要她让出我去年回家时住的那间给她汤伯伯。而且诉苦说，想回去，但怕卷进文联的人事纠纷中去。我已来日无多，哪能再随意浪费？就是回成都度夏吧，我住她俩夫妇隔壁那间屋子也就行了。吃饭、工作和接待客人都在那里，又有何不可呢！同时要她注意：文联绝非久留之地。当然也谈到她为去西德访问做准备的问题：全力以赴！除屠宰问题而外，冷藏问题和制作罐头问题，看来都得储备一些有关知识，她暂时搁下正在试译的那本小说，做得对。因为给王、肖的信都很简单，晚饭前，我又赶着给刚俊一信，并附上王的来信，要她和宋设法向绵阳地委反映一下。王的信真不忍重读：七十了，残废了。绵阳专区有名的农业合作化的带头人，省人代会的代表，退休后竟然弄得穷困不堪！当然，主要是由于自己的孩子多了。大女儿结婚后无家可归，一气就养了四个孩子！女婿是个司机，东北人，收入有限，他的包袱也就更加大了。他信上说，女儿有病，每年为自己和四个孩子得找补队上百多元才能领到口粮，等等。我记得，五十年代提倡节制生育，他带头做了手术，还曾引起一些社员笑话："王达安今天都骟了！"既然如此，为何不警告一下女儿、女婿？真太麻痹大意了。可叹！

5月2日

早上起来，感觉下肢有点冷，加换呢裤，腿子虽不冷了，上身仍然不大暖和。做运动倒还不怎么觉得，早饭后，却感觉不对头了。向刚宜一提起，才知道今天降温，要我赶紧加添衣服。于是将羽绒背心加上。然而，身上虽不冷了，头脑却愈来愈加涨痛。这同昨夜一夜不眠显然有关，但奇怪的是一嗅着油烟味就想发呕；看来是生病了。赶快叮咛宁姨，中午，我吃一碗玉麦面汤好了。昨晚失眠，看来想得太多，而且情结消沉。因为感到有好多事情得做，却连助手也没一个！大明每星期来两次，解决不了多少问题。同时还想起我同蒂甘谈到茅公的一些情况。若果有个卫生人员经常照拂，也许他还能写完回忆录。而他毕竟已经八十四了！且有儿子媳妇做他的助手。自己纵能活到八十，也只有四年了；还想到这次现代室约集一批专家研究文艺思潮和艺术流派问题，感觉自己有好多意见该谈。并有约集现代室少数同志谈一次的念头。而且思绪泉涌，真想起床一气写他个几千字！我记得，昨晚半夜因为风大，门没有闩好，把我惊醒几次，直到刚宜把门打开，准备想法闩上，我亲自起来才弄好的。也许就这样着了凉。可也并未睡好。今天午休照样没有睡好，尽管刚宜夫妇又重新为我把床铺铺过一次。下午，勉强重校了三五处《青枫坡》未曾修改妥当的地方，此外甚感什么事也摸不上手。晚饭时坐上食桌，但不想动筷子！刚宜见状，劝我不要勉强，不想吃就算了。但同意我吃两片银翘解毒片。运动也不想做。小漪带起涟涟到民族文化宫看歌舞剧去了。王余下午曾来电话，要我参加四号的座谈会。她说我病了，但却约定她夜里同米拉去看舞剧。正在休息，《彩色的夜》作者来了。我说我在病中，但他仍然谈到他此来的目的：请我为他即将由人民文学出版社出书的一部三十万字的小说作序。我说，我哪有精力、时间来看这样长的作品。他解释说，审稿人员王志远将亲自来为我作内容介绍，用不上我看。我感觉这样做不行。真想说："这不是自欺欺人么?!"但我只说，就像为何其芳选集那样的序文我也不能写! 且不要说我同何相交甚久，可写些我对他的交往、印象。但也需要一份精力; 而且我说不定很快就会返回四川疗养。我还向他说，殷白写不是更方便么? 还有白羽、默涵你也可以去找。看见泼不进水，他就只好走了。

5月3日

来了好几位客人: 米拉夫妇、邓岩虹。午饭后才走。我是单独吃的。昨夜服了两片银翘解毒丸，睡前又服了速可眠，算是好好睡了一夜，今天人好多了。中午，士菁同志来，向我谈到为鲁迅百周年诞辰组稿事。鲁迅研室已在全总招待所租了些房间。本地的和外埠的应邀而来者，有三十人左右。明天开始讨论，荒煤将谈谈纪念大会的筹备情况，特别对稿件的要求，希望我能参加。我因病推谢了，但要他转告荒煤，希望大家多从继承问题、发扬和普及鲁迅精神着眼，避免掺杂宗派性的东西。这只需多从上述观点考虑，就能办到。当然并不排斥学术性的百家争鸣。但像垄断一类提法，就会有排他性。其实，叫喊反垄断的人正是希望自己成为正宗，其他都是野道旁门。当然，荒煤讲话时不宜扯到这个问题，只应正面提出要求。我又问了问他那天讲的有关台湾研究鲁迅的一些谬论。其外，他还谈到研究生院对毕业学员分别授予博士、硕士名号问题。我建议，应该从严，以免败坏学风。士菁走后，我给老冯通了个电话，谈了好几分钟。他赞成我回四川疗养的计划，还说，今年冬天一俟我回京，他将从农村读物编刊社拨一位青年同志给我做秘书工作。我认为他能代我觅一位待业青年做秘书，由我提供工资就不错了。诗云就是肯为他人作想，诚属不可多得。这可能由于我向他披露了一些邓若虹的情况。我觉得这个女青年没有去年活跃、愉快了，果然有些思想问题。

5月4日

改《青枫坡》，随看随改，发现有好几处改得不很恰当，只减少两个人物，其他，实在无法删去。有些人物的确描写不够。但是，他们本只是作为烘托用的，意在写出社会环境、气氛。正如戏文上的跑龙套的甲乙丙丁一样，作用只在突出正面人物。恰当说是突出主要、次要人物。有人曾说我不喜欢写风景；其实我也写，不过不是自然风景，而是社会风尚。这可能较之自然风景更有意义吧。饭后，小漪领来一位瘦长的青年，说是刚虹的同事，希望能在文学所招待客人的地方借住一下。我一再请他坐，他不肯，于是告诉他我们房子奇缺的情况，最近鲁迅研究会开讨论会，都是"全总"招待所分租的房子。但我告以李和任的住处；校卫胡同总参第一招待所。李是科委的负责人，任曾同他直接在情报所共事，当可为他设法。他对地址问得较详，我也尽其所知告诉了他。事后，小漪告诉我，他还带了个小孩一道，并曾要他将小孩留来同宁大娘住一夜，他不肯。他在京有亲戚，路远一些，要明天才能去。他是刚从车站来的，还替刚虹为我们捎一筐四季豆、竹笋和广柑。

5月5日

上午，上严来电话，说她已经和郜主任联系了，说是不认识王巧璋；可能是不熟识。另外，中午下楼取报，收到《光明日报》稿费二十五元，《收获》稿费单一纸，《敌后》稿费共八百九十余元。按政府规定，八百元以上款项，应在八百以外的数目内，抽百分之二十所得税，因而实际付款八百七十余元。银行汇票也同时寄到了。郜虽对王并不熟识，但总算弄清那天为我诊断的女医生不是王巧璋了。于是决心直接将陈安给王院长介绍信转去。但怎么转法？我该如何附上一信，颇费踌躇。结果倒是写了封信给荒煤，要他考虑，何时约梅益同志一道扯一扯所里的问题。然后再约同平凡、党民谈谈，主要是商量接班人问题。并告以议将于本月中旬回成都休养、就医。行前并将看望一些同志，首先是周和夏。问了问本市的信需要多久时间就交到了？刚宜他们说，今天交，明天即可收到。于是贴上四分邮票，放在厨房条单的抽匣里，并叮咛他们，明天早上一定叫宁大娘付邮。

5月6日

昨晚差点失眠。因为上床不久，修建新楼的工友就弄得铁器不断发出惊人的噪音，令人头痛。幸而不久就静寂了。今天温度又突然上升到二十八度，这个天真难将就！但是据小漪说，昨晚刚虹那位同事告诉她，这里温度下降那天，四川有些地区还落过冰雹。可见今年气候一般都不正常。上午，总算把《青枫坡》第二次校改完了；但我还想搜索一次，是否还有漏洞和不足之处。午休后，把给王巧璋主任的信算写好了。不沾不脱，不存任何奢望，并决定由小漪交付德惠同志，请她转求苏或郭的女儿直接交王。因为她们两位的女儿都在首医做护士。人老了，脑子不够用了，用饭时才记起忘记封上！万一东转西转，将两张信笺丢失了怎么办？当然，这也许出于过分小心，不过结果仍然叫小漪饭后带了订书机去找付。今晚，既吃了竹笋，又吃了四季豆，还吃了杨礼前几天托刘文普带的鲜胡豆。中午，大明来过。我差点搞忘了，我给了他一百元，请代为汇寄王达安。还谈了我对前两天讨论的现代艺术流派问题的一些看法。那天本想讲的，因为荒煤讲后，感觉困乏，就作罢了。真想约他们哪天来补讲一次，因为我感觉自己该讲一讲。下午，小严还来扯了不少，范围很广。她主要是来约我同她和小仲谈谈我的经历。

5月7日

　　昨天，因为李致一齐就来了四封信，弄得人激动了一下午。幸而小严来了，有个谈话的对手，感情才得逐渐平静，并回了信。他硬要三记，就让他拿去出吧。此公胃口可不小，可惜消化欠佳。有的书，至少有两本，《其芳评传》算最突出，错误之处非常显著，竟也未曾察觉。他的班底看来较差，他自己呢，又只会拉稿。今天着手改《困兽记》，算是改了四章。光景至少得一星期才能改完。中午，首医口腔来电话了：王主任在病中，他要一位副主任为我检查。时间是星期日下午三时半。我的病历号码也告诉那位来电话的护士同志了。为要车可弄得很不痛快，除小漪去电话外，我又亲自同葛涛通了次电话。车子问题算解决了。下午，之琳借用电话后，来坐了一阵。谈了谈他应约去参加作协座谈会的一些情况：适夷控诉夏公。但叫人大感兴趣的是：他听吴世昌说，人大的何洛写了篇拥护《解放军报》批判《苦恋》的观点的文章，在《北京日报》发表后，家被一伙不明来历的人抄了！之琳笑道："大批判带来了打、砸、抢、抄！"这个可能是他转其他人的。我告他，《青枫坡》已修改完了，并谈了谈我对人物众多的看法，以及修改要点。他颇以为是。他走后，想起何洛的倒霉，情不自已，就给露菲通了个电话。原来她只知道何发表过文章，但尚不悉已经招来无妄之灾！相马大笑。我又催她促进一下起应、灵扬去看中医，是否可以常服附片？加强心脏功能的话又是否可靠？我也谈到气候和回川疗养问题。她劝我要走，就早点走吧！晚上，觉民来一电话，说，梅益同志最近相当忙，下星期一或星期二，将同荒煤一道来看我。

5月8日

　　因为担心车子，担心误了时间，午休没有睡好，不到三点就起床了。孰料小严已经来了，还带了些书刊来，其中有露菲转来一份《东方》，说是该刊编者白刃想看看我，问我是否愿意？这信和刊物四月底付邮的！转到会这样迟，真是莫名其妙。刊物中有一册《成都风物》，忍不住翻了翻。就同小严一道下楼去了。去医院真是一件难受的事：病号太多了。到了三楼后，小严去口腔科交涉，我站在楼口窗前等她，扶杖而行的老头不少，想不到还有些中青年也患了瘫痪下肢的。看来，从我的年龄来说，我的健康情况真也算不错了。等了好久，小严才转来告诉我：我把时间弄错了！原是约的昨天下午，连王巧璋主任在内，三个主任都到了，准备为我会诊。真倒霉，竟然错掉这样一个机会！但也不无怀疑：前天打电话的人，不是说王身体欠佳，要一位副主任帮我看么？但不管如何，今天是扑空了！一位护士曾同钱主任联系，但钱在开会。于是只好另外约时间了，并将直接通知我。下楼后，等了一阵，小安才将车开转来。他同所里另一位工作人员为公家买复印机部件去了。回家后，颇为不快，但仍把《困兽记》第七章校改完。五点光景，本初来；他是来参加鲁研会的筹备工作会的，明后即将返川。我向他谈了一些情况，从这里听到的一些反映到我对文联工作的看法，我曾引用光年一句话："交不好班就是对人民犯了罪！"他说，宣传部对文联的情况比过去了解些了。我还向他追述有关翔鹤在文联时的某些遭遇。六点光景，他告辞了。他走后，我才想起，我应该留他吃过晚饭走。晚上，翻阅了一两篇《成都文物》，《锦春茶楼三绝》很有意思，我也去过那里听竹琴。

5月9日

上午，正改稿，之琳来打电话，随又闲谈起来。他告诉我戴望舒的诗集，已经在四川出版了。但他感觉奇怪，登了他和艾青作序言，标题却各不相同：他是为诗集写的，艾青却是为选集写的。他认为可以并存，而标题却该统一！对于出版社的做法感觉太粗疏了。我说他们是胃口大，消化力差，还有点赶风头。并举尹某的《其芳评传》为例；此人现在又在忙着贺敬之同志的评传了！我们正谈着《风萧萧》，大明来了。交了《怀旧》，即《钟鼓》抄稿给我；还说，古的中篇很吸引人，可惜尚未读完。我要他告诉蒋兆和信收到了，我对他只有一点希望：放开手写！要忠实于历史，不能像某人那样搞"现代化"；但也不要拘于史实。并举《广陵散》《鸡肋》为例。因为写历史小说，不是写历史！要像写《三国演义》那样，既忠于历史，可是在一定历史条件下，也容许某种程度的虚构。当然，写得"太高""太红"，就不对了。中间，之琳说他在外省一个刊物上看到一幅漫画：李自成挟了本毛主席选集！相与大笑。我把《青枫坡》交给大明，要他请人抄写。三块钱一万字也行，只要是抄得清楚无误。他们相继走后不久，就吃午饭。午休后读了当天《参考消息》上一篇外宾的文章，很不好受！因为文章说，既然湖北、河北都灾情严重，还在国外买粮食和维生素救济灾民，为什么招待外宾一来就是十八、二十样菜?！晚上，老冯叫张权送来磁带六盘，说是我的。并让我看了一封他给农村读物编刊社一位负责人的信中的一段：要我向文学所建议，编一套辅导散文写作的丛书，要理论与创作相结合，还得贯彻"四美五讲"精神，借以有助于提高农村文学水平。

5月10日

继续改《困兽记》。特别回过头将第一章删去开头一大段。因为早上醒来，想起翔鹤说过，一开始，读来有些沉闷。细细一想，他的话确也值得考虑。因此早饭后便动手删改第一章，接着才又从第八章改起来了。午休后，为了换换空气，给老冯通了一次电话，谈了一些他要文学所编一套辅导农村青年鉴赏和学习散文、报道的丛书几点设想。结果相当圆满，可以编五六册，每册十万字。所选文章不受时间限制，题材也多样化；不必每篇评介，每本有一篇就行了。评介文体题材也不拘一格。他建议用对话体也不错，总以能起到辅导作用，读者容易理解、接受为准。我顺便还向他谈了谈我对古华的《芙蓉镇》的看法，感觉这个中篇显示出作者的才能，但却没有把矛头明确地指向"四人帮"，以及这批害人虫是利用了毛主席的威望，制造个人迷信，因而给党和人民带来不幸，结果使人感觉有损毛主席的威信。这对党，对国家和人民，都不利。他颇以为是。我还谈到：不错，毛主席晚年有错误，但在谈到、想到这些错误时，正如耀邦同志、克诚同志讲的，应该感到沉痛。他问我看到十四号文件没有？准备送一份邓力群同志的讲话给我看看。在谈到牙齿问题时，他说，拔去残根确无必要，并将送些牙粉给我，涂上，可以消炎止痛。晚上，回吴瑞卿妻子一信。

5月11日

上午九时，梅益、荒煤、觉民三位，准时来了。请他们喝前日相赠的莫干山云雾茶。首先由我谈了对文学所交接班问题一些想法。并表示，这些问题得不到较好解决，我不会安心的。当然这不免牵扯到对一些同志的看法，这后一点，我们基本上的看法一致。但是，有的严重情节我竟然还不知道！他们同意我回四川住段时间，并提出为我另外找房子的问题。荒煤还说，他将告诉张僖同志，如作协有办法，就将我的关系转到作协去。梅益同志则明确提出，至少我得再过半年才能退二线；荒煤则更不能动。许也同意他的意见。我一再强调，文学所的人力不可低估，若果交不好班，正如光年在学习会上说的："交不好班是对人民犯罪！"约略谈了一个半钟光景，他们就都走了。因为今天风大，他们尽力阻止我下楼送他们。事后想起梅益对个别同志作风的一些补充，深感知人之难，轻信又多么误事。我记得，我感慨道："恐怕已经有人在外调我们的材料了！"大明来，交来对《芙蓉镇》的简单说明。至于《青枫坡》修改本，他将难于识辨的两三段另纸抄好，已交由一位退休的中学教员抄写去了。估计得二十天才能抄好，每万字三元抄写费。付送来上月工资并小严一信：约定十三日来。

5月12日

小严来电话，说已同首医口腔科联系上了：他们前来拔去残根，就是因为担心伤及神经。现在，只好由他们代我设法找其他医院采用针灸治疗；但对疗效如何，仍然不能肯定。我答复她，既然如此，就算了。回成都找人针灸，远比北京方便。因为针灸即或有效，也不是三五次就能解决问题。最后，又叮咛了一遍，明日午后三点，我准在家里等候她和小仲。回师陀信后，并找出仅存的《青枫坡》和《记贺龙》各一册签了名，就着阅读古华的《芙蓉镇》。自己看两三章就大发谬论，未免自欺欺人，于心难安。而正如大明所说，一看下去，就放不下了。却有相当大吸引力；可也不断发现值得慎重考虑的地方。而且果不出我前几天看完三章所曾怀疑、推测过的，矛头所向相当模糊。我边看边用红铅笔画了记号。有的地方，还写上几字，看到晚上，就只剩两章了，意见也愈来愈明确。同时对大明所写意见感觉说得不怎么透彻。

5 月 13 日

上午，正准备一气读毕《芙蓉镇》剩下的两章，严平来了，我颇以为怪：不是讲的下午三点谈么？原来她要我改期，因为小仲在参加当代室一个会，这个星期五才能结束。她要求改在下星期的星期一，虽然感觉过迟，也只好同意了。她还要我看我去年向良春、大明谈《睢水十年》的记录稿。结果找了好久这才发掘出来！没有个经常帮我做点秘书工作的人，真不知如何得了。单为清检一点材料，或者是一封信，就会把人累坏气坏。特别由此会对自己的生活能力丧失信心。但我忽又灵机一动，想翻出我早年自己和家人的一些照片给她看。同样翻箱倒匣找寻很久才找到。她看了刚宜他们几姊弟、哥哥等小时的摄影，相当惊奇。刚宜有一张抱了小猫的照片，连我看了也很喜爱。她走前，不知怎么回事，荒煤打来一个电话，小严接到后，问我有什么话要说？我说，我要讲的，昨天都讲过了，请他就按昨天大家商量的安排吧。我实在也相当疲累。她走时，我给了她代取大衣的钱，寄师陀同志的书二本。休息一阵，看完《芙蓉镇》就吃晚饭。小严走前，林非爱人送来所作《萧红传》一册，是她写的，化名肖凤。送她走时，我托她代约黄候兴明下午三时来一谈。午休前看了看报。但好久都未能入睡，锯木料的声响扰得人十分烦躁。这些声响，简直是在制造神经衰弱症；对我说来，是加重神经衰弱；三点，只好起来翻阅《萧红传》。文字清丽，无疑花了不少工夫。妙在她把二萧和端木之间的关系，以及尔后萧红和端木之间的关系轻巧地回避开了，说是属于感情范围内的纠葛，太复杂了，不易做出准确的是非判断。

5月14日

昨天一整天，可以说都是在兴奋中度过的。因为昨天听到一些传闻，相当不安。早饭后，和荒煤通电话，谈了一些我对批判《苦恋》和某一传闻联系起来的看法：矛头不止对着周、夏，特别是周，还别有所指！而问题的严重性也正在这里。因此，就是我们这些人吧，也得认真看这些问题，首先不要给以口实，因为这不是个人问题，我还说，让有些人去尽情表演吧，到了必要时候，我们也可以摆事实讲道理，进行同志式的批评。我还问他看到《人民日报》一个材料没有？并提到十四号文件。他看来同意我的看法，说是他已看过十五号文件了。还提到另一件事。我说我早知道了，这中间有人捣鬼。他最后约定，星期日上午来看我。和荒煤通电话后，我才改了三四页《困兽记》，就吃午饭了。中间，小刘送了些信件报刊来，科研室还来过一次电话，要我参加一个日本文学界访华代表团的会见。我称病请假，推荐觉民参加，并托其问候臧原武夫先生，因为我们曾有两面之缘。并代科研室邀林非来接过一次电话，谈了谈对《萧红传》的观感。午休后，黄候兴同志于三时到来。接着，于为他泡好茶后，即取来录音机，同他谈了约两个钟头；但并未全部录音，只录了一部分，内容与给西彦回信基本相同，可能较完整而已。我要他整理一份给我，至于他怎么采用则一概不管，也不看他的文稿。因为得到一份李编《鲁迅研究资料动态》，翻看了两篇，十分激动！陈云同志早就建议，中央也同意过，三十年代问题、两个口号论争问题，可在党内邀请有关同志座谈，为求做出合乎实际的结论。为什么还要老扭着不放呢?! 这在目前，显然是在起着配合少数人在学习会上的攻击这种作用，看来，好几股力量已经纠结在一起了。而果真如此，这就不只是左和右的问题。而是邪和正的问题。越想越发激动，最后和露菲通了电话。她已看过那册《动态》，但未交起应看，因为他正在起草发言提纲，准备在学习会结束时讲。他从来讲话都没有提纲，这个例外说明他已感到情况复杂。

5月15日

回李致信。看来他要长篇，只好答应他出"一记"，但《还乡记》不足十八万字，作为一卷，太单薄了。建议编《困兽记》，因为约在二十万字以上，勉强可以出一卷。因此就应改四卷本，但是他们却又发出消息，我是三卷本，且已见于《人民日报》。所以我回信说，其实，我所作三卷本的编目，对我说来，虽然不及老艾的八卷本丰厚，但是也不错了。单出一记，确也有点不伦不类。三本同时出，今年出书又不可能。还牵涉"人文"，因为近三年他们刚重排印行，四川目前又出，总觉不妥。何况四川又建议将三记合编第二卷，未免有点莫明其妙！所以我同意他先出原编的第一卷，并抽换了三篇。序呢，等最后商定时再说，抽换的三篇是：《一个人的出身》《钟傲》和《恐怖》。《恐怖》是从《祖父的故事》中选出的，其他两篇，均未曾编过集子。小午、荒煤、小严来了。小严是送大衣来的。我留她吃饭，她说："我还有一口子在家等我呢！"荒煤同我谈了一些情况，并交了文联整理的两本资料给我，说是，有关四年来创作情况的那一本，《人民日报》准备缩写一通发表，同时还准备写篇评论员文章。看来批判《苦恋》以后，文学界的思想情况相当紧张。他曾去看过白羽。白羽所提三点意见使人感到矛盾一时不会缓和。荒煤告诉我，《解放军报》又发表了一篇文章。因知我未订该报，打算从皮包内取出来让我看，我推却了。横竖就是那么回事，实在不愿浪费时间。在谈到文研所问题时，我很激动。他说，等平凡出院，当与之商量，求得尽快解决。饭后他离开时，我叫小漪送他前去乘公共汽车，因为可乘车，到来后就往回走了。

5 月 16 日

上午在家修改《困兽记》，下午去看光年。先到天翼那里，还在睡。我要他不起来，却忙着给他穿戴；随又将光年请下楼来。光年一到，谈话就活泼了。他谈了不少批《苦恋》引起的反映：黄钢为他的刊物出了个增刊，加入批《苦》的合唱；实际也只是二重唱，因而挨了大字报，要他出面辩论，并称他叫"姚二世"。他就门也不敢出了，并曾要求派出所保护。对于中篇、诗歌评奖的情况，他也讲了不少：几年来所有中篇，主要是反映"十年动乱"和"三年困难"。反映"三年困难"，写得较好的有《犯人李铜钟》。按其所讲情节，固然塑造了李铜钟这个正面形象，很动人，但我感觉同时却也损坏了党和毛主席的形象。作者是河南人，似乎有什么问题。因为光年提到他与省委文教书记谈起此事，有过能否来京领奖，以及把名次压低的问题。在谈到反映"十年动乱"的题材时，我谈到我对《芙蓉镇》的一些基本看法，也谈到《芒果》。看来他们都同意我的看法。接着，我在牛棚时两则趣闻：一是郑英的，一是我自己的。他们都大笑不止。可惜我未曾说明我的想法：要是我来写"文革"时的所见所闻，我将把作品写成喜剧，嘲一通"四人帮"及其走卒。我向他们说，写"十年动乱"，如果突出人民"看在眼里，恨在心里"，实则是无视人民的力量：还有一点，反映"十年动乱"，必须划分毛主席的错误和"四人帮"的夺权阴谋这个界限，把矛头明确指向"四人帮"。本来还有许多话要说的，一再犹豫，时间又快五点了，得去看看老冯，只好告辞。光年、承宽一直送我到楼房门首。到"全总"后，向两个打羽毛球的青少年问好住处，就一直上楼。也许因为赶时间走得太急，爬上四楼，快把人累倒了。同冯谈的主要话题，也是最近文化界的动态，特别是批《苦》引起的一些反映，我们彼此都互有补充。因为快六点了，逗留约半小时，带上他交我的三件材料，就回家来了。

5 月 17 日

没料到金丁来了。这也是个健谈家，彼此也谈得来。先谈我的作品，认为我和老艾的短篇他是喜爱的，可以长篇当推茅公。这是当然的，符合实际，茅公的长篇确乎杰出。但金丁觉得我的中篇《闯关》，他也喜欢。同时说他有一种感觉，近两年中篇之多，可能由于部分作者既缺乏写作短篇的本领，写作长篇又有修养、生活素材一类限制，因此就都写中篇了。我认为他这话有一定道理。谈得最多的是目前由《苦恋》挨批引起的种种反映，整个知识界显然都震惊了！我感觉是否又乱棍齐下?！他讲了某市召开政协的一点情况：本来不少文化界的代表都对《解放军报》大批《苦恋》不满，由于市党报不仅加以转载，还约人写了文章响应，因而第一天会议小组讨论，单是一个随地吐痰的问题，就扯了一下午！这是"王顾左右而言他"。个别代表，以后就不再参加小组讨论会了。他还向我证实，何洛并未被群众抄家，但是学校图书馆内却有人暗中贴了副对联，上联是"高官厚禄何乐而不为"，下联我遗忘了，另记得横额是"革命到家"！在谈到鲁迅博物馆出版的本年第二期《研究动态》时，他指出，有的人就是"四人帮"的残余分子！我又向他谈了作协邀请老作家座谈会上楼适夷的发言，并作了分析、论证。他认为我言之有理。随后，我要他促请胡愈老，成仿吾同志写些资料，以便帮助党把一些问题在内部加以澄清。他走时，我送了一册《涓埃集》给他。因为中间有他需要看看的《闯关》。我是叫刚宜送他下楼的。他刚来不久，因为我同高鹏谈话去了，涟涟曾主动同他胡扯了一阵，说："妈妈礼拜六上午，或者下午才到幼儿园接我回来。"她这个"或者"引得金丁大笑。是他后来向我们夸奖小家伙时提起的。高夫妇是因为所说我将离京才来看我的，并不是来向我要求什么，解释什么。因为工作安排不当，他准备向领导申诉。因为有金丁在，刚宜一回，我就让他们闲扯去了，等我送金丁时，他夫妇已经走了很久。下午，书芹同志又送来两份材料，与我昨天从冯处带走的一样，我一并退还他了。闲谈了我向老冯谈话的部分内容，意在要他趁便作些解释。因为走得太匆忙了。他说，他才看了日本的现代派画展，有一幅人头像最受欢迎：一个人头，是男是女都不知道，连面貌也无法识别，整个头给报纸裹住了。而报上的字迹、两帖照片也模糊不清！标题是"人！"

5月18日

上午，回了两封信，虽然简略，却花去不少时间，因为老是写错字。同时叫小刘来寄出给李致稿子二件，并赠送沈韦韬同志、陈小曼同志茅公"文化革命"后几封信的复制品。这样，一个上午完了！午休后，取来录音机。一俟小仲、小严到来，就向他们讲"三记"的写作过程。从题旨到人物的模特儿，乃至作品中显现的环境和社会动态，还讲了我所知道的批评界、读者、作家群的反映。讲了近两个钟头，一盘磁带都录完了，还谈了些题外话，凡录了音的，他们将全部整理出来。可能他们还要我作若干补充。在讲到我对村镇政权在整个国家、社会的政治方面的看法，我觉得颇有新意。过后想来，无非把我过去不明确的东西，说得更为明确而已。未曾录音的一部分，主要是谈所里存在的一些问题，很激动，晚上睡觉还未平息，反而越来越激动了。因为服眠尔通不灵，午夜一时许，我又起来服了一粒从不轻易服用的速可眠，算逐渐入睡了。

5 月 19 日

大明来，首先告诉我，张炯讲，我主张再为农村读物编刊社搞一套指导散文写作的丛书一事，已经落实。另外，他讲，他右手臂刚动了点小手术，明天下午不能来为我记录对古华的《芙蓉镇》提的意见了。但只要录了音，他稍缓可以按照录音整理。我交托了三件事情请他办：回易明善同志一信，我目前无时间写回忆其芳的材料，他可以就《敌后七十五天》摘录一些，因为其中有不少写到其芳的点滴情况。回《汉语词典》编辑小组一信，告诉他们"老巴巴"即很老迈的意思。"巴巴"二字，同"慢悠悠"的"悠悠"不同，不能单独成词。对他整理的回"上饶师专"季显华的长信，未及细看，我只在信末批了几行，就请他连詹的论文挂号付邮。他走后，翻阅了一些内部材料，并给露菲通了一次电话，就吃饭了。因为头发太乱，下午，因为院部外事局要我去参加欢迎日本一个代表团的宴会，饭后散步，顺便去南小街理发店给头发吹了次风。费时约一刻钟，花了二角三分钱，相当于修一次面的钱。回家午休一阵，马来，不！是王来要我由她陪往人大会堂的湖北厅。陪客都陆续到齐了，我同钱坐在一道。他几乎认识所有的人，我呢，除张友涣、罗大纲，几乎全不知其为何许人，只有两三个熟识面孔。我有时间问钱，他对一位陪客作了如下介绍："官！你看架子就跟我们不同。"我笑了，从而想起了卞对钱的评语："喜欢讽刺人。"日本驻华大使夫妇来了。夫人是个欧洲人。钱告诉我他们是谁，又回答我道："日本外交官多喜欢外国老婆。"当然，我所记钱的话不一定每个字准确，但大意不会有误。最后，顾问、团长等都到了。桑原已白发苍苍，但仍然健旺，因为同钱和我都早相识，很热情。接着，按照安排，钱、罗、我，还有位女同志陪桑原围坐于一个小圆桌上。钱、罗都用法语同桑交谈，我简直无从置喙。钱告辞后，我才同桑原交谈起来，先是由罗翻译，随即由一位日本少女——她是那么小巧和年轻！而且一共三位——代我们翻译。我首先谈到吉川先生的逝世，请其返日后代向其家属问好，接着桑就谈起劫老的夫人，劫老的著作和旧址"菱窠"；说他前年去成都，"菱窠"已不复存在了！谈到劫人和他的著作，我的话匣子就打开了。桑并又提到郭老，乃至三苏，并问我四川怎么出这么多人才？可能由于地方富饶，山水清丽，罗从而大赞四川的山川。我乘便引用了东坡的两句话："天下之山水，在蜀；蜀之山水，在嘉州。"等到快入席时，外事局一位同志知道我事先有约，不吃饭，就暗示我向桑告别。王在外面等，还有外事一位同志相送。因为是租的车，司机要现款，但王的钱不够，只好由我掏出十元。要价之高，真叫人吃惊！四元钱一点钟，其实坐车的时间半点钟都不到！下午，卞来坐了一阵。

5月20日

昨晚，向许发泄了几句，由他打过招呼，小安九时把车子开来了。去安儿胡同，同起应畅谈了两小时光景。内容呢，从文艺界的学习，"大批《苦恋》引起的种种反映到文学所前当存在的问题。我对学习中暴露出来的情况作了分析，追述个别同志"文革"前的一些表现。对批《苦恋》引起的反响谈得较多，主要是我从卞和金丁听到的文化界的紧张情绪，以及黄的狼狈像，特别这次"批判"的实质：反对三中全会后一系列党的已著成效的方针政策，主张在这场斗争中决不能退却。谈得最多的是文学所的问题，有关几位主要负责同志的表现，我都谈到了，也提出两三点建议；他基本上都同意了。对合并两个鲁研室的问题，他也认为照乔木同志过去的意见办较好：与其合拢来互相抵消力量，不如各自独立为好。临走时，贺绿汀同志带起一位中年女同志来了。互相招呼后，主人问我："你还转来吗？""当然转来！"我迅即回答。随又谈到准备一处住上半年。他赞成这么做。我可接着又说："再两三年恐怕就不行了！""你可以坐火车吗！"他建议说。我还谈到房子问题，转眼就八十了，这个四层恐怕也只能再爬上一两年了。他说将转告有关同志，为我另找房子。我单独退出后，碰见小邢和那位未知名、身材魁梧的秘书。小邢伴我上车途中，我告诉他，一定得提醒起应、灵扬，看看中医：附片是否对心脏有补益？若果张老所言不差，我家还有，用完后可以去取。这天心情最为痛快，想说的话，都倾吐了。午休后，古华同志又如约来了一阵，于是搬来录音机，对《芙蓉镇》提出了我的一些看法，费时两点有多；只是牵涉其他两篇作品的看法，未曾录音，也希望他不必外传。虽说谈了两个多钟头，中间却碰见一次打插：接见木□①和徐州师院的吴奔星教授，并在他的小本子写了一首七十年代初元旦写的打油诗。当时正在昭觉寺隔离"反省"，算是我生平唯一一首旧诗！尽管如此劳累，晚上，文井来，又同他谈了不少！因为所谈问题，基本上和我同起应，以及金丁前几天所谈的内容无大差别。他同意我对一两个问题的分析，认为有相当说服力。文井也谈了不少，而且多是我不知道的。不止有关整风中黄的表现，还有其他一些情况，比如黄办刊物的来龙去脉，李季之死为何使刘那样痛哭，以及其他两位在整风中的精彩表演。我们谈到其芳和他的《毛泽东之歌》。有一点我感到吃惊：其芳建国后也逐渐骄傲了。这是一次真正的谈心。看来他建国前一直在解放区，建国后又一直在北京，情况无疑比我了解得多。临走，他不肯让我送他，小漪伴我推推让让，一直把他送到史家胡同。要小漪单独送他回家，他谢绝了。

---

① 此处人名无法查实，故保留"□"。

5月21日

早上起床，刚做完运动，就忙着给荒煤打电话，告诉他昨天我同起应的谈话内容和两个口号论争，起应已同意我的建议，把有关同志邀集一起座谈，颇多不便，徒然拖延时间。而不少同志，如王学文同志年岁已不小了，所以莫如由文联党组或中宣部邀请大家写出书面材料，做到实事求是，让这一历史恢复其本来面目。因为经过"十年动乱"，真相已不为世人所知了。且多分歧，易使宗派情绪滋长，于团结也大不利。我还具体提出，艾芜即将来京，可要求他先写一点自己的见闻。早饭后，看了一章《风萧萧》，感觉水芹子这个人物的确写得从性格的形成到她与爱人的会面、谈心、调情，以及分别时的情景都很动人。可用"乐而不淫"四字概括，真不简单。午休起来，一位素未见面的同志送飞机票来了。是二十五日的票。此公说话爆辣辣的。我收到票后，他就向我讨要票价！说了一些废话就把他打发走。不久，小刘又领起院部车队租的汽车来了。因为前两天的经验，颇感不快，且有犹豫，今天得耽延更多时间，不知将会花多少钱！转而一想，既是院部的车，也许会便宜些吧？要小刘问问价钱，可是没有结果。上车后，我自己一问，才知道只算油钱。算放心了。民族学院真像座公园，走行十多分钟，才找到和平楼。谢大姐精神照旧不错，只是行走还不方便，照例，坐下不久，话匣子就打开了。恰又有赵居士在座，因而谈话相当热闹。不过话题还是批《苦恋》引起的种种反响，以及黄的狼狈景象。当然也牵扯到其他人一些活动。但因赵、赵的儿子和谢大姐的大女儿和女婿都不大熟，冰心尽管一再追问，始终未敢多言。在谈到天翼和沈时，也有点吞吞吐吐。一看怀表，四点半了。告辞时，冰心送了我她的选集和《关于女人》各一册；我又讨了本《小橘灯》。她都签了名，还说选集上有她年轻时照片一帖，并由吴清包扎了一束鲜

938

花给我，说："你拿了我这么多东西走！""这就叫空手而来，抱财归家！"相与大笑。是吴清送我上车的，说她很想再去看看重庆！因为她是在重庆出生、长大的。今天是学校一个什么纪念日，出去时，沿途可望到穿着各色少数民族服装的女同志更多了。"北大"的规模看来比"民院"更大，也更像一座公园。车行很久，才在一位学童的指引下找到组缃；但是他本人不在，一位缺齿的老妇人接待着我。我原以她是用人，闹了好久，才知是组缃的老伴！真是眼拙。她可也改变得厉害了。于是决定等些时候再走，由她把司机同志也请上来了。我们闲谈了很久，主要是我自己"文革"中的一些遭遇。但是没有唤声叹气，更没有眼泪，因为全是喜剧的插曲。就连司机也连连发笑，这是由组缃的疾病、我自己的失眠、哮喘引起来的：几年牛棚生活等于休养，否则我的健康情况将会更坏！这是我追述牛棚生活的结论，也是实情。吴大嫂一连到窗口望了几次，都未发现组缃，她坚留我住几天，后又准备煮饭，我又都谢绝了。因为我得准备收拾行李，否则倒真可以住下来息休几天。因为朗润园正修建在未名湖不远的地方，我们曾去阳台上站了一会儿，风景的确不错。我还笑道："我来这里教几点钟吧！你给组缃说说怎样？"临走时，她在云南的那个孙儿回来了，高大，相当漂亮。她一直把我送下楼，送上车，司机这次从后门走的，没有传达室。所经道路都相当陌生，也较捷便。晚上，洗了澡，水都给洗浑了，可见垢痂之多。卜送来《祖国万岁！》校样。校阅至十一点才上床睡觉。

5月22日

　　小严把文件送来了。有关纪念党的生日那项通知，立刻看了。另一篇谈农民的两重性的文章，看了几页，大明来了。我把对那位十九岁的师专学生评论我解放后的文章所提意见的校改稿交付给他，指出整理谈话记录，必须删去重复的地方，同时补充一些不足之处。他说，这是原始记录，回信是整理过的。但我仍然将校正稿交付他。看后，如有必要，可去一信。另外我又将同古谈话的磁带交他，希望他有便代我抄写一通。还寄给他古一信，设想了另一个《芙蓉镇》结尾处那个细节的设想，供他参考。接着又谈到《风萧萧》第八章，认为写得不错。并对水芹子的性格等作了分析，要他便中给蒋说，这个人物的确写得生动。他说，蒋希望他能对我的有关《风萧萧》的意见，哪怕点点滴滴，也全都记下来给他，大明临走，我还交了四十元给他，作为抄写《青枫坡》校改稿的缮写费用。找了卜两次，他在厅里开会，直到下午才来。我把抄改的《鲁迅万岁》交他，要他斟酌；并说明为什么我对那两小段要那样改。晚上，散步还不满半小时，李书芹同志来了。他问到行期并车子问题，说是他们可以派车送我。我退还他一盘磁带，随即谈起为农村凡有高小、初中文化水平的社员、干部再编一套章回小说选编"三言二拍"之类的丛书。这是对八亿农民服务的问题。我当即承认下来，李曾问起何时去机场时，而为找飞机票，又翻箱倒匣了很久！

5月23日

这两天太紧张了。六点起床记好《祖国万岁！》那两段校改文，接着又睡。早饭前给荒煤打电话，他出街了。我留了个口信，要他晚上来个电话。早饭后去找卜，请他斟酌那两段校改文。他认为不错。无意又谈到徐，他事事都要过问，但却只能从政治上看问题，对学术、业务毫不沾边，因而只能带来干扰！我忍不住就又发泄了一通。回来后，小严送《雎水十年》记录稿来了。指出我前面添上的，实际后面也有！看来得通看一遍才能改。而且决定分段写，不能连成一片。我问何时她同小仲再来？她说，荒煤建议，全部整理好后，当我返京，才好提出需要补充的细节。我们又谈起徐，并向她卖一次劝世文。随又赶忙给梅写了封信，要她带去交院部值班室。因为情绪激动中写的，可能有不少措辞不当之处，可也管不了许多了。下午，没料到荒煤来了，随又来了之琳。无奈只好将郑培凯先生来信交荒煤看。我同之琳应酬，之琳显然很快感觉到我们要商量什么重要事情，他在场不便，因而取出他给《动态》那篇有关诗歌的发言稿来，要我代转；而荒煤立刻接过去了，说由他转去。之琳告辞时，为了弥补自己的歉意，我表示明天去向他告辞；但他推辞得非常认真、坚决。送走他后，我回转室内同荒煤谈起来。当然不外所内存在的问题，依旧激动。但他告诉我乔木同志已经分别给起应、巍时信，要他兼管一下文研所工作后，情绪却逐渐冷静了。他准备文化部将乔木信复制出来转给文学所后，他就去所里开个各科室的会，也许是党委会，表示每周去日坊路办一天公。同时将复制信交平凡，并提出些所内存在的一些问题，要他考虑。等他出院后商量解决方案。我们都估计徐一定向平凡反映了不少情况，因而我一再叮他，徐的问题必须认真解决！否则即或他每周去一天，徐将照样进行干扰。提到高鹏问题时，他说，科研室、动态组两位女同志都不要他。我说："女同志到了更年期脾胃都有点古怪，多疑、偏狭！"他笑了。我们还谈到一个社院各所的党委书记和政工室的问题：由不怎么懂业务，又不甘心只起保守作用，乃至照旧用我打你通的办法进行工作，对于学术单位说来，实在并无好处。这是由他讲起另一个所的党委书记，在看了批《苦恋》的评论员的文章，立即兴高采烈、摩掌擦拳就情况谈起来的。我还建议，我们联名给乔木同志一信，就此问题提点建议。我送他走了好一阵，边走边谈。谈话中，我提到我们必须处处小心，不要给人以口实时，他显然很敏感，也多少有点不快。随又扯到最近上海文艺界发生的一点人身攻击的谣言，我曾慨叹："咱们社会上的封建家还不少呵！"他阻止了两次我才回来。

5月24日

　　得张挺信，希望能同我会晤。他是我调文研所不久，在北大参加那次好几个院校讨论会后，才知道他的。因为我偶然接到了他的信，对那次会议表示了基本一致的看法。随后他又从青岛寄过两次他自己发表过的，以及一篇未发表的文章给我看。前一向，还寄了篇有关《家》的研究文章。我也曾回过信。他是因公来北京的，谅必又是参加什么学术讨论会的。得信后，我叫人去查电话号码。好容易查到了，可是几次没有人接！只好找出一册《祖父的故事》赠他，并附一短信。准备明天交所里付邮。下午，觉民来，是梅益要他来的。因为对于我的信有些不解，着急，但又知道我耳背，直接通话担心听不清楚。我向许作了些解释、补充，要他转告梅益同志。接着又着重说明在乔木同志分别给周扬、巍时两位信后，我的感觉已逐渐平静了。因为由荒煤兼管文学所的问题，算正式明确了。这就有了一个解决其他问题的开端，并同许进行了商量。本来是愉快的见面，在他谈到徐最近在《文学遗产》组稿会上，当代室一次学术讨论会上的表演，不免又激动起来，感觉真是给文学所、给院部，乃至给党丢脸！晚上，正忙于收拾行李，梅来电话。我扼要解释几句，说明我是在情绪激动下写那封信的，荒煤谈起乔的指示后，我基本上放心了。我说，目前我们正该努力恢复党的形象。他呢，作为所的一个党委负责人却面对各地来参加学术讨论的文学研究工作者信口开河，这种坏作风可能招致的结果非常明显，我是不能听之的，否则对不起党对我的信任。最后，他劝我安心回川休养。晚饭后，刚宜帮我收拾好行李，时间已不早了。为了明晨六点前能起床，例外服了一粒速可眠。

5月25日

竟连速可眠也未发生多大作用，一夜无眠，五点过就起床了。照常做了简单运动。早点后，正六点，许就来了，还有林非一道。小安和许帮我提的行李。刚宜要去上班，由小漪带了涟涟送我；同林非在三楼握手而别。到机场后，是小安、小漪去寄的行李，我有意留下许，同他单独谈了些黄某的情况，要他转告荒煤。此外还托了他两件小事。他也告诉了我一些"四人帮"当权时那些君子们一些精彩表演。对于文学所的事，我又重申了两天前商定的办法，他说一定负责经常将重要情况告诉我。我们去时，交行李的地方，已经排一长列办理手续的乘客了。我发现竟连换票也有开后门的！因为先换票可以得个较好的座位。行李超重一点，可是因为数量太小，没有加办。涟涟一到就楼上楼下蹦跳，不听招呼。走去小卖部看了看，凡是好点的罐头、瓶装酒，都得用外汇讨价，只好车身便走。上飞机时，我一连几次向涟涟她们挥手，直到快进飞机，望不见人影了，才未理会他们。我的座位靠后一些，一位年轻国际友人，不知何故，却想起飞后从前仓移往后仓最末一排。因为最后两排无人，可以躺下睡觉，他只有一件衬衣，随又向空中小姐讨了一席毛毯。飞机声响已够呛了，身边还有人大声聊天。因为前面那西洋太太走了，我就转移到前排去。头脑昏晕不堪，可又无法睡去；连打盹都很难。幸而到成都了。我等所有的乘客都离座了，这才缓缓起身，并回头向一位空中小姐笑道："你看我自甘落后！"她在后排收拾家什，也笑了。下机后就看见刚虹、世文和劼劼。是文联的车。小钟、小孟也来了。刚虹留下接待外宾，我们先走了。途中，同小钟闲谈间，知《四川日报》转载了批《苦恋》的文章，我说了一句大欠斟酌的话："《四川日报》一向很稳当吗？"当然也谈了不少北京文化界的反映和结果。刚齐母女在家候我；邓也到了机场，帮我取行李。

下机后，我步履艰难，简直像生病了。

5 月 26 日

早饭后，彭和黎来，我向他们介绍了批《苦恋》引起的反响甚详，并谈了谈我所知道的中央负责同志前两天的有关指示。因为昨天下午陈进谈到一些情况，我也就这次事件的意义谈了些自己的看法：主流和支流；对待支流当然不能听之任之，可不能像批《苦恋》那样——既不能挥舞大棒，也不必一拥而上，以免造成"又来了"这样的印象，于安定团结不利。而且这不只是文艺界的问题，整个知识界都会感到不安。临去时，我交了两册全国文联有关三中全会以来文学创作的全面情况、文学创作评介工作，也就是领导上的得失的分析的材料给他们，并请黎代我联系一下，看心源同志、安部长、沈部长何时有空，我准备去看望他们。午休后，崇素、洪钟来。正闲谈中，心源同志来了。前两位当即告辞。我同心源同志谈的问题也不出乎上午同彭、黎的范围，但谈得更深一些：这不是一般问题，更不是单对一个电影脚本的问题，实质上是对三中全会的路线方针政策问题，对某一两位大家素所尊重的负责同志的问题，我还向他讲了一点中央工作会议后，河南一两城市发生的现象。他也谈了不少，最叫我注意的是有关《法庭内外》的某些不快。他还提到《广角镜》，仿佛上面发表过什么不够恰当的东西。可惜耳背，未曾听得清楚。他精神不错，照旧连节制生育问题也管。我可劝他，岁数不饶人，得注意休息。井丹同志的情况我也向他谈了，还谈了谈王达安同志的困难处境；他答允，若绵阳地委解决不了，可以告诉沈，由省设法解决，送走他不久，午休起来，陈宗光、陈进和友欣来了，又照旧扯了一阵有关批《苦恋》的问题。他们还告诉我，他们已看到由贺传达的耀邦同志的指示了。陈进还补充了我未提到的有关愿尔问题某个重要部分。我说："是呀，这种自我批评精神就值得学习！"并深有所感地发挥了几句。在谈到《假若我是真的》那位学者竟然在总结经验教训后写出《陈毅市长》那样好戏，借以证明中央指出的疏导办法的正确时，文艺处长插言说，他后来写的另一篇文章也并不好，有问题。真是莫名其妙！于是我又就"一贯正确，完全正确"这一命题扯了几句。看来此公也有点"左"得可爱！他们走后，杨礼夫妇先后归来。主要谈了治疗牙齿的问题，要他联系。

5月27日

正看《应变》，陈领周克芹同志来。我们刚一坐下，芹就取出一篇稿子给陈。我说："不要给他随便派任务啊！"芹解释说，是他主动写的。陈走后，我们闲谈了好一阵。我由《芙蓉镇》的得失谈到对"十年动乱"的一些看法。他插嘴说："农村的情况不大一样。"后来又扯到他退"北影"的稿酬问题。我说，这可能是惯例，你不愿接收，可以捐给社队作公益金嘛！我说他没有想到。我又谈了些殷白和《彩色的夜》那位作者看我时的表现和谈话内容，并流露厌恶之情时，他告诉我，友欣就向他讲过殷白的情况、作风，所以未去北京受奖。他这样做当然是对的，我直言无隐地说明这两个人的差别是，前者常见于外，后者则较隐蔽，其目的则很一致，都想争发现、培养之权！我又对后者有关谭的问题的做法，现在弄得女方全家遭灾！我的这些话有点损害对方的自尊心吧？因为他插言说："机关办的事情我不想过问啊！"我未向他作进一步解释，但望他早日集中精力写完《许茂》下部，改好上部，并要他在谋篇布局上事先多作计较。经过这次谈话，这个人的性格我算了解得较全面了。继续改《应变》。晚饭前，刚虹给白戈去电话，才知道他和华逸深入农村，搞调查研究去了。晚饭后，她两夫妇又去看望张老。回来时说，他们去时张老正一个人在房里打盹，说他完全没有料到我会回来。为了睡得较好，决定晚上不做任何事了。

5 月 28 日

我要车去看沈部长、安部长。张来说，要下午才有车。上午，司机都得去参加考试。不料，沈由本初伴随着来了。谈话不少，主要不外《苦恋》着批的反映和结果。殷白的问题也扯到了。正在这时，少言也来了。对于殷白党籍问题，我没有表态，但对他和《彩色的夜》作者访问我的经过，则言之较详。沈说，他也感觉到了他们有点互相吹捧的味道。我随扯到芹昨天的谈话，说，严部长曾言及准备调他到《四川文学》工作。我当即预言：一林不藏二虎，他和李会互不相容。根据芹的谈话，他之未去京受奖，因为李的劝阻：殷白将用他作资本，拖起去拜会名人。看吧，还未一道做事，就互相竞争起来了！但我认为，从才能上说，殷优于李。作风也各异：一个是外向人，一个是内向人。而内向人最难识别。少言说，沈世民曾做过"反到底"的宣传部长，办过小报，后期却有好转，未曾紧跟到底。他还讲，沈有与殷复婚的要求。只等办手续即可复婚。但这所谓手续，我不知何所指，也未细问。沈离开前，我问了问杜书记那天提到的《法庭内外》引起的不快经过。他扼要谈了谈，说是将命文艺处送一份材料给我。沈们走后，一位前一刻钟进入室内的青年，不，可能是中年了，自言是《给省团委一封信》的作者，因已平反，现在《成都日报》工作，要我写稿。我说，我是回来休养的，不写任何稿子；他说旧稿也行。我说，你们若爱护我，就让我安安静静休养吧！看出连水都泼不进，随即走了。而不久又来了洪钟！他送了一册社院的刊物给我，因为上面有一篇为李劼老辩解的文章，是针对唐弢主编的《现代文学史》写的。我交了其芳的数封信，要他转易明善，但必抄缮将原稿退还。谈老艾的信时，他们不赞成交谭抄写，说是以找杨清为好。晚饭，高夫妇来，谈到李致问题，相当激动；这也由于今天太把人累够了！

5 月 29 日

正准备做事，流沙河爱人来告诉我，她已给丈夫写了信，要他到我家里去取眼镜。并说，她前日得巴公信，他生病了。她走后，包川来了，请我看她一篇小说。我说自己困乏不堪，是回来疗养的，无法看稿。她又说，只有五千多字，好多人说她是在学我的表现方法。还说，她也有意向我的短篇学习。这一来，我更不想看了，甚至感到不是滋味。于是说，你应该走自己的道路，并重申，我不能看稿，精力太不够了。她又说，等你精神好点看吧。送走包后，继续写稿；但是效果很差。午休后较好。晚饭后正在散步，李致来了。送来好几本装潢漂亮的书，说："我是挨骂的！"看来，高已将我对他的不满大都讲了。等我基本上决定出个四卷集后，张老来了。他不愿坐沙发，说是他喜欢高一点的篾椅。我同李继续扯谈，指出《涓埃集》校对上的疏忽对我产生的最大的不快。特别我之急于编入散文《老乡们》的用意所在：让人们看看党的优良传统。我发《敌后七十五天》的用意也在这里，同时也想让青年一代看看党在领导抗战中的艰苦作风。可是他们偏偏将《涓埃集》中那些散文错植得一蹋糊涂！我给他下了个评语："口味很大，消化力太差！"建议他设法加强编辑力量。像《何其芳评传》中那些错误是完全可以避免的。问题在于太缺乏责任感了！当我指《评传》中的具体错误时，竟连张老也吃惊了：这错得太不像话了！你们去延安怎么会车耀先批准呢?!"同时还告诉我，经老干部局那位负责人来蓉证明，罗世文同志来成都的时间已明确了。李致真是本领不小！最后总算达到了目的："三记"作为第二卷编入选集。同时还得到了我的承诺：将来一定让他们出文集。有一件事倒颇令人高兴：前几天他还得到巴公的信，并未生病。他走后，张老即坐向他空出来的沙发，彼此闲谈了很久。他告诉我，《内参》上外国通讯社对白桦获得诗歌奖的反应非常强烈，认为我国现在真正是贯彻二百方针了，并未因《苦恋》将作者一棍子打死！

5月30日

上午，骆香圃来，我向他谈了前日芹同我谈话间所获印象。他也认为我某一论断不错：芹对李有感恩思想。但令人不解的是，李对他究有何恩可言呢?！芹那天只是说他有点小事进省的。今天香圃才告诉我，是办理迁移证，大约新房完工后即将举家迁省。要搞专业创作，长期住在农村，确也不宜。像他，要完成《许茂》下卷，就非集中精力不可，而且在一个相当长时期内集中精力不可；但他在简阳一个区委会住起，却不可能。骆去不久，川大陈厚诚同学来了，送来我的著作年表，以及好几份复制稿。他本已准备付邮，因林来函告我之行踪，才中止的。正翻阅间，杨洁来，说洪告诉他，我将托其找抄稿人。他已约好前次那位退休的省图书馆馆员了。我回答说，等阵说吧，目前手中无稿可抄。同时要他给李眉写信时，提一提桑田武夫要我代向她母亲问好。随即继续同陈翻阅年表及所复制稿件。著作年表上，凡是他不能确定的，都划有红色记号，这样改起来、增补起来，也就省事多了。但我仍然约他一礼拜后来取。他走后，因为老想起同芹的谈话，也想到谭。于问陈借阅报纸时，我顺便要他向本初提谈一下，便中代向宣传部请示：是否可以同意谭的要求，谈谈我青少年时代、"左联"时期的情况？我还加上，我是无事不可对人言的，在北京，有人问起，我就讲。这里，情况复杂，就只好请示后再说了。真是有点慨乎言之。午休后，翻阅年表，并随手订正。有三四篇短篇小说，我几乎连题目都忘记了！可惜他未曾复制，但却注明发表于何年何月，以及刊物名称。还有两篇散文报道，注明重庆图书馆可以复制或者抄录。一篇谈创作的文章，一篇谈民族形势的文章，读来还不觉太差。

5月31日

　　今天是星期天，刚齐同两个孩子来得最早，除刚齐本人，全都穿着一新。一问起，才知道是刚宜夫妇给他们带回来的"六一"礼品。还给杨羊也买了一套。葳葳长得不错，可是认生，不让我抱。她三娘母来后不久，杨礼也回来了。除羊儿外，还有她两个表妹，我同礼儿闲聊了一阵，对一些问题做了解释。因为五六个孩子跑出跑进，时间一久，顿觉烦人，就回室内工作。杨礼则忙着代我给刚俊写信去了。这是我回家之次日就叮咛过的，今天问起，才知道他还未写！颇为不快，因为这封信牵涉到王达安，不！不是牵涉到，主要就为解决王的困难处境，怎么竟这样大意呢？当然，这同他和王素昧平生不无关系。可连要他同口腔医院联系的事，竟也忘记掉了。当我工作告一段落，走出室内，才知道他信已写好，并亲自付邮去了。午休后，羊儿两个表妹，午饭后就走了。劫劫原本闹着去游泳的，因为阵雨，没有去成。晚饭后，准备去军区影剧院看戏，也因天气不很稳定，而且不时又洒几滴雨水，也不放心三个小人能应付星期天街面上的拥挤杂乱，以及穿来插去的自行车，我多少有些迟疑，刚虹也不放心，结果决定不要去看儿童节的电影了。杨礼、刚齐领起孩子走后不久，又落雨了，刚虹又忙着分别赶出为送雨伞。刚齐呢，幸好刚想背上葳葳，光汉来了。否则真有点为她担心！回到家里，不见劫劫。一问，才知道由于约着羊儿、小晓一道去看电影的计划失败，躲去张大娘房内哭啊！我叫了几次，只管应声，可是不肯出来。这使我想起一些独生子女的问题。因此，晚上看电视时，我特抚慰了他一番，并叫刚虹注意帮他结识一位伙伴。否则，孩子本来就很敏感、小气，对于他的发育将会产生不良后果。同时我也想起涟涟。

6月1日

上午，对《应变》的篇章作了若干补充，并另写一个计划。还加上两条附注，不能随意增加人物，只能加强已经出现和提到过的人物；扬长避短，对不怎么熟悉的人物、活动，通过主要、次要人物，也就是从侧面来写。且开写第九章了。午休后，杜谷同李定周两位来，不免有惊怪：又是李做责任编辑?！谈话中，不免有些激动。而一激动，也就急不择言，说了好几句带刺的话："出不出文集，就看选集出来的质量如何。否则，我会改变计划，甚至我会声明这个选集应该停止发行。对于《涓埃集》我没有这么做，因为我觉得这样做会对国家造成损失。"李不断解释，说："我给老艾连他也未曾注意到的错字，都提出来请示他啦。"一句怪话立刻冲上喉头："你对我为什么两样呢?……"但很快又咽下去了。只是重申："如果选集错字过多，我会毁约！先把话说在前头。"随又加以补充，凡是改过的稿子，我都要看；近三年出版的，你们照新版本排好了。我以为他们是送编目来的，原来他们没有《祖父的故事》，已经写信买去了！还说，在图书馆也没找到！这一来我又火了："你们一点准备没有，为什么老催我呢?！《祖父的故事》至少我送过艾芜，你们为什么不去借来抄写我选入第一卷的那几篇——真是莫名其妙！是不是干脆不选好啰。"李说，他们不知道艾芜；杜则保证一定封面设计各方面都搞好。我指着他们送我的"郭选"说："装潢如何我不在乎！我只求内容上差错少点。"依着脾气，我真想连选集也不要出了。八方伸手，但从装潢到挪稿，这就是李老板的作风。有关师陀同志出书问题，我说，我说话是作数的，得李致同意后，我已按照他嘱托写信去上海了。为了照片、手迹问题，因为周四即飞北京，由他到我家里去取。

6月2日

上午准时到了口腔医院，杨礼当即带我会王、焦二位，然后一道去高诊室。陈院长正在为米拔牙。我向她打过招呼，顺便谈了谈病情以及找王巧璋大夫经过。当然也同米打过招呼，只是人相当熟，是用的玩笑口气："医治槽牙巴啦！"躺另一张椅子上后，我们交谈了几句，才知道肖部长已回蓉了。王主任和焦都陪我等候陈来会诊。我同王扯谈了不少，从居住问题一直扯到解放前我的胃出血，因为他说我这次比去年不同，说话有点气紧，而且似乎还有点浮肿，米经诊后，离开以前，又走来同我闲聊了几句。听说他就住在"川医"，我忍不住打趣他道："你这是沾老婆的光呀！"他身后站着一位少女，眼镜，拿着本书，显然是他的孩子。他问到我的住处，我回答道："告诉了你，你也找不到啊！"接着，陈为我诊治，老米也就走了。经过诊查，她建议我再做一副假牙；但是只做下边的，借以减轻牙龈的负担，王随即领我去照片。王很热诚、客气，照完片后，说是：何时确定治疗方法和做假牙，他商定后就打电话通知我。晚饭后，独领起劫劫去看张老。"十年动乱"中被人强占去的楼房，已经退还他了。现在，他单独有一个套间了。儿女们则已全部上楼，这倒叫人颇欣慰。他告诉我郑伯克曾经到过成都，他的一些情况，也已得到澄清，省委并已陈报中央请示。刚才告辞，刚虹来了，于是一同步行回家。

6月3日

一个上午，总算把第九章改写完了，其间，本初送来耀邦同志有关《苦恋》的讲话。开始一段有几句讲得合乎实际，因而也讲得好！"我们有一个重要的教训，就是往往吃不肯定主流的亏。"接着指出，毛主席发动"文化大革命",就是没有肯定主流,"我们不应为少量的非主流的东西,而丢掉大量的主流的东西。"而一开始就说,"这几年,文艺还是有很大成绩的。"看来,那些断言这几年社会主义文艺已经资本主义自由化的同志将会大失所望。除开这个讲话,本初还交来他草拟一篇论文的提纲,题目是:《鲁迅——党领导的无产阶级文化的战士》。是为纪念鲁迅百周年诞辰写的。我要他明日午后四时来取。但他走后,我就边看边在一些段落上写一点建议。午休后就基本看完了。四时许,老潘来。领他到客室内谈了很久。除《苦恋》引起的反应外,我们谈了谈老冯的为人。这当然是个好同志,我们都尊重他,但从《农民报》的创办上,却也看出他的某些不足之处。至于他同陈的关系有一点僵,他也有一定责任。而两个人个性都相当强。潘说,如果他在北京,是能够帮他们把问题弄清楚,以解除误会的。我们也谈到谌容,重庆人,在《工人报》工作一段时间后,曾考上大学;毕业后分配在中央人民广播电台工作。困难三年期中,下放到山西农村。这次,据说对她刺激很大。她丈夫是山西人,四川解放后她在《工人日报》的工作,是收发之类的工作。她两姊妹都在该报待过。通过老潘这些简介,她能写出《人到中年》那样的中篇,也就更容易理解了。

6月4日

上午十一时前,叫了刚虹回来,陪我去口腔医院开始进行短超声波理疗。理疗前,由王领我去高诊室,先请陈做了下边假牙模型,然后上楼去理疗室,做了两种理疗。据说,得进行五次治疗以后,才能判断其疗效如何。王一直到我治疗完后才走。分手时,我曾托他代我向焦致意。午休后,走出室外,发现我所要的眼镜、蛤蚧、尖具,已经摆在方桌上了。白航显然已经来过,可惜未能见面。还有两封信,一封是林彦同志来的,说托办之事,已将调查提纲转给官晋东同志了,如尚有事，可再去一信。一封信是刚俊的，内附王达安同志给我的信。她说，地委、县委都感到王的要求颇难满足，因为中央、委省、地委都曾严格限制农村人口流入城市，而三台农业人口要求转入城市又不少，此例一开，县委势难招架得起！当然她信上说得没有这样明确，但无疑正是这个意思。经她这一提，我也感觉不大好找心源同志了。他的工作已够繁重，又是省负责同志，我怎么能再拿难题让他做呢？但我照旧给心源同志写了封信，说明这是件为难的事，我之将王信转给他，无非聊尽我心而已，也说明我虽未注意到一般县城竟也限制农业人口迁入。信是洗澡后写的。将近两星期没有洗澡了，结果半盆水几乎成了泥浆！洗澡后，本初前来取他的提纲，我当即在客室内按照我昨日写上的几点意见进行了较为详尽的陈述。此外，我还请他代向宣传部反映一点我的建议，《四川文学》应尽量组织评介文章，将我省一些较有成就、有前途的中青年作家，特别像高、黄、克非、榴红等人推到前台去，不能叫人感觉四川创作界人才寥落！我们要为他们宣传，为他们唱；当然得实事求是，一分为二，不能瞎吹瞎捧。他回答说，严部也早有这个意思。他一定代我反映，在提到沈部长时，才知道因张子意同志病危，已于前日飞京。

6月5日

本初来，他告诉我，杜书记看了院部党委给省委的信后，批给文联帮助解决医疗问题和看文件的问题。在谈到乘车去医院时，他说，他已经打过招呼，要我不必担心汽油问题，也不必付油钱或包一部三轮，按时送我去医院进行理疗，有关请田香圃每星期来两次为我做点秘书工作事，因香圃将去葛洲坝，是否另外派人？我推谢了，等他回来后再说。我把为王达安的事给杜的信让他看了，并说明我的顾虑：怕他感觉为难；但信上我也说得明白，我只是为了受人之托，总得尽

953

力而为之。但心源同志也已年过七旬，任务又繁重；又觉不应该为这知其难办的事去麻烦他，所以决定不了这封信是否可交去？他把我和刚俊的信都看了，认为以不交为好。我立刻同意了。他临去时，因为快十一点了，于是一道前去文联，到口腔医院理疗室，一位男同志用纱布蒙了眼睛，在照紫外线，短超声波，两处都有人在进行治疗，都是青年妇女，幸而很快就轮到我了。一边接受治疗，一边同两位女大夫闲聊。陈问我是否还写东西？我表示心有余而力不足，不能搞创作了。她又问是否给青年作者讲讲经验，看点稿子？我也表示无能为力，一晃就八十了。她们似乎有点惊异，于是计算起出生年月来：实岁七十六，虚岁七十七了。回家后，想写东西，可是文思不属，只好给林彦、高智民两位各回一信。晚上，正记日记，少言夫妇来了。上天下地直扯到十点过！谈话内容，有两三点值得说一下：此间也曾盛行过文艺自由化的说法；地县一些负责同志"左"的倾向相当普遍。他们认为社会风气之坏，文艺界有很大责任；谈到阳乐时，李说，此人对党有极大不满，似乎他的两部长篇小说，不可写得好。他是有证据的，阳曾对中宣部文艺局一位姓牛的同志说过："共产党害了他一辈子！"我向少言介绍了去年阳来找我的谈话经过，并从统战角度谈了谈此类事件的看法。我说，我们应该充此类人物的诤友，做到仁至义尽。要团结两个百分之九十五，胸怀得宽广些才行，还得有很大耐心。我暗想，他说一些地、县负责人对知识分子"左"了，其实他又何尝例外？

6月6日

因为没有睡好，整个上午心烦意乱。夜间与人长谈，太可怕了！一个上午，只看看三份报和《参考消息》，就去医院进行理疗。在行车中，翻阅了小孟的《文摘周报》，很有意思。治疗时同医生，另一位不知姓氏的女医生，闲扯了不少，主要是谈光祺及其在省的亲属，她竟然把志超当成了光祺的兄弟。经我指明，两个人都笑了。治疗结束，她又主动引我去三楼病室注射 B_1，说有个姓袁的护士想看我。但袁显然是下班了。是一位冷若冰霜，戴眼镜的护士为我注射的。奇怪，没有一点疼痛感觉，令人惊叹不已，缴费呢，她们都不肯收，说，明天在楼下注射时再缴。下到二楼，分手时我慌里慌张说了句："慢走哇！"立即感到很不恰当，笑了。这也说明自己确乎老了。午休后，川大陈君来，我当即找出他所编辑我的著作目录，就我作简要按语加以说明。《敌后琐记》见于《涓埃集》的几篇，因为既无写作年月，发表于何时何种刊物也都不明，我告诉他，这几篇东西，都是林彦同志设法抄录和复制的，如需查明，可以直接写信问他，就说是我的意思好了。他此次又送来我所需要的短篇集《兽道》和《闯关》题记各一篇，其办事之认真、负责，令人感动，我谈到复制费，他哭着谢绝了，因为他上次送来好几篇复制品，看来他在编好书目后还将写一篇有关论文。这次我拜托了他一件事，请其设法复制或抄录一份建国初出版短篇集《医生》的题记，他照样承诺了，送走他后，我把两篇题记看了一遍，相当高兴。晚饭后，正在耳门外阶沿上散步，黑娃来了，问谈了几句，就让他进屋内找刚虹，我呢，继续散步，直到他和另一位客人走后，我才回到室内。

6月7日

上午，以为儿女们会回来，世文他们也做了准备，但却未回。也好，落得做了点事。午休中，因小解起床，但是老打不开耳门。气来了，就用力拉，因无把手，虽然终于拉开了一条缝，门却仍然没有拉开！气力可几乎用尽了，气喘吁吁，大叫张大娘，竟也毫无声息。刚虹他大小三人，显然也出街了！在这正气得不可开交时，他们可回来了。一提起，才知道他们担心有人来打扰我，把门锁了！这也就更叫人生气。特别张大娘今天假期，也不在家，他们离家时写了张字条，说明他们上街去了，以及锁上门的原因，但这并没有使我平静下来，仍然窝一肚子闷气，真想立刻回北京去，这次来这不如去年安静、慰快，真不知道这是怎么回事！也许年龄大了，脾气也随之变坏了，他们带回报纸、《参考消息》，一封张子意同志的讣文和一封师陀的信。我把窗帘拉开，先看讣文，然后是信和报纸，末了，又拟了封唁电，交刚虹拍发。因为刚虹认为明日去发较便，我一声不响，等到吃完晚饭，我要劫劫陪我去电报局。刚虹夫妇看我脸色不好，在生气；世文也看出来了，当即拿了电文前去拍发，并建议我改了字，在这不到两小时内，我的致命弱点，可说全外露无遗了！上床后想起这些情节，真叫人感到难受！师陀的信也使我想起好多问题：他说目前没有工作，是否仍旧在做散兵游勇，在作协没有他的编制？设果如此，回京后得设法作些必要反映、建议；但又担心自己猜测错了。写信问巴金呢，又不愿打扰他。至于师陀谈到的其他情况，我倒早知道了。像某公那样的妄人，看来不会是个别的。但是，"机深祸深"，看他能表演多久吧！

6月8日

写作不很顺利，老是担心去医院的时候到了。十点四十分去文联乘车前去医院，沿途大小车的喇叭声盈耳。简直是有意制造神经衰弱！为什么这种事竟没有人管？令人不解！进行理疗时，王主任来了，向他谈了最近两天的反应。他认为既已见效就好，并又解说，可能不是神经受伤，只因年岁大了，伤口愈合尽管不错，牙床更新却较迟缓，因而引起了后遗症，并约我明日午后去试假牙；因为上午负责理疗的两位同志将随各负责人去空军医院参观口腔科转到一种西德进口的器械，理疗也改在下午了。王还带我去三楼注射了针剂，并介绍了几位护士同我认识。午休后，谭来了，并带来磁带，要我谈青少年时代的事。我把它推迟到七月，而且口气很不肯定。对于他的私人问题，我可谈了不少。他一再辩解，我呢，可一再指出：你担心她走绝路，向组织反映不更好些？亲自写信劝说，无异表明你还是爱护她的！我劝他一定得从感情上割断联系，并提出《光明日报》他那篇文章中提到的张乔一事，就反应强烈，他又该怎么解释？他承认不是偶合，但说那是他几个月前写的。我本想追问："几个月前写的，为什么发表时不修改呢？"但因感觉逼人太甚，话到口边又咽下了。最后我劝告他，研究作家、作品，不要只看到少数老人，中年作家有成就的不少，如高缨、化石、克非，都写了不少好东西，应该把注意力放在他们身上。而谈话也就这样结束。谭走不久，肖菊人、崔华两位来了。谈了些这次歌舞团在京演出所受到的重视，以及《苦恋》挨批时肖厅身经的体会。有一点很有意思：一次，朝闻把他认成胡绩伟，握手时竟然说："你这一向的压力大哇！"他还提到，起应去看过他们的舞剧了，并要他们复制了一份原本汉译藏剧。《杜十娘》的拷贝问题也解决了。此外，他们还准备带歌舞团去西藏。刚齐的问题，他作了三种建议。

6月9日

近日疲多了，睡眠也差，心烦乱，写作无进展，准时乘车去医院理疗，随又去病房注射 B_1。是小美、小娥的嫂子注射的，理疗室的同志前两天想看看我的，原来是她！已比三年多前苍老点了。当然照样漂亮，脸蛋圆浑浑的。她已经有两个小孩子，大的是个女儿。我取笑她："你也算满员了。"我们谈小娥、小红。她告诉我，小娥到上海出差去了。小红在她家里搭伙，她曾要她到理疗室看我，我们也谈到小红的婚姻问题。她说，去年有人介绍过一位对象，照她和小娥看，条件不错。小红本人却不满意，我提婚姻介绍所的事，她笑答道："那她才不肯去哩！"随又自长叹息，"小红已经三十岁了。脾味强，像一般老处女。"她要我留下两管针药，明天再给我打。在二楼，碰见王主任，说，陈明天为我试装假牙，要我提前半小时去。午休后，肖青偕一位《青年文艺》的编辑来看我，并赠六月份该刊一册。我告诉他们，我回来，主要是养病，不写文章。谈到要我提供青少年时期的材料。我告以小仲曾有信见告，我说等他回来后再说，实际，我也没有什么好写的。我身体远不如艾芜，东西也写得不多，实在也没有什么好写的。在时，我说，他曾是昆仑铁骑的头头，我的敌后日记、杂记，就是他们抄去的。那位长条子男青年建议，万同艾芜过从较密，可以托其探询，还说："他媳妇告诉我们，他十二号就要从朝鲜回北京了。"我说："艾芜很忙，不便多占他的时间，我可以找陈元、廖永祥同志查问。"肖插言说："你找领导问他，他会紧张。"大约看出我精神差，他们随即告辞。晚饭后，正在散步，刘□珍①来了。一直同刚虹谈了很久，我睡觉时，她们还在谈，当然，睡觉前，我也同她闲谈了不少。小漪、涟涟、小娥、小红都谈到了。甚至扯到了若虹。据珍说，小红一听人向她提婚事问题，她就骂！这倒提醒了我：她嫂嫂虽曾一再劝她看我，竟然不来，可能担心我又会劝她结婚！

6 月 10 日

去文联乘车，小孟看电影去了，要十一点才能转来。我昨天曾叮咛过，得提前半点钟去医院，怎么就忘记了呢！担心陈院长等，但小车、面包车都没有司机。张原清稳坐收发室，不理会！碰蓝万能，我要他陪我去坐公共汽车。他们，包括一位办公室的同志在内，只有张仍不理睬！于是我直呼其名，要他向统战部、报社，去借车。而两处都扑空了。报社无车，统战部言无代淑均其人。恰好一位年轻司机来

---

① 此处无法查实人名，故保留"□"。

了，于是坐了他的"戛斯"前去医院。先由理疗室的陈约来陈院长，一道去高诊室试装假牙。这一次，比去年试装假牙时费事多了，约有半小时才告一段落，将模子做就。然后去理疗室，去病房注射 B_1。午休后给刚宜、小漪一信，说明我在这里的情况，告诉他们，我将提前返京。今年在这里干扰大，不愿久住。随即接见了川大陈君，对他所编我解放后著作编目初稿提了些意见。要他不必将在省文代会上的报告，以及反右派斗争中的发言编入。这不是护短，是为了安定团结。这样，一天就浪费掉了。晚上，散步后，去厕所，见有人搬进一张藤椅放衣裤，站在厕所内冲凉，赶紧退出来了。事务人员不少；竟连一个简陋浴室都没有！令人慨叹。当然，目前正在修建新楼，顾不上这一点。但是，只要肯动脑子，也并不至于无法可想。茜子两夫妇那间由公家用硬纸板在楼梯下临时搞的新房，也不免叫人难受。据刚虹说，茜子被划为右派，并遭往阿坝劳动后，这个女青年就经常去看望他。现在他们的结合，当然也就非常自然。但是二十年上下了，他竟然还那样年轻，却有点不能叫人相信，很想了解一个究竟。

6月11日

张文辉老师来，对我反复诊了三次脉，连声说："根子多稳呀！"他要我不必为健康担忧。我向他透露了有时阳抗的情况，他叫道："你今天向我反映这个情况很重要，恰好证明我的诊断：你根子稳。"他随后又为刚虹、张大娘诊了脉；但只为张大娘处方。我两父女按原处方抓药，并承诺以后每星期来为我诊一次脉。"你们找不到我！"他说，"我自己来好了。"原来，为了避免搅扰，他经常在他两个儿子和学生家里轮流居住。目前他又得间日去署袜北二街门诊部应付门面。送走他后，总算把《应变》第十章结束了。去医院，开车的是个老师傅，业已退休，才到文联来的。年老点的人毕竟不同，怕我因为足踏高了，上下车会跌跤，他总要扶我一把，理疗后去病房，没有找到小美为我介绍的那个肥胖、高大的护士。一位中年护士，冷冰冰的，正伏案作记录。问起来，只瞄我一眼，又继续干自己的去了。此人身材瘦长，脸形也长而俊秀，年轻时一定相当漂亮，不知何所根据，我一下断定是个老处女，是护士长一类人物。重返理疗室，陈借了两管针药给我，并伴我上三楼病房。在病房门前碰见焦，陈就走了。焦找人为我注射，同时问我理疗后的反应，经我说明饭后漱口、刷牙，口涎太多情况，她为我开了处方，说明冲水漱口，可以减少不舒服的感觉。为买这点药，可太费事了，底层划价，二楼缴费，然后又凭单据到划价处取药！怎么不合在一处搞呢？真是莫明其妙。午休后，为王达安事复刚俊一信。

6月12日

今天去医院，司机又换人了，可仍是个"戛斯六九"，小车似乎只有小孟能开。司机声言要去门诊看病，一点钟后转来。我同他对了对表，就上楼去了。理疗后，由小美帮我注射针药，我们又谈到小红。我说："她不去看我，可能担心我又将劝她放弃独身主义的打算；但又不便对我破口大骂吧！"小美笑了，说，我劝她，她不会骂的。下楼上车后，才知道青年司机并未去门诊部；他怕耽误时间。我多少感到歉疚，劝他去医院，并力言二医院中医不错，抓药也很方便。午休后，洗澡；中间有人敲门。浴毕，步出室外，方桌边围坐了三位客人。两位是川大来的，其中有较熟识的陈君，另一位是学报编辑部派来的，李致同志申言，是顺路来看望我。正同学报编辑部来人谈话，兆丰同志来了。陈大约见来客较多，我又气喘吁吁，先走了。学报来人，是要我审定陈所编著作年谱，并作一文同时发表，我说，劫人、艾芜成绩远较我丰饶，应该先发表他们的，回答是：他们两位的都在编辑，只是一时未能编定，就只好先发我的了。文章问题，则认为如不能执笔，他们可以派人记录。我把著作编目留下，文章呢，请他们先告以要求谈些什么，再说。这件事算很快结束了。此君走后不久，兆丰也走了，说是他与人有约，改个时候再来。同李致上天下地扯了不少。比较特殊的是，师陀给他们的信，也很悲观，谈到"乞讨""火葬"，并提出希能二十元一千字，并不交所得税。这当然都难照办。经研究后，稿费、所得税，按常规处理，但可另给一笔补贴。我把我前两天的疑虑告诉了他，请他了解一下，师陀如无工资，我将代向北京有关方面反映。我赞扬了一番他的做法周到。像师陀，国家应得加以照顾。晚饭后，小林夫妇来，一直扯到九点，连我的散步也耽误了。从他处知道代淑芳已进医院，因而前要车，未找到她。对车子的事，他劝我想开点，现在"腐败"的现象随处皆是。他说，有次杨超乘车外出，路还相当远，但在回家时却是步行！因为司机把车子开去为私人服务去了。听他的口气，似乎事无可为，只有看破红尘，聊求延年益寿！他还告诉我，廖志高同志半边瘫痪；井丹的不良于行，可能是癌细侵入脑子所致。还说，他自谓宁住医院，因为一回家王泽就吵闹不休！送走他夫妇后，自家表嫂夫妇来了！是从京沪一带旅游回来的，全都喜气洋洋。

6月13日

昨晚，睡前服罗旋霉素二粒，因为睡前咳嗽哮喘不已，熟料夜半仍然咳嗽不止，似较前一夜厉害。吐了几口痰涎后，却又平服多了。还睡过一觉，不过老是做梦。还梦见最后一次同茅公见面时，我扶他回房里休息时他那种气喘吁吁的神情。可是这时我也从梦中惊醒了。这个梦显然同我哮喘复发有关。晨起，开了房门，刚虹就进来了，忧心忡忡地谈起我晚上的咳嗽，而且说我脸有点浮肿。我听到这里，火了，说："你前天还用指头试过，向张老证明，我并不浮肿，怎么一下你又变了？"她两夫妇把房间让给西昌来客，自己睡在客室的地板上，对我的咳嗽，当然听得比前两夜清晰多了，因而产生了浮肿的感觉。这不足为怪，可我近来性情易怒，自不免发火了。她见我生气，连忙说她错了，却又不免叫人感到内疚。照样去前院散步二十分钟。早饭后，她说，她将陪外宾去广汉，客人呢，今天得去探望亲属，不回来午饭，等屋里清静了，陈进同志来，交来一份鲁迅的《有关题材的通讯》，要我写稿。我们顺便扯到编辑部的问题，大家都明知道友欣的情况、编辑人员的意向，但文艺处却深感事情不好处理。看来，终身制、铁饭碗问题，还将在文联流传下去，诚可慨叹！十时，得到四五封信，中有一封李济生兄的，说夏阳曾去上海邀请沙某来蓉完成《红梅阁》的改编工作。这叫人不愉快，但，转而一想，对于有些事，真也该看破红尘，听其自然。另一封是大明的，说，《青枫坡》抄稿及两个谈话整理稿，还有师陀的书和信，已付邮了。此外，还有官晋东一信。去文联乘车时，晃眼看见两三位打手，也碰见洪和另外两位似曾相识的同志。经洪介绍，我仍然记不清姓名了。我对洪评介《死水微澜》的文章赞扬了两句。因为今天只做理疗，又去得较早，不到十二点就回家来了。午休后，客人回来了，我一个人几乎在室内一直待到吃晚饭。回了官一封信，把《应变》写就的十章，全部校改完了。

6月14日

早上散步，昨晚看见那个七八岁的女孩。从茜子那个临时拼凑的小房里出来了，是到水槽边打水的。她蹲在水槽上，注了些水在脸盆里，随即下来，端了回房里去。这真也有些叫人难于想象，那样大一间屋子，怎么能住下三人呢？尽管有一个是小孩。石带起劫劫走后不久，刚齐就回来了。杨礼同羊儿回来也早。葳葳吵得不可开交，就缠着刚齐不放。我到客室向杨礼谈了刚齐的房子问题，要他兄弟商斟决定。他说，省师虽系省的重点学校，因经费无着，明年是否能修建校舍，颇难确定。建议由肖设法调她到七中。因为七中尚有三四套房间没有分配。我立刻把这个建议否决了：他是校长，调自己的妹子一道工作，双方都会引起闲言闲语，影响不好。最好还是等下去，何况她在学校给人的印象又不坏呢。后来我想，今年之所以无款修建校舍，主要是为消灭赤字。全省得购买国库公债，地方财政紧了。晚饭后我又直接告诉刚齐，以不动为好。既然医务室可以安置铺位，就不必每天都回九眼桥了，一个星期回三次也不为少。她也完全同意了我的建议。这一天，可说也做了点工作，把《川大学报》送来的《著作年表》看了，有一处需要问清查对，即刻把信写了。有两三篇是反胡、反右的表态文章，本想建议删去，因念这是历史，虽已平反，以后不收入集；即或收入，加一按语好了，不能抹杀。

6月15日

厕所算有人收拾了，然而，遍地皆水，无法下脚！只好不管鞋子是否会湿透了，进去大解。因为遗留了大便在茅坑边上，只得又回转家里，打了一便壶水进去冲刷。其实，我是上星期就建议过，以后，谁摆的摊子，由谁冲洗，现在每天晨早有人冲洗，就是这么来的，负责人是一位近乎勤杂工的小青年。十点半，就到医院去了。因为理疗后还得去高诊室试假牙。陈院长很细致，可是，经她在口腔内再三摸索、试装，回家午饭后，口腔内的肿胀感，比往日更甚了。一回家就发现方桌摆了三包邮件，都是大明寄来的。我首先读了师陀的信。大明整理的两篇记录稿，也看了。给那位师专学生的信，整理不错。同古华谈话篇，可就差了。这主要也由于我谈得较乱，他自己又未在场有关，谈话中间又碰到两次打扰，也不无关系。读师陀信后，这天夜里又情不自禁地考虑到《青枫坡》的修改问题，总是无法甩开；但又非甩开不可，因而相当苦恼。

6 月 16 日

上午，看了《大马戏团》第一幕，使人想起幼年看河南人来四川耍把戏的情景，甚至连一些玩把戏前的开场白都记得："小把戏！你是哪里来的？"一个身着红布衣服的小姑娘答道："河南来！""河南来做什么？""耍把戏！""敲起锣来！"于是，翻云梯、蹬坛子、踩软绳，一样一样干起来了。当然比之于《大马戏团》，规模可小多了。从这第一幕，可以看出，作者对于此类生活是熟悉的。对每个登场人物的介绍，既详尽，又准确。可是，他的方言俚语也并不少，有的同样无法理解。这第一幕，给我的印象是，有点冗，有点存心叫反面人物出洋相。也就是说，缺乏精练和含蓄。当然，这无疑有点主观，以自己的特点和爱好去要求别人。这一幕足足有五十二三面，全剧四幕，无怪乎竟有二百多面！刚俊夫妇是午休后来的，当然也就无法看下去了。他们今天刚到，住在专区办事处。我们谈了不少王达安的问题。奇怪，我回复她的信竟未接到！我又把王的另一信交她看，她的解释值得人深思：一个正直的人，退休了，被家累压得透不过气，当看到那些前些年飞黄腾达的人儿女全都得到安排，当然会作愤语。由此可见，基层干部的问题，单就告老退休而言，问题也不少呵！晚饭后，小红来了。长条条的，看来比去年消瘦了，只是面部显得比较丰满。我未敢向她提出她的终身大事，但就她的专业扯了不少。成都市的空气污染，贵川一带胡乱砍伐森林的问题，她也有不少愤语，感觉得他们单位一些建议竟然得不到应有的重视！她举的例子，最突出的是蜂窝煤的问题。现在由于石灰涨价，工厂改用泥土，结果，污染更严重了！而他们建议增加补贴，则毫无反响。她直到九点才走，我和虹儿相送她到巷口，只是含蓄地劝她凡事不要过于拘泥。

6月17日

政协准时派车来了。单为这点事，真叫人苦恼不堪，生命和时间就如此消磨掉，真太不值得了。上车前，一再叮咛刚虹，要把话向老徐交代清楚、周到，以免引起误会，务请他们如实转告文联有关单位。是午休后去医院的。午饭前，宋明就来了，刚俊曾取出他那位女朋友的照片我看，是同他们一个院的干部的女儿，自小就同宋明熟识，可以说是青梅竹马。宋明又黑又瘦，长长的。他从广汉农村学习回来，有十多位同学一道，还有四位老师。我因下午要去看病，吃得早一点，饭后就午休了。我起来去医院时，他们都在休息。政协的驾驶员姓任，他曾在红玻工作，认识刚齐。他也谈到宗林那个司机老葛，现在是他们车队队长。回家途中，我告诉他，为了节约能源，请他反映一下，是否从总府街招待调车较为节约汽油，由医院回来，于晚饭前后，同宋明母子谈了不少有关农业社的问题。我着重指出：任何有关农业的经济结构，都要明确一点。农民是主体，我国经济体制的优缺点，主要也得从他们的干劲能否得到发挥，生活是否得到改善为标准。晚上，高夫妇来了。谈了些文联机构庞大，作协只有两名干部，未免太不相称了。也谈到评奖问题，少数人干不如多数人，那天常委会一开，问题很快就解决了。他还谈到克芹，原来他是搬迁到简阳。因为妻子多病，早已丧失劳动力了，既然不是搬来文联，到叫人放心不少。高夫妇走后，闲谈间，刚俊夫妇劝我暑假中最好带刚齐去绵阳休养，那里招待所很不错，他们明天就回绵阳了。临走时我们一直送他们去巷口乘车。

6 月 18 日

上午，去川医门诊部高干室求治哮喘，等了半个多小时才轮到我。今天算多了解到《人到中年》所反映的情况了。有两三位六十开外的高干，都膀宽腰圆，满面红光，由各自的夫人相伴。这些夫人，一般约在五十左右，其中一位，瘦削苍白，但很精干。医生诊病，取药之后，都提出了不少问题，显然能言会语，令人想起谌容为我们刻画的那位马列主义夫人。可惜我耳朵太不行了，否则倒很可能听到一些精彩问话，叽叽喳喳之声终于平息，轮到我了。经检查，认为问题不大，但是尚有炎症。不过进口药罗旋霉素没有了，开了强力霉素和磺安增效剂，人体球蛋白川医也早已不进货了，可能由于节约外汇。是托那位护士同志帮我取的药，候诊时，也在工作内闲聊，因而医生为病家诊病的情形了若指掌，只是听不清对话而已。去口腔医院理疗后返家，已快十一点了。因为宋明将在绵阳住四五天，然后再回西昌。这一来，劫劫也闹着要一道去！于是提前吃晚饭，是世文送他们去搭车的，刚虹替我捡药去了。等到世文转来，这才发觉书包未曾带走！劫劫一走，多少有点寂寞之感，而且有点为之担忧。晚上，老马、老艾、王觉和方敬诸位见访，一直扯到十点过才收场。其间，以我和王觉谈得最多，少数开口的是艾和方，内容不出乎文学界。王挪开嗓子谈了不少殷白的情况，看来他受到的压力不小，颇为不平。但他揭露的一些事实，却也不免叫人吃惊：殷白为奸情案被捕，不止一次，而是两次；"反到底"气焰嚣张时，他曾依附黄连，碰到骄阳似火，他就为之打伞，不离左右。咱们的老爷们儿对于此类败行显然一无所知，只觉得有才，值得同情——仿佛过去对他的处分重了，至少二十年后的今天，应该平反，并给以高位了！但他的现实表现如何，同样知之甚少。王的激动，是有根据的，但是，他为什么不如实将情况向上面反映呢？解放思想、民主，真是谈何容易。今午，刚虹说，种铁曾向他大发牢骚……

6 月 19 日

等我起床，张老师已来了一阵了。诊脉后，他认为不错，可服去年开的最后一种处方：保肺养肝。随又给刚虹、张大娘诊了脉。我穿上毛衫还感觉有凉意，他可只穿一件麻纱衬衣！我和刚虹一直送他到大门口，吩咐张大娘去捡药，可是打了不少麻烦。药铺不能肯定贝母、天麻是否自备；但我却早已注明是自备了！这简直是有意为难。随后又为天麻的事受到干扰，以致什么事都未做，就忙着去医院了。今天约定装牙，所以改在上午理疗，我先去理疗室。护士代我去找陈，要我去高诊室等候。可是门锁住了，同一位清洁工交涉，照样不得其门而入。随又去理疗室，经护士催促后，陈来了，这才相随去高诊室，工作细致，反复安装四五次，才说，等我用两天后，下星期二再去，看看是否合适。理疗后回家，困乏不堪，睡了一觉才吃午饭，这时已快一点钟了。午饭后，散步二十分钟，但，午休时却一直不能入睡，可能因为饭前已经睡一二十分钟了。正待做一点事，川大陈君来了，校正了一通《著作年表》。我多少有点心不在焉，但求赶快结束这次会见。最后，他问我黄曼君有关我的那本书的内容，我说，重点是谈创作，不是评传。接着他就提出，他有几位同学，想写我的传记，问我是否答允？我没有回答好，因为心烦，但说，已经有人准备写了，他又追问了一句："是否是姓官的？"我但说此人已经去过我家乡访问过了。大约，他也觉察了我既困乏，又心烦，接着就告辞了。去医院前，曾托徐代我联系一下，井丹上午或下午有空会客？我从医院回来后，就告诉我，井丹的秘书说，上下午都可以，我何时去，他将派车前来接我，因念他派车来，往返四次，太浪费汽油了，请徐转告他的秘书，下星期二下午去，我自己找车！时间是下午三时。

6 月 20 日

今天上午相当安静，《应变》第十一章算写就提纲了。看来，只要时间、精力许可，便可变成文字。因为许多形象性的东西，已经开始在头脑中活跃了。照样在午饭前睡了约一刻钟。醒来后尚未见张大娘叫吃午饭，只好打起精神回益言一信。他们的《大后方》已写成了，有四十万字，就他的来信看，这仿佛是第一部，还将继续写下去。但我感觉奇怪，他们年纪轻轻的，为什么老写解放前国统区的现实斗争呢？可能因为许多历史事件已经有了定论，少担些风险吧。但望他们不是因为调查访问，翻阅旧日档案、报章，较之深入当前现实生活斗争省事。正写好信，吃午饭了，但我一直添写了两三句眉批后才去吃饭。眉批的意思是，《大后方》这个书名似觉空泛，希望他们考虑考虑。我未说理由：大后方这一用语，从全国说，是指国统区，但也适用于个别地区。下午，从医院回来，得师陀同志和小漪来信，师为人细致，他担心寄北京的书和信会失散，信中又重述了一遍他对《青枫坡》的修改意见。但信末却劝我不必拼老命修改了。因为在知道我哮喘复发后有点"触目惊心"。他的意见较西彦前日所提意见详尽，但未提这一条：没有反映社会矛盾，承认写父子间的矛盾而造句时又认为没有反映社会矛盾，如果不是记错，西彦果真这样写的，一俟返京后查明，当去信指出，永春和父系的矛盾显然是集体主义思想和旧的封建主义思想残余的斗争，怎么只因体现在父子间，便不能算作社会矛盾。晚上，刚虹告诉我，她碰见佳音，白戈明日即将返蓉。我把小漪信交给她，因为其中有托她代办之事，信上主要是说，刚宜的试验是完工了，她可以去老冯那里，为我做秘书工作，只是担心干不下来。还附有涟涟两幅图画，是送我的，小劼劼走了两天了，令人有寂寞之感。

6 月 21 日

早上做完运动，但见张大娘穿着整洁，披了一两件衣服扬长而去。我有点莫名其妙，一问刚虹，才知道她今天是要礼拜！她早就说明，每月有两天假。随又问到她的身世。眉山人，因与儿媳不和，虽已年过六十，也不愿回家，她曾在彭迪先一类高级知识分子家里工作过，所以能够做菜，她假日多同一些长期在成都帮人的婆婆大娘一道玩耍。在谈到她动作迟缓时，刚虹说，张老师说她血压高，动作迟缓就是表现之一。对此，我们都有些担心，万一中了风怎么办？中国人为吃这顿饭不容易啊！自己养吧，你就休想工作！能有一个年老的亲人帮着照顾家庭生活，真算得是件幸事。杨礼他们没有回来，刚齐母子倒一早来了，尚能帮同料理伙食。吃晚饭前后，有点闷闷不乐，感觉葳葳脾气太大，一不对劲就哭闹不休。可能是病的关系，一听到哭声就烦躁不安。夜里，世文好心好意为我修理台灯，竟也说了两句气话！上午，杨清来过，告诉我他已查明，《访问》发表的时间是 1946 年 4 月，见《世界文艺》一卷三期，《爱》曾发表于 1933 年的《东方杂志》，这一条我相当怀疑，当托其再查对一下，并托其将《访问》的清查结果，函告川大陈君。

6 月 22 日

九时，白戈来了，一直扯到十一点过。我已感觉困乏，他倒还精神勃勃，一连喝四五盏茶。他的痰涎，似乎比我还多。他告诉我，外县一个川剧团编了一本新川剧《四姑娘》，是根据《许茂和他的女儿们》改编的。送他看过，他认为很不错，而不管如何，这才能说是正确贯彻执行剧改方针。一种地方戏，在艺术上不注意本地区人民的传统欣赏趣味，乱改一通，加油加醋，终非正道。他说，如我愿意到外地参观游览，他可以陪我去。这次谈话，算是近来少有的事，然而，下午因为车子问题，却把一切好心情都一扫而光了。我去巷口候了约一刻钟，政协的车子毫无踪影。回到收发室，等了一阵，请那位小青年找了老徐来，要他帮我联系。而结果是：那位主任的司机病了；找车队队长老葛，又出差了！这显然都是推诿，白戈分手时曾说过，如果车子有问题，可打电话给他，但我却不能这样做，因为由政协派车来得绕个大圈子，而文联分明有车，在节约能源声中，商由政协派车就不合理！所以只好请徐向文联要车。戛斯就戛斯，细心一点，总不会跌倒的。由医院转来，碰见老艾送继泽至大门口，一同转来时，我告诉他明日午后去看井丹的事，问他是否愿意同往？他同意了。晚饭后与刚虹闲聊，差点又赌闷气，只有谈到劫劫宋明的来信时，彼此情绪才好转了。我们还扯到我的疗养问题：去西昌？去绵阳或灌县？而牙病都是一个最大的限制！以致毫无结果。

6月23日

上午，一到口腔医院，即去高诊室，但见坐满了人候位子，陈又不在，同护士联系后，先去楼上理疗。理疗结束后，高诊室已有空位子了，当即遵护士同志嘱咐，躺在治疗椅上，她要我缴费十三元，因带得钱尚差二元，只好推在明日交付，陈检查得相当把细，本已安装好了，也感觉还合适，她又转请一位枯瘦、修长，精神却很不错的老医生为我检查。经二人商量后，需要动一点手术。我简略地向他谈了谈治疗经过。他颇以北京首医的诊断为不然，说："一定可以治好！只需动一点小手术。"他请我让出躺椅休息，陈院长则去外科联系。其间，一位头发已经白的病号向我点头招呼，把细一看，是彭塞同志！他才六十岁，想不到已这样苍老了。闲谈中我曾提到他的父亲，也谈到我需要人体球蛋白、罗红霉毒。他说，后一项他得查问一下，是否有？至于球蛋白，进口货得五十元一针！我去年打的国内产品，因而仅十五元。他见我惊异于价钱过高，说："你们有稿费拿，五十元算什么！"经我解说后，他又说，人体球蛋白并无免疫作用，并将他的电话号码写了给我。这时，陈转来了，说医生不在，改于明午后三时去动手术。回来时已十一点过了。午休后，准时起床，准备去金牛坝。可是出版社接连两次来电话，说，车得迟一些时候才能来。我同老艾在巷口等了很久，车子来了。有李致一道，先送他回盐道街，然后才送我们去金牛坝，西门外新建住房不少，同时有些茅屋掺杂其间，看来相当打眼。所经街道，有些路已经认不出来了。盐道街一带照旧狭小，就像解放前小城市的街道一样。到金牛坝招待所，先去八号楼，看井丹，他的腿病不如想象之甚，经治疗后，已能勉强行走。他谈得不少，从中宣部的座谈会扯到《苦恋》，随后是"若干历史决议"，有关前两个问题，他的看法如何，可惜未听清楚，其实他大部分话我都没听清楚！耳朵太不行了。他告诉我，周曾要我在家多住一些时候。去七号楼时，正碰见志高同志由人搀扶上楼。我们未便打扰，就要秘书同志去请郑英同志。没想到她已六十五了！同她谈了往事。她说，她曾去昭觉寺参观过我们被关押的住所。有一点给人印象最深，那位专家组的头头，总算从她那里把姓名，以及目前的职务弄清楚了，有些事真也令人难解，只好由它去了。离开前，志高同志由人搀扶着来见了一面。想不到竟然那样衰老，头发全脱落了，只有少许白发，但面容红润，且已发体。虽然有点瘫痪，幸而尚能言语。回家时，发现宋明、劼劼已吃过饭走了，我也顺便吃了晚饭。宋明去车站前，高缨同志来过，说是已经为我向二医院交涉好了，明日即可前去理疗。我请他另约时间，下星期二开始。

6月24日

　　上午，不知怎么回事，非常困乏。上床躺了约一个钟头，不料还睡着了。午饭后，去水槽边漱口，老艾也在那里，顺便说到井丹同志昨天的谈话，才知道他的一些看法同我所知道的一致。午休没有睡好，这也许同三时去口腔医院动手术一事有关。两点十分就起床了，因为《人民日报》已来，见有起应在中篇、诗歌和报告文学授奖会上的讲话，立刻将提要看了，随去巷口乘车，到口腔医院时，尚差十分才三点整，经过寻问，才在二楼会议室找到那位护士，随即同她下楼；不久，王主任也来了。他检查后，认为可以动点手术，但沉思了一阵后告诉我，他昨日得到电报，将去北京参加一次学术讨论会，约有十天逗留，而且至迟得在一号动身。而如果当天开刀，他能亲自料理的时间也只有一星期。因此他建议等他开会回来后动手术较好，他有时间一直招呼到底。感情可感，我只好表示同意，他回来前到二医院进行理疗的要求，他认为可以，并领我一道去理疗室作了交代，理疗时，陈院长来了，问我对动手术的时间有什么意见？我说，从情绪讲，当然越早越好，但我听从王主任的安排，等他北京回来后再进行。并对他们两位的认真负责表示深深的感谢。回来后，刚虹也早从广汉回来了。随又送来大明转来的三封函件，内有古华对我那次向他谈《芙蓉镇》的记录稿、张挺和上饶师专詹显华两位的来信。大明信上说，北京雨水稀少，鲁研室在大连开会，用水都有限制，居民且将实行定量供应。

6月25日

　　正吃早饭，高缨同志来了。等我吃完饭，就由他领我去二医院理疗。一进大门，首先看见的是卖糕点的篷车，有两三个小孩拿了西式蛋糕在品尝。理疗室病号不少,有三张单人床,一位妇女在用紫外线疗治脚疾。一位壮实的中年同志向我作了自我介绍,说他前年曾为我家修房子,并告诉他一个伙伴,说我和老艾都是作家。又说,他现在已到"川报"工作了。高将我介绍给一位姓张的女医生,随后,一位瘦削、满嘴胡苴子的同志来了,姓刘。高要我向他讲述病情,我讲了。他说,今天只能做超短波,还申明他们未治疗口腔疾病的经验,希望我随时反映情况,同他们配合,有必要也可去口腔医院反映情况。接着开始治疗,我嫌垫的纱布太厚,而且已经用过多次了,换过一张薄的,可惜仍旧不大洁净。而且,治疗当中,有两次结头垮了!电力也一连调整了两次。治疗结束,我表示最好每天下午来,他否决了,说他们每天下午都关门学习,不应诊,但是,每天上午七时就应诊了,只好改为上午。出门后,高又领我去诊室见一位负责人,是高过去的学生,女娃,年岁较青,姓郎。高向她提出改在午后来进行理疗的要求,我立刻推谢了。于是相随回家。午饭吃得不错,刚虹说她月底将去西德,但得先去辽宁。而在北京,只能在机场留一小时,午休没有睡好,总感觉口腔里不舒服,没有在川医治疗效果好,起床后给古华简复一信;对上饶师专詹君的信,也简要作复了。看了《人民日报》和《文摘周报》。李致来,闲聊了一阵,其间谈得最较多的是李劼老的作品,因为恰好《文摘周报》上有一篇介绍他的文章。他,即李致感觉奇怪的是,劼老的选集销路并不算好。元二上午就把我托他同彭塞同志联系的事办妥了,并给我留了张详细说明,我批了几句,付钱十一元,托老徐持介绍信代买罗旋霉素三十粒。

6月26日

早饭后去二医院理疗,刚出大门,高正好来了。今天进行了两种理疗,新的一种不是在口腔医院用过多次的直流感应电,是叫我侧卧在床上进行的。徐医生说，将有用针刺扎那样的感觉。我估计是共鸣火花治疗。回来后，世文交给他去口腔医院理疗室的字条，证明我的猜测对了。由此也可看出二医院理疗人员的负责。因为徐告诉我，经他研究，直流感应电疗不如共鸣火花治疗有效。而口腔医院只因器械坏了，才改为直流感应电疗的。回家途中，边走边同高闲谈了一些文联工作的问题。到家不久，陈进、朝红都曾催问为鲁迅百周年诞辰写稿事。我当即挤时间将昨晚想到的有关题材问题的读后感草草写了个提纲。但，自己写，或找朝红口授，由他记录整理，则尚未确定。不久，本初来，闲谈了好一阵，并委婉地向他提到某些人对他的反映。强调指出，他是十目所视的人物了，因而得处处严肃对待自己。这不是个人问题，主要会牵涉到党的事业。文联的编制，及各部分配情况，今天算大体弄清楚了。他也同样为老马肯关心作协的问题而感到高兴。他继高之后，又一次谈到将对我和老艾创作五十周年有所表示的事，我照样提出了异议。午休后，洗了个澡，感到十分清爽。很想看看本初提到的邓力群、周扬两位的讲话。因未送来，将请老徐打电话催问，可是，政工组竟无人接电话。徐说可能都看电影去了。上午，刚虹去买飞机票，未买到，明晨还得一早去排班！我们不少机关都多少衙门化了！

6月27日

今天去二医院进行理疗，一问徐，才知道我猜错了，他们用的是直流电药物疏导疗法！可惜未追问用的是什么药。我曾准备求他将这种疗法写给我，他未置可否，硬要他写，似又觉不大礼貌。他有两句话我倒觉得不错："来时斤斤，去时分分"。意在劝我不要着急，得慢慢来。去医院途中，碰到甘，握手后，她告诉我，何住省委党校去了，回来后，就一道来看我。我提到《文摘周报》，希望能够按时收到；邮寄，总要迟两三天。她说，她就在编《文摘周报》，以后当一出版就顺路送来。陈进、陈朝红两位都催过我，劝我写点对《有关题材的通信》的读后感，昨天起了个头，因为精力差，思想不够集中，写不下去。从医院回来，就通过陈进同志约朝红来谈。结果，他同何同心同志都来了。我就先生信上提到的"作者如果是一个战斗的无产者"，则题材问题也就不是什么大问题了这一点谈了一些意见。他们似嫌不足。我虽未作补充，但却另外谈了不少有关老艾和我的经历，一部分也直接牵涉到那封信，但我没有要他记录，只是指明，这些自述，我经常讲，实无异子办理后事。

6月28日

照常去进行理疗，照常都碰见两三位时髦女郎。高跟鞋，脑后拖着一大绺头发，很像羊尾。哎呀，我弄错了！今天是星期，根本未去医院，这是我前两天得来的印象。星期，原以为孩子们都会回来，结果，只是杨礼一个人回来了，而且是午后回来的，不过我们闲谈了不少。他说，他们学校里也发展了十个党员，这是我们从报上看见各地成批知识分子入党的消息谈起来的，彼此都为此感到高兴。上午，只是将《闯关》最后两章校改完了。因为一阵高兴，天气也太热，一气喝了一瓶啤酒，劼劼也用麦管吸了些泡沫喝。晚上，同艾芜谈了陈编选集的问题，他顺便告诉我，我只定了三种刊物：《历史研究》《哲学研究》和《文物杂志》。他还谈到《三人通信集》，认为这本书很不错，可惜四川的翻译力量未得发挥。他是喜欢钻研问题的，不知怎么，他告诉我，有关无产阶级专政问题，达尔文进化论问题，现在都有不同意见，有一点我们意见是一致的：科学、文化对于人类进步的重大意义。我还提到恩格斯在马克思墓上的讲话。我们一直扯到十点过才各自回家。

6月29日

从医院回来后，重翻了一遍《闯关》，看来算定稿了，并要刚虹电话通知出版社，约于一日下午来确定第一卷编目，所选短篇，决定抽换两篇，增加两篇，感觉既为选集，就得选自己比较满意的作品。而这样一来，就从"人文"的选集中选出了一两篇！所幸较诸老艾所选文集，将《南行记》全部收入，也算不得过分了。午后，本初来，闲谈中，我相当含蓄地要他严格地要求自己，说："您现在是十目所视的人了，大家都会注意到您！"因为我想起前天听到的反映，总有些难于忘怀。老实说，尽管我从大局出发作了解释，要他注意他所说的情况来自何方，按其性情，我的话却不一定可靠，可能他本人就不满意本初，且早就有自命不凡的情绪。知人，真也不是一件容易的事！本初自言最近几乎每天都在宣传部开会，听取陈文、半粒同志向书记的汇报，并对文教界对六中全会公报、历史问题若干决议的学习做出安排，也就够繁忙了；可是仍然难于得到他人谅解，诚属可叹！也不免愤慨。

6月30日

从医院回来不久，老徐、艾芜相继来约我去文联开庆祝党的六十年诞辰的会。因为困乏，我推谢了，他们走后，我又深感不安，于是衣服换了，整整齐齐地确也相当热诚地前去布后街礼堂，尽力振作精神听本初说明庆祝的重大意义，主要是若干历史问题决议的内容、精神。接着他要我、艾芜和少言发言，我们都辞谢了，由事前准备发言的大同、傅仇和一位音乐工作者，通过他们对葛洲坝这一巨大工程所得印象，大谈自己的感奋、党领导我国人民进行社会主义四化建设的信心。末了，我也情不自禁地在本初又一次催促下发了言。内容是，我们应该理直气壮地在今天歌党之功，颂党之德，我算是也经过几个朝代了，党的确伟大，我们应该为此感到自豪！但，同时，尽管我们参加党、参加革命时间久，每个人也该总结一下自己参加党、参加革命以来的经验、教训，谁也不能说自己一贯正确，完全正确：当然也不能说自己一无是处，特别三中全会以来，我们在思想政治上同中央是否还存在距离？有多少距离？只有正视事实，而不是回避才能找出差距，缩小、消灭差距，跟党一条心干革命。我尽量克制，未敢敞口说，因此少言发言时，我又小声向本初补充了一点意见：整个党，是伟大的，但某些具体党组织和个别党员，都应该理论联系实际，总结自身的经验教训，少言在发言中表示赞同我的意见。今天，最感动人的是，枯瘦如柴的傅仇，竟然也到葛洲坝跑了一趟！据本初说，他下过隧道，可是由人扶上来的，有的大人物未到会，给人印象也相当深。回来，就收到转来的好几封信，其中一封，是"北影"编导室两位同志来的，说六十年代初曾来蓉找过我。单为这封信，几乎忙乱了一下午。午休后，正回复"北影"的信，洪钟来了，我问他其芳信件下落后，也请他找崇素谈谈改编电影的问题。还谈到他评介《死水微澜》的问题，要他注意，不足之处，也得提提，这才合乎实际。我曾问他，为什么不参加上午的会？他说，他回省到灌县开会去了，是昨天回来的！

7 月 1 日

从医院回来，小钟终于把文件送来了，叮咛了件数，还说，我看后即转艾芜，然后分头交党组成员传观。真令人好笑，前两天请徐去催过两次，他都看电影去了，后来电话通了，说是还在某个大人物那里，也仅是党组成员那里！我赶着看完，即交给了老艾，去了两次才找到人。第一次，雷加说他上街打酱油去了。第二次才找到他。因有三件是"绝密"，故未交雷加转，午休后，李定周同志来，我把《闯关》

修改稿交给他：并又当面增改了一句，因为语意不够明确。增加、调换短篇的问题，也交代清楚了。谈到校对问题时，他还在为《涓埃集》辩解！我只好取出校改本，特别指出《小鬼》一篇中那几句歌词要他看，他无词以对，只好承认这次的选集一定负责看最后一次校样。我们又一道校正了两三个错字。我建议，既然选集由他负责编辑，将来一定得列入责任编辑一项，写上他的名字！他说了一两句不敢当的话。我坚持说，搞装帧的都要列上姓名，负责编校的人更应列入！装潢，毕竟是装潢而已，重要的却是内容，封面可以简单、随便，校正却非力求不发生差错。李走后，我就又认真学习六中全会通过的若干历史问题决议，又通过电视听了些胡耀邦同志的讲话，并看了巴公《探索集》中两篇文章：《我和文学》和《说真话》。随后散步，感觉十分困乏，因为今天不止进行了这上面的活动，包括读文件，还同车辐扯谈了很久，劝他趁早写些东西。

7月2日

张老师来，我告诉了他我昨晚的一些症状，四肢无力，一动就淌鼻涕！问他是否感冒了？诊脉后，他告诉我，不是感冒了，是劳累过度，以继续服用以前那副药，我穿上毛背心都感觉凉，他可只穿一件麻沙汗衫，看了真叫人惊羡。理疗回来后，一气写了两封信：而复、任钧两位的信都已算作复了。正写完信，济生同《小说界》那位编辑同志来了，并赠《西线轶事》一册。我们谈到克非同志的作品，谈到长篇《风萧萧》和对《芙蓉镇》的意见。特别对于后者，我谈得最多，并说，曾请托作者将谈话记录整理一份寄我；但未透露我已收到这份记录，因为他们显然想要去发表。我谈到给《风萧萧》的作者最近还写过信，他们也想发表：但我以只是一封短简信，没有同意，老实讲，对《芙蓉镇》的谈话记录，倒可发表，但尚需修改补充，而我现在却没有这份精力，乃至兴致。因为仔细想来，颇有使人疑为以教导者自居之嫌。不过，经过六中全会文件的学习，我倒觉得自己的看法并不算错。在谈到克非时，我深以他陷在或可能陷在"运动"的柜子里为可虑，李劼老的《大波》所反映的社会面貌，这比一村一乡，乃至一县的"互助合作运动"广阔多了。我也谈到《许茂》的得失，他们也颇以为然，其实也是在那封公开通信上谈到过的。济生告诉我不少巴公的情况，他最近已暂时放下长篇创作，为赠送北京图书馆的外文书籍进行分批装箱，以便运送北京。这消息，不免叫人感到一阵心痛：这也是料理后事啊！送走他时，我一再表示，至迟，明年春天，我一定给《小说界》一篇回忆文。

7月3日

上午，出乎意外，毛一波先生爱人来了，是茜子领来的。同她一道的是一位年近六十的男同志。他自我介绍，曾经做过杨礼的老师。可能是吴先忧任十三中校长时候的事。毛氏夫人的姓名，她虽也自我介绍过，可也忘了。年岁也近六十了吧。瘦长，精干，身着连衣裙，花的，可未穿袜子，赤脚穿上中式便鞋，显得相当朴素。她从美国来，在上海时就在巴公家里居住。她的女儿在美国教现代中国文学，前年曾回国一次，她在北京也逗留过，去看过李健吾同志，也到过我家里，令人惊怪的是，她原想去访问之琳，李却说之琳脑子有毛病，因而未去。她的好几张彩色照片，巴公家里的人都有。既有单人的，也有合摄的。我曾向她问到郑培凯先生。她知道其人，但不熟识。最后，她要为我摄影，并要我梳梳头发；结果，我就由她就原样摄了影，因为我不知道梳子何在，也想听其自然。最后，我领她去看艾芜，在提到此事时，她多少有点犹豫，不知道艾芜愿不愿见她。我保证艾一定欢迎，就一道前去了。经我介绍后，我就和她，以及那位同行的老教师握手道别，回转家里来了。午饭后，领劼劼去街上买糖果二两。

7月4日

　　由于前三四天同车谈话时赞扬《成都文物》。今天，成都市群众艺术馆来了两位同志见访，要我为他们的刊物和工作提供意见。想起当年，话一说开头就无法克制了，许多往事都一一倾泻而出。要将说过的全都记录下来，那太多了。这里我只准备记下一点总的建议，可以用某个方面的某一行作重点，比如曲艺方面的扬琴，就可以作某一期的重点，而且不要只看到李德才，石老三我也非常欣赏，更老一辈的，还有大章。竹琴吧，贾老板自然了不起，也不要遗漏了吴清云。也可以从历史发展来谈某一方面的某一行业。从日常生活说，单是茶馆一项就有不少可以谈的。而且，有些大的群众政治运动，如反内战、反饥饿的斗争，尽管《文史资料》有记载，又切实、又系统，但是，《文物》从一些市民的反映、小插曲和传说做些搜集整理工作。总之，他们作为风俗志来搞这项工作！而且，固然得请文史馆那些老先生来提供资料，但也得扩大视野，请教各行各业，乃至成都的老住户、老市民提供资料，不能小看这些街谈巷议的价值！临到已经送他们出耳门了，我还站在门内，向他们谈了很多，内容之一，是希望他们翻翻旧日的报纸，并整理一下《师亮随刊》。这位老先生的作品，是反映了当日一些小市民的不满情绪的。午后，得黄曼君信，内附他的同事马君一封长信，读了子冈一文，才知道她竟也瘫痪了！

7月5日

　　得露菲信，欣悉起应、灵扬都很不错。灵扬还干劲十足，经常去外地参加会议。这一来，起应夜里就只有靠咪咪招呼了。我最近也深切感觉到，年纪大了，万一深夜发病，又一人独处，怎么办？但是，转而一想，死生诚属大事，然而何时无之，何地无之，更从未有人超越这个自然规律！这样一想，也就不在乎。晚上，正看电视，希娃来了。他们班是去外地实习才转来的，因系野外作业，进行地质探查，相当累，所以放了四天假。接着就进行学期考试，他们是四年制，得明年夏季才能毕业。我叫世文找了点零食给他吃，就回转寝室写日记。刚好写完，他来告辞，说，他们都因考试很忙，明天不回来了。我叮咛他，放假如果回来，最好前一天来个电话。随即给刚俊一信，要她设法带玉米面来。

7月6日

下午，刚虹从北京回来了，她来电话，要世文去接她。世文去后不久，她可单独回来了！和她同机飞蓉的，有彭同志，曾要她同坐文联的车，但因只能坐一个人，而她还有一位同事一道，所以只好乘航空公司的大车进城。我一再赞扬她识大体，没有丢下同伴坐文联的小车子回来。因为久等世文，劫劫饿极了，吃了一个冷馒、一两样刚虹带回的飞机上散发的小面包。因为没饼干了，等世文回来开晚饭时，我独自上街去了，跑了三家，都没有饼干卖！最后我去的一家是文华食品公司。本想去春熙路南段，因为好多店铺都在忙着关门了，只好作罢。回家后感觉疲惫不堪！似乎比一月前又差劲了。不过，刚虹带回的消息相当令人高兴：刚宜英语口试、笔试都在九十分以上。因为一台机器安装成功，评定职称时，已被评为工程师。小漪带涟涟去青岛了，是教育部安排的，只有十天。

7月7日

从医院回来，发现一位着白色短袖衬衫的青年正在方桌边翻阅东西，确切说，是笔记本。我没有猜错，他就是官晋东。幸而刚虹今天在家休息，她代我作了些招待。一坐下来，气还没有出匀称，就开始回答他的问题，翻阅他为我编辑的"年谱"。说是年谱，因为它的内容远远超过陈君编制的《著作年表》，把我的家庭情况、文学方面的主要活动，乃至他人对我的作品的评介，都包括进去了。还有些我自己已经遗忘了的短文。吃过午饭，我午休时，他还借了照相机来，为我、他和我、我同刚虹，拍摄了好几张照片。他留下《安县志》和他编制的年表，就告辞了。去峨影熟人处借宿，明日乘车回德阳略坪，然后再去安县。上午，正同他谈话时，本初来说，廖、郑劝我最好每天输两次氧，以利于控制哮喘。他还告诉我——如果我没听错，组织上似乎已经准备调殷白到《四川文学》，我向他反映王觉同志的情绪和对张的看法，事后想来，露菲同志的劝告是正确的，有些事以少管为宜。济生也来过，他只拖我到阶沿边悄声说，克芹已同意将《许》的下卷交《小说界》发表了。我也告诉他说，石果的长篇，我已写信给先艾提了一点建议。李致同志送书刊来，也同我扯谈了一阵有关济生去乐山的事。我提了几点建议，要他去找高缨同志商量商量，因为我记起高上午于我去医院时曾谈到此事，回想起来，今晚去春熙路之所以感到异常疲累，只因为活动多得一点，而未曾去看看川剧《四姑娘》，的确也是力不能胜。还有一点我记漏了，官临走前，他要我写了封介绍信。我呢，要刚虹交了四十元钱给他。

7月8日

　　二医院理疗室秩序太差，医生、护士和就诊者一直哇啦哇啦，吵吵闹闹，听起来有点烦人，可惜我耳朵不中用了，否则倒能听到一些趣闻，也许由于疗法简易，病号经过都是些熟面孔，因而都像是对待老朋友那样，不拘形迹。到今天，我算开始第二个疗程的第二日了，大约算得熟人了。进行直流药物疏导时，我提到陈彦宾医师，我在二十年代初次出川时就认识他了，不料刚一提起，那位肥胖、健壮的医生就赞不绝口，说他不只医术好，人也和善极了！现已九十，还健在。他爱人比他小一岁，更是非常健旺，她还告诉我，十年动乱中，每逢学习，她同他一个小组，还谈到他的住宅将因扩建街道被拆毁掉。一方面为他可惜，一方面却又称赞他识大体，一到开始治疗，我就没办法交谈了，否则可进一步了解一些他在十年动乱中的遭遇。回家后，整一天我都不时回想到陈在解放前后的遭遇，以及我同他的来往。我记得，四六年我经过成都时去商业街看他。在谈时局时他曾问我的一句话："我差点把他——指蒋介石——的像挂起来！"

7月9日

天色暗淡，怕下雨，带了伞才上医院，中途，才记起该换上皮鞋，可是担心耽延时间，结果一直走了。刚做第一种理疗，就下雨了。一位医生，也可能是护士，偶然发现了我那伞，便吹呼道："嗨！这里有把伞啊！"随即顺手往搁置医疗器械的柜子边去拿；我赶忙说："是我的伞！"她边拿伞，边笑道："用一下哇！"于是打开伞，十分欢快地出门走了。当我做直流电药物疏导时，不时总忍不住在越来越响的雨声中张望一眼，担心借伞的人老不转来，而时间转眼就快一刻钟了。幸而治疗正待结束，她转来了。将伞收好搁还原处，还说了声："谢谢您！"临我走时，她们都为我带得有伞叫好，说："你真预料到了！"其实，虽有预料，并不周全，到家时布鞋快湿透了。找了好一阵，才找到那双新鞋。午休没睡好，起来时收到林非同志夫妇来信两通、《散文》两期，及我为鲁迅研究所写文章的清样。看了清样，感觉有好几处似乎都需要加工；但又担心脑子不够用了。最后，硬起头皮去找艾芜，请他代我校订一番。蕾嘉正在翻阅稿件。一问，才知道她是在为艾芜校阅文稿，能有一个老伴商量，真叫人艳羡。可能是为鲁迅那封有关题材问题通信写的文章。

7月10日

今天一气回了三封信：任钧、学昭和林非同志。林非信中，还附上我为《鲁迅研究》写的那篇稿子的清样。这份清样老艾上午就送还我了，但说了一句："还可以嘛。"未提意见，也未增改一字。我又重看了一遍，并在第一段、第二段增加了一些字句，因为"群益书报社"我显然记错了，应为"群益书报阅览室"。我记得老艾也曾去过那里，他记忆力又好，为何竟未发觉？另外我还给吴野同志一信，向他们单位借几本书，以便了解绿荫的为人、作品，以及茅公等对她的评价，好为肖凤同志的《绿荫评传》写序做些准备。而若果知之甚少，实在难于下笔，虽然至多也只能写一两千字。在医院进行理疗时，老想到成昆路前两天的车祸，因为忽然记起老艾昨天曾告诉我，老马到昆明去了，未知是乘飞机抑或火车，颇为担心。因而回家时曾经便去问老艾，不料他也并不清楚，只知晓老马到云南去了。这事可不必再操心了，无奈有时总又浮上心来。这是我的致命的弱点吧？但如漠不关心，又该怎么说呢？也许多是出于无聊和神经衰弱！下午，老艾忽闯入室内，说是《小说月报》有人来为我拍照！去年他们就来过，我推谢了，还说句不三不四的话："等我翘了辫子再说吧。"因为他们很快就要刊出。这次不好谢绝，只得随老艾一道出去。原来是彦斌领来的。拍照时，老艾已早走了，室内、室外，或坐、或立，一共照了五六次。好在彦斌很快领起他走了。

7月11日

尽管大雨，照旧去做了理疗。医生颇为我担心，奇怪我为何不找孙儿孙女相伴而去？我回答说，小的倒放假了，又太小！大的呢，正在考试! 并力言我还能够应付。路也不远,顶多十分钟就到了。午休后,翻看了刚虹从她们单位带回的《世界图书》上一位日本歌星山口百惠的《春早》节译。这位二十一岁女青年在《春早》所述遭遇,使人联想起《大马戏团》中那个青年台柱,特别是她的继父。因为山口的父亲也非常坏,时常对她进行敲诈,拿她以奇货看待;但她却是与其母苟合而出世的私生子,而且,生下她就对她母女置之不理了。文章后面,底封上有山口百惠小照,非常秀丽。我六十年代初在日本还未看见过这样漂亮的女青年。文笔也亲切动人,一个高中毕业生竟然能写出这样好的文章,是不容易的。由此也可看出日本的教育水平,在智力投资上真花过大本钱! 由百惠的文章想起《大马戏团》,想起师陀同志最近一次信尚未作复,那个剧本也还有一半未读,颇感歉疚。

7 月 12 日

杨礼、刚齐都回来了。羊儿带了个同学来,准备午后随她母亲去灌县附近一个动物保护区住几天。那个同她一道来的女孩的母亲就在保护区工作。秀清则未回,在家里忙着看试卷。葳葳也来了,依然像个小小的大力士。劫劫就带着他闹个不停。逢到假期有小的一伙回来,在他就像碰到节日一样,欢天喜地,却也更调皮了。杨礼劝我不妨到灌县看看。至于他找白戈为他们单位三四名教师设法住减价旅馆去灌县避暑事,没有成功! 现在一切都向"钱"看,国家又还确有困难,灌县又多国际旅游家往返其间,要高级宾馆减价,当然更不容易。昨晚刘利珍夫妇来,曾经谈到他们最近去灌县所见情形,说是二五庙已焕然一新了,也曾劝我去住几天,利珍爱人在部队工作,可能是在部队上住。他们一个男孩比葳葳大两岁光景,劫劫也领起他走出走进。吃西瓜时,也很照顾这个小弟弟。由此可以看出,尽管调皮,小家伙不仅聪明,心地也很好。利珍爱人讲,二号晚上,他们在电视上看到涟涟的表演镜头，谈得津津有味。今天同杨礼也谈到刚宜他们的情形，才知道徐竹君也被评为工程师了。但徐似乎"文革"前夕就在川大数学系毕业了，刚宜却未及一年，"文革"的风景就降临了。他坚持自学，没有卷入派性斗争中去，应该说是幸事！我记得，他曾写信回家，嘲笑过一通地质学院那些头戴军帽，手执棍棒的"红卫兵"。也可能是他到昭觉寺看我，或者在走马街招待所向我说的。还是写几句今天的事吧！等我午休起来，杨礼已经走了，羊儿则于饭后就已回家。半下午间，大雨来了！天黑时越下越大，葳葳可吵闹不休，非走不可！幸而光汉来了，且有雨，只好背上冒雨回九眼桥。小家伙每次回来，总是天一黑就非走不可，因为雨太大了，刚齐母女只好留下来挤着睡。我连运动都停止了，因为敞厅前后全打湿了。

7 月 13 日

大雨。我起来时，刚齐已照常上班去了。两个小家伙倒玩得不错。我躲在房里将学习鲁迅《关于小说题材的通信》一文另写的一篇，总算是写成了，只有一千多字，但有我自己的风格，内容也比较集中，朝红的谈话记录整理稿，有一点杂，修改起来相当困难。午休后，得到文化局、文联联名邀请看"北影"《许茂》的彩色片。去不去，犹豫不决。晚饭后，文联来电话，说，若果我去，将为我准备车子。有点动摇，准备带刚虹一道去；但她打过电话后却告诉我，她已经回了电话，说我因病不要去了。这样倒也痛快，否则明天还得去参加座谈会。而且我确乎这两天咳嗽更频繁了。至于刚齐，晚饭后回来坐了一会，就又挽起裤管，留下小晓，冒雨走了，因为她担心领葳葳那人住的底层楼房，可能进水。编辑部前天交来一封刚宜的信，要他办的事，凡较简易的，他都办了：《炮手》的原稿已挂号寄李定周；给荒煤的电话也打过了。他谈了些涟涟动身去青岛的情况，简直欢喜若狂，同时劝我，对于有些事，最好不要理睬。因为一理睬就会陷进，但又不能解决问题！那又何不安心养病呢？他算摸到了我的脾胃，也找到合适的处方了……

7月14日

今天算放晴了，于是去二医院理疗；结果，休息了一阵，聊一会天，就回来了：没有电！即或电路通了，还得烘烤机器。徐也来了，在谈到洪水，谈到大河边有不少捞木料时，我说："其实么，应该交公家才对头。"徐说："交公家？水打齐腰，冒险去捞起来，他舍得交公家?!"一位由手表、花衣和塑料鞋装备起来的青年妇女，抱了个奶娃来探问："要什么时候才能治病呢？"那位女医生答道："这很难说。"病家自言自语道："老住在机房里咋办吗！"我问她是哪里人，她答说乐山，随即走了。我问医生："看来不像是农村来的，穿着得那样好。"女医生笑道："呵哟，现在农村比我们有钱啊！"我走时，徐向我指出，从嘴唇，从鼻翼两边粗大纹路，可以看出我经过理疗，肿已消了。回来后，将为《四川文学》写的短稿校一遍，批了几句，准备交给陈、何两位。因为又飞起雨来了，只好站在门框内张望，陈进同志问起，我就将稿子交给他了。不久，正在对《成都文物》的谈话稿加工，刚齐送来一张清秀的字条，说，口腔医院约我明天去动手术。字条，是秀清的妹夫带的。他还带来一些洪水消息："南门大河一座桥被冲垮了，还冲走一些人！"我托方赫同志去帮我要车。他很快就回来了，说有，不过是北京牌！我说："只要能送我去医院，什么车都行！"并向他致谢。回来时，才发现张老由艾芜搀扶着到我家里来了，我们算畅谈了一番，刚齐他们走时，小晓来打招呼，我都只简单应了一声。我们的谈话内容，主要是若干历史问题的决议，他告诉我，比初稿好多了。他们将有十天学习，他还一再叮咛我，那位教气功的老师姓杨，一三二厂的，童夫妇学了一月，都效果显著。艾芜也来坐了一阵，张老这才走的。晚上，曾回大明一信，主要指出他在北影厂编导室的发言不当之处。因为他建议改编《淘金记》，同时掺和一点短篇小说的情节，借以突出正面力量。

7 月 15 日

因为得去口腔医院动手术，不免有点紧张，有点神经过敏，七点就起床了，做了点简易运动，就忙着用早餐。一看表，怎么就九点了，着忙起来，赶紧去找老徐帮我催问车子，得到电话说，我说的九点，现在可才八点八分啊，取出怀表一看，确乎是自己弄错了！只好又回来等，刚虹一定要陪我去，是她扶我上的车，司机是小孟，他说："我们的上海牌小车又坏了。"楼上楼下询问了两次，还是由护士同志从病房找了王主任来，他亲自领我去照了片，送我回来后，他又转去拿照片。他把照片让我看了，指出一点阴影，说是需动一点小手术，注射麻药后，他摸着我的胳膊，足有五分钟之久，然后叫我休息。直到他知道我舌头都发麻了，这才动起手来。我感觉他在牙龈上划了个小口，然后又用钳子拨弄了很久，最后仿佛是用针缝，而不知何故，竟用剪子——我觉得是用剪子剪了两三次！后来，他要我看一小块牙齿碎片，两三小块瘀血。事后，他约定我明日上午再去察看。在动手术之前、之中和之后，以及当时，我都情不自禁地同他握手致谢，因为他工作细致认真，同时却也反映了我的紧张心情。我是多愿摆脱这个每时每刻都使我感到不快，但又并非致命之病的痼疾啊。回来不久，来了两个青年人，可是只能用手比画，笔谈。原来他是迺仁抚养成人的肖某，他对罗的出言不逊，特别表示歉然，并取出工作证给我看，他现在在电影制片厂工作，已经见到过杨礼了，因为见我无法说话，坐了一会就辞去了。我虽未远送，但一直到他们走出大门，我们彼此还频频挥手，他们走后不久，吴野同志来了，带了我要的书来。这次我算有了经验，找了个旧信封来，告诉了他我对文艺工作的一些看法。

7月16日

劫劫一早就起来了，忙着挎上书包，还拎了个大提包，弄得我有点莫名其妙！一问，才知道世文已在昨天为他买就飞机票，将托一位军区的熟人捎带他去西昌！我颇不快，也有点舍不得他离开。刚虹解释，他在家太不安静了，烦人。这一来，我更不痛快了。因为前两天一再责怪过劫劫胡乱翻箱倒匣。刚虹随又解释，他八月初就会转来，不会在西昌待好久的。但我仍感不快，而且几乎一整天都如有所失。午休后，吴野同志送来两本文学史。有多少话想说，因为口腔伤口不便，只好笔谈。坐了一阵，他就颇为谅解地告辞了。晚饭后，王映川同志来了，送来安县图书馆高一旭一封信。信是给她写的，向她打听我何时有空，他将同县委宣传部的同志来看望我。我要她转告高，秋凉后再说吧。王还告诉了我老肖一些近况，他正在写彝族文学史，相当紧张。王临走时是刚虹伴送的，我送至耳门就止步了。今天上午，川大陈君送来复制三份，令人可感！一位女青年将群众文化馆的谈话记录原件送来了，苗条、秀丽，看来很像一位曲艺演员，她来后搁下稿子就溜走了。

7月17日

刚齐母女一早就来了，刚齐陪我前去医院，小晓留家补课、看门。刚齐楼上楼下跑了两趟才找到王，焦随后也来了。他们察看、商量后，决定对伤口注射点什么药，促其早日愈合。齐后来告诉我，伤口洁净，情况不错。只是注射的药其味甚苦，回家后吐了不少口沫。午饭后，刚齐母女就回去了，我叮咛她，星期一如有雨，就不必来。晚上闷热不堪，恰好苹苹带起孩子来了。不久，她爱人又带来两位青年，令人烦躁不安。苹苹的爱人向我打听田家英的经历，我要他去找罗世发，因为罗向我谈到过他。客人老不见走，我摸进卧室写了封电稿，劝阻小漪母女回川，并叫来刚虹，要她设法去拍。但她反而怪我操之过急，意在听其自然。我生气了，将眼镜一掷，叫嚷了一句，真太不快了。

7 月 18 日

今天算最安静了，翻阅了陈君送来的复制稿，兴头来了，一气修改了《李虾扒》和《苏大个子》，联系起当日的历史条件来说，这两篇都不错，它们都写于解放战争期间，艺术水平也不算差，特别是前一篇。这篇东西中幺蛮子砍去指头——右手食指那个情节，于我印象很深，解放后曾托杨清代我查过多次，毫无结果。今竟得之于陈君。可惜都没有说明见于何种刊物。因而晚间作一短笺，请其见告。也给高写了封信，慎重声明省委并未要我写回忆录！

7 月 19 日

杨礼全家人都回来了，他们将去乐山，要刚虹为之介绍解决食宿问题。闲谈了一阵后，情不自禁，我又躲进卧室，对《一个绅士的快乐》作了一些加工，使其行文较为通俗、流利。这篇东西，竟因有人说过它受了某位苏联作家某篇作品的影响，我竟弃置不顾，从未翻阅过，更未编过集子。当三十年代一书店把它编入一册《现代作家选集》时，我还多少感觉不快。其实，认真说来，顶多也无非受了那么一点影响而已！老实讲，就连这也说不上。修改时我不禁感觉自己有时太敏感了！自尊心也太强了，简直强到了神经衰弱的地步，真是非改不可！改完《一个绅士的快乐》，我又给甘茂因同志写了封信，烦劳她继续送我《川报文摘》。

7月20日

昨晚夜雨，早上可放晴了。刚齐母女竟也按时到来，到医院不久，她就在楼上把王主任找下来了，因高诊未开门，他把我领到一般治疗室内进行诊治。焦也来了，在我谈了谈两天来的情况后，王又为我注射上一次注射过的那一味苦若胆的药水。并约定星期三再去复诊一次。他还告诉我，从伤口愈合情况看，注射药物后业已见效。并又一次认为可以戴上假牙用饭。午休后，在刚齐走之前，得荒煤一电，问我在水灾中是否安全？足见四川洪水为患，在省外的反映有所夸大，以致劳他担忧，当即于上班时托徐代复一电，我想起来了，外边传闻之盛，是可以理解的。前两天，小林不是说本市已有不少人抢购挂面、粮食的情况么？而今天最叫人高兴的是《人民日报》消息：葛洲坝安然无恙！我还记漏了一件事：一直奇怪不曾叫到李累同志，原来他下乡逛了一转，接着就躲在他爱人宿舍里写他的《重游山山水水》！这是他本日半下午来看我时才知道的。我们作了一次畅快的长谈，以王达安的事谈得最多。

7月21日

刚虹终于从米拉家把汽枕、海米那，以及兰州一封来信取回来了。原来她中途受暑，病了，所以未亲自送来。莫耶的信，主要是嘱咐我对她的《火花》如何突出贺总出点主意；其实我早在去年就谈过了。看来她的脑子并不轻松，否则何以如此健忘？我还收到官君由安县寄来一信，说是在县委宣传部、政协支持下，工作相当顺利，已经同十多位老人座谈过了。

7月22日

从口腔医院回来后，写信给李泽泉，托其设法解决邹远吉的问题。信中对周光复发了几句牢骚，不过没提张大雄的名字。晚上，老艾拉我乘凉，我倒忍不住指名道姓地哇啦哇啦一通。为了节约精力、时间，我将邹的信转给李了，是亲自到邮局交的挂号信。李现是县政协副主席，为人又还正派，当能进行解决。我要他将邹原信他日退还。

7月23日

今天，将黄候兴的信也回复了。坚决主张不能发表我那天发言的记录，因为本意是想提几点意见供他参考，而若非他赞成那三项看法，我是不会那样谈的。予以发表，不仅有损交友之道，也大欠光明磊落气概。何况我早已向提意见的人直接表示过我的看法了呢?! 看来，不仅言多必失，谈话不看对象，谈话时不明确讲清意之所在，也容易出问题。还回了蹇老一信，也为石果的遭遇说了几句怪话，给当权者的"左倾顽症"进行了讽刺。至于为石果短篇集作序之事，我推了。午后，济生前来辞行，送了他银耳二两。晚上，刚虹说，她不久将去上海，并将准备点茶叶或绿豆，带去看望巴金同志。为肖凤同志所作《庐隐传》题记，是前日凌晨写的，由世文抄写了一遍，也挂号寄出了。昨天，又一再同陈进同志商酌，将《学习鲁迅〈关于小说题材的通信〉后记》定稿，交出去了。

7月24日

上午，刚齐陪我去口腔医院。很快，王主任就下楼来为我检查，因为尚未全部愈合，他又为我注射了药；但却认为不必吃红霉素了。

显然已经消除发炎、感染的可能性。接着又到门诊部高干病室请钟大夫检查肺部情况。她要我每日服螺旋霉素四枚，分四次服，服一个疗程，一共四天。我又装了一袋氧气回来，当夜因为喉发痒，气有点紧，开灯取来试用，可惜玻璃嘴掉了，又忘记了开关如何使用，吸的氧虽不多，气枕可减少了五分之一的体积！午休后，老潘来谈了很久。原来他孩子病了，得同老伴轮去医院看护，所以好久没有来。坐了约一个半钟头，因见我精神欠佳，就告辞了。答允代向老冯要牙粉单方，并记筱芳按方研制成后送来。他走后约一点钟，甘茂因同志就送《文摘周报》来了，原来老潘一回去就打电话催问。她解释说，当天《文摘》出版晚，直到下班时才拿到手。他们都叫人感动。老冯，老冯介绍我认识的这批人，都叫人感到真正友谊是怎么回事。不过，夜里有件事叫人很不愉快，刚虹去西德的定局，叫一位厅长给破坏了：他要出国，因而只好去掉已经被批准出国的翻译！大半是想看看外国的月亮是否比中国的圆。

7月25日

上午，不料井丹同志来了，而且下周即将返回北京。谈了个多钟头，尚未尽兴，似乎谈半天、一天也行！尽管我起来晚了，还没有吃早点，而且官君从安县来了，正因为官的来临，并在室外候了我许久，廖就要我让他去看艾芜。他本不要我领路，但我仍然将他领到艾芜室内。主人正在埋头写作，廖催我回来招待官，我又一次着重告诉了他两条：一定得等疗效巩固后才动身；动身前请郑老师写一封介绍信，介绍一位骨科老师给他。回来吃了早点，就同官周旋。除开我午休，他都在穿堂内整理材料。吃午饭时，他也无休止地同刚虹扯谈他在安县，特别是雎水了解到的一些我所需的情况。看来他确下了些功夫，不过有的却是传闻，并不确切。晚饭前，他为我、我和刚虹夫妇，以及我同他摄了相。这天世文在家草拟文件，没有上班，廖曾误以为他在编辑部工作，张大娘早上街买菜去了，如果没有世文，今天这个局面也真叫人不好应付。曾挤时间给刚宜一信。

7月26日

刚齐母女、葳葳一早就回来了。同来的还有徐竹君母子，这个男孩很调皮，还染有一些不良动作，如歪嘴、挤眉弄眼，叫人不很痛快。而且晚饭后还耽延了很久才走，我心烦得连晚饭都没有吃。晚上，又独端了个小凳几在前阶阶沿上乘凉，其实也是避免发火，得罪了客人。徐临走时，谈到她可以帮我找到教气功的教师，又夸说他们所那个教师是少林派，功夫如何到家。这一来，反而教人不相信气功的作用了，大约为了弥补我的冷淡，刚齐、刚虹一直送徐到东风路车站。她们回来后，我在世文帮助下，就在客室的屏风后面洗了个澡。感觉爽快之至，再也不心烦了。可是，上床后仍然咳了很久，吐了好几口痰才慢慢睡去。这里还得补记一笔，我交了《李虾扒》《渣滓》发表的日期，以及刊物名称给他。恰好这两篇东西他没有收集到。他毕业后的工作问题，我又一次承允尽力相助。

7月27日

刚齐昨晚没有回去，直到今天吃过晚饭才走。走之前，大家都同葳葳胡扯了几句，小家伙不再诧生，也肯讲话。我感觉他比往常可爱了。他一再承认自己走，不要刚齐背。张大娘说："你要你妈背么，警察叔叔会干涉你！"一直送他们到大门口。但是，我心里一直嘀咕着这点事，估计走不到多远，他会走不动的，即或是走得动，也会要刚齐背。这样也好，让她知道自己是怎么长大的。刚齐走前，向光义领来一对青年男女。男的瘦、黄，是所谓筋骨人；女的却丰满秀丽。他们是带了石果的信来探望我的：住处是否遭到水灾？健康情况如何？他们都是川大外文系的，专攻日语，那位我去年谈过话的日本青年，就是他们的老师。从他们知道一件事，那位森纪子，因按日本风俗，结婚后就没有工作了。来的两位学生，只有那男的是贵州人，女的世居成都，他俩来前，米娜、苹苹都来过，聊了很久水灾情况才走。

7月28日

昨日午后，张老来电话，说，气功医生明日可来，要刚虹去他那里，同其一道来新巷子。午休不久，我就起来等候了。不料刚虹从他们所里来电话说，因为午间阵雨，她到张老处，张老却说得到五点医生才能来了。但是，直到六点，张老的孙女才陪同医生及其小孩来到。幸而世文在家抄写文件草稿，这才有人帮着张罗烟茶，并为那个小客人搞零食：因为他一直打扰他父亲和我的谈话。医生先为我诊了脉，说我阴虚火旺，我又自述了我的病情、气性。他听罢说，按照我的情况，先学静功，而且应以静功为主。他指出三点，并做了示范动作，松、静、自然，每次十五分钟，一日可做三次。下星期再来检查，纠正我的成就和做法是否合格，然后再教我怎样调整呼吸问题。他是北京人，他的老师九十岁了，现在做他的顾问。草堂疗养院两期气功班也是他主持的，他认为我不去疗养院，好！那里干扰太大，不适于静养，我还向他谈了谈"意守"问题。他认为意守涌泉穴较好，以后还要详谈，他是坐张老的车子来的，张老还要他的孙女送我《四川文史资料》二十四、二十五各一册。晚上，翻看了一下李铁夫的文章，因为其中谈到刘愿庵同志。在国、共、青年党三方面派代表在治公堂公开辩论一条下，我作了眉批，指出当日刘的讲话在李璜之后，题目是："一个乡下人看了告示之后"，我并非听众，事之经过、内容，是用尚明同志告诉我的。

7月29日

知道《人民文学》七月号已到，当即向陈进同志处借来，一口气就把露菲同志的小说读了。文字流利，故事情节安排得当，远胜于去年在《文汇月刊》写的那篇。尽管故事从抗战写起，结束于"四害"被除，国家日趋安定时期用于重点。线索和人物选择得当，把主要情节摆在一个山头，一间茅屋之上和中间，因而不枝不蔓，相当集中。一气读完后，我又忍不住一气写了封信给她，简单谈了谈我的印象。人是需要鼓励的，我自己对此就有不少深切体会。信只有一页，我想起一些工作上的问题，随又添写了一页，谈了谈三十年代中期的问题，希望她向起应反映一下，赶紧抓紧时间请老同志们写回忆文，以便早日送交中央审证的问题。但不久得平凡同志信，说起应又住院了。于是又添上一笔，叫她不必反映。同时还给刚俊一信，谈到水灾，问到绵阳是否受灾？这封信写迟了，然而，不写吧，总觉于心不安。上午，还特别约本初来，对他那篇纪念鲁迅诞辰的文章提了些修改建议。这篇文章，看来他花了不少工夫，但望他能改好。

7月30日

正吃早饭，茜子来告诉我，我兄弟来看我！接着小陈也来了。我说，我并没有什么兄弟！叫他写个条子来。条子是茜子送来的，才知是杨志远的兄弟杨志兴！但是印象相当模糊，看来是从雎水来的。我请茜子约他下午三点半来。午饭时，把事情向刚虹谈了，准备下午送点钱给他，令其赶回雎水，并给肖、吴捎个口信，要他千万不要长途跋涉来成都了。谁知三点半来的这个杨志兴，原来就在成都工作，是他哥哥要他来看我的，尽管已是四十左右的中年了，他一提起，我才得到回忆：五十年代他在市公安局做户籍员时还到过我家里，此后便没有来过了。他简述了他的经历：原在公安局二处工作，反右时，因为说错了话，被划为右派，而且被骂为"烂右派"。现在西北桥木材加工厂工作，工资月四十余元。家住鼓楼北一街。我问他结婚没有！他说："哪个会跟我结婚啊！一个烂右派，住的房子只有七八平方米。一混又四十出头了。"他身材宽大、壮健，手指黄黑，显然纸烟瘾不小。从他的外形可以看出他父兄的影子，但神态却大不相同，有点江湖好汉的味道，而且能言会语。因为听说我有哮喘宿疾，他自谓他有个秘方，已医好好些人。我要他开一个给我，他不肯，说，有两味药有巨毒，一般人买不到。他用的是外敷药，调和蜂蜜，敷在第三颈椎骨上，三五次病就好了。他把他秘方吹得神乎其神，我因而反问他，你怎么不公之于世，为更多的人服务呢？他辩解说："你公开吧，有些人他会拿去骗钱！"他还举了个例子，一家公司把一位中医的秘方套去，做了药出口外销！这件事不值一驳：为国家搞外汇，为广大群众服务，这不更好吗？不过，最后一笑而已，未与论辩。我说，他的落实政策问题，我当尽力相助；他的药，既有现成的，星期六可拿点试一试，条件是，一定得收药费。因为谈的时间不短，我把他推走了。晚间，陈欣夫妇刚从上海回来，又告诉了我一个治哮喘的秘方：龙须参三两，糯米二两，煮成粥分两次吃。吃龙须三至四斤即可断根。杨志兴那个方子，只要是外敷，不妨一试。上午，流沙河领了《书林》编者来约稿，我顺便赞扬了两句他《诗刊》上那首歌颂党的长诗，说我一收到就读了。他看来气色还不错。《书林》的编辑，下午还送来两期刊物。

7月31日

刚齐八点过就带起邓小、葳葳回来了。九点陪我去口腔医院，王主任检查后说，还有半颗米大小的肉没有长满。但未上药，他告诉我，他即将出差，要八月二十以后才能转来，转来后，他将通知我再做一次检查，如果这中间有什么问题，可以找焦医生，同时劝我马上进行理疗。我向他坦率地谈了谈自己的感受、想法，认为要完全恢复常态看来很困难，但我感谢他们已经尽了最大努力！我呢，只好将就把它的肿胀感当作常态来对待了。因为走进诊病室的时候，早已躺在另一张椅子上的廖志高同志挥了挥手招呼过我。临去时，我去握了握他的手，要他多加保重！他也同样叮嘱我："你也多加保重吧！"在车上等了好久，司机才来。其间，我同一些男女护士同志在假山边，准确说，水池边照相。女的最多，都不住用手巾扇风。六七人一张，一共照了三张，感觉很有兴致；可惜司机同志来了。原先老想立刻离开，现在倒反而有点舍不得走了。午饭后，刚齐想走，而天又正在暗下来。临走时，我牵着葳葳一直送他们三娘母到大门口才转来。我一直担心下雨，幸而两个小时过才来了雷阵雨，其时他们无论如何早到家了。六点半，门卫来叫我，但问了一阵，随着他走到前厅，才弄清楚是要我听电话，这就只好请正在水槽边洗东西的继湘来代劳了。是米娜来的，催促刚虹、世文去他家里吃饭。晚上，刚虹回来告诉我一个故事，苹苹那个孩子差点掉了，是一个老头儿领他回他外爷家的。娃儿聪明，街道名称虽不知晓，路络却熟，那位善良的老爷爷就在他指挥下领起他到了家，并一路同他闲聊，还买了冰糕他吃。近来好人好事真越来越多了，令人高兴！

8月1日

杨志兴来了，但没有带药来，只翻开一个写了不少处方的笔记本给我看。这中间，张老师来了，给诊了脉，一再赞叹："你这个脉，根子多稳呀！"同时表白，他把我去年服之有效的处方及其反应，通交给他的学生研究去了。而且强调指出："老一辈人正是成熟的时候，他们的健康更重要啊!"他又叫世文为他打了点温热水,抹了帕脸才走。我送他到大门口转来时,告诉杨志兴张是一号桥中医学院的老师。孰料他竟然鄙弃地说:"那里没几个有本事的!"这使我大吃一惊,也大为反感,于是向他指明,这两年我的哮喘未大发作,可正是服他的处方的结果。心想,杨志兴犯错误看来绝非偶然。而且想起了他当户籍员的神气;但却照原议约他明天前来治疗。客人走后,校改《困兽记》,并回了师陀同志一信,以了夙愿。我对《大马戏团》提了三点意见,很可能不尽准确,因为是断断续续看完的。晚上,老艾来谈了一阵,他将去京学习一些时候,明天一早就动身了,是坐火车。周克芹因家被水淹,要明天晚上才能动身。杜书记、沈部长则将于明日乘飞机先去报到,因为飞机票不好买,所以他和周就只好坐火车了,他走的事,昨日午饭后在水槽边就告诉过我,我也曾大力鼓动,劝他去。因为听说是学习邓小平同志的一个报告,我告诉了他我的病情,他也正是为了解这点来的。

8月2日

杨治病来了,光景有点故弄玄虚。他给我看的处方并无足以毒害人的药物。但所用的药,却是他自己带来的,很可能有几味药他秘不告人,说是用后必须埋掉!调药的红土碗,也不能保留。是一大包白色颗粒,用了五两左右蜂蜜才和匀,然后分装入三个纱布袋内,烤在搁置于煤油炉上面的废弃的缸头上。首先用指甲花煮的水洗后颈,然后趁热将烤过的药袋置于第三个颈椎骨上。等到药袋凉了,又取下,拿去火烤。接着用指甲花水抹洗;洗后又用药袋敷上。就这样往复不已,搞了约两个钟头:有时药袋烫得人叫唤起来。但是,午休后又搞了两个钟头。上午治疗时，□浪①来了，我照李累同志的嘱咐，向他大打其气，要他振作起来，写剧本，我愿意为他看稿。其间，还来了一位全国文联的同志，姓潘，代甘延华捎了一本刊物给我，显然是梁存义送我的。他们走后，不，潘还未走，本初来了。而直到两人走后，他才将有关鲁迅研究文章交我。

8月3日

上午，因杨莽撞，竟将我后颈烫起了泡！很不愉快地一道吃了午饭。但午休时连眼睛都没有闭一下！下午，我一再叮咛杨下手不要重了。看来他也不无顾虑，只用指甲花水洗了一阵。他洗，我就看他的申请书，越看越不痛快！啰啰唆唆，文字太欠通顺，我起先还帮他删改，因为太长，可删改处不可胜计，只好搁下来还给他。这时，他已经洗完了。我要他拿回去自改，以简单明了为好。长了，交上去也不会有谁看。总算可以松口气了，再纠缠下去我会大发其火。钱军准时来了，他随他姐姐昨天交了两篇稿子来，因为怕干扰我，他请刚虹代转编辑部，昨晚感觉颇难为情，就一一看了。虽然幼稚，但是显然懂得创作是怎回事，颇有前途。因而早上要刚虹打电话约他今天来谈，我谈了很多，从他这两篇习作扯到王润滋的《内当家》，以及其他名作，向之作了分析。他又拿一篇千多点字的创作来。我立时看了，指出优缺点。这次谈话虽多，彼此却都感到满意。小军走后洗了个澡，很累。晚上忽然发觉后颈上的水泡破了，很不痛快！

---

① 此处人名无法查实，故保留"□"。

8月4日

去二医院进行理疗，我问那位较瘦的女医生，这样久没来了，是另外缴费，还是把过去剩下的几天补足，再缴一个疗程的费？她笑道："是你，剩下的几天做完再缴费吧。"她又告诉我，按照他们的规矩，只做两个疗程就不做了。我向她作了解释，并说口腔医院前几天就催过我了，要继续做。从医院回来后，收到蒋和森同志来信，希望我能将上两次给他的信，以及大明代转的话合并起来，交上海即将出版的《小说界》发表。因为该刊物来川组稿，我曾向他们提到我对《风萧萧》的看法。下午，又接到林非同志寄赠的《中国现史散文史稿》，扬州鲁研会开会经过纪要。还写了封信，告诉了我中央书记处的一项决定，由一位负责同志致开幕词，也谈到我为《庐隐传》写的题记，看来他俩都相当满意。这也算把一桩心事了却了。大明也来了信，说有一位留法华人，准备写一篇研究我的文章，作为考取博士学位的论文，八月将来华对我进行访问。他估计我八月不可能返京，已代作复，说，如来，以通过院部外事局来川进行这一任务。我当即把这三信提到的事，都在回答大明信中提谈到了。我肯定了他对留法华人的处理，并要他代向林非同志致谢，蒋和森同志的希望我也可以满足。人才难得，又何必痛惜一点时间、精力呢！本来要给白戈写信，提谈通调动的事。她们三姊妹昨天都来看我，通独在边疆，年龄又不小了，而且孑然一身！我告诉她，把路想宽点。她认为一般机械厂她都愿去。她也搞过多种工艺科的工作。我都猜她一一写在一个旧信封上。

8月5日

今天，张医生上班了，是她为我进行理疗，黑瘦、精干，当在四十岁以上了。眼镜是黑色玳瑁框架，她有时又取下，同其他两位医生，也可能护士闲聊。其中一位，壮实、肥大，简直有她两倍大小体重，当我作直流电输药时，她同一位闯进来的病号争吵起来，仿佛他的治疗有问题：可能是过时了，她又跟随他一道出去。转来时只有她一个人，絮絮叨叨地向一位刚好为一位少妇安排好治疗器的护士讲说着，显然是在叙述她同那位男病号发生过的争论，有动作，有表情，真是有声有色，正像是在表演单口相声！她是那样激动、专注，连我也被她遗忘了，过了很久才结束治疗。今天感觉得特别热！其实才三十三度，比起北京来低两度，很为涟儿他们担心，小漪不久来信，就说她已经满身痱子。我颈脖，手臂也生痱子了，痒不可耐，简直无法午休！拿了林非的《史稿》来看，不料竟将绪论一口气读完了，也忘记了炎热。当然，这同他文章写得不错有关，否则也会看不下去，更会感到心烦。这是一个人才，前途颇有希望，头脑清醒，文笔流畅，它本身就是可读的散文。刚虹夫妇上班后，我又翻了翻《光明日报》副刊，那篇江阴法律顾问回一位因为蓄须招来麻烦的疑难，很有意义。他讲了国情、人情，还讲了当地的明末清初的历史。这篇报道，很有现实意义，青年蓄须，这是当前一股不正之风的表现，而且相当突出。刚虹下班后，就急急忙忙去猛追湾游泳去了。世文回来刚好碰上，我就催他们要去就快一点！谨防买不到票，熟料他们去后不过一刻钟光景，天色骤变，倾盆大雨来了！有些失悔，真想设法托人为他送雨衣去；但又无人可托！

8月6日

上午从医院回来，给大明回了信，接着又将拖得过久的王平凡同志的来信取来翻看了一遍，也长话短叙地作了复，在回大明信中，还要他代向林非、和森两位致谢。因为如果一一作复，精力和时间都有困难，下午四时许，熊家幺爹来了，她问何时去文殊院学气功？这是她听该院方丈宽霖讲的，我向她说明了事情的经过，主要这里离文殊院稍远一些，既不能乘公共汽车，在能源紧张声中，更不能向公家要车，张老介绍的医生来过一次就未来了，因而没有心情学了，每日早晚做点简易活动也未尝不可。她慨然承允代我约一位正在写气功书的人来教我，只需三五次就教完了。我同意她的建议，说是哪天下午她领起来。还有她的侄儿熊郁，她来，就是为了她侄儿冬季即将在西师毕业，又是个独苗苗，希望能设法让他来成都工作，她一来就取出一张照片，说是1929年我和玉顾在成都摄的，可是只有相片背面的题字还清清楚楚，人相呢，就连影子也看不见了。事后想来，她无非想唤起旧日情谊，以利于为她侄儿说情。可惜送她走后我才想起其中奥妙，她早已在文殊院作居士了，七十二岁！但看来只不过五十带点。这同她结婚晚、早寡，且无生育有关。她原是大家，看来早零落了，梁家、杜家谅必也变化很大。晚饭后在前院乘凉，大卫主动拖了张小板凳来，坐下，同我扯谈了很久，还讲了一个故事，一些电影。昨天《人民日报》上有篇介绍老赵四卷集的文章，其中不少事实都是去年老赵的儿子二胡告诉过我的，有些则听其他同志讲过。我那篇纪念他的未完稿都用得上。

8月7日

　　进行理疗后，刚写了两封信，就吃午饭了。热不可当，痱子也痒得人烦。刚虹告诉我，据米娜说，刚宜夫妇每夜都在地砖上睡，刚宜有时还在澡盆里放些水，泡在里面。涟儿则成天不穿衣服！我奇怪他们为什么不买电扇？这里有些住铺面房子的居民，因为屋小，都备有扇啊！她说，她已告诉苹苹的爱人，请他转告他们，可以买一台电扇。饭后吃了西瓜，可是仍然感觉炎热，无法午休。晚上，她游泳后回来说，今晚十点半立秋，此后会逐渐凉爽起来。世文则告诉我们，杨礼夫妇已带起羊儿回来了。他们在峨眉住了三天，小房间，三张床，房金四元五角。杨帆也回来了，他们星期日来看望我。下午六时许，幺爹来了，但只领了她侄儿熊郁来，不见那位她准备介绍给我的教气功的老师。我探询之下，她才说明，她侄儿还有一个姐姐，一个妹妹，男孩只有一个，而且姐姐已出嫁了。原来如此！于是我向她明白表示，她侄儿毕业后的分配问题，我可以反映，但是毫无保证！至于他写有剧本，我则绝对负责托人加以辅导。这显然很叫七十二岁的居士婆婆大为失望！坐了几分钟就走了。我送他们走出大门时，竟连头也未回！老居士尚且如此，怎能怪一般善男信女斤斤计较于利害得失呢？读了克芹的《山月……》，感觉大有进步。但在两处关键性地方，写得不够明确。一篇翻译小说《矶鹞，……》，只有千多字，因此也读了。写得不错，主要是技巧好。

8月8日

　　昨天没有盼到熊家幺爹带气功老师来，我怀疑她对我上一天没有答允为她侄儿分配问题说话，大不满意，因而不会来了！心里不免对她这位居士婆婆大为讪笑。孰料今下午她竟然引起医生来了，瘦长，精干，能言善道，简直不像是七十岁的老人。闲谈间，他对安县解放前夕的情况相当熟，还提到所谓"北支队"，我因而问起宋达，他显得兴奋地笑道："快不要提他了！他害了我一辈子，我呢，也害了他一辈子——他跟那三个姓刘的都缠在一起就弄错了！又碰到个李叔尧。"他还告诉我，宋达已经死了，不久前才落实了政策，宋的儿子还找过他。他结束道："说起来话长啊，以后有机会慢慢扯吧！"那天熊说，他姓徐，刚落实政策不久。第三期《龙门阵》上有他一篇文章，题目："陪蒋介石坐汽车引起的一场风波"。他从提包里取出一册送我，说："我的经历编者按中全都讲了。"原来是个特务，解放前夕策反起义，因而得以在省参事室工作，现正在写回忆录，"陪蒋……"就是其中一章。接着，他就一面写一面说明，看来远比那位杨医生懂得医理，而且具有现代知识，在养生之道上，他要我注意三条：不着急，不生气，不理睬！看来他懂得道家的说法，应用了不少它的有关词汇。等刚虹回来后，他又来客室，先在沙发上，后在凳子上为我做了睡功和坐功的示范动作，要刚虹记住，以便帮助我把姿势做准确。随后，他又按摩了我几个穴位，认为我身体不错。他还为刚虹也按摩了几个穴位，要她注意心脏问题。送他们二位走后，刚虹就游泳去了。晚饭后，散步十五分钟，就坐在前院阶沿上乘凉。刚虹他们的客人来了，随又来了小林，他就蹲在我身旁聊起来。等到那一对青年人走后，刚虹夫妇也坐在阶沿上一道闲聊。最后一起搬到后院天井里大吹特吹，主要是小林、刚虹说，我同世文很少插嘴。我只想起李修因胰脏炎恶性发作而死这件事。追悼会前天就做过了！原来刚虹在刘家吃饭那天就已知道，但李致叮咛她，不能让我知道。因而未告诉我，政协、统战部未给我讣闻，恐意为了照顾我的健康。今天下午得师陀、和森两位来信。师搬家了；在两枚少见的邮票下，原写了两行字，要我退还邮票，但又抹了。这更显然是为了照顾我的健康，令人可感！他信上也说过，他来信，只是告诉他搬家了，不必回信。但我仍将两枚邮票保存下来，他日复信寄还，因为他儿子是个集邮家。

8月9日

小红一早就看我来了，在谈到失眠问题时，她告诉我一个方法：将我的呼吸节奏用磁带记录下来，睡眠时通过录音机在枕边放送，很快就会入睡。她还举了个实例，她嫂嫂小美爱打鼾，但其节奏同她的呼吸节奏一致，所以每每同她一张床午休，她的鼾声不仅不妨碍她的睡眠，仅而起到催眠作用。这是她从国外科研资料上了解到的。宇宙航行员就是这样睡眠的，否则，机械声响很大，怎能入睡？杨礼、杨希来后，我提到他夫妇曾去峨眉度夏时，她又向我建议，最好明年去茂汶境内神农架保护区！那里管理局有个小招待所，只接待有关业务的少数国内外前去视察的人员。但她可以让"环保局"介绍我去，能由省委宣传部介绍更好。中间，小军也来了，两姊弟开了点小玩笑，因为弟弟素来不让他两个姐姐看他的稿子，而他恰恰是送稿子来给我看。其时，我又正在向小红夸奖他，说他颇有前途。坐定后，他告诉我，那篇千余字的文章，他已改好，并投寄上海出版的《小说界》。修改后只有八百多字。那篇抗洪救灾的故事，他也照我的建议加了点工，带来了。还有一篇较长的，是新作。我要他一并留下，我自己看，或代转编辑部。等刚虹来参加谈话时，我就说明，我同杨礼谈话去了，由他们三人随意扯吧。将近中午，我又出来同他们扯谈了一会儿。小红有个看法不错：今年洪灾同葛洲坝有关，它把川江的水位提高了，并以合川为例做了说明。这个女孩子真聪明，颇为她的身世感到难受！等我单独用过饭从卧室里出来，她同小军各自吃了碗面，就告辞了。下午，杨礼全家五口都回来了。先由刚虹、世文带起两个男孩子上街买菜，回来后，就只留下杨礼躺下休息，其余都到猛追湾游泳。晚餐相当丰富，扫兴的是，正吃得高兴，起了大风，吹落不少屋梁屋椽上的尘沙下来，温度也骤然下降。到了晚上看电视时，尽管我已加上毛织背心，也不大顶事了。杨礼夫妇带起羊儿走时，原想出房走走，竟也有点胆怯，没敢走出房门。晚上，只好将窗户全关了。

8 月 10 日

今天，雨停了，但是天阴，仍有寒意。为防感冒，临去医院时就又套上毛衣。可是街上的行人，除极少数老头，都全是夏装。也许我穿得不合时令吧，在进行理疗的两位年轻妇女，不断向我窥视，又彼此相视而笑。她们显然有点莫名其妙，似乎还悄悄交换了一两句彼此的看法。只有医生护士对我一如既往，很亲切。这大约由于知道我已经是七十六岁的老头了，又有病。我向那位壮实、肥大的护士说："毕竟是立秋了，一下雨就有凉意。"接着我们在立秋的时间上出现了分歧：我说是七日夜十时半，她认为是十号，而且指明见之于《文摘周报》。理疗回家，才发现白戈，他的秘书正在会客室等我！我们似乎已好久不见了，倍感亲切。前两天我还想给他写信呢！彼此畅谈了很久，多为至今尚有人纠缠不休的三十年代的旧账。他看了看表，接着就告辞了。大约已经快到吃午饭的时候了吧。我想。走到前院，他去老艾家时，他们果然正在动手午饭！他们简单打了个招呼，就又走了。我没有让艾芜送，由我单独送白戈上车。上车前，他又一次叮咛，李修同志虽然逝世，他已向政协打过招呼，需用时可以前去要车。午休后，得刚宜信，说涟儿在学小学课程了，而且能够帮他接电话。将钱小军的稿子转给陈进同志，并对那篇修改过的稿子向之推荐，认为出自一个青年人之手，作为习作，值得加以辅导。得到文联通知一份，要我十二日参加一次无可推诿的会：筹备纪念鲁迅诞辰百周年。送信人并说，白戈、沈部长、严部长都将前来文联。

8月11日

从二医院回来，我前脚刚一进门，李定周同志就来了。他带来照片、选集一卷的付排稿，要我看。我认为最好那张是与阳友鹤合摄的，因纸面不同，有斑纹，不可用。三人合摄的那张，虽有底片，也不适宜。结果，只好采用去年画报社为我摄制的那一张。稿子呢，先一篇一篇地看短篇，指出那些排写错误，以及个别用语费解字，逐一提出建议，做出修正。有不少简体字，也改为繁体字，真叫人啼笑皆非！还加了两条注。中篇《闯关》，是他们根据《奇异的旅程》的抄写稿，校对起来更加叫人头痛！不少地方，连最普通的用语都抄错了。李倒也肯劳神费力，他将我校改过的《闯关》作为依据，将我增删之处，对抄稿进行处理，因而所应与校正的，多为抄写错了的词和字，我曾用过"马干"一词，他认为读者颇不易懂，我也只好依他，改为"马料"。"汽路"一词，则加了注释。因为刚齐早回来了，除了邓小、葳葳，还有她一个邓家的侄女。我尚未同她谈过话，同时也因为太疲乏了，心里不免烦躁起来。大约李是感觉到了，到了最后一刻多钟，他一面帮我校阅，一面安慰我说："快完了！"或者"很快就完了！"等到校阅完毕，我对他的认真负责表示了赞赏，提出将来一定得将他这个责任编辑的名字印上！并请他转告李致，是否出"文集"，但看"选集"出来后校对情况怎样。我原想《李虾扒》《一个绅士的快乐》编入一卷，最后只好作罢。一卷已有二十四万字左右，已经算不错了。序言也交了他，要他找人抄一份退还。他走不久，就吃午饭了。邓小她伯伯那个女孩子很有意思，又黑又瘦，穿着大红大绿花朵的裙子。张大娘公然把午饭安排得不错，刚虹夫妇都未回来。饭后，我去告诉老徐，午后我不要去看有关这次水灾的内部影片了！请他代我通知一声文联。可是，仍未得到休息！三时许，李老板来了，谈到巴公已去莫干山，九月间还将前去法国。也谈文集的事,在提到选集出版后作最后决定时,他笑了,说:"对!考试一下再说。"他还在疗养院,感冒了,老流鼻涕,坐了阵就走了。晚上,高夫妇来坐了一阵,谈到陶行知,并提及邹韬奋,并自愿为我买办氧气。

8 月 12 日

大雨,显然不能去医院了。正在做简易运动,李野同志来了,要我去文联参加鲁迅诞辰纪念的筹备会,说是白戈与沈、严两位部长都到了。因雨,并派了车来接我。通过耳门,但见"戛斯"果已在大门堂内相候,只好几下做完运动,带上伞,早餐也顾不上吃,就坐上车走了,见到不少熟人,米拉、可情都在;有的面熟,但已记不起姓名,阳友鹤同我坐在一起,说曾来看过我,可是叫不开门。对我去年写的祝贺他舞台生活六十年一文表示感谢。在李昌炽教授介绍将在川大召开的西南三省鲁研学术讨论准备情况后,我作了发言。谈了谈宣传、普及鲁迅精神的问题,以及对鲁迅一些讽刺、暴露性作品的一点看法:应该把作品内容和作者的立场观点统一起来进行评价。在沈部长宣读筹备委员名单后,我建议,除主任委员外,是否副主任委员也得有三五名。但是立刻被否决了。原想提名崇素做委员,因系老友,又是同乡,只好作罢。其实郑宾予也该做委员的,也没有提。大约是少言,提出李伏伽,一致都通过了。在展览会、群众性活动问题,发言踊跃,我也提了点建议,沈部长提出办公室名单后,我就向他,随又向严部长告假,说我得先走一步,回家去吃早饭。而我刚跨出会议室,沈部长已宣布散会了。是同艾坐米拉的小车回来的。正碰上官来了,带了些挂面和鸡蛋来,还有只鸡!午休后,回黄曼君信,整整写了两页,主要是谈我读了他评价曹聚仁两本有关鲁迅的书。曹的书唐强同志谈到过,大有不值一提的意味。当然,黄文看来,曹的错误是严重的,但同时却也肯定了曹对鲁迅小说所作艺术分析，认为有独到见地。我颇有同感。黄文主要是对曹的错误进行批判，论证相当充分。他已被推荐参加纪念大会了。

8月13日

上面有一点我记错了，官是今天从德阳家里来的，我医院回来碰上的。从理疗室出来，刚走到门诊部前大坝子里，就碰上曹中梁同志。招呼后，他问我："还认得吧？曹中梁！"他好像十多年来毫无变化，还是那么容光焕发，不显一点老态。"文化大革命"开始后，我们就没有见过面了。我告诉他我前年拔牙留下的后遗症。他一再说："没关系，研究研究看吧！"他是坐小轿车来的，同行还有两位在道旁等他，有点焦急模样，我就匆匆作了结束，分手了。他可能是来为重病号会诊的。进入新巷子，不料又看见那位半瘫痪的妇女和她的小女儿。这个小女孩也同她阿哥样，左脚、左臂也呈瘫痪模样，走路一颠一跛的。屋子只有那么一间，街沿又窄，一开门就面临街道，全家就有大小三人半瘫痪，显然也能生存下去！那个小孩子有时还面带笑容呢。人的适应能力，也可说生命力真顽强。休息了一阵，就同官闲聊，知道他家乡未受水灾，午饭后，我休息去了，他单独留下整理材料。午休后，看了他所作我的年表，有一处显然错了，而且又正是关键性的错误。经我指出后，他说，他是根据我有关"左联"回忆文写的。因而我更为严重地说，我从来都没有写过、说过，他才没有再辩解。此外我还补充了两个材料。直到晚饭后他才走。走之前，我写封信给崇素，希望他肯对小官赐予接见。晚上，相当困乏。

8月14日

　　刚准备去医院，一位青年同志来了，自言是四川社院的，向我了解一些有关党史资料。他问到王右木同志时，我要他去找绵阳邮局的马静臣，才知道马已经去世了。我又提到崇素，不料他们已经找过崇素。我们随又扯谈到白戈写的那篇回忆刘愿庵同志的文章。我补充了三党在治公堂论辩时的一个细节；同时却申明我是从一位听过论辩的同志那里听来的。谈来谈去，原来他是想得到《播种者》那篇文章！我告诉了他文章的搜寻线索，同时请他原谅，最好改日再谈，而且以下午三点较得当，因为上午我得去医院看病。这样，我算有了脱身机会，到二医院去了。理疗回来后，克芹同志来谈了很久，他似乎比过去开朗多了。谈了些他在北京开会的大体经过。经老艾介绍，他已见到周了，因周曾向艾问起他。克芹深以没有给我一份为不然，因为小组名单上有我的名字。我对他最近发表的短篇《山月……》表示了赞赏，也提到一些不足之处。同时对他去年发表的《落选》也提了一些看法，认为那个团委书记有他自己的影子。他未置可否，但却笑一笑说："那个支部书记、大队主任同他很熟。"我向他提了三点意见：千万不要卷入文艺界的人事纠纷；不要再搞电影脚本了；要尽力按自己的既定计划写作，排除一切不必要的干扰！此外还谈了些创作上的一般问题和中央有关形势、大局问题的指示的必要性。他走时已十一点过了。克芹走后不久，官又来了，他已会见了王映川同志，崇素到西宁开会去了。午饭后，我休息去了，因为下午二时半得去省委，是心源同志要我和艾芜去的，无论如何不应请假。我午休后刚起床，艾就来相邀了。官在整理材料。这次会开得很久，主要是谈作协、文联、文艺界的思想情况，但我听漏了不少！高兴的是心源同志让我看了邓的讲话稿。

8月15日

　　昨下午，从省委回家，看了小官留下的谈话记录。虽有错，但不重要。他在留言上说，他曾去省图书馆查对过我那篇有关回忆左联的文章，确乎是他未读懂我的文章，以致将事实弄错了，还作了自我批评。上午，去医院进行理疗回来，准备回蒋一信，综述我两次要张大明同志转告我对《风萧萧》的意见。刚写好一部分，就吃午饭了。午休后，准备继续写，静仁来了。带来老冯给他的信，以及刷牙粉的处方和沈亮同志的说明。上天下地谈了不少，随后谈到一个具体问题：绩伟同志一个叔父原在重庆市沙坪坝一个小学做教员，后被扣上一顶什么帽子，并勒令退职，下乡劳动，而至今尚未落实政策！尽管他本人已经申请三次。老冯又托潘找过重庆市委宣传部王部长、沙坪区委。本来，区委副书记同意落实政策，但区文教局却不同意，此人正是给那位小学教员扣帽子的主要人物，现在又是区落实政策办公室的副主任。潘感觉事情之所以难办的关键正在于此，有些事情真也古怪，一名市的区文教局长，竟连市委宣传部也拿到没办法！而老冯之所以不断催促，因为那位不幸的小学教员，年事已高，近几年依靠江北一个侄儿生活，昨年，这个侄儿又病故了！还留下两个孩子和一个侄媳。他本人呢，每月仅有退职后补助费二十元，这怎么能生活下去呢！潘准备于不得已时只好亲自去重庆一趟。我则主动提出给林彦写信，通过他找张文澄和龙雨帮忙。事后，我还想，如有机会，当向白戈反映一下，请他给丁书记去封信。在同潘谈话中间，陈进同志来过两次。一次，拿了周尚明同志的遗照来，说他一个侄孙想找我谈话。我要他改日再来，并要他下午来，因为上午我得去医院。还说，我曾应市团委之约，于五十年代写过一篇文章纪念尚明，可以查看。第二次陈来说，尚明的侄孙只要求我写个证明，他的叔祖牺牲于"二一六惨案"，意在呈请有关单位，承认其为烈士。这是我应尽的责任，我要他改日等我写好后来取。

8 月 16 日

刚齐带起两个孩子来了，我从医院回来后，不久，杨佳、杨浩又从灌县前来看我，带来一大包白糖、两瓶刺梨酒。浩儿真像旧时的闺女一样，总是埋头不语，问一句回答一句。他说他最喜欢化学，我赞成他有重点地抓一门课，但同时也要重视其他课程。如文史课程，任何人都不能不认真学习，而且在中学时代，更应全面发展，有偏重，但不可偏废。我说，学问学问，就是要边学边问。学校里的反映是，规矩，一天就抓住书看！你真的全都懂吗？他埋住头不张声，杨佳过去话多，经我批评几次，已大有改进，不哇啦哇啦不休了。她现在在纸厂当学工，每月有工资二十多元。她妈并未退休，他父亲的烟、酒也有了节制。午休出来，她两姊弟出街去了。据刚齐说，是为刚锐买鞋子。他两个回来后，刚齐正在为其张罗吃食：我是从邓小为浩儿端了荷包蛋出来才知道的，而且知道他们将乘车返回灌县。我原想每人给十元钱的，但我只剩一个五元，一个一元的人民币了。真不凑巧！刚齐也没有多余的钱，而刚虹又不在家。刚齐只好去向张大娘借。可她也只有五元多点。于是连同我有的，一共凑了十元交给杨佳。刚齐母女送了他们好长一段路才转来，我只送他们到大门口就转来了，刚齐他们今晚未归，世文在客室的沙发上睡，挂上一床帐子。

8月17日

昨夜，哮喘又有复发之势，幸而昨天中午，刚虹冒雨把氧气买回来了。输了五六分钟，总算制止住了。我以为刚齐今天会回去的，光汉饭前就回来了，当然是来接她们的。熟料光汉走时，她三娘母竟没有相随而去。这事颇令人不快，但又只能尽量克制。单独在前院同艾聊天，内容相当复杂，从过去全国作协的领导班子，一直扯到最近以批判《苦恋》为中心，文学界的思想斗争。回到内院，谁也不想交谈，就各自回房来了。看来刚齐、刚虹都有所察觉，而只有刚虹有意掩盖似的问过我一句：哪里不舒服？我当即指着嘴唇嚷道："这怎么会叫人舒服嘛!"今天也有一件令人愉快的事：给蒋和森同志的信，算写好了。并托小魏去邮局付邮寄递，这也是我一再想动笔而苦于得不到安静的事！还有一件事也叫人大为欣慰，李泽泉同志的回信来了，已经着手解决周光复的爱人邹远吉的问题。这也可说是错案，包括前文联支书，被帮派头头张大雄活活害死的光复本人在内。

8月18日

从医院回来，接到大明有关《风萧萧》我的谈话整理稿，匆匆翻阅了一遍，觉得尽管有点添枝加叶，搞得花花俏俏，但他把好几次的谈话，包括我对《鸡肋》《广陵散》和《陶渊明写挽歌》的评介都记录上了。因为我说它们都是为了说明我对《风萧萧》的评介。我也对《李自成》二卷提过一些看法，因为不怎么客气吧，他却只提了提书名，未写我对它的看法。这样也好，少惹些不必要的是非。其实，我之一再对《风萧萧》的历史真实性的赏赞，并明确指出，作者既没有将正面人物随意拔高，也没有将反面人物随意丑化，也就是针对《李自成》二卷说的。特别近两天看了那位"伟大"作家批评《甲申三百年祭》的长文以后，令人感到不大耐烦。1944 年他在重庆同陈纪莹一道编刊物的事，他竟然遗忘了！而公然宣称，那时候他看了《甲申三百年祭》就认为郭老治学不严谨呢？要说这样堂哉皇哉的话，三十几年前为什么一声不吭，一直到郭老逝世后三年才来大叫大嚷?！有一位替死者说话的人讲得多好：倘使郭老健在，不知作何感想？翻阅大明记录稿后，当即去电告诉和森。